Hermann-Josef Zoche

Nazarius, der Erbe des Apostels

Fünfmal erhielt ich die neununddreißig Hiebe;
dreimal wurde ich ausgepeitscht,
einmal gesteinigt,
dreimal erlitt ich Schiffbruch,
eine Nacht und einen Tag trieb ich auf hoher See.
Ich war oft auf Reisen,
gefährdet durch Flüsse,
gefährdet durch Räuber,
gefährdet durch das eigene Volk,
gefährdet durch Heiden,
gefährdet in der Stadt,
gefährdet in der Wüste,
gefährdet auf dem Meer,
gefährdet durch falsche Brüder.

(2 Kor 11, 23b-26)

HERMANN-JOSEF ZOCHE

NAZARIUS, DER ERBE DES APOSTELS

EIN HISTORISCHER ROMAN ÜBER
DIE ZEIT DER ERSTEN CHRISTEN

benno

Bibliografische Information der Deutschen Nationalbibliothek
Die Deutsche Nationalbibliothek verzeichnet diese Publikation in der Deutschen Nationalbibliografie; detaillierte bibliografische Daten sind im Internet unter http://dnb.d-nb.de abrufbar.

Fotos:
S. 511: © Bastian Glumm
S. 512: © RAphoto 77/Shutterstock
S. 513: © Andrzej Golik/Shutterstock
S. 515: © Wikimedia/Steerpike

ISBN 978-3-7462-4982-7

Umschlaggestaltung: Rungwerth Design, Düsseldorf
Umschlagmotiv: © © alessandro guerriero/Shutterstock (Mann in Rüstung) © akg-Images/Fototeca Gilardi (Hintergrund)
Gesamtherstellung: Kontext, Lemsel (A)

1. Buch

Rom
(68–70 n. Chr.)

I.

Das Todesurteil ist unabwendbar.

Er hatte schon bei der ersten Verhandlung keinen Rechtsbeistand und keine Entlastungszeugen gehabt. Vor der zweiten Verhandlung sieht es nicht besser aus. Er ist der Mitschuld und Mitwisserschaft an jenen Verbrechen angeklagt, die allen römischen Christen zur Last gelegt werden. Außerdem haftet ihm noch eine fast zehn Jahre alte Anklage aus Jerusalem an den Fersen. Alles diffus. Kaum mehr nachvollziehbar. Verkorkst.

Der oberste Richter ist Kaiser Nero. An ihn hatte er appelliert, um der Verfolgung durch die Jerusalemer Juden zu entkommen. Aber der ist nicht im Lande. Er durchzieht Griechenland als singender Schmierenkomödiant. Währenddessen führt in Rom ein Vertreter seine Geschäfte. Er sitzt auch den Gerichtsverhandlungen vor. Über ihn sagt man nichts Gutes. Er sei irre. Unkonzentriert. Blutrünstig. Machthungrig. Plemplem.

Paulus hockt mit gekrümmtem Rücken auf einem rauen Holzpflock im mamertinischen Kerker. Ein fadenscheiniges Tuch liegt über seinen schmächtigen Schultern. Die knochige Wirbelsäule zeichnet sich darunter ab. Er zittert und schaut irgendwo in die ferne Leere der feuchten Dunkelheit.

Seine schwarzen Augen heben sich kaum von der Finsternis des Verlieses ab. Sie sind eingefallen und dunkel umrändert. Hin und wieder zieht er das Tuch enger, aber es wärmt nicht.

In der Nähe steht ein leerer Blechnapf. Manchmal gelingt es den Christen aus der römischen Gemeinde, einen Wächter zu bestechen. Unter Lebensgefahr können sie ihm etwas zu essen zukommen lassen. Aber nun ist schon tagelang keine Krume Brot mehr für ihn abgegeben worden. Vielleicht haben die Wächter das Bestechungsgeld eingesteckt und das Essen selbst verzehrt. Er hat in dunkler Vorahnung seine Habe geordnet. In einem fleckigen Leinenbündel liegt das Schreibzeug zu seinen Füßen. Ein paar wenige Blatt Pergament wellen sich in der Nässe des Felsens, in den der Kerker teilweise gehauen ist. Wie die letzten Sandkörner einer ablaufenden Uhr, tropft am kantigen Stein Wasser herunter. Seine Tage sind gezählt.

Vor ihm steht Nazarius. Ein fünfzehnjähriger Junge aus der Untergrundgemeinde der Christen in Rom. Paulus muss an den jungen Timotheus denken, den er auf seiner ersten Missionsreise getauft hat. Wie lange ist das her? Der Junge atmet still. Nur an den Zehen, die sich in den Sandalen krampfen, sieht man seine Anspannung.

Timotheus ist jetzt selber Vorsteher einer Gemeinde. Bischof – wenn man so will. Fortgeschickt, damit er sich durch die Nähe zu einem gefangenen Christen nicht in Gefahr bringe.

Paulus gehen die Zeilen aus dem letzten Brief an Timotheus noch einmal durch den Kopf. In Fetzten. Wie im Fieber. Für einen Augenblick vergisst er den Jungen, der vor ihm steht und spricht seine Erinnerung halblaut in die Dunkelheit:

„Beeil dich, komm bald zu mir! Demas hat mich aus Liebe zu dieser Welt verlassen und ist nach Thessalonich gegangen; Kreszenz geht nach Galatien, Titus nach Dalmatien. Nur Lukas ist noch bei mir. Tychikus habe ich nach Ephesus geschickt.

Wenn du kommst, bring den Mantel mit, den ich in Troas bei Karpus gelassen habe, auch die Bücher, vor allem die Pergamente. Alexander, der Schmied, hat mir viel Böses getan; der Herr wird ihm vergelten, wie es seine Taten verdienen.

Nimm auch du dich vor ihm in Acht, denn er hat unsere Lehre heftig bekämpft.

Bei meiner ersten Verteidigung ist niemand für mich eingetreten; alle haben mich im Stich gelassen. Möge es ihnen nicht angerechnet werden …

Grüße Priska und Aquila und die Familie des Onesiphorus! Erastus bleibt in Korinth ... Beeil dich, komm noch vor dem Winter! Es grüßen dich Eubulus, Pudens, Linus, Claudia und alle Brüder!"

Lukas war bis vor kurzem noch bei ihm gewesen. Paulus hatte ihm den Brief an Timotheus mitgegeben und ihn dann fortgeschickt, damit er sein Leben nicht durch einen Besuch bei ihm in Gefahr bringe. Die Christen in Rom werden beobachtet, bespitzelt und denunziert. Christ zu sein ist lebensgefährlich.

Paulus hält die Rolle in der adrigen Hand.

Nazarius soll sie an Lukas, der sich im römischen Untergrund versteckt hält, übergeben. Er blickt zu Nazarius auf und lächelt ihn gedankenverloren an. Schließlich drückt er ihm die Pergamentrollen in die Hand. „Hab' gut darauf acht", und mit matter Stimme fügt er an: „Gott sei mit dir!"

Nazarius kann nichts erwidern. Sein Herz schlägt bis zum Hals. Seine Wangen glühen in diesem kalten Verlies und mit hellen Augen blickt er auf den frierenden, alten Mann, der zitternd sein Todesurteil erwartet.

Es ist zu spüren, dass die Übergabe dieser Schriften etwas Endgültiges hat. Abschied und Aufbruch zugleich.

Nazarius weiß, dass er ihn nie wiedersehen wird. Es ist ein Abschied für immer. Er lässt sich den geheimen Aufenthaltsort des Lukas zuflüstern, verstaut die Pergamente unter dem weiten Hemd und verlässt den Kerker, in dem der Todgeweihte zurückbleibt.

Auf Paulus wartet die Hinrichtung. Und wenige Tage nach dieser Begegnung rollt das abgetrennte Haupt des Apostels in das Sumpfgras, wo es noch dreimal aufschlägt und schließlich an einer Grasnarbe liegenbleibt, während der zuckende Leib vom Pflock sackt ...

Lukas verbirgt sich, wie Nazarius eben gehört hat, außerhalb der Stadt auf dem Landgut des Aristobulus. Noch heute

Nacht will Nazarius zu ihm laufen und ihm die Pergamente bringen.

In der Dämmerung macht er sich auf den Weg. Aber kein Christ aus den Reihen der kaiserlichen Garde hat in dieser Nacht Wache. Er irrt von einem Stadttor zum anderen. Überall sind die Wachen verstärkt und in Bereitschaft. Er hat gehofft, sie so anzutreffen wie meistens: nur halb aufmerksam, auf dem Boden kauernd, essend, geistesabwesend in irgendein Würfelspiel vertieft und angetrunken. Stattdessen stehen sie mit umgehängten Brustpanzern und den Speeren in den Händen breitbeinig an dem Tor, dessen Bögen mit Fackeln erleuchtet sind. Beim ersten Tor braucht er es gar nicht erst zu versuchen. Also läuft er weiter zum nächsten Tor, aber auch hier bietet sich das gleiche Bild. Er versucht es bei einem dritten und letzten, jetzt schon mit weniger Hoffnung. Auch hier ist heute Nacht kein Durchkommen.

Was soll er tun? Er hat die Pergamente mit einem Wollfaden um den Bauch gewickelt und trägt nichts in der Hand. Allein das muss verdächtig wirken. Er fasst all seinen trotzigen Mut zusammen – schließlich ist er kein Kind mehr – und läuft auf das Tor zu.

„He, Junge", ruft einer der Wachhabenden, offensichtlich froh, dass etwas passiert, „komm mal her!" Jetzt ist es nur noch der Instinkt, der ihn dazu antreibt loszurennen. Er rennt, was das Zeug hält. Aber beim Tor steht links und rechts je eine Wache. Mit ihren Speeren bilden sie ein Kreuz und machen ein Durchqueren des Tores unmöglich. Drei, vier Soldaten stehen um ihn. Sein angstvoller Blick hastet von einem zum anderen.

„Na, Kleiner, was gibt's denn hier zu rennen? Lass mal sehen", sagt einer und versucht, ihn am Arm zu packen. Nazarius wehrt diesen Versuch ab. „He, he!" – ein anderer schubst ihn von hinten.

Er ist außer Atem. Es ist ein klägliches Katz-und-Maus-Spiel, das er von Anfang an verloren hat.

Jedem Versuch dieser Wachen, ihn zu packen, entwindet er sich. Doch schließlich greift ihn ein unglaublicher Hüne von hinten, hebt ihn lachend in die Lüfte, als sei er ein kleines Kind. Seine Beine strampeln in der Luft, er schreit, beißt und tritt um sich. Es nützt nichts. Im Nu sind die Briefe und Schriften gefunden. „Ja, schau, was haben wir denn da ... hihi."

„Gib es her", schreit Nazarius, der inzwischen wieder festen Boden unter den Füßen hat. Aber gerade, als er die Hand nach den Papieren ausstreckt, wird er wieder von einem der Soldaten festgehalten.

„Schau dir das an ..."

Ein dritter Wächter streckt nun seinen Kopf über die Papiere. Offenbar kann keiner von ihnen lesen. Keiner von ihnen erkennt, worum es sich bei den Pergamenten handelt. „Gib sie her!", schreit Nazarius und stürzt auf den Soldaten zu. Er wird aber von hinten an der Schulter festgehalten. Seine Füße kratzen auf der Stelle und sein ganzer Körper biegt sich nach vorn.

Es kommt einer mit einer Fackel. Der Soldat, der die Papiere in der Hand hält, wendet sich dem Fackelträger zu. In aller Seelenruhe nimmt er nun das zuoberst liegende Blatt und hält es in die Flamme. Als zwei Drittel verbrannt sind, lässt er es zu Boden fallen und restlos zu Asche werden. Nazarius steht wie angewurzelt. Der Soldat beobachtet ihn höhnisch, als wolle er überprüfen, ob die von ihm spontan inszenierte Folter ihre Wirkung auch nicht verfehlt. Er setzt das grausame Spiel fort. So geht ein Blatt nach dem anderen in Flammen auf.

Seite für Seite verbrennen die kostbaren Pergamente vor Nazarius' aufgerissenen Augen. Als das Schauspiel beendet ist, lassen sie ihn laufen, so wie man die Massen nach Hause schickt, wenn die tödlichen Spiele in der Arena beendet sind.

„Das wär's. Und nun ab nach Hause." Er wird in die Richtung geschubst, aus der er gekommen ist.

Für die Soldaten ist der Fall erledigt.

Gesenkten Kopfes taumelt Nazarius davon. Er kämpft mit den Tränen. Unbeschreibliche Wut kocht in ihm. Er schämt sich vor sich selbst. Es ist seine Schuld, dass die Briefe des Apostels verbrannt sind.

Erst daheim, in den tröstenden Armen seiner Mutter lässt er seinem Schmerz freien Lauf. Er weint sich aus.

In der Nacht schläft er kaum; immer und immer wieder spukt ihm das Geschehene in Fetzen durch den Kopf. Die Phantasmen der Nacht treiben ihn schweißgebadet durch die Dunkelheit. Er hört die leise Stimme des todgeweihten Apostels, wie er halblaut aus dem Brief an Timotheus wiederholt: „... bring mir den Mantel mit, den ich in Troas vergessen habe ..."

Am nächsten Morgen geht er zu einem Christen in der Stadt, um wenigstens eine Wolldecke für Paulus zu besorgen.

„Du willst Paulus eine Decke ins Gefängnis bringen, dass ich nicht lache ... he, Kleiner – wie ist noch dein Name? ... Tarzisius."

„Na-zarius!"

„Dass ich nicht lache ... – frierst wohl selber ..., was? Paulus hat doch überall auf der Welt Freunde, hat ihn nicht unlängst noch dieser Christ aus Ephesus besucht, Onesiphorus ..., schrecklicher Name ... Und ist nicht Lukas immer bei ihm?"

Nazarius muss ihm die ganze Geschichte von der schiefgegangenen nächtlichen Aktion erzählen. Aber auch das nützt zunächst nichts.

„Der wird schon wissen, warum er seinen Mantel will, hätte er sonst nicht gleich um eine Decke gebeten ... Du bist mir vielleicht einer ..."

Er reibt sich das Kinn und brummelt etwas. Unvermittelt dreht er sich um und geht mit schweren, tapsenden Schritten die Treppe hinauf. Nazarius folgt ihm schweigend ins dritte Stockwerk. Die hölzernen Stufen knarren.

Als sie in der Wohnung sind, beugt sich der andere zu ihm: „Also gut, ich gebe dir die Decke, aber wehe, wenn sie nicht für Paulus ist ... beim Allmächtigen, die Welt ist voller Egoisten ..."

Er schlurft in ein Nebenzimmer und kommt mit der Decke zurück. Nazarius läuft heim, beflügelt von der brennenden Vorfreude, Paulus noch einmal sehen und ihm in den kalten Kerker die wärmende Decke bringen zu können.

Aber daheim ist es nun gerade seine Mutter, die in dasselbe Horn bläst, wie der Christ, der ihm die Decke gab. Wenigstens teilweise. Sie fleht ihn an, heute nicht ins Gefängnis zu gehen. Es sei zu gefährlich. Die Wachen hätten jetzt ein Auge auf ihn, so etwas wie in der vergangenen Nacht spräche sich schnell herum und schließlich gehe es ja nicht um die Decke, Paulus wolle doch seinen Mantel. Sie versucht ihm zu erklären, dass der Mantel vielleicht ja nur ein Tarnbegriff für irgendetwas anderes sei.

Resigniert lässt er seine dünnen Arme sinken. Sein Versagen ist nie wieder gut zu machen, dessen ist er sich sicher.

Einzig der tröstend gemeinte Satz seiner Mutter „Für Gott gibt es immer eine weitere Chance." bleibt ihm genauso wach in Erinnerung wie seine trotzige Antwort: „Aber nicht für die Menschen."

All das ist nun vier Jahre her.

Aber es nagt seitdem an ihm wie eine böse Krankheit.

Er hatte den Apostel gesehen, hatte bemerkt, wie sehr er am Ende seiner Kraft war. Er war krank, seine Finger waren geschwollen, seine Augen waren rot umrändert. Das Essen war karg und er fror. Wie brannte er damals darauf, Paulus Erleichterung zu verschaffen. So viele Menschen hatten ihn verraten, enttäuscht, allein gelassen. Und nun auch er, Nazarius.

Sein damals noch kindliches Herz war über Nacht schwer geworden. Immer hatte er groß und stark sein wollen, ein

Held. Seit dem Tag aber, an dem die Wachen ihn geschnappt hatten, begann er zu ahnen, weshalb es in der Welt so wenig wirkliche Helden gibt und die Erwachsenenwelt nichts anderes ist als ein Flickenteppich aus Enttäuschungen, Leiden, Versagen und Verrat.

Zur Liebe gesellte sich langsam und unmerklich ein gefährlicher Begleiter: der destruktive Trotz der Enttäuschten.

* * *

Nun, viele Jahre nach der Enthauptung des Paulus, steht er bei seinem Jugendfreund Aulus im Atrium.

„Also abgemacht", sagt er, „bei einbrechender Dunkelheit mache ich mich auf den Weg. Hast du mit jemandem über unser Vorhaben gesprochen?"

Nazarius merkt, dass er nur noch einmal hören will, was er schon weiß: Der junge Aulus hat mit niemandem geredet. Dazu ist er zu vorsichtig und zu wortkarg.

So stehen sie da: der junge Aristokrat, dessen ganzes Wesen sich in jener für seinen Stand so bezeichnenden Zurückhaltung äußert, und der junge Galliläer.

Aulus lebt allein in dem großen Haus. Ein paar Freigelassene sind bei ihm. Den Weinberg der Familie und die Felder hat er verpachtet und erzielt daraus seine Einkünfte. Er kann nicht auf großem Fuß leben. Aber da weder Genusssucht noch Sinnenlust seine Kasse belasten, kostet sein asketisches Leben kaum mehr als das eines gewöhnlichen Landarbeiters. Lesen römische Jünglinge und Mädchen seines Alters lieber die erotischen Liebesgedichte des Ovid, so bevorzugt er die mahnenden Oden des Horaz. Das unsittliche Treiben der reichen Kreise, die sich weder durch üble Nachrede noch durch scharfe Worte zügeln lassen, lag ihm immer schon fern – und das nicht nur wegen der Kosten, die es verursacht.

„Gott segne dich. Ich hoffe und bete, dass alles gut gehen wird. Es ist tapfer, dass du alleine gehst. Zu zweit würden wir mehr auffallen und überdies wäre ich dir keine große Hilfe." Nazarius nickt und schaut versonnen auf den musterreichen Mosaikboden im Atrium der alten Villa.

Trotz ihrer gegenseitgen Zuneigung gibt es zwischen ihnen eine spürbare Distanz. Sie bleibt eine unabänderliche Konstante, obwohl sie einander in der gemeinsamen Not der Christenverfolgung in den vergangenen Jahren nähergekommen sind. Was der eine an Vorsicht besitzt, lässt der andere mit Nachsicht gelten, und was dieser an Tatkraft hat, ergänzt jener mit feiner Bildung. Obwohl keiner den anderen um etwas beneidet, hätte heimlich jeder gern etwas vom anderen.

Im Hause, in dem sie jetzt stehen, gibt es weniger Sklaven als zu Zeiten des alten Aulus. Die großen, kühlen Räume atmen dunkle Stille und häusliche Geborgenheit. Es ist ein Haus, in dem jeder – auch Gäste, die es das erste Mal betreten – auf geheimnisvolle Weise leiser spricht, sich langsamer bewegt und ruhiger läuft als sonst. Alles wirkt hier gedämpft, auch die Stimmung. Außerdem hat man sich daran gewöhnt, leise zu reden, denn in den engen Gassen Roms haben die Wände Ohren. Überall sitzen scheinbar ahnungslose Bettler, die für ein paar As selbstgefällige Spitzeldienste leisten. Typen fragwürdigster Herkunft tummeln sich auf den Gassen und Plätzen: Tagediebe, Gauner und Nichtsnutze, Invaliden, Händler, Marktschreier, Herumtreiber und Störenfriede – jeder ist gut genug, hier und da ein paar Sätze aufzufangen und sie verdächtigen Personen zuzuordnen. Das niederträchtige Gewerbe der Denunziation steht in voller Blüte und wird gut bezahlt.

Seit die militärischen und politischen Leistungen ausbleiben, sind es vor allem Gerüchte, die den täglichen Nachrichten- und Gesprächsbedarf des Volkes stillen. Rom ist voll von Spionen, die für eine interessante Information mit Geld und hohen Ämtern belohnt werden, weil die misstrauischen Kaiser über alles unterrichtet sein wollen.

Nazarius schaut still zu Boden und beißt sich nachdenklich auf die Lippen. Dann richtet er sich entschlossen auf. Als er sich zum Gehen wendet, fällt sein Blick auf den Brunnen im Atrium. Ein bronzener Hirsch, der sich an der untersten Schale zu laben scheint. Es sind an ihm schon einige Untergrundchristen getauft worden. Auch ängstliche und weniger gefestigte Gemüter, die durch ein unbedachtes Wort gefährlich werden könnten.

Inzwischen hat man – das wievielte Mal schon? – wieder eine andere Taufstelle gewählt. *Vorsicht ist rechte Tapferkeit*, soll der griechische Tragödienschreiber Euripides schon vor Jahrhunderten gesagt haben. Mit solchen Zitaten waren die gebildeten Christen aus dem griechischen Kulturraum immer schnell zur Stelle. Aber beim ständigen Wechsel der Taufstellen war auch Angst mit im Spiel. Das wusste Nazarius genau. Von wegen Tapferkeit. Die Angst geht um unter den Christen. Angst, so fest geronnen, dass man sie mit Händen greifen kann. Wie Milch, die zu Käse wird. Die besonders nachts allgegenwärtige pretorianische Polizei ist auf der Hut. Jede größere Menschenansammlung erregt Verdacht. Und dieser allein reicht schon aus, um einkerkert oder hingerichtet zu werden. *Mit Angst kontrollieren sie uns …*, denkt Nazarius. Und seine eigene Angst steht ihm wieder vor Augen. Er wird das Bild vom Paulus im Kerker nicht mehr los. Es ist die Achillesferse seines Charakters.

Plötzlich öffnet sich, kaum hörbar, die Tür des im hinteren Bereich gelegenen Tricliniums. Nazarius schrickt auf und wirft durch den Spalt einen raschen Blick in dieses Speisezimmer. Er sieht die Freigelassene Lucia. Sie erschrickt und schließt die Tür sofort wieder. Für den Bruchteil einer Sekunde kreuzten sich ihre Blicke. Genügend Zeit um zu erkennen, dass sie ihn und Aulus belauscht hat.

Was hat sie von ihrem Plan mitbekommen? Jedes vorhin noch so geflüsterte Wort erscheint ihm nun wie eine dröhnende Kundgabe. Haben sie zu laut geredet?

Aulus nickt ihm kaum sichtbar zu, als wolle er sagen, er solle sich keine Sorgen machen.

Nazarius nickt zurück und verlässt nervös das Haus durch die Gartentür des Tablinums, jenes zentralen Raumes, der direkt neben dem Triclinium liegt, in dem er Lucia vorhin erspäht hatte.

Lucia ist unleugbar sehr schön. Er hat sie schon öfter im Haus gesehen. Sie hat Augen grün wie ein Bergsee und bewegt sich mit einer unnachahmlichen runden Sanftheit, wie er sie nie vorher bei einem Menschen gesehen hat. Weder bei den ausgemergelten Frauen seines Viertels, die ständig ein Kind auf dem Arm oder eine Hacke in der Hand halten, noch bei den jungen Mädchen der Christengemeinde, die immer verschreckt und verhuscht sind.

Er durchquert auf einem geharkten Kiesweg den Garten. Das kleine hintere Tor führt auf eine unbelebte Seitengasse. Er schaut sich vorsichtig absichernd nach rechts und links in die Gasse. Schließlich wirft er einen Blick zurück auf das herrschaftliche Haus, das eine winterliche Abendsonne in milchiges Licht hüllt.

Seit er Lucia eben gesehen hat, hat er Angst. Der Plan, den er und Aulus geschmiedet haben, kann nur gelingen, wenn möglichst wenige davon Wind bekommen. Am wenigsten natürlich die Christen aus der Gemeinde.

Inzwischen ist er aus der Seitengasse auf eine der Hauptstraßen getreten. An der Kreuzung wirft er abermals einen Blick zurück, streift die Mauer des Aulus'schen Gutes und hofft sehnlichst, dass ihn niemand hat kommen und gehen sehen.

In der Hauptstraße herrschen Lärm und das übliche Treiben: polternde und schaukelnde Karren, knarrende Räder, beladene Maultiere, das Gegacker von Hühnern, die in Käfigen und Säcken vor die Tempel geschleppt werden, um dort für ein paar Sesterze den Göttern geopfert zu werden, dazwischen Rufe und Schreie und die wiehernden Pferde der allgegenwärtigen pretorianischen Polizei und Feuerwehr.

Die Straße ist ausgefahren und schmutzig. In diesem Treiben gibt es selbst für die ununterbrochen kehrenden Sklaven kein Durchkommen.

Und das, obwohl seit einem Gesetz, das Nero noch erlassen hat, tagsüber keine Wagen mehr in die Innenstadt fahren dürfen. Da dieses Gesetz aber Fahrzeuge mit Baumaterial für die öffentlichen Bauten ausnimmt und weil eben nahezu überall gebaut wird, führt es kaum zu Entlastung. Hinzu kommt, dass alle anderen Wagen vor der Stadt entladen und dann die Waren auf Tragen oder auf dem Rücken von Sklaven zu Markte geschleppt werden müssen. Schreiende Händler, schwitzende Sklaven und umherirrende Familien verstopfen die engen Gassen. Ein paar kleintierzüchtende Nomaden versuchen ihre Schafe und Ziegen durch das Gewühl zu dirigieren. Sie kommen kaum an einem Bautrupp vorbei, der unter Zurufen und Flüchen einen festgefahrenen Wagen aus dem Schlamm zu befreien versucht. Sie haben vorn einen Ochsen angebunden, auf den ein barfüßiger Knabe mit einer Rute einschlägt. Dabei schimpft er auf das gutmütige Tier in einem für Nazarius unverständlichen Dialekt ein. Das arme Geschöpf bemüht sich nach Kräften, aber es findet im Gassenkot, zwischen Kohlblättern und anderen Küchenabfällen keinen Halt. Nazarius stößt mit einem der gebückten Männer zusammen. Er macht einen Sprung zurück, um in der angespannten Atmosphäre keinen Ärger zu bekommen. Einen finsteren Blick und ein paar derbe Worte muss er sich gefallen lassen. Vorwärtseilend stolpert er über einen abgestellten Weidekorb. Ein Schankwirt kippt halbleere Weinschläuche aus, deren saurer Inhalt mit anderen Rinnsalen zusammenfließt. Nazarius hastet weiter. Immer wieder muss er lastentragenden Händlern ausweichen. Schaut er auf die Straße, so stößt er bald mit diesem, bald mit jenem zusammen; versucht er den Zusammenstößen auszuweichen, so tritt er hier in eine zerquetschte Rübe, dort in Eselsmist oder in eine schmierige Pfütze.

Sein Gang hat in diesem Chaos an Eleganz eingebüßt. Er

bewegt sich wie jemand, der ein zerbrechliches Gefäß unter dem Arm trägt und dieses kostbare Gut möglichst unbeschadet durch eine Straßenschlacht bekommen will. Der Friede des Aulus'schen Hauses löst sich im Gewühl der Straße auf. Wie Treibholz, das an einer Hafenmauer zerbirst.

Er hat es eilig.

Er ist es gewohnt zu hasten und sich gleichzeitig auf leisen Sohlen zu bewegen. Das können alle Christen aus dem Untergrund Roms. Niemand von ihnen kann seine Herkunft aus den untersten Schichten verleugnen, in denen man den würdigen Schritt und gemessenen Gang der Patrizier nicht erlernt. Ihnen ist die Eleganz nicht in die Wiege gelegt. Sie stammen von Vorfahren ab, die seit Jahrtausenden mit gebücktem Rücken hinter hölzernen Pflugscharen herlaufen. Schon früh hat er sich gefragt, ob die typische Art des langsamen und aufrechten Ganges der gehobenen Kreise wohl angeboren sei. Wo ein Bürger oder Armer läuft, schreitet ein Patrizier, wo ein Sklave lediglich geht, da wandelt ein Herr und wo der Jüngling rennt, da eilt der Reiche. Stellung und Reichtum eines Menschen erkennt man in Rom nicht nur an der Kleidung, sondern auch am Gang. Für Freigelassene oder Aufsteiger ist nichts schwieriger, als den aufrechten, gemessenen Schritt zu erlernen, der zugleich würdevoll und erhaben, machtgewohnt und souverän sein muss.

Bei den Angehörigen der höheren Schichten hat Nazarius immer den Eindruck, sie seinen größer als er. Oft duckt er sich tatsächlich vor Höherstehenden. Automatisch zieht er den Kopf ein, sodass er zu ihnen aufblicken muss – selbst dann, wenn sie, wie so oft in den vergangenen Jahren, auf ihn angewiesen sind.

Schon als er mit Aulus im Kindesalter spielte, war er von dessen Bewegungen beeindruckt. Selbst beim Ballspiel war Aulus schon als Kind graziler und wirkte bei seinem stets aufrechten Körper geschickter. Er selbst hatte nach dem Spielen immer Schmutz an den Kleidern, Aulus nie.

Rätselhaft war ihm immer, dass die Jünglinge der gehobenen Kreise genauso schnell laufen können, wie ein Arbeiter oder Gassenjunge, dass sie keineswegs kleine Schritte machen oder ihren Vorwärtsdrang bewusst bremsen. Im Gegenteil: Ihr Gang erweckt oft den Eindruck, als bewegten sie sich schneller, ohne zu laufen. Die lange, weiße Toga vermittelt die Illusion, als stünde ihr Körper auf Rädern und als hätte der Oberkörper mit der Fortbewegung eigentlich nichts zu tun.

Er hingegen war schon immer voller Bewegung. Sein Körper ist sehnig und muskulös. Er hat schon als Kind manchen Sack Weizen beim Entladen eines der Kornschiffe, wie sie am Tiber festmachen, tragen müssen, um mit für den Unterhalt seiner verwitweten Mutter zu sorgen oder zur Kollekte unter den Christen beizutragen.

Ein Patrizier benötigt weder seine Kraft noch seine Wendigkeit, denn in den seltenen Fällen, in denen ein Patrizier in Rom zu Fuß geht, tritt das Volk respektvoll zur Seite und macht im Platz.

Er kommt zu einem kleinen Marktplatz, dem Vorplatz eines Tempels, an dem sich zu dieser Stunde die Wechsler, Spekulanten, Händler, Wahrsager, Sänger, Bettler und allerhand neugieriges Volk versammeln.

Aus den Körben der Maultiere werden Waren verhökert. Auf ungehobelten Tischen liegen Kleider aus aller Herren Länder, Tücher aus Indien und gewebte Decken, gebrannte Mandeln, gesalzene Pistazien, eingelegte Sardinen und getrocknete Früchte.

Menschen drängen um den Stand eines Marktschreiers, der Götzenbildchen und kleine Kaiserstatuen feilbietet. Neugierige Kinder, tratschende Weiber, schimpfende Männer, Invaliden, Schwarzafrikaner und orientalische Fremde laufen zusammen und vergrößern das Gedränge. Bald ist kein Durchkommen mehr. Immer wieder drängeln sich Kaufinteressenten nach vorn. Sind sie endlich dort, dann ist der Gegenstand schon an einen anderen vergeben, der ebenfalls an einem Schnäppchen zu Gunsten der Götter interessiert war.

Es gibt die temperamentvollsten Wutausbrüche, wenn jemand leer ausgeht, während der Kunde, kaum hat er sich aus der drückenden Menge befreit, das Gekaufte schon zu einem erheblich höheren Preis weiterverschachert. Deshalb bilden sich immer neue Gruppen, in denen es ebenso laut zugeht. Wie Wildbienen.

Nazarius schiebt sich seitlich durch den Haufen. Die Hände hat er bald eng an den Körper gelegt, bald hoch in die Luft erhoben, mal tänzelt er auf Zehenspitzen, dann steht er wieder auf festen Sohlen, immer darauf achtend, möglichst wenig Rippenstöße und Fußtritte einstecken zu müssen oder kurzzeitig so zu stehen zu kommen, dass ihm nicht irgendein Schreihals ins Ohr brüllt.

Am Zentrum des Geschehens ist er schon vorbei . Es wird etwas ruhiger. Das meiste scheint geschafft. Da starren ihn plötzlich zwei schwarze Augen aus dem sonnengegerbten Gesicht eines krüppeligen Alten an. Augenblicklich weiß Nazarius, dass dieser Blick kein Zufall ist. Da kennt ihn jemand. Er drängt sich weiter und hört hinter sich aus zahnlosem Munde den Alten krächzen: „Sei auf der Hut, mein Junge. Sie wissen, was vorgeht!"

Im Weiterdrängeln dreht er sich nach dem Alten um, aber er kann ihn in der Menge nicht mehr finden. Da hat er schon die Seitenstraße erreicht. Er biegt ab. Die Menge und ihr Lärm bleiben hinter ihm und verklingen.

Die Straße, durch die er jetzt muss, ist ruhig. Beim Wiederaufbau nach dem Brand Roms, den man den Christen in die Schuhe geschoben hat, sind viele Brandruinen abgerissen und die Fahrspuren verbreitert worden. Die mühevollen Fußwege sind nun einfacher. Auch gibt es weniger Staus und Verstopfungen durch Wagen, die bei den häufigen Radbrüchen kaum auf die Seite geschafft werden konnten, oder vor Handwerksstuben, öffentlichen Gebäuden und Gasthäusern abgestellt waren. „Alles hat sich hier verändert", denkt er. Seinen speziellen Bedürfnissen waren früher die engen Gassen zugute gekommen.

Frühes Leid und armselige Verhältnisse haben ihn schon als Kind dazu gezwungen, die Nacht zum Tag zu machen. Er ist Halbwaise und seine Mutter ist, nachdem sie mit ihm, ihrem einzigen Sohn, als Witwe aus Galliläa nach Rom gekommen war, vom ersten Tage an für die junge Christengemeinde dagewesen. Bei ihr haben Petrus und Paulus, Lygia, Neronius und viele andere große Männer wie Lukas, treue Freunde wie Timotheus und Markus, entlaufene Sklaven wie Onesimus verkehrt. Sie beherbergte Heiden, Verfolgte, und Bekehrte. Sie hat in den furchtbaren Jahren der Verfolgung Verletzte verbunden, Kranke gepflegt und Zerknirschte getröstet. Sie hat Kleider geflickt und Seelen. So manchen Verfolgten hat sie auf der Bahre in der ärmlichen Stube sterben sehen.

Nazarius machte die Besorgungen, leistete Botendienste und übermittelte Nachrichten. Das tut er bis heute. Wenn aus Gründen der Vorsicht ein nächtlicher Gebetsort verlegt wird, so sorgt er dafür, dass dies von Mund zu Mund weitergeflüstert wird. Kommt ein Apostel oder Ältester an, so holt ihn Nazarius am Hafen ab oder geht ihm auf einer der staubigen Straßen entgegen. Wenn die Speisekammer leer ist, so sorgt er dafür, dass andere Christen etwas spenden. Jeder Christ in Rom kennt den Sohn der Miriam. In der Zeit der Verfolgungen nach dem Brand, hat er Nachrichten in die Kerker und hinaus geschmuggelt, wachehaltende Garden bestochen, sich durch die Reihen in der Arena geschlängelt und mit offenem Munde aus nächster Nähe die furchtbarsten Martyrien gesehen. Er hat im Hause seiner Mutter große Männer weinen und kleine aufbegehren hören, hat die stille Freude der Bekehrten und die Qualen der Liebenden genauso gesehen, wie die sorgenbleichen Gesichter der vor Angst Besinnungslosen.

So manche Speerspitze der Polizei hat sich schon auf ihn gerichtet. Er kennt die Winkel und Schlupflöcher, Keller und Gewölbe, die Hintertüren und doppelten Böden, weiß, welcher Christ der kaiserlichen Truppen an welchem Stadttor wann Wache hält, was in Rom geredet und was verschwiegen wird. Er kennt die, denen man vertrauen kann, und die, denen man besser aus dem Wege geht. Er weiß, wo er zu lügen und bei wem er die Wahrheit zu sagen hat, weiß, wo er besser den ahnungslosen Knaben und wo den erfahrenen Mann geben muss. Er ist schon zu jeder Jahreszeit durch Gassen und über Plätze gerannt, die ihm bei Dunkelheit bekannter sind als bei Tageslicht, ist mit manchem Trunkenbold und nächtlichem Herumtreiber zusammengestoßen und hat sich viele Male von Wirten, Nachtwächtern und Strauchdieben nachrufen lassen, ein Kind seines Alters müsse längst im Bette sein.

Der Brand Roms hatte alles verändert. Die Christen seien daran schuld, heißt es bis heute überall. Seit dem Brand sind die Verfolgungen noch schlimmer geworden, die Martyrien noch qualvoller und die Folter noch unerträglicher. Während der Pogrome gegen die Christen, der Einkerkerungen und Hinrichtungen war es im Hause seiner Mutter still geworden. Man war noch vorsichtiger geworden. Es hat offenbar Verräter in den eigenen Reihen gegeben. Hat man diesen auch verziehen, sofern sie ihre Schuld bekannten und zur Buße oft genug freiwillig das Martyrium gesucht hatten, so sind doch von da an Skepsis und Vorsicht ständiger Begleiter christlicher Verabredungen und Treffen geblieben.

Je mehr der Lärm des Marktes hinter ihm bleibt, umso mehr treten jetzt wieder die Gedanken an Aulus, Lucia und jenen merkwürdigen Alten in den Vordergrund.

Er hält den Gestank des Gerberviertels, durch das er jetzt geht, kaum aus. Die Gerber haben sich in der Nähe des Wassers niedergelassen und hier stink es tags und nachts erbärmlich. Wer immer kann, versucht dieses Viertel zu umgehen, in dem sich der beißende Geruch des Gerbstoffes Urin mit dem modernden Geruch alten, verfaulten Fleisches zu einem ekelerregenden Gestank zusammenfügt, der an heißen Sommertagen selbst für die an Tierkadaver und Verwesungsgeruch gewöhnten Anwohner unerträglich wird. Auch jetzt, in der weniger warmen Jahreszeit wimmelt es hier vor Fliegen, die sich gierig auf die schweißbenetzte Stirn und die geröteten Mundwinkel von Nazarius setzen. Hinzu kommen die Stechmücken aus dem Tiberschilf – er hat den Fluss schon vor einer Weile überquert – die ihn sirrend umschwirren. Ihn ekelt die Vorstellung, dass die Fliegen, die er jetzt mit dem Gefuchtel der Arme nicht vertreiben kann, sich eben noch an einer blutigen Kadaverhaut gesättigt oder aus Exkrementen ihre speicheldurchsetzte Nahrung gesogen haben. Der kleine Hüpfer, zu dem sie sich angesichts seiner Abwehrversuche bequemen, macht ihn aggressiv. Das furchtbare Geräusch ihrer penetranten Anwesenheit, die kleinen Flecke ihrer Ausscheidungen auf seiner Haut und das ständige Sich-Säubern dieser Biester nervt ihn. Sie unterscheiden nicht zwischen Totem und Lebendigem, Urin, Mist, Dreck, Schweiß, Blut, Kot, Tieren, Kadavern, Menschen und Leichen, Nahrungsmitteln und Küchenabfällen, alles ist ihnen recht. Alles aber, was ihnen so unterschiedslos recht ist, ziehen sie hinab auf diese niedrige Stufe des Daseins, wo das Leben nur ein Überleben ist und jeder gut genug, herzuhalten für die Triebbefriedigung anderer. Ihn kränkt der Gedanke, dass diese Fliegen ihn nicht respektieren. Sein fuchtelnder Kampf gegen die Fliegen richtet sich gegen die tiefsitzende Furcht, vor den Menschen und sich selbst nicht mehr wert zu sein als ein Stück Pferdemist.

Je verzweifelter er sich dagegen wehrt, umso mehr zieht sein Schweiß neue Fliegen an. Als er endlich das verhasste Gerberviertel hinter sich hat, ist ihm zum Heulen.

Seine Mutter sitzt in der Küche. Sie hat die Hände in den Schoß gelegt und genießt die Ruhe des Abends. Nachdem sich hier keine Hausgemeinde mehr trifft, Petrus und Paulus getötet worden sind, Markus, Timotheus abgereist sind sowie ihre täglichen Besucher sich aus Sicherheitsgründen nicht mehr bei Tageslicht blicken lassen, ist mit der Stille auch das Alter gekommen. Ihr Augenlicht fängt an zu schwinden und ihre Stimme bricht mehr und mehr. Sie hört nicht mehr gut. Immer öfter muss sie bei der Hausarbeit eine Pause einlegen.

„Nazarius, bist du es? Komm herein, mein Kind!" Nazarius tritt in die Küche, die in der Abendsonne heller wirkt als sonst. Das Quartier, in dem sie wohnen, war beim Brand Roms weitestgehend verschont gebliebenen. Die Straßen sind hier noch so eng wie früher. Jetzt, im Winter bricht sich das abendliche Sonnenlicht an der gegenüberliegenden Hauswand und fällt gelblich in die Küche.

Nazarius setzt sich neben sie auf einen Hocker und stützt den Kopf in die Hände.

„Warst du bei Aulus? Erzähl mir doch … wie geht es ihm? Ach, ich habe diesen Jungen so lange nicht gesehen. Sag, er muss groß geworden sein. Wie kommt er in seinem Hause ohne die Eltern zurecht? Nazarius … du erzählst mir gar nichts mehr. Onesiphorus war vorhin hier. Er lässt dir ausrichten, dass heute Nacht eine Gebetsversammlung draußen vor dem Vatikanhügel am Grabe des Petrus stattfindet. Du sollst eine Laterne mitbringen …"

„Oh", sagt Nazarius leise. Sie hört es nicht und fährt fort: „Sag, Nazarius, möchtest du etwas essen? Soll ich dir einen Hirsebrei kochen, im Topf ist noch etwas Brot …" Sie hüstelt und bricht unvermittelt ab.

„Lass gut sein, Mutter." Nazarius holt sich eine Krume Brot aus dem Topf. „Trink etwas Wasser dazu, dort steht ein Krug, hier hast du einen Becher, wo ist er denn? … ach, hier … nimm", sie stellt den Tonbecher zu Nazarius, der bereits den Krug in der Hand hält, sich eingießt und den Inhalt stürzt.

„Ich kann heute Abend nicht."

„Was, Nazarius, du gehst nicht zum Gebet?"

„Nein."

„Hast du mit Aulus gesprochen?"

Nazarius wird ärgerlich. „Wie sollte ich ..."

„Du verbirgst etwas vor mir!"

„Ja."

Die Reuelosigkeit, die in dieser Antwort mitschwingt, überrascht sie. Aber sie weiß, das es sinnlos ist, das Gespräch fortzusetzen.

Um den drohenden Streit zu vermeiden sagt sie: „Du musst wissen, was du tust ..."

„Ja."

Er trinkt noch einen Becher Wasser und verlässt die Küche.

Auf der Schwelle wirft er einen Blick zurück und für den Bruchteil einer Sekunde ist er von Liebe zu seiner Mutter überwältigt. Wie sie dort sitzt und ihn ratlos anblickt, mit ihrem faltigen Gesicht und den schweren Händen. Er lächelt ihr zu, aber sie sieht ihn nur fragend und sorgenvoll an. Er sieht, wie sich die senkrechte Falte zwischen ihren Augenbrauen bildet und rot umrändert stehenbleibt.

„Ich hatte gehofft, dass du mich heute Abend mitnehmen kannst ... ausnahmsweise ..."

„Ach Mutter", er dreht sich zu ihr und tritt einen Schritt auf sie zu, „du weißt, dass du das nicht schaffen würdest."

„Ja."

Er steht dicht bei ihr und streicht über ihre Hände, die sie ihm hilfesuchend entgegenstreckt.

Sie sind kalt.

Für einen Moment denkt er, dass auch Lucia, die er heute bei Aulus so auffällig fand, einmal so alt sein würde, müde, erschöpft und gebrechlich.

Er liebt die Mutter und lehnt die Greisin ab. Aber so ist es immer bei ihm. Er pendelt zwischen den Welten: Er liebt Christus und hasst seine eigenen Glaubenszweifel, er liebt Aulus und kann dessen aristokratische Distanz nicht leiden, er liebt den Frieden und hasst den Umtrieb. Für einen unerträglichen Moment wird sein Herz zum Brennpunkt dieser Widersprüche und bündelt sie in der Qual, sich selbst nicht lieben, aber mit dieser Selbstablehnung auch nicht leben zu können.

Unmerklich baut sich in ihm eine Spannung auf. Sie setzt seine Nerven unter Druck, wie ein noch gährender Most den Schlauch. Es ist nur noch eine Frage der Zeit, bis der Druck sich entlädt.

II.

Er zieht sich durch den Stoffvorhang, der die beiden Räume voneinander trennt, ins Hinterzimmer zurück und wartet auf den Einbruch der Dunkelheit. Er braucht diese Zeit, um sich auf das Kommende vorzubereiten und das Vergangene zu verarbeiten.

Auch das heutige Gebetstreffen kann ihn nicht davon abhalten, das Vorhaben durchzuführen, denn immer noch nagt sein misslungener Kuriergang an ihm, wegen dem der todgeweihte Paulus die konfiszierten Briefe noch einmal schreiben musste. Heute Abend gibt es für ihn die Gelegenheit, alle Selbstzweifel zu überwinden und sich zu beweisen, dass er tatsächlich zu Großem fähig ist.

Als es vollends dunkel ist, greift er nach einer kleinen gewebten Umhängetasche. In diese hat er bereits einen schweren eisernen Hammer bereitgelegt und sie unter seinem Bett versteckt.

Um nicht gesehen zu werden, wählt er für den Ausstieg das Hoffenster des zu ebener Erde gelegenen Stübchens. Er schleicht durch den Flur, huscht in die Stube, setzt sich dort auf den Fenstersims und ist mit einer Drehung und einem kleinen Sprung draußen. Er schleicht zum Schuppen, dessen Holztür lediglich angelehnt ist. Beim Öffnen knarrt sie leicht, aber er braucht nur einen kleinen Spalt, groß genug um mit der Hand aus dem Regal eine Fackel zu nehmen. Er schiebt seinen Kopf durch den Riemen der Umhängetasche und macht sich auf den Weg.

Noch kennt er den Weg gut und zunächst geht er ein Stück in Richtung Tiber, aus dem jetzt abendlicher Nebel aufsteigt. Er meidet die Hauptstraße. Die Nebenstraßen sind ruhiger und nur schwach erhellt von Öllämpchen in den Fenstern und Fassaden einzelner Häuser. Allmählich wird die Besiedlung spärlicher. Kurz vor der Tiberbrücke macht er einen großen Bogen, um den zahlreichen Bettlern und Heimatlosen, den Pons, die hier die Nacht verbringen, nicht zu begegnen.

Die Brücken sind Tag und Nacht von einem Leben eigener Art geprägt. Was sich hier sammelt und herumtreibt, gehört so sehr zur Brücke selbst, dass man es für den lebendigen Teil ihrer Architektur halten kann.

Unter diesen Pons findet man Denunzianten und Informanten, Neugierige und Klatschsüchtige, rauhe Trunkenbolde und verwaiste Kinder, entlaufene Sklaven, flüchtige Schuldner, Mörder, Betrüger und Betrogene, Menschen aus aller Herren Länder, schlanke Ägypter, kleinwüchsige Juden, schmalhüftige Inder, breitschultrige Germanen ebenso Krüppel und Behinderte. Allen ist gemeinsam, dass sie für Neuigkeiten außerordentlich empfänglich sind. Nicht selten pfeift man tags von den Dächern, was die Pons nächtens in Erfahrung brachten. Nazarius weiß das, hat er doch wiederholt von ihrer Klatschsucht und ihrer Neugier profitiert.

Die Pons sind auf ihre Weise gewitzt, wissen, was das Volk von ihnen denkt und führen dieses deshalb gerne an der Nase herum. Schadenfreude ist ihnen oft wichtiger als Mitleid, Fluchen vordringlicher als Handeln und Grausamkeiten naheliegender als Erbarmen. Der zähe Lebenswille bahnt sich jenseits des offiziellen Lebens eigene Wege. Die Pons sind eine Welt für sich und haben ihre eigenen Gesetze. Wer eine Decke hat, teilt sie nicht, wer zu essen hat, isst heimlich und schnell, wer wenig weiß, tut, als wisse er viel, wer viel weiß, tut, als wisse er nichts. Zusammenhalt kennen sie nur, wenn sich die Willkür der Behörden gegen sie alle richtet. Da genügt es, dass die Polizei bei einer Razzia einen von ihnen mitnehmen will: Sofort gibt es aus der gesamten Brückenmannschaft Entlastungszeugen.

Einen einzelnen Pons zu verhören, ist für jeden Beamten eine Katastrophe. Muss er schon Augen und Nase Gewalt antun, so ist die geübte Leere nichtssagender Pennerphrasen meist der berühmte Tropfen, der das Fass seiner Ungeduld zum Überlaufen bringt. So wichtig den Behörden auch Informationen von den Pons sind, so wenig sind diese jedoch durch Drohung oder Züchtigung aus ihnen herauszubekommen. Die Pons verachten die Gesellschaft, von der sie abgesondert leben, und achten mit einer eigentümlichen Art von Solidarität jeden, der dieser ein Schnippchen schlägt.

Das alles aber kann Nazarius jetzt nicht brauchen.

Er biegt deshalb in gebührendem Abstand ab und läuft parallel zur Ausfallstraße, auf welcher der übliche nächtliche Verkehr und der entsprechende Lärm herrschen. Der Verkehr ist in der Innenstadt für private Wagen und Lastkarren nun offen. Mit Ölfunzeln beleuchtet schaukeln Eselskarren stadteinwärts, während Sklaven schwappende Jauchebottiche aus den öffentlichen Kloaken stadtauswärts bugsieren. Wagen von Händlern, Wechslern und Handwerkern wiegen wie Barken auf einem ruhigen Fluss. Dazwischen tummeln sich Fußgänger und kleine Grüppchen von jungen Männern.

Die Stadttore werden an den großen Ein- und Ausfallstraßen nachts nicht mehr streng bewacht. Müde und lustlos stehen Wachen in den großen Torbögen, die von Fackeln hell erleuchtet sind. Sie lassen die Händler hinein- und herausfahren, greifen höchstens bei einem Streit ein und begnügen sich bis auf weiteres damit, Verdächtige zu kontrollieren. Im Wesentlichen richtet sich aber ihre Aufmerksamkeit stark auf Militärisches, das außerhalb der Mauern vorgeht, auf irgendwelche dem jetzigen Kaiser nicht wohlgesonnene Truppen, die sich möglicherweise zum Putsch rüsten, um einen der ihren auf den Thron zu heben. Nazarius weiß, dass es schwerer sein würde, wieder hineinzukommen, als jetzt möglichst unauffällig an den Wachen vorbei hinauszugelangen.

„Wohin des Wegs?", fragt er den erstbesten Kutscher eines langsam rumpelnden Gefährts. Dieser hält an, rutscht ein wenig auf die Seite und bedeutet Nazarius, er solle sich neben ihn setzen. Dabei schaut er weiter auf die Fahrbahn der unebenen Straße. Er setzt sich neben den Kutscher. Die Tasche mit dem Hammer lässt er umgehängt, die Fackel hält er wie einen Spazierstock zwischen den Knien.

Er ist froh, einen so wortkargen Fahrer gefunden zu haben. Obwohl ihm die Gegend nicht fremd ist, hat sich in den knapp drei Jahren, seit dem die Christen sich hier draußen nicht mehr treffen, viel verändert. Die emsige Bautätigkeit nach dem Brand und die damit zugleich beabsichtigte Entspannung der innerstädtischen Enge führen dazu, dass auch außerhalb der Stadtmauern immer mehr Wohnhäuser entstehen. Straßen werden befestigt, Gehöfte angeschlossen und Siedlungen vergrößert. Es ist hier draußen – sie haben das Stadttor längst hinter sich gelassen – mehr Leben als früher. Nazarius wundert sich, dass er diese Entwicklung nicht mitbekommen hat. Wie hätte er andererseits aber ahnen können, dass es ihn noch einmal in diese früher so abgelegene, wüste und nachts auch ungemütliche Gegend führt?

Unruhig späht er jetzt in die Nacht.

Verdammt, wo ist der Weg? Bin ich schon zu weit? Irgendwo muss doch hier die Abzweigung sein … – in der Dunkelheit erkennt er am Horizont eine kleine Hügelkette.

Der Kutscher, der sich die ganze Fahrt über nur mit seiner klapprigen Mähre unterhalten hat, bemerkt seine Unruhe und wendet sich ihm beinahe abrupt zu: „He, Junge … siehst nicht gut aus! Was ist mit dir? Willst doch in dieser Gegend nicht aussteigen, oder?“

„Doch“, antwortet Nazarius.

„Na, wirst wohl keine Dummheiten machen … – oder? Hab schon öfter gemerkt, dass hier nachts was vorgeht … – oder? … Polizei reitet auch durch …“ Er wendet sich Nazarius mit hervorquellenden Augen zu und durch seine Adlernase bekommt sein Blick etwas Rechthaberisches. Blitzschnell schaut er ihm abwechselnd ins rechte, denn ins linke Auge, sodass sein Blick nahezu flimmert. Es hat ihn die Furcht ergriffen, durch die Mitnahme dieses undurchsichtigen Jungen zu einer Art Mittäter zu werden, selbst wenn er nicht weiß, woran. Etwas Gutes kann es wohl kaum sein, denn das geben weder die Gegend noch die nachtschlafende Stunde her.

„Vor ein paar Tagen ... – oder", er kommt Nazarius, der die noch nicht brennende Fackel fest umklammert, nun ganz nahe, „ ...sah ich einige Männer genau dort laufen", er weist mit dem knorrigen Finger der linken Hand auf einen von der Straße abbiegenden Sandweg. Er starrt Nazarius an, als wolle er prüfen, ob dieser sich von seinem Blick losreißt, um in die gewiesene Richtung zu schauen. Nazarius, gebannt von dem jetzt starren Blick des Alten, schaut blitzschnell dem Zeigefinger nach und dann dem Alten sofort wieder in die Augen. Dieser Bruchteil einer Sekunde aber hat genügt, um den Weg zu erkennen, den er sucht.

Das alte Pferd trottet nun langsamer, teils weil der Kutscher, als er sich Nazarius zuwendet, die Zügel lockergelassen hat, teils weil die Straße ansteigt. *Das Gelände wird hügeliger,* schießt es ihm durch den Kopf, wobei sein Blick unverwandt auf den Alten gerichtet bleibt.

Ihm ist mulmig, aber er befindet sich mit Sicherheit an der richtigen Abzweigung.

Wortlos springt er vom Wagen. Dabei schlägt der in seiner Tasche befindliche Hammer auf den Kutschbock, augenblicklich kommt der Wagen zum Stehen, der Kutscher ist Nazarius mit dem Oberkörper gefolgt und liegt jetzt auf seinen rechten Unterarm gestützt halb auf dem Brett, während die Linke die Zügel hält.

„Junge ...!", sagt er, „... mach keinen Unsinn – oder! Diese Gegend ist nichts für anständige Menschen ..."

Nazarius hat nicht gedacht, dass der Kutscher ihn für anständig hält.

„Hier ist viel Unheil ... Glaub's mir ... Früher haben sich hier die Christen getroffen, ich hab sie manchmal bis an die Straße singen gehört. Die meisten sind jetzt tot. Die Gegend hier ist nicht gut. Hier hausen die Totenvögel! Die Christen sind weg, jetzt treffen sich andere hier. Ich sehe sie manchmal … – oder …“ er spricht die letzten Sätze schnell und abgehackt. Nun schaut er Nazarius fast liebevoll an.

„Junge, geh heim …“

Während er zu Nazarius spricht, zündet dieser seine Fackel an dem Öllämpchen an, das den Wagen beleuchtet. Die rotgelbe Farbe des Feuers erhellt das Gesicht des Fahrers, das Nazarius bisher nur im Halbdunkel gesehen hat. Er hat sich inzwischen wieder aufgerichtet, sodass er zu ihm aufblicken muss. Der Wagen zieht langsam wieder an. Was der Kutscher gesagt hat, bedarf keiner Erwiderung und offenbar erwartet dieser sie auch nicht. Zwar wirft er Nazarius über die Schulter noch einen Blick zu und es ist ihm, als schüttele er verständnislos den Kopf. Der Wagen fährt knarrend an Nazarius vorbei. Er schaut ihm nach, bis die ihn begrenzenden Lichter hinter der Kuppe verschwunden sind.

Die Nacht ist klar hier draußen. Auf einer fernen Kuppe sieht er einen anderen Wagen des Wegs kommen und er überquert nun die Straße. Sie sind ein wenig über die Abzweigung hinausgefahren, sodass er ein paar Schritte zurück laufen muss. Dann beginnt ein breiter Sandweg, dessen rötliche Farbe im Fackelschein so gut erkennbar ist, wie früher in der Morgenröte. Er biegt in diesen Weg ein, hat aber immer noch keine genaue Orientierung. Er weiß, dass der Weg, den er früher so oft zu jener Höhle der nächtlichen Gebetstreffen ging, in der Nähe der Felsen und Höhlen kurvenreicher und hügeliger wird. Er geht jetzt schon eine ganze Weile bergab und versucht am Horizont zu kontrollieren, welchen Verlauf der Weg nimmt. Die Straße hat er längst hinter sich und nur von ferne hört er das Vorbeiknarren jenes Wagens, den er vorhin von weitem gesehen hat. Wie ein Schiff, das im nächtlichen Tiberhafen schaukelt.

Die Sterne, die er sich zur Orientierung am Horizont gewählt hat, wechseln nun schneller in seinem Blickfeld von recht nach links und zurück. Mit erregter Spannung wartet er auf das Auftauchen des zerklüfteten Areals, von dem aus die einzelnen Höhlen zugänglich sind.

Er ist diesen Weg nie allein gegangen. Als die Treffen noch hier draußen stattfanden, war an nahezu jedem Abend eine große, schweigende Prozession von allen erdenklichen Seiten her zu sehen. Die Christen sind meist schweigend in kleinen Grüppchen und mit Laternen querfeldein in Richtung der großen Höhle gekommen, wo Petrus und Paulus unabhängig voneinander so oft gepredigt, getauft, von Jesus Christus erzählt und die Weissagungen der Bibel gedeutet haben.

Jetzt ist es hier still und dunkel.

Der Weg mündet an dieser Stelle auf ein weiträumiges Plateau. Es tun sich verschiedene Höhlen auf und strecken ihm ihre dunklen Mäuler wie nächtliche Ungeheuer entgegen. Als seinerzeit die Zahl der Christen ständig zugenommen und die großen Racheverfolgungen noch nicht begonnen hatten, hat man sich hier draußen auf dem Platz getroffen.

Er erkennt jetzt die große Feuerstelle an den Resten der Steine, mit denen sie umgrenzt worden war. Um sicher zu sein tritt er einen Schritt hinzu, bückt sich und hält seine Fackel so, dass der Feuerschein auf ein paar dieser Steine fällt. Sie sind schwarz vor Ruß. Mit dem Zeigefinger der freien Hand überprüft er, ob es sich tatsächlich um Ruß handelt und wendet sich dann dem Felsen zu.

Welcher der Eingänge führt in die Grotte, die er sucht? Er irrt erst ein Stück nach links und leuchtet in eine der Höhlen. Hier ist es auf keinen Fall. Nun nimmt er die weiter rechts gelegene, aber auch hier ist er unsicher. Zunächst schreitet er hinein und leuchtet in ihrem Rund, dann geht er wieder hinaus, sicher, dass dies auch nicht die Stelle sein kann, die ihm beschrieben worden ist. Als er aber zu einer weiteren, noch weiter abseits gelegenen Höhle schleichen will, stößt sein Fuß an einen kleinen Busch. Erst jetzt fällt ihm wieder ein, dass Aulus ihm diesen Busch als Erkennungszeichen genannt hat.

Sein Puls steigt augenblicklich an. Dieser Busch versetzt ihn mit einem Mal in die Gegenwart und zugleich in Angst. Er fühlt nach dem Hammer in seiner Tasche. Die ganze Aktion hatte bis jetzt für ihn etwas Unwirkliches. Nun ist alles Realität.

Er hat nicht die Nerven darüber nachzudenken, ob er jetzt überhaupt hier wäre, wenn er tatsächlich an das Gelingen der Tat geglaubt hätte. Seit dem Aufkommen des Gerüchtes über die in der Höhle noch befindlichen Schriften von Paulus, die hier während der Verfolgungen versteckt worden sein sollen, lag das Auffinden dieser Kostbarkeiten in der Zukunft. Jetzt ist es greifbare Gegenwart.

Da hört er hinter sich ein Geräusch. Blitzschnell dreht er sich um und erkennt vor dem nächtlichen Himmel das weiß gefleckte Gefieder eines auffliegenden Uhus. Er hat sich von einem verdorrten Baum erhoben und dabei offenbar einen Ast abgebrochen. Wie er jetzt mit offenem Mund und halb verdrehtem Körper dasteht, hört er tief in der trockenen Kehle sein Herz klopfen. Er weiß wohl, dass der Uhu auch als Totenvogel gilt und es ist schwer, in diesem Augenblick mit starkem Glauben den Aberglauben zu bekämpfen. Ihm gelingt es nicht recht, zumal sein Stolz nicht zulässt, jetzt zu einem Gott um Hilfe zu beten, von dem er durchaus nicht mehr der naiven Ansicht ist, dass dieser es immer gut mit ihm meine.

So fasst er mit ungutem Gefühl die Fackel noch fester und sucht erneut den Höhleneingang. Doch die Unruhe hat jetzt eindeutig die Übermacht. Bald schießt ihm der Alte vom Nachmittag durch den Kopf, bald Aulus, bald seine Mutter, bald der Uhu – es wirbelt nur so an Gedanken. „Sieh dich vor" hat der Alte gesagt, „Sie wissen was vorgeht" … Wovor wollte dieser Greis ihn warnen? Ging es um heute Abend? *Unsinn!* sagt er sich. *Wer außer Aulus kann wissen, dass ich heute Abend versuche, in die Höhle zu dringen, um nach den versteckten Pergamenten zu schauen?* Kaum aber hat er diesen Gedanken gedacht, bleibt er wie angewurzelt stehen. Lucia! … – Möglicherweise? Er schleicht mit unsicherem Fuß weiter. Er hat jetzt den Eingang zur Höhle erreicht. Die Angst schärft seine Sinne bis zum Äußersten.

Ihm schießt der Kutscher durch den Sinn. Vielleicht hat er Recht. Vielleicht sind die Höhlen gar nicht verwaist. Vielleicht werden die Grotten heute von Anderen für ihre dunklen Kulte genutzt. Derer gibt es ja viele in Rom.

Während ihm diese Gedanken kommen, steht er in der Höhle, in die der Fackelschein nicht weit hineinreicht. Die große Grotte reicht weiter hinein in den Felsen, als er es in Erinnerung hat. Der Schein der Fackel bricht sich nirgends an einer Wand, sondern verliert sich in der Finsternis.

Jetzt kann er sich auch an diesen Innenraum wieder dunkel erinnern. Früher, ganz am Anfang, und auch später, an kalten Winterabenden, haben die Treffen nicht auf dem großen Vorplatz, sondern in dieser größten der vier Grotten stattgefunden.

Er erinnert sich an die feuchtwarme, stickige Luft, die nach kurzer Zeit so verbraucht war, dass die Versammlung beendet werden musste.

Ein kleiner Funke, der von seiner Fackel abspringt, lässt ihn zusammenzucken und holt ihn wieder in die dunkle Umgebung der kalten Höhle zurück.

Er hat nun die hintere linke Höhlenwand erreicht und sieht verschiedene mit Ruß gemalte Zeichen an der Wand, die er nicht kennt und an die er sich auch nicht erinnern kann. Sein Verdacht bestätigt sich: Diese Höhle wirkt so, als seien noch vor kurzem Menschen hier gewesen. Auf jeden Fall sind diese Zeichnungen von Menschen gemalt worden, nachdem die Christen diese Grotten verlassen haben.

Seine Schritte – so leise er auch zu gehen versucht – hallen in diesem riesigen Raum gespenstisch wider. Er hat durch das kleine Echo den Eindruck, jemand laufe bald hinter ihm, bald neben ihm, bald vor ihm.

Die Angst schnürt ihm die Luft ab. Wie soll er unter diesen vielen merkwürdigen Zeichen den in Stein gekratzten Fisch finden, der jenen Hohlraum kennzeichnet, hinter dem angeblich die Schriften versteckt sein sollen? Langsam leuchtet er mit der Fackel die Wand ab. Seine Schritt hallen. Er muss sich zwingen, sich nicht nach jedem Tritt umzusehen und zu schauen, ob nicht tatsächlich jemand hinter ihm ist. Bei allem Herzklopfen ist ihm kalt.

Er geht die sich langsam nach hinten verjüngende Wand entlang und sucht fiebernd nach jenem kleinen mit einem Fisch bezeichneten Stein. Er zwingt sich, langsamer zu gehen. Schritt für Schritt leuchtet er die Wand ab. Dabei streckt er sich einmal in die Höhe und betrachtet auf Zehenspitzen den oberen, gerade noch erleuchteten, Abschnitt. Dann senkt er langsam den Arm, schaut auf Kopf- und Augenhöhe nach dem ersehnten Zeichen, schließlich geht er in die Hocke und sucht danach in Bodennähe. So leuchtet er Zentimeter für Zentimeter die Wand ab. Nichts. Er geht einen Schritt weiter. Noch einmal dieselbe Prozedur. Nichts. Als ihm der Arm lahm wird, wechselt er die Fackel in die andere Hand. So geht es eine ganze Weile. Manchmal ist er sich nicht sicher, ob er nicht doch dieses Zeichen erkannt hat. Dann leuchtet er noch einmal und seine angestrengten Augen fixieren einen bestimmten Punkt. Nichts. Er weiß nicht einmal, wie groß der Fisch, das Zeichen der Untergrundchristen, sein soll, nach dem er sucht. Er betet mit trockenen Lippen und zitternden Knien: *Jesus Christus, Sohn Gottes, Erlöser … Jesus Christus, Sohn Gottes, Erlöser … Jesus Christus, Sohn Gottes, Erlöser* … Wenn man diesen Satz auf Griechisch spricht und die Anfangsbuchstaben jedes Wortes zu einem zusammenfügt, so bekommt man das griechische Wort für Fisch.

Doch plötzlich ist ihm, als werfe ein kleiner Schatten einen Umriss auf den an dieser Stelle ebenen Fels. Er geht auf die Knie und hält die Fackel waagerecht. Er versucht die auffällige Stelle wiederzufinden. Da ist sie! Fast zu ebener Erde entdeckt er, die in den Fels gehauenen Umrisse eines Fisches. Nicht größer als die Hand eines Knaben. Alle anderen Zeichen, die er nicht kennt und nicht versteht, sind auf den Fels gemalt. Hier aber ist deutlich ein Fisch zu sehen. Mit zittrigem Finger zieht er die Umrisse nach. Endlich!

Er klopft mit dem Finger leise auf das Zeichen und hört, dass sich hinter dem Stein ein Hohlraum befindet. In der Höhle sind seine Schritte verklungen. Es ist totenstill. Allein das Geräusch des Feuers ist zu hören. Er kniet. Neben ihm liegt die brennende Fackel und wirft einen gespenstischen Schatten seiner Gestalt an die hintere Höhlenwand. In ihrem Flackern wird er mal größer, mal kleiner, bewegt sich mal langsam und mal zitternd. Dieses überlebensgroße Phantombild seiner selbst schreckt ihn. Der riesige, schwarze Schatten drückt unbarmherzig jene Unruhe aus, die ihn innerlich ergriffen hat. Seine Linien sind hart und kantig. Hinter der Fackel ist es stockfinster. Im Feuerschein selbst wirkt der rötliche Fels ruhig und warm.

Nazarius hat nun beide Hände frei. Die Umhängetasche legt er neben sich. Zunächst versucht er mit beiden Händen den geschickt in die Wand gedrückten Stein zu entfernen, doch dieser rührt sich nicht. Offenbar ist er verkantet. Er holt den Hammer aus der Tasche und schlägt vorsichtig gegen den Stein um zu hören, ob sich hinter diesem tatsächlich ein Hohlraum befindet. Dann umgreift er mit der rechten Hand fest den Hammerstiel, rutscht auf den Knien noch ein wenig zur Seite, holt aus und schlägt zu.

Unter dem zielgenauen Schlag löst sich der verkantete Stein sofort, er bewegt sich nach vorne und kippt zu Boden. Der noch nicht verhallte Hammerschlag und der Aufprall des Steines vermischen sich zu einem lauten, metallenen Dröhnen, das Nazarius zusammenfahren lässt. Danach ist es wieder totenstill. Im Fackelschein ist nun eine schwarze Öffnung erkennbar, aus der noch ein paar Kieselsteine zur Erde fallen und etwas Sand rieselt. Nazarius greift vorsichtig in das Loch. Er ist verblüfft, dass der Hohlraum größer ist, als er vermutet hat. Ein paar aufgeschreckte Spinnen suchen mit beängstigender Geschwindigkeit lautlos das Weite. Aus seiner knienden Position kann er das hintere Ende dieses Verstecks nicht ertasten. Mit Hilfe der Fackel leuchtet er so gut es geht in die Öffnung. Zugleich ertastet seine Hand im geöffneten Hohlraum zunächst nur die Seiten, er scheint schmal zu sein. Seine Hand fährt suchend zu Boden. Hier fühlt er etwas Weiches, offenbar ein Tuch, in welchem sich – man kann es hören – tatsächlich Pergamente befinden. Um den Schatz herauszubekommen, muss er die Papiere zu einem Halbrund biegen. Er nimmt sie vorsichtig aus der leinenen Umhüllung. Dann hält er einen Stapel Papiere in der Hand. Sie sind mit einem Lederband zusammengebunden. Ein weiteres Mal greift er in das Loch. Er spürt sofort, dass sich noch etwas im Versteck befindet. Er ertastet einen Beutel, der mit Münzen gefüllt zu sein scheint und den er kaum fassen kann. Einmal lässt er ihn fallen und wieder zuckt er bei dem Geräusch erschreckt zusammen. Der Beutel ist so groß, dass er ihn nicht mit einem Mal durch das Loch bekommt, so muss er die Fackel wieder ablegen, die Oberschenkel schmerzen ihm wegen der unbequemen Stellung, die er für die ganze Arbeit einnehmen muss, und mit beiden Händen arbeitet er den Kollektenbeutel durch die Öffnung. Er fährt mit der Hand hinein und schaut sich den Schatz im Schein der Fackel an. Das blanke Geld lässt eine merkwürdige Freude in ihm aufkommen. Nicht dass er zuerst auch nur eine Sekunde daran denkt, sich dieses anzueignen oder sich wenigstens einen kleinen Teil davon als Lohn für seine Mühe zu sichern. Aber die Tatsache, etwas so vage Vermutetes nun tatsächlich gefunden zu haben, wird durch die blanke Materie des Geldes zu einer greifbaren, nachvollziehbaren, ja beinahe objektiven Freude. Die Briefe, die Pergamente und Rollen, das alles ist für einen Augenblick vergessen. Sie stellen nur einen abstrakten, ideellen und auch stark subjektiven Wert dar – aber das blanke, harte

Geld, diese große Menge an unterschiedlichen Münzen, diese kalte Materie, erregt ihn. Kein Gedanke kommt ihm daran, dass die spendenfreudige römische Gemeinde dieses Geld für die Armen in anderen Gemeinden gesammelt haben muss, keine Freude darüber, dass man mit dieser beträchtlichen Menge Geldes nun viel Gutes tun könnte. Seine Freude ist anders. Es ist die besitzergreifende Freude des Schatzsuchers, die der des Jägers vor erlegter Beute verwandt ist. Es ist jene Freude des Goldsuchers, der angesichts des Schatzes die Welt um sich vergisst. Harte, klingende Münzen in seinen staubigen Händen! Alles scheint für einen Augenblick verwandelt, die Höhle romantisch, die Nacht einladend, der Ort verführerisch. So viel Geld hat er noch nie auf einem Haufen gesehen, geschweige denn zwischen den Fingern gehabt. Kopfschüttelnd und mit ungläubigem Gesicht hält er den grauen Beutel in seinen Händen.

Sein Herz klopft nun nicht mehr vor Angst, sondern vor Freude und Erregung. Wie eine Einflüsterung aber mischt sich nun in all den Triumph doch die Habgier.

Könnte er jetzt nicht das Geld zurücklegen, den Stein wieder vor das Loch schlagen, die Papiere mitnehmen und in den kommenden Tagen das Geld so ungesehen, wie er es heute gefunden hat, holen?

Schlagartig reißt ein Geräusch ihn aus seinen Gedanken.

Was ist das? – Ein Tier? – Ein Schritt?

Völlig erstarrt sitzt er mit dem Gesicht zu dem eben geöffneten Hohlraum und mit dem Rücken zum Höhleneingang, von wo ein zweites und drittes Geräusch kommt. Er ist sich jetzt ganz sicher: dort läuft etwas oder jemand.

„*Die Fackel ...*“ – schießt es ihm durch den Kopf. Er packt sie blitzartig und wirft sie in die andere Ecke der Höhle weit nach hinten. Sie stiebt auf, verlischt kurz, und fängt dann wieder Feuer.

Das Herz trommelt ihm bis an die Schläfen. Fast wie ein Reflex kommt ein Stoßgebet über seine Lippen. Er sitzt regungslos in unveränderter Position. Jetzt hört er deutlich Schritte. Sie kommen in fürchterlicher Gleichmäßigkeit und Zielstrebigkeit näher. Ihn würgt die nackte Angst und treibt ihm Schauer über den Rücken – Heidenangst.

Die Schritte kommen näher.

Er springt er auf, schnappt den neben sich liegenden Hammer und den Geldbeutel. Die Pergamente lässt er liegen. Dann stürmt er, so gut es auf dem steinigen und unebenen Höhlenboden geht, in Richtung Ausgang los.

Die Dunkelheit macht ihn unsicher. Er läuft schneller, als die Augen sich an das Dunkel gewöhnen. Die am anderen Ende der Höhle knisternd niedergeschlagene Fackel brennt jetzt kaum noch. Er zögert einen Moment und sieht die Umrisse eines Mannes, der allerdings auch irritiert scheint. Sie sind vielleicht neun oder zehn Fuß voneinander entfernt. Kaum sieht Nazarius die Silhouette, so treibt ihn sein Fluchtreflex weiter. In der Höhle ist es jetzt vollkommen dunkel. Immer wieder stößt sein Fuß an herumliegende Felsbrocken, die seinen Lauf behindern. Der Andere hat gemerkt, was vor sich geht und setzt Nazarius nach. Vor dem immer größer werdenden Ausgang hebt sich jetzt schon der dunkle Sternenhimmel ab. Nazarius rennt und stolpert vorwärts. Hinter sich hört er seinen Verfolger, der aber offenbar auch immer wieder an Steine stößt. Unter dem Geräusch der davonrollenden Bruchstücke stößt er derbe Flüche aus. Er hat den Eindruck, dass sein Vorsprung zunimmt, denn die Flüche seines Verfolgers wirken immer weiter entfernt.

„Haltet den Kerl! … Verdammt … bei Isis und Osiris … wo bist du denn!“, schreit der plötzlich aus Leibeskräften und schlagartig sieht Nazarius die Silhouette eines zweiten Mannes in der Höhlenöffnung. Dieser hat offenbar den Ausgang bewacht.

Sinnlos rast Nazarius weiter, schleudert unvermittelt seinen Hammer, als er noch wenige Schritte vom Ausgang entfernt ist, auf den Wartenden zu. Er verfehlt sein Ziel und schlägt irgendwo metallen an den Felsen, wo er klingend zu Boden fällt. „Bei Bacchus … das war knapp." Nazarius läuft mit rudernden Armen weiter … da stolpert er wieder … Er fühlt einen stechend dumpfen Schmerz am Oberschenkel und schlägt hin. Im selben Augenblick schmettert ein Stein auf seinen Kopf nieder. Ihm wird schwarz vor Augen. Etwas Warmes rinnt über seine Schläfen und tropft klebrig neben ihm auf den Fels … Der klingende Nachhall fallender Münzen, dringt entfernt an sein Ohr …

Dann verliert er das Bewusstsein.

III.

Als Nazarius das Haus verlassen hatte, war Aulus noch eine Weile versonnen im Atrium stehengeblieben. Unter dem beruhigenden Einfluss des abendlichen Lichtes dachte er über Nazarius nach.

Nazarius wirkt auf ihn immer stark und kurz entschlossen. Er scheint Nerven aus Eisen zu haben. Er, Aulus, hingegen ist sensibel. Immer hat er Bedenken, nichts ist ihm perfekt und vollkommen genug. Überall sieht er noch das eine oder andere, was besser sein könnte, ständig ist er am Zaudern und am Zweifeln.

Er vermutet, dass ihm jetzt schon das Herz mehr klopft, als es am Abend Nazarius klopfen wird, wenn er allein in die verlassene Höhle geht, um dort nach den möglicherweise versteckten Briefen des Paulus zu suchen. Er hatte ihm die Beschaffenheit der Höhle eben noch einmal genau beschrieben.

Aulus bewundert diesen athletischen Freund, der vor nichts zurückzuschrecken scheint. Das war schon damals so, als sie als Kinder miteinander spielten. Aulus schmunzelt ein wenig und schüttelt versonnen den Kopf. Nazarius ist aus anderem Schrot und Korn als er.

Nazarius ist ein Mensch der Tat und ein Meister der Improvisation. Für ihn gibt es eigentlich nichts Schlimmeres, als wenn etwas auf einen ganz exakten Ablauf festgelegt ist, der notwendigerweise strikt eingehalten werden muss. Er hat auch vorhin Aulus' Sorgen etwas spöttisch beiseitegewischt und gesagt: „Alles klar, ich hole die Briefe, bringe sie dir noch in dieser Nacht und du übersetzt sie …"

Aulus hat in den vergangenen Wochen alle Kunst der Diplomatie und Diskretion aufgebracht, um dem Gerücht über etwaige Paulusbriefe nachzugehen, die noch in der verlassenen Grotte versteckt sein sollen. Er war von Lukas, bevor dieser Rom verlassen hatte, gebeten worden, alles, was an Schriftstücken noch auftaucht, akribisch zu sammeln, zu ordnen und gegebenenfalls zu übersetzen. Dabei hat Lukas auch die Grotte erwähnt, in der noch Schriftstücke von Paulus sein müssten. Alles musste seitdem sehr schnell gehen, denn solche Nachrichten sprechen sich in der Untergrundgemeinde der römischen Christen schnell herum. Je mehr Leute davon Wind bekommen hatten, dass sich angeblich noch Paulusbriefe an einem geheimen Ort in der Grotte befänden, desto gefährlicher wurde die Aktion.

Ruhig steht der Brunnen im Atrium. Im Hintergrund richten die ehemaligen Sklaven, die als Angestellte im Haus geblieben waren, im Triclinium das Nachtmahl her. Sie kennen die Eigenart ihres Herrn, dort am Brunnen zu stehen und zu sinnieren. Fast lautlos bewegen sie sich durch die Gänge.

Aulus denkt an Linus, den Leiter der Gemeinde. Er schätzt diesen kleinen, kampferprobten und sehnigen alten Mann. Ein wenig drückt ihn das Gewissen, dass er ihn nicht in die abendliche Aktion eingeweiht, geschweige denn ihn um Rat gefragt hat. Nazarius hat das nicht gewollt und er, Aulus, hatte diesen Wunsch respektiert, auch wenn er ihn nicht ganz versteht.

Aulus muss gegen zwiespältige Gefühle ankämpfen: Einerseits ist er nahezu fanatisch hinter jedem Schriftstück her, das irgendwo in den Gemeinden kursiert – andererseits will er mit dieser Sammelleidenschaft niemanden gefährden und schon gar nicht seinen alten Freund aus Kindertagen. Er weiß, dass das nächtliche Aufsuchen der Grotten gefährlich ist und ins Auge gehen kann.

Aulus schaut zur Tür, durch die der Freund gerade das Haus verlassen hat und zu der nächtlichen Aktion aufgebrochen ist. Möge alles seinen vorbestimmten Lauf nehmen …

In diesem Moment öffnet sich die Hintertür des Hauses und Lucia tritt herein. Er schreckt aus seinen Gedanken auf.

Sie lächelt ihn unsicher an, schaut zu Boden und schreitet

mit wiegend-weichem Schritt auf ihn zu. Er gibt ein Handzeichen. Sie bleibt stehen und schaut ihn fragend an. „Lucia, ich werde heute Abend nicht speisen." Sie nickt gehorsam und schleicht davon.

Aulus geht in sein Arbeitszimmer. Dort will er in aller Ruhe die Stunden verbringen. Es ist abgemacht, dass Nazarius direkt zu ihm kommt.

Die langen Stunden des Wartens haben begonnen.

Zögernd senkt sich der Tag. Langsam steigt der allabendlich um den Palatin schäumende Volkslärm an. Fackeln und Laternen erhellen die Plätze. Musik erklingt. Sänftenträger huschen im Laufschritt. Glöckchen und Pfeifen ertönen. Hier und da gibt es Geschrei, das kurz anhebt, bevor es wieder in den allgemeinen fröhlich-verrückten Zauber dieses nächtlichen Überschwangs zurücktritt. Der lusthafte Rausch, dieses ferne Sirren und Singen in der kühlen Abendluft, bricht einer oberflächlichen Lebensgier Bahn, die Aulus fremd und deshalb verhasst ist. Je mehr die Nacht voranschreitet, desto mehr trunkene Gesänge sind in den Gassen und auf den Tempelhöfen zu hören. Der süße, schwere Wein verzückt für wenige Stunden eine ganze arbeitsscheue und spieleverwöhnte Generation.

Aulus kommen diese nächtlichen Exzesse wie das letzte Aufleben eines Sterbenden vor, der sich verbissen auf die unrealistische Ansicht versteift, es sei für ihn zu früh. Die tänzerische Oberflächlichkeit dieser Generation, einst am Hofe des Nero geweckt und gefördert, hat nichts von Kultur, sondern die geistestote Eigendynamik einer schlechten, aber nichts desto trotz liebgewordenen, Gewohnheit. Senator Petronius, der arbiter elegantium des Nero – also der Schiedsrichter des edlen Geschmacks –, jener feinsinnige, griechisch denkende Ästhet, hätte sich angewidert abgewandt, wenn er sich nicht schon früher freiwillig aus dieser für ihn unerträglichen Geckenhaftigkeit des Pöbels mit einem stilvollen Selbstmord verabschiedet hätte.

Aulus ist trotz seiner griechischen Bildung kein lupenreiner Ästhet. Insofern der Ästhetizismus eine Ersatzreligion ist, lehnt er ihn sogar ab. Aber der natürliche Geschmack eines Gebildeten reicht völlig zur Ablehnung jener Strömungen aus, wie sie momentan vom Kaiserhof ausgehen.

Er setzt sich wieder an den Schreibtisch. Sein Blick schweift unkonzentriert über die dort liegenden Papiere und Schreibutensilien. Er steht wieder auf. Voll Ungeduld zieht er an dem silbernen Kettenstrang der Glocke, die darauf in vollem Ton erklingt. Lucia erscheint und er bittet sie um den leichten Aufguss eines magenfreundlichen Kräutergetränks. Lucia schaut ihn mit geradem Blick, umrahmt von bäuerlicher Rotbäckigkeit, an. Aulus findet sie schön – soviel Ästhet ist er doch.

„Nazarius wird später noch kommen, wir werden uns dann gemeinsam zu Tische legen. Sei so gut und bereite im Triclinium alles für ein sättigendes Mahl mit warmen Speisen vor. Sage den Köchen, dass sie sich bereithalten sollen und keinen Ausgang haben. Dann kannst du zur Nacht gehen. Ich brauche dich heute nicht mehr."

Sie hebt das Gewand mit beiden Händen ein klein wenig an, senkt den Kopf zu Boden, sodass ihr kunstvoll hochgesteckter Zopf im Nacken sichtbar wird, macht eine kleine Verneigung, und sagt mit vibrierender, warmer Stimme: „Eure ergebene Dienerin." Sie geht durch das Atrium am Brunnen vorbei in die hinten gelegenen Küchenräume.

Aulus kehrt in sein Arbeitszimmer zurück. Er ist jetzt sehr unruhig, fast panisch. Diese immerwährenden Festgeräusche aus den Gassen rund um den Palatin sind für ihn kaum zu ertragen. Diese betriebsame Oberflächlichkeit, deren eitrige Geilheit wie gelbe Jauche in ihn hineinschwappt, gibt ihm das Gefühl von Unreinheit und steht in völligem Kontrast zu dem sorgenvollen Warten auf Nazarius. Er hält sich die Ohren zu.

Ruhelos läuft er im Zimmer auf und ab, dann flüchtet er eiligen Schrittes in den Garten. Dort schaut er ruhelos in den mondlosen Sternenhimmel, um wenigstens die relative Nachtstunde zu ermitteln. Im Garten läuft er hastige Runden auf den kiesbestreuten Wegen. Als er dabei die Wohnräume der Bediensteten streift, fällt ihm auf, dass Lucia offenbar schon die Lampe gelöscht hat. Das ist ungewöhnlich, denn normalerweise ist sie die Letzte im Hause, die sich zum Schlafe bettet. Mitternacht ist vorüber.

Zu fortgeschrittener Stunde wird es in den Gassen ruhiger. Ein paar Trunkenbolde und Spätheimkehrer lärmen und grölen noch. Dann wird es ruhig.

Nazarius kommt nicht.

Das dumpfe Drücken der Ungewissheit nimmt Aulus so gefangen, dass er nur noch zu abrupten und unzusammenhängenden Stoßgebeten fähig ist. Je mehr der Morgen graut, desto mehr kreisen die Gedanken in seinem Kopf. Er schwitzt. Er zittert.

Als er in aller Frühe den Mantel umwirft, um zu Linus zu gehen, wundert er sich, dass Lucia noch nicht zu Diensten ist. Insgesamt sind seine Angestellten verlässlich. Nicht nur, weil dies ihren durchaus angenehmen Arbeitsplatz sichert, sondern auch weil sie wissen, dass Aulus auf Pünktlichkeit und Zuverlässigkeit außerordentlichen Wert legt, obwohl es ihm selbst nicht immer gelingt, sich daran zu halten.

Die frische Morgenluft hat die Gerüche der nächtlichen Orgie weitestgehend von den Plätzen vertrieben. In den Torbögen stinkt es nach Urin. Überall liegen leere Weinschläuche und Unrat herum. Wie so oft haben viele Bewohner der Innenstadt ihre Nachttöpfe nicht an den öffentlichen Gruben entleert, sondern direkt vor ihrem Haus. Bis zum Beginn des Marktrummels kehren Sklaven mit langen Strauchbesen die Straßen. Mit weichen Tüchern polieren sie kniend die marmornen Böden und Vorplätze der Tempel. Sie pumpen die öffentlichen Fäkaliengruben ab und schieben auf zweirädrigen Karren den Unrat in Fässern davon.

Je mehr Aulus sich dem recht zentral gelegenen Haus des Linus nähert, umso mehr mischen sich in die schweigenden Putzkolonnen, bereits die lastentragenden Marktleute. Rufe und Kommandos sind zu hören. Das Stimmengewirr steigt langsam an und hat bald wieder das alltägliche Brodeln erreicht.

Linus benutzt immer häufiger das Haus des Neronius. Es wurde ihm überlassen, weil dessen Räumlichkeiten optimal sind und es zentral liegt. Aus Gründen der Vorsicht und der Klugheit wechselt er für Tage oder Wochen den Aufenthaltsort, aber in der römischen Christengemeinde weiß immer irgendjemand, wo er sich aufhält.

Aulus betätigt zitternd den bronzenen Türklopfer, an der Seitentür, wo der junge Sekretär Anaklet, ihm öffnet.

Anaklet ist edler Herkunft und wohnt ständig im Hause. In den hohen Kreisen, in denen er sich bewegt, weiß niemand, dass er Christ ist. Hin und wieder finden hier in der Villa Gebetsversammlungen der Hausgemeinde unter dem Vorsitz von Aristobulus statt. Aber im allgemeinen Trubel des nächtlichen Treibens hier am Fuße des Palatins, fallen die wenigen Christen, die hier dann nachts einkehren, nicht auf. Die Nachbarn sind ungefährliche Egomanen. Sie sind mit sich selbst vollauf beschäftigt und hegen – wie alle Egoisten – ein ausgesprochenes Desinteresse für diejenigen, die ihre Vorlieben nicht teilen. Das Haus des Neronius ist ihnen nicht suspekt, weil sie ständig damit beschäftigt sind, ihre eigene Geschäftigkeit zur Schau zu stellen oder weil sie schlicht vom Suff zu benebelt sind, um sich noch Gedanken darüber machen zu können, was in der Nachbarschaft los ist. In dieser Atmosphäre allgemeiner Gleichgültigkeit und bedeutungsloser Wichtigtuerei gedeiht das Christentum gewissermaßen in der Höhle des Löwen und festigt sich gerade dort, wo es am meisten zu befürchten hätte. Linus, der im Haus des Neronius lebt, ist der Nachfolger von Petrus als Leiter und Vorsteher der römischen Christengemeinde.

„Ist Linus zu sprechen?“

„Er ist leider nicht im Hause.“

„Weißt du, wann er wieder da sein wird?“

„Das weiß keiner genau, du kennst ihn ja.“

„Bitte sage ihm, dass etwas Furchtbares passiert sein muss ... Ich kann darüber jetzt nicht reden ... Ich muss ihn unbedingt sprechen ... Kannst du mir eine Nachricht zukommen lassen, wann ich ihn wo erreichen kann ...?“

Aulus ist außer Atem. Der junge Sekretär merkt, dass es ihm sehr ernst ist. Aulus Stimme vibriert vor Erregung. Mit flehendem Blick legt er seine zittrige Hand auf Anaklets Oberarm.

Erst jetzt, wo er Linus nicht antrifft, merkt er, dass er nicht weiter als bis zu ihm gedacht hat; diesen nun nicht sprechen zu können, zieht ihm den letzten Halt unter den Füßen weg. Er hat keine Vorstellung davon, was nun zu tun sei. Auch mit Nazarius hat er den jetzt eingetretenen Fall nicht erwogen. Sie haben beide nicht damit gerechnet, dass etwas schiefgehen könnte.

Die Vorfreude auf neue Schriften, die vielleicht noch niemand kennt, hatte so sehr seine Leidenschaft geweckt, dass er darüber nicht mehr fähig gewesen war, die tatsächliche Gefahr bei der Beschaffung dieser versteckten Schriften zu bedenken.

Von innerer Unruhe getrieben, hastet er heim.

Lucia ist dabei, im Triclinium das Morgenmahl zu richten. Sie wirft ihm über die Schulter einen Blick zu. Dann kommt sie und nimmt ihm wortlos den Mantel ab, den er schon ausgezogen in der Hand hält und ihr geistesabwesend entgegenstreckt. Ohne etwas zu sagen, geht er langsam in sein Studienzimmer und sieht nicht mehr, wie sie ihr etwas blasses Gesicht liebkosend an den noch warmen Kragen schmiegt.

Ihm fällt ein, dass er sie hätte fragen sollen, ob sie sich nicht gut fühle, denn ihre Blässe erinnert ihn sowohl an ihr ungewöhnlich frühes Zubettgehen, als auch an ihre ungewohnte Abwesenheit am Morgen. Er lässt es bleiben.

Aulus ist in einem Zustand innerer Auflösung. So sehr er sich auch müht, einen Schritt nach dem anderen zu überlegen, muss sein Verstand vor dem inneren Gefühlschaos kapitulieren. Zuerst will er sein Morgenbad nehmen, dann will er sofort wieder zu Linus und dort auf ihn warten, kaum aber wendet er sich zum Gehen, fällt ihm plötzlich Miriam, Nazarius' Mutter, ein. Schließlich scheint ihm am naheliegendsten, selbst zur Grotte zu gehen und sich dort einen Eindruck zu verschaffen. Im besten Fall würde er dort Spuren vorfinden, die ihm weiterhelfen können.

Lucia tritt ein. Mit ihrem Erscheinen verbindet er sofort die Hoffnung auf irgendeine positive Nachricht. Aber die Freigelassene fragt lediglich, ob Aulus etwas zu essen wünsche. Um ihm die Entscheidung zu erleichtern, hat sie eine Schale mit Obst in den Händen. „Stell es dort hinüber", sagt er und weist auf ein geschnitztes kleines Tischchen mit Elfenbeinintarsien. Als sie den Raum verlassen hat, nimmt er sich ein paar geschälte Apfelstückchen und isst sie, während er am Fenster steht und versunken in den winterlichen Garten schaut.

Der Weg in die Höhle wäre weit. Aulus besitzt keinen Wagen und keine Sänftenträger. Bei Tageslicht dorthin zu laufen ist für einen Mann seiner Herkunft fast unmöglich. Normalerweise wechselt man die Stadtviertel nicht und es gibt keinen Grund für einen Edlen, sich in den Wohngebieten jenseits des Tibers oder vor den Mauern Roms blicken zu lassen. Dort gelten andere Gesetze des Verhaltens und der Kleidung. Unauffällige Kleidung besitzt er und er legt sie auch zu den nächtlichen Gebetstreffen an, aber diese kann nur zum Teil die Herkunft und den Stand verbergen. Bei Tage reicht sie nicht aus, denn gutes Schuhwerk, saubere Hände, eine glatte Rasur sowie kurze und gekämmte Haare, das alles ist im schützenden Dunkel der Nacht den Blicken entzogen, bei Tageslicht aber schlecht zu verbergen. Trotz vorhersehbarer Schwierigkeiten bleibt er bei seinem Entschluss, sich nun selbst vor Ort einen Eindruck zu verschaffen.

Er nimmt aus dem Obstkorb noch einen Apfel und geht wieder ins Atrium. Er will seinen warmen Umhang holen und möglichst ungesehen das Haus verlassen. Da alle Oberkleider für den täglichen Bedarf nach Jahreszeiten geordnet in einem großen Eichenschrank eines Hinterraumes hängen, sucht er in diesem die Mantille, findet sie aber nicht. Hat er den Mantel nicht gerade erst abgelegt? Er tritt einen Schritt zurück ins Atrium und ruft nach Lucia. Sie erscheint sofort, geht bei seiner Frage nach dem Umhang in die Küche, wo sie diesen auf einem dreibeinigen Hocker abgelegt hat, nimmt ihn, schüttelt ihn ein wenig aus, und reicht ihn dem Herrn, der ihr gefolgt ist. Dieser mag es nicht, wenn man ihm in die Kleidung hilft, weshalb sie ihm lediglich den Umhang reicht. Er nimmt ihn und wirft ihn über, verstaut den Apfel in einer Innentasche und tritt aus dem Haus.

An der Tür sagt er noch: „Lucia, ich bitte Dich im Hause zu bleiben, bis ich wiederkomme. Ich erwarte eine wichtige Nachricht von Linus. Sollten Besorgungen zu machen sein, so schicke bitte Felicitas oder Marcus.“ Lucia nickt und schließt leise hinter ihm die Tür.

Ihr Verhalten ist ihm fremd und auffällig und – weil er es nicht einordnen kann – zugleich auch unheimlich. Es gefällt seinem auf Distanz bedachten Charakter nicht, dass in der letzten Zeit nur noch Lucia ihn bedient und alle anderen Angestellten offensichtlich von ihm fernhält. Sobald die Sache mit Nazarius geklärt ist, will er sich dieses Problems annehmen.

Einstweilen aber verlässt er auf direktem Wege die wieder völlig überbordende Innenstadt und geht eilig auf der direkten Ausfallstraße in Richtung der Grotten.

Es ist heller Tag und der Weg ist gut zu finden. Nach etwa einer Stunde kommt er an den Sandweg, nimmt die Abzweigung und geht von innerer Erregung angetrieben noch schneller über die geschlängelte Steinbruchausfahrt in Richtung der Höhlen.

Er schwitzt. An der Stelle, wo der Weg auf den großen Vorplatz mündet, bleibt er einen Augenblick stehen, um sich zu orientieren. Er sieht den Busch und gerade, als er auf die Grotte zugehen will, fallen ihm im Sand tiefe Radspuren auf. Diese müssen frisch sein, denn der kühle Abendwind aus den Sabiner Bergen verweht regelmäßig in dem feinen Sand alle Spuren. Er rennt jetzt fast auf die Höhle zu, in deren kühlem Schatten er einen Augenblick verschnauft, bis die Augen sich an das Dunkel gewöhnt haben.

Er nimmt immer klarer die merkwürdigen Zeichnungen an den Innenwänden wahr. Ihm wird beinahe schlecht. Der ungewöhnlich lange Fußweg, die schlaflose Nacht und der leere Magen führen zu einem kurzen Schwindel, sodass er sich am Eingang auf einen Stein setzen muss. Als er aber die Mantille in der Kühle der Grotte ein wenig vor dem Körper zusammenzieht, erblickt er ein paar rotbraune Flecken auf dem Stein, dann erkennt er diese auch im Sand. *Blut*. Es sträubt sich alles in ihm, diese als solches wahrzunehmen.

Vielleicht sind es Farbflecken von den Wandschmierereien – sagt er sich.

Er lässt seinen Blick über die kultischen Fresken schweifen. Es sind dort ägyptische Lebenszeichen zu erkennen, überall verteilen sich schwarze Sonnen und dazwischen orgiastische Detailszenen, von denen er angewidert den Blick abwendet.

Es ist in Rom allgemein bekannt, dass aus dem Orient,

aus Asien und Ägypten stammende Geheimkulte praktiziert werden, die sich als fremde Kulte etabliert haben. Auch Aulus hat davon gehört, aber bisher keinen Kontakt zu solchen Gruppen. Die Christen lehnen derartige von Wahrsagerei, Traum- und Sterndeuterei geprägte Glaubenslehren als Aberglauben ab.

Bei dem Blick auf die Wandschmierereien erfasst Aulus mehr instinktiv als nachdenkend den ganzen Hintergrund dieses hier offensichtlich stattfindenden Treibens.

Langsam geht er an den Innenwänden der Grotte entlang. Die Wände sind uneben, teilweise felsig vorspringend, dann wieder mit handbreiten Rissen versehen.

„Wie hätte hier", so fragt er sich halblaut, „Nazarius – und das noch bei Nacht – das Versteck finden sollen?"

Die ganze Aktion kommt ihm angesichts dessen, was er zu sehen bekommt, blauäugig und naiv vor. Er stößt mit einem Fuß an einen Stein, erkennt aber nicht, dass dieser jenes Bruchstück ist, das das Versteck verschlossen gehalten hatte.

Am hinteren Ende der Grotte, wo sie am schmalsten ist, sieht er etwas auf dem Boden liegen, das sich schwarz vom Stein abhebt. Beim Nähertreten erkennt er die Reste einer halbverbrannten Fackel, stößt einmal mit dem Fuß vorsichtig dagegen und geht weiter.

Doch als er sich resigniert wieder dem Grottenausgang zuwendet, gefriert ihm plötzlich das Blut in den Adern. Dort liegt Nazarius' Hammer. Er bückt sich, nimmt ihn in die Hand und betrachtet ihn grübelnd. Er kann sich darauf keinen Reim machen. Dieser Gegenstand reißt ihn aus seiner apathischen Versunkenheit heraus. Er ist der erste Hinweis darauf, dass Nazarius tatsächlich in der Höhle war. Er steckt den Hammer in die Innentasche seines Umhanges.

Dann macht er sich auf den Rückweg.

Fragen und Zweifel gehen ihm durch den Kopf. Er ist es gewohnt, durch logisches Denken schwierigen Sachverhalten nachzugehen, sofern es wenigstens eine Hypothese dafür gibt. Dieser mysteriöse Gang durch die Höhle aber hat für ihn so viel Absurdes, Sinnloses und Widersprüchliches, dass er mit folgernder Intelligenz hier keine Zusammenhänge zu erkennen vermag. Außer dem Hammer und möglicherweise dem Fackelrest gibt es keinen Hinweis auf Nazarius.

Bekümmert geht er wieder stadteinwärts. Als er mit den Händen die Manteltaschen streift, fühlt er auf der einen Seite den Hammer und auf der anderen den Apfel. Er nimmt ihn heraus und isst ihn unterwegs gedankenversunken.

Zuhause angekommen ruft er lauter als gewöhnlich nach Lucia. Eine große Gereiztheit hat ihn ergriffen.

Als sie aber in der ihr eigenen Sanftheit erscheint, bremst diese seinen Ärger. Er reicht ihr den Mantel, schaut sie dabei nicht an und fragt mit aufgesetzt erzwungener Ruhe, ob Linus oder ein Bote sich gemeldet habe.

„Nein."

Als er auf dem Weg in sein Arbeitszimmer ist, hört er hinter sich Lucia sagen: „Herr!" – sie hat den Umhang noch in den Händen, seine besondere Schwere wegen des Hammers scheint ihr nicht aufzufallen. Aulus ärgert sich, dass er den Hammer nicht in einem Gebüsch des Vorgartens versteckt hat. Er schaut sie mit hochgezogener Augenbraue an.

„Ja."

„Herr, es war jemand da."

„Wer war da? Was her er gesagt …"

„Es war ein Knabe, Herr, den ich nicht kenne. Er kam, kurz nachdem ihr das Haus verlassen hattet, und gab einen Umschlag ab. Ich habe ihn ins Schreibzimmer gelegt …"

Aulus rennt ins Zimmer, stürzt an den Schreibtisch und reißt das dort liegende Bündel auf.

Im ersten Augenblick traut er seinen Augen nicht. Es sind ein paar Jahre alte und schon leicht vergilbte Pergamente in griechischer und lateinischer Sprache. Sein geübter Blick erkennt die Schrift sofort als die des Paulus. Auf dem obersten

Blatt liegen noch ein paar Körnchen feinen roten Sandes, die er vorsichtig wegbläst und mit einer sanften Bewegung des Handrückens vom Sekretär fegt.

IV.

Als Nazarius langsam erwacht, hört er Flöten- und Zimbalmusik. Erst wie von fern und dann zunehmend deutlicher. Langsam gewinnt er das Bewusstseins zurück. Er hat die Augen geschlossen.

Zunächst denkt er, nun irgendwo im Jenseits zu sein. Je wacher er jedoch wahrnimmt, was um ihn herum geschieht, desto unsicherer wird er bezüglich dieser Vermutung. Ihm ist das ewige Leben immer als schmerz- und angstfreie Existenz erklärt worden, wie ohnehin seine gesamte religiöse Erziehung dahin ging, alle im Diesseits empfundenen Widersprüche und Defizite im Jenseits behoben zu wissen. Da er nun aber eindeutig schreckliche Schmerzen am Hinterkopf fühlt und diese im Laufe des Wachwerdens noch schlimmer werden, kann sein jetziger Zustand nicht himmlisch im Sinne seiner christlichen Vorstellung sein. Auch das Fegefeuer kann nicht sein jetziger Aufenthaltsort sein, denn sein Schmerz ist keine vom ewigen Feuer verursachte Qual. Es ist eindeutig: Er ist immer noch im schmerzvollen Diesseits.

Sein Hinterkopf hämmert so stark, dass er jeden Pulsschlag spürt.

Er blinzelt nur ein wenig durch die Lider, dann öffnet er beide Augen auf einen Schlag. Erst als er jetzt auf die von seiner Lagerstatt recht weit entfernte Felswand schaut, wird ihm bewusst, dass er auf der Seite liegt. Zwischen der durchaus angenehmen Musik hört er von fern Stimmen. Es klingt, als wenn ein Fest gefeiert wird. Diese erste Wahrnehmung von Menschlichem nach seiner Bewusstlosigkeit hat etwas durchaus Tröstliches. Zwar schmerzt seine Wunde, dennoch fühlt er sich nicht unwohl. Ihm ist warm. Er ist bis zum Hals zugedeckt. Zu seiner Wohligkeit im Allgemeinen kommt die Hoffnung, hier vielleicht nicht in allzu bösen Händen zu sein. Die Musik und die Vorstellung eines Festes, dessen Geräusche an sein nun hellwaches Ohr dringen, tun das ihre zu dieser Verfassung.

Er schließt die Augen wieder. Gerne wüsste er, wie lange er bewusstlos war, welcher Tag ist und welche Stunde gerade gezählt wird, was geschehen ist … Langsam gleitet er in einen Dämmerschlaf wie in ein warmes Bad. Von fern hört er Stimmen, die sich nähern. Er wird wacher. Sein Herz fängt an zu klopfen und die Kopfwunde schmerzt dadurch wieder stärker. Es nähern sich Leute. Die rieselnde Musik wird kurzzeitig lauter und fällt dann wieder auf die gewohnte Lautstärke zurück. Eine Türangel knarrt. Zwei Frauen sprechen halblaut miteinander.

„Er schläft immer noch."

„Die zauberischen Tränke müssten bald aufhören zu wirken."

„Schau, wie gut er aussieht – hat er nicht wundervolles schwarzes Haar?"

„Er muss noch sehr jung sein"

„Seine Arme sind kräftig …"

So geht das eine ganze Weile. Nazarius hört zum ersten Mal Positives über sich. So viel Bewunderung. Er trägt sein schwarzes Haar lang, aber niemand hat bisher darüber ein Wort verloren. Nur seine Mutter bat ihn mehrfach, es doch kürzen zu lassen. Er ist immer noch benebelt, aber doch wach genug, um plötzlich an seine Mutter zu denken. Sie muss jetzt vor Angst um ihn vergehen. Es reut ihn, dass er beim letzten Gespräch grob zu ihr war.

Die beiden Frauen stehen hinter ihm und machen sich an seiner Kopfwunde zu schaffen.

„Blutiges Jünglingshaar, das hatten wir lange nicht mehr … hihi."

„Ich glaube nicht daran – schau, wie kahl sie ihn da geschoren hat …"

Gerne hätte Nazarius nach seinem Hinterkopf gefühlt, aber er hofft, dass die beiden noch einmal einen Hymnus auf ihn anstimmen, und verhält sich weiterhin so, als würde er schlafen.

Eine dritte betritt fast lautlos den Raum. „Schläft er noch?"

„Er müsste bald zu sich kommen."

„Soll ich bei ihm bleiben?"

„Nein, nein, der ist zu schön für dich ... würdest ihn ja doch verführen wollen."

Alle drei kichern leise und verlassen tuschelnd den Raum.

Nazarius will sich bewegen, aber bei dem ersten Versuch, die Beine anzuwinkeln, merkt er, dass er nackt unter der Decke liegt.

Das geheimnisvolle Gerede der Frauen, die ewig gleiche Musik, die – wie er jetzt merkt – schlechte Luft im Raum, sein schmerzender Hinterkopf und die langsam in ihm aufsteigende Sorge um seine Mutter und um Aulus, machen sein kurzzeitiges Wohlbefinden zunichte.

Er denkt daran zu fliehen.

Dazu aber muss er wissen, wo er ist und was um ihn herum geschieht. Andererseits bindet ihn seine Nacktheit ans Bett. *Eine Fessel ganz eigener Art*, denkt er und richtet sich auf. Dabei versucht er mit dem Leinentuch so viel wie möglich von seinem Körper zu verhüllen. Der Raum, in dem er sich befindet, ist offensichtlich eine Höhle, die zu einem kargen Wohnraum umgestaltet wurde. Nicht weit von der hochbeinigen Holzliege entfernt stehen ein Krug und eine Schüssel. Daneben ein blutbeflecktes Leinentuch und ein Schermesser. Zwei oder drei Öllämpchen sind in Felsvorsprünge gestellt und geben ein spärliches, goldgelbes Licht. Sie können nicht den ganzen Raum ausleuchten, aber dort, wo der Schatten beginnt, erkennt er im schwächer werdenden Schein eine Tür. Ihr Rahmen, hinter dem offenbar ebenfalls Lämpchen brennen, hebt sich ein wenig heller von der Felswand ab und durch ihre Bretter fallen dünne gelbliche Lichtstreifen.

Mit einer Hand stützt er sich auf die Pritsche, mit der anderen fühlt er nach der Kopfwunde. Unwillkürlich zieht er die Hand zurück, denn statt des erwarteten Haares fühlt er seine Kopfhaut. Die Wunde ist weiträumig ausrasiert. Auf der Kopfhaut ist eine dicke Borke, die bei der leichtesten Berührung schmerzt.

Plötzlich erstarrt sein Blick. An den Wänden erkennt er dieselben Zeichen, wie er sie in der Höhle gesehen hat.

Unvermittelt laufen jetzt die ganzen vergangenen Stunden vor seinem geistigen Auge ab. Schlagartig erkennt er seinen ganzen jetzigen Zustand: Er ist ein Gefangener. Dieses Gefängnis ist offenkundig eine Höhle. Der einzige Ausgang ist eine Holztür und nicht weit hinter dieser ist eine kleine feiernde Gemeinschaft. Die Musik geht ihm jetzt auf die Nerven.

Nazarius lässt sich rücklings auf die Pritsche fallen. Er ist wie niedergeschmettert und es kommt ihm vor, als sei dieser Schlag schlimmer, als jener tatsächliche auf seinen Kopf, der jetzt wieder stark schmerzt.

Ihm ist zum Heulen.

In diesem Augenblick kommt die Musik hörbar näher. Die Tür wird aufgestoßen und ein ganzer Zug aberwitzig verkleideter und hüpfender Korybanten kommt flötespielend ins Zimmer getanzt. Da sieht einer aus wie ein riesiger bunter Vogel, ein Federbusch wippt auf seinem Haupt, seine Augen sind mit weißer Farbe umrändert; alle haben bunte Kleider an, sind barfuß oder mit spitzen Stiefelchen bekleidet, sie schütteln die Köpfe, drehen sich im Kreise und scheinen so mit sich selbst beschäftigt, dass sie ihn nicht ansehen. Die Musik ist fremdartig, mal schrill, mal steil abfallend, leise und melancholisch, dann wieder unerträglich hoch, und sie besteht aus immer denselben Tonfolgen. Als letztes kommt ein kleiner Junge hinzu, der auf ein Trömmelchen einschlägt und dabei ständig auf und ab hüpft. Alle scheinen in einer Trance oder Ekstase zu sein.

Nazarius weiß nicht, wohin er schauen soll. Die Musiker kommen näher, rücken ihm auf den Leib. Sie positionieren sich spielend und schaukelnd vor ihm, fuchteln mit ihren Flöten vor seinen Augen, wackeln mit den Hüften, dass die bunten Röcke fliegen, und mit Schrecken erkennt Nazarius, dass die rocktragenden Wesen Männer sind. Eine bunte Reihe an Frauen zieht nun ebenfalls durch die Tür. Sie sind in ausgelassener Laune und extrem leicht bis gar nicht bekleidet. Alle haben die Haare offen und werfen sie, ständig lachend und scherzend, hin und her. Sie hüpfen und springen nicht durcheinander, sondern gehen federnd nah beieinander. Auch sie scheinen mit irgendetwas beschäftigt zu sein, das zunächst nicht ihm gilt.

Die Musiker lassen wieder von ihm ab, machen Platz für die Frauen und während sie sich, fortwährend musizierend, an die hintere Wand drücken, schart sich der weibliche Schwarm um seine Liege. Es sind acht oder zehn dunkelhäutige Frauen. Ihre Bekleidung wirkt wie Nacht- oder Unterwäsche und sie gibt mehr frei, als sie verhüllt. Nazarius hat so etwas noch nie gesehen. Eine hat alle Knöpfe ihres bunten Oberteils geöffnet, sodass ihre Brüste völlig frei herumwippen, eine andere trägt kurze Hosen, fast alle haben keine Armkleider und viele haben nackte Schultern.

Sie stellen sich so zu Nazarius, dass ein Gang zwischen ihnen frei wird und schauen zur Tür. Die Musik wird ruhig und feierlich. Durch das Spalier kommen zwei Träger, die gemeinsam eine kleine Sänfte tragen. Es ist ein Brett mit vier Griffen, über das Brett ist ein Tuch gelegt und mitten darauf ist eine etwa armlange Figur. Als die Träger näher an Nazarius herantreten, bleibt sein Blick an der Götterstatue haften. Der Gott sieht freundlich aus, was Nazarius beruhigt. Er ist reich mit Schmuck behängt und hat um den Kopf einen geschnitzten Kranz, der wie eine Sonne aussieht. Nazarius erkennt in dem Schmuck all die Zeichen und Symbole wieder, die er draußen in der Höhle gesehen hat und die auch an seinem jetzigen Aufenthaltsort an die Wände gemalt worden sind. Plötzlich sieht er, dass hinter der Statue eine kleine alte Frau schreitet. Auch sie ist mit klirrenden Kettchen und fremdartigen Amuletten behängt, wovon einige groß wie eine Männerhand und andere winzig klein sind. Im Gegensatz zu allen anderen hat sie ihr völlig ergrautes Haar im Nacken zu einem Zopf gebunden. Sie trägt ein langes, schwarzes Kleid, das am Hals hoch geschlossen ist. Während sich die Sänftenträger an das Kopfende der Liege stellen, bricht nun unvermittelt die Musik ab. Die alte Frau geht zielstrebig auf Nazarius zu, dem das Herz bis zum Halse schlägt. Er ist von ihrem stechenden Blick gebannt. Furchtsam versucht er sich, so weit es geht und ohne sich zu bewegen oder den Blick von der Alten zu wenden, unter seine Decke zurückzuziehen. Die Frau tritt auf ihn zu, deckt ihn bis zu den Schultern auf, berührt mit kalten Fingern seine Stirn und murmelt: „Mene mene tekel u-parsin."

Direkt über seinen Augen tänzeln zitternd die rasselnden Amulette. Ein silberner Armreif streift über seine Nase.

Kaum ist das letzte Wort verklungen, setzt wieder die schrille Musik ein. Die Alte geht zu dem kleinen Trommler, nimmt ihn bei der Hand und schreitet, ohne eine der Frauen oder Musiker anzusehen, wieder aus dem Zimmer. Ihr folgt die ganze Schar, angeführt von den Musikern. Nazarius liegt wie gelähmt und folgt dem wirbelnden Zirkus mit starrem Blick.

Plötzlich dreht sich die letzte der jungen Frauen um und schaut ihm in die Augen. Es ist der erste menschliche Blick, den er empfängt. Ihre Augen sind grün wie zwei Bergseen. Sein Herz rast. Es ist Lucia.

Während dieses Blicks bleibt sie ganz kurz stehen und er meint, ein beruhigendes Lächeln auf ihren Lippen zu erkennen. Dann zieht sie die Tür hinter sich zu.

Nazarius ist wieder alleine und im Hintergrund ist die Geräuschkulisse des zweifelhaften Zaubers zu hören, den er soeben erlebt hat.

In seinem Kopf geht alles durcheinander. Bald schwitzt er, bald friert er. Irgendwann schläft er ein …

Als er wieder wach wird, ist er schweißgebadet. Es dauert einen Moment, bis er erkennt, dass Lucia neben ihm steht. Sie hält ihm den Mund mit einer Hand zu, während sie mit der anderen seinen Oberarm fest umklammert. Eine der Öllampen ist ausgebrannt und in dem Raum ist es noch dunkler. Als Lucia merkt, dass er ganz wach ist, nimmt sie die Hand von seinem Mund und legt den ausgestreckten Zeigefinger an ihre Lippen. Von dem Tischlein holt sie das mit seinen Blutresten beschmierte Tuch und tupft ihm mit einer sauberen Stelle die nasse Stirn trocken.

Nazarius weiß nicht, wie lange er geschlafen und geträumt hat, doch als er mit ihr reden will, hält sie ihm wieder sanft den Mund zu, während sie den Zeigefinger auf ihre leicht gespitzten Lippen legt. Sie beugt sich zu ihm nieder und haucht mehr, als dass sie flüstert: „Es wird dir nichts passieren, sei ganz beruhigt … ich komme wieder …“; sie gibt ihm einen Kuss auf die Stirn und schleicht aus dem Raum.

Nazarius bleibt mit aller Gewalt wach. Er hat Angst, wieder zu träumen. Nach einer Weile kommt Lucia zurück, sie schließt die Tür hinter sich und tritt zu ihm. In der Hand hält sie einen Krug frischen Wassers und einen Becher. Sie gibt ihm zu trinken. Er leert mehrere Becher hintereinander.

Das alles ist für Nazarius sehr wohltuend. Fast hätte er gewünscht, dass Lucia ihm noch einmal die Stirn küsst, aber sie stellt den Krug und den Becher beiseite und zieht einen Hocker an die Liege. Eine Weile blickt sie ihn still an. Er hätte sich gern in diesem Blick verloren, weiß aber, dass es jetzt einiges zu klären gibt, denn ihre Gegenwart hat die Menge der Fragen, die ihm auf der Zunge liegen, eher noch vergrößert.

Sie hebt vorsichtig den Rock an, greift mit beiden Händen darunter und drückt ihm seine Kleider auf die Liege. „Zieh dich an … schnell“, sagt sie plötzlich und zieht sich zurück. Kaum ist er fertig bekleidet, tritt sie wieder ins Licht, fasst ihn bei der Hand und zieht ihn hinter sich her. Nachdem sie leise die Holztür geöffnet hat, geleitet sie ihn durch einen langen engen Gang, den sie zielsicher an einer dunklen Ecke verlässt. Eine weitere Tür folgt, diese ist verschlossen. Lucia drückt mit ihrem Körper dagegen, hebt sie leicht an, zieht Nazarius durch den kleinen Spalt einer Öffnung, lässt dann seine Hand los, und flüstert: „Vorsicht – jetzt kommen ganz viele Stufen."

Es wird so eng, dass sie nicht mehr nebeneinanderher gehen können. Die Wände sind feucht und es ist vollkommen finster. Schnell und leise gehen sie Stufe um Stufe dicht hintereinander.

Als etwa auf halber Strecke fern oben das Licht einer Lampe sichtbar wird, bleibt Lucia stehen. Sie wendet sich ihm zu und stellt sich auf die Zehenspitzen, um ihm ins Ohr zu flüstern. Nazarius merkt, dass sie zittert. „Dort oben ist der Ausgang ... geh schnell und schweig ... Ich habe die Papiere und bringe sie zu Aulus ... sei beruhigt ..." Während sie bei diesen Worten ihr weiches Gesicht leicht an das seine kost, drückt sie zugleich fest seine Hand. Sie schiebt sich an ihm vorbei, ohne ihn nochmals anzuschauen und steigt wieder hinab in das Dunkel.

Nazarius hastet weiter nach oben, findet bald die Tür und spürt sofort die kühle Frische der Nacht. Er muss noch ein paar Stufen aufwärts gehen, dann steht er draußen. Als er sich umblickt, erkennt er kaum das Loch, dem er eben entstiegen ist. *Nur weg von hier,* ist sein einziger Gedanke und ohne sich groß zu orientieren, geht er in irgendeine Richtung los. Er will so lange gehen, bis er an einen bekannten Punkt kommt, um von diesem aus den Heimweg anzutreten. Die Gegend kommt ihm nicht ganz fremd vor und er hat das Gefühl, nicht weit von der Stadt entfernt zu sein. Es ist eine mit Wohnhäusern bebaute, breite Straße.

Was bedeutet der Spruch, den die Alte gesagt hat ...? Alles scheint ihm mit einem Mal unwirklich, er weiß nicht, wie viel Zeit er in der Höhle zugebracht hat, weiß nicht, wie er dort überhaupt hingekommen ist, weiß nicht, wessen Fängen er entflohen ist, nur eines weiß er: dass alles anders gekommen ist, als er es mit Aulus geplant hatte. An diesen muss er kurz denken, denn er ist der einzige, der ihm den Spruch der Alten erklären könnte.

Die Straße führt auf einen Platz zu, von dem her er Geräusche, das Geklapper von Hufen und menschliche Stimmen wahrnimmt. Er hält sich nah an eine Häuserwand und drückt sich kurz vor der Einmündung der Straße zur Sicherheit in einen kleinen Türvorsprung. Als er sich in dieses notdürftige Versteck drückt, berührt sein Hinterkopf die Wand. Die Wunde schmerzt furchtbar. Er fasst mit der Hand dorthin und spürt nicht nur die große Platzwunde, sondern dünne verkrustete Blutspuren auf der abrasierten Stelle. So darf er keinem Menschen begegnen.

Der Lärm auf dem Platz wird größer. Er hört unverständliches Geschrei und Gegröle, das an den Hauswänden widerhallt. Dazwischen sind wieder Hufschläge und militärische Kommandos zu hören. Offenbar ist hier eine Auseinandersetzung zwischen der Polizei und einigen Randalierern in vollem Gange. Als er sich vorsichtig aus seinem schmalen Versteck vorbeugt, sieht er einige Schritte von sich entfernt an der Straßenecke einen Prätorianer mit einer Fackel stehen. Ohnehin scheint der Platz ziemlich erhellt zu sein. Auch an der gegenüberliegenden Ecke steht ein Wächter mit einer Fackel. *Der Platz ist abgeriegelt,* schießt es ihm durch den Kopf. Er ist in einer schwierigen Lage. Die Straße, die er eben heraufgekommen ist, als Fluchtweg zu benutzen, ist nicht mehr möglich; hier stehen zu bleiben ist gefährlich, denn dann würde er, wenn sie ihn entdecken, in Verbindung mit jenen gebracht werden, denen die Prätorianer dort auf dem Platz Herr zu werden versuchen und ungesehen über den abgeriegelten Platz zu kommen ist von vornherein aussichtslos. Also bleibt er in seinem Versteck und versucht mitzubekommen, was da draußen vor sich geht.

Er hat den Eindruck, als trieben die Prätorianer von allen möglichen Seiten Leute auf dem Platz zusammen, die von den Fackelträgern bewacht werden. Die Reiter entfernen sich nämlich von Zeit zu Zeit, das hört er am Hufschlag der Pferde, dann kommen sie einzeln wieder und treiben wohl jeweils eine Schar von Männern vor sich her. Diese werden hörbar brutal behandelt. Hier und da vernimmt er ein Stöhnen, dort einen Schlag, einen Schrei, Rufe wie „Steh auf, du Hund Othos“ und „Dir werde ich helfen“, dazwischen immer wieder das Schlagen von Peitschen und Ruten sowie das hallende Geklapper der Hufen in den leeren Straßen.

Nazarius ist sich sicher, dass er Ohren- und Augenzeuge bei der Aushebung irgendeiner Verschwörung wird.

Er ist politisch nicht interessiert, aber was in den vergangenen Monaten am Hofe vor sich geht, ist auch ihm nicht verborgen geblieben. Jeder Mann weiß am Ende dieses Jahres 68, dass der geizige, gichtbrüchige und misstrauische Kaiser Galba sich nicht mehr lange würde halten können. Galba regiert grausam und immer im Schatten dieser dunklen Gestalten, die längst hätten hingerichtet werden sollen.

Zu sehr hat Galba auch die übelsten Handlanger Neros geschont. Sein freventliches Benehmen gegenüber den Militärs, seine leeren Versprechungen, seine achtlose Behandlung der Offiziere, die willkürlichen Todesurteile und unflätigen Schmähungen gegen alles und jeden, weichen den Gehorsam der Truppen auf. In Rom flüstert man es bereits durch die Gassen, dass das Heer in Obergermanien ihm nicht mehr gehorche.

Es gärt gewaltig rund um den Palatin. Spione aufständischer Offiziere schleusen sich in die hohen Häuser, Boten schmuggeln Nacht für Nacht wichtige Notizen an abgefallene Truppenteile, es hat auch schon den einen oder anderen Kampf vor den Mauern gegeben, wo gut bewaffnete und noch besser informierte Komplotteure bereitstanden, diesem menschenverachtenden Nichtsnutz von Kaiser den Garaus zu machen. Noch aber stehen, dank der eisernen Hand ihres Präfekten, die persönlichen Schutztruppen, deren nächtlichen Zugriff Nazarius nun erlebt, hinter Galba.

Er zuckt zusammen. Wissend, dass alle Kämpfe um die Macht kaltblütiger werden, je näher sie am Zentrum dieser Macht selbst stattfinden, erschrickt er zutiefst, als er jetzt erkennt, dass er sich mitten im Zentrum Roms befindet, irgendwo in der Nähe des Palatins. Was er hier in seinem unsicheren Versteck belauscht, das ist die Niederschlagung einer Verschwörung oder wenigstens der Vorbereitung zu einer solchen. Von der brutalen Gründlichkeit der Prätorianer hat er öfter gehört.

Das Geklapper von Hufen wird jetzt immer deutlicher. Vorsichtig linst er über den Vorsprung hinaus und sieht, dass sich vier, fünf oder sechs Reiter am Straßenende aufstellen. In geringem Abstand nehmen sie die ganze Breite der Straße ein. Jeder hält eine brennende Fackel in der Hand. Blitzschnell zieht er den Kopf ein und versucht sich noch enger in den Vorsprung zu drücken. Er hört, dass sie langsam losreiten. Als der erste Reiter auf der gegenüber liegenden Straßenseite in seinen Blickwinkel kommt, sieht er, dass dieser mit der Fackel in jeden Vorsprung und jedes mögliche Versteck leuchtet. Dasselbe tut wohl auch der auf seiner Seite. Schon sieht er dessen Fackelschein und hört das bedächtige Näherkommen des Tieres. Da lodert hell vor seinem Gesicht das Feuer. Der Reiter hält an, nimmt die Fackel in die andere Hand, greift blitzschnell nach dem Schopf des Nazarius und reißt ihn brutal aus seinem Versteck. „Wieder so ein Lump!", schreit er und tritt ihm dabei schmerzhaft in den Rücken, sodass er zu Boden fällt. Nazarius wird vor Schmerz schwarz vor Augen. Die Kopfwunde ist wieder aufgeplatzt, Blut rinnt in seinen Nacken und am Hals herunter. Instinktiv greift er nach dem Kopf, aber ein schneidender Schmerz lässt seine Hand zurückschnellen. Der Reiter hat mit der brennenden Fackel darauf geschlagen. „Ab zu den anderen ... ihr feiges Gesindel ...!“, schreit er und hält Nazarius so lange fest, bis vom Sammelplatz zwei Soldaten zu Fuß herbeigeeilt sind. Sie übernehmen ihn, während die Reiter die Straße weiter absuchen. Mehr taumelnd als laufend lässt er sich von ihnen abführen. Als er einmal stolpert und hinfällt, versetzt ihm der eine sofort einen Tritt, während der andere ihn am Oberarm packt und wieder auf die Beine zerrt. „Steh auf, du Schwein ...“, knurrt er ihn an, „auch du wirst mores lernen ... wirst schon sehen, wie es ist, wenn man auf der falschen Seite kämpft, Galba ist der Kaiser und sonst niemand ...!“

Auf dem Platz stehen etwa hundertvierzig Männer in dunkler Kleidung dicht beieinander. Sie sind rundherum eng von Soldaten umstellt, von denen einer eine Fackel in der Hand hält. Nicht weit von dieser Gruppe entfernt stehen zwei weitere Soldaten, die die konfiszierten Waffen, einen stattlichen Haufen an Dolchen, kurzen Lanzen und kleinen Messern, bewachen.

Auch Nazarius wird durchsucht. Sie sind einigermaßen erstaunt, als sie bei ihm keine einzige Waffe finden. Er aber ist froh, dass Lucia ihm die Pergamente nicht mitgegeben hat. Zunächst trauen sie ihrer eigenen Durchsuchungsarbeit nicht und fingern ihn ein zweites Mal ab. „Was bist du denn für einer ...?“, fragt ihn ein hinzugetretener Soldat. Nazarius aber steckt der Schock und der Schmerz so tief in den Knochen, dass er nicht antwortet.

Die Wunde hat wieder aufgehört zu bluten. Sie pocht schmerzhaft. Ein Soldat stößt ihn in die Gruppe der bereits festgenommenen Männer. Die außen Stehenden rempelt er auf diese Weise heftig an, aber sie reagierten kaum darauf. Bleiernes Schweigen hängt wie eine Glocke über dieser Ansammlung. Nazarius schaut in fremde, entschlossene und verzerrte Gesichter, von denen eine Art Leidenssolidarität ausgeht. Einige bluten, andere stöhnen, als die von einem

Rempler verursache Welle zu ihnen dringt. Dann stehen wieder alle aufrecht. Niemand spricht ein Wort.

Nach einer Weile wagt es Nazarius, sich umzusehen, um sich zu orientieren. Er hebt den Kopf und versucht zwischen den Schultern der vor ihm Stehenden etwas von dem Platz zu erkennen. Er schaut – so weit es ohne Drehung des Körpers möglich ist – nach rechts und nach links und wird gewahr, dass er sich auf dem Platz befindet, an dem Kaiser Nero in der ihm eigenen hybriden Selbstüberschätzung, eine monumentale Statue von sich hat aufrichten lassen, die das Volk nur spöttisch den „Koloss" nennt. Schmerzgepeinigt wirft er einen Blick auf das Monument dieses letzten Nachfahren des großen Julius Caesar. Seit ein paar Monaten ist er nun tot und seitdem steht Rom Kopf. Die Christen mochten ihn nicht – um es vorsichtig auszudrücken, denn zu hassen verbietet ihnen ihr Glaube. Nazarius hatte mit der Muttermilch mitbekommen, dass Nero ein größwahnsinniger Tyrann sei. Er hat die Christen bis aufs Blut verfolgt. Er hat Petrus als lebendige Fackel bei seinen höfischen Festspielen verbrennen lassen, er hat Rom angezündet, um sein Neropolis zu erbauen, und die Tat den Christen in die Schuhe geschoben und Nero hat den Krieg mit den Glaubensbrüdern in Palästina begonnen und einige Aufstände blutig niedergeschlagen …

Nazarius wird hart gerempelt. Nachdem noch zwei oder drei aufgespürte Aufrührer grob in die Gruppe gestoßen wurden, kommt schließlich der Befehl, sich in Marsch zu setzen. Die Gefangenen müssen sich in Reih' und Glied aufstellen, und – begleitet von einer berittenen Wache sowie umzingelt von den Fußwachen – der Tross zieht langsam durch die nächtliche Stadt. Das mamertinische Gefängnis ist nicht weit. Ortskundig nimmt Nazarius aber wahr, dass der befehlsführende Soldat nicht den direkten Weg über die Hauptstraße des Forums wählt, sondern die Gefangenen durch die verwinkelten Seitengassen marschieren lässt, in denen es unmöglich ist, die Flucht zu ergreifen.

Er versucht alles, was in den vergangenen Stunden geschehen ist, irgendwie zu ordnen. So sehr ihm dabei auch das ruhige Gleichmaß der Schritte und die kühle Luft des anbrechenden Morgens hilfreich sind, so sehr bleibt doch das meiste im Dunkeln. Er grübelt darüber nach, was mit dem Geld und den Schriften geschehen sein könnte.

Inzwischen ist der Trupp am Gefängnistor angekommen. Der Kommandoführer wechselt ein paar kurze Worte mit den wachhabenden Torwärtern, worauf das große Portal geöffnet wird.

Die Gefangenen werden hineingeführt und müssen sich im Innenhof aufstellen.

Im kalten Morgengrauen schaut sich Nazarius seine Mitgefangenen zum ersten Mal genauer an.

Mit diesen Menschen verbindet ihn nichts. Sicher sind es sehr ausgewählte Leute, Soldaten. Die Art ihres schweigenden Zusammenhalts, wie sie dem ganzen Schicksal merklich kühl entgegenblicken, wie sie mit einer gewissen Hochnäsigkeit auf die dem Kaiser hörigen Prätorianer schauen, die doch ihrer aller Leben in den Händen haben, beeindruckt ihn stark.

Die Gefängniswärter haben inzwischen die Gruppe in gleichgroße Blöcke geteilt und sie werden zu ihren Zellen gebracht. Nazarius wird mit acht anderen in ein Kellergewölbe gestoßen und die Tür fällt hinter ihnen ins Schloss.

Kaum sind sie unter sich, fangen die Männer an zu reden.

Er ist zu müde und fühlt sich zu wenig zugehörig, als dass er sich in das Gespräch einmischen will. Doch einer der anderen wendet sich an ihn: „Was hast du denn mit uns zu tun?" Augenscheinlich ist allen klar, dass er nicht zu ihnen gehört.

„Nichts", ist seine mürrische Antwort.

„Was hattest du heute Nacht auf dem Platz zu suchen?"

„War zufällig unterwegs."

„Warst wohl nicht in Rom in den letzten Tagen, was?"

„Doch."

„Hast du nicht mitbekommen, was vor sich geht?"

„Nein"

„Ja, mein Junge, da bist du wohl der einzige in Rom …!"

Damit lässt er Nazarius erst einmal links liegen.

Nazarius ärgert sich über die Anrede und getraut sich vorerst nicht nachzufragen. Indes hätte er schon gerne gewusst, was vor sich geht, und hält darum die Ohren offen, um wenigstens aus dem Gespräch der Mitgefangenen etwas herauszuhören und sich nötigenfalls zusammenzureimen, worum es geht und in was er da hineingeraten ist.

„Die Sache ist gut gegangen, glaubt mir, Kameraden"

„Was heißt hier ‚gut gegangen', weiß du nicht, wo wir uns befinden?"

„Doch, du Pessimist"

„Wenn es gut gegangen ist, dann kommen wir ja raus", bemerkt ein Dritter.

„Abwarten …", knurrt es aus der Ecke, wo einer der acht sich hingekauert hat.

„Wir werden ja sehen", sagt der Pessimist und es klingt ein wenig so, als würde er lieber nicht rauskommen, um Recht zu behalten.

So geht es eine ganze Zeit lang hin und her, aber Nazarius kann einfach nicht in Erfahrung bringen, worum es geht.

Unvermittelt steht der Wortführer auf und stellt sich so, dass er auf Zehenspitzen gerade aus dem kleinen eisenverhauenen Kerkerfenster schauen kann. Er steht eine ganze Weile so, und plötzlich hört man ihn sagen: „He, weiß man schon, was passiert ist?"

Der Wächter antwortet etwas, das man drinnen nicht verstehen kann. Es scheint keine gute Nachricht zu sein, denn der Gefangene verharrt zunächst schweigend und scheint nachzudenken, dann dreht er sich um und sagt mit hängenden Schultern und ohne seine Kameraden anzusehen: „Es ist aus! Scheißescheißescheiße!"

Unmerklich geht ein Ruck durch die ganze Gruppe und auch Nazarius bleibt davon nicht unberührt. Er wundert sich, dass die eben noch zuversichtlichen Männer, die er sogar heimlich ein wenig bewundert hat, jetzt so plötzlich keine Hoffnung mehr haben.

„Kaiser Galba, der Nachfolger des großen Kaisers Nero ist getötet worden."

So richtig freuen können sie sich über diese Nachricht nicht. Die Lage ist viel zu unsicher, als dass man jeder neuen Meldung Glauben schenken könnte. Und selbst wenn es stimmen würde, dass Kaiser Galba tot ist, so bleibt fraglich, ob das noch Einfluss auf ihr Schicksal hätte. Ihnen steht die Angst in den Gesichtern, dass sie in diesen wirren Stunden der unsicheren Nachrichtenlage von den letzten unbelehrbaren Getreuen Kaiser Galbas noch hingerichtet werden könnten.

V.

Nachdem Lucia einige Schritte treppab gegangen ist, bleibt sie stehen und wendet den Kopf, um zu hören, ob Nazarius die Höhle verlässt. Oben sieht sie im Lichte des Öllämpchens seinen Schatten und hört Augenblicke später das schwache Geräusch der ins Schloss fallenden Tür. Erleichtert schließt sie kurz die Augen und atmet einmal stoßartig aus, dann läuft sie eilig weiter.

Kurz vor der Eingangstür bleibt sie noch einmal stehen, wickelt ihre Stola vorn auf und legt das darunter verborgene länglich-flache Päckchen in einen Mauervorsprung des am Beginn der ansteigenden Treppe klüftigen Felsens. Es ist ein gutes Versteck, das bei geschlossener Eingangstür vollkommen im Dunkeln liegt, bei geöffneter Tür aber von dieser selbst verborgen wird.

Sie tritt in die Höhle zurück und geht in den großen Versammlungsraum, in dem bereits seit den frühen Abendstunden gefeiert worden ist. Ihr brummt der Schädel von dem ununterbrochenen Lärm der Musik und von den berauschenden Getränken. Als sie jetzt den Raum betritt, nimmt sie niemand wahr.

Einige der Mitfeiernden sind infolge des Konsums tiefschlafbringender Fluiden und begünstigt durch die schlechte Luft bereits zu Boden gegangen und kauern in ihrem trunkenen Zustand an Tischen oder auf dem Fußboden des rechteckigen, großen Raumes.

Am vollständigsten ist noch die Musikgruppe. Aus dieser haben sich erst einige wenige Musikanten in das weite Land des Rausches oder Schlafes verabschiedet. Die meisten sitzen aufrecht und blasen fortwährend in ihre tropfenden Tröten und Flöten.

Einzig die amulettbehangene Alte hat die Sinne beieinander. Als die geschickte Mischerin unterschiedlichster Pülverchen, Tröpfchen und Getränke enthält sie sich selbst dieser wirkmächtigen Mittel. Sie bewacht die ausartende Orgie mit nüchtern prüfendem Blick. Lucia ist ein wenig außer Atem. Ihre roten Wangen geben ihrem Gesicht eine befremdliche Frische.

Wortlos bewirkt die Alte, dass Lucia sich direkt zu ihr begibt. Dazu muss sie über am Boden liegende halbnackte Frauen und schnarchende Männer steigen und kann nicht umhin, das eine oder andere ungehemmte Paar zu stören.

„Du kennst den Jungen?", fragt die Alte mit einer warmen Stimme, die so ganz und gar nicht zu dem runzeligen dürren Körper passt. Lucia weiß um die Fähigkeit dieser Frau, Dinge wahrzunehmen, die anderen verborgen bleiben.

Sie ärgert sich über die Unsicherheit, die die Alte natürlich spürt, und hat zugleich den Drang, möglichst schnell etwas zu sagen, um ihre Beklommenheit zu überspielen.

Einigermaßen fest antwortet sie deshalb: „Ja.".

„Ich hab's gewusst ... Ich habe aus seinen blutigen Haaren ein feines Püderchen gewonnen ... Du siehst, wie gut es wirkt?" Sie deutet selbstgefällig in den Raum.

„Er hat viel Kraft im Blut, der Knabe ... wir haben lange nicht mehr so etwas Gutes hier unten gehabt ...", und den Kopf, der jetzt wie der einer Krähe wirkt, leicht vorstreckend: „ ...man muss vorsichtig sein ... du weißt schon ..."

Es entsteht eine Pause. Lucia weiß nicht, ob sie etwas sagen soll, oder besser den Mund hält. Da beides wahrscheinlich unklug ist, blickt sie die Alte so gut es geht mit ihren großen Augen an und versucht dem stechenden Blick standzuhalten.

„Er hatte viel Geld bei sich, als die beiden ihn aufgegriffen haben ... nun ... das wird unserer Kasse gut tun ... Sag, Lucia ... komm näher mein Kind, ... ich kann dich nicht gut sehen ... so, stell dich hier hin ... so ist gut ... Weißt du, mein Kind, was mich wundert? Was hat er denn in unserer alten Höhle verloren?" Sie hat Lucia näher zu sich gezogen und sich etwas auf die Seite gestellt, um gleichzeitig den Blick auf den

Raum frei zu haben. „In so eine gottverlassene Gegend geht man doch in der Nacht nicht ohne Grund."

„Er wird schon einen Grund gehabt haben", antwortet Lucia, der das ganze jetzt immer mehr wie ein fein inszeniertes Verhör vorkommt.

„Kennst du diesen?"

„Nein!"

„Lüg' mich nicht an, mein Kind!"

„Weshalb sollte ich lügen?"

„Hör', Mädchen ..." – die Alte wendet sich ihr zu und kommt ihrem Gesicht dabei nahe, ihr Tonfall hat sich verändert. Sie spricht leiser als zuvor und mit drohendem Unterton.

„... ich bin euch immer eine gute Mutter gewesen, aber ich kann es nun einmal nicht leiden, wenn man mich anlügt. Also: Was hat der Junge in der Höhle zu suchen?"

„Ich weiß es nicht!"

Die Alte legt die Stirn in tiefe Falten. Mit einem Ruck steht sie auf, greift Lucia bei der Hand und zerrt sie hinter sich her: „Ich will zu ihm gehen."

Mit energischen Schritten durchquert sie den Festraum und zieht Lucia mit sich durch den dunklen Gang.

Als sie vor der leeren Pritsche stehen, ist die Alte einen Augenblick lang verwirrt, dann aber scheint sie sich blitzschnell alles zusammenzureimen.

„Lucia ... warst du das?"

Lucia bringt keinen Ton hervor.

„Du hast gegen die von unseren Müttern ererbten Grundsätze des Kultes verstoßen ..."

Sie schaut sie an, als müsse sie einem sympathischen Menschen das Todesurteil aussprechen. Fast hilflos blickt sie im Raum umher, so als habe sie noch Hoffnung, Nazarius irgendwo zu entdecken.

Während dieser kleinen Unsicherheit lässt ihr fester Zugriff ein wenig nach, blitzschnell windet sich Lucia aus der

Umklammerung und stürzt zur Tür. Das Kleid bis zu den Waden hochgerafft, rennt sie durch den Flur, reißt die Haupttür einen Spalt breit auf, greift hinter dieser in der Dunkelheit nach den Papieren und stürzt wie von Sinnen die Treppe hoch, sodass der Geldbeutel, den sie fest um die Hüfte geschnürt hat, klimpert.

Von unten hallt es mit drohender Stimme: „Lucia, du sollst des Todes sein!“

Als sie den Ausgang erreicht hat, verstaut sie die Papiere am Körper, hüllt sich in die Stola, mit der sie auch den Kopf bedeckt und tritt in das Morgengrauen der erwachenden Stadt.

Sie schaut unsicher um sich. Der Morgen graut, aber die Straße ist noch menschenleer. Die Zeit drängt. Sie nimmt nicht wie sonst den verwinkelten Umweg, sondern geht den Weg am Koloss des Nero vorbei, läuft an dem angrenzenden Garten entlang, passiert die Stirnseite des Domus Aurea, und nähert sich so dem Aulus'schen Anwesen. Sie entschließt sich durch den Hintereingang zu gehen. Sie verlangsamt den Schritt, um ihrem Herrn nicht außer Atem begegnen zu müssen. Für den Fall, dass er sie erwischen sollte, kann sie sich keine passende Ausrede mehr einfallen lassen. Sie geht durch den Garten zunächst in ihr Gemach, verstaut die Pergamente unter der Bettdecke und versteckt den Geldbeutel, dann verknotet sie ihr Haar im Nacken und steckt es mit einem Holzstäbchen fest. In Windeseile wechselt sie das Kleid, wischt sich den Schweiß von Gesicht und Hals und umhüllt sich in gewohnter Weise mit der leichten Stola.

Als sie das Haus betritt, hat Aulus dieses bereits verlassen.

Im Triclinium sieht sie, dass das Nachtessen nicht angerührt ist. Da hört sie ihn kommen. Schon beim Eintreten erkennt sie, dass er sehr blass und erregt ist.

Offenbar hat sich Nazarius also noch nicht bei Aulus eingefunden.

Das wundert Lucia, denn sie ist bei der Befreiung des Nazarius davon ausgegangen, dass dieser sofort zu Aulus laufe.

Bei dem Gedanken, dass ihm etwas zugestoßen sein könnte, wird sie selbst unruhig. Die ganze Geschichte droht aus dem Ruder zu laufen und ihr über den Kopf zu wachsen.

An den Türen zu lauschen ist für sie seit langer Zeit die einzige Abwechslung in diesem stillen Haus, in dem nie gefeiert wird und nie ein größeres Ereignis stattfindet. Zur Befriedigung ihrer sinnlichen Bedürfnisse hat sie Anschluss an den Kult gesucht, und dieser hat kurzzeitig eine Aufhellung in ihren tristen Alltag gebracht. So richtig aufregend ist es dann geworden, als sie aus einem erlauschten Gespräch zwischen Aulus und Nazarius erfahren hat, dass diese auf der Suche nach Schriften sind, und zwar in den ehemaligen Höhlen der Christen. Keiner der beiden wusste, dass die Höhlen inzwischen von einer anderen kultischen Gruppe genutzt werden. Bei den Anhängern des Kultes aber kam ihre Nachricht über die nächtliche Aktion gut an. Alle waren in großer Vorfreude auf die Erbeutung eines jungen Knaben, der – auf frischer Tat ertappt und selbst auf dunklen Wegen – keinerlei Gefahr seitens der Polizei mit sich brachte.

Lucia hatte bis dahin noch nie etwas von einem Todeskult gehört, aber viele ältere Mitglieder der Versammlung freuten sich unbändig, wieder beim Kult der Alten anzusetzen.

Es war zu spät, einen Rückzieher zu machen. Zwar hätte sie mit Aulus reden und alles gestehen können, aber das wagte sie nicht. Die Christen sind zwar bereit, jedem zu vergeben, der seine Schuld bekennt, aber die strenge Bußpraxis schreckt ab: Monatelang wäre sie als die größte Sünderin in der Gemeinde herumgelaufen und von allen Versammlungen – die sie allerdings in letzter Zeit ohnehin mehr und mehr mied – ausgeschlossen.

So hat sie also den Dingen gutgläubig ihren Lauf gelassen und erst eingegriffen, als es um das Leben des Nazarius ging.

Ursprünglich war es ihr nur darum gegangen, Aulus, der ihr viel zu wenig Aufmerksamkeit schenkt, eins auszuwischen. Sein jetziger Zustand ist ihr aber auch nicht recht. Er steht kurz vor einem Nervenzusammenbruch und seine Gereiztheit macht die letzte Möglichkeit, mit ihm zu reden und alles zu bekennen, zunichte.

Als er an diesem Vormittag in großer Unruhe zum zweiten Mal das Haus verlassen will und sich den Umhang bringen lässt, sieht sie einen Moment lang erneut die Gelegenheit für ein Geständnis, um ihrem Herrn jenen Frieden seiner Seele wiederzugeben, den er so nötig braucht.

Aber seine ungute Laune und die Unruhe haben so sehr von ihm Besitz ergriffen, dass der Mut sie verlässt. Aulus weist sie an, das Haus nicht verlassen, weil er eine dringende Nachricht von Linus erwarte. Dann ist er fort.

Kaum hat er das Haus verlassen, eilt Lucia in ihr Gemach, holt die Mappe unter ihrer Bettdecke hervor und bringt sie, eng an den Körper gepresst, in das Arbeitszimmer des Aulus. Dort legt sie die Papiere mitten auf den Sekretär, sodass sie nicht zu übersehen sind.

Sie ist so aufgewühlt, dass sie das Alleinsein nicht ertragen kann.

Auf die Straßen zu gehen, hätte sie nicht gewagt, selbst wenn Aulus sie nicht gebeten hätte, im Haus zu bleiben. Obwohl sie gerne selbst nach dem Verbleib des Nazarius geforscht hätte, fühlt sie sich nach der Todesdrohung der Alten hier am sichersten und zu der Angst um Nazarius gesellt sich schleichend die Angst um ihr eigenes Leben.

Deshalb begibt sie sich in das Gemeinschaftszimmer der Bediensteten, um hier ein wenig Ablenkung zu finden.

Schon beim Eintreten merkt sie, dass große Aufregung herrscht.

„... die haben sich mit den Leibwachen des gichtbrüchigen Galba zusammengetan ..."

„... der ist doch geisteskrank ..."

„Moment", ruft ein anderer dazwischen, „wer hat sich mit den Leibwachen zusammengetan?"

„Die Soldaten des Generals Otho!“

„Was, Otho aus Lusitanien, der dort die römischen Armeen befehligt?“

„Genau der!“

„... und seine Soldaten haben sich mit den Leibwachen des alten Kaisers Galba zusammengetan, um gegen Galba zu putschen?“

„Richtig!“

Lucia steht unbemerkt in der Runde der Redenden und hört bei jedem Wort gespannter zu.

„Wie?“, fragt jetzt ein dritter, „General Otho putscht gegen Kaiser Galba?“

„Sag' ich doch, dieser Günstling von Nero hat heute Nacht gegen Kaiser Galba einen Putschversuch unternommen ... in der Innenstadt ist der Teufel los.“

„Ich habe heute morgen gehört, Galba sei ermordet worden und Otho sei schon der neue Kaiser!“ bemerkt ein anderer.

„Red' doch nicht“, ergänzt ein weiterer und fügt etwas unsicher und mit leiser werdender Stimme an: „ ... Rom und seine Gerüchte ...“

Jetzt mischt sich Lucia in die Diskussion ein: „Zu welcher Stunde der Nacht ist das geschehen ... und wo, sagt mir doch, wo ist es geschehen, wo, wo ... wo?“ – sie spricht immer leiser, denn niemand schenkt ihr und ihrem schweren Herzen Gehör.

Frauen haben sich in Politik und all das Gerede darüber nicht einzumischen. Grob wird sie beiseite geschoben, und der Kreis an Neugierigen schart sich so eng um den, der diese Neuigkeiten verbreitet, als sei er selbst dabei gewesen.

Hinter den breiten Männerschultern bekommt sie nur noch Wortfetzen mit:

„... ins Gefängnis gekommen ...“

„... bereits hingerichtet ...“

„... Blutbad ...“

„Truppen vor der Stadt ...“

„... wird auch Zeit ... Galba ist ein schlechter Kaiser ..."
„... ob es nun besser wird?"

Ihr wird schwindelig. Gelbe Kreise tanzen vor ihrem Auge. Für einen Augenblick fasst sie mit der Hand an ihre heiße Stirn. Sie streicht sich eine Strähne aus dem Gesicht. In der Hoffnung, von Aulus vielleicht mehr zu erfahren, wenn dieser heimkommt, geht sie an ihre Arbeit im Haus.

Aulus jedoch lässt lange auf sich warten.

Es ist nach Mittag als er, noch erregter als am Morgen, wieder das Haus betritt. Sie teilt ihm mit, ein Bote sei gekommen, er aber würdigte sie keines Blickes, sodass sie nicht mehr wagt, ihn anzusprechen.

Er drückt ihr den Mantel in die Hand, und sie nimmt sofort wahr, dass etwas Schweres in der Tasche ist. Als sie den Umhang zu den übrigen Kleidungsstücken legt, schaut sie nach und fühlt dort kalt den eisernen Hammer.

Aulus befasst sich nur kurz mit den gefundenen Schriften auf seinem Schreibtisch. Ihr Wert scheint beträchtlich zu sein. Für eine Sekunde verspürt er helle Freude im Herzen; die Briefe sind da – auch wenn die Wege, auf denen sie hierher gelangt sind, noch im Dunkeln liegen.

Er hat keine Ruhe, auf einen Boten von Linus zu warten und verlässt, kurz nachdem er es betreten hat, zum dritten Mal das Haus.

Auf dem Weg zum Palatin nimmt er heftige Unruhen wahr.

Fremde Reiter stürmen in rücksichtslosem Galopp durch die Gassen. Irgendwo schnappt er die Worte „ceter" und „mordio" auf. Dann sieht er die Prätorianer der kaiserlichen Garde geordnet marschieren, als rückten sie aus. Eine ungewöhnliche Hektik ist auf den Plätzen; eine gehetzte Gruppe flüchtender Männer kommt ihm entgegen und rempelt ihn auf die Seite. Jemand tritt ihm auf die Füße. Er bekommt mehrmals Ellenbögen in die Rippen. Der übliche Marktrummel hat sich aufgelöst. Ein paar Tische liegen quer am Straßenrand, Äpfel kullern in der Gosse, zertretene Birnen und halb zerfetzte Kisten liegen im Weg; ein Karren steht mit gebrochenem Rad auf einem großen Tempelvorplatz, und der anhebende Wind lässt ein Ladenschild mit unheimlichem Geräusch an den Resten seiner Aufhängung schaukeln.

Es ist wenig gewöhnliches Volk unterwegs.

Je näher er dem Forum kommt, umso mehr Soldaten sind zu sehen. Bis an die Zähne bewaffnete Fußtruppen sperren die Zugänge zum Capitol und zum Forum ab. Hinauskommende werden von ihnen teilweise zurückgejagt, wer hinein will, wird eingehend kontrolliert.

Am Lacus Curtius galoppieren Reiter heran. Die Leute geben schreiend eine Gasse frei.

Aulus erkennt sofort, dass er hier nichts über den Verbleib des Nazarius erfahren würde.

Er bleibt stehen und beißt sich auf die Lippen. Unruhig schaut er um sich.

Da er aber so nahe am brodelnden Zentrum des Gerangels um die Macht schon als einzelner Fußgänger auffällt und spürbar die Tage der kurzen Messer begonnen haben, macht er sich möglichst unauffällig aus dem Staub und geht direkten Weges abermals zu Linus, um vielleicht dort etwas in Erfahrung zu bringen.

Nach mehrmaligem Klopfen öffnet ihm Anaklet: „Linus ist vorhin gekommen. Tritt ein“, und er öffnet die Tür gerade so weit, dass Aulus hereinschlüpfen kann.

Linus ist sehr aufgeregt, aber er bemüht sich, seine Nervosität zu verbergen. Er umarmt Aulus und bittet ihn höflich wie immer, sich zu setzen. Gewohnt, eher zuzuhören als selbst zu reden, lässt er sich ganz auf Aulus ein.

„Anaklet hat mir schon erzählt, dass du mich suchst. Schön, dass du gekommen bist … hm. Was gibt es?“

Aulus versucht möglichst kurz und ungeschminkt zu

schildern, was vorgefallen ist. Obwohl er sich bemüht, Linus nur den groben Zusammenhang zu schildern, verhaspelt er sich doch immer wieder und hält sich bei unwichtigen Kleinigkeiten auf, wie dem Hammer oder den möglicherweise frischen Wagenspuren vor der Höhle. Linus muss wiederholt nachfragen und braucht eine ganze Weile, um aus der Geschichte halbwegs schlau zu werden.

„Na schön", sagt er dann zusammenfassend, „Nazarius ist fort und die Schriften des Paulus sind bei dir ... hm ...? Kann man es so zusammenfassen?"

Aulus nickt.

Linus hat sehr wach zugehört, jetzt aber fällt er in eine lange Phase stillen Nachdenkens. Mit gefalteten Händen sitzt er ganz ruhig da, lediglich unter dem linken Auge ist ein nervöses Zucken wahrzunehmen. Hin und wieder setzt er sich anders zurecht, schlägt die Beine übereinander, stützt den Kopf in die Hände. Er schaut vor sich hin auf den Fußboden, dann spricht er wieder leise „hm" oder sein typisches, durch einen kurzen Atemstoß erzeugtes, fast tonloses „hm", mit dem er beinahe jeden Satz beendet.

Aulus ist wegen seines zu langen Monologs und des Durcheinanders, mit dem er das Ganze geschildert hat, beschämt und in gespannter Erwartung des Ratschlages. Er weiß, dass Linus ihm jetzt keine Moralpredigt halten wird, weil es nicht seine Art ist, auf Problemen herumzureiten. Andererseits aber wäre ihm eine Zurechtweisung beinahe lieber, als die zu befürchtende Ignoranz seiner Mitschuld an der ganzen Misere.

„Aulus, wir leben in schlimmen Zeiten, hm", sagt Linus, ohne seine Haltung zu verändern. Dann verharrt er wieder längere Zeit in der nachdenklichen Pose.

„Ich komme gerade aus den Bergen und habe auf dem Rückweg viele Truppen vor der Stadt gesehen. Anaklet erzählte mir, Galba sei gestürzt worden", – nun schaut er Aulus bekümmert in die Augen; „ich habe die Sorge, dass sie es wieder auf uns Christen abwälzen werden. Einige sollen bereits von den Prätorianern, die Galba noch folgen, verhaftet und ins Gefängnis geworfen worden sein ... Die Gefängnisse sind seit heute Nacht übervoll ... Ich weiß nicht, wen von uns es getroffen hat ... aber ... es kann jeden Moment eine schlechte Nachricht eintreffen ... hm; es soll schon erste schnelle Hinrichtungen gegeben haben."

In der kurzen Pause, die Linus macht, weiß Aulus nichts zu sagen. Er schaut betreten vor sich hin.

„Die Gebetsversammlung am Grabe des Petrus wurde von Soldaten zersprengt. Zwei Sklaven wurden niedergestochen und achtlos am Wegesrand liegen gelassen. Einige der Vorsteher wurden verhaftet. Es muss schon seit Tagen kochen ... hm ..."

„Meinst du, dass Nazarius im Gefängnis sitzt?"

„Wenn ja ... hm ... wir müssen den Tatsachen ins Auge sehen, Aulus", er rafft sich auf, den begonnenen Satz schweren Herzens zu Ende zu sprechen, „ ... wenn er nicht schon als Kollaborateur hingerichtet wurde. Es sind die Nächte der Dolche."

Aulus ist totenbleich und zittert. „Das wäre furchtbar!"

Es entsteht wieder eine Pause, dann bricht in Aulus der Widerwille, solches zu denken, durch. Ihn empört die ganze Ungerechtigkeit, die sich an den doch friedfertigen Christen immer und immer wieder vollzieht, und fast flehend wendet er sich an Linus: „Er hat doch damit gar nichts zu tun ..."

Linus nickt. „Ich weiß ... es hat auch keinen Sinn, jetzt solchen vagen Vermutungen nachzugehen, wir müssen abwarten. Es gibt inzwischen genügend Christen in den kaiserlichen Truppen, nh, und sicher wird am Abend ein Bote kommen und mir die Neuigkeiten berichten."

Linus erhebt sich und geht zur Tür. Aulus erkennt, dass jetzt tatsächlich nichts in Erfahrung zu bringen ist. Beide gehen ins Atrium.

„Aulus", sagt Linus, indem er sich zu ihm wendet, „... unser Herr Jesus Christus hat uns versprochen, dass er uns führen wird und bei uns ist, setze auf IHN deine Hoffnung … Mehr kann ich dir im Moment leider auch nicht sagen … hm …"

„Linus", entgegnet Aulus, „es tut mir leid, dass ich dir nun auch noch schlechte Nachrichten gebracht habe, ich weiß, dass es besser gewesen wäre, vorher mit dir über die versteckten Briefe zu reden."

„Und zur Gebetsversammlung zu kommen … Weißt du schon, ob es Abschriften oder Originale sind?"

„Ich habe nur einen kurzen Blick darauf geworfen, aber ich vermute, dass es sich um Originale handelt, auf jeden Fall sind Originale darunter."

„Dann ist es sicher gut, dass diese Schriften aufgetaucht sind. In den Gemeinden gibt es große Unstimmigkeiten. In Kleinasien lesen sie bereits, ohne es mit uns abgesprochen zu haben, die Briefe des Paulus in den Gottesdiensten vor. Das finde ich nicht schlimm … wir müssen noch darüber nachdenken, ob es gut ist und für die anderen Gemeinden nachahmenswert … aber wenn deswegen Streit entsteht, dann kann es nicht gut sein … hm …"

„Weshalb entsteht denn dort Streit?"

„In Perge, in Pamphylien, in Antiochien, Iconium, Lystra, Derbe … du kennst ja die Gemeinden …"

„Vom Hörensagen …"

„… kursieren die unterschiedlichsten Abschriften, und nun streiten sie miteinander, welcher Text der richtige ist … Teilweise haben sie auch schon Schriften in ihre Landessprache übersetzt …" Er schüttelt nachdenklich den Kopf, „das geht so nicht weiter … Gut, dass du die Schriften hast, wir müssen uns der Sache baldmöglichst annehmen … hm …"

„Was ich tun kann, trage ich gerne dazu bei …"

Aulus ist froh, dass das Gespräch diese Wendung nimmt, denn er hat das starke Bedürfnis, irgendetwas gut zu machen und die Last, die er wegen des Verschwindens von Nazarius nun auch noch auf die leidgeprüften Schultern des Linus gelegt hat, durch das Angebot seiner Mitarbeit ein wenig zu erleichtern.

Linus hat in der Tat viel zu tragen. Er ist der Einzige, der die einzelnen Gemeinden zusammenhalten kann und seine Verantwortung ist groß. Sein Wort hat Gewicht, denn er ist nicht nur ein Mann der ersten Stunde, sondern – den Verfolgungen unter Nero entgangen – auch einer der letzten Männer in der römischen Gemeinde, die Paulus und auch Petrus noch persönlich kannten.

Linus ist über die Vorgänge in den anderen Gemeinden gut unterrichtet. Er ist in viele Geheimnisse eingeweiht, kennt alle Apostel, die in Rom waren, er ist einer der Letzten, die Paulus vor dessen Hinrichtung noch im Gefängnis besuchten.

„Ich habe ja selbst angeregt, dass wir die Schriften zusammenstellen ... hm, aber ... ach, Aulus, manchmal wächst mir alles über den Kopf ..." Er sagt dies keineswegs verzweifelt. Es ist nur ein ehrliches Geständnis, dass er am Ende seiner Kraft ist.

„Wenn man die Zustände in diesem Rom sieht, fragt man sich wirklich, ob die in Kleinasien keine anderen Probleme haben ... hm"

Aulus kann darauf nichts erwidern. Sein Verhältnis zu Linus lässt nicht zu, dass er diesen mit mehr als seinem Zuhören tröstet.

Linus aber fährt mit seinen Klagen fort: „In Jerusalem geht es auch drüber und drunter ... An einzelnen Stellen soll es wieder Aufstände gegeben haben ..."

„Gegen die Römer?"

„Auch ... natürlich ..., aber die jüdischen Sekten bekämpfen sich zusehends gegenseitig: Die einen wollen den Tempelkult strenger machen, andere einen eigenen König, dann hacken sie wieder auf den Christen herum ... unlängst wurden vier unserer Brüder in Jerusalem erstochen, offenbar weil sie mit den Heiden in Kontakt standen … hm." Er stockt, weil er bereits mehr gesagt hat, als er will.

Inzwischen haben sie das Atrium durchquert und stehen beim Seiteneingang. Die Tür ist offen, denn ein Bediensteter ist dabei, sperrige Stücke Olivenholz hereinzutragen und neben die Öfen zu den einzelnen Zimmern zu stapeln.

„Du kannst gerne morgen früh wiederkommen und falls ich heute noch etwas erfahre, sende ich dir eine Nachricht … mh." Aulus wendet sich noch einmal um und nickt Linus zu, dann verlässt er das Anwesen.

In den Gassen und auf den Plätzen Roms wird wieder gekämpft.

Das Geklirre von Schwertern und Lanzen ist zu hören und durch eine Querstraße sieht er Sklaven mit zwei großen Handwagen, auf denen Leichen liegen. Und überall das wie toll rennende Volk, das nichts von dem vielversprechenden Erlebnis einer echten Straßenschlacht verpassen will.

So gut es geht, versucht Aulus auf dem Heimweg dem ganzen Geschehen auszuweichen. Er wählt ein paar Seitengassen und legt einen Umweg ein. Aber auch in den kleinen Nebenstraßen scheint in den letzten Stunden gekämpft worden zu sein.

Vor einer geplünderten Schenke läuft der erregte Wirt über das heillose Sammelsurium an Bruchstücken des auf der Gasse zerschlagenen Mobiliars. Den Besen hat er an die Häuserwand gelehnt und seine Arme wütend in die Hüften gestemmt. Zerschlitzte Weinschläuche und zerbrochene Krüge hat er offenbar schon auf einem Haufen gesammelt. Als er Aulus die Gasse heraufkommen sieht, legt er in seinem Zorn noch zu, „Schau sich das einer an!!" schreit er, „…dieses Pack … diese Bande …!" Klagend erhebt er die Hände zum Himmel. „Haben denn alle guten Götter diese verruchte Stadt verlassen …!?"

Wütend tritt er auf den Haufen von Tonscherben und Holzteilen ein. „Alles, alles haben sie mir zerschlagen … was soll ich jetzt nur machen ... o tempora, o mores ... diese Lumpen ... nein ... nein ... nein ..." – und bei jedem dieser gefluchten Verneinungen tritt er gegen ein halb zerborstenes Tischbein. Der Schmerz scheint ihn kurz zur Besinnung zu bringen, aber nach wenigen Sekunden beginnt er von neuem mit dem Herausschreien seiner Verzweiflung: „Nimmt man Galba in Schutz, hauen die von Otho einem alles klein ... oh ... nimmt man Otho in Schutz, hauen die anderen einem alles in Stücke ... verfluchte Zeit, pfui, ein Schandplatz dieses Rom ..." Er spuckt kräftig aus, und nachdem er mitbekommen hat, dass seine Vorstellung Aulus nicht unberührt lässt, weil dieser die Straßenseite wechselt, um möglichst unbemerkt an ihm vorbeizukommen, erhebt er die Arme zum Himmel und schreit und jammert in noch lauteren Tönen.

Als Aulus endlich den Zuweg zum Haupteingang seines Hauses erreicht hat, sieht er, dass die Tür offensteht. Mit großen Schritten eilt er ins Haus, findet aber im Atrium alles unverändert. Friedlich steht der Brunnen und kein Mensch ist zu sehen. Dann schießen ihm die Briefe und Schriften, seine ganze kostbare Sammlung an Pergamenten, Autographen und Abschriften durch den Kopf. Wild rast er in sein Arbeitszimmer und ist wieder überrascht, auch hier keine Anzeichen von Verwüstung zu entdecken. Einen Moment bleibt er stehen und sieht sich um, dann eilt er zum Sekretär, durchwühlt mit zitternden Händen und wildem Blick die dort säuberlich geordneten Stapel. Er findet alles so vor, wie er es verlassen hat. Schließlich eilt er die Treppe wieder herunter. Erst auf sein zweites Rufen hin erscheint Anna, die alte Köchin seiner Eltern, aber sie kann weder seine Frage nach Lucia noch nach der offenen Tür beantworten.

Um sich abzulenken, geht er in sein Studienzimmer, wo er sich eingehender mit den gefundenen Pergamenten und Schriften befassen will.

Andächtig holt er sie aus dem Sekretär und bläst den Staub

von der ziegenledernen Schreibunterlage, bevor er sie darauf ablegt.

Kaum hat er sich gesetzt, so hört er, dass jemand vorn an der Haupttür den großen Türklopfer betätigt. Nicht gewohnt, selber die Tür zu öffnen, wartet er zunächst ab. Er hat nach diesem langen Tag schwere Glieder, hat nicht viel gegessen und kaum geschlafen. Er rechnet ohnehin nicht mit einer guten Nachricht und will in der verbleibenden Zeit des Abends die gefundenen Schätze näher in Augenschein nehmen.

Aulus schreckt hoch, als der Türklopfer erneut ertönt, diesmal heftiger.

Er läuft hin und öffnet. Der Knabe hat inzwischen aufgegeben und ist schon einige Schritt vom Haus entfernt, doch als die Tür sich öffnet blickt er zurück und macht kehrt.

„Ich bin Markus, der Sohn des Proculus. Ich habe für Euch eine Nachricht von Linus.

Nazarius ist im Gefängnis, im Mamertinum … ein Christ unter den Wachen ließ eine Nachricht an Linus überbringen …"

Aulus schließt die Augen und atmet tief aus, dabei lässt er die Schultern hängen, als sei ihm eine schwere Last genommen. „Gelobt sei Gott, er lebt!"

„Ja, mein Herr, sie haben ihn zusammen mit den Aufständischen eingesperrt. Ihr möget morgen in aller Frühe zu Linus kommen, er hat noch weiteres mit euch zu besprechen."

„Ich danke dir, mein Junge, ich danke dir sehr …"

Er entlässt den Knaben und geht zurück ins Studienzimmer.

Als er am nächsten Morgen zu Linus geht, bieten die Straßen ein grauenerregendes Bild. Linus sieht schlecht aus. Er ist noch blasser als gestern Nachmittag. „War Markus, der Sohn des Proculus, gestern Abend noch bei dir?"

„Ja"

„Gut, dann weiß du ja Bescheid – viel mehr kann ich dir

auch nicht sagen. Im Gefängnis geht es drüber und drunter. Die Grotten und Kammern sind übervoll. Ständig werden Leichen herausgefahren und neue Aufrührer eingekerkert. Dabei weiß niemand recht, was los ist und wer zu wem gehört. Unsere Brüder dort sind sehr verzweifelt. Es werden auch wieder Flüche auf die Christen laut ... hm."

„Kann man zu ihm?"

„Aulus, du kennst die Zustände?"

„Im Gefängnis ..."

„Nein, die politischen ... Galba ist heute Nacht ermordet worden. Ein gewisser Otho wird von seinen Truppen zum neuen Caesar ausgerufen ... hm. Galba soll ihnen seinen Hals hingehalten und gerufen haben: ‚*Vorwärts, stoßt zu, da es doch sein muss!*' ... Aulus, es muss ein furchtbares Blutbad gegeben haben ... hoffentlich nehmen sie jetzt nicht Rache an den Gefangenen."

„Wenn Unrecht zu Recht wird ..."

„Darüber können wir jetzt nicht philosophieren ... aber ... dieser Hexentanz um den Caesarenthron ...", er schüttelt verzweifelt den Kopf, „Aulus, das ist das Ende ... hm."

„Weiß man schon, wer dieser Otho ist?"

„Es gibt die wildesten Gerüchte, ich denke, dass wir in den nächsten Tagen mehr wissen ... Jetzt geht es um Nazarius ... Versuch dein bestes – meinen Segen hast du ... aber ... macht keine Dummheiten ... hm."

„Darf ich die Wächter bestechen?"

„Selbstverständlich, wenn es dazu dient, dass wir mehr erfahren und vielleicht Nazarius frei bekommen, mag es recht sein ... hm."

„Ich versuche zu ihm zu gelangen."

„Aulus, sei vorsichtig. Versuche herauszubekommen, wer aus der christlichen Gemeinde noch im Kerker ist. Halte mich über alles, was passiert, auf dem Laufenden, bitte!"

Aulus treibt die Neugier doch zum Forum, wo im Gegensatz zu gestern Abend jetzt der freie Zutritt möglich ist. Da die via sacra völlig verstopft ist, zwängt er sich durch eine Seitengasse, um auf den Platz vor dem Forum zu gelangen. Eine unübersehbare Menschenmenge hat sich angesammelt und wartet auf Neuigkeiten, während schwer bewaffnete Truppen rings um den riesigen Platz bereit sind, mit ihren scharfen Lanzen jederzeit einzugreifen und zuzustechen.

Links vor ihm steht der große Saturntempel, der von mehr als dem Zehnfachen der sonst üblichen Wächter umstellt ist. Das ist ein deutliches Zeichen für die höchste Alarmstufe, denn in Zeiten des politischen Umbruchs und besonders seit dem gewaltsamen Zugriff durch Julius Caesar, gilt die in den Grundfesten des Tempels untergebrachte Staatskasse als gefährdet. Aulus weiß es von seinem Vater: Caesar hat einst diese Staatsgelder mit Hilfe seiner Truppen an sich gerissen, um jedem Bürger, der ihn im Kampf gegen Pompeius unterstützt hatte, die versprochene Belohnung von 300 Sesterzen auszahlen zu können.

Die Menschenmenge drängt sich um die Rostra. Aulus kann von hier aus nichts sehen, weil das Volk dicht gedrängt steht.

„Was ist denn da vorne los?“, fragt er schließlich einen neben ihm stehenden Mann.

„Man sieht ja nichts“, antwortet dieser unwirsch und reckt weiter seinen Kopf in die Höhe.

Aulus wird von hinten geschoben und die Menge drückt so stark nach, dass er sich Fuß für Fuß vorzwängt. Beim besten Willen aber kann er immer noch nicht erkennen, was vorn an der Rostra wirklich vor sich geht.

Da schreit plötzlich eine Frau von vorne: „Das Haupt ...!“

Und jetzt brüllt und schallt es von alle Seiten.

„Galbas Haupt ...“

„Das darf ja nicht wahr sein ...!“

„Der alte Geizhalz ...“

„Geschieht ihm recht …"
„Tyrann …"
„Schlächter …"
„Genieß dein Alter …"
„So hält man sich nicht auf dem Thron …"
„Es lebe Nero!"
„Sie haben ihn geköpft …!"

Die Nachricht verbreitet sich wie eine tosende Woge nach hinten. Auf dem Platz wird es immer unruhiger.

Aulus graust es.

Von allen Seiten schreit und schimpft es. Das Gedränge wird unerträglich und schon nehmen die Soldaten Stellung. Aulus sieht, dass vorne ein paar Menschen niedergehauen werden, die sich auf der Treppe zur Curia zu weit vorgewagt hatten. Vor der Brüstung der Rostra richten die Schulter an Schulter stehenden Prätorianer ihre langen Speere nach vorne. Das Volk steht mit erhobenen Fäusten auf dem Forum und lässt seinem Temperament freien Lauf. Vorne sieht man, dem Spott preisgegeben und auf einer Lanze aufgespießt, das abgeschlagene Haupt dessen, der gestern noch die Welt beherrschte. Der 73-jährige Kaiser Galba, der ganze acht Monate lang regiert hat, ist tot.

VI.

Nazarius hat sich mit den anderen Gefangenen, deren Erschütterung über ein mögliches Todesurteil nicht lange währte, ganz gut angefreundet. „Dem Tod ständig ins Gesicht zu schauen ist unser Beruf", hatte einer zu ihm gesagt, und Nazarius bewundert ihn wegen dieser Aussage sehr. Diese Gesellen, so scheint es ihm, haben vor gar nichts Respekt und er ist stolz darauf, von ihnen wie ein Kamerad behandelt zu werden.

Sie sitzen im vorderen Teil des mamertinischen Kerkers am Rande des Forums. Dort sind am Fuße des Kapitols schon vor langer Zeit Höhlen in den Felsen gehauen worden. Sie wurden im Laufe der Jahre immer tiefer getrieben, sodass sich ein wirres Geäst an Gängen und vergitterten Zellen wie Adern durch den Berg zieht. Außerhalb des Felsens begrenzt eine dicke Mauer den Innenhof. Einige Bauten entlang der Mauer verstärken sie zusätzlich. Diese äußeren Gebäude sind ebenfalls mit Zellen bestückt. Im oberen Stockwerk sind die Zimmer des Wachpersonals und Büros.

Nazarius und seine Mitgefangenen sitzen in einem feuchten Verlies, in das sie von einem beginnenden stollenartigen Gang aus gesperrt worden sind. Den Weg zum Gang versperrt ein schweres Eisengitter mit Tür; die Zelle liegt gleich am Anfang und hat ein Fenster zum Innenhof, wodurch die Luft hier vorne erträglicher ist als in den tiefer im Stollen gelegenen Bereichen.

Da am vergitterten Fenster immer nur ein Mann stehen kann, nehmen sie abwechselnd den Posten des Beobachters ein, und erstatten je nach Phantasie und Sprachbegabung den auf dem Zellenboden sitzenden Mitgefangenen Bericht über das, was im Gefängnishof vor sich geht.

Hin und wieder ringt der am Fenster Stehende auch einem wachhabenden Soldaten eine Information ab oder schnappt etwas von dem auf, was draußen gesprochen wird.

Die wichtigsten Quellen für aktuelle Nachrichten sind aber die neuen Gruppen von Aufrührern, Augenzeugen und Krakeelern, die eingeliefert werden. Alles, was sie von den trüben Zuständen in der Stadt berichten, verbreitet sich schnell von Zelle zu Zelle.

Die abstrusesten Geschichten kursieren hinter den dicken Mauern des Mamertinums und bald weiß keiner mehr, was Gerücht und was Wahrheit ist.

Was tatsächlich vor sich geht, können die Gefangenen am besten daran erkennen, wer nun gerade hingerichtet wird. Die Enthauptungen finden, mehr oder weniger vor aller Augen, im Gefängnishof statt.

Es ist ein grausiges Schauspiel.

Im Laufe des Tages werden die Schwerter stumpf, und schon ab Mittag müssen die Henker oft zwei- oder dreimal zuhauen, bis der Kopf endlich in die klebrigen Blutlachen auf dem Gefängnishof rollt. Nicht immer trifft der Scherge die richtige Stelle, und in diesem Falle wird die als angenehmste Tötungsart eingeführte Enthauptung für Opfer und Henker zu einer furchtbaren Qual: für das Opfer, weil der Tod mit jedem der schmerzlichen Hiebe nur ein kleines, grauenvolles Stückchen näher kommt, für den Henker, weil er von den durch die Zellenfenster zuschauenden Gefangenen mit bösen Kommentaren oder SchmähRufen bedacht wird.

Es ist später Nachmittag.

Die Enthauptungen laufen nun schon seit dem letzten Abend und nehmen bis zum Mittag hin dermaßen zu, dass sich die Gefängniswärter nicht die Mühe machen, irgendeine Reihenfolge einzuhalten. Was an Aufrührern ins Gefängnis kommt, wird gar nicht erst in eine Zelle gesteckt, sondern unmittelbar zur Hinrichtung geführt. Diese Praxis führt dazu, dass sich Nazarius und seine Kameraden in ihrer Zelle vorerst relativ gut aufgehoben fühlen.

Die stundenlangen Hinrichtungen im Gefängnishof machen auch Nazarius stumpf, und langsam färbt die Respektlosigkeit seiner Mitgefangenen ab, die in der Zelle miteinander scherzen, während andere draußen mit dem Tode ringen.

Anfangs war er über den groben Ton seiner Mitgefangenen entsetzt. Ihr Zynismus war ihm fremd. Da aber auch er in diesen eigenartigen Galgenhumor mit einbezogen wird, verliert er langsam seine Hemmungen und gelangt schließlich zu der Ansicht, dass es immer noch besser sei, die vielleicht letzten Stunden des Lebens wenigstens auf diese klägliche Weise zu genießen, als in melancholischen Jammer zu verfallen.

Als er vor Jahren sah, wie die Christen in der Arena verbluteten, hatte er ein entsetzliches Schamgefühl und ein qualvolles Mitleid empfunden. Jetzt aber, den eigenen Tod drohend vor Augen, bekommt durch den Zusammenhalt mit seinen Kameraden die ganze absurde Szene, wie sie sich seit Stunden vor ihren Augen abspielt, etwas erträgliches.

Die Gespräche in der Zelle drehen sich vor allem um Otho. Immer wieder ergötzten sie sich an der Geschichte, wie dieser seinem langjährigen Jugendfreund Nero dessen Geliebte Poppäa Sabina ausgespannt und schließlich sogar geheiratet hatte. Diese Tat alleine macht Otho für seine Anhänger schon zum Helden.

Für Nero und den gestürzten Galba haben sie nur Spott und Verachtung übrig.

Plautus, einer von den Mitgefangenen, der des öfteren Zeuge der Gesangesvorführungen Neros gewesen sein will, imitiert erbärmlich wimmernd und unter pantomimischer Vortäuschung einer Lyra den singenden Kaiser. Er jault wie ein geprügelter Hund, hebt schüttelnd und mit verdrehten Augen den Kopf gen Himmel, fällt auf die Knie und rutscht zuckend auf dem Zellenboden herum, bis seine Vorstellung in dem tosenden Gelächter der Kameraden untergeht. Dann beschimpft er diese wie einst Nero das Volk: Sie seien seiner Gaben nicht würdig, Kulturbanausen seien sie allesamt, allein wie sie lachen und brüllen würden, könnten sie keine feinsinnigen Ästheten sein wie er. Vorwurfsvoll fragt er sie, weshalb er überhaupt noch für sie singe, woraufhin ihm einer der Kameraden heftig auf die Schulter klopft und lachend sagt: „Das frage ich mich auch!“

„Leckmichamarsch“, sagt Plautus kichernd.

Und da sie nun einmal dabei sind, über Nero zu spotten, berichtet ein anderer, wie er einst bei einer solchen gesanglichen Darbietung des Kaisers zugegen war. Als noch unerfahrener Soldat hätte er bleich und erregt nach den ersten schauerlichen Tönen einen neben ihm stehenden Kameraden spontan gefragt: „Was hat Nero denn?“, woraufhin dieser ihm mit sorgenfaltiger Stirn und leidvollem Blick geantwortet habe: „Schweig', der Caesar gebiert!“ Obwohl die anderen diese Geschichte sicher schon mehr als einmal gehört haben, hebt ein grobes, hämisches Männergelächter an, zu dem sich das schüchterne Kichern des Nazarius gesellt.

Ein anderer der Gruppe ist Kaeso. Ohne sich als solcher direkt zu erkennen zu geben, ist er offensichtlich der Anführer von Leuten gewesen, von denen ein Teil jetzt mit ihm im selben Verlies sitzt. Er ist derjenige, der zuerst lacht, wenn etwas Komisches erzählt wird. Keiner wagt es, seine Gefühle offen zu zeigen, ohne nicht vorher durch einen verstohlenen Blick zu ermitteln, wie Kaeso reagiert.

Kurz nach der Einkerkerung begann Kaeso damit, Nazarius auszufragen. Sie alle interessieren sich dafür, weshalb er überhaupt mit ihnen zusammen verhaftet worden ist.

Nazarius war zunächst wortkarg, aber nachdem er merkte, dass er damit in den Verdacht der Spionage geriet, begann er zunächst zaghaft und unter Auslassung aller wesentlichen Begebenheiten, ihnen einiges mitzuteilen. Am schwierigsten war es, den anderen glaubhaft zu machen, dass er von der Zuspitzung der politischen Lage nichts mitbekommen hat. Die Erlebnisse in der kultischen Höhle hat er schon um Lucias willen nicht preisgeben wollen. Natürlich hat seine Kopfwunde das draufgängerische Gemüt der Soldaten erregt, aber das weiträumig ausrasierte und erst spärlich nachgewachsene Kopfhaar reicht als Erklärung für einen pflegerischen Eingriff nach unglücklichem Sturze völlig aus.

Nicht zuletzt ist sich Nazarius über alles, was ihm in den vergangenen Tagen widerfahren ist, selbst noch nicht im Klaren. Nachdem er schließlich die anfängliche Scheu zu lügen überwunden hat, mangelt es ihm nicht an phantasievollen Erklärungen, zu denen ihn seine Mitgefangenen aufgrund ihrer eigenen zweifelhaften Glaubwürdigkeit ermutigen.

Nachdem den Anderen klar ist, dass er mit den Aufständen und Straßenkämpfen nichts zu tun hat, versichern sie ihm alle ihres Wohlwollens, und ein freundliches Lächeln von Kaeso vertreibt in den Anderen alle Zweifel über eine mögliche Zwielichtigkeit des ungewollten und ahnungslosen Kumpanen.

Da sich Nazarius nicht traut, seine Mitgefangenen über alle Geschehnisse und Vorkommnisse der letzten Tage zu befragen, muss er sich vieles aus ihren Erzählungen erschließen.

So reimt er sich zusammen, dass seine Mitgefangenen zu den Truppen des Otho, die dieser in Lusitanien befehligt hat, gehören. Die allgemeine Unzufriedenheit über den derzeitigen Kaiser Galba hatte zu immer größerer Disziplinlosigkeit bei den Truppen geführt, die daraufhin nach und nach dem Kaiser den Gehorsam verweigerten. Einzelne Generäle wollten dann das Schicksal Roms selbst in die Hand nehmen, und zu diesen gehört auch ihr Otho. Er hat seinerzeit bereits Galba beim Aufstand gegen Nero unterstützt, und schon damals war Kaeso mit seinen Leuten dabei gewesen.

Auch jetzt geht das Gespräch wieder um die politische Lage.

„Acht Monate hatten wir Geduld mit diesem gichtbrüchigen Spinner", erzählt Kaeso, der – im Ungewissen über sein eigenes Schicksal – völlig überzeugt ist, dass der Putsch gegen Galba notwendig war.

„Dieser alte Geizkragen – keine Belohnungen in acht Monaten, überall Kürzungen der Ausgaben, das ist doch kein Leben!“, fügt der Jüngste von ihnen, Aestus, hinzu.

Kurzum, sie sind sich alle einig, dass es so nicht hatte weitergehen können, und sind darüber hinaus der Ansicht, dass nur Otho das Blatt wenden könne. Otho sei immer gut zu den Soldaten gewesen und habe jederzeit zu ihnen gestanden, wohingegen Vitellius genauso ein Versager wie Galba sei.

Nazarius horcht auf, als er den Namen Vitellius hört. Dieser, soviel weiß er, ist zur Zeit General in Obergermanien und erhebt ebenfalls Anspruch auf den Kaiserthron, sodass zwei Generäle zu einen Wettlauf um die Nachfolge des ermordeten Galba angetreten sind: Otho und Vitellius.

Aufgrund der größeren Entfernung aber hat Vitellius das Rennen verloren und inzwischen kämpfen Othos Truppen in Rom gegen die restlichen Verbände des bereits gemeuchelten Galba.

Offenbar aber marschiert auch Vitellius, der seinerseits von den Truppen in Colonia Agrippinensis zum Kaiser ausgerufen wurde, weiter gen Rom, und die Gefangenen sind sich nicht einig, ob von ihm noch eine Gefahr ausgeht oder nicht.

„Immerhin war Vitellius der erste, der Galba den Gehorsam aufgekündigt hat, noch bevor wir Otho den Rücken stärkten“, wirft Plautus in die Diskussion um Vitellius ein.

„Den Gehorsam aufkündigen kann jeder, aber losmarschieren, das ist etwas anderes!“ widerspricht ihm Kaeso, aber Plautus will sich nicht so einfach über den Mund fahren lassen:

„Ich glaube, dass Vitellius so schnell nicht aufgibt.“

Das aber erregt Kaeso, der das letzte Wort in dieser Angelegenheit behalten will: „Wir werden ja sehen, was passiert! Der soll nur kommen!“, und indem er Plautus streng ansieht, fügt er fragend hinzu: „Wer hat denn sein Lager vor den Toren Roms aufgeschlagen, hä? – Wir oder die Truppen des Vitellius?“

„Wir“, antwortet Plautus artig.

„... und wer hat den Aufstand gewagt? Otho oder Vitellius?“

„Otho“, antwortet Plautus, jetzt schon peinlich berührt über diese Belehrung.

„Also, dann rede nicht solch einen Unsinn!“ – Kaeso nickt in die Runde und ist überrascht, als Plautus sich immer noch nicht geschlagen gibt: „Aber wir sitzen im Gefängnis ... Schau doch, was draußen los ist ...“

„Miesmacher – weiß ich auch, dass wir im Gefängnis sitzen ... Aber es geht doch nicht um uns. Es geht um Rom, und unser General Otho soll Kaiser werden!“

Plautus schweigt, und auch sonst wagt keiner mehr eine Widerrede.

Eigentlich wissen sie alle, dass sie keinen Grund dazu haben, siegessicher zu sein. Einstweilen wurde ihr Aufstand niedergeschlagen und es sieht keineswegs so aus, dass ihr Otho – falls er überhaupt noch lebt – problemlos den Kaiserstuhl einnehmen würde. Und selbst wenn, so ist es wohl sehr fraglich, ob sie das noch erleben werden.

Die Vorgänge im Gefängnishof, wo währenddessen die Enthauptungen fortgesetzt werden, geben keinesfalls Anlass zu siegessicherer Stimmung. Der offenbar noch amtierende Galba hat augenscheinlich die Anweisung gegeben, mit den Aufständischen hart umzugehen und möglichst viele von ihnen schnell hinrichten zu lassen. Deshalb drängt auch nun wieder einer der Gefangenen an das Gitterfenster, um möglichst wenig von dem, was draußen vorgeht, zu versäumen.

Herablassend äußert er sich über die Sklaven, die die Leichen einsammeln und auf großen Holzkarren hinausschieben müssen. Er zählt die Leichen und die dazugehörigen Köpfe laut vor, schimpft über die mangelnde Rechenfähigkeit der Sklaven, amüsiert sich über einen, der hinkt, und findet es richtig, dass einer, der sich nur kurz einmal hinsetzt, um zu verschnaufen, mit groben Tritten zur Fortsetzung seiner Arbeit gezwungen wird. „Hahaha ... das müsstet ihr sehen ..."

„Lass mich mal ...", sagt Gnaeus und drängt den jetzigen Beobachter mit einem kurzen Stoß zur Seite, sodass dieser geradewegs hinfällt, was mit viel Gelächter und kicherndem Kopfschütteln kommentiert wird.

Gnaeus ist ein Riesenkerl und hat offensichtlich Bärenkräfte. Er muss sich nicht einmal recken, um etwas sehen zu können und füllt das ganze Fenster so aus, dass es im Verlies fast ganz dunkel wird.

„Seid doch still!", fährt Gnaeus die Gruppe mit seiner donnernden Stimme an, und auf der Stelle kehrt Ruhe ein.

„Irgendwas tut sich da", spricht er jetzt mit gedämpfter Stimme, während er weiterhin unverwandt nach draußen schaut.

„Was ist los?", fragt Kaeso, der sich wie alle anderen sofort aus der Kauerstellung aufgesetzt hat und mit angespannten Sinnen erwartungsvoll zum Fenster schaut.

„Ich weiß nicht, aber irgendwas passiert. Die haben mit den Hinrichtungen aufgehört."

Er neigt den Kopf zur Seite und versucht im spitzen Winkel zum Gefängnistor zu schauen. „Jetzt ... das Tor öffnet sich ..."

Schon hört man das Stöhnen einzelner, die das Ganze für einen Scherz halten, denn schließlich wird das Tor im Laufe eines Tages mehrmals geöffnet. Aber da Gnaeus unverwandt in seiner Haltung verharrt, kehrt sofort wieder gespannte Stille ein.

„Da reiten Prätorianer rein: eins – zwei – drei – vier – fünf – sechs – sieben – acht ... – das hört ja gar nicht auf ... – noch mehr, neun – zehn – elf – zwölf – dreizehn ..."

Die ersten sind jetzt vor Erregung aufgesprungen und drängen zum Fenster, aber Gnaeus steht wie eine Eiche und lässt sich nicht wegschieben.

„Jetzt stellen sie sich in der Mitte auf ... die Pferde sind total unruhig, ... die müssen weit geritten sein."

„Hört man, was sie reden?"

„Wenn du da hinten quasselst, kann ich nichts hören!"

Eine unglaubliche Spannung hat sich in der Zelle ausgebreitet und alle stehen dicht gedrängt um Gnaeus.

„Da ist ein Centurio dabei. Er hebt die Hand."

Gnaeus steht wie erstarrt am vergitterten Ausguck.

Auch im Innenhof wird es jetzt still. Hier und da wird noch geredet, von ferne hört man die knarrenden Geräusche von Wagen, und dann nur noch das nervöse Treten der gehetzten Pferde und ihr Schnaufen. Schließlich hebt der Centurio mit einer Stimme, die bis in die Zellen dringt, an:

„Der nichtswürdige Kaiser Galba ist gestürzt und ermordet worden! Der neue Caesar heißt Otho! Er wird wieder Ruhe und Ordnung herstellen. Alle Hinrichtungen werden auf Befehl des neuen Kaisers bis auf weiteres gestoppt!"

In die absolute Stille hinein lässt ein Henker vor Erstaunen das Schwert klirrend zu Boden fallen. Damit ist der Bann des Schweigens gebrochen und sofort gibt es solch ein Stimmengewirr, dass der Centurio nicht mehr weiterreden kann.

Jetzt endlich gibt Gnaeus den Platz am Fenster frei und lachend steht er da, als sei er selbst Ursprung der frohen Botschaft, die er eben den Mitgefangenen weitergegeben hat.

Kaeso fällt ihm in die Arme. Andere treten hinzu und es bildet sich ein ganzes Knäuel lachender und sich unentwegt umarmender Männer. Jeder redet jetzt mit jedem. Sie schütteln ihre Glieder zurecht, sie reichen sich die Hände und nur Plautus steht mit offenem Munde da, als könnte er das Unglaubliche noch nicht fassen.

Mit rasselnden Schlüsseln werden jetzt Riegel geöffnet, Sperren heben sich aus den Aufhängungen, schwere Balken schlagen zu Boden. Knarrend öffnet sich Verlies für Verlies. Der Zugangskorridor ist verstopft von Menschen. Nazarius und seine Kollegen können kaum in den Gang treten. Hinten hört man Rufe nach Luft und von überall her die fetzenartigen Sätze der Erleichterung und Freude, in die sich, je weiter die vorwärtsquellenden Massen in Richtung Innenhof durch den Gang drängen, immer mehr die taumelartige Erregung der im letzten Moment Begnadigten mischt.

Auf dem Hof geht der Jubel weiter, und je mehr Menschen wie Ameisen aus den dunklen Löchern des Felsens ans Licht krabbeln, umso lauter wird es. Überall wird vom Sieg und von Otho geredet. Man hört Namen rufen, getrennt Eingesessene drängen zueinander. Nazarius sieht kleine Trauben von Menschen, die ihrer überschwänglichen Freude freien Lauf lassen.

Er selbst steht abseits, wird immer wieder gerempelt und in Folge von Verwechslungen herzhaft umarmt. Er kämpft sich aus der Strömung an den Rand, aber schon drängen die Freudentrunkenen auch dorthin, sodass er, wo immer die Menge ihn hinschiebt, mitten unter Menschen steht, mit denen ihn nichts weiter verbindet, als die Freude, das nackte Leben gerettet zu haben.

Langsam tröpfelt es nur noch aus den Zellen und die erste Freudenwelle, ebbt ab.

Plötzlich packt ihn jemand von hinten am Arm und dreht ihn grob zu sich um. Nazarius schaut in ein aufgequollenes rotes Gesicht: „He, dich kenne ich doch. Bist du nicht ein Christ!?"

Nazarius durchfährt es, plötzlich fühlt er sich fremd unter den Soldaten. Bei aller Gleichheit des Schicksals scheint nun das Furchtbare möglich, dass er nicht in den Genuss des allgemeinen Freispruchs gelangt.

Vor ihm steht ein Gefängniswärter: „Was hast du denn unter diesen hier zu suchen? Ich denke, ihr kümmert euch nicht um Politik!"

Er schaut ihm starr in die Augen und wartet auf eine Antwort.

„Du musst mich mit jemandem verwechseln", stottert Nazarius.

„Erzähl mir nichts, ich kenne dich!"

„Das kann nicht sein!"

„Was hier sein kann und was nicht, das bestimme ich!", herrscht der Wärter ihn an. „Glaub' bloß nicht, dass du mit diesen hier einfach herauskommst! Ihr Christen seid doch mit allen Wassern gewaschen. Nero, der wusste noch mit euch umzugehen! Das war'n noch Zeiten."

„Lass mich in Ruhe", sagt Nazarius nun schon fester. Er will die peinliche Situation so schnell wie möglich beenden, aber der Wärter scheint sich nicht so leicht abwimmeln zu lassen.

In diesem Moment lösen sich Gnaeus und Aestus aus der Menge und treten zu ihnen. Sie positionierten sich rechts und links neben Nazarius und stemmen die Hände angriffslustig in die Seiten. In gebieterischem Ton mischen sie sich ein und fordern vom Wärter Rechenschaft über das, was hier los sei.

Ihr siegessicheres Auftreten macht den Aufseher zwar unsicher, aber er wiederholt dennoch den Vorwurf: „Ich kenne diesen Typen, er ist Christ!"

Ohne sich jedoch auf diese Beschuldigung einzulassen, herrscht Gnaeus den Wärter in ziemlich grobem Ton an, er solle Nazarius gefälligst in Ruhe lassen, während der Aufseher schon kleinlaut wird und wiederholt: „Er ist Christ."

„Lass ihn in Ruhe!" Der Wärter fühlt sich der Lage nicht mehr gewachsen und zieht brummend seines Wegs.

„Was wollte *der* denn von dir?" fragt Aestus Nazarius, der aber nur verdattert „Ich weiß auch nicht" antworten kann.

Während sie sich langsam wieder der Gruppe der Herumstehenden nähern, läuft Nazarius ein wenig hinter den beiden, aber er bekommt ihr kurzes Gespräch deutlich mit:

„Hast du schon mal was von den Christen gehört?"

„Soll eine gefährliche Sekte sein, die hier in Rom sehr stark ist. Sind nicht die Christen diejenigen, die Rom in Brand gesteckt haben? Nero hat die Christen ziemlich verfolgt," erklärt Aestus, während Gnaeus antwortet: „Ich habe noch nie was davon gehört, aber ich war zu der Zeit auch nicht in Rom." Nach ein paar Schritten wendet er sich zu Nazarius um und fragt:

„Bist du denn Christ?"

„Nein, ich kenne aber einige Christen!"

„Sind die wirklich so gefährlich?"

Aber ohne eine Antwort von Nazarius abzuwarten mischen sie sich wieder unter die Menge.

Am Eingang stehen die Reiter immer noch in Reih' und Glied. Ihr Centurio lässt nun alle Herumstehenden an der Seite des Innenhofes aufstellen, die vom Blutbad der Hinrichtungen verschont geblieben sind. Mit quietschenden und jaulenden Geräuschen ziehen acht Sklaven an Riemen das schwere Hinrichtungspodest zur Seite, während andere sich daran machen, wenigstens die Knochensplitter und Haarbüschel aufzulesen, um so die gröbsten Spuren der Hinrichtungen zu beseitigen.

„Männer", hebt der Centurio an, „ihr habt euch wacker an der Seite des Otho geschlagen. Euer Mut und eure Tatkraft haben dem römischen Volk einen besseren Kaiser beschert. Hoch lebe Otho!"

„Hoch lebe Otho!", wiederholen alle mit männlichen und siegessicheren Stimmen, und auch Nazarius stimmt mit ein. Der Centurio erhebt die Hand. Augenblicklich wird es still in der Runde.

„Kaiser Otho dankt euch allen. Zum Zeichen seines Dankes und der Hochschätzung eures soldatischen Mutes lässt er euch eine reiche Belohnung zuteil werden!"

„Die Götter segnen den neuen Caesar!", brüllt der ganze Hof und immer wieder ertönen die Rufe „Hoch! Hoch!" und „Lange möge sein Leben währen!"

Wieder hebt der Centurio die Hand, wieder wird es still.

„Soldaten, begebt euch zum Ausgang, lasst euch in die Listen aufnehmen und empfangt euren Lohn."

Gleich nach diesem Satz hebt eine neue Freudenwelle an und man hört Aussprüche wie:

„Endlich beginnen bessere Zeiten" oder „Otho ist immer großzügig gewesen"; deutlich sind auch Schimpfworte über den Geiz Galbas zu hören, der nun ein Ende habe.

Der Centurio nimmt die Zügel fest in die Hand, schnalzt einmal mit der Zunge, wendet sein Ross auf der Stelle und reitet unter johlenden Beifallsbekundungen aus dem Mamertinum. Ihm folgen die anderen Reiter.

Sie kommen unter dem offen Haupttor an und machen Halt. Der Anführer dreht sich noch einmal zu den im Innenhof Versammelten, weist mit ausgestrecktem Arm auf die offen stehenden Tore hin und ruft „Patet Porta". Dann wendet er sich ab und der ganze Trupp sprengt mit wehenden Umhängen davon.

Aus einer langen Liste werden jetzt die Namen der einzelnen Anführer aufgerufen. Viele befinden sich noch unter den Lebenden. Die Anführer wiederum sollen nun ihre Leute sammeln. So lichtet sich das Durcheinander mehr und mehr. Überall sind aber Lücken zu beklagen, wiewohl man nicht weiß, ob die Vermissten geflohen oder hingerichtet worden sind.

Als Kaeso seine Leute sammelt, steht Nazarius ziemlich hilflos abseits. Kaeso tritt auf ihn zu, zieht ihn kumpelhaft mit sich und sagt: „Du warst auch dabei, komm schon ..." – und flüsternd: „Wärst ja dumm, dir die Belohnung entgehen zu lassen ..."

So landet sein Name schließlich auf der Liste. Anschließend zieht der Trupp zum Tor und jeder erhält einen Beutel Geld. Dann stehen sie auf der Straße und sind frei.

„Ihr habt Ausgang bis zum Abend", sagt Kaeso zu seinen Leuten. „Nach Sonnenuntergang treffen wir uns im Lager vor der Stadt, von wo aus wir vorgestern aufgebrochen sind. Dort gibt es neue Anweisungen. Wer nicht pünktlich erscheint, gilt als flüchtig."

Lachend wendet er sich zu Nazarius und sagt kurz: „Lebe wohl, Kamerad."

Der Tross entfernt sich lauthals lärmend.

Nazarius aber steht – den Geldbeutel festhaltend – verlassen und verwirrt vor dem Kerker, in dem er beinahe auf die denkbar unspektakulärste Weise sein Leben verloren hätte.

VII.

Aulus kann sich den Totentanz um Galbas Kopf nicht lange ansehen. Er schiebt sich seitlich aus dem grölenden Pöbel, passiert die mit den erbeuteten Schiffsschnäbeln aus den punischen Kriegen gezierte Längsseite der Rostra in Richtung der Curia, lässt die Basilica Aemilia rechts liegen und geht heim.

Im Hause gibt er bekannt, alle Bediensteten – von denen sich viele hatten taufen lassen, um bei ihm eine Anstellung zu erhalten – hätten sich vollzählig im Atrium zu versammeln, er wolle ihnen etwas mitteilen.

Die Methode der Vollversammlung hatte er schon wiederholt angewandt, um Gerede und Gerüchten innerhalb der Freigelassenen entgegenzuwirken und ihnen wichtige Informationen nicht vorzuenthalten. Das eine Mal gab es eine kräftige Standpauke, ein anderes Mal die Bekanntgabe eines verpflichtenden Gebetstreffens, und ab und zu ein paar mehr oder weniger erbauliche Worte.

Alles in allem sind diese Versammlungen seitens seiner Freigelassenen und Bediensteten nicht sehr gefürchtet, sondern wecken vielmehr die Neugierde ihrer dem Heidentum noch nicht vollends entwachsenen Gemüter.

Angesichts der Stimmung im Atrium merkt Aulus sofort, dass Viele bereits von den Unruhen und wirren Zuständen in Rom etwas mitbekommen haben.

Er stellt sich auf den erhöhten Brunnensockel. Mit einer Hand stützt er sich am massigen Träger des bronzenen Hirsches, die andere benutzt er für kurze Gesten während der Ansprache.

„Rom“, so beginnt er, „ist ein Sündenpfuhl, und wieder zeigt die Gottlosigkeit ihre schreckliche Fratze: Kaiser Galba wurde ermordet.“

Sofort hebt ein leises Gemurmel an und ein Rumoren geht durch die Versammlung. Aulus erhebt die Hand. Es wird wieder ruhig. Etwas schulmeisterlich wiederholt er den letzten Satz und setzt dann fort: „Der neue Kaiser heißt Otho."

Wieder entsteht eine kurze Unruhe, denn die wenigsten von den Freigelassenen haben jemals etwas von Otho gehört. Aulus fährt fort:

„Wir werden ihm so treu dienen, wie unser Glaube an Christus es zulässt. Beten wir dafür, dass er kein unschuldiges Blut vergießt und demütig erkennt, dass Christus der Herr der Welt ist."

„Wie kann das geschehen?", tönt es aus den hinteren Reihen, wo sich stets die Dienstältesten aufhalten. Aulus greift diese halblaut geäußerte Verwunderung wie eine Frage auf und antwortet:

„Es hat im Palast einen Aufstand gegeben. Alle Prätorianer sind inzwischen auf Seiten des neuen Caesars, oder sie sind bereits enthauptet worden. Wir wissen noch nicht, wen aus unserer Christengemeinde es getroffen hat. Es heißt, einige seinen verhaftet worden. Ich möchte euch bitten, für alle, die jetzt unter Drangsal und Verfolgungen zu leiden haben, zu beten. Wann in dieser unsicheren Zeit das nächste Gebetstreffen stattfinden wird, weiß ich noch nicht. Aber bedenkt: Der Feind ist tief in unsere Reihen eingedrungen und versucht uns auseinanderzubringen. Schlangen sind in unserem Lager! Wie damals im Lager der Israeliten auf ihrem Weg ins gelobte Land! Schlangen, die das Volk bissen und Viele starben daran ... Wir aber wollen uns mühen, in Christus ein Herz und eine Seele zu sein."

Hier bricht er mit seiner Rede, die ungewollt zu einer Art Predigt geworden ist, unvermittelt ab. Im Großen und Ganzen hat er gesagt, was zu sagen ist.

Er schickt seine Leute wieder an die Arbeit.

Offensichtlich ist aber der Inhalt seiner kurzen Ansprache für Viele neu und beunruhigend. Sie sprechen beim Verlassen des Atriums hektisch durcheinander. Einer der ehemaligen Sklaven löst sich aus der Gruppe und kehrt gesenkten Hauptes zu Aulus ins Atrium zurück. In der Hand hält er einen alten Filzhut, den er nervös an der Krempe dreht. Er schaut zu Boden. Es ist ein sehr kräftig gebauter, dunkelhäutiger Nordafrikaner, der bei seiner Taufe den Namen Stephan und, wie alle Neugetauften, Aulus als Paten erhalten hat. Stephan hat ein kindliches Herz und wann immer es um Menschen in Bedrängnis geht, leidet er selbst nahezu physisch mit. Obwohl er meistens nachdenklich und auch ein wenig einsam wirkt, ist er stets friedlich und gerecht. Auch jetzt scheint ihm das von Aulus Gesagte das Herz schwer zu machen. Immer nervöser dreht er den Hut und weiß offensichtlich nicht, was er sagen soll. Mit offenen Lippen schluckt er und bewegt dabei den großen lockigen Kopf wie eine Taube nach vorn. Schließlich gibt er sich einen Ruck und sagt: „Schlimm!", und schaut dabei Aulus mit großen, treuen Augen an.

Aulus fasst ihn an seinem kräftigen Oberarm, und – den Blick zu Boden gewandt – sagt er lediglich: „Stephan".

Dann sagt Stephan wieder „Schlimm ..." und wortlos legt Aulus ihm die Hand nun auf die lastgewohnte Schulter. So gehen sie ein paar Schritte auf die Hintertür zu. Stephan dreht währenddessen ununterbrochen den Hut. Auf der Schwelle schaut er noch einmal Aulus an und dieser antwortet seinem Blick, indem er tröstend sagt: „Es wird alles gut werden, Stephan." Dieser Zuspruch scheint zu genügen. Stephan hört auf, den Hut zu drehen, setzt ihn beherzt auf den Kopf und geht getrost an seine winterliche Reisigarbeit in der Gartenlaube.

Aulus läuft einer Gruppe nach, die sich – immer noch diskutierend und gestikulierend – langsam entfernt. Dort zieht er eine alte Frau Namens Anna auf die Seite. Sie hat schon seiner Mutter gedient

„Anna, weißt du wo Lucia ist?"

„Nein, Herr!"

Da Aulus der Ansicht ist, dass Anna nie die Unwahrheit sagt, belässt er es bei ihrer Antwort. „Gut, Anna, ich möchte dich bitten, bis auf weiteres wieder den Haushalt zu führen."

„Aber Herr, das ist doch die Aufgabe von Lucia. Sie tut es gern."

„Mit Lucia bin ich in letzter Zeit unzufrieden. Sie wird eine andere Stelle im Hause einnehmen. Arbeit gibt es genug."

„Jawohl, Herr."

„Ich möchte dich bitten, gleich damit zu beginnen."

„Jawohl, Herr."

Aulus geht – was sehr selten vorkommt – ins Gesindehaus. Dieses besteht aus einem Stockwerk, in dem die Wohnräume links und rechts von einem schmalen und dunklen Mittelgang abgehen. Es sind Schlafräume, in denen jetzt nur noch fünf bis acht Bedienstete ihre Bettstatt haben, was im Gegensatz zu früheren Zeiten luxuriös ist. Dazu kommen noch zwei kleinere Räume, in denen je ein Bett steht. Lucia bewohnt ein solches Einzelzimmer, Anna das andere. Ehemals dienten diese Zimmer als Schlaf- und Wachräume der Vorgesetzten der Sklaven. Aulus hat das abgeschafft und ist selbst für die Bediensteten, mit denen er durch das Patenamt ohnehin eng verbunden ist, zuständig.

Die beiden Einzelräume sind mit Holztüren verschlossen, die anderen haben jetzt im Winter einen wollenen Vorhang. Aulus inspiziert die Zimmer, was von argwöhnischen Blicken der Bediensteten wahrgenommen wird. Sie sehen, dass er nach etwas speziellem Ausschau hält. Besonders die alte Anna ist überrascht, dass er nicht nur die Zimmer betritt, sondern von innen die Tür anlehnt und diese mustert. Nachdem Aulus alle Räume angeschaut hat, geht er zurück ins Wohnhaus.

Dort sagt er zu Anna: „Ich bitte um meinen Mantel."

„Zu Diensten, Herr."

Anna holt mit langsamen und schweren Schritten den Mantel, während er im Atrium wartet. Schließlich geht er leicht in die Knie, sodass Anna ihm den Umhang auf die Schultern legen kann. Als er wieder aufrecht steht, ruckelt er die Mantille zurecht. In diesem Moment fällt ihm der Hammer ein, der eigentlich noch in der Tasche sein müsste. Er fühlt nach, doch er findet ihn nicht. Deshalb macht er kehrt und geht in das Kleiderzimmer, um zu sehen, ob Lucia den Hammer dort möglicherweise aus dem Mantel genommen und irgendwo abgelegt hat. Anna spürt dieselbe Unruhe, die sie vorhin im ehemaligen Sklavenhause an ihm wahrnahm.

„Was sucht der Herr?" fragt sie mit echter Teilnahme und ist deshalb umso überraschter, als er recht grob „Nichts!" antwortet.

Der Hammer ist tatsächlich nirgends zu finden.

Aulus verlässt das Haus und macht sich auf den Weg zum mamertinischen Kerker. Bereits unterwegs hört er Merkwürdiges über das, was sich in den vergangenen Stunden dort ereignet hat. Otho, der ehemalige Intimus von Nero, ist nun zwar an der Macht, aber die Unruhen haben sich noch nicht gelegt. Teilweise ist das Vergangene noch zu frisch in Erinnerung. Auch ein Volk, das sich an Blutvergießen und Leid gewöhnt hat, kann scheinbar nicht völlig reglos darüber hinweggehen, dass sein alter Herrscher vor wenigen Stunden erdolcht und anschließend geköpft worden ist. Die Unsicherheit darüber, was nun kommen werde, treibt immer wieder Neugierige ans Forum, von wo sie stets Neuigkeiten mitbringen und in Windeseile verbreiten.

Teils aus derselben Neugierde, teils um vor sich selbst nicht als Feigling dazustehen, wählt Aulus den Umweg durch jene Gasse, in der vor wenigen Stunden der ruinierte Wirt am Verzweifeln war. Von diesem aber ist nun nichts zu sehen. Vor der Schenke liegt ein riesiger Trümmerhaufen ordentlich zusammengekehrt. Die Schenke selbst ist mit Brettern provisorisch verhauen. Im Vorbeigehen fragt sich Aulus, wie lange es wohl dauern wird, bis hier wieder eines jener verabscheuungswürdigen Wirtshäuser betrieben wird, von denen es im gottlosen Rom zu viele gibt.

Vor dem Gefängnistor ist ein wahrer Menschenauflauf. Die Amnestie hat sich, wie alle wichtigen Ereignisse in Rom, schnell herumgesprochen und nun scharen sich die Verwandten und Freunde der Eingekerkerten hier zusammen, um nach dem Verbleib der Ihren zu forschen. Dem Prätor dienen die Belohnungslisten als Anhaltspunkt, wiewohl er nur zögernd und nur gegen eine kräftiges Trinkgeld Auskünfte erteilt. Die Menschen stehen mit Münzen in der Hand dichtgedrängt am Wachhäuschen vor dem Tor. Von Zeit zu Zeit öffnet sich ein Gitterfenster. Eine Hand nimmt das Bestechungsgeld entgegen, ein Name wird gebrüllt, ein breiter wulstiger Mund sagt „Moment!“ Danach schließt sich das Gitterfenster für unbestimmte Zeit, während draußen die allgemeine Diskussion wieder anhebt. Diese wird durch das neuerliche Öffnen des Fensters schlagartig unterbrochen. Wer vorne steht, hört irgendeine Antwort und drängt sich aus dem Pulk, während nun für andere die teure und langwierige Prozedur der Auskunft beginnt.

In den hinteren Reihen dieses Wirrwars bilden sich kleine Grüppchen, die bereits etwas in Erfahrung gebracht haben. Was sie wissen geben sie bereitwillig weiter, was sie nicht wissen, sorgt für weiteren Diskussions- und Gerüchtestoff.

Aulus erkennt, dass es keinen anderen Weg gibt, um an die gewünschte Auskunft zu gelangen und drängelt nun selbst von hinten an das Gitterfenster.

Schritt für Schritt zwängt er sich vorwärts und kann bei aller Rücksicht nicht verhindern, dass er mal von rechts und mal von links geschubst, getreten oder angekeift wird. Je weiter er nach vorne kommt, umso undurchdringbarer scheint der Menschenhaufen zu sein, der sich hier buchstäblich gegenseitig auf den Füßen steht. Er nimmt eine schwere Münze zur Hand, denn er weiß aus Erzählungen, dass die Größe der Summe einen nicht unerheblichen Einfluss auf das Tempo der mit ihr erkauften Information haben kann. Er hält das Geldstück zwischen Daumen, Zeige- und Mittelfinger in die Höhe und tatsächlich verfehlt sie die Wirkung nicht. Als er schon nahe am Auskunftsfenster ist, erkennen von innen gierige Augen die Größe der ausstehenden Belohnung. Die direkt unter dem Fenster Stehenden werden angeschrien auf die Seite zu treten, was diesen aber beim besten Willen kaum möglich ist. Mit ausgestreckter Hand und emporgerecktem Kopf dehnt sich Aulus an das Fenster, und schließlich greift von innen eine Hand nach der Münze. Aulus schreit „Nazarius, ... was ist mit einem gewissen Nazarius geschehen. Bitte!"

„Moment!", tönt es von drinnen. Das Fenster schließt sich. Als es sich nach bangem Warten wieder öffnet, hat der Strom der Menge, die durch seine offensichtliche Bevorzugung grob und rücksichtslos geworden ist, Aulus schon ein Stück abgedrängt. So vernimmt er nur noch schwach die Stimme: „Der Soldat Nazarius ist heute Nachmittag unter dem Truppenführer Kaeso entlassen worden."

„Nicht der Soldat ...!", schreit Aulus, „nicht der Soldat ... Nazarius, einfach Nazarius ... der Sohn der Miriam ... nicht Soldat ... Nazarius ...!"

„Verschwinde!"

„Was hat er denn ...?"

„Du hast doch deine Auskunft bekommen ..."

„Schrei nicht so ..."

„Jetzt bin ich an der Reihe ..."

Er wird immer mehr vom Gitterfenster abgedrängt, sodass es aussichtslos ist, den Wärter um ein abermaliges Durchsehen seiner Listen zu bitten. Aulus' Rufe verhallen ungehört und erregen lediglich die Umstehenden.

Wie benommen taumelt er aus der Menschenmenge und bleibt am Rande des Geschehens ratlos stehen. Noch einmal überlegt er, ob er sich von neuem anstellen und nachfragen soll. Da ihm aber jedes körpernahe Erleben von Menschen zuwider ist und er obendrein sein ganzes Geld für die zweifelhafte Information ausgegeben hat, beschließt er, Linus aufzusuchen.

Dieser spannt seine Geduld zunächst dadurch auf die Folter, dass er ihn lange warten lässt. Zwar steht im Atrium ein bequemer lederner Sessel, aber Aulus läuft unruhig auf und ab.

Zwischendurch kommt Anaklet und sucht ein Gespräch mit ihm anzufangen. Er erkundigt sich danach, ob Aulus bereits einen ersten Blick auf die Papiere aus der Höhle werfen konnte. Wenn er Linus richtig verstanden habe, so sei es recht dringlich, sich dieser Frage nach den authentischen Paulustexten anzunehmen, um das drohende Auseinanderfallen der einzelnen Gemeinden zu verhindern und keinen Streit aufkommen zu lassen.

„Wir haben bis jetzt kein Testament des Paulus gefunden", sagt er mit dem typisch leidenden Blick strebenden Suchens, „er hat zwar vor seiner Hinrichtung vieles ordnen und in die Wege leiten können, aber es gibt kein geistliches Vermächtnis ..." Und obwohl er sieht, dass es Aulus nervt, fährt er fort, ein solches sei bei den Christen von Anfang an üblich und habe, wie er, Aulus, ja wisse, sein Vorbild in Jesus Christus, der als Vermächtnis das Abendmahl gestiftet habe.

„Erwartest du unter den jetzt gefundenen Papieren ein solches Testament oder Vermächtnis?"

„Ich bin gespannt, ob es eines gibt."

„Ich habe sie noch nicht durchgesehen."

„Wenn es dir zu viel wird, Aulus, so kannst du die Pergamente gerne auch zu mir bringen und ich kümmere mich darum."

„Lass nur!", antwortet Aulus ziemlich entnervt. Er hört aus diesem gewollt liebevollen Angebot des Anaklet den Vorwurf heraus, die Sache nicht mit genügend Ernst oder Kenntnis zu betreiben.

„Ich werde mich darum kümmern. Bis jetzt kam immer etwas dazwischen und die Stimmung in der Stadt lädt ja auch nicht gerade zum ruhigen Studieren ein. Jeden Abend zieht das Gegröle von den blutigen Trankopfern in den Tavernen zu mir ins Arbeitszimmer ..." Er ärgert sich, dass er Anaklet eine Begründung gegeben hat, die wie eine Rechtfertigung klingen muss. Aulus kennt Anaklet gut genug um zu wissen, dass er sich gleich wieder etwas Moralisierendes würde anhören müssen.

„Wenn du Christus in deinem Herzen gefunden hast, dann wird dir das Äußere nichts mehr anhaben können."

Da war es. Und wieder ärgert sich Aulus, dass er der schleimigen Penetranz des Anaklet einmal mehr auf den Leim gegangen ist.

Zu ihm gewendet sagt er aber ruhig: „Ich bin auch im Namen Christi unterwegs, oder glaubst du, dass ich mich in den vergangenen Tage Vergnügungen hingegeben habe?" Um diese Diskussion nicht fortsetzen zu müssen, fügt er an: „Anaklet, ich werde die Papiere heute noch durchsehen und morgen kann ich dann mehr dazu sagen. Bevor ich sie aus der Hand gebe, müssen sie sauber und fehlerfrei abgeschrieben werden, das mache ich lieber selber." Anaklet versteht diesen kleinen Stich und merkt nun offenbar auch, dass ein solches Gespräch zur Zeit nicht sehr ergiebig zu werden verspricht. „Du solltest mit Linus darüber sprechen." Während er dies sagt, hat er sich bereits umgedreht, um das Artrium zu verlassen, sodass es sinnlos gewesen wäre, darauf noch etwas zu antworten.

Aulus schweigt. Im Ofen hört er das leise Knistern des Holzes. Langsam durchschreitet er das Atrium. Die winterliche Dämmerung ist längst in den Abend übergegangen. Draußen ist es vollkommen dunkel, aber für die Jahreszeit ungewöhnlich warm. Deshalb wundert er sich über das brennende Öfchen und kann es sich nur mit dem schlechten Gesundheitszustand des Linus erklären. Dieser klagt nie und man muss ihn schon gut kennen, um in etwa zu erkennen, wie es ihm wirklich geht.

Er weiß nicht, wie viel Zeit vergangen ist, als er zwei leise Stimmen hört, die näherkommen. Eine kleine Gruppe von vier Leuten tritt ins Atrium. Linus ist unter ihnen. Er geht sofort auf Aulus zu und umarmt ihn. „Du hast lange warten müssen, das tut mir Leid ... hm." Er macht ihn mit den drei anderen Männer bekannt, die Aulus schon mehrfach bei den Gebetstreffen gesehen hat. Einer von ihnen ist Aristobulus, ein einflussreicher Kaufmann. Die beiden anderen hießen Eubulus und Pudens.

Aulus wird von Linus als dessen treuer Mitarbeiter vorgestellt, der die Schriften des Paulus sammelt und ordnet.

An Aulus gewandt erklärt er, sie hätten soeben die durch die neuen politischen Vorkommnisse wieder sehr angespannte Situation in der römischen Gemeinde miteinander besprochen.

„Es ist immer dasselbe", spricht er sehr leise und sorgenvoll, „gerade dann, wenn wir alle zusammenstehen müssen, pochen unsere aus dem Judentum kommenden Brüder auf die Einhaltung des Gesetzes für alle Getauften ... hm."

„Manche wollen sich sogar politisch betätigen", ergänzt Aristobulus.

„Sie denken, durch die unbeschnittenen Heidenchristen hätten wir den gottgewollten Weg verlassen, deshalb würden die Christen so harten Prüfungen ausgesetzt."

„Etwa nicht?", wirft Eubulus sofort mit auffällig hoher Stimme ein, und Aulus wird klar, dass diese vier Männer gerade eben hart miteinander gerungen haben. So hart, dass er jetzt deutlich zwischen die Fronten gerät und jeder ihn für sich gewinnen will. Es ist offensichtlich, dass der Streit noch nicht ausgefochten ist und jeden Augenblick wieder ausbrechen kann.

Vielleicht versucht Linus deshalb, seiner Art entsprechend, von diesem ständigen Zwist zwischen Thora- und Heidenchristen abzulenken, indem er das Gespräch auf die aktuelle politische Situation bringt:

„Es sickern immer mehr Nachrichten über diesen Marcus Salvius Otho durch. Zunächst dachten wir, er sei besser als

Nero, denn schließlich hat er Galba bei der Thronbesteigung sehr unterstützt ..."

„Sie kennen sich von der iberischen Halbinsel", wirft Eubulus wichtigtuerisch ein, „Galba in der Provinz Hispania Tarraconsensis und Otho gerade nebenan – wie hieß die Provinz noch?" Mit dieser Frage wendet er sich an Pudens, der etwas genervt scheint und deshalb schulmeisterlich antwortet: „Er. War. Quästor. In. Lusi-ta-nien."

„Also, Galba in Hispania und Otho in Lusitanien, da kann man gut Ränke schmieden", fährt Eubulus unbeirrt und geschwätzig fort.

Aulus merkt, dass er jetzt etwas sagen muss. Da er die unterschwelligen Aggressionen der Vier wahrnimmt, will er klugerweise bei dem etwas unbeschwerteren Klatsch verharren und fragt arglos: „Weshalb wurde dann zunächst Galba der neue Herrscher und nicht gleich Otho?"

„Wir wissen inzwischen, dass Otho Galba den Vortritt gelassen hat, wohl um genau das durchzuführen, was in diesen Tagen geschehen ist. Offenbar bereitete Otho seine Thronfolge systematisch vor. Erschien Kaiser Galba bei ihm zum Gastmahl, so gewann er Mann für Mann der Leibwache durch Goldgeschenke für sich. Otho bewarb sich mit immer offener Hand so gründlich um die Gunst der Kohorten, dass sich bald jeder Soldat nur diesen spendablen Herrn, der so vorteilhaft von dem geizigen Galba abstach, als Kaiser wünschte. Eine Zeitlang hoffte Otho, Kaiser Galba werde ihn adoptieren. Als er merkte, dass es damit nichts werden würde, plante er einen Putsch."

„Lass gut sein, Eubulus," sagt Aristobulus nervös, „wir haben ja gerade über alles gesprochen. Es wird Zeit zu gehen."

Eubulus aber lässt sich nicht gerne unterbrechen. Er hat die letzten Sätze zu Aulus gewandt gesprochen. Wie man eine lästige Fliege abwehrt, wendet er nun kurz den Kopf auf die Seite und sagt, ohne jemanden anzusehen: „Der junge Studiosus hier soll doch wissen, was los ist". Dann fährt er etwas schneller redend fort, um den Rest seiner neuesten Kenntnisse komplett weiterzugeben: „Also, er plante einen Überfall, als er merkte, dass Galba ihn nicht adoptieren würde: Fünf Leibwächtern teilte er seinen Anschlagsplan mit. Jeden der fünf beauftragte er, zwei weitere Mörder zu werben. Dadurch hatte er fünfzehn Männer auf seiner Seite. Für jeden angeworbenen Mann wurden hohe Summen ausgesetzt. Freundlich wie immer besuchte er vor wenigen Tagen den Kaiser und verabschiedete sich, als man meldete, dass die Baumeister gekommen seien. Das war das Zeichen zum Putsch. Otho selbst hat also die Soldaten beauftragt, Galba zu ermorden. Das war vorgestern ..."

„Eubulus, komm jetzt."

Eubulus nickt Aulus freundlich zu und wendet sich zum Gehen.

Bevor er den Gruß erwidern kann, fragt ihn Linus: „Weiß man schon neues über Nazarius? Du kannst offen sprechen ... hm."

Etwas verwirrt von der kompakten Information und noch dabei, diese zu verarbeiten, kann Aulus nicht gleich antworten. Er scheut sich, vor den drei relativ Fremden zu reden, aber es bleibt ihm allein aus Rücksicht gegenüber Linus nichts anderes übrig. So erzählt er das Wenige, das er in Erfahrung bringen konnte, in aller Kürze.

„Ach, das ist betrüblich", antwortet daraufhin Linus und fasst Aulus dabei am Arm. Zugleich geht er ein paar Schritte auf die Haupttür zu, sodass Aulus erkennt, dass Linus für ein langes Gespräch keine Zeit hat und ihn zusammen mit den anderen Besuchern entlassen will. „Es wäre schön gewesen, genaueres zu erfahren. Hoffen wir, dass er noch lebt ... hm."

„Was sollen wir jetzt machen?", fragt Aulus.

„Ich fürchte, wir müssen abwarten, vielleicht kehrt langsam wieder Ruhe ein und wir hören dann Weiteres. Bitte sage mir Bescheid, sobald du Neuigkeiten hast ... hm."

Sie sind inzwischen bei der Tür angelangt. Linus öffnet

diese, verabschiedet sich in fast schon unhöflicher Kürze und entlässt seine Gäste. Diese gehen schweigend miteinander durch den Garten und trennen sich dann.

Zuhause begibt sich Aulus in sein Studierzimmer, holt die Mappe mit den gefundenen Pergamenten und beginnt, sich darin zu vertiefen.

Zunächst blättert er die einzelnen Seiten durch und überfliegt sie. Die ersten Seiten stammen nicht aus der Feder des Paulus. Aulus weiß, dass Paulus zeitweise mehrere Schreiber gehabt hat, denen er gleichzeitig diktiert hat. Er ordnet diese Seiten einem solchen Schreiber zu.

Dann aber stößt er auf ein Blatt, das erkennbar von Paulus selbst beschrieben worden ist. Er kennt die Schrift. Sein Herz schlägt höher. Das Blatt trägt die Überschrift *Paulus an seinen geliebten Freund Timotheus* und er fängt mitten im Text zu lesen an:

… Wort, tritt dafür ein, egal ob man es hören will oder nicht;

weise zurecht, tadle, ermahne, in unermüdlicher und geduldiger Belehrung.

Denn es wird eine Zeit kommen, in der man die gesunde Lehre nicht erträgt, sondern sich nach eigenen Wünschen immer neue Lehrer sucht,

die den Ohren schmeicheln; und man wird der Wahrheit nicht mehr Gehör schenken, sondern sich Fabeleien zuwenden.

Du aber sei in allem nüchtern, ertrage das Leiden, verkünde das Evangelium, erfülle treu deinen Dienst!

Denn ich werde nunmehr geopfert, und die Zeit meines Aufbruchs ist nahe.

Ich habe den guten Kampf gekämpft, den Lauf vollendet, die Treue gehalten.

Schon jetzt liegt für mich der Kranz der Gerechtigkeit bereit, den mir der Herr, der gerechte Richter, an jenem Tag ge-

ben wird, aber nicht nur mir, sondern allen, die sehnsüchtig auf sein Erscheinen warten.

Beeil dich, komm bald zu mir!

Demas hat mich aus Liebe zu dieser Welt verlassen und ist nach Thessalonich gegangen; Kreszenz geht nach Galatien, Titus nach Dalmatien.

Nur Lukas ist noch bei mir. Bring Markus mit, denn er wird mir ein guter Helfer sein.

Tychikus habe ich nach Ephesus geschickt.

Wenn du kommst, bring den Mantel mit, den ich in Troas bei Karpus gelassen habe, auch die Bücher, vor allem die Pergamente.

Alexander, der Schmied, hat mir viel Böses getan; der Herr wird ihm vergelten, wie es seine Taten verdienen.

Nimm auch du dich vor ihm in acht, denn er hat unsere Lehre heftig bekämpft.

Bei meiner ersten Verteidigung ist niemand für mich eingetreten; alle haben mich im Stich gelassen. Möge es ihnen nicht angerechnet werden.

Aber der Herr steht mir zur Seite und gibt mir Kraft, damit durch mich die Verkündigung vollendet wird und alle Heiden sie hören; und so wurde ich dem Rachen des Löwen entrissen.

Der Herr wird mich allem Bösen entreißen, er wird mich retten und in sein himmlisches Reich führen. Ihm sei die Ehre in alle Ewigkeit.

Amen.

Grüße Priska und Aquila und die Familie des Onesiphorus!

Erastus bleibt in Korinth, Trophimus muss ich krank in Milet zurücklassen.

Beeil dich, komm noch vor dem Winter! Es grüßen dich Eubulus, Pudens, Linus, Claudia und alle Brüder.

Der Herr sei mit deinem Geist! Die Gnade sei mit euch!

Aulus hebt die feuchten Augen von den Zeilen. Er zittert ergriffen.

Dies muss einer der letzten Briefe des Paulus gewesen sein, und vor Aulus' innerem Auge erstehen die letzten Tage des Paulus neu.

Er selbst war zu dieser Zeit nicht in Rom gewesen. Aber die Geschehnisse um Paulus' Prozess und Hinrichtung sind bis auf den heutigen Tag in der römischen Gemeinde in aller Munde. Wenn er sich recht entsinnt, so ist Timotheus seinerzeit nicht mehr vor dem Winter gekommen und Paulus war gestorben, ohne diesen lieben Freund noch einmal gesehen zu haben.

Ein wenig wundert er sich auch, dass Linus erwähnt ist und Timotheus ebenfalls grüßen lässt. Von Eubulus und Pudens hatte er bis jetzt auch noch nichts gehört, aber er hatte sie am Nachmittag bei Linus kennengelernt. Er merkt wieder einmal, dass durch seine Abwesenheit während der Studienjahre vieles an ihm vorbeigegangen war.

Die Zeit verstreicht.

Er blättert in der Mappe, liest hier und dort ein paar Seiten, ordnet sie in der möglichen zeitlichen Reihenfolge auf dem Tisch, teilt sie ein in echte Schriften, in Kopien und in diktierte Texte.

Mitternacht ist vorüber und er arbeitet immer noch …

Als er erwacht, ist es heller Tag. Der übliche Gassenlärm dringt an seine Ohren und die Unruhe des Tages ergreift ihn trotz seiner Müdigkeit. Er sitzt bereits wieder am Schreibtisch, als Anna eintritt und einen Besucher meldet.

Aulus lässt hereinbitten. „Wer ist es denn?"

„Ich weiß es nicht Herr, ein junger Mann."

„Bringt er eine Nachricht?"

„Das hat er nicht gesagt, aber ich hatte den Eindruck, er kennt Euch."

„Lass ihn herein. Er soll warten."

Aulus hat keine Lust, jetzt so plötzlich den Schreibtisch zu verlassen und sich wieder in das übliche Treiben eines ganz normalen Tages zu begeben. Nach all der Hektik der vergangenen Tage hat ihm das nächtliche Studium wieder Ruhe gegeben und seine Gedanken geordnet.

„A-u-l-u-s!", dröhnt es da plötzlich derb aus dem Atrium.

Er traut seinen Ohren nicht. Derartiges Benehmen ist ihm nicht nur verhasst, sondern ist in seinem stillen Hause eine noch nie vorgekommene Provokation. Er springt aus dem Sessel und stürzt ins Atrium. Dort sieht er den Rücken eines Mannes, der breitbeinig und mit schwankenden Bewegungen durch das Atrium torkelt.

Als dieser ihn kommen hört, wendet er sich zu ihm um. Aulus stockte das Blut in den Adern.

„Da bist du ja, mein Freund. Willst mich warten lassen?", grölt der Besucher.

Er wankt auf Aulus zu, obwohl er sich kaum mehr auf den Beinen halten kann. Bei ihm angekommen stützt er sich mit einer Hand an dessen Schulter ab. Nach einigen Versuchen, das Gleichgewicht wieder zu gewinnen, hebt er den Kopf und lässt schließlich die Schulter los. Schwankend steht er da und Aulus schaut ihn mitleidig an, während Nazarius umständlich in einer Tasche zu kramen beginnt. „Warte mal, warte, ich hab's gleich ...", kommentiert er seine eigene Kramerei bis er Aulus schließlich eine Handvoll Münzen hinhält.

„Siehst du", stottert er und in der zitternden Hand klimpert das Geld.

Ein kurzer Blick überzeugt den zwischen Wiedersehensfreude und Befremden schwankenden Aulus, dass es in der Tat eine beträchtliche Summe sein muss.

Durch das Vorzeigen der Münzen kommt jedoch das mühsam errungene Gleichgewicht seines betrunkenen Freundes in Unordnung; da klirren auch schon die Geldstücke zu Boden und verteilen sich rollend im Atrium.

„Was soll das?", fragt Aulus. Er rüttelt ihn an der Schulter und fügt hinzu: „Nazarius, was ist los, wo warst du? Ich habe mir unendliche Sorgen um dich gemacht.“

Doch Nazarius hat sich bereits auf die Knie begeben und kriecht auf allen Vieren seinem Geld nach.

Anna schaut einmal diskret um die Ecke, aber die befremdliche Szene und ein Blick von Aulus scheuchen sie sofort zurück.

Nazarius sucht seine Münzen zusammen, wobei ihm Aulus erleichtert und ratlos zuschaut. Schließlich stemmt er sich mit Hilfe der Wand wieder empor, gibt sich einen Schubs und steht wieder schwankend vor Aulus.

„Du bist ja völlig betrunken ...!“

Doch anstatt zu antworten, wendet ihm Nazarius den Hinterkopf zu, auf dem schon wieder ein paar Borsten um die kahlgeschorene Wunde gewachsen sind. „Hier schau!“ Er tippt mit einem schmutzigen Finger an die Wunde.

Aulus gibt das Ganze einen Stich ins Herz. „Das sieht nicht gut aus“, antwortet er.

Die Wunde, die Nazarius ihm zeigt, ist grässlich anzusehen und es ist deutlich, dass ihm Schlimmes widerfahren ist. Zugleich aber hat es wenig Sinn, über alle Fragen, die ihn jetzt innerlich bestürmen, mit Nazarius in dessen momentanem Zustand zu reden.

Irgendetwas Furchtbares muss ihm zugestoßen sein.

„Setz dich doch“, sagt er und will ihm behilflich sein. Nazarius aber wehrt ihn ab und kommt dabei erheblich ins Schwanken.

Aulus geht ein paar Schritte in eine Ecke des Atriums und holt von dort einen Sessel. Er stellt ihn so an die Wand, dass Nazarius nur noch hineinzufallen braucht.

„Da!“, sagt er.

Nazarius plumpst in der Tat hinein, streckt seine Füße lang aus, legt sie übereinander, faltet die Hände vor der Brust und schließt die Augen. Doch bevor der Schlaf ihn übermannt, reißt er diese nochmals auf: „Aulus“, sagt er, „ ...wo ist die schöne Lucia ... ich will sie holen ... Lucia ..." dann sackt sein Kopf nach vorn.

Er ist eingeschlafen.

Aulus schaut ihn eine Weile ratlos an und ist zunächst froh, dass wieder Ruhe eingekehrt ist. Anna, die diese ebenfalls wahrnimmt, tritt nun ins Atrium.

„Was ist, Herr?"

„Anna, geh und hol mir die beiden Gärtner ..."

Anna eilt davon und kommt augenblicklich, gefolgt von Stephan und einem zweiten sehr kräftigen jungen Mann, wieder.

„Bringt ihn ins Gesindehaus, wo er sich erst einmal ausschlafen kann."

Die beiden Gärtner packen beherzt zu. Sie drehen den Sessel so, dass einer Nazarius unter den Armen fassen kann, der andere packt die Beine und läuft voran, als zöge er einen Handkarren. Beim Verlassen des Atriums sagt Aulus zu ihnen: „Wenn er wieder nüchtern ist, sagt mir Bescheid, ich muss unbedingt mit ihm reden."

Verwirrt zieht er sich in sein Zimmer zurück.

Als er viele Stunden später noch immer keine Meldung vom Erwachen des Nazarius bekommen hat, geht er selbst zu ihm hinüber.

„Ist er schon wieder aufgetaucht?", fragt er Stephan, der gerade den Liguster schneidet.

„Nein."

„Wo habt ihr ihn hingelegt?"

„Ins letzte Zimmer links."

Aulus tritt ins Haus, geht hastig in das besagte Zimmer, reißt den wollenen Vorhangstoff auf die Seite und tritt ein.

Nazarius aber ist nicht mehr dort.

VIII.

Inzwischen sind Wochen vergangen. In Rom tobt der Bürgerkrieg.

Das süße Gift der Macht ist in alle Adern des todkranken Körpers gedrungen. Alle Zellen sind inzwischen von ihm befallen. Jeder, der sich diesem schmutzigen Gezänk und Gezerre um die Macht nicht zeitig entzog, ist, von seiner zersetzenden Kraft geschwächt, infiziert.

Wie ein riesiges Ungeheur wälzt sich die ewige Stadt im Morast. Sie ringt zuckend und schmerzbrüllend mit dem Tode. Das Zentrum das Lebens ist getroffen und immer wieder stechen die Jäger ihrer Beute die Lanze in den Leib.

Es sind die vier Generäle Neros – Galba, Otho, Vitellius und Vespasian –, die miteinander auf Leben und Tod um den kaiserlichen Lorbeerkranz ringen.

Da Nero keine Nachkommen hatte, war mit seinem Tod das julisch-claudische Herrscherhaus ausgestorben. Der Kaiserthron steht als leichte Beute auf offener Lichtung. Jeder dieser vier Generäle – Galba, Otho, Vitellius und Vespasian – machte sich wie ein Wilderer daran, dieses wolfsfüßige Wesen zu bezwingen.

Galba war der Erste, der sich mit knapper Mühe der Beute bemächtigen konnte. Kaum acht Monate hatte er das blutige Zepter zitternd in seinen gichtgeplagten Händen halten können.

Er war von einem zweiten General, Otho, beim Kampf um die Beute um sein armseliges Leben gebracht worden.

Aber erste Freudenwellen über die Ablösung Galbas durch Otho ebben bald ab. Der Schrecken Galbas verblasst schnell vor der Ränke, dem Gift, dem Justizmord und dem Terror, die sich mit Otho über die Stadt ziehen. Dunkle Zeiten haben begonnen. Der Bürgerkrieg will und will nicht enden.

In jeder Stunde dieser insgesamt siebzig Tage, die Otho an der Macht ist, zittert er bereits vor seinem Nachfolger Vitellius. Ebendieser dritte General Neros ist schon von den aufständischen Truppen in Obergermanien zum Kaiser ausgerufen worden – noch bevor Otho seine blutigen Hände auf die morschen Armlehnen des Thrones gelegt hat. Mit Vitellius bricht ein neuer Aspirant auf den Kaiserthron mit seinen Truppen in die Stadt ein. Vitellius stellt dem Noch-Kaiser Otho mit bestialischer Gier nach.

Der Kampf um das Beutestück spitzt sich mit jedem Tag zu.

Kurz nachdem das Haupt Galbas an der Rostra zur Schau gestellt wurde, gibt es zwei Kaiser, von denen der eine – Otho – noch herrscht, während der andere – Vitellius – bereits fernab Roms zum Kaiser ausgerufen wurde.

Nachdem Nazarius aus dem Kerker entlassen wurde, hörte man überall, dieser Vitellius sei aus Colonia Agrippina mitsamt seines Heeres angerückt, um seinen Anspruch auf den Thron, notfalls mit Waffengewalt, durchzusetzen.

In zwei Gefechten am Fuß der Alpen – auch das ist in Windeseile nach Rom gedrungen – hat zwar Otho gegen Vitellius gesiegt, aber bei Betriacum – zwischen Cremona und Mantua – ist er geschlagen worden. Unaufhaltbar rückt Vitellius nun näher, während Otho immer noch krampfhaft und rechthaberisch das Zepter hält.

Rom blutet.

Nach der Ermordung Galbas hat der jetzige Noch-Kaiser zur Sicherung seiner wackeligen Macht begonnen, die staatliche Geheimpolizei und berufsmäßige Spitzel für die Beschaffung von Nachrichten gut zu bezahlen. Immer nervös, immer mit spitzen Ohren und schnellen Blicken, entgeht deren von Geldgier und unterwürfiger Wichtigtuerei geschärften Sinnen kaum ein Geheimnis.

Sie lauschen auf dem Forum, in den Thermen, Bädern und Schenken. Sie überbringen das Gehörte eilfertig dem debilen Kaiser. Dieser lässt keine Gelegenheit aus, einen vermeintlichen politischen Gegner mitleidlos zu verfolgen und nach dessen Ermordung sein Vermögen zu beschlagnahmen. Er braucht das Geld dringend für seine suchtartigen Verschwendungen und für weitere Bestechungen.

Die Denunziation wird zur Staatsraison. Sie blüht auf kaiserlichen Wunsch. Otho, der misstrauische Despot, will über alles unterrichtet sein, was sich in der Stadt und – noch wichtiger! – was sich vor ihren Mauern tut.

Schrecklicher Argwohn macht infolgedessen das Leben in der ewigen Stadt zur Hölle.

Die nach dem großen Brand Roms vor vier Jahren neu geschaffene Feuerwehr funktioniert der Kaiser zu einer Spitzeltruppe um.

Diese cohortes vivilium liegen in Kasernen und Wachstuben an verschiedenen Punkten der Stadt. Sie ziehen nachts durch die Gassen und wachen über Ordnung und Feuersicherheit. Jedes Haus und jede Wohnung dürfen sie auf Brandschutz kontrollieren. Sie sehen nach, ob die vorgeschriebene Menge Löschwasser, das in jedem Haus bereitgehalten werden muss, ausreichend ist. Sie prüfen, ob es im Brandfalle ordnungsgemäß zur Verfügung steht, und mustern den offenen Herd. Empfänglich für jedes Gerücht und allgegenwärtig, flüstert man diesen Männern aus dunklen Winkeln und schmalen Gassen hinter vorgehaltenen Händen die Neuigkeiten zu. Sind die Feuerwehrleute nicht zugegen – was vor allem der Fall ist, wenn tatsächlich irgendwo brennt –, dann sind auch die zu ihrer Unterstützung ausgehobenen Männer der cohortes urbanae dankbare Empfänger dunkler Informationen und zweifelhafter Halbwahrheiten.

Aber dieses Nachrichtenwesen wirkt in beide Richtungen: Auch das Volk erfährt vieles aus dem Kaiserpalast und mit untrüglichem Gespür wird ihm auf diesem Wege von Stunde zu Stunde deutlicher, dass sich Otho nicht mehr lange würde halten können. Seine Tage sind gezählt.

Vitellius steht mit starkem Heer vor den Toren Roms und streckt seine Hände nach dem Throne aus.

Während der Ausschreitungen und Tumulte dieser letzten Tage des Otho hat Aulus Nazarius nicht mehr gesehen.

Seit er völlig betrunken das Haus verlassen hatte, ist er wie vom Erdboden verschluckt.

Aulus ist zwar froh zu wissen, dass Nazarius noch lebt, aber als er nach seinem eher erschreckenden Auftritt bei ihm nicht wiederkommt, macht er sich erneut Sorgen. Über den mysteriösen Vorfall in der Höhle und das geheimnisvolle Auftauchen der Pergamente ist er weiterhin im Unklaren.

Erst Wochen später trifft Aulus einen Bekannten, der zu berichten weiß, Nazarius verbringe seine Zeit überwiegend mit den Soldaten, mit denen er die Zelle geteilt hatte. Auch sei er überwiegend nachts in dunklen Spelunken und einschlägigen Kneipen unterwegs, die überwiegend von Soldaten frequentiert würden. Der Bekannte weiß ebenso, dass Lucia hin und wieder mit Nazarius gesehen wird, was aber nichts heißen müsse, denn auch mit anderen Soldaten lasse sie sich bekanntlich ein.

Zunächst ist Aulus erstaunt, von Lucia in Verbindung mit Nazarius zu hören, aber er reimt sich das Seine zusammen und hofft nach wie vor auf ein klärendes Gespräch mit seinem Freund.

Um ein solches herbeizuführen, lässt er sich von seinem Informanten mehrere Wirtsstuben nennen, in denen Nazarius sich aufhalten könnte, und macht sich schließlich selbst auf die Suche nach ihm. Diese bleibt zunächst erfolglos.

Schließlich findet er Nazarius in einer übel beleumdeten und mit sternhagelvollen Soldaten überfüllten Schenke. Sie besprechen das Notwendigste. Aulus spürt aber die abwehrende Distanz des Nazarius und muss ihm jede Information mühevoll abringen. Aber immerhin erfährt er hier in groben Zügen, was in der Höhle vorgefallen war. Alles, was nach der Gefangennahme geschah, bleibt jedoch für Aulus weiter im Dunkeln.

Nazarius versichert ihm glaubhaft, auch er wisse nicht,

wie die Papiere, auf Aulus' Schreibtisch gelangt seien. Die Frage, ob er sonst noch etwas in dem Versteck gefunden habe, verneint er. Auch zu der Frage, wie er mit den Aufständischen ins Gefängnis gekommen sei, weicht er mit dem Hinweis auf Gedächtnisschwund infolge der Kopfverletzung aus. Nach Lucia wagt Aulus gar nicht erst zu fragen.

Sie verabschieden sich nicht gerade in inniger Herzlichkeit voneinander, aber Aulus scheint es dennoch, als sei ihre Freundschaft durch das Gespräch notdürftig wieder hergestellt. Er versichert Nazarius, dass dieser immer zu ihm kommen könne, und sofern er bei dem Hinterggrundgegröle der Soldaten Nazarius richtig versteht, antwortete dieser, dass er bei Bedarf von dem Angebot gerne Gebrauch machen würde, derzeit aber keinen solchen verspüre.

Nach dieser Begegnung ist sich Aulus zwar sicher, dass Nazarius ihm irgendetwas verschweigt und möglicherweise ein dunkles Geheimnis mit sich herumträgt. Er kennt ihn jedoch gut genug, um zu wissen, dass es unsinnig wäre, ihm diesbezüglich irgendeine Information abringen zu wollen. Seine Hoffnung war und ist ein bald stattfindendes Gebetstreffen, bei dem er vielleicht in Ruhe unter vier Augen noch ein gutes Wort mit Nazarius würde wechseln können.

Seit der letzten großen Gebetsversammlung am Grabe des Petrus gab es keine gemeinsame Zusammenkunft aller Christen Roms mehr. Es ist zu gefährlich, sich nachts zu treffen, und so beschränken sich die Christen auf ihre Treffen in den Hausgemeinden.

Eines Nachmittags meldet Anna einen Boten von Linus. Aulus empfängt ihn und erhält die Nachricht, dass am Abend nach Einbruch der Dunkelheit in der großen Scheune eine Gebetsversammlung aller römischen Christen unter dem Vorsitz von Linus stattfinden werde.

Da es auch jetzt im April immer noch recht früh dunkel

wird, macht sich Aulus bald auf den Weg zu diesem Treffen.

Kaum ist er ein Stück gegangen, da gesellt sich Gallinus, ein Gesinnungsbruder, zu ihm. Sie begrüßen sich kurz und gehen gemeinsam weiter. Da Gallinus kleiner als Aulus ist, wirkt sein Gang ein wenig hektisch und er kommt außer Atem.

„Weiß man schon Neues vom Hofe?", fragt er.

„Ich glaube nicht", antwortet Aulus.

„Also, in der Stadt, nein, da erzählt man vielleicht Sachen."

Es ist offensichtlich, dass er Aulus neugierig machen will und darauf wartet, dass dieser nun genauer nachfragt, weshalb er auch ziemlich überrascht ist, dass Aulus stattdessen antwortet: „Auf solches Gerede gebe ich nichts."

Das stimmt zwar nicht, aber Aulus hat nicht die geringste Lust, mit einem geschwätzigen Mitbruder aus den Reihen der Christen nun den Weg zu teilen. So etwas kann in diesen Tagen lebensgefährlich sein.

Dabei weiß Gallinus tatsächlich viel. Das meiste aber sind – dessen ist Aulus sicher – doch wohl eher vage Vermutungen. „Es sickern immer mehr Informationen über den neuen Kaiser durch" – und ohne auch nur im Geringsten darauf zu achten, ob Aulus ihm überhaupt zuhört, hebt er schließlich zu einer informativen Klage über die Zustände in Rom an, mittels der er mit immer mehr Neuigkeiten aufwartet:

„Geredet wird natürlich viel, ach, diese Römer, wenn sie nur immerfort etwas zu diskutieren haben; solange sich die Unruhen nicht legen, werden sie neuen Gesprächsstoff finden. Wie kannst du eigentlich bei dem ständigen Lärm in deinem Hause arbeiten? Früher, ja früher, da war es ruhig, aber heute, nein, diese Unruhe, immer mehr Pöbel, der sich auf dem Forum sammelt."

Aulus antwortet nicht.

„Dabei muss man vorsichtig sein, geredet wird heute viel. Wer kann da bei all den Übertreibungen – die Römer übertreiben ja immer! – noch wissen, was wahr ist und was nicht? Aber dieser Vitellius lässt sich nicht aufhalten, man sagt, dass er schon seine eigenen Soldaten als Spione in Rom abgestellt hat und täglich hört man, dass er näher rückt. Was meinst du, Aulus, wird die Situation sich für die Christen ändern? Also, ich glaube nicht. Ob nun Otho oder Vitellius: Die haben doch ihre eigenen Truppen, und da sind ja wohl keine Christen dabei und ..." – er kommt jetzt außer Atem, weil Aulus schneller geht – „ ... und, wenn die jetzt alle bei Hofe einen Posten bekommen, dann fliegen unsere Leute raus. Schade. Nun haben wir so gute Kontakte aufgebaut; ich bin froh, dass Galba nicht alle ausgewechselt hat und die alten Christen aus Neros Zeit noch da sind, aber damit wird es jetzt aus sein, wirst sehen: Der Otho räumt noch auf. Je mehr sein Thron wackelt, umso brutaler wird er gegen uns vorgehen, denn das Vorurteil gegen die Christen besteht doch nach wie vor, wenn jetzt etwas vorfällt, wirst sehen, dann sind wir wieder schuld, genau wie damals beim Brand ... wird dann noch schwerer werden, an sichere Nachrichten vom Hofe zu gelangen, also nein! Die ersten schrecklichen Anzeichen, gibt es ja schon; hast du auch schon davon gehört? Der neue Kaiser lässt sich ja schon bald Nero nennen, er inszeniert einen wahren Götterkult um Nero, mir wurde aus sicherer Quelle zugetragen, dass überall Händler in der Stadt auftauchen, die kleine Nerobüsten und Statuen verkaufen. Es gibt schon viele dort oben, auf den Plätzen und vor den Tempeln ... Also, das können wir als Christen doch nicht dulden, gerade Nero, der so viele von uns auf dem Gewissen hat; und das goldene Haus des Nero lässt Otho ja auch im Eiltempo erweitern ..., ich glaube, der kennt gar nicht alle Zimmer seines Palastes, kann er ja gar nicht, bei der Menge ... Und dann die vielen Wahrsager, also Aulus, Otho hat auch so einen bei sich, einen Astrologen, Seleukos, der hat ihm schon früh geweissagt, er werde Nero überleben, schrecklich! Diesem Haruspex folgt der Kaiser nun wie ein Hündchen und was der von sich gibt, gilt dem Caesar als göttliche Weissagung. Jedes Wort aus dessen Mund gilt dem Kaiser als prophetische Offenbarung."

Während er all dies erzählt, dreht er sich immer wieder um, ob auch keiner mithöre und wirft Aulus zwischendurch scheue Blicke zu.

„Dabei täuschen sich diese Wahrsager doch immer wieder. Einer soll einem Senator geweissagt haben, er könne infolge einer bestimmten Konstellation der Sterne bei dessen Geburt keine Kinder zeugen. Er habe aber sieben Kinder, habe der Senator geantwortet ..."

„Dann sollte er sich mal genauer über deren Herkunft informieren", wirft Aulus ein.

Sie sind jetzt schon über den Tiber und Aulus macht immer größere Schritte, nicht nur, dass er von niemandem mit diesem geschwätzigen Menschen gesehen werden will, sondern aus dem inneren Antrieb heraus, möglichst bald in der erlösenden Scheune zu sein, wo er sich in aller Höflichkeit von seinem Begleiter trennen kann.

Die Straße wird dunkler und sie müssen jetzt beide langsamer gehen, um genau zu sehen, wohin sie treten. Gallinus stolpert ein paar Mal, dann aber setzt er seine Rede ungeachtet des schlechter werdenden Weges fort:

„Oh, diese Kaiser, dass sie sich immer mit diesen Wahrsagern umgeben müssen. Also, von denen sagt doch keiner die Wahrheit, die haben doch alle Angst um ihr Leben. Schau dir diesen edlen Philosophen Seneca an: Der arme Kerl musste den Giftbecher nehmen, nur weil er seinem alten Schüler Nero einmal die Wahrheit zu sagen wagte. Glaubst du, dass es diesem Seleukos besser ergehen wird? Niemals! Sobald der sagt, was er denkt, ist er weg: Kopf ab, ssssst!" Er fährt mit dem Daumen an seinem Hals entlang.

„Du wirst sehen, dieser Seleukos wird über seinen Otho nur Gutes sagen. Hoppla!" Er ist gestolpert und wäre beinahe hingestürzt.

„Danke, Aulus. Übrigens, es sind bei dem Umsturz auch

eine ganze Menge Christen eingekerkert und hingerichtet worden, vor allen Dingen die vom Hofe. Ich kenne einen von ihnen, Gott sei ihm gnädig und gebe ihm die ewige Ruhe. Er ist Koch, du kennst ihn auch, sieht aus wie ein Gladiator, manchmal ist er schon bei unseren Treffen gewesen. Dabei weiß man gar nicht, was er gegen den Caesar getan hat, naja, Spitzel gibt es jetzt überall, vielleicht haben sie sich nur zu laut über den neuen Kaiser unterhalten – müssen wir hier abbiegen, oder ist es da vorne? Hier rechts, hier geht es lang, ach, nein, ich bin unkonzentriert ... Du hast Recht, da vorne ist es – also Spitzel hat's am Hofe, nein, weißt du was die wollen? Einen guten Posten wollen die, das ist es, oh, was für Zeiten, früher war es noch üblich, hohe Staatsämter durch Verdienst zu erlangen, durch Tapferkeit, durch Bewährung ... so, jetzt, hier rechts, komm!" Er biegt rechts ab und hat in der Tat den richtigen Weg eingeschlagen. Aulus wäre beinahe geradeaus weitergegangen. Sie sind jetzt in einem Viertel, in dem es gut ist, nicht allein auf nächtlicher Straße zu sein.

„Also, wo war ich stehengeblieben? Ach ja, ... hohe Staatsämter durch Verdienst zu erwerben. Das waren noch Zeiten, aber heute, nein, heute ist das beste Mittel um voranzukommen, einen Mordanschlag auf den Kaiser aufzudecken, ach, was rede ich, heute reicht es, jemanden zu beschuldigen, er kenne jemanden, der gehört habe, es sei ein Mordanschlag geplant. Der arme Leustos – so hieß der Koch – ein ganz lauterer Mensch, der würde einem Schergen nicht einmal das Messer schleifen, war ein ganz netter Kerl, nun ist er tot, schade! Wir müssen doch gleich am Ziel sein, bin gespannt, was es heute zu hören gibt. Linus soll ja eine große Predigt vorbereitet haben. Gut, dass es Christus gibt ... Da vorne laufen auch welche, die wollen sicher zur Gebetsversammlung."

Er ist jetzt leicht außer Atem.

„Was für eine Stille! Weißt du noch, früher? Ach, Aulus, das ist war'n noch Zeiten. Da traute man sich noch alleine zu gehen, aber jetzt ist man froh, wenn man einen Begleiter hat. Die Zeiten sind gefährlich. Früher, vor den Verfolgungen, da konnte man noch auf dem Weg zur Gebetsversammlung singen. Heute sind alle vorsichtig, überall gibt es Spitzel und Verräter. Ja, ja, Aulus, findest du nicht auch, dass es immer weniger werden? Früher, waren hier die Hügel voll von Menschen und überall kleine Laternen. Die können doch unmöglich alle hingerichtet worden sein, Aulus, glaub' mir, die Angst hat die Gemeinde geschrumpft. Ich sprach vorgestern mit einer Christin, die kommt auch nicht mehr zu den Versammlungen. Schade! Sie glaubt, sagte sie mir, nicht mehr daran, dass der Herr Jesus bald wiederkommen werde. Das ständige Leben in Dunkelheit und im Verborgenen hat sie mürbe gemacht. Die haben alle keine Geduld mehr, was Aulus? Da sind wir anders ... Mein Gott", er erhebt kurz beide Hände gen Himmel, „wir halten durch, was? Klar ist es heute gefährlich, sich zu Christus zu bekennen. Lebensgefährlich. Der ständige Druck, die dauernde Anspannung, die notwendige Geheimhaltung, die oft kurzen Nächte." Diese Aufzählung kommt abgehackt aus ihm heraus, denn sein Redeschwall hat ihn jetzt vollends außer Atem gebracht.

Die Bebauung ist bereits lichter geworden und es weht ihnen ein kühler Wind ins Gesicht. Hier und da sieht man auf der breiten Ausfallstraße, die sie nun über eine Nebengasse erreicht haben, Menschen laufen. Sie sind in dicke, dunkle Mäntel gehüllt. Einige tragen Laternen bei sich.

„... Rom, Aulus, Rom, ist das biblische Babylon, der Sündenpfuhl, der Schandplatz. Man muss ja nur um sich blicken, die Drangsale, die Not, das Durcheinander, die politische Ungewissheit, das nimmt ja kein Ende mehr. Ja, statt dass es besser wird, wird es immer noch schlimmer ... Da, da vorne kommen wieder ein paar, siehst du, die haben nicht einmal eine Laterne bei sich, siehst du sie? Man muss schon genau hinsehen. Ach, es kann einen schon schmerzen. Wir, Aulus, wir haben ja noch Petrus und Paulus erlebt, das war'n noch Typen. Weißt du noch, was für eine Kraft von ihnen ausging, wenn sie am Ende den Segen sprachen? Aber jetzt ..., ich weiß nicht, ob Linus der richtige ist. Der zaudert doch ständig und predigen kann er auch nicht. Ja, von Petrus und Paulus ging noch was aus. Aber die sind jetzt tot. Is' schon lange her ... Denen kann keiner das Wasser reichen. Was wissen die schon? Woher nimmt dieser Linus die Gewissheit, dass er sich nicht irrt? Na ja, der hat den Herrn Jesus nicht mehr erlebt ..."

„... aber immerhin noch Petrus und Paulus ...", wirft Aulus jetzt ein. Gallinus kommt in Fahrt:

„... was haben die auf sich nehmen müssen um Christi willen. Die fürchteten Tod und Teufel nicht. Aber dieser Linus, der hat ja nicht mal in Rom ausgehalten, während der Verfolgungen, nein, immer am Zaudern, nie spricht der mal ein gewaltiges Wort, immer versucht er auszugleichen und das Beste aus allem zu machen."

Aulus wird es heiß, er fürchtet, seinem unentwegt redenden Begleiter müsse jeden Moment einfallen, dass auch er, Aulus, nicht in Rom war, als die Verfolgungen am schlimmsten tobten. So fügt er rasch an:

„Paulus hat Jesus Christus auch nicht persönlich gekannt und doch ging von ihm eine große Kraft aus." Sein Begleiter wendet sich ihm zu und flüstert Aulus beinahe ins Ohr: „Paulus, dem ist der Herr gleich ein paar Mal erschienen, das ist doch was! Er hat zu ihm gesprochen, weißt du, damals auf dem Weg nach Damaskus, das hat er uns doch mehrfach erzählt; oder, erinnerst du dich noch an die Sache mit dem Engel, in Philippi? Das hat doch einen Riesenaufstand gegeben, als die Türen des Kerkers aufgingen, nachts, und alle schliefen, und dann ist er nicht mal abgehauen, damit die Wächter am anderen Morgen nicht hingerichtet werden. Ich krieg' heute noch 'ne Gänsehaut, wenn ich daran denke. Linus hat so was nicht erlebt."

So erreichen sie die Versammlung. Am Eingang steht eine große Menschenmenge und Aulus bemüht sich, in dieser so schnell wie möglich seinen ungewollten Informanten loszuwerden, was ihm schließlich auch gelingt. Sie sind zeitig dran und Linus ist noch nicht eingetroffen. Viele haben sich bereits in den vorderen Reihen aufgestellt, um möglichst nahe am Geschehen zu sein. Vor der Scheune ist ein kleines Feuer entfacht worden, an dem sich ein paar Menschen wärmen.

Aulus erkennt am Feuer Pudens und Eubulus. Ihre Erwähnung im Brief des Paulus an Timotheus, war ihm erst kürzlich bekannt geworden. Sie zählen mit zu den Ältesten, und seit Aulus weiß, dass sie Paulus noch persönlich gekannt haben, ist sein Interesse an ihnen gewachsen. Sie grüßen Aulus kurz, aber als er zu ihnen tritt beenden sie sofort ihr Gespräch und schauen stumm in die Flammen.

Aulus spürt die zarte Unnahbarkeit, die sie wie ein dünnes Häutchen umgibt. Dennoch fasst er sich ein Herz: „Die Zustände sind bedrückend."

Während Eubulus sich weiter stumm die Hände reibt, wendet sich Pudens ihm zu: „Gott wird uns beistehen." Er wendet sich vom Feuer ab und umfasst den dünnen Oberarm von Aulus: *„Du aber sei in allem nüchtern, ertrage das Leiden, verkünde das Evangelium, erfülle treu deinen Dienst."* Er wendet sich zum Gehen und Eubulus folgt ihm mit einem flüchtigen Seitenblick zu Aulus.

Als dieser begreift, dass Pudens aus jenem Brief zitiert hat, den er in der mysteriösen Mappe gefunden hat, sind die beiden schon in der Menge der Christen verschwunden, die in die Scheune strömen.

Aulus wendet sich wieder zum Feuer und wärmt sich die dürren Akademikerhände. Zwischendurch nimmt er sie vor den Mund und haucht sie an. Plötzlich, als er kurz aufblickt, begegnet er dem Blick des Nazarius, genau auf der gegenüberliegenden Seite der Feuerstelle. Nur für eine Sekunde schauen sie sich an. Aulus bahnt sich sofort durch die dichtgedrängte Menge einen Weg, aber als er dort ankommt, ist Nazarius nicht mehr zu finden. Es wird jetzt ohnehin unruhig, da offenbar Linus eingetroffen ist und man sich in der Scheune zum Gebet versammelt.

In den vorderen Reihen werden bereits Psalmen gemurmelt. Mehr und mehr Gläubige schließen sich dieser monotonen Rezitation an, sodass nach und nach die ganze Scheune von einem gurgelnden Gebet erfüllt ist.

An der Stirnseite sind Laternen aufgestellt. Dort haben sich bereits Linus, Eubulus, Pudens, Anaklet, Aristobulus und einige andere Vorsteher eingefunden.

Daneben steht die Gruppe der Katechumenen, die sich auf ihre Taufe vorbereiten. Sie sind vor wenigen Monaten der Gemeinde vorgestellt und mit dem Katechumenenöl gesalbt worden, womit ihre offizielle Anwärterschaft auf die Taufe begonnen hat. Die Taufe werden sie am Sonntag nach dem ersten Frühlingsvollmond empfangen, dem Sonntag, an dem bis auf den heutigen Tag die Auferstehung Jesu von den Toten gefeiert wird.

Inzwischen drängt sich die Menge immer mehr zusammen, was für die Luft unangenehm, für die Wärmebildung aber förderlich ist. An den Seiten und in den hinteren Reihen stehen viele auf Kisten, Balken oder Steinblöcken; ein Knabe hat auf einem großen Fass Platz genommen, und einige Jugendliche stehen auf der Ladefläche eines Handkarrens. Es ist totenstill, nur von draußen hört man das Knistern des langsam herunterbrennenden Feuers.

Aulus hat sich, entgegen seiner sonstigen Gewohnheit, in die letzte Reihe gestellt. Von hier aus hofft er, Nazarius am besten in der Menge auffinden zu können. Unruhig wandern seine Blicke immer wieder hin und her. Er steht beinahe auf Zehenspitzen und sucht die Reihen systematisch ab. Das Bild verschwimmt vor seinen Augen. Sie brennen und fangen an zu tränen. Er fokussiert eine Stelle, an der er meint, Nazarius entdeckt zu haben. Die Lichtverhältnisse sind schlecht und die Versammelten sind alle nahezu gleich gekleidet. Er reibt sich die Augen. Sucht die eben gefundene Stelle in der Menge wieder. Er blinzelt, muss noch einmal das Auge von Tränenflüssigkeit befreien. Er findet die Stelle, an der er Nazarius vermutet hatte, nicht mehr. Viele haben die Kapuzen auf dem Kopf oder sich in eine Decke gehüllt. Leichte Bewegungen gehen durch die ungeordneten Reihen. Je angestrengter er schaut, umso weniger sieht er.

Er stellt sich so, dass er den Ausgang beobachten und jeden, der jetzt noch kommt, oder wieder hinausgeht, genau sehen kann, denn noch scheint im Eingangsbereich von draußen das Feuer hell genug in die Gesichter.

Das leise Gebet wandelt sich nun in einen stillen Gesang. Von den vorderen Reihen ausgehend ergreift er langsam die ganze Gemeinde. Jeder singt und summt, was ihm gerade in den Sinn kommt, aber diese unterschiedlichen Melodien und Satzfetzen fügen sich zu einem wunderlichen Gesamtklang zusammen. Wogen einer fremdartig-harmonischen Melodie ziehen durch die Versammelten. Mal leiser und mal lauter, anhebend und abebbend zugleich. Teilweise klingt es, als seien Instrumente im Hintergrund, manchmal werden metallische Klänge hörbar, mal klingt es wie entferntes Glockengeläut. Keiner dirigiert diesen Chor, jeder gibt sich betend in diese Woge und wird zugleich von ihr getragen. Viele schauen dabei mit starren Augen himmelwärts, einige haben die Hände erhoben, andere wiegen mit dem Körper hin und her. Es ist eine wunderliche Einstimmung. Übersinnlich und doch voll Sinnlichkeit und in unerklärlicher Weise losgelöst von jedem Einzelnen. Aulus empfindet diese Augenblicke oft als die seligsten der Versammlung und wird immer ein wenig traurig, wenn dieser mysteriöse Gesang still ausklingt, indem sich die vielen Stimmen und Töne wie ein riesiger Mückenschwarm schlängelnd in der Ferne verlieren. Zunächst hört das Wogen auf und schließlich wird das verbleibende Summen immer leiser. Manchmal hebt der Gesang dann noch einmal irgendwo an, so als wollten die Betenden nicht, dass er aufhöre.

Schließlich aber verklingt er wie in weiter Ferne.

Nachdem es still geworden ist, steigt ein Diakon auf das Podest und liest eine Stelle aus dem Propheten Jesaia vor. Dafür leuchten ihm zwei Buben mit Laternen. Als die Lesung beendet ist, erhebt er das Buch mit beiden Händen aufgeschlagen hoch über den Kopf und dreht sich langsam im Halbkreis, dann schließt er das Buch, tritt vom Podest herunter und legt es Linus zu Füßen. Dieser steht nun auf und beginnt seine Ansprache.

„Brüder und Schwestern in Jesus Christus unserem Herrn – betet dafür, dass der Geist mir die Worte eingibt!" Es wird still. Linus kniet sich hin und alle murmeln Segnungen. Nach einer Weile erhebt er sich. In der Versammlung wird es kurzzeitig noch einmal unruhig. Viele suchen einen warmen Sitzplatz, hüllen sich noch tiefer in die Mäntel, oder rücken noch enger zusammen. Manche ruckeln eine Decke oder eine wollene Stola auf den Schultern zurecht. Sie machen es sich für die folgende Predigt bequem. Erst als es vollkommen still ist, beginnt Linus zu predigen.

„Brüder und Schwestern,

ihr habt gehört, was in Rom vorgefallen ist. Schreckliche Dinge haben sich vor unser aller Augen abgespielt. Ja, Tag für Tag nimmt der Verfall zu.

Völlerei und Perversion, Ehebruch und Knabenliebe, Grausamkeit, Verrat und Unrecht zeigen überall ihre hässlichen Fratzen. Der Terror wütet. Gepresste, Gedemütigte, Kriecher, Duckmäuser, Heuchler, Liebediener, Speichellecker und Schmeichler vollführen den Hexentanz des Caesarenwahns, der sich göttlich dünkt.

Ja, es muss einmal gesagt werden: Caligula, Claudius, Nero und Galba haben den Sumpf vorbereitet, in den der neue Kaiser Otho nun hineingewatet ist.

Noch nie sind Zuchtlosigkeit und Unsittlichkeit schlimmer gewesen als in diesen Wochen.

Die hohen Werte der Nächstenliebe und Menschlichkeit,

der Barmherzigkeit, der Wohltätigkeit und Güte, werden mit Füßen getreten. Mitgefühl, Freundlichkeit, Sanftmut, Milde und Geduld werden belächelt. Wer nicht mit den Wölfen heult, kann sich seines Lebens nicht sicher sein, und wer nicht auf der Seite der Mächtigen steht, dessen Existenz ist bedroht.

Ein wildes Hauen und Stechen um die ersten Plätze ist losgebrochen, wie Rom es schlimmer und zerstörerischer noch nie erlebt hat ..."

Aulus hat diesen ersten Sätzen des Linus gespannt zugehört. Immer wieder muss er über die Wortgewaltigkeit und rhetorische Kraft dieses unscheinbaren Mannes staunen. Wie alle anderen in der Versammlung wagt er zunächst kaum zu atmen. Ein solch klares Wort hat gerade von Linus niemand erwartet, gilt er doch als ausgleichender und friedlicher Mensch, der das Böse sonst nicht beim Namen nennt. Wie er jetzt mutig die Namen der Kaiser aufzählt und diese direkt verantwortlich macht für die Schreckenszustände in Rom, hält jeder den Atem an. Aulus fragt sich, woher bei Linus diese an ihm so ungewohnte Schärfe kommt.

Jetzt fällt er nach der großartigen Eröffnung etwas ab, er spricht ruhiger und beginnt einzelne Drangsale des jüdischen Volkes aus der Bibel vorzutragen und jeweils auszudeuten, wie Jahwe sein göttliches Wirken in diesen Notzeiten an seinem auserwählten Volk vollzogen hat.

Aulus hört die Predigt nur noch mit halbem Ohr. Immer wieder schweift sein suchender Blick über die Versammelten.

Gerade zitiert Linus den Psalmvers: „*... fallen auch tausend zu meiner Rechten, zu meiner Linken zehnmal tausend, so wird es doch dich nicht treffen ...*"

Da sieht Aulus, dass jemand auf der gegenüberliegenden Seite der Scheune aufsteht und sich, ähnlich wie er selbst, an die dunkle Wand drückt. Die Person ist in einen langen schwarzen Mantel gehüllt und hat eine Kapuze auf dem Kopf. Aulus fällt auf, dass sie sich sehr leicht bewegt und nahezu athletisch an den auf dem Boden sitzenden Zuhörern vorbeitänzelt. Das Ganze geht jedoch so schnell, dass er nicht sicher erkennen kann, ob es Nazarius ist. Die Gestalt hebt sich jetzt nur noch als dunkler Schatten ein wenig ab und findet zusätzlich Schutz durch den dort abgestellten Karren. Das Gesicht ist nicht zu erkennen.

So vergeht eine ganze Weile.

Da plötzlich beugt sich die Gestalt für einen Moment so weit vor, dass Aulus einen Teil des Gesichtes sehen kann: Es ist Nazarius.

Während er ihn im Auge behält, ist Linus bei dem eigentlichen, internen Streit zwischen Judenchristen und Heidenchristen angelangt.

Aulus wird aufmerksam.

„... Unsere Gemeinde ist auf dem Fundament beider Apostel gebaut. Ja, wir wissen, dass sie in Antiochia einen heftigen Streit miteinander haben, wir wissen, dass sie sich jahrelang aus dem Wege gegangen sind und es stimmt auch, dass Petrus zuerst mit ein paar aus dem Judentum zu Christen gewordenen Mitbrüdern diese unsere römische Gemeinde gründete. Einige von ihnen sind noch unter uns." Bei diesem Satz wendet sich Linus kurz nickend zu seiner Rechten, um auf die Gegenwart von Pudens und Eubulus hinzuweisen, die sich nach alter Väter Sitte vor der Gemeinde verneigen.

„Dennoch nahm Petrus den Paulus brüderlich auf. Sicher, sie gingen auch hier einander aus dem Wege, aber dennoch verlangte Petrus von den Heiden, die Paulus taufte, keine Beschneidung."

Linus macht eine Pause, als müsste er sich selbst Mut zusprechen, um vor versammelter Gemeinde dieses einmal angepackte heiße Eisen nicht gleich wieder mutlos fallen zu lassen.

„Beide, Petrus und Paulus, hatten in Rom wegen der Heidenchristen keinen Streit mehr gehabt. Streit gab es nur aus anderen Gründen. Erinnern wir uns: Nachdem Kaiser Caligulas Judenverbot von Nero aufgehoben wurde, strömten immer mehr Juden nach Rom zurück. Unter ihnen waren auch solche, die inzwischen vom Christentum gehört hatten und sich hatten taufen lassen. Es gab auch andere, die von der judenchristlichen Gemeinde in Jerusalem beeinflusst worden waren und – ohne Paulus zu kennen! – von vornherein gegen ihn eingestellt waren. Sie scheuten sich nicht, den Streit immer wieder zu schüren."

Jetzt gibt es ein Gemurmel, das als deutlicher Protest zu werten ist. Aulus erkennt, dass es aus den vorderen Reihen kommt, wo die aus dem Judentum stammenden Christen sitzen. Sie nehmen in den Gebetsversammlungen gern ihre Plätze nach den Gewohnheiten ein, die sie aus der Synagoge kennen.

Aulus nutzt diese kurze Unruhe, um nach Nazarius zu schauen. Dieser, das wird nun immer deutlicher, scheint in den Reihen der Zuhörer jemanden zu suchen. Aulus behält ihn im Blick, aber schenkt doch zugleich wieder der Predigt Gehör.

„Bevor Paulus aber persönlich nach Rom kam, schickte er uns einen Brief. Viele von uns kennen ihn schon unter dem Namen *Römerbrief*. In diesem Brief ist bereits alles enthalten, was auch den gegenwärtigen Streit beenden kann."

Linus lässt sich von einem der Vorsteher eine Mappe reichen, er öffnet sie und blättert darin, bis er eine Stelle gefunden hat, die er der Gemeinde vorlesen will:

„Hören wir uns, Brüder und Schwestern, noch einmal an, was der große Apostel Paulus schon vor acht Jahren an die Christen in Rom geschrieben hat. Er hat – ohne uns zu kennen – von den Spaltungen in unserer römischen Gemeinde gehört und wusste, dass einige die Einhaltung bestimmter jüdischer Speise- und Reinheitsvorschriften gefordert haben."

Eubulus schüttelt so ablehnend den Kopf, dass es jeder sehen kann. Pudens räuspert sich hörbar. Linus ist bei dem wundesten Punkt angelangt. Die Reaktionen von Eubulus und Pudens reichen offenbar aus, um ihn zu verunsichern. Es entsteht eine kaum merkliche Pause. Dann fährt Linus aber unbeirrt fort:

„Der große Apostel schreibt:

Der eine glaubt, alles essen zu dürfen, der Schwache aber isst kein Fleisch.

Wer Fleisch isst, verachte den nicht, der es nicht isst; wer kein Fleisch isst, richte den nicht, der es isst. Denn Gott hat ihn angenommen.

Der eine bevorzugt bestimmte Tage, der andere macht keinen Unterschied zwischen den Tagen. Jeder soll aber von seiner Auffassung überzeugt sein.

Wer einen bestimmten Tag bevorzugt, tut es zur Ehre des Herrn. Wer Fleisch isst, tut es zur Ehre des Herrn; denn er dankt Gott dabei.

Wer kein Fleisch isst, unterlässt es zur Ehre des Herrn, und auch er dankt Gott.

Auf Jesus, unseren Herrn, gründet sich meine feste Überzeugung, dass an sich nichts unrein ist; unrein ist es nur für den, der es als unrein betrachtet.

Lasst uns nach dem streben, was zum Frieden und zum Aufbau der Gemeinde beiträgt.

Reiß nicht wegen einer Speise das Werk Gottes nieder! Alle Dinge sind rein.

Die Überzeugung, die du selbst hast, sollst du vor Gott haben. Wohl dem, der sich nicht zu verurteilen braucht bei dem, was er für recht hält.

Wer aber Zweifel hat, wenn er etwas isst, der ist gerichtet, weil er nicht aus der Überzeugung des Glaubens handelt. Alles, was nicht aus Glauben geschieht, ist Sünde.

Der Gott der Geduld und des Trostes schenke euch die Einmütigkeit, die Christus Jesus entspricht, damit ihr Gott, den Vater unseres Herrn Jesus Christus, einträchtig und mit einem Munde preist.

Darum nehmt einander an, wie auch Christus uns angenommen hat, zur Ehre Gottes.

Denn, das sage ich, Christus ist um der Wahrhaftigkeit Gottes willen Diener der Juden geworden, damit die Verheißungen an die Väter bestätigt werden, die Heiden aber rühmen Gott um seines Erbarmens willen

An einer Stelle in der Schrift heißt es: Ihr Heiden, freut euch mit seinem Volk!

Und es heißt auch: Lobt den Herrn, alle Heiden, preisen sollen ihn alle Völker. Der Gott der Hoffnung aber erfülle euch mit aller Freude und mit allem Frieden im Glauben, damit ihr reich werdet an Hoffnung in der Kraft des Heiligen Geistes …"

Linus schließt an dieser Stelle die Mappe und reicht sie dem Diakon zurück.

In der Versammlung ist es während dieser letzten Sätze immer unruhiger geworden. Eubulus und Pudens haben ihre deutlich wahrnehmbaren Missfallensbekundungen ungeachtet mehrfacher Seitenblicke von Linus fortgesetzt. Es gibt zwar keine Zwischenrufe oder andere offene Proteste, aber doch so viel wahrnehmbare oppositionelle Unruhe, dass Linus dort hinten, wo Aulus steht, nur noch schwer zu verstehen ist.

Während Aulus immer noch unverwandt Nazarius im Auge behält, spricht Linus nun davon, dass die unter Nero einsetzende Hatz auf alle Christen die Gemeinde geeint und die äußere Not den inneren Frieden gebracht habe. In den Kerkern habe es nur noch Christen gegeben und alle Parteiungen und Streitigkeiten seien für tausende, die für Christus zu sterben bereit gewesen seien, überwunden worden.

Vielleicht, so mutmaßt Linus weiter in seiner Predigt, sei die christliche Gemeinde von Rom, ungeachtet aller Anfechtungen und Verfolgungen, deshalb ständig gewachsen, weil sie in diesen schweren Jahren zusammengehalten habe.

Er ergeht sich noch in anderen Mutmaßungen, die auf die notwendige Einheit anspielen, und dann schließt er mit folgenden Worten:

„So bitte ich euch nochmals um Christi Blut und dem so vieler unserer Brüder und Schwestern willen: Lasst uns stark werden in der Einheit!

Nur dann werden wir diese grauenvollen Zeiten heldenhaft bestehen und mit Petrus und Paulus den Kranz der Gerechtigkeit entgegennehmen, den Christus, der gerechte Richter, allen geben wird, die sehnsüchtig auf sein Erscheinen warten. Amen.“

Diese letzten Worte dringen fast schmerzhaft an Aulus Ohr. Er weiß sofort, dass es genau die Worte aus dem Brief des Paulus an Timotheus sind.

Es muss also eine Abschrift existieren, die Pudens, Linus und wahrscheinlich auch Anaklet bekannt ist. Bisher war er davon ausgegangen, dass er die einzige Abschrift dieses Briefes in der Mappe gefunden hat, über deren genaue Herkunft er hofft, in wenigen Augenblicken über Nazarius näheres erfahren zu können. Er ist geschult genug, um zu wissen, dass es sich um ein ganz besonderes Zeugnis, offenbar aus den letzten Tagen des Paulus, handelt, und hat sich durch den Besitz dieser Briefe im Vorteil gegenüber Anaklet geglaubt, der – davon ist er jetzt fest überzeugt – nur um ihm eins auszuwischen, diesen Satz in die Predigt des Linus eingebaut hat.

Für den Moment dieser Gedanken hat er sinnierend zu Boden geschaut. Als er wieder aufblickt, ist Nazarius verschwunden.

Er begibt sich schnell zum Scheunenausgang. Das Feuer ist draußen stark heruntergebrannt. Rote Glut wirft nur noch einen schwachen Schein in das Innere. Unruhig wandert sein Blick umher. Der Feuerschein blendet ihn.

In der Versammlung wird es unruhig. Nach der Predigt preisen alle Anwesenden Gott. Linus hat sich in die Reihe der anderen Vorsteher zurückbegeben. Sie alle stehen nun mit erhobenen Händen und segnen das Volk.

Schon verlassen die ersten Beter die Scheune. Mit dem Strom geht Aulus hinaus und sucht eine Position am Feuer, von der aus er die Herauskommenden sehen kann, wenn sie sich zum Feuer begeben, um ihre Fackeln und Lampen für den Heimweg zu entzünden.

Da entdeckt er plötzlich Lucia inmitten einer Menschentraube. In diesem Moment aber erkennt auch sie ihn, wirft den Blick sofort zu Boden und versucht sich seitlich aus der Menge zu drängeln. Nun sieht er auch Nazarius. Dieser hat Lucia ebenfalls erkannt und will auf sie zugehen. Lucia sieht Nazarius. Aber sie wendet sich ab. Zwischen ihnen sind jetzt sehr viele Leute. Aulus verliert sie beide aus dem Blick. Er braucht eine Weile, bis sich die Augen an die Dunkelheit gewöhnt haben, in die jetzt immer mehr Menschen mit ihren Lichtern und Fackeln ziehen. Augenblicke später sieht er Lucia in einiger Entfernung bei einer kleinen Gruppe laufen. Nazarius folgt ihr nach. Sie wirft einen scheuen Blick zurück, sieht ihn kommen und drückt sich in die Gruppe. Nach ein paar Schritten holt er sie ein. Sie bleibt stehen und lässt die Anderen weiterlaufen. Für einen unendlich sanften und tieftraurigen Moment schauen sie sich an. Aulus steht so nahe bei ihnen, dass er hören kann was sie ihm sagt: Er solle ihr nicht nachstellen, sie habe beschlossen ein neues Leben anzufangen, sie habe sich bekehrt, sie habe alles, was war, den Ältesten der Gemeinde erzählt, es sei aus zwischen ihnen. Sie schaut ihn nicht an, zieht ihre Stola enger um den Hals und läuft zu der Gruppe, die nun in einiger Entfernung auf sie wartet. Alle schauen zu ihnen beiden. Nach wenigen Schritten hat sie die Gruppe erreicht, die sie verschlingend in sich aufnimmt wie der Walfisch den Propheten Jona …

Aulus sieht, wie Nazarius zögert, ob er nicht versuchen soll, dieser Gruppe noch nachzulaufen. Aber er dreht sich wie ein geschlagener Kämpfer resigniert ab.

Aulus hat das Ganze aus der Ferne beobachtet.

Nach wenigen Schritten steht er neben ihm. Als er Aulus anschaut, kreist fassungsloses Grauen um seine geröteten Augen. Dann starrt er zu Boden.

„Nazarius."

„Lass mich in Frieden!"

„Nazarius, ich muss mit dir reden!"

„Lass mich in Ruhe, habe ich dir gesagt!"

„Nazarius!"

Nazarius wendet sich von ihm ab, geht zunächst ein paar Schritte davon und wendet sich um, als er hört, dass Aulus ihm folgt.

Dieser bleibt stehen und schaut ihn sorgenvoll an.

Nazarius aber geht schweren Schrittes in die klare, kalte Nacht.

„Nazarius, was uns das Leben nimmt, das gib uns die Sehnsucht wieder!" – er ist sich nicht sicher, ob Nazarius ihn noch hört.

Lange sieht er ihm nach.

Er sieht, dass die Traurigkeit seinen flinken Schritt hemmt und erkennt tief betroffen, dass sein Freund aus Kindestagen kein unverletztes Herz mehr hat. Verletzte Menschen können gefährlich sein, denn sie wissen, dass sie überlebt haben …

IX.

Nazarius geht vom Gebetstreffen geradewegs in die Schenke, die ihm in den vergangenen Wochen zur zweiten Heimat geworden ist.

Dort sind der Alkoholkonsum und die Stimmung im Gleichmaß vorangeschritten. Schon von Ferne hört er das Geklirre von Flaschen und Gläsern, ein lautes Wirrwarr von Stimmen, die Fetzen von gegrölten Zotenliedern.

Lucia war ihm nach der Gebetsversammlung, obwohl sie ihn gesehen und erkannt hat, davongelaufen. Sie würdigte ihn keines Blickes.

Sein Herz ist schwer.

Darüberhinaus ärgert es ihn, dass er nicht in der Lage war, Aulus freundlicher zu begegnen. Dieser hat mit seinem jetzigen Zustand nichts zu tun, aber zugleich weiß Nazarius auch, dass er von Aulus keine Hilfe erwarten kann. Er hat Aulus verschwiegen, dass er in der Höhle auch einen prallvollen Geldbeutel gefunden hat. Andererseits: Wie hätte er ihm den Verbleib des Geldes erklären können, wenn er zugleich um Lucias willen alles, was diesen merkwürdigen Kult betrifft, verschweigt?

Hundertmal hat er sich in den vergangenen Wochen gesagt, er habe richtig gehandelt, immer wieder aber hat er den Stachel der Lüge verspürt und dieser sticht auch jetzt in seinem Gewissen.

Dies umso mehr, als für ihn selbst Lucias jetziges Verhalten im Dunkeln bleibt.

Sie sind sich in den vergangenen Woche nahe gewesen. Aber ständig ist sie seiner Frage ausgewichen, woher die Anhänger dieses offenbar sinnenfrohen Kultes von der nächtlichen Aktion in der Höhle Wind bekommen hatten. Ihm bleibt unklar, was es mit der Nutzung der von den Christen aufgegebenen Höhle seitens des Kultes auf sich hat. Da ihm ihre körperliche Nähe aber wichtiger war, als die Bestätigung seines Verdachtes, Lucia hätte ihn und Aulus verraten, war er – wenigstens diesbezüglich – nicht weiter in sie gedrungen.

Schmerzlich berührt von jener unkontrollierten Leidenschaft, die sie in den letzten Wochen immer wieder zueinander getrieben hat, denkt er an Lucia.

Und während er langsam durch die Gasse geht, steigt Schritt für Schritt die schlimmste aller Obsessionen in ihm auf, die Eifersucht.

Wie gut kennt er sie eigentlich? Ist nicht alles an ihr rätselhaft? War es, wann immer ihre hungrigen Körper sich fanden, diejenige Liebe, von der Christus gesprochen und Petrus und Paulus gepredigt haben? Was macht sie, wenn er nicht bei ihr ist?

Er muss sich eingestehen, dass er es nicht weiß. Haben seine neuen Freunde aus den Soldatenkreisen nicht schon alle rücksichtslos in seiner Gegenwart mit ihr ihre derben Scherze getrieben? Weshalb hat sie Aulus und ihn verraten? Warum will sie unter keinen Umständen zu Aulus zurück?

Fragen über Fragen bemächtigen sich seines Herzens wie die Maden einer offenen Wunde.

Wenige Meter vor ihm fliegt die Schenkentür krachend auf und ein paar besoffene Krakeeler torkeln aus der Stube. Derb lachend ziehen sie die Straße hinauf, während einer ihrer wankenden Spießgesellen sich immer häufiger an einer Häuserwand abstützen muss, bis ihm schließlich seine Kumpane rücksichtslos davonlaufen und er allein um eine andere Gassenecke verschwindet, um sich hörbar zu übergeben.

Ein paar Schritte trennen ihn noch von der Wirtschaft. Einen Augenblick bleibt er stehen. Wie oft war er diese letzten Meter mit heißem Blut gerannt, um Lucia in eines der Oberzimmer zu führen, wo sie auf einer knatschenden Pritsche hungrig zueinander drängten.

Jetzt aber will sie ein neues Leben beginnen – weshalb nur? Hat ihr alles, was war, denn nichts bedeutet?

Lucia nun nicht in der Schenke zu treffen, lässt ihn zögern.

Wie gerne wäre er gerannt und gerannt, um bei ihr zu sein. Er würde sie suchen, aber er weiß nicht, wo er sie finden könnte. Wenn, wie es den Anschein gehabt hat, sie sich bei Christen versteckt, dann ist die Chance sie zu finden. Wenn sie sich – was ebenfalls möglich wäre – vollends beim Kult aufhält, dann ist die Suche nach ihr für ihn lebensgefährlich.

Mit kräftiger Hand stößt er die Tür auf und tritt ein. Augenblicklich spürt er die verbrauchte Luft. Der Geruch von Wein und Schweiß schlägt ihm ins Gesicht und lässt den Atem stocken.

Es sind mehr Menschen als Hocker dort, sodass viele stehen, oder auf dem Boden kauern. Die kleine Steintreppe, die vom Eingang nach unten in das Innere des Raumes führt, ist besetzt von jungen Kerls. Ein oder zwei schauen ihn kurz an, als er eintritt, irgendwo rückt einer mürrisch auf die Seite, um ihm das Herabsteigen zu ermöglichen.

Nazarius zögert. Er schwitzt. Sein Herz rast.

„Was ist, Kumpel?", fragt der direkt vor seinen Füßen auf der obersten Stufe sitzende Typ. „Rein oder raus?"

Nazarius achtet nicht auf ihn. Er überfliegt die ganze Gesellschaft und da diese von vielen an den Wänden hängenden Öllampen ganz gut beleuchtet ist, erkennt er an einem riesigen runden Tisch im hinteren Eck ein paar Bekannte.

Er bahnt sich den Weg zu ihnen. Sie begrüßen ihn kurz, aber können ihm keinen Sitzplatz mehr anbieten.

An der Wand stehen andere. Sie scherzen mit ein paar Mädchen und halten dabei ihre Krüge fest. Einer aus dieser Gruppe zwinkert ihm zu und bedeutet ihm, dass er seinen Stehplatz einnehmen könne. Er stellt seinen noch nicht geleerten Krug auf den nahen Tisch, wischt sich mit der anderen Hand den Mund ab, fasst eines der Mädchen beherzt an der Hand und zieht mit ihr über eine im Raum befindliche Holztreppe ins Obergemach. Auf dem Weg dorthin wechseln sie mit dem Wirt ein kurzes Wort, der Mann drückt ihm eine kleine Münze in die Hand, auf dem unteren Treppenabsatz müssen sie kurz warten, bis ein gerade herabsteigendes Paar die Treppe freigibt, dann sind sie verschwunden.

„Wo ist die schöne Lucia?", ruft ihm einer seiner Bekannten laut vom Tisch her zu. Nazarius zuckt abwehrend mit den Schultern, Der Wirt kommt und drückt ihm, ohne zu fragen, einen Becher in die Hand, den er aus einem Krug roten Weines bis zum Rand füllt.

Jetzt, Ende März, ist der Wein gut. Frisch, ein wenig prickelnd noch, aber voll durchgegoren, mit wenig Restsüße und viel Alkohol. Während der Wirt ihm einschenkt, schaut er kurz auf, blickt Nazarius an und spricht, während er wieder auf das Einfüllen achtet: „Bist spät dran, heute ..."

„War Kaeso mit seinen Leuten hier?"

„Schon wieder fort."

„... und ... und Lucia ...?"

„... nicht gesehen ..."

Nazarius zahlt und stürzt durstig den Wein. Nachdem er den Becher halb geleert hat, tritt er an den Tisch, lässt sich den Wasserkrug reichen, füllt seinen Becher bis zum Rand und trink das Gemisch in einem Zug aus.

Es schmerzt ihn, dass ein anderes Paar jetzt in „ihrem" Zimmer ist.

Er trinkt einen zweiten Becher ebenso hastig wie den ersten und langsam wirkt der Alkohol. „Ach, Kumpel", raunzt ihn einer vom Tisch her an, als er sich abermals das Wasser reichen lässt, „lass doch die Weiber sausen ..."

Wut steigt in ihm auf.

„Drecksack!", sagt er leise. Das Wort entwich ihm mehr, als dass er es bewusst gesagt hätte, aber nun ist es zu spät.

Der andere springt auf.

„Was hat er gesagt ...? Was hat er gesagt ...?", fragt er erregt und schaut mit wildem Blick die Umstehenden an. Die Kameraden versuchen ihn zu beruhigen. Links und rechts zieht ihm einer am Arm, auf dass er sich wieder setze. Der Andere ist in Rage. Blutrot ist sein Gesicht angelaufen.

„Was hat er gesagt ... he ...?", schreit er immer lauter. Wild schüttelt er die haltenden Hände seiner neben ihm Sitzenden ab, tritt einen Schritt nach hinten, der Hocker fällt um und nun schauen schon alle auf ihn. Nazarius ist inzwischen keinen Deut zurückgewichen, sondern hat sich, nachdem er den Wasserkrug zurückgestellt hat, aufgerichtet. In der Wirtschaft ist es still geworden. Endlich ist etwas los.

„Drecksack!", wiederholt Nazarius ruhig und so laut, dass es jeder hören kann. Seinem Herausforderer sieht er fest in die Augen.

„Dir werde ich helfen, Scheißkerl! Was kann ich dafür, wenn dir dein Weib davonläuft?"

Noch trennt die beiden Kampfhähne etwa ein Drittel des großen Tisches voneinander. Zwischen ihnen sitzen und stehen viele Menschen, die sich alle in den aufflackernden Streit mischen und die sich anbahnende Prügelei entweder zu verhindern oder anzustacheln versuchen. Dabei wenden sich die näher bei Nazarius Stehenden an diesen und beschwören ihn, keine Schlägerei anzufangen, während fünf oder sechs den Anderen an Schultern und Armen festhalten. Einer hat den Hocker wieder aufgerichtet und nun versuchen sie, ihn zum Hinsetzen zu zwingen. Tatsächlich lässt er sich auf den Hocker drücken. Die Szene scheint sich zu beruhigen. Schon wenden sich die ersten wieder dem Spiel oder ihrem Gespräch zu. Diese Sekunde der Ruhe nutzt der andere, indem er mit vorgestrecktem hochroten Kopf und auf den Tisch gestemmten Armen zu Nazarius schnaubt: „Du brauchst dich gar nicht so stark zu fühlen, deinem Kumpel geht's demnächst mächtig an den Kragen ... such' dir deine Freunde demnächst besser aus ... die sind doch alle schon über Lucia drüber, hähä ... diese Nutte ... und dass sie was mit Kaeso hat, weiß doch jeder ... Blindfisch!"

Er greift nach seinem Krug und setzt das Gespräch mit seinen Kameraden fort, als sei nichts gewesen.

Nazarius ist wie versteinert.

Nur von fern hört er hier und dort gemeines Lachen und Worte wie „armer Kerl“, „Scheiße“, „immer dasselbe mit den Weibern“. Ein paar mitleidige Blicke nimmt er noch äußerlich wahr. Dann geht alles sehr schnell. Er hebt die Hand und schleudert seinen noch nicht vollends entleerten Becher mit aller Wucht auf seinen Peiniger. Das schwere Tongefäß trifft diesen an der Stirn, zerspringt in einige große Scherben, reißt eine klaffende Wunde, ein grauenvoller Schrei ist zu hören, entsetzte Blicke, Aufspringen, seine Hand fasst nach der Wunde, dann bricht er zusammen …

Augenblicklich ist alles in heller Aufregung. Von allen Seiten springen welche hinzu, um dem Getroffenen zu helfen. Eine Traube von Menschen bildet sich um den auf dem Boden Liegenden, gute Ratschläge und entsetzte Ausrufe sind zu vernehmen, da plötzlich gellt ein Schrei: „Haltet ihn!“

Durch die Zuwendung zu dem Verletzten ist für Nazarius unversehens der Fluchtweg frei geworden. Wie eine Katze ist er über ein paar Hocker gesprungen und hat mit großen Schritten bereits den Ausgang erreicht. Dort haben sie von dem Vorfall nicht viel mitbekommen. Ehe sie sich nun besinnen, ist Nazarius an ihnen vorbei. Dabei kommt ihm zugute, dass die Tür offen steht. Auf der Straße schaut er hastig nach rechts und links, entschließt sich für links, weil die Straße nach dorthin leicht abfallend ist, und setzt seine Flucht fort. Er rennt, was das Zeug hält. Als er die Kumpane des von ihm Niedergestreckten hinter sich hört, hat er bereits einen großen Vorsprung.

„Da rennt er“, hört er hinter sich. Ein- oder zweimal dreht sich Nazarius um, aber er erkennt sofort, dass sie ihn nicht mehr einholen würden, und schließlich sind hinter ihm keine Schritte mehr zu hören. „Na warte!“, ruft ihm einer drohend hinterher. „Dich kriegen wir!“ Dann ist Ruhe.

Nazarius kennt sich in der Gegend aus, er biegt – immer noch rennend – in Nebengassen ab und erst, als er sicher ist, dass ihn keiner mehr verfolgt, wird er langsamer.

Der viele Alkohol in den vergangenen Wochen hat seiner Kondition zugesetzt. Er hat heftige Seitenstiche, der er früher nicht kannte. Der Gaumen ist trocken. Er atmet heftig. Er muss stehen bleiben, stemmt die Arme in die Hüften und beugt seinen Oberkörper vor. Ihm ist schwindelig. So stützt er sich zunächst mit einer Hand an der Häuserwand ab und versucht bewusst langsamer zu atmen. Als die Seitenstiche nicht nachlassen, setzt er sich auf die Schwelle eines Hauseingangs. Mitternacht ist vorüber. An seinen Schläfen klopft heftig jeder Pulsschlag. Die Beine werden ihm schwer. Er ist müde. Er friert und unter dem ersten, noch kalten Frühlingswind schauert sein schweißbenetzter Körper. So erhebt er sich langsam und durchzieht ziellos die Gassen.

Noch nie hatte er sich aus Zorn zu so etwas hinreißen lassen. Er hielt sich selbst immer für einen Angsthasen und hat seine Freunde oft wegen ihrer Furchtlosigkeit bewundert.

Jetzt aber hat er zum ersten Mal in seinem Leben einen Menschen verletzt. Das ist ungewohnt. Ihm ist nicht wohl dabei. Die ihm nachgerufenen Drohungen hallen in seinen Ohren wider. Er hat am Falschen seine Wut ausgelassen. Andererseits hat dieser ihn heftig verletzt. Und dann wieder: Sollte er seinem Opfer nicht eher dankbar sein für die Information?

Versonnen und ziellos irrt er durch das nächtliche Rom. Kalter Wind pfeift um die Häuserecken.

Nach einer Weile, als die trübsten Gedanken sich langsam verflüchtigt haben, beginnt er systematisch zu überlegen, was er tun wird. Lucias Verhalten nach dem Gebetstreffen hat ihm eindeutig klar gemacht, dass sie von ihm nichts mehr wissen will. Dessen ist er sich sicher.

Kurz kommt ihm der Gedanke, zu Aulus zu gehen und ganz offen mit ihm zu reden. Er verwirft ihn wieder, weil er Angst davor hat, Aulus könnte sein Verhältnis zu Lucia nicht billigen. Immerhin ist sie flüchtig, nach Recht und Gesetz gehört sie Aulus, er ist ihr Pate und so etwas wie ihr Vormund.

Wollte er Lucia heiraten, so müsste er mit Aulus reden. Nach allem Für und Wider beschließt er, zunächst Kaeso und die Kameraden aufzusuchen, des Weiteren aber, um Lucia zu kämpfen.

Es gibt noch mehrere Schenken, in denen er die Kameraden anzutreffen hofft. Erst jetzt orientiert er sich. Er erkennt die Straße, die Häuser.

„Verdammt", entweicht es ihm halblaut. Er wendet sich um, zurück zu jenem Platz, den er eben gedankenverloren überquert hat.

Er steht genau in dem Torbogen, in dem er sich vor Wochen vor der Polizei versteckt hat, nachdem ihm Lucia in der Höhle wahrscheinlich das Leben gerettet hat. Hier hat ihm der Soldat mit der Fackel ins Gesicht geleuchtet und ihn festgenommen. Er ist sich ganz sicher.

Wie oft hat er diese Straße bei Tageslicht gesucht und nicht gefunden. Von hier aus hat er den Weg zu der kultischen Stätte rekonstruieren wollen. Es ist ihm rätselhaft gewesen, dass es ihm nicht gelang, und schließlich hatte er es aufgegeben. Jetzt aber, zur nächtlichen Stunde, erkennt er alles wieder.

Aus Lucia hat er nie etwas herausbekommen. Er hatte gemerkt, dass sie, sobald nur andeutungsweise die Sprache darauf kam, so etwas wie Angst hatte. Ihr Atem war jedes mal schneller gegangen und ihre Blicke waren unruhig geworden. Sie sprach leiser und sagte ihm mit unverbrüchlicher Deutlichkeit, dass sie darüber nicht sprechen wolle.

Durch die seligen Stunden und glücklichen Wochen mit ihr war sein Interesse an dem Geschehenen schließlich erloschen und am Ende hat er Lucia überhaupt nicht mehr in Verbindung mit diesem Teil seines Schicksals gesehen. Sie bestand losgelöst von allem, was vorher war. Mit Lucia, so erschien es ihm, hat ein neuer Abschnitt seines Lebens begonnen. Ja, mehr noch, durch sie hat er überhaupt erst zu leben begonnen. Was vorher war, hat ihn nicht mehr gekümmert und ist bedeutungslos geworden – was nachher werden soll, das war nie ein wichtiger Gedanke. Eine Zeit *nach* Lucia war für ihn undenkbar. Sie hat in sein Leben eine völlig andere Beleuchtung gebracht. Ihm ist, als hätte er sein ganzes bisheriges Leben in einer farblosen Dämmerung verbracht, wie im morgendlichen Nebel, in dem die Welt nur verschwommen erscheint. Mit Lucia kam das Licht in seine nebulöse Welt, die Farben, die Töne – alles, alles hatte sich durch Lucia für ihn verändert … wie eine Wiedergeburt, ein neues Leben und ein unfassbares Glück … Mit einem Mal war die Welt bunt und heiter, ausgelassen fröhlich und kein bisschen bedrohlich. Es war, als hätte eine neue Zeit begonnen, ein neues Glück, wie er es nie vorher verspürt hatte …

In diesem Augenblick aber, hier am Ort seiner ungerechten Festnahme, fällt er wieder in seine eigene Geschichte zurück.

Hatte die Eifersucht einen ersten Riss in die Glasur des schönen Kruges reinsten Verliebtseins gebracht, so war nun eine große Scherbe aus diesem herausgebrochen. Er hält diese scharfe Scherbe in der Hand und die Gefahr ist groß, dass er mit ihr spielt und sich verletzt. Niemand hatte ihm bisher beigebracht, wie wichtig es im Leben ist, die Scherben fallen zu lassen.

Langsam geht er nun die Straße in die Richtung, aus der er vor Wochen gekommen sein muss. Die erste Querstraße biegt er links ab und folgt ihr. Es ist nicht die richtige. Er nimmt die nächste, aber auch diese kommt ihm nicht bekannt vor. Wieder auf der menschenleeren Hauptstraße, geht er weiter. Zu seiner Verblüffung aber gibt es keine Querstraße mehr nach links. So geht er wieder zurück und nimmt nochmals die letzte. Diese läuft er weiter durch als das erste Mal.

Er kann sich nicht mehr genau entsinnen, wie weit er von dem vermeintlichen Höhleneingang entfernt sein muss. Von der Seitengasse gehen wieder einige Quergassen ab. Er läuft sie ab. Je häufiger er jedoch in diesem verwinkelten Quartier hierhin und dorthin abbiegt, umso mehr verläuft er sich in diesem Labyrinth immer engerer Gassen, kleinerer Winkel und zertrampelter Pfade.

In Rom wird ständig gebaut. Die anstößige Baustelle des goldenen Hauses liegt nicht weit entfernt. Um den ehrgeizigen Umbau schnell voranzutreiben, hat Otho ganze Straßen verbreitern lassen, Häuser wurden abgerissen, Menschen umgesiedelt, Plätze erweitert und Gassen begradigt. Wo vor Wochen noch Ziegelwände die Straße säumten, ist gähnende Leere, wo noch freie Plätze waren, sind Baustellen.

So beginnt er, systematisch auch die Hinterhöfe in seine Suche nach dem Eingang mit einzubeziehen. Ohne Erfolg. Er irrt nun schon eine ganze Weile herum, aber es ist zwecklos.

Da wird er in seinen Gedanken von Schritten aufgeschreckt. Er stutzt. Das Viertel, in dem er herumirrt, ist menschenleer. Die Schritte aber wirken nahe. Weshalb hat er sie vorher nicht gehört? Oder ist ein Obdachloser aus einem halbfertigen Wohnhaus gekommen? Seine Spannung wächst. Wachen Ohres versucht er die Schritte zu orten und schleicht sich an die Kreuzung einer Quergasse, die wenige Schritte von seinem jetzigen Standpunkt abzweigt und – hätte er die Geräusche nicht wahrgenommen – dort nicht vermutet hätte. Er drückt sich an einen Bretterzaun und will vorsichtig um die Ecke schauen. Da stößt er plötzlich mit dem nichtsahnenden Fußgänger zusammen. Nazarius durchfährt es. Ihm gefriert augenblicklich das Blut in den Adern. Der andere ist deutlich kleiner als er und ebenso heftig erschrocken wie er. Sie starrten einander in die Augen. Es ist der Alte vom Marktplatz. Auch dieser erkennt ihn sofort.

„Ich habe dich gewarnt, dass sie Bescheid wissen", zischelt er mit unglaublicher Geistesgegenwart, aber kaum hörbar. Dabei blickt er blitzschnell in die Gasse, aus der er gekommen ist. „... Verschwinde hier, aber schnell ...", wendig drängt er an Nazarius vorbei und setzt seinen etwas hinkenden Schritt mit großer Geschwindigkeit fort. Als Nazarius sich zu ihm umwendet, ist er verschwunden.

Diesmal wirkt die Warnung. Nazarius macht ebenfalls kehrt, denn den Blick des Alten hat er als Hinweis interpretiert, nicht in jene Gasse abzubiegen, aus der dieser gekommen ist. Es dauert eine Weile, bis er aus der verwinkelten Wohnanlage heraus ist und sich auf dem Platz wiederfindet, von dem er mit Kaeso und seinen jetzigen Gefährten abgeführt worden war.

Es fängt schon an zu dämmern. Aus den Gärten, die das Goldene Haus umgeben, hört er das frühe Zwitschern der ersten Vögel. Auf den Straßen hebt langsam das Leben an. Je weiter er Richtung Tiber läuft, umso lebhafter wird es. Er will alleine sein und zieht schweren Schrittes nach Hause, wo seine Mutter vor Sorge über die Abwege ihres Sohnes, ununterbrochen betet. Er schleicht wortlos in sein Zimmer und wirft sich aufs Bett.

Als ihm kühler wird, deckt er sich mit jener Decke des Christen zu, die er ihm nie zurückgegeben hat. Er rollt sich wieder ein, dreht sich auf die Seite und schwebt bald durch die traumlose Schwere der unendlichen Weiten des Schlafes.

Als er erwacht, wird es bereits dunkel. Er hat fest geschlafen, und das, obwohl er seit langem mal wieder ins Bett gegangen war, ohne schwer angetrunken gewesen zu sein.

Er will Kaeso und dessen Leute finden.

Je näher er ins Zentrum kommt, umso mehr nimmt er wahr, dass wieder viel Militär auf den Beinen ist. Das war in den vergangenen Monaten nichts besonderes, denn immer wieder waren Unruhen entstanden und die Polizeipräfektur war häufig mit den anfallenden Ordnungsaufgaben dermaßen überlastet, dass das Militär zur Unterstützung eingesetzt wurde. Jetzt aber sind noch mehr Soldaten unterwegs als sonst und viele von ihnen sind stärker bewaffnet.

Er macht sich über die vielen berittenen Truppenteile weiter keine Gedanken und hofft nur, dass die Kameraden nicht in der Schenke eingekehrt sind, in der er gestern die Nerven verloren hatte.

Trotz des Entschlusses, diesen Ort erst einmal zu meiden, zieht es ihn doch in der uneingestandenen Hoffnung, Lucia zu treffen, dorthin. Alle Gedanken an mögliche Gefahren schiebt er beiseite und ehe er sich recht besinnt, läuft er wieder die Gasse zum Wirtshaus hinauf.

Es ist noch früh am Abend und insgeheim hofft er, keinen der Streithammel der vergangenen Nacht anzutreffen. Ein noch recht nüchterner Geselle verlässt bereits die Schenke und schlendert ihm unbekümmert entgegen. „Ist Kaeso mit seinen Leuten drinnen?"

„Nicht gesehen, Kamerad!", bekommt er fröhlich zur Antwort. Diese Unbeschwertheit macht ihm Mut und mehr als um Kaeso geht es ihm jetzt um Lucia.

Noch dringt kein Stimmengewirr nach draußen und die ganze Szene wirkt friedlich. So tritt er beherzt ein. Der eine oder andere schaut ihn verdutzt an. Es sind jene früh einkehrenden Trinker, die jeden Tag hier anzutreffen sind.

Nazarius steigt die Stufen hinunter.

„Dass du dich noch hertraust", brummt ihm einer zu. Dem Wirt steht der Unmut über die Gegenwart von Nazarius deutlich in seinem runden, wabbeligen Gesicht mit Doppelkinn.

„Ich will nur ...", beginnt Nazarius.

„Raus hier!" – der Wirt deutet aus geröteten Augen mit strenger Mine zur Tür. „Ich will den Becher ..."

„Scher dich zum Teufel!", herrscht der Wirt ihn an und macht einen drohenden Schritt auf ihn zu, der die mangelnde Autorität einer zu hohen Stimme angriffslustig auszugleichen scheint – „Lass dich nie wieder hier blicken!"

Nazarius erkennt, dass es sinnlos ist, mit diesem Fettwanst weiter zu diskutieren. Er wirft einen schnellen Blick in die Runde und da er sie nirgends sieht, auch seine Kameraden nicht, verlässt er den verwunschenen Raum.

„Wenn du mir noch einmal unter die Augen trittst, dann schlag' ich dich zusammen!" ruft ihm der Wirt hinterher, „Raufbolde kann ich hier nicht brauchen, wir sind ein ordentliches ...", da aber hat Nazarius die Tür bereits wie ein trotziges Kind zugeschlagen.

Auf der Straße legt er alle Wirtsstuben fest, in denen die Kameraden sein könnten, und die Reihenfolge, in der er sie aufsuchen will, und macht sich auf den Weg.

Bei der zweiten und dritten hat er Pech. In der vierten jedoch trifft er Plautus an, jenen Spaßvogel aus der Gefängniszelle. Er hockt mit ein paar ihm unbekannten Soldaten um einen Tisch, der aus ausgedienten Wagenrädern zusammengezimmert ist.

„Nazarius", begrüßt er diesen freundlich, „was hört man von dir für schlimme Sachen?" Lachend bietet er ihm einen Hocker an, stellt einen Becher vor ihn und gießt aus einem großen Krug Wein ein. Mit umständlichen Worten, aber in der ihm eigenen humorvollen Weise – und natürlich nicht ohne phantasievolle Ausschmückungen – erzählt Plautus nun den anderen, was er über Nazarius' nächtliche Angriffslust und Heldentat bereits erzählt bekommen hat. „Ein wenig Geduld kann viel Unheil verhindern" – er lacht herzhaft –, „aber Wut ist die beste Voraussetzung, um Soldat zu werden!", endet er schließlich seinen Bericht, gießt Nazarius erneut einen Becher ein und sieht ihm freundlich in die Augen.

„Kommt Kaeso noch?", fragt Nazarius ihn. Plautus versteht dieses als Ablenkung und will unbedingt, dass Nazarius zu dem Vorfall von gestern Abend noch etwas sagt. „Der wird da sitzen, wo die Becher fliegen", antwortet er deshalb spöttisch.

Nazarius aber bleibt ernst: „Da ist er nicht!"

„Was?" Plautus wendet sich ihm interessiert zu: „Da hast du dich hingetraut? Donnerwetter! Das hätte ich mich nicht getraut. Leckmichamarsch. Aus dir wird doch noch ein rechter Mann – auch ohne Frau!" Er hat das so dahingesagt, aber Nazarius horcht auf.

„Was soll das denn heißen?"

„Nichts ... nichts, nur so ... wirklich nur so ... hab' dich halt lange nicht mehr mit der schönen Sklavin gesehen."

„Sie ist eine Freigelassene!"

„So, so – hast du sie frei gelassen? – Hast Recht, lass sie laufen, die ist nichts für dich!"

„Was geht's dich an!" – Nazarius wird spürbar aggressiver.

„Schon gut, Kumpel, schon gut. Reg' dich nicht auf, ich will nicht auch noch einen Becher an den Kopf bekommen. Hast Recht, was geht's mich an, ich hatte nichts mit ihr."

Nazarius knallt wortlos eine Münze auf den Tisch und verlässt die Wirtschaft.

Noch zwei andere Wirtshäuser, die in der Nähe liegen, sucht er auf, nirgends aber hat man Kaeso gesehen. Deshalb verweilt er dort auch nicht. Nur einen Becher Wein, der bald anfängt ihm im Blut zu kreisen, stürzt er dort hinunter.

Schließlich kehrt er, inzwischen durch den Wein etwas erleichterten Herzens, zu Plautus zurück.

Die Runde ist inzwischen größer geworden. Plautus wirft ihm einen distanzierten Blick zu, hat aber offensichtlich nichts dagegen, dass er sich wieder setzt. Sein Nachbar, den er vom Sehen her kennt und der vor einer Stunde noch nicht da war, schenkt ihm Wein ein. Die ganze Runde ist mitten in einem politischen Gespräch. Es geht um die wackelige Position von Otho.

„Er ist so ein guter Quästor."

„Aber jetzt ist er fertig."

„Das Heer bei Beatricum geschlagen ..."

„ Be-dri-a-cum, du Trottel", korrigiert einer.

„Schade, schade, dass wir nicht ausrücken dürfen. Diesem Vitellius hätte ich gerne noch ein paar Soldaten weggeschlachtet."

„Hätte doch nichts genützt, du Dummkopf. Sei froh, dass es uns nicht erwischt hat. In Bedriacum müssen Berge von Leichen gelegen haben und du ... du wärst auch dabei gewesen."

„Dieser Vitellius wird früh genug in Rom sein."

„Nenne ihn nicht so ehrwürdig bei seinem Namen, alle Welt sagt doch Spintria zu ihm!"

„Einige Truppenteile sollen schon vor der Stadt liegen, dann geht's bald los!"

„Scheiße."

„Wieso scheiße?"

„Ausgangssperre!"

„Dann müssen wir eben ein paar Schläuche Wein mit ins Lager nehmen."

„Du denkst immer nur ans Saufen, was bist du eigentlich für ein Soldat?"

„Dem Soldaten, der gemeldet hat, dass die Schlacht bei Beatricum …"

„ Be-dri-a-cum … merk' dir das doch endlich!", „… dass die Schlacht bei Bedriacum verloren ist, soll Otho gar nicht geglaubt haben!"

„Was du nicht sagst?"

„Das ganze kaiserliche Lager soll gelacht haben. Und da hat sich der Krieger vor aller Augen ins Schwert gestürzt, das war ein Hundertprozentiger."

"Schön blöd."

„Und … – was hat's genützt …?"

„So weit ich weiß, hat es was genützt. Der Vater von diesem kleinen Wunderknaben Sueton war dabei und der hat erzählt, Otho soll schockiert gewesen sein. ‚Ich werde so tapfere und um mich bemühte Männer nicht länger in Gefahr bringen' soll er ausgerufen haben."

Dieses Zitat ihres Kaisers wirkt wie ein Wunder.

„Das ist unser Otho, wie er leibt und lebt."

„So kennen wir ihn!"

„Der steht zu uns!"

„Für seine Soldaten geht der durchs Feuer!"

„Hoch lebe Otho! Hoch! Hoch!"

„Die Götter geben ihm ein langes Leben!"

Sie heben die Krüge und trinken auf ihren Markus Silvius Otho, der zur Jugendzeit dem Alkohol genauso zugesprochen hatte, wie sie jetzt, nur dass er darüberhinaus als verkommener Jüngling sich einen Spaß daraus machte, völlig betrunken aus dunklen Ecken Leute wie diese seine Soldaten anzuspringen und zu misshandeln.

Auch Nazarius, der unauffällig mit in der Runde sitzt, hebt den Becher und trinkt kräftig mit.

„Er soll gesagt haben, dass er in den kommenden Tagen für jedermann Audienz gibt. Die Scharen sammeln sich schon auf dem Forum ..."

„Red' doch keinen Unsinn, pah, der und für jedermann Audienz geben, das hält der gar nicht durch!"

„Wie redest du über unseren Otho?"

„Da gehe ich auch hin, wer möchte nicht mal den Kaiser persönlich sprechen ...?"

„Und jeder bekommt ein Geschenk!", fügt dieser gut informierte Soldat noch an.

Doch plötzlich verstummt er und blickt erstarrt zum Eingang. Die anderen folgen seinem Blick. Wer schräg oder mit dem Rücken zur Tür sitzt, dreht sich ein wenig, um sehen zu können, was dort die Blicke auf sich zieht. Nazarius sitzt so günstig, dass er geradeaus schauen kann, aber der Wein hat seinen Blick bereits getrübt und seine rot umränderten Augen bekommen die Bilder nicht scharf.

Drei Männer haben den Raum betreten. Es sind Soldaten in voller Uniform und Bewaffnung. Die zwei rechts und links bleiben am Eingang stehen, während der Mittlere zwei Schritte vortritt. Jetzt erkennt er Kaeso.

„Männer", ruft dieser mit harter Stimme in die Runde, „die Lage ist sehr ernst. Spintria steht mit seinen Truppen vor den Toren Roms! Sofortiger Stellungsbefehl für alle Soldaten! Auf schnellstem Wege ins Lager! Einige Straßen sind schon versperrt, wer nicht mehr durchkommt, geht in die Prätorianer-Kaserne, dort gibt es Waffen. Dies ist ein Befehl!"

Kaeso macht kehrt und eilt zum Ausgang, die beiden Begleiter halten ihm die Tür auf.

Es entsteht sofort große Unruhe. Fast die gesamte Belegschaft der Schenke ist aufgesprungen. Münzen klingeln auf den Tischen, irgendwo fällt ein Krug zu Boden, Hocker kippen um, Stimmengewirr, eilige Schritte, schnelles Stürzen des noch halbvollen Bechers, zwei oder drei Höhergestellte sprechen sich ab, die befehlsgewohnten Soldaten schließen sich einem der entstehenden Trupps an und verlassen das Lokal.

Dieser gesamte Aufbruch geht sehr schnell vonstatten. Währenddessen sitzt Nazarius verdattert am Tisch. Er hat mit all dem nichts zu tun und doch schmerzt es ihn, dass er nicht mit diesen Leuten ziehen kann. Nicht einmal unverständlich ist ihm, dass sie sich auf den kommenden Einsatz freuen. Während des Aufbruchs schnappt er Wörter und Sätze auf: „Endlich", „Wird auch Zeit", „na, also", „jetzt geht's los!", „In den Kampf, Kameraden!" Nazarius hat keineswegs den Eindruck, dass dieser Einsatz seinen Freunden unlieb ist.

Nachdem die Trupps das Wirtshaus verlassen haben, bleibt er zusammen mit ein paar anderen Zivilisten verloren zurück. Der Wirt sammelt eifrig die ihm im Aufbruch hingeworfenen Münzen ein und beginnt, die Krüge und Becher abzutragen.

Da hält es Nazarius nicht länger und er springt den Davonziehenden kopflos nach.

Auf der Straße erlebt er ein heilloses Chaos. Menschen laufen hin und her, kleine soldatische Gruppen marschieren auf und ab. Manche von ihnen sind in Uniform, andere nicht, viele sind offenbar ebenso plötzlich dem abendlichen Vergnügen und zweifelhaften Zeitvertreib entrissen worden, wie seine Kumpane.

Und schon jagen wieder die Gerüchte einander. Otho, der Noch-Kaiser, habe sich ins Schwert gestürzt, seine Truppen hätten ihm den Gehorsam aufgekündigt, andere wissen zu berichten, Rom sei von Vitellius alias Spintria umstellt, seine Soldaten drängen zur Stunde auf das Forum.

Es ist das alte Lied: Letztlich weiß keiner, was wirklich los ist. Alles Volk rennt wild hin und her, plustert sich auf, schreit und gestikuliert wie eine Schar aufgescheuchter Hühner. Alte und Gehbehinderte suchen so schnell wie möglich heimzukommen. Mütter rennen mit schreienden Kindern herum. Sklaven lassen alles stehen und liegen und laufen aufgeschreckt mal in diese, mal in jene Richtung. Andere – vor allem die Jüngeren – versuchen an den Ort des Geschehens zu gelangen. Da aber ganz Rom dieser Ort ist, hasten sie in dem Wahn, etwas zu verpassen, von einer Stätte des Geschehens zur anderen und betätigten sich als rasende Reporter, sodass sich die Gerüchte einander immer schneller jagen.

Nazarius wird von diesem Strom erfasst und mitgerissen.

Straßenkämpfe brechen aus. Frauen, Kinder, Greise, Krüppel, die unerlässlichen Pons, Jugendliche, Sklaven, Beamte, Händler, Drückeberger, Nichtstuer und Alkoholiker, alle werden von einer Minute auf die andere in den ausgebrochenen Kampf um den Thron hineingezogen. Er spielt sich in den Straßen Roms vor ihren Augen ab.

Wer hinaus will, wird von den Hereindrängenden gehindert. Wer hinein will, von den Fliehenden aufgehalten. Alles geht drüber und drunter. Nur in einem sind sich alle einig: Keiner weiß, was los ist und niemand glaubt etwas.

Kurzzeitig hatte die Kriegslust seiner Kameraden auch Nazarius erfasst. In dem jetzigen Gewühl aber denkt er nur daran, diesem unbeschadet zu entkommen.

Schon drückt ihn eine Schar lärmender und rennender Männer willenlos in eine Seitengasse ab, sie treten ihm dabei heftig auf die Füße und versetzen ihm ein paar böse Rempler. Strauchelnd stützt sich Nazarius an einer Wand.

Kaum steht er wieder einigermaßen fest auf den Beinen, da drängt ein Trupp im Laufschritt an ihm vorbei. Er folgt ihnen. Sie traben davon und er läuft, ohne jede Orientierung durch die Gasse. Von allen Seiten sind Lärm, Waffengeklirre, Geschrei und gebrüllte Kommandos zuhören.

Da sieht er an der gegenüberliegenden Gassenseite eine kleine Gartenpforte. Die Angst treibt ihn voran. Wie von selbst läuft er auf diese zu, öffnet sie geschickt durch Anheben des Knaufs, schließt sie leise hinter sich und steht im stillen Garten der Aulus'schen Villa.

X.

Wie immer umfängt ihn sofort die merkwürdige und doch wohltuende Stille dieses Gutes, das er das letzte Mal sturzbetrunken nach einigen Stunden Schlafes heimlich durch eben jene Pforte verlassen hat, die ihm jetzt zur Zuflucht wurde.

Leise schleicht er den wohlbekannten Kiesweg ein paar Schritte in Richtung des Hauses, er drückt sich in die am Weg gelegene Pergola und lässt sich erschöpft auf eine alte Steinbank fallen. Sie ist in dieser Jahreszeit noch kühl. Er zieht seinen Umhang ab und legt ihn auf die Sitzfläche.

Wie oft hat er Lucia hier im Garten oder im nahe gelegenen Haus gesehen? Wie oft ihre sanften Bewegungen bewundert? Nie aber hat er sie so sehr begehrt wie jetzt. Teilweise fällt es ihm schwer, in jener Lucia, die ihm hier so häufig begegnet ist, denselben Menschen zu sehen, den er in den vergangenen Wochen oft besessen hat. Nach allem, was geschehen ist, kann er sie sich hier nicht mehr vorstellen und zum ersten Mal beginnt er zu verstehen, weshalb sie in die Idylle dieses Hauses und seines gepflegten Anwesens nicht zurück kann.

Dieser Gedanke ist ihm neu. In der Verwirrung seiner Gefühle hatte er bisher nur an sich gedacht. Teilweise war und ist er wütend auf Lucia. Aber auch hierbei geht es nur um die eigenen Verletzungen. Nicht ein einziges Mal hat er sich, nachdem sie ihm im Anschluss an die letzte große Gebetsversammlung gesagt hat, sie wolle nichts mehr mit ihm zu tun haben und habe sich entschlossen ein neues Leben zu beginnen, gefragt, wie es ihr wohl gehe. Er hat bisher nur gesehen, wie sehr sie ihn verletzt hat. Hier aber, an der Stätte ihres jahrelangen Wirkens, muss er erkennen, dass sie möglicherweise mit ihrem Leben auf eine Bahn gekommen war, die sie verlassen musste –, die sie so unumkehrbar hinter sich lassen musste, wie sie Aulus und dieses Anwesen verlassen hat.

Zwei Monate ist es her, dass sie ihn aus der dubiosen Gefangenschaft dieser närrischen und zugleich so erotischen Atmosphäre in der Höhle des ihm unbekannten Kultes befreit hat. Seit sie ihn dort bei der Hand genommen und am Ende geküsst hat, begehrt er sie anders, als in all den Jahren, in denen er sie hier in Haus und Garten angetroffen hatte. Der Wille, sie zu besitzen, und die immer neue Sehnsucht nach ihr, hat alle anderen Gedanken verdrängt.

Ihn fröstelt. Zum ersten Mal nach all den wilden Wochen fühlt er seine Einsamkeit.

Nach allem heißen Verlangen, der schmerzlichen Eifersucht und dem beginnenden Kampf um sie, bekommt er jetzt eine nicht fassbare Sehnsucht nach ihr.

In dem Maße, wie er hier im nächtlichen Garten erkennt, dass ihr ganzes Leben sich durch ihn verändert haben muss, sieht er die Verantwortung, die er dafür hat.

Während sie mit ihm ein neues Leben beginnen wollte und dafür der Obhut des Aulus entflohen war, hat er sie in Schenken und laute Wirtschaften gezerrt, wo er sie gezwungen hat, mit seinen Kumpanen zu saufen, nachdem die körperliche Seite der Liebe im Obergemach verantwortungslos ihr leidliches Recht bekommen hatte.

Reue und Schuldgefühle steigen in ihm auf. Er kauert sich auf dem Sandstein zusammen und erst als er den Kopf ein wenig schräg hält, merkt er, dass er weint.

Warme Tränen rinnen über sein kaltes Gesicht wie ein Bachlauf im eisigen Winter. Wie eine eitrige Brandwunde schmerzt seine verlorene Liebe, die er nie reiner empfunden hat als jetzt – nie auch hat er an sich selbst so gezweifelt, wie an diesem 2. April 69, dem letzten Tag der Regierung des Otho.

Mit einem Ruck erwacht er. Kurzzeitig weiß er nicht, wo er ist. Seine Glieder schmerzen.

Es ist tiefe Nacht. Er reibt sich die letzten halb getrockneten Tränen aus den Augen und von den Wangen. Sein Entschluss steht fest: Morgen will er zu Aulus gehen, er will Abbitte und Genugtuung leisten, will ihn um die Hand Lucias bitten und mit ihr zusammen ein neues Leben beginnen.

Für den Augenblick ist sein Herz leichter. Da es spät ist und er Aulus um diese Stunde nicht mehr aus dem Bett klopfen will, beschließt er, erst einmal heim zu gehen und sich auszuschlafen.

So lautlos, wie er gekommen ist, verlässt er den Garten wieder. In rührender Erinnerung an den letzten Blick, den er im Torbogen dieses Gartenpförtchens von Lucia erhalten hat, wendet er sich auch jetzt noch einmal um, aber das Haus liegt im Dunkeln. Wie schwarze Zähne ragen die Alleebäume in den blutroten Nachthimmel. Teile Roms stehen in Flammen.

Die Straßenkämpfe haben sich verlagert. Sie toben woanders. Die kleine Gasse, in die er tritt, ist menschenleer. Er zieht die Gartenpforte leise hinter sich zu und begibt sich auf den Heimweg.

Der nächtliche Aprilwind hat sich gelegt. Der Geruch verkohlten Holzes wabert durch die Gassen. Es kümmert ihn nicht. Sein Herz ist leicht, seit er sich selber zur Umkehr entschlossen hat, um so Lucia nicht zu verlieren. Je weiter er Richtung Tiber kommt, umso mehr Menschen sind auf den Straßen. Die Hektik des Abends hat sich zwar ein wenig gelegt, aber wer immer ihm entgegenläuft oder ihn überholt, trägt eine Waffe. Er sieht Sklaven mit Speeren, junge Männer mit armlangen Prügeln, ein ganzer Trupp mit Schaufeln in der Hand rennt ihm entgegen.

„Hau ab, Mensch!“, ruft ihm einer zu, „da vorne geht's rund …!“ Doch Nazarius läuft unbekümmert weiter. Erst als er am Rande ein paar Leichen sieht, wenig später ein totes Pferd, nimmt er wahr, in welche Gefahr er läuft.

Hektisch schaut er um sich und tritt kopflos die Flucht an. So rennt er zunächst immer weiter in das blutige Geschehen hinein. An dem Platz, den er jetzt erreicht, ist ein Häuserkampf in vollem Gange. Von den Dächern fliegen Steine und Ziegel. Unweit von ihm kracht ein Balken nieder, der ein paar Soldaten nur knapp verfehlt. Nirgends brennt eine Fackel oder eine Lampe, überall aber schreit oder rennt wer. Nazarius irrt hin und her. In der Dunkelheit, dort, wo der Lärm am größten ist, nimmt er eine Straßensperre wahr, die aus umgekippten Wagen und allerhand Hausrat zusammengetragen worden ist. Von dieser Barrikade fliegen Pflastersteine in seine Richtung. Er sucht in einem Hauseingang Deckung. Lange aber kann er sich hier nicht verstecken. Er ist zwischen die Fronten geraten. Links, etwa hundert Fuß von ihm entfernt, befindet sich die Barrikade, rechts aber sammeln sich jene, die dieses Hindernis zu stürmen versuchen. Jeder Angriff wird durch Steinwürfe von den Hausdächern erschwert. Immer wieder schreit ein Angreifer auf. Jemand stürzt zu Boden, herrenlose Pferde rennen wild auf und ab.

Da setzt ein neuer Vorstoß an. Zehn völlig gepanzerte Reiter bilden eine Front und stürmen auf die Barrikade zu. Einzelne kommen nicht weit, doch an der Spitze dringen vier Reiter durch. Sie reiten mit nach vorne gerichteten Speeren weiter, doch am Hindernis scheuen die Pferde, Lanzen fliegen, Schreie gellen, Pferde wiehern. Mit schepperndem Geräusch schlägt ein Helm auf die Straße. Er dreht sich wie ein Kreisel, eiert noch ein wenig und bleibt dann im dampfenden Pferdekot liegen. Hinter den Reitern rennen achtzig bis hundert pedisequi, sie stürmen mit Geschrei auf die Hindernisse, hinter denen unentwegt Steine und einige der erbeuteten Speere hervorschießen. Es gibt Verwundete und Tote.

Der Angriff wird zurückbefohlen. Die übriggebliebenen Reiter machen kehrt und stürmen zurück durch die noch vorwärts drängenden Fußtruppen, von denen die ersten bereits auf der Barrikade Auge in Auge mit dem Feind kämpfen. Kaum treten die Reiter den Rückzug an, machen auch die Fußtruppen kehrt. Es gibt ein blutspritzendes Hauen und Stechen, bis sich zwei von der Barrikade lösen und nun ebenfalls in die Stellung zurückrennen.

Nur einer der beiden kommt durch. Der andere wird von einem Balken niedergestreckt, der zielgenau vom Häuserdach abgeworfen wurde. Kaum liegt er am Boden, so fliegen Steine, Scherben und Ziegel auf ihn nieder, bis er sich nicht mehr rührt. In einer Seitenstraße wird nun eine große Schleuder in Stellung gebracht. An jedem der vier riesigen Holzräder drehen jeweils zwei Sklaven, die von einem berittenen Geschützmeister befohlen werden. Hinter ihnen werden auf einem tiefliegenden Karren die Geschosse herantransportiert. Es sind Felsbrocken von fünf oder sechs Fuß Durchmesser. Nazarius kann in der Dunkelheit nicht alles erkennen. Langsam aber wird ihm mulmig. Da hört er ein pfeifendes Geräusch und kurz danach den gewaltigen Einschlag des ersten Projektils. Es hat das Dach eines Hauses getroffen. Es bricht bis zum zweiten Stockwerk ein. Donnernd krachen Balken und Mauerteile auf den Platz. Auch das Nachbarhaus, in dessen Tordurchgang sich Nazarius versteckt hat, ist getroffen worden. Zuerst rieselt Kalk wie ein Rinnsal nieder, die aufsteigenden Wolken kleinster Teile legen sich von oben bis unten auf Nazarius. Kurzzeitig bekommt er keine Luft mehr und muss heftig husten. Wohin soll er fliehen? Allenfalls zurück durch die Straße, von der er gedankenversunken gekommen war. Vor seinen Füßen schlägt ein baumlanger Balken berstend nieder, er kommt zuerst mit der Stirnseite auf, dreht sich, stürzt gegen die Mauerwand mit dem Torbogen, rutscht an dieser entlang, federt ein paar mal gefährlich und bleibt dann liegen. Wäre er eine Sekunde eher losgelaufen, so hätte der Balken ihn erschlagen.

Nur weg von hier … weg, weg … schießt es ihm panisch durch den Kopf. Er rennt los. Von irgendwo wirft ihm jemand einen Stein nach, Nazarius schlägt einen Haken. Er rennt ein paar neugierige Zuschauer um, die weiter unten in der Straße aus sicherem Abstand das Geschehen auf dem Platz verfolgen.

„Der hat die Hosen aber voll!“

„Was wagt er sich auch so weit vor?“

„Der soll froh sein, dass er mit heiler Haut davongekommen ist."

Im Vorbeihasten schaut er noch einmal kurz zum Kampfplatz zurück. Dann rennt er, und rennt und rennt.

Die Angst hat seine Kondition beflügelt und als er endlich in Richtung Tiber geht, wundert er sich über sich selbst. Hier, schon am Rande des Zentrums, haben zwar auch Kämpfe stattgefunden, aber jetzt ist es ruhig. Wahrscheinlich hat sich die Front der hereindrängenden Truppen des Vitellius langsam vorgekämpft und wenn die Linie etwa dort verläuft, wo der Kampf eben getobt hat, dann wären sie morgen früh auf dem Capitol.

Was wird wohl mit Kaeso und seinen Leuten passieren? denkt er.

Plötzlich bleibt er stehen. Die Straße ist vollkommen leer, aber gerade jetzt steht er vor einem Wirtshaus, aus dessen Keller er Stimmen wahrnimmt.

Und er kehrt zum ersten Mal in die Wirtsstube ein, mit deren Wirt er nach den misslungenen Kurierdiensten der paulinischen Briefe vor Jahren zusammengestoßen war. „Na, mein Kleiner, heute im Schneckentempo?", hatte er damals zu ihm gesagt. Nazarius hat aus diesem Grunde die Schenke stets gemieden. Jetzt aber sieht er keine andere Möglichkeit mehr, an einen Becher kühlen Weines zu kommen, als es hier zu versuchen. Im Übrigen ist das Geschehene lange her und der Wirt kann sich sicher nicht mehr an ihn erinnern.

Die Fensterläden des Erdgeschosses sind geschlossen, aber die Tür ist noch nicht verriegelt. Eine langgezogene Steintreppe, an der es stark nach Urin riecht, führt in die unten gelegenen Wirtsräume. Dort sitzt ein kleines Grüppchen zusammen mit dem Wirt am Tisch. Die Lichter sind gelöscht und nur neben dem Weinkrug brennt eine kleine Öllampe. Die Gruppe schaut ihn verdutzt an.

„Wir haben schon geschlossen", sagt der Wirt nicht sehr abweisend, sodass sich Nazarius traut zu sagen: „Einen

Schluck Wein werdet ihr wohl noch haben, ich komme direkt von der Straßenschlacht!"

Breitbeinig setzt er sich auf den Hocker und rückt diesen näher heran, nimmt sich selbstbewusst einen der bereitstehenden Tonbecher und muss nicht lange warten, bis einer der inzwischen neugierig gewordenen Gäste ihm einschenkt.

„Ach, du bist es", sagt der Wirt, „lange nicht gesehen … bist jetzt bei den Soldaten?"

„Ihr kennt euch?", fragt einer aus der Runde. Nazarius ist froh, dass er auf die Frage des Wirtes nicht antworten muss.

„Selbstverständlich!", antwortet ein Dritter, der fast im Dunkeln sitzt.

Nazarius bekommt eine Gänsehaut. Der ihm da unverwandt ins Gesicht grinst, ist jener aggressive Wärter aus dem Mamertinum.

Es ist zu spät, um die Runde schnell wieder zu verlassen. Der Wärter aber scheint den Vorfall im Gefängnishof noch nicht vergessen zu haben.

„Du kommst von der Straßenschlacht, was du nicht sagst, Arschloch, du bist doch Christ. Ihr Christen dürft nicht kämpfen!"

„Ich weiß nicht, was du willst."

„Was ich will? Was ich will?", tobt der andere ungeachtet der Beschwichtigungsversuche seitens des Wirtes los, „du und von der Straßenschlacht, dass ich nicht lache. Mit diesen Typen aus dem Gefängnis? Deren Stunden sind jetzt gezählt, wenn sie nicht allesamt schon zum Teufel gegangen sind. Hier war heute Nachmittag die Hölle los. Wo warst du denn da? … Von der Straßenschlacht, ich lach' mich kaputt … Wohl eher vom Beten, mit den Christen, hast fromme Lieder gesungen. Die haben euch im Circus auch nichts genützt … von der Straßenschlacht … tststs."

„Jetzt reg dich doch nicht so auf, was ist denn mit einem Mal in dich gefahren?", sagt sein Kamerad, der neben ihm sitzt. Der Wärter aber lässt sich nicht mehr bremsen: „ …

von der Straßenschlacht ... Im Feuerlegen seid ihr Christen ja geübt, vielleicht speit er ja Feuer, euer Esel, den ihr anbetet ... Ich sage dir, du hast dir die falschen Leute ausgesucht, Christ!"

„Ich habe dir schon mal gesagt, dass ich Nazarius heiße."

„Also doch", tobt der Wärter weiter, „also doch! Habt ihr's gehört? Jetzt hat er's zugegeben: Er war im Gefängnis, mit den Aufständischen gegen Galba, aber ich habe ihn sofort erkannt ... Ich sag' dir, ihr Christen setzt auf die falsche Karte, wenn ihr euch mit den Soldaten einlasst ... – und die Belohnung hat er auch eingesackt ... Die sind mit allen Wassern gewaschen, kollaborieren mit der Macht ... – Nero war da anders, aber die jetzigen Memmen wie dieser Otho, zahlt noch Belohnung an Christen, die ihn für einen Dämon halten, oder etwa nicht?"

Er schaut Nazarius böse an, der Alkohol hat seine Augen gerötet und das schale Licht wirft kantige Schatten in sein rundes Gesicht.

„Wenn hier einer ein Dämon ist, dann bist du das!"

Der Wärter ist sprachlos, aber offenbar zu schwach, um sich mit einem so jungen Menschen wie Nazarius noch auf eine Schlägerei einzulassen. Deshalb setzt er seinen Angriff zunächst verbal fort.

„Erzähle doch mal, wie ist es denn bei der Straßenschlacht? Du siehst doch eher aus, als wärst du weggelaufen ... Beine in die Hand und ab ... du bist doch ein jämmerlicher Feigling ... und, ach, mit der Liebe habt ihr's ja auch nicht so, was? Immer schön sauber bleiben, nur eine Frau im Leben und nach der Hochzeit keine andere, das hält doch keiner durch. So wirst du kein Soldat ... Von der Straßenschlacht ... Schau dich doch mal an, sieht so etwa ein Soldat aus? Mein Junge, halt' dich mal ein bisschen zurück ... Dich hätten sie auch gleich köpfen sollen, damals im Mamertinum ... oder schon früher vor die Löwen werfen sollen ... Nero hat dich echt vergessen, du kleiner Zünder!"

Jeder dieser Pfeile sitzt. Nazarius ärgert sich maßlos, dass er hier noch eingekehrt ist. Aus lauter Nervosität trinkt er einen Becher nach dem anderen, sein Nachbar schenkt ihm freundlich nach und einstweilen sorgen die anderen für seine Verteidigung. Mit allen guten Worten versuchen sie den Wärter, der richtig in Fahrt gekommen ist, zu beruhigen. Einer fragt Nazarius: „Erzähl doch mal, was tut sich in der Stadt drinnen? Wo sind sie denn jetzt, die Truppen?“, aber da unterbricht ihn der Wärter schon wieder: „Glaub' dem doch nicht ... Wer einmal lügt ... Der hat sich als Aufständischer eingeschmuggelt, sich mit ein paar Radaubrüdern von Otho eingelassen, als Soldat ausgegeben und eine dicke Belohnung kassiert ... für nichts ...!“

„Was hast du denn gegen die Christen?“, fragt nun wieder sein Nachbar, „ich habe bisher nur Gutes über sie gehört und es soll ja schon sehr viele in Rom geben.“

„Das ist ja das Elend, bei denen sind die Toten gefährlicher als die Lebenden! Kaum ist dieser Christus tot, den sie verehren, schreien alle, dass er lebt. Kaum ist dieser Stephanus gesteinigt, bekehren sich hunderte zu Christus, für den er gestorben ist. Oder Petrus: Vor die Löwen geworfen und Tausende lassen sich taufen ... oder wie die das nennen ... Paulus: geköpft – und ihre Zahl steigt gefährlich an.“

„Du kennst dich aber gut aus“, sagt einer seiner Kameraden aus der Runde zu ihm, „am Ende bist du auch noch Christ.“

Das erregt den Wärter jedoch nur noch mehr.

„Ich und Christ?“, brüllt er seinen Zechbruder an, „mir zünden sie das Haus an und ... und ich soll Christ sein? Nero hat Recht, sag' ich euch, das waren die Christen und der da“ – er zeigt auf Nazarius und nimmt den Finger nicht mehr herunter, bis endlich sein Nachbar die Hand wieder auf den Tisch drückt.

„Der da ist auch so einer. Bei den Christen drüben hat es ja kaum gebrannt, denen ist nichts passiert und mir ... mir ... ist mein Jüngster erstickt, meine Tochter ist von den Flammen so verunstaltet worden, dass keiner sie will, meine Frau kriegt seit dem Schock keine Kinder mehr, mein Haus ist weg ... alles, alles verbrannt ... ich stehe im Nachthemd auf der Straße ... und drinnen schreit unser kleiner Marcus ... Marcus ... Marcus ... ich kann ihn nicht retten, weil alles lichterloh brennt ... Marcus ..." Er ist zusammengebrochen, sein Kopf sinkt auf den Tisch und er schluchzt wie ein Kind.

Nazarius wird es schwindelig. Er will weg und er erhebt sich leise. Als er aber ein paar Schritte gegangen ist, hat sich der Wärter wieder gefasst. Er richtet sich auf, wendet das tränenüberströmte Gesicht Nazarius zu und schreit: „Hau nicht ab, du Schwein! ... Feuerleger! ... Ihr habt meinen Marcus umgebracht, hörst du, du hast ihn ermordet!!" Er fummelt hektisch in seinem Gewand, zückt einen Dolch und springt auf Nazarius zu. Dieser sieht die Klinge im Schein des Öllämpchens und weicht dem Hieb aus. Der Wärter stolpert und stürzt zu Boden, klingend fällt der Dolch auf die Fliesen. Alle anderen sind aufgesprungen. „Lucius, Lucius!", ruft einer und so erfährt Nazarius wenigstens noch den Namen dessen, der ihn so brutal beschimpft hat und jetzt mit dem Gesicht zu Boden liegend immer wieder nach seinem verbrannten Sohn ruft.

Er hat genug und will gehen.

Da ruft einer: „Blut! Er blutet!"

Eine schnell größer werdende Blutlache breitet sich unter dem regloser werdenden Körper aus und läuft tiefschwarz über die Fliesen des Fußbodens. Als einer ihn auf die Seite dreht, kommt Blut aus seinem Mund. Lucius röchelt schwer. Noch einmal presst er die Lippen aufeinander und öffnet sie wieder – es ist, als würde er ein letztes Mal „Marcus" sagen.

„Verschwinde!", herrscht ihn der Wirt an, „Christ!" – und Nazarius steigt verstört die Treppe hinauf, die er so siegessicher herabgekommen war. Oben rennt er im Dunkeln gegen die geschlossene Tür und kann sie in seiner Verwirrung nicht gleich öffnen.

Von der Wirtschaft geht er gesenkten Hauptes heim.

„Wie damals", denkt er, „nur schlimmer ... Alles wird schlimmer."

Er verbringt daheim eine trostlose Nacht. Albträume, zwischen denen er schweißgebadet erwacht, suchen ihn heim. Stundenlang wälzt er sich im Bett und legt sich schließlich auf den Rücken, um durch gewaltsames Wachbleiben die fürchterlichen Phantasmen von sich zu halten. Bald aber schläft er wieder unruhig ein.

Als er gegen Mittag erwacht, fühlt er sich wie gerädert. Er ist mit Erregung Augenzeuge einer Schlacht geworden und er hat hautnah einen Menschen erlebt, der mit seinem Leid nicht fertig wurde. Dagegen scheinen ihm seine Tränen über Lucia und das, was er wegen ihr durchmachen muss, banal. Eigentlich wollte er heute ein neues Leben beginnen, aber nun schämt er sich dieses Gedankens. Das echte Soldatenleben reizt ihn mehr als die Sehnsucht nach dem kleinen Glück in dieser eiternden Stadt. Das Schicksal dieses Wärters Lucius, ist für ihn eine Warnung eigener Art und in der Namensverwandtschaft zu Lucia sieht er abergläubisch den Wink eines Gottes, der ihm die unabwendbare Pein der Verantwortung für Kinder und Familie vor Augen stellt.

Ihm geht es wie jedem, der ohne Liebe die Früchte der Liebe für ungenießbar hält.

Je wacher er wird, desto mehr legt er den gestern Abend noch felsenfesten Entschluss zum Neubeginn und zum Werben um Lucia ad acta. Sein vordringliches Interesse gilt der bewegenden – aber im Prinzip folgenlosen – Frage, wie weit die Truppen des Vitellius in der Nacht oder am Morgen gekommen sind und welches Schicksal Kaeso und seine Leute ereilt haben mag.

Er begibt sich an den Ort des Geschehens und will bei Tageslicht den Platz betrachten, an dem ihm gestern das aufregende Leben der Soldaten so unwiderruflich bewusst geworden ist.

Der Platz bietet einen entsetzlichen Anblick. Verkohlte Dachstühle, halb zerstörte Häuser, deren Mauerreste wie die Gerippe verwesender Tiere in den Himmel ragen. Überall Schutt, Steine, Balken, tote Soldaten und Pferde. Deutlich heben sich die großen Steingeschosse von den überall herumliegenden Trümmern ab. Einige Sklaven sind dabei, diese einzusammeln und für ihre Wiederverwendung auf Karren zu laden. Andere suchen offenbar nach Gefallenen. Unter Zuhilfenahme von Hebelkräften suchen sie unter Schutt und Trümmern nach den Kameraden. Diese zerren sie wie tote Hunde an den Gliedern heraus, werfen sie auf Karren und transportieren sie ab.

Viele Leute helfen dabei. Männer sind bereits auf den eingestürzten Dächern tätig und reparieren sie notdürftig. Eine Seilwinde dient zum Heraufziehen von noch verwendbaren Balken. Die Steine werden sortiert und nachgemessen, die Maße von den unten Arbeitenden nach oben gerufen und so wird ermittelt, ob sie hier oder da zum Ausflicken zu gebrauchen sind.

Unzählige Kinder spielen auf dem Trümmerfeld. Sie haben verbeulte Soldatenhelme auf ihren kleinen Köpfen, abgebrochene Speere in der Hand und an den Resten der offensichtlich gestürmten Barrikade spielen sie den nächtlichen Kampf nach.

Ein schreiendes Mädchen beklagt den einen toten Soldaten mimenden Spielkameraden, aber die herbeigerufenen Freunde können den Knirps nicht tragen. So steht er schließlich wieder auf, klopft die zerfetzten Kleider ab, knotet irgendeinen erbeuteten Federbusch um den Bauch und rennt wieder auf die Barrikade los, um gleich darauf zum wiederholen Male tot niederzufallen. Da er aber nicht mehr damit rechnet, dass sich seiner Leiche jemand annimmt, steht er wenig später wieder auf und spielt einfach einen anderen Soldaten.

Der Torbogen, in dem Nazarius Zuflucht gefunden hatte, steht noch, der Balken aber, der ihn fast erschlagen hätte, ist längst wieder auf dem First, wo man bereits darangeht, ihn mit den unzerbrochenen Tonziegeln wieder neu zu decken. In den anliegenden Gassen ist weniger zerstört. Hier und da fehlen Pflastersteine, aber die Häuser sind ganz geblieben. Menschen laufen in der Aprilsonne aufgeregt hin und her. Sie beklagen laut das furchtbare Schicksal der anderen. Nazarius versucht mit einem alten Mann, der auf einem Stuhl in der Sonne sitzt und die ganze Szene kopfschüttelnd beobachtet, ins Gespräch zu kommen. Dieser aber ist offenbar im Geiste wirr, er lacht nur blödsinnig vor sich hin und versteht die Welt nicht mehr.

Er begibt sich zu einem Karren mit Leichen, aber er kennt weder die Feldzeichen noch kann er ein ihm bekanntes Gesicht ausfindig machen. Über den Verbleib seiner Freunde bringt er hier nichts in Erfahrung.

Je weiter er in Richtung Forum geht, desto mehr Menschen sind wieder unterwegs. Von diesen erfährt er dann auch bald, dass Otho in der Nacht gestürzt worden sei. Eigentümlicherweise aber weinen Viele um ihn. Einige Soldaten – so erfährt er – sollen dem Leichnam unter Tränen die Hände und Füße geküsst haben, ja, wie ein Lauffeuer verbreitet sich die Nachricht, dass einige der treuesten Soldaten sich angesichts ihres erblichenen Feldherren selbst ins Schwert gestürzt hätten und ihm so in den Tod gefolgt seien. Auch die intimsten Detail sprechen sich in den vom Kampf noch nebeligen Gassen herum:

„Er hat eine Perücke aufgehabt", sagt ihm eine Frau mit Tränen in den Augen – und wo einer spricht, da gesellen sich andere hinzu, die mehr wissen und dieses Wissen gleich loswerden wollen. So ist er bald von einer Traube angeblich gut informierter Besserwisser umgeben, aus der heraus er von den verschiedensten Seiten in Kenntnis gesetzt wird:

„Im Morgengrauen."

„Mit einem einzigen Schwertstoß in die linke Seite."
„Die Diener haben ihn gefunden."
„Und, was das Eigentümlichste ist, das könnt ihr noch nicht wissen: Er bedeckte die Wunde mit beiden Händen."
„Aber als die Diener kamen, nahm er die Hände fort?"
„Richtig!"
„Die müssen dumm geschaut haben."
„Red' doch nicht, die haben losgeheult ..."
„Dann brach er zusammen."
„Ja, ja, ... eine Perücke ... hat doch keiner gewusst, oder?"
„Kann man mal sehen, wie das Volk sich täuschen lässt."
„Wer fasst auch dem Kaiser in die Haare ... hahaha."
„Lässt sich jeden Tag mit feuchtem Brot den Körper abreiben ..."
„Haut wie ein Kinderpopo ... hahaha."
„Und das entsprechende Hirn."
Aber von wiederhergestellter Ruhe und Ordnung kann nicht die Rede sein. Nazarius ist, solange er seine Freunde nicht aufgefunden hat, besorgt. Nachdem er sicher ist, auf der Straße außer dem üblichen Tratsch und Klatsch nichts in Erfahrung bringen zu können, geht er in irgendeine der unzähligen Suppenküchen und stärkt sich erst einmal.

So vergeht der Nachmittag und mehr aus Langeweile zieht er nach dem Mahl zum Haus des Linus, um zu sehen, was dort vor sich geht. Nach der Gebetsversammlung hat er mit keinem Christen mehr gesprochen und ist deshalb über die Reaktion auf die große Predigt, der er ohnehin keine Aufmerksamkeit geschenkt hat, in Unkenntnis. Das ändert sich freilich, als er den Betrieb im Garten der Villa sieht. Während er die Straße, an der das Haus liegt, hinaufgeht, sieht er schon von ferne immer wieder Menschen kommen und gehen. Beim Nähertreten erkennt er kleine Gruppen, die im Garten stehen. Das Portal der Villa ist weit geöffnet, was er bisher noch nie gesehen hat. Linus scheint beschäftigt und umlagert zu sein. Nazarius zieht möglichst rasch an dem belebten Grundstück vorbei, um nicht erkannt zu werden. Ohne näher auf ihn zu achten, erkennt er von hinten einen Freigelassenen von Aulus, der meist entsandt wird, um irgendetwas zu überbringen oder einen Audienztermin zu besorgen. Ein wenig wundert es ihn, denn normalerweise geht Aulus Aufgaben nach, die keinerlei Zeitdruck unterliegen, sodass es nach seiner bescheidenen Einschätzung der Situation nicht notwendig gewesen wäre, bei dem jetzigen Andrang mit Linus sprechen zu wollen.

Langsam wird es Abend und zielstrebig geht er in eine Wirtschaft, wo er kein Unbekannter mehr ist. Ohne eigentlich damit gerechnet zu haben, trifft er dort die ersten Bekannten an, genauer gesagt einen jener Soldaten, die öfter mit ihm und den anderen zusammengewesen sind. Dieser sitzt mit anderen an einem kleinen Tischlein und winkt ihm freundlich zu.

„Wisst ihr, was mit Kaeso passiert ist?"

„Dasselbe wie mit uns!", antwortet sofort ein unglaublich dicker und wuchtiger Soldat, „setz dich zu uns!"

Nazarius nimmt dankend den ihm angebotenen Hocker und Wein an.

„Was ist denn vorgefallen?"

„Wir sind übergelaufen!"

„Otho hat das Fass zum Überlaufen gebracht", sagt ein neben ihm sitzender kleiner, rothaariger Kamerad mit piepsiger Stimme und zeigt bedeutend auf seinen wuchtigen Kumpan, der diesen Hinweis auf seine Figur sogar amüsant findet.

„Fass ist übergelaufen – Soldaten sind übergelaufen", wiederholt der Rothaarige.

„Übergelaufen?", fragt Nazarius interessiert, „doch nicht etwas zu Vitellius!"

„Genau zu dem!", und als Begründung fügt er noch an, dass es ja keinen Zweck mehr mit Otho gehabt habe, „der hatte abgewirtschaftet".

„Genau wie wir: ab in die Wirtschaft", piepst wieder der Rothaarige. „Was voll ist, läuft irgendwann über ..."

„Aber die Soldaten liebten ihn doch", wirft Nazarius besorgt ein.

„Ach was, diese Dummköpfe ... für Geld machen die alles ..."

„Und Kaeso?"

„Die sind auch übergelaufen. Ein paar hat's erwischt, aber lange haben die nicht gekämpft, glaub' mir, Junge – wie heißt du noch?"

„Nazarius."

"Glaub' mir, Nazarius, das gehört auch zu einem guten Soldaten: zu wissen, wann man den Rückzug antritt ... nicht einen Tropfen Blut hat dieser Schwachkopf von Otho verdient ... wird Zeit, dass wieder Ruhe einkehrt ... prosit!" Er hebt den Becher, lacht Nazarius von oben herab freundlich an und trinkt. Nach einem anschließenden kräftigen „baahhh", wischt er sich den Mund ab und setzt dann seine Aufklärung fort, augenscheinlich froh, in seinem Zuhörer einen interessieren Milchbart gefunden zu haben: „Hör' zu, Nazarius, ist doch eigentlich egal, für wen wir kämpfen, aber wenn's ums nackte Leben geht, dann" – er beugt sich etwas wichtigtuerisch vor, obwohl diese Geste der Geheimnistuerei nicht der Lautstärke seiner schnarrenden Stimme entspricht – „dann auf und davon!"

„Vitellius ist auch nicht schlechter als die anderen beiden: Er isst gerne", fügt der Kleine hinzu.

„Sag' lieber frisst", brummt nun ein Dritter, der bisher geschwiegen hat.

„Also gut, er ist wahrscheinlich kein Kostverächter, das ist ein gutes Zeichen ..."

„Galba hatte ihn nach Germanien geschickt, wohl in der Annahme, dass die Menschen am ungefährlichsten sind, deren Hauptinteresse auf Essen und Trinken gerichtet ist ... Nun, etwas mehr wird er wohl drauf haben, sonst säße er jetzt nicht auf dem Thron."

„Also wir sind jetzt für Vitellius, und wer klug ist, der macht es ebenso" – piepst wieder der Rothaarige dazwischen.

„Schau nicht so ängstlich, Kaeso ist ein Fuchs, der weiß, wann man überläuft. Macht's ja schließlich nicht zum ersten Mal!"

„Im Gegensatz zu uns", sekundiert wieder der Kleine.

„Stimmt", nimmt der Dicke sofort den Ball auf, „wir sind bisher gut mit ihm gefahren, oder sagen wir besser gelaufen."

„Von Colonia Agrippina bis Rom!"

„Zu Fuß!"

Nazarius merkt, dass er die Kameraden jetzt bewundern sollte, und tut es, so gut es angesichts der ihm offenbarten Charakterlosigkeiten überhaupt möglich ist.

„Nun nehmt mal den Mund nicht so voll", erwidert sein Bekannter, dessen Gegenwart ihn in diese Runde geführt hat.

„Das war echt kein Spaziergang, kurz bevor wir loszogen, brannte erst einmal der Speiseraum in Colonia ab. Das hat den General Vitellius gar nicht umgehauen, im Gegenteil: ‚Für uns leuchtet der Himmel', hat er gesagt und dann bei Bedriacum, das hättet ihr sehen sollen", er wendet sich jetzt Nazarius und seinen Bekannten zu, „da reitet er durch Berge von gefallenen Othorianern, wir halten uns die Nasen zu, weil es entsetzlich nach Verwesung riecht, da sagt doch dieser Vitellius: ‚Oh, riecht es nicht gut nach erschlagenen Feinden? Noch besser riechen erschlagene Römer!' ha, ha, ha …, der gehört nach Rom, denn sein Thron steht genau wie die der anderen auf Bergen von Leichen … hahaha, gut, dass wir nicht dabei sind, was?" – er haut dem rothaarigen Schmächtling kumpelhaft auf die Schulter, sodass dessen hagerer Körper von oben bis unten erschüttert. Sobald der Kleine wieder des Sprechens fähig ist, piepst er: „Lieber ein blutiger Stuhl als Blut im Stuhl!", aber er darf erst lachen – „hihihi" – als sein dicker Kumpan losprustet.

„Also, Kaeso und seine Leute leben noch?"

„Die meisten, ja!"

„Und sie kämpfen jetzt für Vitellius?"

„Was heißt hier kämpfen? Jetzt fressen sie mit ihm, wie wir auch! Unter dem Soldat zu sein ist eine Pracht! Jeden gewöhnlichen Soldaten küsst und umarmt er. Er begrüßt Rossknechte und Reisende und fragt sie, ob sie schon gefrühstückt haben. Der rülpst und furzt wie ein Geschützgaul. Keine Ehrenstrafen. Keine Anklagen. Urlaub, wann immer man will, und Geschenke in Hülle und Fülle, da wäre man ja schön blöd, nicht zu ihm überzulaufen. Ich freue mich schon jetzt auf seinen Einzug in Rom!"

„Ist er denn noch nicht da?", fragt Nazarius unbekümmert und erntet dafür ein herzhaftes Gelächter.

„Du bist ein wahrer Witzbold."

„Wird's bald – Witzbold", fügt der Rothaarige an.

„Wir sind doch da. Erst mal den Laden hier sauber machen, die Unverbesserlichen hinrichten, die letzten Getreuen aus dem Palast jagen, Ruhe und Ordnung herstellen und dann kommt Germanus im Triumph durch die Stadt gezogen!"

„Germanus?"

„Ja, so nennt sich Vitellius seit der Schlacht bei Bedriacum."

„Nur mit dem Unterschied, dass wir keine Weiber mit in den Krieg nehmen", piepst es wieder neben ihm.

Ein herzhaftes Gelächter hebt an, in das auch Nazarius einstimmt, denn dass die Germanen ihre Frauen mit in den Krieg nehmen, hat er schon mehrfach gehört. Dennoch ist ihm eigentlich nicht zum Lachen zumute. Die dreiste Charakterlosigkeit, die der Dicke und sein rothaariger Begleiter hier von sich geben, widerspricht dem Ideal eines Soldaten, das er bisher hatte. Aber, wenn er es recht bedenkt, so stimmt ja, was dieser Fremde so ungezwungen von sich gibt, denn als Otho Galba stürzte, waren schließlich auch alle Truppen des Galba zu ihm übergelaufen und die anschließende Säuberung hatte er im Mamertinum mit eigenen Augen gesehen.

Besonders beruhigt ihn, dass die unverdiente Belohnung, durch die er unversehens reich geworden ist, genau der in Soldatenkreisen weit verbreiteten Charakterlosigkeit entspricht, von der er eben gehört hat. Er empfindet jetzt auch selbst, dass die Annahme dieses Geldes doch völlig in Ordnung war.

Kurz gehen ihm wieder die Vorwürfe dieses Wärters Lucius durch den Kopf, aber der war eben kein Soldat.

Nazarius hat einige Becher Wein gestürzt und der Schädel brummt ihm von dem, was diese Burschen so unverblümt von sich gaben. Während die anderen das Gespräch irgendwie weiterführen, döst er unbeteiligt vor sich hin.

Unvermittelt springt er schließlich auf, sodass die anderen ihn verwundert ansehen. Er zahlt seine Zeche und merkt erst daran, wie viel er tatsächlich getrunken hat, zieht seinen Umhang über und verlässt die Stube.

Fast willenlos zieht es ihn wieder zu Aulus. Zwar ist auf den Straßen überbordendes Leben, aber er kämpft sich recht und schlecht durch, steht schließlich am Portal, rafft allen Mut zusammen und betätigt den bronzenen Klopfer.

Nichts.

Er klopft noch einmal.

Nichts rührt sich.

Schon will er darin einen Wink Gottes sehen, da hört er drinnen Schritte. Schließlich öffnet ihm Anna und erst jetzt registriert er, dass Lucia nicht mehr bei Aulus ist.

„Ist Aulus zu sprechen?"

„Der Herr ist nicht im Hause."

„Kann ich auf ihn warten?"

„Ich weiß nicht, wann er wiederkommt."

„Egal, ich werde warten … Das heißt, wenn ich darf."

Wortlos öffnet Anna die schwere Eichentür angelweit und lässt ihn etwas mürrisch eintreten. Als er an ihr vorübergegangen ist, schließt sie die Tür und entzündet eine Öllampe, die auf einer Kommode steht. Dann weist sie mit der flachen

Hand auf den in der Ecke stehenden Sessel, in dem er vor Wochen betrunken eingeschlafen war.

Nazarius rückt sich diesen ein wenig zurecht und setzt sich.

Anna hat inzwischen das Atrium verlassen, durch das er jetzt gelangweilt so weit die Blicke schweifen lässt, wie das schwache Licht es zulässt.

Alles kommt ihm bekannt vor und schließlich nimmt ihn wieder die seltsame Stille dieses Ortes gefangen.

Wieder streifen seine Augen durch den Raum und bleiben an einzelnen Gegenständen haften.

Auf der Kommode hinter dem Glasschirm der Lampe sieht er etwas liegen. Er schaut genauer hin und erkennt eindeutig seinen Hammer.

XI.

Der andauernde Streit in der Gemeinde schmerzt Linus umso mehr, als er selbst auch vom Judentum zum Christentum gekommen war; „genau wie Paulus und die Apostel", ist seine Antwort, wenn er darauf angesprochen wird.

Er hatte einst der großen jüdischen Ggemeinde in Rom angehört, war unter den Pogromen des Kaisers Claudius im Jahre 49 zusammen mit tausenden von Glaubensbrüdern aus Rom vertrieben worden und hatte sich in Kleinasien als Altglashändler niedergelassen.

Schon damals war er nicht mehr sehr jung und zu der üblichen Mühsal, im Exil eine neue Existenz begründen zu müssen, war bald die Sorge um seine schwer erkrankte Frau gekommen. Als diese schließlich kinderlos starb, hinterließ sie einen verzweifelten Mann, der in seinem Schmerz Zuflucht im Glauben suchte. In diesem Zustand hörte er kurz nach dem Jahre 50 Paulus von Jesus Christus, der Auferstehung und dem Leben nach dem Tod predigen. Fortan war sein Glaube daran, dass Jesus von Nazaret der von den Propheten verheißene Messias sei, ungebrochen.

Er empfing die Taufe und als Nero gleich zu Beginn seiner Regierungszeit im Jahre 54 das Judenverbot seines Vorgängers wieder aufhob, kehrte er als überzeugter Christ nach Rom zurück. Dort schloss er sich der bereits bestehenden Christengemeinde an.

Auch von anderen Landesteilen kamen damals viele ehemals jüdische Glaubensgenossen als Christen wieder nach Rom zurück – und mit ihnen träufelte auch das jüdische Gedankengut als ständiger Zankapfel in die junge christliche Gemeinde.

Zu denen, die als Juden Rom haben verlassen mussten und als Christen wieder zurückgekommen waren, zählten auch Eubulus und Pudens mitsamt ihrer riesigen Verwandtschaft, die ihn, Linus, vom ersten Tag an umlagerte. Sie ließen keinen Zweifel daran, dass sie sich für Christen erster Klasse hielten, waren sie doch schließlich vom Judentum kommend Christen geworden. Erst die Beschneidung – dann die Taufe. Das war ihr Grundsatz. Sie waren Thorachristen, weil sie sich an beides hielten: an die Gesetze der Thora und an die Theologie des Christentums.

Zwei Tage nach der großen Predigt sitzt Linus in seinem Studienzimmer und versucht noch einmal die wesentlichen Gedanken zu ordnen, die er am Nachmittag der bei ihm einberufenen Versammlung führender Thorachristen vorlegen will.

Bereits gestern früh nach der Predigt waren erwartungsgemäß die ersten strengen Thorachristen bei ihm vorstellig geworden und hatten selbstbewusst ihre Anklagen gegen ihn vorgebracht. Teilweise hatten sie ihren ganzen Familienclan als Zeugen dabei. Ganz nach dem jüdischen Gesetz, das im Falle einer solchen Anklage mindestens zwei Zeugen vorschreibt.

Nachdem er sich die Vorwürfe ruhig angehört hatte, antwortete er zu seiner Rechtfertigung:

„Ich habe lediglich Paulus zitiert … hm!"

„Aber eben nur teilweise!"

„Ich kann doch nicht alles, was wir bisher – ich sage ausdrücklich bisher! – von Paulus schriftlich vorliegen haben, vorlesen … hm."

„Es ist ja auch die Frage, wie man das Vorgelesene interpretiert! Im Übrigen gräbst du dir selbst das Wasser ab, wenn du behauptest, es gäbe noch Schriften von Paulus, die wir bisher nicht kennen", und bei diesem Satz imitierte sein Ankläger kunstvoll den Tonfall des Linus und fügte etwas hämisch das für Linus typische „hm" an.

„Damit müssen wir aber rechnen. Vor ein paar Wochen sind wieder Schriften von Paulus aufgetaucht … hm."

„Und was ist deren Inhalt?"

„Das kann ich noch nicht genau sagen, ich habe den jungen Aulus damit beauftragt, sie zu ordnen und mit der bestehenden Sammlung zu vergleichen. Vielleicht gibt es Neues, vielleicht handelt es sich nur um Abschriften längst bekannter Briefe. Ein echtes Testament des Paulus ist allerdings nicht dabei."

„Gerade dann sollten wir doch einstweilen alles so lassen, wie es ist."

„Warten wir es ab. Auf jeden Fall werden wir nie Frieden in der Gemeinde haben, wenn wir alles so lassen, wie es ist … hm!"

Alle bisher unterschwellig vorhandene Aggression entlud sich dann in der Antwort seiner Gesprächspartner:

„Diesen Unfrieden bringen ja die Heidenchristen und du, weil du auf ihrer Seite stehst. Von sich aus würden sie nie auf die Idee kommen, uns Thorachristen nur deshalb für privilegiert zu halten, weil wir beschnitten sind, die mosaischen Reinheitsgebote beachten und eine gesonderte Tischgemeinschaft beanspruchen. Woanders geht das ja auch. In Jerusalem, ja sogar in Kleinasien, gibt es fromme Männer, Proselyten, die nicht beschnitten sind, aber in die Synagoge gehen, die sich nicht an das Gesetz halten, aber doch dem Judentum gewissermaßen angegliedert sind."

„Die Praxis des Judentums hat für uns aber keinen Vorbildcharakter, weil das Christentum keine jüdische Sekte ist."

„Aber das Christentum hat seine Wurzeln im Judentum! Das hat sogar Paulus geschrieben, indem er sagt, Abraham sei der Vater unseres Glaubens."

Linus hatte gestern schnell gemerkt, dass die offensichtlich von Pudens und Eubulus vorgeschobenen Männer durchaus bibelfest und rhetorisch geschult waren. Deshalb hatte er sich nicht weiter auf die aussichtslose Diskussion eingelassen, sondern geantwortet, es sei zwecklos, darüber jetzt zu debattieren, denn er habe beschlossen die Vertreter der Thorachristen bei sich zu versammeln und diesen etwas Wichtiges mitzuteilen.

Heute, kurz nachdem Nazarius an dem Grundstück vorbeiging, findet die Versammlung statt. Die Atmosphäre ist von Anfang an sehr gespannt. Als Aulus an der Seitentür klopft, öffnet Anaklet und heißt ihn zusammen mit den anderen, in einem Nebenraum des Atriums zu warten, bis alle versammelt seien.

Der Raum füllt sich nach und nach. Es herrscht eine drückende Atmosphäre, die kein Gespräch unter den Anwesenden zustande kommen lässt.

Aulus steht einsam am Fenster und schaut in den noch winterlichen Innenhof, wo der Wind mit dürrem Laub in den Peristylen spielt. Ein paar ausgefranste Blätter, die den Winter an den Bäumen hartnäckig überstanden haben, zittern in den schwarzen Zweigen. Es ist ein grauer Tag. Tiefe Wolken jagen in marmorierten Mustern über Rom hinweg.

Nach geraumer Zeit kommt Anaklet und führt die ganze Gruppe in den großen Speisesaal, der – seitdem Vinicius sein Haus den Christen überlassen hat – als Audienzraum genutzt wird.

Als sich alle gesetzt haben, erscheint Linus und nimmt auf einem reich verzierten Armstuhl Platz. Dieser hat eine hohe Rückenlehne, die mit reich punziertem Leder bespannt ist, das in seinem zentralen Bild Szenen einer Frettchenjagd zeigt. Die reliefartig bearbeiteten Armlehnen sind in die motivische Ritzung des Lederwerks einbezogen und drehen vorn in einer wulstigen Schnecke nach unten. Das harte Holz ist dunkelbraun und stammt aus Nordafrika. Diesen Stuhl hatte schon Petrus benutzt, wenn er die Gemeinde in Rom besuchte. Viele Gemeindemitglieder nennen ihn deshalb den *Stuhl Petri*. Vor allem die Thorachristen, die in Rom immer schon ihre enge Beziehung zu Petrus hatten, weil er ihre spezifischen Anliegen in der Gesamtgemeinde stets ehrwürdig vertrat. Gerüchte sagen aber, dass auch andere Apostel darauf saßen. So soll Paulus ihn verwendet haben, wenn er der Gemeinde vorstand. Da einige von den Heidenchristen Paulus ebenfalls als Apostel betrachten –, und dieser sich selbst ja auch so sah – nennen die Heidenchristen dieses Möbel eher den *apostolischen Stuhl.* Die Griechisch sprechenden Teile der Gemeinde reden von der *kathedra petrou.*

Anderen gleicht dieser Disput dem leidlichen Streit um die Unterschiedlichkeit zweier Enden derselben Wurst. Es ist ihnen, wie sie deshalb sagen, wurst, ob es der *Stuhl Petri* oder der *apostolische Stuhl* sei. Sie spotten eher in ihrer feingebildeten griechischen Rhetorik, dass dieser Stuhl zwar ein Heiliger Stuhl, aber gleichwohl der einzige Heilige mit vier Beinen sei.

Die Versammlung beginnt mit einem Gebet.

Danach nimmt Linus einen Bogen zu Hand, setzt sich aufrecht hin, atmet noch einmal tief durch und liest dann eine vorbereitete Rede ab:

„Brüder, wir sind zusammengekommen, um abermals über den lange währenden Streit zu sprechen, ob es in unserer Gemeinde eine Zweiteilung in Thorachristen und Heidenchristen geben darf oder nicht. Wir wollen den Heiligen Geist bitten, uns beizustehen und uns eine Lösung für dieses schwerwiegende Problem zu zeigen. Bevor wir uns jedoch einer möglichen Klärung zuwenden, wollen wir in aller Nüchternheit betrachten, wie es zu dem Streit kam und was bisher von den Aposteln dazu gesagt worden ist. Ich habe deshalb Anaklet gebeten, den bisherigen Verlauf schriftlich niederzulegen, allein dieser Schrifttext soll die Ausgangslage zu unserem Lösungsversuch sein. Bitte, Anaklet."

Anaklet tritt hinter Linus hervor, schlägt eine Mappe auf und beginnt vorzulesen:

„Unser Herr Jesus Christus, der von den Toten auferstanden ist und lebt, war beschnittener Jude. Auch die zwölf Apostel waren Juden, ebenfalls Paulus und seine Gefährten. Timotheus, den Paulus bekehrt und getauft hat, unterwarft sich sogar um des Friedens willen der Beschneidung.

Paulus war der Erste, der Heiden zum Glauben führte, mit ihnen zu Tische lag und sie lehrte, sie bräuchten sich nicht beschneiden zu lassen, die Reinheitsgebote der Juden nicht zu halten und auch sonst das jüdische Gesetz nicht zu befolgen.

Dadurch entstanden bereits im Kreise der Apostel Streitigkeiten. Diese wurden auf einem gemeinsamen Konzil aller Apostel in Jerusalem folgendermaßen gelöst. Ich fasse zusammen: *Gott bietet auch den Heiden das Heil an, er befreit sie vom Gesetz. Von Götzenopferfleisch und Ersticktem aber sollten auch sie sich fernhalten.*

Damit war allen Thorachristen gegenüber eigentlich klargestellt, dass das Christentum keine jüdische Sekte ist, sondern im Christsein der Neue Bund zwischen Gott und Mensch begründet wird. Ich sage es noch einmal: Das Christentum sollte, so war es der Wille der Apostel, nicht ein Teil des Judentums sein, sondern etwas Eigenes.

Durch die Schwäche der Apostel wurde diese Einigung von Jerusalem in Frage gestellt. Das war in Antiochia, wo Petrus die von Paulus begründete Gemeinde besuchte. Dort mied Petrus, obwohl es ihm vom Apostelkonzil ausdrücklich gestattet worden war, den Umgang mit den Heidenchristen aus Furcht vor den Juden. Paulus hatte Petrus deswegen heftig und offen zur Rede gestellt ..."

Es folgt die ausführliche Darlegung dieser ersten Konflikte, die den meisten der Zuhörer noch vor Augen stehen und die Paulus in den ihnen allen bekannten Briefen mehrfach deutlich beim Namen nennt. In der Versammlung wird es unruhig, denn sie fühlen sich von dem Text, den Anaklet schulmeisterlich vorliest, gelangweilt und gegängelt. Es wird erst wieder still, als die konkrete Situation der römischen Gemeinde angesprochen wird:

„... In Rom hat es von jeher eine große Judengemeinde gegeben. Unter Kaiser Claudius wurden diese Juden aus Rom verjagt. Sie ließen sich in Kleinasien nieder, einige gingen auch nach Galliläa, Judäa und Jerusalem. Dort machten sie Bekanntschaft mit dem Christentum. Viele ließen sich taufen.

Als Nero das Christenverbot wieder aufhob, strömte eine große Zahl der Ausgewanderten in ihre Heimatstadt Rom zurück. Unter ihnen waren nun auch Christen.

Die Missionare, durch die sie zum Christentum gekommen waren, hatten sie sehr unterschiedlich geprägt. Als alle diese Gruppen in Rom zusammenkamen, entstand der erste Streit um die Beibehaltung jüdischer Bräuche, die den Heidenchristen fremd sind." Anaklet räuspert sich ein wenig und fährt dann fort: „So gab es von Anfang an drei Gruppierungen der römischen Christengemeinde: die Heidenchristen, liberale Thorachristen und orthodoxe Thorachristen.

Um die dadurch in der Gemeinde entstandenen Spannungen zu lösen bat Linus …" – er wirft einen Blick zu Linus und verneigt sich ehrerbietig – „ … bat Linus den Apostel Petrus, nach Rom zu kommen und sich der Sache anzunehmen.

Als nun Paulus davon hörte, wollte auch er kommen. Da er aber wegen anderer Tätigkeiten davon abgehalten wurde, schickte er uns einen Brief." In der Gruppe der Zuhörer wird es unruhig. Anaklet liest jetzt schon lange. Jemand hüstelt vernehmlich, einige schmunzeln vernehmlich. Anaklet fährt indessen fort:

„Dieser Brief sollte in der Gemeinde vorgelesen werden und die Gemeinde danach verfahren. Erst zehn Jahre später kam dann Paulus selbst nach Rom. Solange Paulus hier in der Gemeinde lehrte, gab es keinen Unterschied zwischen Thorachristen und Heidenchristen. Dieser Streit flackerte erst nach seinem Tod wieder neu auf. Um nun im Sinne der Apostel weiterzuverfahren, müssen in Zukunft von allen Mitgliedern der Gemeinde folgende drei Punkte bejaht werden:

Erstens: Das Gesetz des Mose gibt dem Menschen die Kraft, den Willen Gottes zu erkennen, aber nicht, ihn zu erfüllen. Deshalb gilt – zweitens – die mosaische Heilsordnung als vorbereitendes Stadium für das Christentum. Drittens: Alle sollen akzeptieren, dass Gott die Blindheit der Juden zugelassen hat, um auch die Heiden zum Heil zu führen.

Wer diese drei Punkte nicht anerkennt, und etwas anderes vertritt oder lehrt, der sei in Zukunft aus der Gemeinde ausgeschlossen!

Gott stehe uns bei mit seinem Heiligen Geist. Amen."

Die griechisch gebildeten Anwesenden lassen diesen letzten, entscheidenden Satz auf Griechisch nachklingen. Wie ein Echo ertönt es leise aus ihrer Ecke in einem Gemisch aus Lateinisch und Griechisch: „Anathema sit". Sie werden zur Ruhe gezischelt.

Es tritt eine lange Stille ein. Mit derart klaren und strengen Worten hat niemand gerechnet. Die anwesenden Orthodoxen halten sich mit Bedacht zurück, wissen sie doch, dass diese drei Punkte genau jene sind, die Paulus immer wieder in seinen Schriften erwähnt. Wegen der Klarheit des Textes gibt es hier nichts zu diskutieren. Sie wissen gleichfalls, dass Linus die jüdischen Schriften gut kennt, der historische Vorspann ist ebenfalls niet- und nagelfest. Selbst die Streitbarsten unter ihnen müssen einsehen, dass Linus sie einstweilen mundtot gemacht hat, denn der Text enthält theologisch keine anderen Aussagen, als die des Paulus.

Den rhetorisch Geschulten unter ihnen entgeht auch jene rabbinische Schlussformulierung nicht, bei der das Wichtigste in dem besteht, was nicht gesagt wird: dass nämlich derjenige, der diesen drei Punkten zuwiderdenkt oder -handelt, sich durch sein Denken oder Tun selbst ausschließt, sodass es keiner Gerichtssitzung bedarf.

Angreifbar ist allenfalls die Autorität, mit der Linus hier auftritt und diesbezüglich gibt es schließlich auch nach einer kleinen Pause eine Diskussion.

Anmaßung, Selbstüberschätzung, Hochmut und Eitelkeit werden ihm vorgeworfen. Linus aber bleibt bei all dem ruhig und gelassen, was im Moment seine stärkste Waffe ist. In seiner knappen Antwort beruft er sich auf Petrus, der ihn als seinen Nachfolger als Leiter der römischen Christengemeinde bestimmt hat, was selbst Paulus seinerzeit akzeptiert hatte.

Ein weiterer Angriffspunkt seitens der Orthodoxen ist nun der, Linus habe im Alleingang gehandelt und nicht den Konsens mit den anderen Gemeinden gesucht. Aber auch gegen diesen Winkelzug ist er gefeit, denn er kann seinen Gegnern einen Brief aus der Jerusalemer Gemeinde zeigen, mit der er das jetzige Vorgehen abgestimmt hat. Zudem hat er sich den Rat des letzten noch lebenden Apostels eingeholt, der sich auf der Insel Patmos zurückgezogen hat: Johannes. Dieser begrüße diesen Weg, den Konflikt in der römischen Christengemeinde zu beenden, sogar außerordentlich und habe der ganzen Gemeinde einen liebevollen Segensgruß gesandt.

Nachdem Linus diesen verlesen hat, herrscht betretenes Schweigen.

Da er sich aber nun einmal dazu durchgerungen hat, ins Wespennest zu greifen, ist er auch entschlossen, fest zuzugreifen. Seinen größten Trumpf hat er noch im Ärmel und er weiß, dass er diesen erst würde ziehen dürfen, wenn seine Gegner fast geschlagen sind, denn genau dieses „Fast" ist gefährlich und hat schon mehrfach den beigelegt geglaubten Streit wieder aufkeimen lassen.

Dank der von Nazarius aufgefundenen Briefe ist er mit Hilfe von Aulus auf ein Dokument von unschätzbarer Bedeutung gestoßen.

In klarsichtiger Analyse hat Aulus die eindeutig von Paulus' Hand geschriebenen Teile eines Briefes entdeckt, den der Apostel an seine Gemeinde in Ephesus geschrieben hat. Dieser Brief ist zwar bekannt und existiert in verschiedenen Abschriften, jene nun aufgefundene Original-Passage aber fehlt bisher in allen kursierenden Kopien.

Darüber hinaus ist die eindeutige Zuordnung dieses Fundes zum Epheserbrief insofern von großer Bedeutung, als gerade in Ephesus schon zu Lebzeiten von Petrus und Paulus der Streit zwischen Judenchristen und Thorachristen heftig entbrannt war.

Schließlich ist dieser Brief von Paulus in Rom während seiner ersten Gefangenschaft in den Jahren 61 bis 63 – wahrscheinlich im Herbst des Jahres 62 – geschrieben und übersandt worden. Das ist noch keine acht Jahre her und legt die Vermutung nahe, dass Paulus bei diesem Schreiben auch die römische Gemeinde vor Augen hatte.

In der Nacht noch hatten Linus, Anaklet und Aulus sich über dieses wertvolle Schriftstück gebeugt und mit glühenden Wangen seine Bedeutung erkannt. Nachdem sowohl Aulus als auch Anaklet in konkurrierender Bescheidenheit und nach langem Sträuben und Winden sich nicht dazu hatten bewegen lassen, den Text vorzulesen, war Linus selbst diese Aufgabe zugeteilt worden.

Als er jetzt die Mappe zur Hand nimmt, können deshalb auch einige der anwesenden Thorachristen nicht umhin, die perfekte Dramaturgie dieses Treffens festzustellen und darüber mit ihrem Nachbarn zu tuscheln.

Erst als es ruhig geworden ist, schlägt Linus die Mappe, die ihm Anaklet reicht, auf. Er legt sie auf dem Schoß zurecht und beginnt zunächst frei zu sprechen:

„Brüder, zur endgültigen Klärung unseres Streites wollen wir noch einmal Paulus zu Wort kommen lassen. Erst kürzlich fiel uns ein Dokument in die Hände, das die Frage nach der Behandlung von Juden- und Thorachristen unseres Erachtens definitiv beantwortet. Es handelt sich um einen Abschnitt, den Paulus aus seiner römischen Gefangenschaft an die Gemeinde in Ephesus geschrieben hat. Soweit ich weiß, ist dieser Text bisher in keiner der bekannten Übersetzungen und Abschriften aufgetaucht … hm … Paulus schreibt“, er nimmt die Mappe behutsam in die Hand und hält sie sich wie ein kaiserlicher Chorknabe vors Gesicht:

„Erinnert euch also, dass ihr einst Heiden wart und von

denen, die äußerlich beschnitten sind, Unbeschnittene genannt wurdet …"

Schon die Betonung und Langsamkeit, mit der er diesen ersten Satz mehr vorträgt als vorliest, macht deutlich, dass er bemüht ist, die sonst sonore Gleichmäßigkeit seiner Stimme zu Gunsten eines eingänglicheren Zuhörens besser zu modulieren. Da gleich zu Beginn jedem Zuhörer klar wird, dass der Text sich an jene wendet, die jetzt nicht anwesend sind, nämlich die Heidenchristen, erkennen sie doch zugleich das rhetorische Geschick, durch welches sie nur indirekt angesprochen werden. Sie spitzen deshalb umso mehr die Ohren, als Linus fortfährt:

„Von Christus wart ihr getrennt, der Gemeinde Israels fremd und von dem Bund der Verheißung ausgeschlossen; ihr hattet keine Hoffnung und lebtet ohne Gott in der Welt."

Bis hierhin kann jeder Zuhörer mitgehen. Als Linus jedoch den nächsten Satz, der mit „Jetzt aber" beginnt, vorliest, entsteht durch absichtliches Räuspern und deutliches Hüsteln eine störend-ablehnende Atmosphäre. Linus schaut kurz von der Abschrift auf, dann beginnt er mit diesem Absatz noch einmal von vorn:

„Jetzt aber seid ihr, die ihr einst in der Ferne ward, durch Christus Jesus, nämlich durch sein Blut, in die Nähe gekommen. Denn ER ist unser Friede. Er vereinigt Juden und Heiden und reißt durch sein Sterben die trennende Wand der Feindschaft nieder. Er hebt das Gesetz samt seinen Geboten und Forderungen auf, um die zwei in seiner Person zu dem einen neuen Menschen zu machen. Er stiftet Frieden und versöhnt Juden und Heiden durch das Kreuz mit Gott in einem einzigen Leib. Er hat in seiner Person die Feindschaft getötet. Er kam und verkündete den Frieden: euch, den Fernen, und uns, den Nahen. Durch IHN haben wir beide in dem einen Geist Zugang zum Vater. Ihr seid also jetzt nicht mehr Fremde ohne Bürgerrecht, sondern Mitbürger der Heiligen und Hausgenossen Gottes …"

Hier setzt er wieder ab, um einerseits seinen Zuhörern, auf die das Ganze niederschmetternd wirkt, eine kleine Erholung zu gönnen, andererseits aber, um auf den folgenden Satz abzuheben, denn hier geht es um seine eigene Position in der Gemeinde:

„Ihr seid auf das Fundament der Apostel und Propheten gebaut; der Schlussstein ist Christus Jesus selbst. Durch ihn wird der ganze Bau zusammengehalten und wächst zu einem heiligen Tempel im Herrn. Durch ihn werdet auch ihr im Geist zu einer Wohnung Gottes erbaut. Deshalb bete ich, Paulus, für euch, die Heiden. Ihr habt doch gehört, welches Amt die Gnade Gottes mir für euch verliehen hat. Wenn ihr das lest, könnt ihr sehen, welche Einsicht in das Geheimnis Christi mir gegeben ist. Den Menschen früherer Generationen ist es nicht bekannt; jetzt aber ist es seinen heiligen Aposteln und Propheten durch den Geist offenbart worden: dass nämlich die Heiden Miterben sind, zu demselben Leib gehören und an derselben Verheißung in Christus Jesus teilhaben durch das Evangelium. Ihm diene ich dank der Gnade, die mir durch Gottes mächtiges Wirken geschenkt wird. Mir, dem Geringsten unter allen Heiligen, wird diese Gnade geschenkt: Ich soll den Heiden als Evangelium den unergründlichen Reichtum Christi verkündigen und enthüllen, wie jenes Geheimnis Wirklichkeit geworden ist, das von Ewigkeit her in Gott, dem Schöpfer des Alls, verborgen ist.“

Unmittelbar nach diesem letzten Satz schließt Linus den Ordner so, als sei dem Verlesenen nichts mehr hinzuzufügen.

Der Text schlägt ein wie der gewaltigste römische Schleuderstein. Es beginnen halblaute Zweier- und Dreiergespräche.

Einige wollen das Unglaubliche nicht glauben, für andere kann einfach nicht sein, was nicht sein darf, und einigen bricht buchstäblich eine Welt zusammen: Sie sitzen erschüttert, bleich und reglos auf ihren Stühlen. Ein paar Akribische wollen das Original sehen und Linus gewährt ihnen Einblick in das von Nazarius aus der Höhle besorgte Schriftstück, das

Anaklet – ohne um die geheimnisvollen Umstände seiner Auffindung zu wissen – in einer gesonderten Mappe bereithält.

An der Originalität des Textes besteht kein Zweifel.

Linus gerät lediglich dadurch in Schwierigkeiten, dass nun die meisten ganz genau wissen wollen, woher der Text stammt. Wenn schon die Autorenschaft des Paulus außer Frage steht, so gibt vielleicht die Herkunft des Textes noch einen letzten Grund dafür, an seiner Verbindlichkeit zu zweifeln. So könnte er ja, was ein Zuhörer spitzfindig bemerkt, aus den persönlichen Aufzeichnung des Paulus stammen und aus Klugheit nicht in das tatsächliche Schreiben eingefügt, sondern von Paulus bewusst zurückgehalten worden sein.

„Oder andere haben es aus dem tatsächlichen Brief herausgestrichen, bevor sie Abschriften herstellten … hm …!“, antwortet Linus, sodass der verständliche Verdacht zwar nicht entkräftet, aber doch durch sein Gegenargument in die Waage gebracht wird.

Allein, diese Schwachstelle bezüglich der Herkunft des Textes bleibt im gesamten Argumentationsgerüst bestehen, denn Linus hat sich mit Aulus darauf geeinigt, darüber so lange zu schweigen, bis die genaueren Umstände seiner Auffindung geklärt seien. Daran ist aber angesichts des Zustandes von Nazarius derzeit nicht zu denken. Linus hofft jedoch, die von Aulus nur andeutungsweise dargelegten Gründe für das notwendige Schweigen demnächst klären zu können, um dadurch im Nachhinein dieses letzte Gegenargument gegen die Verbindlichkeit des Textes zur Stellung der Heidenchristen in der Gemeinde ausräumen zu können.

Im Moment ist also nichts mehr zu sagen.

Es gibt ein abschließendes Gebet, das allerdings in der allgemeinen Aufregung und entstandenen Diskussion nahezu untergeht.

Dann entlässt Linus die Gesellschaft.

Er geht dieser vorweg in das Atrium und öffnet das große

Portal, durch das seine Glaubensbrüder bequemer als durch die Seitentür das Haus verlassen können.

Diese trennen sich im vorgelagerten Garten jedoch noch nicht so bald voneinander, sondern besprechen das Geschehene ausführlich. Es bilden sich kleine Grüppchen und Aulus ist ein gefragter Gesprächspartner. Immer wieder reiten sie auf der ungeklärten Herkunft des Textes herum. Neidlos erkennen sie allerdings seine akribische philologische Arbeit an und bekräftigen ihre Hochachtung durch wohlwollendes Nicken. Aulus fühlt sich geschmeichelt und nimmt die Anerkennung dieser teilweise noch rabbinisch geschulten Schriftgelehrten wohlwollend entgegen.

Zugleich aber verspürt er seitens derer, die ihn loben, eine unüberbrückbare Distanz: Sie kommen ihm wie faire Sportler vor, die zwar nach außen die Leistung eines noch Besseren anerkennen, sich nach innen aber doch um den verlorenen Sieg grämen.

Diese Gruppe thorachristlicher Radikaler, der heute Nachmittag durch seine Mitwirkung ein erheblicher Schlag versetzt wurde, wirkt auf ihn geheimnisvoll verschworen. Statt sich mit dem Gedanken anzufreunden, verloren zu haben, loben sie ihn so über den grünen Klee, dass es ihm am Ende unangenehm wird. Sein Bedarf an Zuspruch und Respektbezeugung ist mehr als gedeckt. Jeden, der ihn herablassend lobt, hört er im Stillen sagen: *Nicht schlecht, für einen Dilettanten wie dich!*

Er will das Anwesen verlassen, um pünktlich bei einer abendlichen Agapefeier mit Aristobulus zu sein. Auf dem Weg durch den Garten zur Hauptstraße verweilt er jedoch noch kurz bei einer größeren Gruppe, von denen ihn einer am Ärmel zu sich in den Kreis zieht. Augenblicklich nimmt er Eubulus und Pudens, die sich den ganzen Nachmittag so sonderbar zurückgehalten hatten, wahr.

Er ist im Herzen des Widerstands.

Auch hier gibt es zunächst Lob und Anerkennung für seine Leistung: „ … und das in so jungen Jahren …“. Einen anderen Anwesenden hört er zu seinem Nachbarn sagen: „In dem Alter saßen wir noch in Jerusalem, lernten die Bibel auswendig und mussten in der Synagoge den Mund halten“ – wiewohl der Tonfall gleich mitsagt, dass er eine solche Therapie auch für einen Grünschnabel wie Aulus für sinnvoll und angemessen hält.

Pudens bemüht sich ums Gespräch: „Hat man denn außer dem verlesenen Text noch andere wichtige Unterlagen gefunden? Du bearbeitest doch den ganzen Fund, nicht wahr?“

„Nein“, antwortet Aulus kurz und wendet sich zum Gehen.

„Noch auf ein Wort“, beginnt Pudens wieder und winkt ihm zu bleiben. „Wie stark, glaubst du, hat sich Paulus bei der Abfassung dieses Briefes nicht nur von der Situation in Ephesus leiten lassen, sondern zugleich von den Zuständen in der römischen Gemeinde?“

„Das betrifft die Frage, ob die Schriften des Paulus allgemein verbindlich sind, oder nur für die jeweilige Situation des Adressaten Gültigkeit haben“, erkennt Aulus messerscharf und verblüfft dadurch seine Zuhörer abermals.

„Genau“, sekundiert Pudens.

„Ich denke“, setzt Aulus hinzu, „dass die Beantwortung eurer Frage nicht in den Bereich meiner Kompetenz fällt, aber immerhin existiert dieser Brief von Paulus von Anfang an in mehreren Kopien …“.

„ … sodass man ihn als allgemeines Rundschreiben verstehen kann“, fällt ihm Pudens ins Wort; „aber weshalb haben die Briefe dann verschiedene Adressaten?“

„Das muss man vielleicht aus der politischen Situation heraus verstehen: Ein Rundschreiben hätte damals sofort die Aufmerksamkeit der Behörden geweckt, die ja neben dem offiziellen staatlichen Götzenkult bis heute bei härtesten Strafen keine eigenständige religiöse Vereinigung dulden.“

„Das Christentum ist also eine eigenständige religiöse Vereinigung?", fragt Pudens mit wachem Blick.

„So sehe ich das."

„Und wie sieht Linus das?"

„Da müsst ihr ihn schon selber fragen."

„Das werde ich tun. Gute Zeit." Mit einem freundlichen Nicken entlässt er Aulus aus dieser Anhörung, die offenbar zu seiner Zufriedenheit verlaufen ist.

Aulus ist von diesem Augenblick an der festen Überzeugung, dass diese Thorachristen keineswegs den Schlichtungsversuch des Linus akzeptieren werden und das Feld nicht so kampflos räumen werden, wie es momentan den Anschein hat.

Als er sich zum Gehen wendet, fällt ihm ein, dass sein Bote ja noch anwesend sein müsste.

Von diesem hat niemand groß Notiz genommen, was ihn ganz und gar nicht störte. Er schlenderte durch den Garten, stellte sich mal hier und mal dort hinter eine kleine Gruppe und zog dann unauffällig weiter. Von Aulus war er instruiert worden, die Ohren zu spitzen, was er für die spätere Berichterstattung an seinen Herrn auch tat. Er weiß, wie sehr dieser auf jedes Detail dieses nachmittäglichen Geschehens erpicht sein wird, und da seine Sinne bis aufs Äußerste geschärft sind, ist ihm auch nicht entgangen, dass Nazarius auf der gegenüberliegenden Straßenseite am Haus entlangschlich. Als Aulus ihn nun sucht, um gemeinsam den Heimweg anzutreten, steht er gerade unauffällig bei einer Gruppe direkt vor dem bereits wieder geschlossenen Portal.

Aulus geht auf ihn zu. Die beiden verständigen sich, dass es Zeit zum Aufbruch sei. In diesem Moment geschieht etwas Merkwürdiges.

Noch aus Zeiten ihrer vormaligen Nutzung als herrschaftliche Villa, ist über dem Portal das Familienwappen des Vincinus angebracht. Es ist ein ovales Gebilde mit allerhand bunten Zeichnungen und einer am Rand befindlichen Schrift in

Gold. Dieses Wappen ist aus gebranntem Ton, der mit kunstvoll gebogenen und teilweise vergoldeten Schnörkeln verziert ist. Linus hat dieses Wappen nie entfernen lassen, teils, weil es gut zum Gesamtbild der Fassade passt und sich in dieses unauffällig einfügt, teils auch, um keinen Verdacht bezüglich der Nutzung dieses Hauses als Treffpunkt der Christen zu wecken. Gerade was dies betrifft ist Linus aus gutem Grunde sehr vorsichtig und hat es bisher wohlweislich unterlassen, am Äußeren des Gebäudes Veränderungen vorzunehmen, die in irgendeiner Weise auffällig oder verdächtig sein könnten. Mithin nutzen er und die vielen Gäste auch stets den Seiteneingang, denn auf diesen kann man von den benachbarten Villen nicht blicken.

Nun hat Linus vorhin, seiner sonstigen Vorsicht zuwider, die Brüder durch das Hauptportal entlassen. Sicher war es lange Zeit nicht mehr geöffnet worden. Mag sein, dass Linus, in seiner Angst, nichts zu verändern, das Äußere des Hauses nie wirklich in Augenschein genommen hat. Auf jeden Fall hat sich durch das Öffnen und Schließen der Tür das über ihr befestigte Wappen gelöst.

Gerade in dem Moment nun, in dem Aulus auf seinen Boten zugeht, der sich bei der am Portal stehenden Gruppe aufhält, reißt es aus seiner Halterung und kracht auf die Sandsteinstufen, wo es in tausend Scherben zerbricht.

Von dem Geräusch zugleich aufgeschreckt und angelockt laufen die sich im weiträumigen Garten Unterhaltenden nun plötzlich am Ort des Geschehens zusammen. Auch Linus und Anaklet, die sich im Hause aufhalten, nehmen das laute Geräusch des berstenden Wappens wahr. Kurz nach dem Aufprall des Schildes öffnet sich die Haupttür wieder. Linus steht mitten im Türrahmen. Er besieht sich das Malheur und wirft dann einen Blick über die aus Schrecken und Neugier noch einmal versammelte Runde. Alles blickt auf ihn, dem die Scherben zu Füßen liegen. Er scharrt diese mit den Füßen ein wenig zusammen und sagt dann zu allen: „Ist nicht so schlimm – … hm …!". Dann schließt er von innen das Portal. Kurz darauf kommen durch die Seitentür zwei Bedienstete und räumen vor den Augen derer, die noch geblieben sind, die Scherben auf.

Aulus aber und sein Bote haben sich bereits auf den Heimweg gemacht.

XII.

Ein neuer Mann sitzt auf dem Thron – der dritte innerhalb eines Jahres. Das Volk nennt ihn den „Vielfraß", was eine präzise Charakterisierung ist. Die maßlose und unnatürliche Fresslust des Kaisers Vitellius, alias Germanicus, Kaiser Vielfraß, wird durch eine Feder begünstigt, die er nach jeder Mahlzeit benutzt, um den Magen entleeren und von vorn beginnen zu können.

Auf derartige Redereien beschränkt sich das politische Interesse des Volkes.

„Am liebsten hat er eingelegten und dann pürierten Thunfisch auf dünnen Kalbsfleischscheibchen. Das Fleisch muss vorher zart in Weißwein mit Gemüse gekocht werden", so flüstert man es hinter vorgehaltner Hand. Die Köche am Hof nennen das Gericht schon nach dem Kaiser: Vitellius thunnatus …

Aulus und sein Bote sind auf dem Heimweg von der denkwürdigen Versammlung bei Linus.

„Übermorgen hat Vitellius eine offizielle Totenfeier für Nero angesetzt," spricht, nachdem sie zunächst eine Weile geschwiegen haben, der Bote zu Aulus.

„Und der Triumphzug?", fragt Aulus desinteressiert.

„Erst die Toten ehren", heißt es in dem Aufruf, „dann die Lebenden feiern. Es sollen schon große Chöre zusammengerufen worden sein, die die Lieder des Nero einüben."

„Sancta simplicitas! – Er ist doch der Sohn jenes ehemaligen Statthaltes von Syrien, Lucius Vitellius, der später der Vertreter des Kaisers Caligula wurde."

Aulus spricht das mehr so vor sich hin und ist überrascht, dass sein Begleiter darauf kenntnisreich eingeht: „Er, der Vater des jetzigen Kaisers, ist derjenige, der mit diesem Kult begann, die Kaiser als Götter zu verehren."

„Woher weißt du denn so etwas?"

„Ach, Herr, man kriegt so manches mit in Rom. Dazu braucht man nicht einmal die Ohren zu spitzen."

Aulus ärgert sich nicht schlecht über diesen Satz und auch über sich. Es ist das ewig gleiche Spiel mit den Freigelassenen: gibt man ihnen nur das Gefühl, sie zu brauchen, so stehen sie sofort über einem. Scire potentia est! Da er die Anspielung mit den gespitzten Ohren durchaus verstanden hat, will er seinem Untergebenen nicht sofort das Gefühl geben, auf jene Informationen zu brennen, die dieser möglicherweise bei Linus aufgeschnappt hat. Deshalb bleibt er einstweilen bei dem Gerede über den neuen Kaiser und sagt etwas abfällig:

„Was weiß denn jemand, der nicht einmal die Ohren spitzt" – hier ahmt er ihn nach – „noch über Vitellius zu berichten?"

„Was die Wohlunterrichteten sagen?"

„Was?"

„Nun, Kaiser Vielfraß – so nennen ihn alle ..."

„Das weiß ich auch!"

„Der Herr ist wohl informiert, ich sehe schon, dass er mich nur aus Höflichkeit fragt."

„Was ist nun mit diesem Kaiser Vielfraß?"

„Nun, er soll gesagt haben ... – aber das wird der Herr doch alles wissen." Er schaut Aulus, der wegen des einsetzenden Regens schneller läuft, von der Seite an. Das Wasser rinnt an den Lehmfassaden der Häuser herunter. Lange schwarze Tränen an den Wänden. Kalter Wind weht um die Gassenecken. Irgendwo wirbelt er trockenes Laub hervor, drückt ein gewelltes Blatt in ein Rinnsal, wo es wie ein getroffenes Schlachtschiff voll Wasser läuft und schließlich kreiselnd von einem Strudel niedergerissen wird.

„Ja, ich weiß auch einiges", entgegnet Aulus mürrisch, „aber ich will wissen, was du weißt!"

„Nun, er soll gesagt haben, der Kaiser Vielfraß, es sei ihm unverständlich, dass Nero so schlecht wohnen konnte."

„Meinte er damit etwa diesen millionenschweren Prunkpalast, dieses unverantwortliche, gewaltige Monument, dieses widerliche, monströse, aus allen Dimensionen geratene, abscheuliche, wuchtige, gigantische, gewaltige, hässliche, ekelhafte, miese, abstoßende goldene Haus?" – er verzieht den Mund, als hätte er gerade in eine Zitrone gebissen.

„Selbstverständlich!"

Eine ganze Weile gehen sie schweigend nebeneinander her. Langsam wird der Regen unangenehm und beide ziehen die Köpfe tiefer in ihre Umhänge.

„Von ‚schlecht wohnen' kann da ja wohl nicht die Rede sein."

„Den Sklaven geht es da gut."

„Wie meinst du das?"

„Im Triclinium ist eine drehbare Kuppel aus deren Mitte bei großen Festen Blumen auf die Gäste herabregnen, die fallen dann auch auf die Sklaven."

„Aber andere müssen wohl mit den Winden irgendwo im Keller die Kuppel drehen, das stelle ich mir nicht sehr angenehm vor ... dann muss ja jemand auch die Blumen pflanzen, pflegen und pflücken ... und andere Sklaven müssen auf die Kuppel kriechen und die Blumen streuen."

„Übrigens: Da soll es noch eine Kuppel geben!"

„Ich hab's gehört, lass gut sein."

Aber der Bote ist nicht mehr zu bremsen, zumal er nicht ganz zu Unrecht davon ausgeht, dass Aulus es nicht weiß.

„Da ist der ganze Sternenhimmel draufgemalt und dreht sich so, wie die Sterne gerade am Himmel stehen."

„Solch ein Unsinn, dann kann man ja gleich aus dem Fenster schauen, die Fenster sind im goldenen Haus ja groß genug."

„Aber wenn es regnet, so wie jetzt ..."

„Das ganze goldene Haus ist ein Wahnsinn, schau sie dir doch an, die Kaiser: Kaum beginnt Nero mit dem Bau, da stirbt er, Galba baut weiter daran, auch er stirbt; Otho baut weiter und was ist passiert? Er stürzt sich ins Schwert. In dem Haus wohnt der Wahnsinn und der ergreift jeden, der daran weiterbaut."

„Sei doch nicht so streng!"

„Das Ganze erinnert mich an den Turmbau zu Babel!"

Sie gehen wieder ein Weile schweigend nebeneinander.

„Übrigens, dieser Asiaticus ...", beginnt wieder sein Begleiter, „dem der Kaiser die ganzen Regierungsgeschäfte überlassen hat, ist ein freigelassener Sklave ..."

„So, so!"

Sie sind inzwischen daheim angelangt. Bevor sie ins Haus treten, bemerkt Aulus noch nebenbei, er wolle dann noch von ihm hören, was er bei Linus alles erlauscht habe.

„Da gäbe es einiges zu berichten", antwortet sein Bote hintergründig, „ich stehe dem gnädigen Herrn jederzeit zur Verfügung."

Anna öffnet die Tür und bevor Aulus noch etwas sagen kann, macht sie eine hinweisende Kopfbewegung, dass jemand auf ihn wartet. Er drückt ihr seinen Umhang in die Hand. Dabei flüstert sie ihm mit furchtsamem Blick zu: „Es ist Nazarius, Herr."

Nazarius ist aus seinem Halbschlaf von den Geräuschen der Heimkehrenden aufgeschreckt worden. Er räkelt sich kurz, reibt sich die Augen und erhebt sich vom Sessel. Gerade als er aufgestanden ist, erscheint Aulus im Atrium. Er streicht das vom Regen nass gewordene Haar nach hinten und bleibt stehen.

„Aulus, ich muss mit dir reden!"

„Jetzt sofort?"

„Ja!"

„Gut, dann komm." Aulus wendet sich um und geht schweigend voraus in sein Studierzimmer. In der Hand hält er den Hammer, den er vom Regal genommen hat, und Nazarius folgt diesem wie der Hund dem Knochen. Im Zimmer angelangt weist Aulus ihm mit der flachen Hand den Stuhl vor dem Schreibtisch und setzt sich selbst dahinter. Auf den

Tisch legt er das corpus delicti ostentativ zwischen sich und Aulus. Während er den Hammer mit dem Daumen noch um eine Winzigkeit zurechtschiebt, sagt er: „Ich wusste, dass du irgendwann kommen würdest", dabei schaut er die Position des Hammers an und als er mit dieser zufrieden ist, lehnt er sich in seinem Sessel zurück und schlägt die Beine übereinander. „Was gibt es?"

Nazarius weiß nicht recht, wie er beginnen soll. Während er auf Aulus gewartet hat, hat er zwar alle möglichen Gesprächsanfänge durchgespielt, aber in seiner Erregung hat er sich nicht auf die entsprechenden Stimmungen vorbereitet, in denen er Aulus antreffen könnte. Jetzt, in der konkreten Situation, fällt sein ganzes Argumentationsgebäude in sich zusammen. Gerade aber will er etwas sagen, da meldet Anna, dass jemand den Herrn unbedingt zu sprechen wünscht.

„Er soll warten", sagt Aulus mit nervöser Ruhe.

„Das will er auf keinen Fall, es sei unbedingt notwendig, dass er den Herrn jetzt sofort spreche, es dauere nur einen Augenblick." Mürrisch erhebt sich Aulus aus seinem Sessel. „Entschuldige mich bitte kurz", sagt er zu Nazarius, ohne ihn dabei anzusehen, und verlässt den Raum.

Aulus eilt ins Atrium und sieht, dass sein Bote nervös auf ihn wartet. „Was gibt es?", fragt er ungeduldig. Der Bote schweigt, bis Anna in den hinteren Räumen verschwunden ist, und sagt dann sehr schnell und leise zu Aulus: „Der Herr sollte noch wissen, dass er" – dabei zeigt er ins Studienzimmer – „heute Nachmittag bei Linus am Garten vorbeiging."

„Wer? Wann?"

„Nazarius. Ich habe ihn auf der gegenüberliegenden Straßenseite gesehen, kurz bevor das große Wappen herunterfiel."

„Danke", sagt Aulus und begibt sich wieder zu Nazarius. Er nimmt seine Position hinter dem Schreibtisch ein, sagt „Entschuldigung" und wartet.

„Wo ist Lucia?", platzt Nazarius völlig unvermittelt heraus.

„Sie hält sich bei einem guten Christen in der Vorstadt versteckt."

„Bei wem und vor wem?"

„Bei wem, das kann ich dir nicht sagen, aber vor wem, das schon."

„Vor wem?"

„Vor dir!"

Nazarius wird flau im Magen und eine heiße Welle durchläuft ihn von oben bis unten.

„Woher hast du den Hammer?"

„Von Lucia."

„Das kann nicht sein!"

„Ach?"

„Es ist mein Hammer, ich hatte ihn mit in die Höhle genommen ..."

„Dort habe ich ihn gefunden ..."

„D-d-d-u!? – Wann?"

„Am Morgen, als ich dich suchte.Du warst wie vom Erdboden verschwunden und hast mir bis heute ja nicht gesagt, was vorgefallen ist und wo du die ganze Zeit gewesen bist."

Nazarius schweigt. Das Gespräch ist bisher so verlaufen, wie er es auf keinen Fall gewollt hat. Ihn beunruhigt, was Lucia alles erzählt haben mag. Er weiß, dass er jetzt kein falsches Wort sagen darf, denn er ist entschlossen, sie weiterhin zu verteidigen. Hat sie aber alles erzählt und weiß Aulus Bescheid, so würde er sich selbst als Lügner entlarven. Er beschließt, die Sache anders anzupacken.

„Aulus, was weißt du? Was hat das mit dem Hammer zu bedeuten?"

„Lucia will so wie bisher nicht weiterleben. Sie hat mir den Hammer, den ich gefunden hatte, deinen Hammer, gestohlen und zu mir über ihren jetzigen Herrn zurückgesandt als Zeichen ihres Umkehrwillens."

„Umkehrwille, Umkehrwille!"

„Ich habe dich vorgestern beim Gebetstreffen gesehen. Du hast sie gesucht!"

„Na und?"

„Na und? Sagst du. Lass sie in Gottes Namen zufrieden! Hörst du, sie will so nicht mehr weiterleben wie bisher und sie lässt dir ausrichten, dass sie erst wieder mit dir Kontakt haben will, wenn du dich aus deinen jetzigen Freundeskreisen zurückziehst."

„Weshalb?"

„Ihr habt sie zur Hure gemacht! Das arme Kind ist völlig am Ende, sie hat gelogen, gestohlen, Unzucht getrieben, mit dir und deinen Kumpanen. Ist das nicht genug?"

„Was hat das mit mir zu tun?"

„Begreif' doch: Das hat sie für dich getan ...!"

Nazarius wird nachdenklich, denn er hat nicht damit gerechnet, dass Lucia offenbar alles über ihr Leben und Treiben in den vergangenen Wochen ausgeplaudert hat. Sie hat also das Geheimnis, das sie beide teilten, ans Licht gebracht?!

„Sie liebt mich also doch?", fragt er, schließlich stiller werdend.

„Na ja, von lieben kann da ja wohl nicht die Rede sein, so, wie euer Verhältnis bisher gewesen ist", antwortet Aulus streng.

„Aber ... sie mag mich noch?"

„Sie ist bereit, es mit dir zu versuchen. Meinetwegen, sagen wir: Sie mag dich. Aber so, wie bisher, will sie nicht mehr mit dir zusammensein."

„Was will sie denn?"

„Sie will, dass du dich bekehrst!"

„Das habt ihr ihr eingeredet!"

„Nazarius, das steht jetzt nicht zur Debatte. Wichtig ist, dass sie den Weg der Sünde verlassen hat und sich erst wieder mit dir treffen will, wenn auch du ihn verlassen hast!"

„Ist das ihre Bedingung?"

„Ja."

„Und so lange haltet ihr sie vor mir versteckt?"

„Sie hält sich selber verborgen, weil sie im Guten noch nicht gefestigt ist."

„Aber ihr, ja, ihr alle seid im Guten gefestigt?" Nazarius reagiert verletzt, „ihr nehmt mir das Liebste, das ich habe und erpresst mich. Das ist Erpressung, jawohl, Erpressung! Der saubere Aulus ..., dass ich nicht lache. Du kannst beurteilen, ob sie im Guten gefestigt ist, was? Ist das euer Christsein?"

„Nazarius, du bist blind."

„Blind, ja? ... Lieber blind als herzlos! Was geht euch das eigentlich an, wen ich liebe und wie ich liebe?"

„Lucia will von sich aus ihr Leben ändern", antwortet Aulus gelassen.

„Nachdem ihr ihr mit allen möglichen Höllenstrafen gedroht habt, was? Das glaube ich nicht, das glaube ich nicht, bevor sie es mir nicht selber gesagt hat."

„Du kannst nicht zu ihr, sie tut Buße."

„Oh ja, das hab' ich ja ganz vergessen. Die strenge Buße: Gebet, Fasten, Einsamkeit, das hast du ja toll eingefädelt. Sie liebt mich. Ich glaub' einfach nicht, dass sie von selber umgekehrt ist, ihr habt ihr gedroht!"

„Es ist etwas anderes, ob man jemandem droht, oder ihm die Folgen seines Tuns vor Augen stellt."

„Im Resultat nicht!"

„Jetzt tob' hier nicht so rum", sagt Aulus immer noch in Seelenruhe, „der raue Umgangston der Soldaten hinterlässt offensichtlich Spuren in deinem Verhalten ..."

„Dein Umgang mit mir hinterlässt Spuren, und zwar hier ...", dabei zeigt er auf sein Herz. Dennoch hat der Satz von Aulus gewirkt und nachdem das anfängliche heftige Aufbegehren gegen die Unabwendbarkeit der jetzigen Situation sich etwas gelegt hat, besinnt sich Nazarius wieder auf das Hauptinteresse dieses Gespräches, nämlich in Erfahrung zu bringen, was Aulus alles weiß und was nicht.

„Willst du mir jetzt auch die Folgen meines Tuns vor Augen stellen?"

„Das habe ich schon getan: Wenn du dich bekehrst, steht dir die Tür offen! Patet Porta."

„Soso! Und wenn nicht?"

„Ich kann dir nicht drohen, Nazarius, aber ich weiß, dass auch du eigentlich so nicht leben kannst."

„So, was weißt du noch alles über mich, was hat sie denn noch alles ausgeplaudert?"

Er ärgert sich über diese Frage, denn der geschulte Aulus kann aus ihr schließen, dass ihm tatsächlich etwas verschwiegen wurde, aber seine Antwort lässt nicht erahnen, ob es so ist:

„Du täuschst dich, wenn du glaubst, dass dein Lebensstil in den vergangenen Wochen verborgen geblieben ist. Es weiß jeder, dass du ständig mit diesen Soldaten herumhängst, säufst, den Tag zur Nacht machst und deine ungerechte Belohnung verjubelst – Nazarius, das ist Blutgeld!"

„Scheißdrauf! Schließlich habe ich ja auch geblutet, *mir* haben sie den Kopf eingeschlagen in der Höhle, nicht *dir*!"

„Nazarius, am besten, du erzählst von Anfang an, was geschehen ist!"

Wieder ist diese Grenze erreicht, die er nicht überschreiten will, so lange er nicht weiß, was Lucia alles gesagt hat. Vielleicht, so denkt er, schiebt sie ihn und ihre ganze Geschichte von Buße und Umkehr ja nur vor, um den Fängen dieses merkwürdigen Kultes zu entfliehen. Einstweilen beschließt er, auch wenn Aulus noch so väterlich tut, nichts zu sagen.

„Ich habe dir schon gesagt, was geschieht. Mehr weiß ich nicht. Was weißt du denn noch? ... Was hat das mit dem Hammer zu tun?", Nazarius deutet auf den Gegenstand, der wie eine Barriere zwischen ihnen liegt.

„Ich weiß zum Beispiel, dass du heute bei Linus vorbeigegangen bist." Aulus sitzt zurückgelehnt im Sessel und klopft mit den Fingerkuppen auf die Lehne.

„Ach, du lässt mich beobachten?"

„Was hast du da gewollt?"

„Nichts!"

Wieder sitzen sie fest und wie ein gefangenes Tier sucht Nazarius nach immer anderen Möglichkeiten, um aus der Falle zu entkommen.

„Hast du wenigstens mit den Schriften etwas anfangen können?"

„Bis auf die Tatsache, dass ich über ihre Herkunft nichts sagen kann: Ja!"

„Was hat ihre Herkunft mit ihrer Bedeutung zu tun?"

„Unter Umständen sehr viel. Es ist ein bedeutender Text dabei …"

„… den du heute bei Linus vorgestellt hast?"

„Ja."

„… und für den du gelobt worden ist?"

„Ja."

„… und für den man dir auf die Schulter geklopft hat?"

„Mein Gott, Ja-ha!"

„Und was ist mit mir?", dabei tippt er sich mit dem Zeigefinger auf die Brust, sodass es ihm selber weh tut. „Mir hauen sie den Schädel ein und dir klopfen sie auf die Schultern! So ist das?! Wer hat den Kopf denn hingehalten für den Mist – kein Wort von mir, was? Da wird man schon beäugt, wenn man nur zufällig zur selben Stunde an dem Hause vorbeigeht, in dem du gerade die Lorbeeren für meine Arbeit entgegennimmst. Aulus, das sind Blut-Lorbeeren!"

Äußerlich ruhig antwortet Aulus: „Ich weiß bis heute nicht, wie die Papiere auf meinen Schreibtisch gekommen sind und du behauptest, dass du es auch nicht weißt. Solange mir nicht bekannt ist, was damals vorgefallen ist, werde ich schweigen, genau wie du schweigst. Irgendetwas hat das mit Lucia zu tun … Da bin ich mir inzwischen sicher."

Nazarius fällt ein Stein vom Herzen, dass Aulus eben doch nichts genaues über Lucia und den Kult weiß.

„Seit du in der Nacht nicht mehr aufgetaucht bist, stehst du wie unter einem Fluch. Lucia ist seit dem Tage auch verschwunden gewesen und wenig später höre ich, dass ihr beide in Wirtschaften mit Soldaten die Zeit verbringt und du mit ihr das Bett teilst. Schließlich tauchst du hier stockbesoffen auf, hast die Taschen voller Geld, und sagst, du wissest nicht, was vorgefallen ist. Da lachen ja die Hühner. Schweigen kann auch Lüge sein!"

Nazarius rückt sich beleidigt auf seinem Stuhl zurecht, während Aulus – nun mit beiden Armen auf die Tischplatte gestützt und zu ihm vorgebeugt – weiterspricht: „Ja, ich habe das Lob eingesteckt …

Aber … Nazarius … was hätte ich denn sagen sollen? Jeder in der Gemeinde weiß, womit du deine Zeit verbringst. Du weißt, wie streng wir Christen gerade diesbezüglich sind. Die hätten sofort gesagt, ich würde mit schlechten Mitteln ein gutes Ziel erreichen wollen …"

„Wer sind *die* …?"

„Die Thorachristen! Scheiße noch mal." Für einen Moment hat er die Fassung verloren. Er wird rot.

„Ach, dieser ewige Zankapfel, lasst euch doch mal was Neues einfallen. Aber das habt ihr jetzt ja, Lucia als Faustpfand gegen mich, das schlechte Mittel."

„Was soll das heißen?"

„Du bist doch ganz froh, dass du jetzt den Helden spielen kannst, endlich mal eine Leistung gegen Anaklet, deinen Widersacher!"

„Nazarius, das verstehst du nicht. Im Moment ist wieder der alte Streit voll ausgebrochen. Du weißt ja, wie empfindlich die Thorachristen sind. Sie hätten die Bedeutung des Textes, den du gefunden hast, sofort in Frage gestellt, wenn die Rede auf dich gekommen wäre – du bist in ihren Augen eine persona non grata."

„Weshalb?"

„Weil du beschnitten bist, wie die meisten von uns, und deshalb auf sie alle ein schlechtes Licht wirfst mit deinem Lebensstil."

„Lucia war aber Heidin, bevor sie getauft wurde!“

„Das macht die Sache ja noch schlimmer. Die Heidenchristen bekehren sich mit allem, was dazugehört: Gebet, Fasten, Einsamkeit – und die, die aus dem Judentum kommen, sympathisieren mit Soldaten, die den Kaiser als falschen Gott verehren – so steht das in deren Augen!“

„Aulus, sag' mir doch einfach, wo ich Lucia finden kann, um mit ihr in Ruhe zu sprechen. Bitte!“

„Das kann ich nicht!“

„Du bist ein Kollaborateur!“

„Colaboratio in materiale – meinetwegen. Sagen wir: Ich bin“ – hier zögert er einen Moment und lächelt seinem Freund leicht zu – „kompromissbereit. Wir müssen Kompromisse eingehen, sonst werden wir nie Frieden in der Gemeinde haben. Aber was die Bußpraxis betrifft, brauchen wir keine Kompromisse, denn hier besteht Einigkeit über die wesentlichen Merkmale ...“

„Fasten – Gebet – Einsamkeit!“

„Genau! Die Thorachristen sind ja trotz allem Christen, sie wollen sich von ihren jüdischen Glaubensgenossen unterscheiden, bei denen die Buße reine Formsache ist.“

„Aulus, da wäre ich lieber Jude, kaufte zwei Tauben, die ich im Tempel opferte, und alles wäre gut. Sag' mir doch bitte, bitte, wo Lucia ist – du weißt, dass ich schweigen kann.“

„Allerdings! Aber ich kann es dir nicht sagen. Nazarius, so kommen wir nicht weiter. Wenn gerade ich jetzt anfange, unsere eigene Bußpraxis zu unterlaufen, dann weitet sich eo ipso der Streit um die volle Integration der Heidenchristen aus. Wenn sich Lucia als Heidenchristin bekehrt, dann kann gerade ihr Opfer die so dringend notwendige Einigkeit bewirken.“

„Du bist also bereit, Lucia zu opfern?“

„Wenn Lucia – als Heindchristin! – die Bußbedingungen erfüllt, dann spricht nichts gegen ihre volle Integration in die Gemeinde.“

„Ja, und wenn ich als Thorachrist, wie du es nennst, noch dieselbe Umkehrprozedur auf mich nehme, dann ist alles klar, was?"

„Im Prinzip ist es so!"

„Ihr seid also froh, dass ihr Lucia habt? Die kommt euch wie gerufen! Ihr instrumentalisiert ihren schlichten Wunsch nach einem Neuanfang, um euren jetzigen Streit beilegen zu können. Sie ist euer Faustpfand."

„Das stimmt nicht, mir geht es schon um die Umkehr!"

„Aber geht es dir *auch* um sie, um Lucia? Vielleicht kann sie erst umkehren, wenn sie mit mir gesprochen hat – hast du das auch mal überlegt? Das Risiko ist dir zu groß, was? Lieber einen Spatzen in der Hand, als eine Taube auf dem Dach, so ist es doch?" Nazarius ist jetzt wieder sehr erregt.

„Aulus, du kannst reden was du willst: Sie ist eure Gefangene und mir wirfst du vor, ich hätte sie zur Hure gemacht? Für dich ist sie eine Sache, du machst sie mehr zur Hure als ich, ich liebe sie, du aber bist bereit, sie zu opfern, damit die Thorachristen Ruhe geben. Du wärest ja auch dumm, wenn du mir ihr Versteck verraten würdest. Aber ich mache da nicht mit, mich kannst du nicht auf dem Altar deines Ehrgeizes opfern. Damit du's weißt!"

Aulus will wieder Ruhe ins Gespräch bringen und lässt sich die Provokationen nicht anmerken.

„Nazarius, so kommen wir nicht weiter!"

„Das Gefühl habe ich auch. Also zum letzten Mal: Wo habt ihr Lucia versteckt?"

„Das weiß ich so wenig wie du weißt, was in der Höhle passiert ist."

Einen Augenblick sackt Nazarius in seinem Stuhl zusammen. Er ist fassungslos angesichts all dessen, was er hier erkennen muss. Zynisch wiederholt er Aulus' letzten Satz:

„Das weißt du so wenig, wie ich weiß, was in der Höhle passiert ist? Was soll das denn heißen? … Ah … ich sehe: noch eine Erpressung! Du sagst mir, wo Lucia ist, wenn ich dir sage, was passiert ist?" Er schüttelt fassungslos den Kopf. „Ich glaube das nicht. Ich kann das einfach nicht glauben. Mein Freund Aulus raubt mir meine Lucia, um mich zu erpressen – ich kann das nicht glauben!"

„Dass das nicht der Fall ist, dürfte dir ja wohl durch ihre Reaktion im Anschluss an unsere Gebetsversammlung klar geworden sein. Noch mal in aller Deutlichkeit: Sie. Will. Es. So!"

„Weshalb kommt sie dann nicht zu dir zurück – sie ist doch deine Freigelassene!"

„Weil ich das nicht möchte! Sie ist in guten Händen, mach dir darüber keine Sorge. Sorgen solltest du dir um dein Seelenheil machen, nicht um ihres!"

Es entsteht wieder eine Pause, bis Nazarius trotzig antwortet:

„Gut, dass du mir die Sorge für mein Seelenheil überlässt und dich nicht auch noch dafür verantwortlich fühlst!"

Dann nach einer Weile:

„Aulus, weshalb kommt sie nicht zu dir zurück?"

„Wenn sie ein neues Leben anfangen will, so muss sie ganz neu beginnen. Hier würde sie zu schnell in ihre alte Wirklichkeit zurückfallen. Sie hat sich gegen die ganze Gemeinde schwer versündigt. Einen Neuanfang gibt es nur einmal, und nicht, wie bei den Juden, immer wieder. Den Thorachristen fällt es schwer, das Gesetz hinter sich zu lassen. Das verstehst du nicht, weil du noch ein Kind warst, als du getauft wurdest ..."

„Du ja wohl auch", wirft Nazarius grimmig gegen die Schulmeisterlichkeit seines gleichaltrigen Freundes ein, der darauf – einmal im Element – nicht reagiert:

„Wir Christen können die formalen Reinigungsvorschriften, die uns die Thorachristen immer wieder aufzwingen wollen, nur überwinden, wenn wir die tatsächliche Reinigung von den Sünden ernsthaft praktizieren. Das ist der Grund."

„Und Lucia wird jetzt gezwungen, die Reinigung von den

Sünden *ernsthaft zu praktizieren*? Und wenn sie es tut, dann bist du bereit, mich zu opfern?"

Nazarius verschränkt die Arme und lehnt sich zurück. Er beißt auf den Lippen herum, sodass es schmerzt.

„Aulus, wen muss ich denn nun fragen, wenn ich um ihre Hand anhalte?"

„Einstweilen steht das nicht zur Diskussion, du musst dich bekehren, sonst ..."

„Sonst haltet ihr sie ein Leben lang gefangen?"

Das Gespräch ist völlig aus dem Ruder gelaufen.

In diesem Moment fällt sein Blick auf den Hammer, der immer noch zwischen ihm und Aulus auf dem Tisch liegt.

„Aulus, der Hammer gehört mir!" – Er greift nach ihm, nimmt ihn zu Hand, beschaut ihn einen Augenblick und steckt ihn in die Tasche.

„Nimm ihn nur! Ich hätte ihn dir ohnehin gegeben. Er soll dir ein Zeichen dafür sein, dass du in der Taufe neu geschaffen worden bist und diese Würde für das ewige Leben verspielt hast! Wirf ihn von dir, wenn du dich bekehrst, oder er wird dich in das ewige Feuer hinabziehen!"

Obwohl Aulus keinerlei Anstalten macht, die darauf hindeuteten, dass er das Gespräch für beendet hält, steht Nazarius nun auf. Das Wesentliche ist zur Sprache gekommen, über alles andere kann er mit Aulus nicht mehr reden. „Schön, dass wir so offen miteinander reden konnten", sagt er noch. Er verabschiedet sich von Aulus und verlässt, ohne von ihm zur Tür begleitet zu werden, das Haus.

Der Regen ist stärker geworden und hat zu einer gewissen Beruhigung des ständigen Tumultes hier in der Nähe des Palatins geführt.

Der Hammer wiegt schwer in seiner Tasche. Er betrachtet ihn wie eine Reliquie und schmunzelt trotzig, als er ihn mit der in die Tasche geschobenen Hand erfühlt.

Da schießt ihm durch den Kopf, dass Aulus gesagt hat, er

stehe wie unter einem Fluch. Plötzlich muss er an das merkwürdige Wort denken, das die Alte, als er bei dem Kult gefangengehalten wurde, über ihn gesprochen hatte.

Er bleibt stehen, stellt sich unter ein Vordach und überlegt angestrengt, was sie gesagt hat. Die Sprache war ihm fremd gewesen, aber dennoch war ihm der Satz nicht unbekannt vorgekommen. Irgendwo hatte er ihn schon einmal gehört. Aber wo?

Einen Augenblick zögert er, er ist noch nicht weit weg von Aulus. Er geht zurück.

Er lässt den schweren Türklopfer mehrmals auf das regennasse Holz schlagen.

Anna öffnet mit erstauntem Gesicht und lässt ihn eintreten, meldet ihn bei Aulus, der kurz darauf im erleuchteten Atrium erscheint.

„Das ging aber schnell", grinst er ihm entgegen, als sähe er in der Rückkehr seine Freundes bereits dessen Umkehr.

„Ich habe noch etwas vergessen", platzt Nazarius sofort los, „was heißt: *mene mene tekel uprasin?*"

Aulus schaut ihn befremdet an. Er besinnt sich kurz, indem er die ausgestreckten Finger beider Hände auf die Stirn legt und die Daumen auf den Wangen abstützt. Nazarius sieht den Puls an den Schläfen klopfen.

So steht er reglos eine Weile, dann sagt er: „Das steht beim Propheten Daniel. Weshalb fragst du?"

„Nur so, kannst du mir sagen, was es bedeutet?"

„Das weiß man nicht genau, weil es diese Sprache nicht gibt. Man hat nur Vermutungen."

„Und was vermutet man?"

„Es ist eine chaldäische Zauberformel, die kein Zauberer und Gelehrter, kein Wahrsager und Zeichendeuter erklären konnte, bis man den Propheten Daniel, der von Juda nach Chaldäa entführt worden ist, in den Königspalast geholt hat ..."

„Ich will hier keine Auslegung der Schriften, sondern will wissen, was es heißt!"

„Das lässt sich leider nicht voneinander trennen!"

„Du bist und bleibst ein Sophist! Was bedeutet es?"

„Es ist die Voraussage des nahenden Untergangs. Beim Propheten steht, dass in der Nacht, nachdem Daniel diesen Spruch entziffert und übersetzt hatte, der König, dem dieser Spruch galt, getötet wurde."

„Danke!"

„Weshalb fragst du so etwas und kommst deswegen noch einmal zurück? Bei *dem* Wetter!"

„Es fiel mir nur so ein. Dankeschön und gute Nacht!"

Nazarius verlässt das Haus wieder.

War er vorhin noch mit erhobenem Haupt gegangen, so taumelt er jetzt benommen in den stärker gewordenen Regen.

Die Interpretation des Fluches lastet ebenso schwer auf ihm, wie das Schicksal seiner Geliebten.

Bedrückt schleicht er durch die Gassen, in denen die Vorbereitungen für Neros Totenfeier jetzt ruhig ablaufen. Große Fahnenstangen werden von dunkelhäutigen Sklaven auf den Schultern geschleppt und schwer beladene Karren wanken hinter ihnen her.

Die geplanten Feierlichkeiten kündigen sich mit jener sonderbaren Totenstille an, die jetzt schon wie eine Glocke über der Innenstadt hängt. Straßen und Plätze, sonst die Adern des Nachtlebens, sind leer und nirgends, wo er ziellos herumstreicht, pulst das gewohnte Leben.

Der gleichmäßige Regen hat den Frühling wieder verdrängt und aus den Bergen greift der Winter noch einmal mit kalten Fingern nach der Stadt.

XIII.

Nachdem ein paar Tage vergangen sind, geht Nazarius davon aus, dass die Sache mit dem *Menetekel* wohl doch nicht so ernst sei, wie er unmittelbar nach Aulus' Interpretation dieses Fluches zunächst ängstlich geglaubt hatte.

Mochte auch der König, dem dieser Fluch gegolten hatte, daran zu Tode gekommen sein: Ihn treffe es – so sagt er sich – nicht, schließlich sei er kein König und überdies mag der Prophet übertrieben haben. Vielleicht habe die Alte ihm nur einen Schrecken einjagen wollen.

Wichtiger ist ihm nach wie vor der Verbleib von Lucia. Diesbezüglich, dessen ist er sich nun sicher, hat der Spruch nichts zu bedeuten und gibt keine weitere Spur her.

Er muss woanders suchen.

Die nächste Möglichkeit, um etwas über Lucia in Erfahrung zu bringen, ist seine Hausgemeinde. Diese trifft sich in dem unterirdischen Gewölbe eines ausgedienten Weinkellers regelmäßig zur Feier des Abendmahls und obwohl er lange nicht mehr daran teilgenommen hat, geht er bei der nächsten Gelegenheit dorthin.

So klopft er einige Tage später in dem ihm bekannten rhythmischen Code dort an.

Es dauert nicht lange, bis der Diakon aufmacht und ihn abweisend begrüßt. Statt jedoch die Tür für Nazarius zu öffnen, tritt er nach draußen und erklärt ihm kurz und bündig, der Gemeinde sei sein Lebensstil kund geworden und er, Nazarius, wisse ja wohl, dass er unter diesen Umständen von der Versammlung und der Gedächtnisfeier des Abendmahls ausgeschlossen sei. Er könne erst wieder aufgenommen werden, wenn er sich bekehre und versöhne. Zwar dürfe er auf der Sünderbank am Gebet teilnehmen, vom Mahl aber sei er ausgeschlossen.

So wird er an der Tür bereits vor diese und in Kenntnis gesetzt und lehnt unter solchen Bedingungen dankend ab.

Seine Wut auf Aulus und Anaklet ist unermesslich. Unzweifelhaft sind diese es, die seinen Lebensstil öffentlich bekannt gemacht haben. In der Tat: Sie haben ganze Arbeit geleistet und mit ihrer wichtigtuerischen Bigotterie für ihn alle möglichen Zugänge zu Lucia verbarrikadiert.

Aber es gibt ja noch die zahllosen Schenken, Garküchen und Wirtschaften und schließlich, so tröstete er sich, hat er ja noch seine anderen Freunde. Diese hatten zwar während der öffentlichen Feierlichkeiten keinen Ausgang, aber er ist im Laufe der Monate mit den soldatischen Gepflogenheiten so weit auf guten Fuße gelangt, dass es nicht lange braucht, bis der Kontakt wieder hergestellt ist.

Nach ein paar Tagen sind der vom neuen Kaiser inszenierte Totentanz um Nero und der Triumphzug des Vielfraßes Vitellius vorüber.

Nun ist innerhalb eines Jahres der dritte Kaiser inthronisiert. Er sitzt genauso blutig, genauso wackelig und ebenso unentschlossen wie seine beiden Vorgänger. Er ist General, wie sie, er ist Intrigant, Egoist und Despot, wie sie – kurz: ein Versager wie seine Vorgänger. Aber auch darin gibt es Rekorde: Vitellius ist die größte Pfeife, die je auf dem römischen Kaiserthron saß.

Sicher, geordnete Regierungsgeschäfte kann er nicht übernehmen. Wozu auch, wenn das Leben schöneres bietet, als zu regieren? Neben Essen und Trinken gibt es vor allem hübsche Jünglinge in Rom. Bald nimmt er sich einen zarten Lustknaben und führt ihn in den Freundeskreis ein, d.h. in den Kreis der ihn umgebenden Speichellecker, Schmeichler und Schönredner. Dies beflügelt andere Lüstlinge derselben Orientierung in der Hoffnung, ihnen werde ebenso wohlgesonnen begegnet werden. Die ersten Zyniker verbreiten schon, dass es nie einen wärmeren April in Rom gegeben habe …

Gut aussehen, vom Sklaven zum Freigelassenen werden und dem Kaiser ins Gemach folgen … welch ein Leben, träumt Kaeso vor sich hin, gießt sich wieder einen Becher voll.

„Prosit", sagt er zu Nazarius.

„Ja, möge es nützen", antwortet Nazarius, der sich schnell an diese Trinkrituale gewöhnt hat.

„Was machst du dir Gedanken über deine Lucia, es gibt doch noch Männer ...! Ja, Nazarius, von den Kaisern kann man doch noch was lernen."

Während der wilden Tage des Umsturzes hatten sie sich aus den Augen verloren. Jetzt jedoch, nachdem die Soldaten kurzerhand die Fahne gewechselt haben, tauchen sie wieder auf. Sie gehen mit den neuesten Neuigkeiten und großtuerischem Gerede auf Kneipentour durch die speckigen Schenken, schmierigen Spelunken und übel beleumdeten Kaschemmen der ewigen Stadt. Brav hatten sie die Totenfeier des Nero über sich ergehen lassen. Sie waren gehorsam traurig, wo es ihnen befohlen worden war, und haben frenetisch gejubelt, als der neuer Kaiser in Rom Einzug hielt.

„Der dritte alte General, des es versucht, dieser Vielfraß!"

„Hm, hm", sagt Nazarius mit glasigem Blick.

„Mal sehen, wie lange der sich hält."

„Hm" – Nazarius ist schon zu angetrunken, um auf das Gerede von Kaeso eingehen zu können. Er weiß zu gut, dass jetzt erst einmal ein Hymnus auf das Krönungsfest folgen würde. Und so ist es.

„Stell dir das mal vor, Nazarius, Lebern von Meerbrassen, Gehirne von Pfauen und Fasanen, in Honig gedünstete Flamingo-Zungen, Muränen-Milch ... mein Gott, welche ein Gelage und dazu tausende von Ölen und Sößchen und feinen fruchtigen Essenzen."

„Was macht der Kaiser eigentlich nachts, wenn die Köche schlafen?", fragt nun doch Nazarius, den der wässrige Mund ein wenig aus dem dösigen Zustand gerissen hat.

„Ich habe mit einem Angestellten der Küche gesprochen, der hat mir erzählt, der Kaiser poltere nachts in den Kellern herum, zerbreche dabei Töpfe und Krüge und stopfe alles in sich, was nur halbwegs essbar sei."

„Toll!"

„Nur beim Opfern an die Götter soll er Probleme haben, weil das geröstete Fleisch und die vielen Kuchen ihm so sehr den Appetit wecken, dass er die Opfergabe selber futtert ... Was die Götter wohl davon halten?"

„Es gibt nur einen Gott!" – Der Satz ist Nazarius herausgerutscht, mehr so dahingesagt, ein auswendig gelernter Spruch aus Kindertagen, aber nun ist es draußen und Kaeso geht sofort darauf ein.

„Was sagst du da? Also hatte der Wärter doch recht? Du bist Christ!?"

Nazarius hat zwar rot unterlaufene Augen, aber er ist jetzt mit allen Sinnen dabei.

„Nazarius, was redest du da. Bist du Christ?"

„Die Juden glauben auch, dass es nur einen Gott gibt."

„Bist du Jude?", insistiert Kaeso weiter.

„Nein!"

Kaeso ist sichtlich erleichtert und verleiht diesem Gefühl durch ein kräftiges Anstoßen des Bechers Nachdruck.

„Nazarius, manchmal bist du komisch, was ist mit dir?"

„Lucia fehlt mir!"

„Wo ist sie denn?"

„Die Christen haben sie mir entführt, weil ich mit ihr ein unwürdiges Leben geführt habe!"

„Diese Schweine!"

„Genau, Schweine sind sie alle ... Alle", Nazarius spricht so laut, dass die ersten Zecher sich bereits nach ihm umsehen.

„Dann befreien wir sie eben!"

„Das geht nicht."

„Weshalb?"

„Weil ich nicht weiß, wo sie ist."

„Dann kriegen wir es heraus – das wäre doch gelacht, die

Christen und uns die Lucia entführen, wo wir doch so schöne Stunden mit ihr hatten. Holen wir sie uns zurück."

Nazarius traut seine Ohren nicht. Dieses so selbstverständlich dahin gesprochene *Wir* weckt in ihm alle Eifersucht.

„Was sagst du da?", braust er mit hochrotem Kopf auf, „du hattest schöne Stunden mit ihr? Sie ist meine, hörst du – Lucia gehört mir!"

„Sei doch still", herrscht Kaeso, dem die Szene peinlich ist, ihn an. Doch er erreicht damit das Gegenteil.

„Was hast du mit ihr gehabt? Du Schwein, mit meiner Lucia ... Ich bring' dich um! Was hast du mit ihr gehabt ... mit Lucia?" Er bricht auf dem Tisch zusammen und weint heftig los. Lachend und kopfschütelnd wenden sich die Gäste wieder ihren Krügen und Gesprächen zu. Sie haben gedacht, dass sich nun eine Schlägerei oder irgendetwas Spektakuläres ereignen würde, aber dass dieser Dummkopf wegen eines Weibes wie ein ebensolches losheult, das ist unter aller Würde. Entsprechend sind die halblauten Kommentare, die sie von sich geben.

Kaeso ist die ganze Sache peinlich. Entschuldigend und schulterzuckend lächelt er den anderen zu, schließlich verlässt er, ohne zu zahlen, das Lokal.

Als Nazarius wieder ein wenig zu sich kommt, sitzt er mit geröteten Augen und von vielen Seiten belächelt da.

Aber er ist nicht allein.

Neben ihn hat sich ein junges Mädchen gesetzt, das ihn, angerührt von seiner Herzensqual, zu trösten sucht. Als er sich aufrichtet, legt sie eine Hand auf seine Schulter. Mit leichtem Druck bewegt sie ihn nun dazu, sich zu ihr zu wenden, was er willenlos tut. Sie rückt mit ihrem Hocker näher heran, spreizt die Beine und nimmt seine Knie dazwischen, sie drückt sie mit den ihren zusammen und legt ihre Hände auf seine Oberschenkel.

„Was ist denn los, du Armer, hat sie dich verlassen?"

Nazarius nickt traurig.

„Und da ist nichts mehr zu machen?", fragt sie mit großen Augen und wischt mit einer Hand sein Gesicht trocken.

„Nichts", sagt er – aber da sie sich nun vorbeugt, wirft er zugleich einen hastigen Blick auf ihre schutzlosen Brüste, was sie mit einem vielbedeutenden Lächeln wahrnimmt. Sie beugt sich wieder zurück: „Das wird schon wieder werden, Kleiner!"; dabei tätschelt sie eines der Knie.

Als er traurig nickend diesen Satz bejaht, rollt wieder eine Träne aus dem Auge. Wieder beugt sie sich vor – weiter als das erste Mal – und er schaut tiefer als das erste Mal. Auch braucht sie länger, um die Träne restlos mit dem weichen Finger zu entfernen, dabei kommt sie ihm mit dem Kopf so nahe, dass er an diesem vorbei so tief schauen kann, wie er will. Und er nimmt, was dem Blick sich darbietet verwirrt und erregt an. Abermals weicht sie zurück und setzt den Hocker, mit dem sie leicht vorgewippt war, wieder fest auf den Boden. Sie lächeln sich an. Mit einer Hand streicht sie sich eine Strähne aus dem Gesicht, da sucht er die Finger der anderen Hand, die noch immer auf seinem Knie liegt. Als sich jedoch die Kuppen berührten, zieht sie ihre Hand zurück. Nun beugt er sich zu ihr vor und sagt: „Danke!"

Unvermittelt springt sie auf, sagt lachend: „Siehst du, Kleiner, es wird schon wieder ...", und hüpft, indem sie abermals die Strähnen nach hinten streicht, zurück in eine Gruppe junger Männer, wo sie scherzend aufgenommen wird und einer sogleich seinen Arm um ihre Hüfte legt.

Nazarius ist das Blut in Wallung geraten, unsicher haftet sein Blick noch an ihr, aber sie steht mit dem Rücken zu ihm und nimmt keine Notiz mehr.

Als er aufsteht, um sich einen weiteren Becher Weines vollschenken zu lassen, merkt er, wie betrunken er schon ist. Er stolpert über den Hocker, auf dem sie gerade noch gesessen hat, wirft diesen polternd um, strauchelt mit ausgestrecktem Arm zur Theke, stellt dort den Becher laut ab, zahlt und verlässt unter einer Art Beifall die Schankstube.

Immer wieder kreist in seinem von Wein und Eifersucht heißen Kopf nun der Gedanke, Lucias Versteck erfahren zu müssen, bevor Kaeso es tut. Diesem traut er nicht mehr über den Weg. Er ist sich nun sicher, dass Kaeso sich nur mit ihm getroffen hat, um über den Verbleib Lucias etwas zu erfahren – und *ich war auch noch dumm genug, ihm auf die Spur der Christen zu bringen.*

Er muss sie finden und warnen. Aber sein Kopf ist nicht klar.

Mochte Lucia ihn wirklich, oder hat Aulus das nur gesagt, um ihn zur Umkehr zu zwingen? Verbirgt sie sich mehr vor Kaeso als vor ihm, oder vor beiden, oder vor dem Kult?

Noch am hellen Nachmittag hatte er sich mit Kaeso getroffen. Nun ist es stockfinster. Der Himmel ist wolkenbehangen, aber es regnet nicht. In den Häusern sind viele Lichter schon gelöscht.

Linus' Haus ist von großen Bäumen umgeben und liegt völlig im Dunkeln. Leise öffnet er das knarrende Gartentor. Er bleibt reglos stehen, um abzuwarten, was passieren würde. Es regt sich nichts. Zum Haus schleicht er auf dem rasenbewachsenen Streifen der Kieswege. Dicht am Seiteneingang steht ein großer Busch, unter dem er sich versteckt. Nun heißt es nur noch zu warten, bis Anaklet das Haus verlässt. Er steckt die Hände in die Manteltaschen. Eine umklammert den Hammer, den er nun immer bei sich träg. Es ist doch kälter, als die zynischen Zungen über den *warmen* April vermuten lassen. Er friert.

Als sich lange Zeit nichts regt, setzt er sich so auf den Boden, dass er durch das dichte Geäst die Tür im Auge behalten kann. Die Stunden verstreichen.

Er ist ein wenig eingenickt, als ihn plötzlich Geräusche aufschrecken. Sein Herz fängt heftig an zu pochen.

Von innen sind mehrere Männerstimmen zu hören. Irgendjemand hat bereits die Tür einen Spalt weit geöffnet.

Um nicht im herausfallenden Lichtschein gesehen zu werden, drückt sich Nazarius tief in das Buschwerk. Die Männer verabschieden sich voneinander. Als die Tür sich vollends öffnet, erkennt er Anaklet, der eine Laterne in der Hand hält. Er kann die Gespräche gut verstehen.

„In Ordnung Anaklet, das ist ein Weg, auf dem wir zueinanderfinden."

„Ich hoffe und bete dafür!"

„Wenn sie die schwere Buße aus- und durchhält, dann ist es sicher mehr als die Beachtung aller Reinigungsvorschriften."

„Das hat Paulus ja immer wieder betont."

„Einstweilen aber", sagt jetzt ein anderer, „bleibt sie von der Gemeinschaft ausgeschlossen."

„Das ist immer so gewesen und wird auch so bleiben."

Nazarius erkennt sofort die akademische Fistelstimme des Anaklet.

„Was aber geschieht, wenn sie wieder aufgenommen wird und danach nochmals schwer sündigt?"

„Das wird nicht passieren, die Strenge der jetzigen Buße wird das verhindern ..."

So sprechen sie noch ein paar Sätze miteinander. Da bereits die Tür offensteht, sind sie jedoch vorsichtig, reden leise und einmal wird sie sogar wieder geschlossen. Die wenigen Sätze, die Nazarius deutlich hat verstehen können, reichen aus, um zu erkennen, dass sie über Lucia sprachen. Zugleich bestätigen sie auch seinen Verdacht, dass Lucia für die Schlichtung im jetzigen Streitfall herhalten muss. Rätselhaft ist ihm lediglich, weshalb Anaklet und Aulus diesbezüglich an einem Strang ziehen, wo sie doch sonst keine Möglichkeit auslassen, sich in aller Höflichkeit ihrer gegenseitigen Geringschätzung zu versichern.

Sein Plan, über Anklet Lucias Versteck zu erfahren, gerät ins Wanken. Er hat gehofft, dass Anaklet lieber den Streit mit den Thorachristen weiterführen würde, als Aulus die Lorbeeren der Schlichtung zu gönnen, und er deshalb problemlos – oder mit relativ geringer Gewaltanwendung – Lucias Versteck verraten würde.

Die wenigen Sätze, die Nazarius erlauscht hat, zeigen nun, dass es so einfach nicht werden würde. Andererseits – auch das wird ihm deutlich – wäre es immer noch besser, notfalls Anaklet den Schädel einzuhauen als Aulus, dem er sich trotz allem mehr verbunden fühlt und bei dessen gewaltsamen Tod der Verdacht sofort auf ihn fallen würde.

Die Gäste haben sich mit frommen Gebetsempfehlungen und Segenswünschen verabschiedet, aber an einen Überfall – so wie er ihn sich ausgemalt hat – ist nicht zu denken. Sie gehen sehr langsam und fortwährend leise miteinander redend durch den Garten. Anaklet hat die Tür längst von innen verriegelt. Einen Moment überlegt er, ob nicht genausogut einer dieser Gäste vor seinem Hammer Angst bekäme und reden würde. Aber schließlich hält er es für unwahrscheinlich, dass diese genau Bescheid wissen, und beschließt, weiterhin auf Anaklet zu lauern.

Als es im Garten wieder vollkommen still ist, zieht er sich die Kapuze tief ins Gesicht und schleicht vorsichtig aus dem bergenden Dickicht des Strauches. Er drückt sich an die Hauswand, springt dann die Stufen empor und pocht an die Tür.

Nichts regt sich.

Er pocht instensiver als das erste Mal und stellt sich so an den Türrahmen, dass Anaklet ihn nicht sehen würde. Aber Ankalet öffnet nicht.

Fest umschließt er den warmen Griff des Hammers in seiner Tasche. Mit der freien Hand klopft er ein drittes Mal. Nun tut sich innen etwas.

„Wer ist da?“

Nazarius antwortet nicht.

„Halloooo“, tönt es wieder von drinnen.

Nazarius springt kurz vor die Tür, klopft wieder und versteckt sich abermals.

„Eubulus, bist du es?“

Mach auf, fleht Nazarius in sich hinein und hört sogleich, dass drinnen der große Riegel beiseite geschoben wird.

„Was gibt es denn noch?“, fragt Anakalet, der die Tür immer noch nicht öffnet. Nazarius ist sprungbereit. Alle seine Muskeln sind angespannt und das Herz schlägt ihm bis zum Hals. Die Tür öffnet sich und durch den Spalt fällt ein gelblicher Lichtkeil auf den großen Austritt.

Nazarius springt hervor, packt Anaklet an den Kleidern, drückt ihm den Mund zu und zieht ihn blitzschnell ins Dunkel. Augenblicklich aber verspürt er einen heftigen Schmerz am Knie und gleich darauf noch einen. Kurzzeitig vom Lichtschein geblendet hat er nicht gesehen, dass Anaklet den als Türriegel verwendeten Balken in der Hand behalten hat und sich mit diesem nun heftig wehrt. Nazarius, der hinter ihm steht, hat keine Hand zur Gegenwehr, denn mit einer hält er Anaklet den Mund zu, während die andere den Hammer hält. Einem dritten Schlag kann er auswichen, aber er hat den schmalen Akademiker unterschätzt. Mit dem Fuß tritt er ihm gegen das Handgelenk und krachend fällt der Holzriegel auf die Steintreppe. Nazarius schnappt die frei gewordene Hand und drückt sie Anaklet auf den Rücken. Dieser beugt sich im Schmerz nach vorne.

„Wenn du schreist, haue ich dir den Schädel ein!“, zischt Nazarius ihm mit verstellter Stimme zu, lässt aber zur Sicherheit die Hand vor dessen Mund. „Zwinge mich nicht, dir etwas anzutun, wenn du antwortest, kommst du ungeschoren davon.“

Als Anaklet Anstalten macht, ihm in die Hand zu beißen, winkelt er dessen Arm stärker an und hört ein leises Stöhnen.

„Wo ist Lucia?“

Anaklet zuckt mit den Schultern. Wieder zieht Nazarius den Arm an, sodass sein Opfer vor Schmerz aufstöhnt. Anaklet steht jetzt so gebückt, als würde er mit durchgedrückten Knien Unkraut rupfen.

„Wo? – Sprich!“, und zur Bekräftigung seines Willens, notfalls Gewalt anzuwenden, versetzte Nazarius ihm mit dem Knie einen heftigen Stoß in den Rücken.

Anaklet zeigt an, dass er reden will. Bevor Nazarius den Mund freigibt, lässt er den auf den Rücken gebogenen Arm los, schnappt den Hammer und setzt ihn auf Anaklets Hinterkopf: „Mach' keine Mätzchen, sonst kracht's!“

Dann biegt er Anaklet den Kopf in den Nacken, sodass der Mund nah an sein Ohr kommt, während er den Hammer fest auf den Schädel drückt.

„Bei Aristobulus“, flüstert Anaklet und im selben Moment fällt er zu Boden, hört hinter sich das Rascheln des Flüchtenden im Gebüsch, vernimmt seine Schritte im Kies, dann das zufallende Gartentor und einen kurzen Nachhall in der Gasse. Erst dann nimmt er wahr, dass er gerade noch einmal davongekommen ist. Er freut sich über die eiskalte Lüge in dieser kritischen Situation.

„Dilettant!“, ruft er verächtlich dem Davonlaufenden nach und geht ins Haus. Er ist mit sich zufrieden, klopft mit den Händen seine Beinkleider ab, hebt den Riegel auf und verschließt von innen die Tür.

Nazarius rennt was das Zeug hält.

Sein Herz ist gleichermaßen von Angst und Freude erfüllt. Erst nach langer Zeit verlangsamt er den Schritt.

Nun weiß er, wo Lucia ist. Fast hüpfend geht er jetzt über die alte Tiberbrücke und stört sich nicht an den pons, die ihn mit allerhand Kommentaren und guten Ratschlägen bedenken.

Zu Aristobulus ist es noch ein ganzes Stück, aber jetzt hat er keine Eile mehr. Zu wissen, dass er Lucia mit jedem Schritt näher kommt, gleicht all die leeren und hoffnungslosen Stunden ihrer Entbehrung aus.

Je mehr er in die Vororte kommt und je näher dem Haus des

angesehenen Aristobulus, umso flauer wird ihm im Magen. Sein Herz drückt gegen die Rippen. Anaklet ist ein Waschlappen, von dem etwas zu erfahren ist keine große Leistung. Wie aber soll er jetzt weiter vorgehen. Es ist nahezu unmöglich. Lucia hierher zu entführen und dann: Wohin?

Allein die vielen dunkeln Fenster des Hauses, auf das er jetzt eingeschüchtert schaut, bereiten ihm Sorge. Aristobulus hat viele Freigelassene dort wohnen. Sie sind allesamt überzeugte Christen, die angesichts der Bedrohung durch seinen Hammer nur mitleidig lächeln und nicht so freimütig plaudern würden, wie dieser Weichling von Anaklet.

Schließlich ist das Haus groß. Wo und wie würde er sie finden, wenn er eindringen würde? Quälende Fragen und Zweifel treiben mit ihm Spott. Wie Wolken vor dem nahenden Gewitter, kumulieren sie am Horizont zu einem gespenstischen Gebilde. Sie türmen sich auf und verdunkeln den Verstand. Soll er angreifen? Soll er fliehen? Soll er sich einfach den Christen und Lucia gegenüber totstellen? Zu seinem Zorn und seiner Einsamkeit kommt jetzt noch die Empfindung von Machtlosigkeit. Kapitulation oder Explosion? Seine Lage ist trost- und ausweglos. Was er sich eben noch gut vorstellen konnte, das erscheint ihm nun als undurchführbar. Was ihm vor einigen Minuten noch Flügel verlieh, das lähmt ihn jetzt. Die Christen in Rom sind zwar zerstritten – es gibt die konservative Gemeinde der Thorachristen, die sich ständig für etwas Besonderes halten, und es gibt die Heidenchristen, die Freigelassenen und Armen, die Ausländer und Rechtlosen, für die das Christsein ein attraktiver Weg zu überleben geworden ist – aber sie haben auch gemeinsame Feinde, gegen die sie wie Pech und Schwefel zusammenhalten. Gut möglich, dass Anaklet und Aulus und wie sie alle heißen es längst vollbracht haben, dass er, Nazarius, als gemeinsamer Feind der gesamten Christengemeinde in Rom dasteht.

Ruhiger geworden und mit weniger klopfendem Herzen kann er für einen Moment seine Lage nüchtern einschätzen.

Es sind neue, strategische Gedanken, die er sich infolge des Einflusses seiner Freunde aus den Soldatenkreisen machen kann.

Er hat ein Ziel und will es erreichen: Lucia wiederzugewinnen. Unter strategischem Gesichtspunkt hat er zur Zeit keine Möglichkeit, dieses Ziel zu erreichen.

Wer den Hafen nicht kennt, dem ist jeder Wind ungünstig – hatte Seneca, der Erzieher Kaiser Neros, gesagt. Nazarius aber kennt den Hafen. Nun muss er auf die günstigen Winde warten. Es ist besser, jetzt bewusst aufzugeben, als mit aller Gewalt letztlich die Zielerreichung nur noch unmöglicher zu machen.

Und dann ist da noch Kaeso.

Lucia jetzt zu befreien – wenn es möglich wäre – hieße, sie Kaeso gegebenenfalls wieder in die Arme zu treiben. Er hat einen strategischen Vorteil gegenüber Kaeso, weil er jetzt weiß, wo Lucia sich aufhält. Hier ist sie sicher.

Irgendwo bellt ein Hund den Mond an, der leichengelb zwischen den Wolkenfetzen hängt. Er wirft ein fahles Licht an die verschmutzten Häuserwände. Wenn schnelle Wolken vor ihn ziehen, hetzen gespenstische Schatten durch die Straßen und scheinen einander zu jagen. Irgendwo muss jemand unlängst seinen Nachttopf entleert haben. Es stinkt nach Exkrementen. Die Straße liegt leer vor ihm. Einmal blickt er noch zu dem Haus von Aristobulus, wo die brüchigen Fensterläden des oberen Stockwerks im Wind klappern. Es ist eine Nacht, in der die fernen Wölfe bis zum Morgengrauen heulen. Er geht schlurfenden Schrittes heim und zertritt voller Wut und Verzweiflung Pferdeäpfel, die ihm im Wege liegen. Morgen würde er wiederkommen, und übermorgen und jeden Abend, bis bessere Zeiten kämen …

Diese aber kommen nicht.

Vitellius hat nicht nur übergroßen Appetit, sondern auch eine übermäßige Grausamkeit. Seine Köche, seine Garde, seine Soldaten und seine Gläubiger – diese vor allem – zittern vor ihm und mit ihnen ganz Rom. Immer ersinnt er neue Mitte diesen oder jenen zu beseitigen. Wenn er nur irgendeinen seiner ehemaligen Geldgeber zu Gesicht bekommt, greift er zu. Unzählige lässt er vor seinen Augen töten und jämmerlich verbluten, nachdem er mit ihnen sein zynisches Spiel getrieben hat. Um seine Mordlust noch zu steigern, begnadigt er manchmal die eben Verurteilten und lässt sie danach doch töten. Rinnsale von Blut fließen aus seinem goldenen Haus und der Angstschweiß seiner Bewohner lässt von innen die Fenster beschlagen.

Man bleibt in diesen gnadenlosen Wochen besser daheim.

Das denken sich auch die ohnehin sehr scheuen Christen. Sie halten keine große Gebetsversammlung ab, sodass sich für Nazarius nicht die Möglichkeit ergibt, bei einer solchen Lucia zu treffen. Seit er meint, um ihr Versteck zu wissen, ist ihm an der Zecherei die Lust vergangen. Er wiegt sich in dem wonnigen Wissen um ihren sicheren Aufenthaltsort, den er Abend für Abend aufsucht. Lange steht er unter der großen Linde, die jetzt im Frühjahr herrlich duftet und in deren Blättern der warme Scirocco spielt. Er schaut auf das Haus, in dem er Lucia weiß. An den länger werdenden Tagen kommt er spät. Manchmal sieht er noch den einen oder anderen Menschen im Garten oder am offenen Fenster.

Lucia aber sieht er nie.

An einem solchen Abend zieht er zwar schweren Herzens, aber doch guten Mutes nach einiger Zeit des Wartens wieder davon. Der Juni kündigt einen großen Sommer an. Nazarius ist angenehm gelaunt. Seine Kameraden hat er lange Zeit nicht mehr gesehen, aber nun zieht es ihn doch wieder einmal zu ihnen. Ihm fällt das immer gleiche Herumlungern vor dem Haus des Aristobulus schwerer als am Anfang und schließlich kann es nicht schaden, durch die Soldaten zu erfahren, was sich in Rom alles tut. Sie sind immer gut informiert und manche nette Stunde haben sie ja schließlich schon miteinander erlebt.

Er muss nicht lange nach ihnen suchen. Offenbar haben sie ihn auch schon vermisst. Die Runde ist groß und bester Laune, zudem ist Kaeso abwesend und nichts spricht dagegen, sich zu setzen.

„Nazarius, komm zu uns", ruft einer mit winkendem Arm und schenkt ihm, kaum dass er sitzt, den Becher voll.

„Wir dachten schon, du willst mit uns nichts mehr zu tun haben, na ja, so geht das aber nicht, musst Anstand lernen. Die Belohnung abkassieren und dann abhauen, das läuft bei uns nicht ... Die nächste Runde geht auf dich. Wirt! – noch einen Krug Roten, einen großen! Stell ihn her, so, den übernimmt der Kamerad da, na ja, der Ausreißer ist ja wieder da ... Mach das nicht noch einmal, na ja, ist nur ein Spaß ... hohoho."

Auch von anderen Seiten wird er derb-freundschaftlich gegrüßt, aber er kann sich in die Runde nicht recht einfinden.

Kaum sitzt er nämlich, da erkennt er das Mädchen mit der wilden Strähne, und dem tiefen Ausschnitt. Seine Trösterin. Auch sie sieht ihn, zwinkert ihm zu und winkt neckisch mit drei Fingern.

„Sieh dir den an, kaum ist er wieder da, bändelt er mit dem hübschesten Mädchen von ganz Rom an ..."

„Bist 'n rechter Weiberheld geworden, was?"

„Besser, als der Verflossenen nachzuweinen, ehrlich, is' besser so", und der Soldat klopft ihm herzhaft auf die Schulter.

Nach ein paar Bechern ist ihm recht wohl und es scheint ihm, als seien sie erst gestern beisammen gewesen.

Aber das Gespräch über die politischen Zustände offenbart, dass doch Wochen seit dem letzten Treffen mit diesen Zechkumpanen verstrichen sind.

Vitellius, so erfährt er, wütet schlimm. In der Runde, die ihm das mitteilt, ist es dasselbe Spiel: Jeder sagt etwas, das ein anderer ergänzt, Sätze gehen ineinander, werden aufgegriffen, vollendet, kommentiert oder dienen als Übergang zu etwas, das ein anderer besser weiß:

„… und dann die Astrologen …"

„… die Chaldäer …"

„Baba …baby …l …l-lonier", stammelte einer der schon recht Angetrunkenen dazwischen.

„Genau", ergreift der erste wieder das Wort, „die Chaldäer hat er reihenweise umbringen lassen!"

„Weshalb?", fragt Nazarius, „seine Vorgänger haben sich doch auch mit diesen Wahrsagern umgeben."

„Einer hat bei Vitellius einen Fehler gemacht, indem er ihm seinen genauen Todestag vorausgesagt hat. Da war es aus … sssst …", er zieht mit dem Zeigefinger einen Halbkreis um seinen Hals.

„Alle Astrologen haben sich nun seinen Hass zugezogen." „Darin unterscheidet er sich von Nero und Galba und Otho … aber was die Behandlung seiner Mutter betrifft, so kann er sich durchaus mit Nero messen!"

„Hat er sie auch umgebracht?", fragt Nazarius, der sich allerdings etwas unwohl fühlt, nachdem das Wort Chaldäer gefallen ist, welches ihn an das Menetekel erinnert.

„Er soll seiner Mutter als sie krank war, die Nahrung verweigert haben, um sie verhungern zu lassen, weil ihm ein Weib prophezeit hatte, er würde ungestört regieren, wenn er seine Mutter überlebe."

„Aber das Weib war auch eine Hellseherin!"

„Ja, aber sie hat ihm Gutes prophezeit … Hat ihr aber auch nichts genutzt, die hat er noch hinrichten lassen, bevor seine Mutter verhungert ist …"

So plätschert das Gespräch weiter vor sich hin, indem jeder die einzigartigsten Neuigkeiten zum Besten gibt, den Klatsch der Gassen, das Gerede der Schenken, Geheimes und streng Geheimes, Erlaubtes und Verbotenes, kurz: Alles, was die Gemüter nur in irgendeiner Weise zu bewegen vermag, fließt plaudernd , scherzend und kopfschüttelnd ins Gespräch.

Nazarius sitzt distanziert dabei.

Seine Gedanken kreisen um die Chaldäer, die vielen Astrologen und Wahrsager, die verjagt, gehetzt und ermordet wurden. Vielleicht hat es mit dem Kult, in dem Lucia gefangen war, ja nun auch ein Ende. Ein wenig hofft er das, denn damit verbindet er die Aussicht, dass Lucia wieder mehr Freiheit bekäme, weil sie sich möglicherweise nicht mehr vor ihren Verfolgern verstecken müsste.

Zwischendurch schaut er auf das Mädchen, die ihn seit dem näckischen Winken keines Blickes mehr würdigt.

Dann denkt er wieder an den Fluch und einmal kommt ihm der Gedanke, dass er in dieser Nacht nicht sein tatsächliches Leben verloren habe, sondern das übernatürliche Leben der Gnade, das er mit seiner Taufe bekommen hat. Alle diese Gedanken spült er mit rotem Wein in die Tiefe, wo sie in einem verborgenen Gewirr dunkler Kanäle verschwinden.

Die Soldaten sind, als er sich diesen wieder mehr zuwendet, in ihrem Tischgespräch immer noch bei Vitellius: „Die Truppen beginnen schon wieder von ihm abzufallen."

„Ich habe auch langsam die Schnau-th-e voll, man ist ja seines Leben-th nicht mehr sicher, hier in Rom", bemerkt ein lispelnder Kamerad.

„Da-th Geld geht auch lang-th-am zur Neige."

„Die Hauptaufgabe eines römischen Soldaten besteht seit einem Jahr nur noch darin, im rechten Moment die Seite zu wechseln ..."

„Wenn ich bedenke, wie wir noch für Otho eingetreten sind ..."

„Ja, man stumpft ab in solchen Zeiten, ja, ja."

„Otho hat wenigstens an-th-tändig be-th-ahlt!"

„Aber im Gefängnis hätte es uns beinahe erwischt, was Nazarius!?"

Dieser zuckt zusammen, schüttelt seine Abwesenheit von sich und schaut interessiert, aber befremdet zu seinem Gegenüber, der ihn gerade beim Namen genannt hat. Noch versucht er sich daran zu erinnern, was dieser gerade gesagt hat, da spricht ihn ein anderer an: „Nazarius, warst du denn auch im Mamertinum?"

Nazarius kann nicht antworten, weil sein Gegenüber für ihn redet: „Natürlich war er dabei, was Nazarius?! Das war'n noch Zeiten ... ist ja noch gar nicht lange her, was? Irgendwie war's auch lustig. Ein Durcheinander sage ich euch, und der Bock zum Enthaupten war von der Zelle aus sichtbar. Hui, da sind Köpfe gerollt. Aber danach, sag ich euch: nur Elend. Für Straßenkämpfe sind wir nicht ausgebildet. Dieses ewige Hin und Her in Rom kann einen ganz schön verrückt machen ... Ich würde gerne mal wieder richtig ausrücken, so wie früher: den Feind belagern, die Schleuder spannen, Schwerter schleifen ... und dann diese Nächte draußen im Lager, herrlich was!? Sternklare Nachthimmel, Sonnenuntergänge, Wind und Regen. Das ist doch was ... was!? Nazarius, das kennst du alles nicht, musst mal mitmachen!"

Nazarius kommt um eine Antwort herum, aber wachen Ohres hört er die Schwärmereien über das wirkliche Soldatenleben, in die alle am Tisch einfallen:

„Da tritt man ein füreinander, auf Leben und Tod."

„... und hängt nicht jeden Abend irgendwo besoffen herum ..."

„Da steht einer für den anderen!"

„... keine Weiber ..."

„... aber überall die käufliche Liebe, tssss ..."

„... alle eines Sinnes ..."

„Und auf Kommando: Lo-th! Sturm! Angriff! Ha, da-th itht doch ein Leben."

„Ja, Lass gut sein, so romantisch ist es auch wieder nicht!"

„Mag sein, aber sicher besser als ständig überzulaufen."

„Oder vollzulaufen."

„Oder wegzulaufen."

„Hahaha ...", tobt die ganze Runde los. Sie stoßen miteinander an und trinken einen kräftigen Schluck.

„Wenn wir nichts unternehmen, dann können wir bald wieder die Fahnen wechseln!", beginnt jetzt wieder ein ernsteres Gespräch von einem wuchtigen Soldaten, der sich vor einiger Zeit an den Tisch gesetzt hat.

„Wieso?", – fragt sofort einer.

„Die Heere im Osten fallen ab!"

Nun wird es absolut still in der Runde. Auch Nazarius wird jetzt aufmerksam, bestärkt durch die Erkenntnis, dass das Mädchen ihn ohnehin nicht mehr ansehen würde.

„Viele Soldaten leisten schon den Huldigungseid auf Vespasian. Vitellius rüstet eine Flotte, um sie Vespasian entgegenzuwerfen ... überall heuern sie Matrosen an", weiß der Soldat weiter zu berichten.

„Das wär' doch was für dich, Nazarius ...", flüstert ihm sein Nachbar zu.

„Sei still ...", herrscht ihn Nazarius an, indem er interessiert zu dem Erzähler schaut, der inzwischen weiter berichtet:

„Im Palast hat man den Eindruck, der Kaiser versuche jetzt noch möglichst Viele schnell für sich zu gewinnen. Er soll seine Garde mit Riesensummen bestochen haben ... der kriegt es mit der Angst zu tun ... Das große Fußheer von Vespasian soll schon in Oberitalien stehen ... und dann wissen wir ja, was kommt: entweder ausrücken und gegen ihn kämpfen oder wieder – was wahrscheinlicher ist – diese elenden Straßenschlachten, Ausgangssperre, kein Alkohol ..."

„Und keine Frauen", ergänzt einer vorlaut aus den hinteren Reihen der Traube, die sich um den Berichtenden gebildet hat.

Für einen Augenblick ist die Runde bestürzt. Nazarius sieht an den Gesichtern, dass diese Neuigkeiten seine Kumpanen stark bewegen. Dann aber setzt wieder ein allgemeines Gerede ein:

„Lieber jetzt weg hier ..., ab nach Oberitalien ... und auf Vespasians Seite schlagen ..."

„Wie willst du denn weg hier, Spinner, du weißt genau, was das bedeuten würde, wenn sie dich schnappen!"

„Stopp mal!", fällt jetzt jemand ein, „woher weißt du das alles?"

„Von Kaeso!"

Nazarius zuckt zusammen.

„Der ist zu den Prätorianern gewechselt, weil ihm solch ein Soldatenleben, wie wir es hier führen, nicht liegt. Er ist dort irgendein hohes Tier."

„Der hat's gut getroffen, kann jetzt in Rom bleiben ...", ergänzt jemand von einer Ecke des Tisches.

„Also, wenn ihr mich fragt: Mich hält hier nichts. Ich muss wieder ins Feld."

„Mich zieht es auch fort."

„Die Mädels in Rom sind nichts für uns, ich sag's ja!"

„Kennst du sie denn alle?"

„Alle!", und er sagt das so überzeugt und mit so ernstem Gesicht, dass man ihm den Schalk erst anmerkt, als er selbst in das herzhafte Gelächter der anderen einstimmt.

Nazarius will gehen.

Als er aber dabei ist, sich zu verabschieden und bereits stehend in die Runde nickt, ruft ihm ein lebensfroher Geselle von der gegenüberliegenden Tischseite zu: „Was ist nun? Wenn du schon nicht mit Vitellius' Leuten zu Wasser gehst ... kann man ja verstehen ... ziehst du mit uns?"

„Wohin?!"

„Egal, nur weg aus diesem Sumpf, diesen nach Scheiße stinkenden Gassen, und von diesen Zivilisten!"

„Ich glaube nicht", sagt Nazarius ernst, „ich habe hier noch was zu erledigen ... und das ... kann lange dauern. Also gute Nacht!"

Er verlässt die Wirtschaft und schlendert einsam heim.

Irgendetwas muss passieren.

Aber es passiert nichts.

Er ist der ewigen Kämpfe in und um Rom überdrüssig. Aber fort will er auch nicht. Lucia hat von seinem Herzen vollständig Besitz ergriffen. Jetzt, wo sie sich versteckt hält und er sie nicht sehen und sprechen kann, ist sie ihm auf eigentümliche Weise näher als früher. Aber er wird langsam ungeduldig.

Monate hat er sie nicht gesehen und das Bild von ihr wird verschwommener. Er benötigt immer mehr Kraft und Konzentration, um sie sich vorzustellen. In den vergangenen Wochen hat er öfter gemerkt, dass er sich ihr Gesicht, ihre Stimme, ihr Lächeln nur noch teilweise zu vergegenwärtigen vermag. Sie entschwindet ihm. Die Erinnerungen verblassen. Lediglich ein paar zusammenhanglose Details aus ihrer gemeinsamen Zeit sind übriggeblieben. Und auch diese kommen in den seltener werdenden Träumen nur noch verschwommen vor.

Am nächsten Abend geht er zum ersten Mal nicht vor das Haus des Aristobulus. Er kommt sich mit einem Mal albern vor.

Aus seiner Hausgmeinde ist er ausgeschlossen, zu Aulus traut er sich, wegen seines Überfalls auf Anaklet, nicht.

Erst Tage später geht er, noch früh am Abend, wieder einmal vor das Haus, in dem Lucia versteckt gehalten wird. Dann aber geschieht etwas Schockierendes.

XIV.

Er steht eine Weile unter der Linde und schaut auf die immer gleiche Fassade des Hauses. Jede Säule, jede Fensternische, jeder Dachziegel und alle Verzierungen sind ihm vertraut. Einzelne Sklaven, die er immer wieder im Garten hatte arbeiten sehen, sind ihm bekannt.

Auch heute sind sie wieder lange in den Anlagen, beschneiden Bäume, pflanzen Blumen, kürzen den Rasen und schleppen eimerweise Wasser, schieben Karren, sammeln die Geräte ein und besehen sich, bevor sie in das Hinterhaus gehen, zufrieden ihr Tagewerk.

Dann liegt das Anwesen ruhig da. Es wird still. Der warme Scirocco bläst an diesem Tag stärker und ein Sturm zieht auf.

Einen letzten Blick noch lässt er über die im nachleuchtenden Abendhimmel rötlich schimmernde Fassade streifen, dann macht er sich auf den Weg. Da der Wind jedoch immer stärker bläst, will er heute den längeren Weg durch die geschützten engen Gassen auf der anderen Seite des Anwesens gehen.

Er hatte bisher seinen Beobachtungsposten immer auf demselben Wege verlassen, weil dieser mit Bäumen gesäumt ist, sodass er von den Hausbewohnern und Freigelassenen kaum gesehen werden konnte.

Als er um das Haus des Aristobulus herumgeht, kann er von der Straßenkuppe aus die Gesindesiedlung einsehen, in der die Gärtner vorhin langsam verschwunden waren. Es beginnt eine lange Mauer, über die die Wipfel hoher Gartenbäume ragen, die sich jetzt heftig im Winde wiegen. Als er an einen kleinen Hintereingang, der zu dem Sklavenhaus führt, kommt, bleibt er einen Augenblick stehen und wirft einen Blick durch das schmiedeeiserne Gitter. Der Garten liegt still. Plötzlich hört er Stimmen, die schnell näher kommen. Er springt beiseite und sobald er wieder hinter der schützenden Mauer ist, wechselt er auf die andere Straßenseite, wo er sich hinter einem Baum versteckt. Er sieht eine kleine Gruppe von Freigelassenen, die nun durchs Tor auf die Straße treten. Im Rauschen des Windes kann er nur schwach ihre Stimmen hören. Das Tor fällt ins Schloss und die Gruppe läuft in die Richtung, die auch er nehmen muss. Als sie einen sicheren Vorsprung haben, besieht er sich von hinten die Personen und ist überrascht, dass drei Frauen dabei sind. Nichtsahnend ziehen sie des Weges, plaudern miteinander und halten sich die Gewänder, wenn eine Böe um eine Häuserecke fegt. Er folgt ihnen möglichst unauffällig.

In den eng bebauten Gassen laufen sie paarweise hintereinander und da hier keine Bäume mehr stehen, folgt Nazarius ihnen von Türvorsprung zu Türvorsprung. Langsam werden die Gassen belebter. Er achtet darauf, dass zwischen ihnen und ihm immer einige Menschen laufen. Einmal bleiben die hinteren stehen und tauschen sich kurz mit Bekannten aus, die sie treffen. Kurz hat er sie in dem nun immer stärker werdenden Getümmel verloren, er stellt sich auf die erhöhte Eingangsstufe eines Wohnhauses und sucht sie mit unruhigem Blick, findet sie wieder, als sie gerade in eine Gasse abbiegen, stößt mit einem Krüppel zusammen, als er loseilt, tänzelt an den Menschen, Karren und Maultieren vorbei, biegt um die Ecke und sieht gerade noch, wie sie in einer Garküche verschwinden.

Kaum hat Nazarius den von Wasserdampf und Lärm erfüllten Raum betreten, da drückt ihm ein am Eingang stehender Sklave einen Blechnapf in die Hand.

„Ich möchte nichts essen, ich will nur jemanden …"

„Das gibt es hier nicht, entweder Essen oder raus, zum Rumlungern gibt es genügend Plätze in Rom!"

Nazarius nimmt den Napf und stellt sich in eine der drei langen Schlangen, an deren vorderen Teil jeweils für wenige As irgendein Brei verkauft wird. Ein Kassierer sitzt am Tisch und nimmt das Geld ein, wenig später klatscht aus großer Kelle gelblicher Brei in die bereitgehaltene Schüssel, sodass sein Arm unter dem Gewicht nachgibt. Nazarius ergreift sich den von einer alten schwarzen Sklavin hingehaltenen Holzlöffel, bekommt ein kleines Fladenbrot und wird von der Welle nachschiebender Esser langsam in die Mitte des Raumes gedrängt.

Hier dreht er sich mehrmals suchend im Kreis, erspäht die Gruppe der Freigelassenen des Aristobulus und kämpft sich klopfenden Herzens zu deren Nachbartisch durch, an den er sich setzt.

Auf dem Tisch stehen Wasserkrüge und Tonbecher. Er gießt sich ein. In dem Gedränge stößt ihn jemand am Ellenbogen, sodass sich eine große Menge Wassers über den Tisch ergießt. Das gibt ein ziemliches Aufsehen. Seine Tischgenossen schimpfen. Der ihn am Ellenbogen gestoßen hat, ruft ihm etwas Böses zu. Ein anderer schnappt seinen noch halbvollen Napf und verlässt ärgerlich brummend seinen Platz. Schließlich kommt eine Sklavin mit einem großen Lappen, alle müssen ihre Teller und Krüge heben, die Sklavin wischt die Tischplatte trocken und schimpft dabei halblaut vor sich her.

„He, dich kenne ich doch!“, spricht ihn jemand von hinten an. Nazarius zuckt zusammen. Dann wendet er sich um. Einer aus der Gruppe, der er gefolgt war, hat ihn angesprochen und wartet mit großen Augen auf Antwort.

„Woher?“, fragt Nazarius mürrisch und stochert in seinem Brei.

Der andere kommt ihm ganz nahe und flüstert: „Du bist Christ!“

Nazarius stutzt, aber der andere flüstert weiter: „Wir haben uns schon mal bei einer Gebetsversammlung den Friedenskuss gegeben. Erinnerst du dich? Es war beim vorletzten Treffen oder bei dem Treffen davor, am Grab des Petrus.“

„Beim Treffen am Grab war ich nicht dabei.“

„Ist doch egal, setzt dich zu uns!“

So bleibt ihm nichts anderes übrig, als sich in die Runde, die er nur heimlich hat beobachten wollen, zu begeben. Sie rücken auf. Nazarius nimmt seine Schüssel sowie den Krug und setzt sich dazu.

Die drei weiblichen Begleiterinnen reden angeregt miteinander und haben von ihm noch keine Notiz genommen, aber die zwei jüngeren Männer schauen ihn neugierig an. Ohne aufzublicken beugt sich Nazarius löffelnd über seinen Brei.

„Was treibt dich in diese Gegend?" – Nazarius antwortet nicht.

„Ich heiße Andreas", plaudert er einstweilen weiter, „und das ist Thomas", dabei zeigt er auf seinen Nachbarn, den Nazarius mit schrägem Blick aus seinem tief über den Suppennapf gebeugten Kopf ansieht.

„Na, nun iss erst mal, du scheinst ja tüchtig Hunger zu haben!"

Nazarius beugt sich immer weiter über den Napf und täuscht einen riesigen Appetit vor.

Einige Plätze am Tisch leeren sich, aber werden gleich darauf wieder besetzt. Thomas und Andreas sowie die drei Mädchen sind längst fertig mit essen. Er hofft, sie würden gehen, denn in den Garküchen ist es nicht üblich, länger als für die Zeit der Nahrungsaufnahme die Plätze zu blockieren.

„Was ist, Andreas?" fragt nun eine der Frauen, „gehen wir?"

Nazarius blickt wieder auf, ohne den Kopf zu heben.

„Moment noch", antwortet Andreas und schaut zu Nazarius.

„Ach, ihr kennt euch?"

„Ja!"

„Das ist ja interessant ... Wen ihr alles kennt."

„Gärtner müsste man sein", fügt eine zweite hinzu, „dann kommt man herum."

„Woher kennt ihr euch denn, he? Wer bist du? Schau doch mal auf!" Die Dritte kichert nur in sich hinein. Alle blicken auf Nazarius, der unbeirrt seinen Brei löffelt.

„Du bist aber nicht sehr gesprächig."

„Nun lass ihn doch erst mal essen."

So geht es eine ganze Weile, bis Thomas mit tiefer Stimme ganz ruhig sagt: „Gehen wir noch irgendwo hin?"

Die Mädchen sind sofort begeistert. Es fallen ein paar Namen von Schankwirten, die Nazarius noch nie gehört hat.

„Kommst du mit?"

Nazarius ist inzwischen mit dem Essen fertig, das Fladenbrot ist vom verschütteten Wasser völlig durchnässt, sodass er es liegen lässt.

„Iss dein Brot, Junge", sagt Thomas wieder mit ruhiger Stimme, „wie heißt du?"

„Nazarius!"

„Also, Nazarius, iss dein Brot. Brot ist Leben. Das müsstest du aber wissen."

Nazarius versteht diese Anspielung auf die christliche Agapefeier, packt sein Geschirr und stellt es auf den kleinen Wagen, den ein Sklave gerade vorbeischiebt.

Dann schließt er sich den anderen an, die bereits vor ihm aufgestanden und zum Ausgang gegangen sind.

Der Wind hat sich wieder etwas gelegt. Die Straßen sind feucht von den vielen Überschwemmungen des nahe gelegenen Tibers, die Häuser niedrig und ihre Wände klamm. Trotz der fortgeschrittenen Stunde spielen noch ein paar barfüßige Kinder mit einer wassergefüllten Schweinsblase. Greise sitzen auf nicht mehr ganz intakten Stühlen, eine Mutter hat ein schreiendes Kind auf dem Arm und wischt ihm das Gesicht mit den Handflächen sauber. Junge Leute stehen gelanweilt in den Hauseingängen und schäkern miteinander. Irgendwo räumt jemand die Habseligkeiten des Hausinneren auf eine Tragbahre, die von neugierigen Kindern umstellt ist.

Als sich Nazarius und seine Begleiter daran vorbeizwängen, kommt gerade der Besitzer mit einer schweren Kiste heraus. Hinter ihm laufen unzählige Kinder, die im Gänsemarsch irgendwelchen Kleinkram vorsichtig in den Händchen halten und alles andächtig auf die Bahre häufen. An einer Häuserwand ist nebeneinander auf die Straße Gemüse gelegt, das eine alte Frau zum Kauf anbietet. Sie krächzt Nazarius, als er vorbeikommt, etwas über die Qualität ihrer Früchte zu.

Sie biegen noch ein paar Mal ab und schließlich steigt Thomas in ein ziemlich muffiges Kellerloch, in dem sich eine Schenke befindet. Der Wirt bringt einen Krug Wasser und fragt die Mädchen, ob sie von seinem Saft probieren wollen. „Wein trinkt ihr ja nicht", fügt er wohlwollend und zugleich kopfschüttelnd an. Nazarius, der gerne etwas Wein getrunken hätte, traut sich nicht, diesen zu bestellen. Er weiß wohl, dass es abstinent lebende Christen gibt, aber mit solchen hat er bisher noch in keiner Schenke gesessen.

Da fragt ihn eines der Mädchen mit offenem Blick, ob er derjenige sei, der oft vor dem Hause stünde und die zweite erklärt, sie habe ihn schon häufig dort stehen sehen, während die dritte direkt fragt, was er denn dort zu suchen habe. Sein Herz rast. Er fühlt, wie ihm das Blut in den Adern gefriert. Die beiden Männer sagen nichts. Als Nazarius jedoch nicht gleich antwortet, wendet sich Andreas zu den Mädchen: „Ist der das, von dem ihr schon öfter erzählt habt?"

„Ich glaube schon", antwortet eine und alle schauen auf den immer noch schweigenden Nazarius. Ihm ist heiß. Sein Mund ist so trocken, dass er mehrfach schlucken muss.

„Ihr habt doch erzählt, er sei lange nicht mehr dagewesen."

„Doch, doch, ich erkenne ihn genau, er steht oft in der Dämmerung unter der Linde und schaut zum Hause hinauf!"

„Tatsächlich?", fragt Andreas jetzt Nazarius, der über und über rot geworden ist. Er dreht nervös mit beiden Händen seinen Becher.

„Ja", antwortet er leise und schaut dabei auf einen fixen Punkt der Tischplatte. Seine Antwort löst Verblüffung aus.

„Und … was soll das?"

„Nichts, nur so", Nazarius zuckt abwehrend mit den Schultern.

„Du wirst ja ganz rot – da ist doch was!?“, sie beugt sich unbeschwert nach vorne und betrachtet ihn neugierig, wie man einen fremden Gegenstand anschaut, dessen Sinn und Nutzen man nicht kennt.

„Bist du verliebt?“ – Nun ist es heraus, dem wissenden Blick dieser wohlgemuten Mädchen kann er sich nicht entziehen.

„Sag, in wen von uns?“, und alle drei lehnen sich lachend zueinander, ohne dass sie dadurch den schwermütigen Nazarius hätten froher machen können.

Die Reaktion dieser Mädchen verletzt ihn. Er hat schon mehr gesagt, als er eigentlich wollte. Verschämt denkt er daran, sobald wie möglich dieser peinlichen Situation zu entkommen.

Die Mädchen merken, dass sie ihn mit ihrer Spontaneität verletzt haben und sitzen etwas beklommen da. Auch ihre beiden Begleiter schweigen. Nazarius kreist mit dem Zeigefinger langsam über den Becherrand.

„Lucia“, sagt er halblaut, während er seinen Blick krampfhaft an den Becher heftet. Er legt die am Becherrand spielende Hand zurück auf den Tisch. Sie zittert.

Die Mädchen lachen hell auf und Nazarius schaut sie befremdet mit einem peinlich berührten Schmunzeln an. Andreas und Thomas lachen kurz und dunkel.

„Kennt ihr eine Lucia?“, fragt ein Mädchen die beiden anderen, aber sie sehen vor sich hin und schütteln die Köpfe. „Ihr?“, wendet sie sich an die beiden Männer. Auch sie schweigen.

„Ist er nicht süß, oh, das ist die Liebe!“

Dann wendet sie sich warmherzig Nazarius zu, sodass er sie anschauen muss. Sie sagt: „Hör mal, eine Lucia gibt es bei uns nicht!“

Die erste Scham hat er überwunden. Was gesagt werden musste, ist heraus. Hat er nun aber schon das Geheimnis preisgegeben, so will er sich nicht mit dem schlichten Hinweis, es gebe ihm Hause des Aristobulus keine Lucia, zufrieden geben: „Ja doch, sie wird bei euch versteckt gehalten!"

„So ein Unsinn. Wir haben ein offenes Haus, bei uns wird niemand versteckt."

„Seit Monaten lebt sie im Verborgenen dort", Nazarius hat all seinen Mut zusammengenommen.

„Du täuschst dich", antwortet ihm jetzt eine andere und wendet sich ihm fürsorglich zu: „Schau, wir versorgen das Haus und die Zimmer, wir betreuen die Gäste und dienen bei Tische, glaub's nur, da wird niemand versteckt."

„Und wenn, dann müssten wir es doch wohl wissen", ergänzt die andere.

„Deine Lucia hat dich auf den Arm genommen und dir eine falsche Adresse gegeben."

„Du Armer."

Nazarius krampft das Herz zusammen. Weit hat er jetzt die Augen aufgerissen, mit bebenden Lippen schaut er fragend von einer zur anderen.

Thomas nickt ihm zu, als verstünde er zwar das Entsetzen des Nazarius, müsse aber gleichzeitig die Aussage der Mädchen bestätigen.

„Das ... das ... gibt es doch nicht ... das ist unmöglich ...", stammelt Nazarius, „sie muss bei euch sein, ich weiß es genau ..."

„Nun glaub' es doch, bei uns wird niemand versteckt gehalten, eine Lucia gibt es bei uns nicht", und Andreas fügt an, dass er ihnen glauben könne, denn sie seien ehrliche Naturen.

„Aber ... aber, ihr seid doch von Aristobulus ...?"

„Ja, selbstverständlich, wer kennt nicht das Haus des Aristobulus, du hast doch auch oft genug davor gestanden."

„Ich ... ich verstehe das nicht ... sie muss bei euch sein ...!"

„Weshalb soll sie bei uns sein, bei wem auch? Unser Herr ist oft auf Reisen, er ist Kaufmann ..."

„Der verbirgt uns nichts, wir kennen das Haus besser als er."

Nazarius sitzt wie versteinert. Seine aufgerissenen Augen hängen erstarrt im Dunkel der Schenke. Die Mädchen erkennen, wie ernst die Situation ist. Sie haben aufgehört zu lachen. Die beiden Männer schauen ihn ernst an. Schwer drückend, wie ein sumpfiger Schlamm, legt sich das Fürchterliche in seine Seele. Ihm ist, als hätten diese fünf Menschen sein Haupt auf den Bock gepresst, hinter dem schwarz verhüllt der Henker sein blankes Schwert erhebt.

Aus trockener Kehle flüstert er: „Anaklet, dieses Schwein."

Alle Versuche seiner Bekannten, ihn zu halten, wehrt er mit kraftlosen Armbewegungen ab. Eine der Frauen springt von Mitleid gerührt auf und redet beschwörend auf ihn ein. Sie zieht ihn am Gewand, schüttelt seinen Arm, wie wenn sie ihn wach rütteln will aus einem bösen Traum. Er aber wehrt alles ab und taumelt auf die inzwischen nächtliche Gasse. Wie von einer dunklen Hand gezogen wankt er in die Innenstadt, wo er die Schenke sucht, wie ein schwer getroffenes Tier das bergende Dickicht.

Dort, im Kreise seiner zechenden Kumpanen, stürzt er den Wein in sich. Dieser aber verstärkt nur seine dunkle Stimmung und je mehr er die Sinne trübt, umso klarer hebt sich vor ihm das Schmerzliche ab.

Kein Zweifel: Er ist getäuscht worden. All die Abende, Tage und Wochen, die er in stiller Treue vor Lucias vermeintlichem Versteck verbracht hat, scheinen vertan. Die uneingestandene Hoffnung, das verborgene Tun werde belohnt, zerfällt zu körnigem Staub, und jedes Teilchen dieses feinen Sandes brennt schmerzlich in der offenen Wunde.

Seine Kameraden ahnen wohl, dass etwas Schlimmes vorgefallen sein muss. Da Nazarius aber stumm bei ihnen sitzt und mit brennenden Augen fortwährend ins Leere starrt, achten sie schließlich nicht weiter auf ihn. Sie haben hunderte und tausende so sitzen sehen, denen der Krieg das Liebste geraubt, Weib und Kinder ermordet und die Freunde zerstückelt hat. Sie wissen, dass ihm nicht zu helfen ist und sind voll das Erbarmens, doch froh, dass es sie selbst nicht getroffen hat.

Als er sich zum Gehen rüstet, geben sie ihm guten Rat mit auf den Weg, klopfen ihm brüderlich auf die Schultern, lächeln ihm freundschaftlich zu, übernehmen seine gewaltige Zeche und verabreden sich am kommenden Abend.

„Wirst du hier sein?", fragt einer.

„Wenn ich noch lebe ...", antwortet Nazarius, in dessen traurige Seele dann doch ein kleiner Funke des Trostes fällt, den ihm seine Kumpanen mit auf den Weg geben.

„Mach' keine Dummheiten, hörst du!?"

„Mal schauen", antwortet Nazarius reglos.

„Wenn wir dir irgendwie helfen können, dann sag was ...", ruft ihm noch einer nach, während er mit herunterhängenden Armen in die Nacht schlurft.

Anaklet, der Lügner, ist der Verantwortliche für seine vergebene Liebesmüh und während er sich dem Haus nähert, wo alle Unbill seines Herzens begann, wird ihm auch klar, weshalb er wegen des Überfalls nie belangt worden ist. Darüber hat er sich schon manchmal den Kopf zerbrochen, es aber auf die verborgene Lebensweise der Christen und wohl auch auf einen Fünkchen Anstand des Anaklet zurückgeführt.

Wie anders sieht jetzt alles aus.

Jener Überfall endete für Anaklet mit einem Triumph. Sein Erfolg aber ist eine Niederlage. Brutaler denn je erscheint ihm das Vorgehen der Christen. Herzloser, als alles, was er erlebt hat, erscheint ihm die Isolation von Lucia und erniedrigend sein eigenes Schicksal.

Wie ein Wolf, der einer falschen Fährte gefolgt ist und am Ende in die Falle läuft, brüllt es in ihm auf.

Doch als er bereits wieder sein Versteck im Gebüsch eingenommen hat und durch das Geäst grimmig auf die Tür starrt, aus der irgendwann der Verräter treten würde, schaut er wie durch die Gitterstäbe des mamertinischen Gefängnisses. Noch ist nichts geschehen, noch ist sein schwerer Hammer nicht niedergeschmettert auf den Schädel des Selbstgerechten. Was getan werden muss, hat ja auch Zeit. Wäre der Triumph des Anaklet und seiner Glaubensbrüder nicht noch größer, wenn er jetzt dreinschlüge?

Warnend tritt ihm vor Augen, dass bei den Christen die Toten oft gefährlicher sind als die Lebenden. Und Lucia wäre ihm auf ewig genommen.

So verlässt er langsam den Garten. Nicht flüchtend, wie einst, als er siegreichen Schrittes bereits verloren hatte, sondern in dem freudlosen Wissen, sein eigenes Leben nicht in einem rachesüchtigen Moment vergeudet zu haben. Es befremdet ihn, dass es sich nicht positiv auf seinen Gemütszustand auswirkt, etwas Böses unterlassen zu haben. *Warum muss man sich so elend fühlen, auch wenn man das Richtige tut?* Und nicht zum ersten Mal fragt er sich, weshalb das Böse so oft Freude macht und die Wahrheit so häufig mit Seelenqualen verbunden ist. Wäre es umgekehrt, wäre das Leben einfacher. *Anaklet umzubringen wäre immerhin Mord, sagt er sich. Andererseits rangiert Mord bei den Christen auf derselben Stufe wie Unzucht.*

Einstweilen gibt er sich geschlagen.

Daheim rollt er sich apathisch in jene Decke des Christen und die schweren Alpe der Nacht drücken auf seine Brust.

Als er anderntags erwacht, rollt er den Hammer sorgfältig in ein wollenes Tuch und legt ihn unters Bett.

Zu Mittag isst er abermals in der Garküche, in der gestern sein jetziger Leidensweg begonnen hat. Immer wieder schaut er um sich, aber von seinen Bekannten ist nichts zu sehen. Ruhiger als gestern nimmt er aber wahr, dass diese ihn nicht angelogen haben. So sehr er auch hofft, so sehr er auch irgendetwas in ihrem Verhalten Auffälliges wahrnehmen will: Alles spricht immer wieder dagegen. Es gibt keinen Zweifel mehr: Er ist wochenlang auf der falschen Fährte gewesen.

Eines nur ärgert ihn maßlos: Nämlich dass er nicht über diese unbefangenen Freigelassenen des Aritobulus ein neuerliches Gebetstreffen aller Christen erfragt hat. Dort wäre die Möglichkeit gewesen, Lucia zu treffen, Bekannte zu sehen, vielleicht Aulus zu sprechen und zu schauen, ob Anaklet oder wer auch immer ihn des Überfalls verdächtigt. Täglich zur Scheune hinauszulaufen, würde nichts bringen, oft liegen Monate zwischen den Treffen, denn es sind inzwischen zwei oder drei weitere Hausgemeinden entstanden, wo man sich in kleineren Gruppen unter dem Vorsitz eines Diakons trifft; schließlich wechseln die Gebetsorte häufig und er wäre wieder auf der falschen Fährte. Kein Zweifel: Er ist in jeder Hinsicht ausgeschlossen. Nein, mit den Christen sich noch einmal einzulassen, das hat wirklich keinen Sinn.

Am Spätnachmittag sucht er deshalb wieder die üblichen Gasthäuser auf und wie immer dauert es nicht lange, bis er die Seinen trifft.

„Na, geht es dir heute besser?", begrüßt ihn sofort jemand.

„Danke", nickt er freundlich.

„Du bist ja ganz mies beieinander, was ist denn los?"

„Das kann ich nicht sagen ... aber ... seid ihr mal einer falschen Fährte gefolgt?"

Diese Frage tritt eine Lawine los. Unendliche Geschichten muss er sich anhören über Belagerungen, Wallbauten um kleine Städte, deren Bevölkerung sich durch Tunnel in Sicherheit gebracht hatte, über nächtliche Aktionen und Feindbelagerungen, wo statt des Feindes eine Rotte Wildsauen aus dem Dickicht gesprengt sei, über tagelange und verlustreiche Kämpfe um einen Brunnen, der am Ende vergiftet oder – so genau wissen sie das nicht mehr – trocken war, über einen Steinbruch zur Gewinnung von Schleudergeschossen, der am Ende eine Kiesgrube war, über sichere Wege, die auf unüberwindliche Flüsse zuführten, über endloses Marschieren im Nebel, das zum Ausgangspunkt zurückführte, kurz: alles, was ein Soldatenleben reich an Anekdoten macht.

Aber diese Geschichten faszinieren Nazarius mehr, als es ihn stört, bei seiner Frage nach der falschen Fährte nicht richtig verstanden worden zu sein.

„Oh, Junge, du solltest zu uns kommen, dann würdest du lernen, darüber zu lachen, einer falschen Fährte zu gefolgt zu sein!"

„Was muss man tun, um Soldat zu werden?"

„Du musst dich anmelden, vorstellen, eintragen lassen und dann geht's los. Darfst natürlich nicht zu viel erwarten ... Lohn gibt's nicht viel, aber viel Spaß, tolle Küche, ferne Länder ..." – und wieder setzt die alte Schwärmerei von Sonnenaufgängen und Sternenhimmeln ein.

„Wir sind des Lebens hier in Rom überdrüssig, aber die Heere sind alle in Unordnung ..."

„Bis auf eines: das im Osten unter Vespasian, die stehen dort im wahrsten Sinne zu ihrem General, haben ihn ja schon zum Kaiser ausgerufen ... Dem Vitellius, Kaiser Vielfraß, schlottern die Knie und zittert der Wanst, hier in Rom", und ein dritter ergänzt: „Es sind immer mehr, die ihm weglaufen ..."

Während sie so sprechen, schauen sie Nazarius von allen Seiten bedeutend an. Immer dann, wenn sie gemeinsam einen Unerfahrenen belehren und imponieren können, sind sie sich besonders einig. Nazarius erfährt, was er ohnehin schon hier und da mitbekommen hat: dass Vespasian von seinen Truppen im Osten auf den Schild gehoben wurde, dass er zum Kampf gegen Vitellius' Flotten rüste, dass seine Fußheere bereits gen Rom marschieren und dass in Rom die Truppen gespalten seien, weil einige Teile sich bereits zum Überlaufen rüsten würden, während andere bereit seien, Vitellius bis aufs Blut zu verteidigen.

„Oh, Mann", sagt einer der Gesprächspartner nach dieser umfang- und wortreichen Erklärung der Umstände, „hier in Rom geht man vor die Hunde ... Für Vitellius treten ohnehin nur noch die ein, die eine dicke Belohnung bekommen haben, aber wir sind bisher leider leer ausgegangen. Ich würde mich freuen, wenn wir schon bald die Seiten wechseln würden, für diesen Vielfraß gebe ich nix."

„Bist du still!", herrscht sein Begleiter ihn aufgeregt an und schaut dabei nervös um sich, ob jemand zugehört hat. Erklärend zischelt er zu Nazarius: „Wenn man so etwas laut sagt, kann es einen den Kopf kosten. Vergangene Woche sind einige hundert Söldner aus der Kaserne stiften gegangen und wollten sich den Heeren des Vespasian anschließen, die bereits in Norditalien stehen, ... sind geschnappt worden ... und", jetzt beugt er sich flüsternd zu Nazarius, „sind alle hingerichtet worden, war ein furchtbares Schauspiel, wir wurden gezwungen zuzuschauen, zur Abschreckung."

„Aber von Vespasian hört man nur Gutes!", rechtfertigt sich der Gerügte flüsternd. „Er soll seit Jahren den jüdischen Krieg ganz hervorragend führen. Sein Sohn ist sein Stellvertreter, Titus. Soll ein umsichtiger Mann sein. Das muss gar nicht leicht sein, weil es in Palästina seit mehr als zwei Jahren drüber und drunter geht", er stülpt die Lippen nach außen und wiegt bedeutend mit dem Kopf.

Von allen Seiten schwatzen sie jetzt wichtig auf Nazarius ein, erklären ihm die Organisation und den Aufbau des Ostheeres, versuchen die komplizierten Zusammenhänge verständlich zu machen, was ihnen freilich nur zum Teil gelingt. Zwischendurch unterbrechen sie sich, setzen die Erzählung aus, wenn sie glauben, dass jemand zuhört. Dann fangen sie wieder irgendwo an, weil sie den Faden verloren haben, suchen nach Namen und Begriffen, bringen das eine oder andere in eine falsche Reihenfolge, verwechseln Ortsnamen und Schlachtabläufe, unterbrechen und korrigieren sich gegenseitig und schließlich einigt man sich darauf, dass in Palästina zwar Krieg, aber Vespasian souveräner Herr der Lage sei.

Für tiefgehende politische und militärische Zusammenhänge hat Nazarius noch nie viel übrig gehabt und die Erzählungen und Erklärungen seiner Kollegen sind nicht dazu angetan, ihm eine klare Erkenntnis der Situation in Palästina zu vermitteln.

Mehr aber, als der Inhalt, begeistert ihn die leidenschaftliche Inbrunst, mit der diese Soldaten militärische Prozesse betrachten und Schlachtabläufe schildern. Über alle Fantasterei hinaus haben sie eine echte soldatische Passion.

In ihm hingegen ist seine hingebungsvolle Wärme an Lucia langsam erloschen und seit dem er weiß, dass er wochenlang einer falschen Fährte gefolgt war, kommt es ihm vor, als hätten grobe Stiefel die Reste einer gestern noch vorhandenen Glut vollends ausgetreten.

Auf dem umgepflügten Boden seines Innern beginnt das Saatkorn der Faszination aufzuknospen. Von Judäa hat er schon einiges gehört.

Die Wellen der dortigen Stürme sind bis nach Rom geschlagen und verursachen auch hier immer wieder Heimsuchungen besonderer Art. Vor allen Dingen leiden die römischen Thorachristen unter den schlimmen Zuständen in Judäa. Viele ihrer Verwandten und Freunde haben schon ihr Leben verloren in den nicht enden wollenden jüdischen Aufständen und Scharmützeln gegen die ungeliebten römischen Besatzer.

Nie hatte sich Nazarius die Mühe gemacht, ein klares Bild von den dortigen Verhältnisse zu bekommen. Nur so viel war ihm immer bewusst: Dort, wo Jesus gelebt hat, gestorben und auferstanden ist, geht es drüber und drunter. Nun aber interessiert es ihn mit einem Mal brennend.

„Der Krieg dort dauert schon lange?“, fragt er vorsichtig seine Tischgenossen.

„Sehr lange …“, sagt einer bedeutend und ein anderer fügt leise bei: „Länger als wir leben.“

„Aber richtig los ging es vor drei Jahren, es war sechsundsechzig, was meinst du? War es sechsundsechzig?“, fragt er unsicher seinen Nebenmann.

„Ja, sechsundsechzig, da ging es los, ein Riesengemetzel.“

„Die Nichtjuden in Caesarea – dort wo der Hauptsitz der

römischen Truppen ist – also die Nichtjuden metzelten die Juden nieder und gleichzeitig metzelten in Jerusalem die Juden die Nichtjuden nieder ..."

„... und damit war nach beiden Seiten hin das Signal gegeben, mit diesem g o t t g e f ä l l i g e n Werke fortzufahren."

Alle schmunzeln. Und wieder sind sie sich einig, dass das Ganze doch zu kompliziert sei, als dass Nazarius es in diesem Augenblick begreifen könnte. Im Prinzip aber habe Vespasian die Lage im Griff. Immerhin habe er sich ja von allen Generälen am längsten gehalten.

„Was geschieht denn wohl, wenn Vespasian nun Kaiser in Rom wird?", fragt Nazarius mehr neugierig als bange, aber er ist über die spontane Antwort überrascht:

„Wird ohnehin nicht mehr lange dauern, dieser Krieg, denn Jerusalem ist seit mehr als einem Jahr von römischen Truppen umstellt."

„Genau", pflichtet wieder ein Anderer bei. Nazarius hingegen rechnet schnell: „Also seit vorigem Sommer."

„Seit Sommer achtundsechzig, richtig!"

„Die Belagerung sollte gerade beginnen, als die Nachricht vom Tode Neros eintraf."

„Da hieß es also erst mal, die Kämpfe wieder einzustellen, alle militärischen Aktionen zu stoppen und auf neue Anweisungen eines neuen Kaiser zu warten. Hat Vespasian auch getan."

„Dann kam Galba, an die Macht und es hieß wenige Tage später: Kämpfe wieder aufnehmen. Dann: Galba – weg. Kämpfe wieder einstellen. Otho wird Kaiser: Kämpfe wieder aufnehmen. Otho – weg. Kämpfe wieder einstellen. Vitellius, alias Kaiser Vielfraß, auf dem Thron: Kämpfe weiterführen ... So läuft halt eine Belagerung nicht ..."

„Einmal hüh und einmal hott ..."

„So kann man eine Stadt nicht belagern, vor allen Dingen nicht Jerusalem."

Bei dem Wort Jerusalem bekommt Nazarius eine Gänsehaut: Die heilige Stadt ist ihm ein Begriff. Er ist zu sehr im jüdischen Umfeld beheimatet, um nicht zu wissen, was sie bedeutet, und er ist zugleich zu sehr Christ, um nicht zu wissen, dass dort auch Jesus gelebt hat. Der Nimbus des ganz Besonderen ist spürbar in ihrem Namen. Irgendwann hatte Aulus ihm einmal erklärt, Jerusalem heiße Stadt des Friedens, *Jeru-Schalom*. Die Soldaten aber, die ihn mit ihren Erzählungen immer mehr bannen, sprechen von ihr, wie von jeder anderen feindlichen Stadt.

„Aber bald haben wir sie. Erst einmal Ruhe und Ordnung in Rom, und dann geht's los, dann geht's so richtig los. Wirst sehen Nazarius, dass es so kommen wird. Ach, da wäre ich gerne dabei, so kurz vor dem Sieg noch aufspringen. Und dann: Triumphzug durch Rom."

So geht es noch stundenlang weiter. Ihr Gespräch dreht sich bis tief in die Nacht immer wieder um das einzige, das einen römischen Soldaten das Blut wirklich in Wallung bringt: ein echter Feldzug, ein souveräner Sieg und ein Triumphzug durch Rom.

Als sie sich schließlich trennen, ist Nazarius klar, dass diese – und mit ihnen viele andere – Soldaten in Rom nichts sehnlicher hoffen, als dass es möglichst bald in den Krieg gehe, und dass sie Vitellius, der auf wackeligem Thron sitzt, genauso wenig wie die Stadt Rom gegen die Truppen des Vespasian verteidigen würden.

Sie würden wieder überlaufen – auch darin bekommt man Übung. Und je eher, umso besser.

Er wankt trunken heim und ebenso wie sein Schritt, kippelt auch sein Sinn.

Er weiß, dass er in Rom nichts mehr zu suchen hat. Der Streit der Christen interessiert ihn nicht. Die Lorbeeren für seinen letzten großen Dienst haben andere eingesteckt. Lucia haben sie ihm genommen. Ihre Türen sind für ihn – solange er sich nicht nach ihren Vorgaben bekehrt – verschlossen.

Was hat er hier noch zu suchen?

Als er sich in jene Decke eindreht, die er eigentlich für Paulus besorgt hatte, denkt er noch: *Die nehme ich auf jeden Fall mit.*

XV.

Die Wochen gehen ins Land. Der Sommer des Jahres 69 kommt und geht. Das Zirpen seiner Grillen ist wie die knisternde Spannung aller Nerven in Rom.

Aber nichts geschieht.

Langsam färben sich die Blätter. Grün in allen Tönen. Dann mischt sich gelb darunter. Schließlich rot. Dann blutrot. Und genauso wird es kommen. Die schönen Tage sind vorbei. Wilde Stürme reißen jetzt die Blätter von den Bäumen, die wie Rippen eines Kadavers in den fahlen Regenhimmel ragen. Die Straßen werden leerer. Der Winter kommt. Die Menschen laufen jetzt mit verhüllten Gesichtern nur noch schnell von Haus zu Haus.

Man hat das Knacken im morschen Gebälk des Kaiserpalastes gehört. Es gibt kein Ohr, in das die bedrohlichen Geräusche nicht gedrungen wären.

Rom wartet.

Vespasian ist nun schon vor Monaten von seinem Heer zum neuen Kaiser ausgerufen worden. Seine bedrohlichen Truppen nähern sich von Tag zu Tag der Stadt. Doch hier hält ein Anderer noch das Zepter in den Händen.

Zum vierten Male bahnt sich jener Wahnsinn an, der schon in drei Wellen Stadt und Volk heimgesucht hat. Wie das geheimnisvolle Gekicher ferner Hexen kündet sich die böse Ahnung an: Auch Vespasian würde sich den Thron blutig erkämpfen müssen.

Und er ist dazu entschlossen.

Aber der Weg von Syrien – wo er sich im Winter neunundsechzig aufhält – bis nach Rom ist weit. Durch Umsicht und maßvolle Zurückhaltung hat er bereits viel Zeit verloren: Bevor er nach Rom aufgebrochen ist, hat er ein Heer zusammenstellen müssen, ohne dabei seine Truppen jener Verwahrlosung zu überlassen, wie Galba, Otho und Vitellius es getan hatten. Im Westen und Norden bahnen sich die Folgen ihres verantwortungslosen Handelns bereits bedrohlich an. Jetzt auch noch die Ostheere einer solchen Selbstzersetzung zu überlassen, das könnte schnell das Ende des gesamten römischen Imperiums sein.

Vespasian setzte zunächst seinen Sohn Titus, der mit ihm in Syrien lagerte, als Vertreter und Oberbefehlshaber der Ostheere ein.

Dann erst war er über den Balkan nach Oberitalien losgezogen, um gegebenenfalls in Rom mit Gewalt die Dinge in die Hand zu nehmen. Er hat sich lange auf den Marsch vorbereitet. Nun hat er es eilig.

Bei Cremona werfen sich ihm die Heere des Vitellius entgegen: Er überrennt sie förmlich.

In Rom selbst spitzt sich die Lage mehr und mehr zu.

Kaiser Vitellius, der sich immer noch mit einer Hand krampfhaft am Throne hält (während er mit der anderen isst) hat bei Todesstrafe verboten, von der empfindlichen Niederlage bei Cremona zu reden. Nichtsdestotrotz weiß jeder in Rom, was geschehen ist.

Einige, mit denen Nazarius seit zwei Monaten die Stube teilt, gehören zu der Begleittruppe jener Boten, die mit den Heerführern Vespasians verhandeln sollten. Ihre überschwängliche Freude an einem richtigen Auftrag wird schon Tage vor ihrem Aufbruch mit ungeheuren Mengen neuen Weines gefeiert.

Trübe bleiben die anderen zurück und warten mit flauen Mägen auf die Rückkehr ihrer Kameraden.

Drei lange Wochen dauert es, bis sie eines Morgens ans Tor pochen und mit festgezogenen Helmen in den Kasernenhof reiten. Die Ungeduldigsten rennen zu ihnen, helfen beim Absatteln, nehmen die Pferde am Halfter und tragen die Satteltaschen. Kaum haben die Reiter festen Boden unter den Füßen, werden sie mit Fragen bestürmt.

Sie halten sich zurück. Erst beim abendlichen Zusammensein löst der noch prickelnde Most die Zunge.

Man hatte sie zu Flavius Sabinus, dem Bruder Vespasians geschickt. Nun kehren sie von diesem, der eigentlich ihr Feind sein sollte, wie betört zurück.

„Das ist ein Mann mit Klasse!", schwärmen sie. Sie berichten, wie er sie empfangen und behandelt hat, was es zu essen gab und wie seine Soldaten ihm folgen. Alles Soldatische in ihnen regt sich. Sie waren faktisch schon übergelaufen, als sie mit seiner Antwort heute Nachmittag zurückkamen.

„Was hat er denn nun geantwortet?"

„Er hat Verhandlungsbereitschaft signalisiert!"

„Ist das denn klug? Weiß der, was wir hier in Rom durchmachen?"

„Sabinus ist geschickt, Soldat und Diplomat. Glaub' mir, der weiß, was er tut, der lässt sich von diesem Vielfraß nicht einwickeln, der ist durch und durch Soldat!" Ein anderer ergänzt, er wäre am liebsten gleich bei ihm geblieben.

„Nun sitzen wir wieder stumpfsinnig in diesem Pfuhl hier und können zusehen, wie die Truppen Tag für Tag näherrücken."

„Dann brauchen wir wenigstens nicht überzulaufen."

„Wer würde denn Vitellius noch verteidigen? Nein, es wird so kommen, dass alle Truppen dem neuen Kaiser Vespasian unterstellt werden, auch die cohortes urbanae und die vigiles und die Prätorianer werden, Vitellius ..."

„Der Vielfraß ..."

„Sei doch still!"

„Vitellius wird kampflos gehen und es werden bessere Zeiten anbrechen."

„Schön wär's, aber ich glaub's erst, wenn ich es sehe."

„Und was ist, wenn wir doch wieder in Rom eingesetzt werden und diesen Kaiser Vielfraß verteidigen müssen? Dem fällt doch jeden Tag etwas Neues ein. Dass der den Thron freiwillig räumt, ist doch ein Ammenmärchen."

Keiner glaubt, Vitellius würde freiwillig und kampflos zurücktreten. Die Soldaten bleiben skeptisch.

Die Schreckensherrschaft des Vitellius hat sie gelehrt, erst einmal nichts zu hoffen und immer vom Schlimmsten auszugehen.

Sie sollten Recht behalten.

In den Kasernen würgt die Angst jedem an der Kehle. Schwere Vorahnungen liegen wie eine Decke auf der ganzen Stadt. Pessimismus und Lethargie breiten sich mehr und mehr aus. Zyniker streuen ihr süßes Gift in das Geflecht der dünnen und unsicheren Nachrichtenadern, das die Stadt seit jeher durchzieht.

All die guten Hoffnungen, mit denen Nazarius Söldner geworden ist, die lockenden Bilder sternklarer Nächte und freudentrunkenen Siegesrausches sind verschwunden.

Noch immer sitzen sie in Rom. Noch immer schwelt der Bürgerkrieg, täglich rollen Köpfe. Morgen für Morgen spült die gelbe Flut des Tibers unzählige Leichen flussabwärts und auf die Sandbänke.

Nazarius hatte gehofft, mit seinen Kameraden zusammen in ferne Länder ziehen und dieses verhexte Rom endlich hinter sich lassen zu können. Schon beginnen bei ihm die ersten Zweifel, ob seine Entscheidung, sich bei den Söldnern zu melden, richtig war. Immer häufiger wünschte er sich in den vergangenen Schreckenswochen fort aus der Kaserne, die sich nur wenig vom Mamertinum unterscheidet. Aber das ist jetzt unmöglich.

Einzelne seiner Kameraden hatten immer wieder die Nerven verloren. Sie haben alles stehen und liegen gelassen, wollten nach Hause oder sich zu Fuß zu den Heeren Vespasians durchschlagen: Sie alle sind über kurz oder lang eingefangen und zur allgemeinen Abschreckung vor aller Augen hingerichtet worden.

Einmal hatte ihm einer flüsternd angeboten, er könne sich

einem Trupp Flüchtender anschließen. Nazarius lehnte ab. Zwei Tage später musste er mit ansehen, wie ihre Köpfe im Kasernenhof auf den Pflock gedrückt wurden und ihnen das schwere Schwert des Henkers in den Nacken fuhr.

Ihm wurde klar, dass seine Kameraden mit der Schwärmerei über das Soldatenleben übertrieben hatten. Da war viel Angeberei und Wichtigtuerei mit im Spiel. Sie hatten es sich im Nachhinein schöngeredet. Nun weiß er es aus eigener Erfahrung: Die einfachen Soldaten können nicht überlaufen. Die Hilfstruppen, zu denen er jetzt gehört, stehen am Ende einer langen Hierarchie und laufen immer nur mit. Solange aber die Führer nicht einen entscheidenden Schritt tun, sind sie, die Untergebenen, gezwungen auszuharren.

Wieder ziehen Gerüchte durch die Kasernen und Baracken. Nazarisus, der sich nie für Politik interessiert hat, kann es schon bald nicht mehr hören. Er klammert sich beim Essen an seinen Blechnapf und hört kaum noch hin, als es wieder einmal heißt, der Kaiser habe Verhandlungsbereitschaft signalisiert und dieses Mal werde der Thronwechsel unblutig von statten gehen.

Das römische Volk ist leichtgläubiger als die Soldaten. Kaum macht dieses Gerücht seine Runde, atmen die Menschen wieder auf. Für kurze Zeit trauen sie sich auf die Straßen. Man fängt an, die zerstörten Häuser aufzubauen, der neue Wein und der süße Most heben die Stimmung. Markttage werden wieder regelmäßig abgehalten. Die Tempelkulte blühen vorsichtig auf. Das ausgezehrte Volk opfert dankbar den Göttern, die so lange gezürnt hatten. Allen voran, bringen sie ihrem Gott Jupiter, jenem obersten Gott Roms, in dem ihm geweihten Tempel auf dem Capitol ihre Gaben dar.

Sie ahnen nicht, dass dieser Tempel das weitere Schicksal des römischen Weltreiches und des gesamten jüdischen Volkes entscheiden wird.

Noch scheint es für wenige Tage so, als seien die Diadochenkämpfe um den römischen Kaiserthron zu Ende.

Aber der Schein trügt.

Inzwischen ist es Dezember geworden.

In den Kasernen erfahren sie es zuerst: Vespasian rückt unaufhaltsam näher. Schon beben die sieben Hügel, auf denen die ewige Stadt erbaut ist, vom Gleichschritt seines sieggewohnten Heeres.

Schreckensstarr liegt die Stadt.

Die ersten, noch vagen Gerüchte, Vespasian stehe vor den Toren, werden bald bestätigt.

Nazarius spürt die Anspannung seiner Kameraden. Nervosität macht sich breit. Der Ton der Truppenführer wird schärfer. Zuerst werden die Kasernen in Alarmbereitschaft versetzt.

Sollte der Krieg wieder wie ein Rudel hungriger Wölfe über die Gassen der ewigen Stadt herfallen?

Nazarius ist es jetzt schon leid. Es kostet viel Kraft, immer auf dem Laufenden zu bleiben. Er hatte so viele Enttäuschungen in den vergangenen Monaten hinnehmen müssen und wollte all dem den Rücken kehren. Jetzt kommt es mit doppelter und dreifacher Wucht zurück. Er hat kaum noch Kraft für dieses ständige Wechselbad von Hoffnung und Enttäuschung. Er bleibt skeptisch, als es eines Tages heißt, General Vespasian stünde zwar vor den Mauern Roms, wolle aber die Stadt nicht mit Gewalt einnehmen, sondern habe einen Unterhändler zu Vitellius entsandt.

„Ihr glaubt aber auch jeden Mist", sagt er beim Mittagsmahl ein paar Kameraden, die sich darüber unterhalten, dass die cohortes urbanae, die vigiles und Teile der Prätorianerwache dem Noch-Kaiser die Gefolgschaft aufgekündigt hätten.

„Du ewiger Pessimist", kontert einer, „ich weiß es ganz genau … Auch die führenden Mitglieder der Bürgerschaft …"

„Die Vertreter des Volkes", redet ein anderer dazwischen.

„Halt's Maul! Auch die führenden Mitglieder der Bürgerschaft ... wollen, dass Vespasian der neue Kaiser wird. Alle haben die Schnauze voll von Vitellius ..."

„Dem Vielfraß."

„Halt's Maul."

Nazarius sollte mit seiner Skepzis Recht behalten: Der von dämonischen Launen geschüttelte Vitellius denkt nicht mehr im Traum daran, die Waffen zu strecken. Im Gegenteil: Er hat die vergangenen Wochen genutzt, um einen wilden Haufen todestrotziger Schlächter zusammenzustellen, die bereit sind, ihn mit allen Mitteln zu verteidigen. Sie lagern in einer Kaserne der Innenstadt. Es ist offensichtlich, dass sie stark aufgerüstet werden. Täglich ziehen Karren mit Wurfspeeren, Rüstungen, Schilden, Schleudern und Kleingeschossen aus der Kaserne und niemand weiß genau, wohin. Nazarius und seine Kameraden beobachten es. Sie stehen mit offenen Mündern da und müssen sich zusammenreinem, was das zu bedeuten habe. Aber die Fakten sind schneller als die Spekulationen.

Beim Morgenappell wird es verkündet:

„Die Truppen von General Vespasian haben im Morgengrauen begonnen, zum Stadtzentrum zu ziehen."

Die Nachricht wird unterschiedlich aufgenommen.

„Na, endlich!", sagt ein Kamerad leise zu Nazarius, als sie dort nebeneinander auf dem Kasernenhof stehen und die Nachricht hören.

Und hinter sich hört er zwei miteinander tuscheln:

„Der ist aber nicht gut informiert. Ich habe vorhin schon gehört, dass es beim lacus fundani ... "

„Wo?"

„Bei einem Wasserreservoir in der Stadt, du Esel!".

„Also, was war da?"

„Dort trafen sie in den Morgenstunden aufeinander ..."

„Wer?"

„Die Truppen des Vespasian und Söldner von Vitellius, der nicht zurücktreten will."

„Wer hat gewonnen?"
„Die Söldner!"
Nazarius merkt, wie ihm diese Nachricht in den Magen fährt. Kaiser Vielfraß' Leute sollen die Soldaten des Vespasian zurückgedrängt haben? Wieder so ein dummes Gerücht? Kaum hat er das gedacht, da hört er die beiden hinter sich:
„Die Leute von Vespasian haben sich auf das Capitol gerettet ..."
„Auf das Capitol? Das ist doch vollständig ummauert!"
„Genau, sie haben die gewaltigen Tore hinter sich geschlossen und sind nun wie in einem Käfig gefangen."
Im Laufe des Tages bestätigen sich diese Nachrichten tatsächlich. Nazarius weiß nicht recht, ob er sich darüber freuen soll, dass mal irgendetwas kein Gerücht ist, oder ob die Nachricht selbst für sie, die Soldaten, nun eher negativ ist.
Abends sieht er die beiden Kameraden, die er am Morgen schon miteinander hatte reden hören, beisammen sitzen. Er gesellt sich zu ihnen.
„Was gibt es Neues?", fragt er.
Sie zucken beide ahnungslos mit den Schultern. Dann sagt einer von ihnen: „Vitellius hat offenbar auch ein letztes Friedensangebot abgelehnt. Er soll wohl gesagt haben, dass er seine ungestümen Soldaten nicht mehr kontrollieren könne."
„Nicht sehr beruhigend", erwidert Nazarius, „wenn der Kaiser keine Befehlsgewalt mehr über seine Truppen hat."
„Das sind ja keine Truppen, das sind Horden von brutalen Typen, blutrünstig und mordlustig."
Und sein Kamerad ergänzt: „Vitellius ist schon längst nicht mehr der Feldherr dieses Krieges, sondern nur noch dessen Anlass."
Nazarius winkt ab. „Ich friere, Kameraden, ich gehe mich aufwärmen."
Es ist in der Tat ein kalter Abend. Regen setzt ein. Erst langsam und dann immer stärker. Gegen Mitternacht wird er zu Schnee und wechselt im Morgengrauen wieder zu hef-

tigem Regen. Es ist die Nacht vom 18. auf den 19. Dezember des Jahres 69.

Bis in die Baracken hören die Soldaten die Kämpfe auf dem Capitol: Drinnen die eingeschlossenen Soldaten des Vespasian, draußen die Vitellianer. Von drinnen fliegen Dachziegel und Steine auf die Draußenstehenden – von draußen fliegen Brandfackeln zurück. Irgendwo bricht auf dem Capitol Feuer aus. Es springt von einem Haus zum anderen über. Plötzlich erfasst es die Säulenhallen beim Jupitertempel. Dann fangen seine knochentrockenen Stützen Feuer …

Der Regen lässt am frühen Morgen nach. Es kommt Wind auf, der das Feuer noch anfacht. Das Capitol, einer der sieben Hügel Roms, der heiligste von allen, religiöser und politischer Mittelpunkt des gesamten römischen Imperiums, den heiligsten Göttern Jupiter, Juno und Minerva vor Jahrhunderten von den ehrwürdigen Vätern geweiht, steht in Flammen. Im Morgengrauen stürzt der Tempel des höchsten und allerhöchsten Schutzgottes, Jupiter Optimus Maximus, in sich zusammen. Krachend zersplittert das uralte Holz seines ehrwürdigen Daches und die Funken stieben hoch in den Morgen.

Mit aufgerissenen Augen stehen die Menschen in den Straßen. Alles schaut zu den dunklen Rauchschwaden, die unheilschwanger über dem Capitolshügel aufsteigen. Der wolkenverhangene Himmel lässt den Rauch nicht abziehen. Er legt sich wie eine schwere Hand über die Innenstadt.

In den Kasernen wird Alarm geschlagen. Sie werden zum Löschen abkommandiert. Im Laufschritt erfährt Nazarius, was in der Nacht geschehen ist. Doch die Straßen sind verstopft. Kein Mensch geht an diesem Morgen seiner Arbeit nach. Immer mehr Leute wollen das Unfassbare mit anschauen und blicken zu dem Rauchpilz, der sich schwarz über dem Zentrum der Macht erhebt. Nazarius kämpft sich zusammen mit der Löschtruppe durch. Sie mühen sich vergebens.

Die Ersten haben ihre Habseligkeiten auf Wagen geladen und wollen fort. Fort aus diesem unseligen Rom, das die

Tempel seiner Götter anzündet. Ganze Flüchtlingskolonnen drücken sich stadtauswärts durch die engen Gassen. Überall riecht es nach Brand und Rauch.

Andere ziehen mit Knüppeln hinauf zum Capitol, wo die schweren Kassetten der Tempeldecke glutrot in Flammen liegen. Schreckensstarr blicken sie zu den Trümmern und behindern die ohnehin schlecht organisierten Löscharbeiten. Man rennt zurück, holt Eimer und Decken, um wenigstens die Fundamente zu retten. Es ertönen Signale für die Feuerwehrleute. Aber niemand reagiert darauf. Plötzlich sind so viele Helfer da, dass nichts mehr funktioniert. Keiner hat das Kommando, keiner führt die herrenlos gewordenen Löschtrupps. Ganz Rom scheint in Panik und Aufruhr. Es ist ein Bild des Jammers.

Die Stadt gleicht einer entzündeten Wunde.

Nazarius war noch klein, als unter Kaiser Nero Rom brannte. Aber all die Traumata, die Ängste und bösen Erinnerungen werden auf einen Schlag bei ihm wieder wach. Wie versteinert steht er da. Irgendwer hat ihm einen Löscheimer in die Hand gedrückt. Seine Kameraden rennen hin und her. Er wird gerempelt und geschubst. Jemand schreit ihn an, reißt ihm den Eimer wieder aus der Hand und rennt weiter.

Ratlos schaut Nazarius um sich. Die äußere Welt dringt nicht mehr in ihn hinein. Alles ist fern und weit draußen. Er denkt daran, wie oft man ihnen, den jungen Christen, die Hoffnung gemacht hatte, dass nach den Verfolgungen unter Nero eine neue Zeit anbrechen würde. Wie oft hatten sie die Drangsale als Zeichen gesehen, dass Christus bald wiederkommen werde. Selbst Paulus hatte so geredet. Aber nichts dergleichen geschah. Jetzt stehen überall Ruinen wie die blutige Borke auf einer Wunde. Wege sind aufgerissen und nicht fertig gebaut, Löcher und Baugruben klaffen und noch immer lebt ein großer Teil der brandgeschädigten Bevölkerung in Notbehelfen. Ihm wird schwindelig. Die Knie werden ihm weich. Er sinkt ermattet zu Boden.

Stunden später ist der Tempelbrand unter Kontrolle. Die Soldaten, die zur Unterstützung der Feuerwehr aus den Kasernen geholt worden waren, rücken wieder ein. Beim Vollzähligkeitsappell am Abend fehlen einige. Niemand weiß, ob sie die Gelegenheit zur Flucht genutzt haben, oder ums Leben gekommen sind.

Es folgt wieder ein unruhige Nacht. Die Alarmbereitschaft bleibt bestehen. Nazarius, der gestützt von zwei Kameraden den Rückweg zur Kaserne mit letzter Kraft bewältigt hat, wälzt sich auf seinem Lager hin und her. Er träumt vom Brand Roms. Er schwitzt. Irgendwo im Saal schreit jemand mit glockenheller Traumesstimme. Er wird zur Ruhe gebracht. Man hat das Gefühl, dass niemand wirklich schläft.

Am nächsten Morgen gibt es wieder in aller Frühe Alarm. Nazarius schreckt hoch. Alle springen aus den Bretterverschlägen, die als Betten dienen. Strammgestanden. Kurze Ansage. Alles noch unsicher. Keine bestätigten Nachrichten aber doch dieses:

Im Morgengrauen habe Vespasian angegriffen. Die Verteidiger des Vitellius hätten die Hosen voll und befänden sich augenblicklich auf der Flucht in Richtung Innenstadt; damit hätten sie ihre Verfolger in die engen Gassen gezogen, wo nun hart gekämpft werde.

„Und sicher wollt ihr nun alle wissen, weshalb ihr am frühen Morgen hier stramm zu stehen habt?"

Die Soldaten regen sich nicht.

„Ich will es euch sagen: Die Kämpfe dürfen nicht auf das Volk übergreifen. Es darf kein Bürgerkrieg ausbrechen."

Man hört wieder geflüsterte Kommentare, Wörter wie „Katastrophe" oder „Desaster".

Ein berittener Bote kommt in den Hof gesprengt. Er fasst das dampfende Pferd an kurzen Zügeln. Es ist kaum zum Stillstand zu kriegen. Der Bote wartet, bis jemand es im Zaume hält. Das Zaumzeug klirrt. Dann springt er ab und macht eine kurze Meldung.

Nur die Vordersten hören, was er sagt. Als er mit seinem unruhigen Pferd längst schon wieder in Richtung Innenstadt unterwegs ist, um weitere Neuigkeiten aufzusammeln, werden seine Nachrichten für alle wiederholt:

„Vitellius ist aus seinem Palast geflüchtet …"

Nazarius hört, wie neben ihm jemand sagt: „Einen Bäcker und einen Koch wird er wohl mitgenommen haben." Die Umstehenden grinsen, werden aber gleich wieder ernst, als sie hören, dass alle Angestellten fluchtartig den Palast verlassen hätten: Die kaiserliche Garde, das Küchenpersonal, die Sklaven, sie alle hätten sich aus dem Staub gemacht und das Weite gesucht.

Vorn am Pförtnerhäuschen bellt plötzlich ein Hund. Die Reihen der Soldaten werden unruhig.

„Was soll denn das?", brüllt der Centurio.

Das Tier bellt und bellt.

„Woher kommt denn der gottverdammte Köter?"

Keine Antwort. Der Centurio wiederholt seine Frage, als hätten die Soldaten sie das erste Mal akustisch nicht richtig mitbekommen:

„Ich. Will. Wissen. Wem. Der. Hund. Gehört!!"

Schweigen. Nazarius brummt der Kopf. Seine Füße brennen. Es ertönt ein Kommando. Er versteht es nicht richtig.

Plötzlich halten alle den Atem an. Vorn wird das Haupttor mit einem gewaltigen Knall aufgerissen. Es müssen an die 20 Soldaten sein, die es fast gewaltsam aufsprengen. Professionelle Soldaten. Sie tragen Helme aus glänzendem Metall. Das sind keine Auxiliartruppen, wie sie, die sie jetzt wie angewurzelt dastehen. Sie spüren, dass sie Augenzeugen von etwas Besonderem werden. Nazarius reckt sich, um von seinem Platz aus besser auf das Geschehen am Tor blicken zu können. Die bewaffneten Reiter preschen in den Kasernenhof. Der dortige Appell scheint sie wenig zu interessieren. Alle sind außer Atem. Die Reiter und ihre Rösser schwitzen. An den Nüstern der Pferde steigen Dampfwolken auf. Der

Hund am Pförtnerhäuschen ist außer Rand und Band. Er bellt und jault ohne Unterlass. Er reißt an dem Strick, mit dem ihn jemand dort festgebunden hat. Ein Soldat geht auf ihn zu. Langsam und mit festem Schritt. Er scheint mit ihm zu reden. Plötzlich wird der Hund ruhig. Er klemmt den Schwanz ein und winselt. Als der Soldat bei ihm ist, wirft der Hund sich auf den Rücken und streckt ihm den Bauch entgegen. Der Soldat krault ihn und schneidet ihn dabei von dem Seil los. Alle lachen. Der Hund springt auf. Der Soldat jagt ihn davon. Das arme Tier rennt wie von der Tarantel gestochen durch die berittenen Truppenteile hindurch, schlägt ein paar Haken und kratzt hinter dem Tor so rasant die Kurve, dass es ihn beinahe zu Boden streckt. Dann ist er fort.

Man hört ein paar Kommandos. Sowohl die Reiter als auch die Fußsoldaten stehen stramm und formieren sich. Von hinten naht ein Offizier. Nazarius hat so einen noch nie gesehen. Sein Pferd ist größer als die anderen Pferde und rabenschwarz. Er trägt eine glänzende Rüstung, einen Muskelpanzer, an dem vorn ein Schurz aus breiten Lederstreifen herunterhängt. Sein Helm verdeckt fast das gesamte Gesicht. Darauf verläuft längs ein Kamm.

Wie auch die anderen Soldaten, scheint sich dieser Offizier nicht für die herumstehenden Auxiliartruppen zu interessieren, zu denen Nazarius gehört. Sie schauen von fern dem Rätselhaften zu, das sich vor ihren Augen abspielt.

Der Offizier springt ab und läuft auf das Pförtnerhäuschen zu. Man hört jeden seiner Schritte. Es klirrt ganz leise. Er rüttelt an der Tür des Pförtnerhäuschens. Sie scheint verschlossen. Er rüttelt fester. Nichts tut sich. Er brüllt irgendetwas. Nichts geschieht.

Mit einer Handbewegung gibt er seinen Fußtruppen ein Zeichen. Sie kommen im Gleichschritt angelaufen. Drei Soldaten nebeneinander und fünf hintereinander. Er zeigt auf die Tür. Sie machen sich daran zu schaffen. Sie rütteln. Treten und stoßen. Sie scheint sich von außen nicht öffnen zu lassen. Immer deutlicher wird, dass sie von innen verrammelt ist. Dann ein Bersten und ein Krachen. Es poltert. Geschrei. Die Soldaten nehmen wieder ihre Positionen ein. Einer erstattet dem Offizier Bericht. Fünf oder sechs Mann verschwinden daraufhin im Pförtnerhäuschen. Geschrei von drinnen. Augenblicke später führen sie einen unglaublich fetten Mann in einem zerschlissenen langen Hemd heraus. Dieser schlottert vor Angst. Sie zerren und schütteln ihn. Da klirrt etwas schwer. Ein paar Goldbarren fallen zu Boden. Die Soldaten filzen den Dicken. Sie ziehen ein paar Schnüre von seinem Leib und entdecken noch mehr Gold. Einer räumt es beiseite. Um das Gold aber scheint es bei der ganzen Aktion gar nicht zu gehen. Sie suchen keinen Dieb. Es geht um den Dicken.

„Mein Gott ist der fett", sagt jemand neben Nazarius."

„Fett wie ein Ochse", sagt ein anderer.

„So stelle ich mir Kaiser Vielfraß vor ..."

Nazarius klopft das Herz bis zum Halse.

„Wo ist Vitellius?", schreit vorn der Offizier den Dicken an. Der stammelt etwas. Aber er wird erkannt. Jetzt lässt er sich zu Boden sinken. Er fleht. Er weint. Er windet sich zu Füßen des Offiziers.

„Das darf doch nicht wahr sein ...", hört Nazarius wieder irgendwo in seiner Nähe.

„Ist er das?", fragt einer.

„Sieht so aus ..."

„Mein Gott!"

Die Soldaten binden Vitellius die Hände auf den Rücken und einen Strick um den Hals. Damit er sein Gesicht zeigt, befestigen sie auf seiner Brust ein Schwert mit der Spitze nach oben. Das geht alles wie eingeübt. Lautlos, schnell und zielsicher, als täten sie so etwas nicht zum ersten Mal. Halbnackt und mit zerrissenen Kleidern binden sie ihn an ein Pferd und ziehen ihn hinter sich her. Er hinkt. Die bleibende Folge einer Rennstunde, die er einst Kaiser Caligula in der Quadriga gegeben hatte und bei der er sich das Bein verletzt hatte.

Sie verlassen die Kaserne.

Kaum sind sie fort, erhalten die Truppen des Nazarius Befehle. Einige werden abgestellt, das ramponierte Pförtnerhäuschen aufzuräumen und zu reparieren. Alle anderen gehen zurück auf die Stube.

Hier beginnt ein langer Tag des Wartens und Dösens. In voller Montur liegen sie auf den Betten. Sie sind in Alarmbereitschaft, aber nichts geschieht. Schlachtenlärm dringt aus der Innenstadt herein. Es riecht nach verbranntem Holz.

Beim Mittagsmahl gibt es weitere Neuigkeiten, denen sie entnehmen, dass es tatsächlich Kaiser Vitellius war, der sich in ihrem Pförtnerhäuschen verschanzt hatte. Er sei inzwischen tot. Man habe den Henker so vieler Opfer nicht gleich sterben lassen, sondern habe ihn mit unzähligen kleinen Wunden zu Tode gemartert.

„Was für eine verdrehte Welt", sagt ein Kamerad, mit dem er sich ein bisschen angefreundet hat, zu Nazarius.

„Wie meinst du das?", fragt er nach.

„Früher organisierten die Kaiser für das Volk Spiele, um dieses bei Laune zu halten und jetzt hält sich das Volk bei Laune, indem es mit dem Kaiser sein Spiel treibt."

Nazarius nickt nachdenklich. Er spürt, dass auch er langsam abstumpft. Die Müdigkeit, die hohe Anspannung der letzten Tage, die Nachrichten, die sich einander jagen – es ist, als hätte der Teufel Junge bekommen.

Am Abend erfahren sie dann noch, dass man dem Leichnam des Vitellius einen Haken in den Kiefer gehauen habe. Drei Männer hätten daran den Fleischberg zum Tiber gezerrt und hineingeworfen.

Wenige Tage nach diesem Ereignis wird auf allen Plätzen Roms und in allen Kasernen der Stadt verkündet, dass Vespasian nun Kaiser sei.

„Jetzt gibt es niemanden mehr, der ihm seinen Kaisertitel

streitig machen könnte", meint Nazarius' neuer Freund eines Nachmittags zu ihm.

„Wieso?"

„Ist niemand mehr da ... Seine Vorgänger sind alle tot. Man nennt ihn jetzt den erfolgreichsten General des Reiches."

Nazarius nickt nachdenklich und sagt, am Anfang habe man die anderen Kaiser auch so geehrt. Er sei skeptisch, ob das mit Vespasian nun gut gehe.

„Skeptisch sind in Rom viele! Schließlich haben seine Truppen den Tempel des Jupiter angezündet."

„Waren das nicht die Vitellianer?", wendet Nazarius ein.

„Das behaupten die Vespasianer jetzt, damit sie die Schuld an dem Tempelbrand von sich abwenden."

„Immerhin hat Vespasian ja sofort nach seiner Inthronisation den Wiederaufbau des Tempels befohlen."

Sein Kumpan haut ihm kräftig und lachend auf die Schultern. „Du bist ja ausnahmsweise mal gut informiert, Nazarius!"

Nazarius schmunzelt.

„Für mich ist das Ganze ein Rätsel", fährt er fort, „niemand nimmt die Götter besonders ernst, aber die Dreistigkeit, dem obersten Gott sein Gemach in Flammen zu setzen, geht ihnen dann doch zu weit. Die Menschen verehren den Kaiser als Gott, aber dann muss er sich selbst unter die höheren Gottheiten stellen. Das ist ein Durcheinander mit den Göttern und Gottheiten. Ich blicke da nicht durch."

Sein Kamerad ergänzt noch, dass die Römer nun Angst hätten, die Götter würden sich wegen des Brandes des Jupiter-Tempels rächen. „Und wer dann wieder die Leidtragenden sind, das muss man in Rom niemandem erklären."

Nazarius nickt zustimmend und fügt an: „Vespasian weiß, dass es mit einer öffentlichen Genugtuung und noch so viel Schönrederei nicht getan ist, oder? Er könnte im Tempel noch so viele Opfer darbringen. Das Einzige, was das Volk überzeugen würde, wäre ein Sieg über die Feinde. Je triumphaler, umso besser."

„Wo hast du denn diese Weisheiten her? Mein lieber Mann, du hast viel gelernt in den vergangenen Monaten. Aus dir ist ein richtiger Stratege geworden."

Nazarius aber bleibt bei seinem Gedanken und sagt mehr vor sich hin: „Wo aber wäre ein solcher Sieg zu erringen?"

„Überleg' doch mal", sagt sein Freund, „wo im Reich ist wirklich noch Krieg? Wo kann man mit einem militärischen Sieg noch einen Blumentopf gewinnen?"

Sie lachen beide über dieses Bild. Ihr Gespräch dreht sich an diesem ruhigen Nachmittag noch lange um die unordentlichen Heere, deren Generäle sich als Kaiser versucht hatten. Sie besprechen, dass in Germanien der Limes neu aufgezogen wird und sie wissen beide, dass aus Afrika wieder Unruhen gemeldet wurden. Dann kommen sie auf Palästina zu sprechen. Sein Freund erklärt ihm, dass sich dort seit drei Jahren zwei Mächte gegenüber stünden: „Wir, die Römer, und auf der anderen Seite die Juden, denen verheißen worden ist, ihr Gott würde über alle anderen Völker herrschen."

Bei dem Wort „Juden" wird es Nazarius heiß. Er konnte bisher mit seinen Beziehungen zu den Christen und Juden hinter dem Berg halten. Aber nun, wo so plötzlich die Rede davon ist, wird ihm flau. Die Juden sind nicht beliebt. Das weiß in Rom jeder. Aber seinem Freund geht es nicht ums Religiöse, sondern um Politik. In den vergangenen Wochen war immer wieder mal von Palästina die Rede. Der jetzige Kaiser war dort General.

So viel ist Nazarius klar: Obwohl Palästina schon lange – vor sechzig Jahren – von den Römern unterworfen wurde, ruhen dort seit fünfundzwanzig Jahren die Waffen nicht. An der friedlichen Unterordnung mit weitgehender kultischer Freiheit ist kaum noch festzuhalten. Vespasian selbst hatte sich zwei Jahre lang von der radikalen Unterwerfung des aufrührerischen Volkes versucht.

„Meinst du, Vespasian will als Kaiser von Rom aus in Palästina genau dort weitermachen, wo er als General aufgehört hat?", fragt er vorsichtig seinen Kameraden, während sie in der Sonne ihre Runden auf dem Kasernenhof drehen.

„Er wäre dumm, wenn er es nicht täte. Und dumm ist er nicht. Er weiß, dass nur dort in Palästina jetzt noch jene notwendigen Lorbeeren zu holen sind, die sein Haupt als unangefochtenen Kaiser und Gott krönen würden. Dort auch steht ein fähiger und höriger Feldherr: sein eigener Sohn ..."

„Titus", ergänzt Nazarius.

„Richtig! Von ihm ist nicht zu erwarten, dass er im Falle eines Sieges seinen Vater vom Thron stoßen würde."

„Weiß man's?"

„Genau weiß man es natürlich nie. Aber es heißt, Vater und Sohn verstünden sich bestens. Sicher ist, dass die Belagerung Jerusalems gerade beginnen sollte, als Vespasian von seinen Truppen als Kaiser ausgerufen wurde und er sich auf den Weg nach Rom machte."

„Seit einem halben Jahr, ist dort also nichts weiter passiert?"

„So kann man das sagen. Obwohl es ja immer und immer wieder an allen möglichen Stellen im ganzen Land kleine Aufstände gegen uns gibt ..."

Nazarius hüstelt nervös. Er versucht, seine schneller und flacher werdende Atmung zu kontrollieren. Sein Freund scheint nicht zu merken, wie aufgeregt er plötzlich ist. Er hört gespannt zu, als sein Kamerad fortfährt:

„Wir haben in Judäa die Lage unter Kontrolle ..."

„Aber ...?"

„Aber der entscheidende Stoß fehlt noch ..."

„Nämlich?" – Nazarius schlägt das Herz so sehr, dass er sein schnelles rhythmisches Knacken an der Gurgel hören kann.

„Glaub' mir, Nazarius, so lange Jerusalem noch von den Aufrührern besetzt ist, kann der nationalistische Jahwe-Glaube jederzeit einen lodernden Brand entfachen. Wenn aber Jerusalem fallen würde, dann wäre der Welt klar, dass die Götter Roms die stärksten Götter sind."

Nazarius läuft ein Schauer über den Rücken. Sie sind stehengeblieben und schauen einander an.

„Vespasian braucht einen Triumphzug in Rom, Nazarius, und glaub' mir: Er wird ihn bekommen ..."

2. Buch

Jerusalem (70 n. Chr.)

I.

In Rom wütet der Vater – in Jerusalem der Sohn. Er war von ihm zum Oberbefehlshaber der römischen Legionen ernannt worden, bevor sein Vater, Vespasian, sich auf den Weg machte, als vierter Kaiser innerhalb eines Jahres den römischen Caesarenthron an sich zu reißen.

Schon vor drei Jahren konnte der Vater die Aufstände in Galiläa, in Transjordanien und in Caesarea niederschlagen. Viele Aufständische flohen damals nach Jerusalem. Dort braute sich das gefährliche Gemisch zusammen, das den Römern nun als zu giftig erscheint, als dass es nicht vernichtet werden müsste.

Erst als Vespasian – am Ende des Vier-Kaiser-Jahres 69 – selbst auf dem Thron in Rom sitzt, gibt er seinem Sohn den Befehl, nun auch in Judäa und Jerusalem mit fester Faust zuzupacken. Sie, die Römer, haben die Nase voll von den ständigen Scharmützeln und Aufständen. Sie wollten den nervigen Reibereien und dem Schwelbrand der Rebellion gegen sie nun den Garaus machen. Es soll endlich ein Ende haben. Und zwar eines, das sich gewaschen hat.

War bisher den aufmüpfigen Juden an verschiedenen Orten in Palästina lediglich ein Denkzettel verpasst worden, so sollte an dem Rest jetzt ein Exempel statuiert werden. Eines, das sie nie, nie, nie wieder – und auch in tausend und tausenden von Jahren nicht – vergessen sollten! Gnadenlos solle die Sache zu Ende gebracht werden. Gnadenlos und unumkehrbar. Der Kaiser mahnt seinen Sohn zur Eile, denn er braucht in Rom unbedingt einen Triumphzug.

Wie ein gut organisiertes Rudel jagender Raubtiere hatten Titus' Truppen gegen Ende des Winters 70 den Ring um Jerusalem immer enger geschlossen. Beängstigend still und langsam waren sie vorgerückt. Zunächst unmerklich und dann unausweichlich.

Zum Paschafest des Jahres 70, als besonders viele Pilger

aus allen Landesteilen in Jerusalem sind, zieht Titus die Schlinge zu.

Zwei Montage später, im Mai bietet Jerusalem ein Bild des Grauens. Fast eine Million Menschen sind seit acht Wochen in der Stadt eingesperrt. Die Nahrungsmittel gehen zu Ende. Seuchen wüten. Der Tod geht um.

* * *

Erst als es in den Gassen ruhiger geworden ist, trifft sich die Familie im Speisezimmer. Lautlos schleichen die vier Mädchen aus den dunklen Stuben, deren Fenster seit Monaten von innen und außen mit Brettern vernagelt sind, auf knarrendem Holzboden in den großen Raum. Der Sohn, ein noch minderjähriger Bub von knapp vierzehn Jahren, wird aus dem Kellerraum befreit. Der Vater öffnet lautlos die unter einem Teppich versteckte Falltür. Der Knabe klettert die Leiter hoch, reibt sich trotz der abgedunkelten Wohnung die Augen und wartet, bis sie sich an das dämmrige Licht gewöhnt haben. Dann nimmt er eine Decke von den schmalen Schultern, die ihn im kalten Kellerfelsen etwas gewärmt hat, legt sie neben die Falltür und umarmt schweigend den zitternden, unrasierten Vater.

Er spürt, wie dessen kurze Arme ihn fest an den Schultern packen. Sein helles Hemd hat schmutzige Striemen und es ist ihm viel zu groß. Die Hose schlottert um seine Hüften. An den Füßen hat er große Halbstiefel, die aussehen wir knorrige Gurken. Der Vater schlurft mit vorgebeugtem Oberkörper ins Speisezimmer. Sein Sohn, Johannes, folgt ihm.

Im Halbdunkel des Zimmers stehen die Gestalten um einen spärlich gedeckten Tisch. Kein Leuchter, wie beim feierlichen Sabbatmahl, keine Kerze und kein Talglicht erhellt den Raum. Durch die vernagelten Fenster fällt fahles Abendlicht in verschiedenen Streifen leichengelb auf den Fußboden und an die Wände.

Leise murmelnd, wie schon die Ahnen und Urahnen es taten, spricht der Vater das lange Tischgebet. Dazwischen hört man ihn schwer atmen. Die Töchter schauen sich vielsagend und sorgenvoll an. Er merkt es nicht. Leise setzen sich alle. Eine alte Tante nimmt ein Tuch von einem kleinen Korb, der in der Mitte des Tisches steht.

Er enthält neun dünne Scheiben ungesäuerten Brotes. Je eine für den Hausherrn und seine Gemahlin, für deren vier Töchter, ihren jüngsten Bruder und die alte Tante. Eine Scheibe, die neunte, ist für den Mann der Ältesten. Er ist seit Wochen im Krieg, hier irgendwo mitten in Jerusalem, und nicht mehr heimgekommen.

Doch bevor jeder der Anwesenden sich das kleine Stück Brotes, welches ihm zusteht, nehmen darf, betet der Vater noch einmal.

Es ist eine Klage von unfasslicher Trauer, wie sie schon die Väter und Vorväter gesungen haben, erfüllt von dem Schmerz der Ausgestoßenen und Abgesonderten, das Lied der Sehnsucht nach einem verheißenen Frieden und zugleich die Anklage an Gott, er habe sein Volk verlassen.

Der hagere Vater redet abgehackt. In die Bibelzitate mischen sich eigene Worte, die dem Schmerz und der Innigkeit der Thoraverse noch eine Bitterkeit hinzufügen, die sie von sich aus nicht besitzen. Die ausweglose Situation in Jerusalem, die Todesangst, die in jedem Hause sitzt, der beißende Hunger – alles zehrt an ihm. Bevor dieses große Geschenk einer Scheibe ungesäuerten Brotes andächtig gegessen werden darf, muss man Gott zugleich mit dem Dankgebet auch seinen Zorn ausdrücken. Es schwingt etwas von der tiefen Klage aus Psalm 21 mit: *Eli, eli lama sabatani …*

Die Seinen stimmen durch bestätigendes Kopfnicken in die Klage ein. Danach reicht die Mutter den Korb herum.

Sie essen es hastig, wie einst die Vorfahren das Paschalamm in Ägypten, in jener Nacht der Befreiung vor dem Auszug aus der Knechtschaft.

Damals hatten sie ihre Türpfosten mit dem Blut des Lammes beschmiert als Erkennungszeichen für den Würgeengel, dass er die Israeliten verschone, wenn er nächtens umgeht, um die Erstgeborenen der Ägypter zu vernichten.

Jetzt ist der Würgeengel bei ihnen selbst eingekehrt. Der schreckliche Todesengel des Hungers schleicht in der umstellten Jahwe-Stadt von Tür zu Tür. Dieses Mal aber verschont er die Seinen nicht. Nichts hält ihn ab einzudringen und seine kalte Hand auf die dünnen Menschen zu legen, die er mit sich nimmt. Das Gespenst des Hungers sitzt seit Wochen jeden Tag und jede Nacht vor den Türen, schleicht durch die Flure und in die Zimmer. Kein Haus gibt es mehr, aus dem er nicht jemanden mitgenommen hat. Immer länger wird der Totenzug, den er ins Jenseits führt. Der Todesengel hat Helfer und Helfershelfer unter den Lebenden.

„Es ist doch nicht zu fassen", sagt der Vater mehr vor sich hin, als zu den Seinen, „dass die Heiden in den Tempel eindringen und uns 435 Kilogramm Silber stehlen", er schüttelt den Kopf, „nicht zu fassen."

Betretenes Schweigen. Jeder seiner Angehörigen starrt auf einen festen Punkt der Tischplatte. Schließlich sagt eine der Töchter: „Vater, das ist doch nun schon vier Jahre her …"

„Aber damit hat das ganze Desaster, das wir jetzt hier erleben, angefangen! Diese ungerechten Steuern, die die Römer uns abpressen, sind ja schon an sich ein Skandal! Die sind des Wahnsinns, die Römer. Wofür nehmen die bitte schön von uns Steuern, wofür? Kann mir einer sagen wofür …?"

„Schschsch …", beschwichtigt die Mutter und sieht sich ängstlich über die Schultern, als würde dort einer stehen und sie belauschen.

„Genauso ist es", fährt der Vater fort, „deine Geste verrät es: Wir zahlen Steuern und als Dank bekommen wir dafür die Angst vor den Römern, die sie eintreiben. Was ist denn das für eine Schutzmacht, hä?"

„Vater", mischt sich nun sein Sohn Johannes ein, damit die ganze Sache nicht zu einem peinlichen Monolog ausartet, „Vater, die Sache mit dem Diebstahl des Silberschatzes wurde doch geklärt. Der römische Prokurator Gessius Florus hatte die Steuergelder unterschlagen ..."

„Genau! Ganz genau! Er hat sich an den Geldern bereichert, die wir abgeführt hatten. Bestraft wurde er dafür nie. Dieser grausamste aller judäischen Prokuratoren. Dieser Metzger ... Und als die Unterschlagung der Steuergelder ruchbar wurde, kaperten seine Leute unseren Tempel wie die Piraten ein Schiff und nehmen den Schatz an sich ..."

Jeder in der Runde kennt diese Geschichte in- und auswendig. Und auch wenn sie stimmt, so kann sie doch keiner mehr hören.

„Vater", wirft eine Tochter, die jüngste, ein, „etwas Wahres wird nicht dadurch noch wahrer, dass man es ständig wiederholt. Man kann den Menschen mit der Wahrheit auch auf die Nerven gehen."

Ein leichtes Zucken fährt durch die schweigenden Familienmitglieder. Unsichtbar ziehen sie die Köpfe in Erwartung eines Streites ein. Aber der Streit folgt nicht. Die Mutter schaut böse zur Tochter, die noch ein kleines Kind war, als das geschah, worüber der Vater nicht hinwegkommt: die Plünderung und Entweihung des heiligen Tempels.

Aber dann beginnt der Vater nach einer Weile des Schweigens doch wieder: „Damit hat eben alles angefangen. Es war der letzte Tropfen Pisse, der den randvollen Jauchebottich zum Überlaufen brachte. Nie wieder seit dem Tage war Frieden im Land", und an seine Jüngste gewandt fügt er an: „Du kennst doch nichts anderes als Krieg, du hast von Kind an nur diesen zersetzenden Unfrieden erlebt ... Mein Gott, was ist das für ein Leben, das zu leben wir gezwungen sind? ..."

Sie nickt verlegen und fängt an zu weinen. Dem Vater sieht man die Erregung an. Die Schläfen pochen und auf der Stirn ringelt sich eine Zornesader. Nach einer Weile fügt er in väterlichem Ton an die Tochter gewandt an: „Weißt du, die Kämpfer, die sich jetzt in Jerusalem verschanzt haben und uns alle mit in den Abgrund reißen werden, waren ja ursprünglich hierher *geflohen*. Jeder kleine Aufrührer kam mit vollen Hosen hierher, hinter die dicken Mauern von Jerusalem. De facto hat ihre Flucht einen Sog verursacht, durch den diese elenden Römer hierher kamen. Nun sind es zwei Parteien die hier in Jerusalem gegeneinander kämpfen und die Römer draußen lachen sich ins Fäustchen, dass wir uns selber bekriegen."

Um des lieben Friedens willen, fragt nun eine andere Tochter, was es denn für Parteien seien, die hier in Jerusalem gegeneinander kämpfen. Der Vater freut sich sichtlich über die Möglichkeit zur politischen Weiterbildung seiner Töchter:

„Radikale Juden ... jede Partei nimmt für sich in Anspruch, das Richtige zu wollen, nämlich ein vom Druck der heidnischen Römer befreites Judentum – das wollen sie alle ... und eine weltliche Jahwe-Herrschaft. Sie alle sind bereit, dafür bis zum letzten Blutstropfen zu kämpfen – wohlgemerkt: gegeneinander."

„Wer sind denn *sie alle*?"

„Es sind vor allem die Anhänger von Johannes von Giskala und die des Simon ben Giora aus Gerasa. Der eine kämpft im Tempelbezirk und der andere hier bei uns in der Unterstadt."

„Ich habe gehört, dass sich die Parteien im gesamten Tempelbezirk bereits geeinigt hätten. Jetzt befiehlt dort wohl nur noch Johannes von Giskala", unterbricht ihn wieder eine der Töchter. Zwei ihrer Schwestern verdrehen die Augen und die dritte sagt: „Nun lass Vater doch ausreden ..."

Er fährt fort: „In der Unterstadt herrscht weiterhin Simon ben Giora aus Gerasa und der Sturkopf will sich nicht dem Johannes unterstellen. Er war nichts anderes als ein Räuber, ein Bandit, ein Mörder, bevor er hier die Verteidigung der Ringmauer übernahm. Die größten Killer sind jetzt die Anführer ... Er stammt nicht aus Jerusalem, er hat hier nichts verloren ..."

„... und nichts zu verlieren."

„Nun lass Vater doch mal erzählen."

„Johannes von Giskala stammt aber auch nicht aus Jerusalem. Er ist in Galiläa zu Hause. Dort war er mit einer List den Römern entkommen ..."

Und der Vater erzählt den Seinen zum wiederholten Male, wie Johannes den römischen Feldherrn Flavius Titus, den Sohn des jetzigen römischen Kaisers Flavius Vespasianus, überlistet habe. Er berichtet davon, dass Johannes bei den Friedensverhandlungen für eine friedliche Übergabe der von den Römern belagerten Stadt Giskala gewesen sei, dass er aber Titus gebeten habe, er mögen den Sabbat respektieren und noch bis zum folgenden Tage warten, dass Titus sich blauäugig darauf eingelassen habe und in der entsprechenden Nacht Johannes aus Giskala mit seinen Getreuen nach Jerusalem geflohen sei. „Seit dem nennt man ihn Johannes von Giskala."

„Beide, weder Simon ben Giora noch Johannes von Giskala haben Familie ... die können sich hier leicht austoben und die ganze Stadt mit sich reißen ... Die haben nichts zu verlieren. Draußen stehen die Römer und grinsen sich einen ...

Wie kann es sein, dass Brot zu besitzen als lebensgefährlich gilt? Ihr wisst es ja selber, dass die Führer der kämpfenden Parteien befohlen haben, alles Essbare an die Verteidiger abzugeben ..."

Jetzt kommt der Vater noch einmal richtig in Wallung: „Sie haben in ihrer verbissenen Brutalität Trupps von rücksichtslosen Schlächtern zusammengestellt, die durch die eng an eng stehenden Häuser der Altstadt brechen, um Nahrungsmittel für die Kämpfenden zu besorgen. Sie treten Türen ein, brechen Schränke auf, durchstöbern Keller und Kammern und was immer sie an Essbarem finden, das nehmen sie mit. Wer sich dagegen wehrt, wird niedergestochen."

Langsam kauen die Familienangehörigen an ihrer Krume.

„Ausgezehrte Kinder werden zurückgestoßen, stillende

Mütter, die klagen und flehen, werden niedergehauen, die letzten Schafe, Ziegen und Hühner werden vor den Augen ihrer Besitzer hingeschlachtet und kein Stück ihres nahrhaften Fleisches bleibt im Hause.

Die Trupps haben Sicheln und Messer bei sich, sie hauen die Pflanzen in den Gärten, auf den Balkonen und flachen Dächern der durchsuchten Häuser ab und wenn sie schließlich verschwunden sind, bleibt nur die klapprige Gestalt des Hungers geduldig vor der Tür der Heimgesuchten zurück ..."

Seine letzten Worte verhallen wie ein Klage. Er zerrt an der zähen Rinde des alten Brotes.

Rebekka, eine seiner vier Töchter, zerbeißt langsam ihre Ration. Dann nimmt sie das aufgeweichte Brot in kleinen Stücken aus dem Mund und gibt es ihrem Säugling, der still auf ihrem Schoße liegt. Jedes Mal, wenn er ein Stück bekommt, quiekt er vor Freude. Sie kann ihn nicht mehr stillen, denn der Hunger hat ihre Brust ausgetrocknet.

Als alle gegessen haben und wissen, dass es mehr nicht gibt, ja, dass man für dieses Wenige noch dankbar sein muss, sitzen sie schweigend und aufrecht auf den Stühlen.

Nur der kleine Simson, Rebekkas Sohn, schreit jetzt erbärmlich. So sehr Rebekka sich bemüht, ihn durch Zureden und leisen Gesang zur Ruhe zu bringen, umso heftiger schreit und strampelt er.

„Gib ihn mir", flüstert die Mutter und nimmt das Bündel entgegen. Aber auch sie kann ihn nicht beruhigen.

Noch immer liegt nach jüdischer Sitte die letzte Scheibe des Brotes, für den offenbar gefallenen Vater des kleinen Simson im Korb. Keiner der Versammelten wagt, sie zu nehmen. Nach altem Brauch ist es die Aufgabe des Familienoberhauptes, das Brot zu teilen und zu verteilen. Der Vater starrt wie versteinert vor sich hin, so als wolle er die Klage seines schreienden Enkels, die sich so spürbar mit der ewigen Not dieses uralten Volkes vermischt, nicht hören.

Wie aus dem Schlafe aufgeschreckt, schaut er plötzlich

zu seinem Jüngsten, den er eben aus dem Kellerversteck geholt hat, dann sieht er auf das Brot und sagt: „Johannes, mein Sohn, iss!“

Johannes schaut seine Schwestern entschuldigend an, reißt die Scheibe gierig an sich und stopft sie in den Mund. Der kleine Simson schreit. Noch kauend steht Johannes auf, läuft um den Tisch, nimmt so, wie es seine älteste Schwester eben getan hat, etwas von dem aufgeweichten Brot aus dem Mund, steckt es Simson in den seinen. Dieser nimmt das Stückchen an und hört augenblicklich auf zu schreien. Johannes sieht die dankbaren Blicke der Mutter und sagt ihr ganz schnell und leise ins Ohr: „Denk an den Tunnel ...“ Dann verlässt er das Zimmer.

„Wo willst du hin?“, ruft der Vater ihm nach. „Du bleibst hier!“

Johannes antwortet nicht.

Man hört ihn den dunklen Flur entlanggehen und kurz danach fällt die Haustür leise zu.

II.

„Was ... was ist mit ihm?", stammelt der Vater.

Keine der Frauen antwortet.

„Wo ist er hin? Johannes ... mein Lieber, mein Jüngster ... Johannes ... komm zurück ... so komm doch zurück!" Der Alte ist aufgesprungen und zur Zimmertür geeilt. „Judith ... Judith ... was hat das zu bedeuten?"

„Er ist gegangen!", sagt diese ruhig – vielleicht auch um den inzwischen still gewordenen Simson nicht zu wecken.

„Was heißt das: Er ist gegangen? Er ist gegangen ... wohin, mein Gott ...?" Der Alte ist außer Atem, sein unterernährter Körper verkraftet die plötzliche Aufregung und das schnelle Aufstehen nicht. Ihm versagen die Kräfte. Zunächst hält er sich noch an einer Stuhllehne fest, denn bricht er zusammen. Auf dem Boden liegend wimmert er immer wieder vor sich hin: „Oh ... dieser dumme Junge ... oh, dieser dumme Junge."

Die Töchter tragen ihn mit vereinten Kräften in die an das Speisezimmer angrenzende Schlafkammer der Eltern und legen ihn auf das Bett.

Judith drückt Rebekka das Kind auf den Arm und geht zu ihm. Auf der Bettkante sitzend wischt sie ihm die nasse Stirn mit einem Tuch ab und redet still mit ihm.

„Er will zu den Verteidigern ...", hören die betroffenen Töchter in der Stube die Mutter flüstern, „er hat es satt, sich jeden Tag im Keller zu verstecken ... versteh' ihn bitte, er wollte es dir nicht sagen ... Aber er will unsere heilige Stadt gegen die Römer verteidigen ..."

„Aber das hat doch keinen Sinn, Gott hat diese Stadt verlassen ..."

„Sag so etwas nicht, mein Lieber, Jahwe wird uns retten, so wie er uns immer gerettet hat ... er lässt sein Volk nicht allein ..."

Die Mutter redet ganz ruhig, wie zu einem Kind.

Lange ist es still. Die Töchter hören nur das kratzende Geräusch des nassen Lappens auf dem stoppeligen Gesicht des Vaters und das leise Plätschern des Wassers in der Schüssel, wenn die Mutter das Tuch eintaucht.

Dann, mit einer Stimme, die plötzlich ganz verändert klingt, hören sie den Vater sagen: „Er wird sterben ..."

„Und wenn auch, mein Lieber, es ist ein heiliges Werk, an dem er teilhaben will. Gibt es für uns etwas Größeres, als für unseren Gott zu sterben ...?"

„Verflucht sei Jerusalem ...", wimmert der Vater mit tonloser, krächzender Stimme.

„Gott wohnt in dieser Stadt, mein Lieber, hier steht sein Tempel, hier bringt unser Volk ihm seit Jahrhunderten die Opfer dar – noch brennt das Feuer auf dem Altar, täglich opfern sie ihm ein Lamm."

„Diese Dummköpfe sollen es doch dem Volk geben, das sie verhungern lassen, diese Diebe und Mörder ... Barmherzigkeit will ich – nicht Opfer ..."

„Mein Liebster, denk' an die Witwe von Sarepta, die ihr letztes Mehl für ein Opferbrot nimmt und deren Mehltopf nicht leer wird ..."

Ihre tröstliche Stimme beruhigt sogar die vier Töchter, die schweigend im Speisezimmer sitzen. Die Tante ist bereits gegangen. Sie hat mit einem Holzbottich das Haus verlassen, um an der bewachten Wasserstelle die abendliche Wasserration zu holen.

„Jerusalem, Jerusalem, warum hast du mich verlassen, was habe ich dir getan?", zitiert er das uralte Klagelied des Propheten Jeremia, „Jerusalem, Jerusalem, sprich, was habe ich dir getan?"

Der Alte liegt kreideweiß auf dem Bett, wo seine Frau Judith ihn inzwischen mit einem Leinentuch bedeckt hat. Seine schneeweißen Füße schauen knorrig unten heraus. Er spricht immer leiser und schließlich bewegt er nur noch die Lippen.

Judith tritt zu ihren Töchtern zurück ins Esszimmer,

schließt die Tür leise hinter sich und sagt mit verständnisvoller Miene: „Er ist eingeschlafen." Sie lächelt verlegen.

Die Töchter sitzen am Tisch und Simson schläft in der Wiege.

„Weshalb hast du ihm nicht die ganze Wahrheit gesagt?"

„Das würde euer Vater nicht verkraften."

„Aber er sieht doch wie wir, dass der Kampf sinnlos ist."

„Gerade deshalb!"

„Johannes ist nicht gegangen, weil er kämpfen will ..."

„Das ist aussichtslos ...", redet die Jüngste dazwischen.

„Er ist gegangen, weil er es hier nicht mehr aushält, das ist die Wahrheit!" Rebekka ist erregt. „Ich wusste, dass er geht, er hat es mir gesagt, dort gibt es wenigstens etwas zu essen!" Lieber dort in der unausweichlichen Schlacht umkommen, als hier tatenlos im Kellerversteck zu verhungern. Johannes hat es nicht ausgehalten, dass Papa ihn immer bevorzugt hat!"

„Ihr müsst ihn auch verstehen, meine Töchter", versucht die Mutter beschwichtigend einzugreifen. „Er hat nur diesen einen Sohn, soll er den einem ohnehin verlorenen Krieg opfern? Sein Schwiegersohn ist bereits gefallen ..."

„Er lebt", beharrt Rebekka trotzig.

„Gebe Gott, dass es so sei ... Aber wie kannst du von mir verlangen, dass ich eurem Vater eine Wahrheit sage, die er nicht verkraftet, wenn du selbst die Wahrheit auch nicht verkraftest, meine Liebe?" – Sie sagt dieses mit ruhiger Stimme und ohne den geringsten Vorwurf. Rebekka antwortet nicht. Über ihr mageres Gesicht laufen stille Tränen.

Keine der Frauen spricht mehr ein Wort.

Nach langem Schweigen, in dem man das Gurgeln und Knurren der leeren Mägen hört, sagt die Mutter: „Was wird aus Jerusalem werden!"

Niemand reagiert auf diese Klage, sodass sie diese fortsetzen kann: „Das Schlimmste ist der Bruderkrieg, wenn Volk gegen Volk sich erhebt, das mag noch verständlich sein, aber wenn das eigene Volk gespalten ist, so hat es keine Kraft, war es nicht schon so, als Kain den Abel erschlug …?"

„Ach, Mutter", antwortet Judith, „das ist ja jetzt vorbei."

Die Tante kommt wieder und stellt den Bottich in die Küche. Sie ist schon alt, sie hat ihr Leben lang nur in Jerusalem gewohnt und den Ihren im Hause gedient. Von der Politik, den Parteiungen und Aufsplitterungen, den Sekten und Organisationen hat sie nie viel mitbekommen. Das Wenige, das ihr hier und da zu Ohren gekommen war, hat sie mit ihrem schlichten Gemüt als Frevel des Bruderkrieges bezeichnet. Obwohl sie keine Möglichkeit einer differenzierteren Einordnung des Geschehens besitzt, liegt sie meist mit ihrem Urteil nicht verkehrt.

„Hat er sich etwas erholt?", fragt sie ihre Nichte, die ihr die Tür geöffnet hat und ihr in die Küche gefolgt ist. Sie zuckt mit den Schulter. „Mutter sagt, er sei eingeschlafen."

„An der Wasserausgabestelle hat jemand gesagt, sie würden jetzt gemeinsam gegen die Römer kämpfen und hätten hier in der Stadt die Fehde begraben."

„Wer?"

„Simon ben Giora und Johannes von Giskala, sie haben sich zusammengetan; einstweilen kämpfen sie nicht gegeneinander."

„Jaja, Tante", winkt die Nichte mürrisch ab. Die Tante fährt fort: „Die Römer sollen tatsächlich unten bereits eingebrochen sein … Die erste und die zweite Mauer sind genommen, Simon ben Giora ist in arger Bedrängnis, aber man munkelt, er werde sich dem Befehl des Johannes von Giskala nicht unterstellen."

„Dann ist der Krieg verloren."

Jeden Abend wieder, seit Monaten, diskutiert man hier hinter verrammelten Fensterläden und verbarrikadierten Türen dieses eine leidliche Thema. Man dreht sich dabei im Kreise, denn seit die Römer die Stadt umzingelt halten, dringen keine Nachrichten mehr herein.

Rebekka hat aufgehört zu weinen, sie fasst eine Hand der Mutter und sagt nur, indem sie diese drückt: „Mama, bitte lass ...!"

In diesem Moment hören sie aus der Kammer, wo sie den Vater aufs Bett gelegt haben, einen dumpfen Schlag. Sofort eilt die Mutter ins Zimmer: „Oh, Gott ... Rebekka ... Kinder, kommt schnell ...!"

Der Vater ist aus dem Bett gefallen und liegt auf dem Boden. Seine Stirn ist aufgeplatzt und ein dünnes, wässriges Rinnsal Blut läuft ihm aus einem Nasenloch. Er ist totenbleich und regt sich nicht. Als sie ihn wieder ins Bett legen, hängen seine Arme schlaff herunter, der Kopf fällt ihm in den Nacken.

„Wach auf, Papa ... so wach doch auf, oh Gott", ruft Judith, während sie ihm mit den Handflächen rechts und links auf die Wange schlägt.

„Rebekka, lauf' schnell, hol' Wasser ...!"

Die Tochter eilt mit einem Lappen herbei. Man legt ihn dem Alten auf die Stirn, während seine Gattin ständig versucht, ihn wach zu bekommen. „Oh Gott, oh, Gott", klagt sie, „so wach doch auf ...!" Sie presst ihr Ohr auf seine Brust. Sie lauscht hinein in ihren Mann, der ihr fünf Kinder geschenkt hat und in dem das müde und zermürbte Herz aufgehört hat zu schlagen.

Über Nacht bettet man den Toten nach alter Sitte. Die Familie spricht die ehrwürdigen Totengebete auswendig. Stunde um Stunde wechseln sie sich ab, bis der Morgen graut.

Mit diesem setzen auch die Kampfhandlungen wieder ein. Ununterbrochen bebt die Erde von den als Widder bezeichneten Rammböcken der Römer. Steingeschosse, von den sogenannten Skorpionen hunderte Meter weit geschleudert, fliegen wieder in kürzesten Abständen. Geschrei in den Gassen, laufende Kämpfer, Kinder, Frauen und Greise, die den Kämpfenden die von den Römern hereinkatapultierten Geschosse auf Tragbahren bringen, damit sie diese nun wieder nach draußen schleudern können. Schon am frühen Morgen ist die Luft staubig. Die Sonne steht glutrot in dem steinigen Dunst, der mit jedem Einschlag eines Geschosses dichter wird.

Judith wickelt mit Hilfe der Töchter ihren Mann in ein Leinentuch. Die Töchter fassen den Leichnam und machen sich auf den Weg zu einer der großen Sammelstellen, die man für die Verhungerten und Gefallenen eingerichtet hat.

Kaum sind sie jedoch einige Gassen weit gelaufen, da herrscht sie barsch einer der Aufrührer und Verteidiger an: „Was schleppt ihr da?"

„Unseren toten Vater, sag', wo können wir ihn hinbringen, wer kann ihn uns beerdigen?", flehen die vier aus mageren Gesichtern und vertrockneten Mündern.

„Hinbringen? Beerdigen? Wisst ihr nicht, was geschehen ist? Die Römer dringen in den Tempel vor ... werft ihn fort, euren Alten ... Hier liegen doch überall Tote herum, vielleicht liege ich auch bald dort, haha, aber erst noch ein paar Römer erschlagen!"

„Wir können ihn doch hier nicht in die Gosse werfen?"

„Was? Ihr könnt nicht – ich werde euch zeigen, dass ihr könnt ...!"

Mit schmerzenden Hieben haut er erst der einen, dann der anderen auf die Unterarme, sodass sie den linnenen Leichensack fallen lassen. Als er jedoch zu den beiden anderen läuft, heben die ersten ihn bereits wieder auf. Da zieht er das Messer und stiert sie mit roten Augen an: „Loslassen, befehle ich, oder ich steche euch im Namen Jahwes ab! Es gibt Wichtigeres, als die Toten zu begraben. Loslassen!"

Die vier Mädchen lassen tatsächlich los und das weiße Paket sackt schwer auf die Erde.

„Räumt ihn auf die Seite, los, los, schnell – macht schnell!"

Die Töchter ziehen an dem Leinentuch und machen die Straße frei.

„Dreimal am Tage kommt ein Karren und sammelt die Toten ein – schert euch nicht darum, ihr dummen Mädchen! Wir müssen den Tempel verteidigen, wenn alles vorbei ist, dann könnt ihr euch dort reinigen!“ Darauf läuft er los, stößt die kleine Menschenansammlung rücksichtslos auseinander, und verschwindet im Gewirr der engen Gassen.

„Oh Jahwe Zebaoth, was zürnest du!“, schreit ein Greis. „Wie gehen sie mit deinen Toten um!“

Von irgendwo kommt eine alte Frau und versucht die erstarrten Töchter zu trösten. „Kommt ihr Lieben, geht nach Hause. Der Mann hat Recht: Sie holen die Leichen ab – ihr könnt sowieso nirgends hin. Mit Jerusalem geht es zuende.“

In dem Moment machen die Schaulustigen eine Gasse frei und lassen zwei geschäftstüchtige Knaben mit einer Trage durch. Diese stellen sie neben der Leiche ab, laden sie auf und fragen Rebekka: „Wohin?“

„Hier entlang, kommt“, sagt sie schnell, zieht mit einer Hand das Kopftuch fest und geht den Trägern, gefolgt von ihren drei Schwestern voraus. Als sie wieder daheim angenommen sind, sagt sie zu den Trägern: „Legt ihn hier hin, wenn sie ihn schon abholen, dann vor seinem eigenen Haus und nicht irgendwo aus der Gosse. Ich danke euch!“ Die Jungen kippen die Leiche von der Trage und legen sie vor das schmale Haus: „Hier werden sie ihn holen, das Tuch leuchtet weiß, das sieht jeder.“

„Was gebt ihr, für unseren Dienst?“ fragt er Rebekka.

„Ich habe nichts!“

„Nicht etwas zu essen? Eine Krume Brotes nur!“

„Ich sage doch, wir haben nichts.“

„Nicht einen Schluck Wassers?“

„Nein!“

Da reißt einer der Burschen Rebekka das Kopftuch herab, sie gerät dabei ins Stolpern und macht einen Schritt nach vorn. Der Bursche hat das Tuch bereits in den Händen und schaut Rebekka frech an.

„Pfui!", schreit sie und gibt ihm eine Ohrfeige. Der Bub quittiert diese mit einem überheblichen Lächeln, packt die Bahre und das Kopftuch und die beiden machen sich aus dem Staub. Bald übertönen die Kriegsgeräusche das Klatschen ihrer Sandalen.

Gegen Mittag poltert ein Wagen heran, er hält vor der Tür des Hauses, man hört ein paar Rufe: „Dort liegt auch noch eine!"

„Kriegen wir den noch mit?"

„Wir müssen erst Platz machen, komm mal her!"

Durch das Fenster des Obergeschosses sehen die Judith und ihre Töchter, wie auf dem überfüllten Leichenwagen ein paar Körper übereinandergelegt werden. Dann müssen sie mit ansehen, wie zwei starke Männer ihren toten Mann und Vater dazulegen und den übervollen Karren mühsam in Richtung der Stadtmauer weiterschieben. Sie alle wissen, dass man ihn zusammen mit den anderen ins Hinnomtal werfen wird, in Richtung des Blutackers, wo Judas Iskariot sich nach dem Verrat an Jesus von Nazareth erhängt hat. Dort türmen sich seit Monaten die Leichen und füllen das Tal. Der Verwesungsgeruch dringt in diesen heißen Maitagen in die Oberstadt. Die Leichenberge vor der Stadt verseuchen die Quellen. Das Grundwasser wird zu Leichenwasser. Krankheiten breiten sich mehr und mehr aus. Die Sonne Palästinas ist jetzt im Mai schon sehr heiß und tut das Ihre, all die Schrecken und Qualen für die Eingeschlossenen noch zu vermehren.

Während oben im Tempelbezirk für Gott Jahwe ein aussichtsloser Kampf gekämpft wird, ist unten kein Rabbi, der für die Toten eines der Klagelieder des Jeremia anstimmt.

Die Mutter wendet sich angewidert ab. Es fällt ihr schwer, ihren Mann so auf dem Leichenwagen davonfahren zu sehen. Um sich zu zerstreuen, geht sie der täglichen Hausarbeit nach. Sie weiß, dass es fast allen Familien in Jerusalem gleich ergeht. Vor keiner Tür hat der Tod Halt gemacht. Keiner ist in Jerusalem, der nicht einen oder mehrere Gefallene zu beklagen hat. Keine Familie ist vor diesem schmerzlichen Unheil bewahrt geblieben. Ein stummer Schrei hat die Menschen gelähmt.

Die sechs Frauen sind nun mit dem kleinen Simson allein im Hause. Sie vereinen sich in ihrem wortlosen Schmerz. Sie wissen, dass jedes tröstende Wort sein Gegenteil bewirkt. Die tägliche Sorge um etwas zu essen zehrt an den Nerven. In Jerusalem gehen die Vorräte zu Ende.

Früher hatten die Frauen um diese Zeit am Vormittag angefangen zu kochen. Da hatte eine das Feuer geschürt, die Nahrungsmittel wurden herbeigeschafft, das Gemüse wurde geputzt und zerkleinert, Fleisch wurde von allen Seiten angebraten, Teige wurden ausgerollt, Fladenbrote auf heißen Steinen gebacken, die zauberischsten Mischungen aus getrockneten Feigen, Pflaumen, Rosinen und marzipanähnlichem Mandelmus wurden hergestellt, Töpfe und Pfannen wurde aufgesetzt und zischend kamen die Zutaten ins Fett. Da waren sie manchmal zu dritt in der Küche. Mit aufgekrempelten Ärmeln und roten Backen gingen die eingeübten Handgriffe ineinander über und mit dem Handrücken wurden Strähnen aus dem Gesicht gestrichen. Jetzt sitzen sie tatenlos und hungrig herum. Es gibt nichts zu tun.

Rebekka steht an Simsons Wiege. Seit Tagen schon kreisen ihre Gedanken um ein Gespräch, das sie vor ein paar Wochen mit ihrem Bruder Johannes hatte. Er hatte ihr etwas über verschiedene Tunnel und unterirdische Ausgänge erzählt, die es in Jerusalem gebe. Sie seien von den Aufständischen schon vor der jetzigen Belagerung angelegt worden und führten teilweise unter der dicken Stadtmauer hindurch. Man habe sie gebaut, so hatte Johannes ihr erklärt, um durch sie Waffen und Nahrungsmittel in die Stadt zu bekommen. Manche dieser Tunnel seien auch schon sehr alt. Die Aufständischen hätten sie zum

Teil wieder hergerichtet und für ihre dunklen Umtriebe reaktiviert. Immer, so Johannes, gebe es in Kriegs- und Krisenzeiten Menschen, die von der Not anderer profitieren würden. Deshalb seien nun, nachdem sich der Belagerungsring der Römer zugezogen habe und die Stadt Tag und Nacht von allen Seiten unter feindlichem Beschuss liege, auch Menschenschmuggler unterwegs, die für viel, viel Geld Leuten durch diese Tunnel zur Flucht aus der Stadt verhelfen würden …

„Kennst du solche Tunnel?", hatte sie ihn flüsternd gefragt.

„Nicht direkt, man hört in diesen Zeiten ja immer dieses oder jenes. Jeder will irgendetwas aufgeschnappt haben, hat einen heißen Tipp auf Lager oder ein Gerücht gehört, dass er weitersagt …"

Rebekka hatte ihn fragend angeschaut. Er hatte verlegen geschmunzelt. „Na gut, ja, ich kenne jemanden, in dessen Wohnhaus ein alter Tunnel endet …"

„Oder beginnt …"

„Je nach dem, wie man es sieht. Ja. Der muss noch aus alten Zeiten früherer Belagerungen stammen …"

„Johannes, mit was für Leuten verkehrst du?", hatte sie ihn ängstlich gefragt.

„Da kann ich dich beruhigen, Schwesterlein! Weißt du, wer es mir erzählt hat?

„Nein."

„Vater!"

„Vater hat dir erzählt, dass er jemanden kennt, der Zugang zu einem Fluchttunnel hat?"

„Er sprach eher von einem Versorgungstunnel und wollte mir damit sagen, dass es immer noch Wege gebe, auf denen Nahrungsmittel in die Stadt kämen."

Er beulte verlegen mit der Zunge eine Backe aus. „Willst du wissen, woher Vater das weiß und wer solch einen Tunnelzugang besitzt? Du kennst ihn auch …"

Sie war näher an ihren Bruder herangerückt, um leiser

sprechen zu können. „Mein Gott ist das spannend, sprich Bruderherz."

„Es ist Jeharas!"

„Unser Vetter Jeharas?"

„Genau der."

„Dann ist der Tunnel, ja gar nicht weit weg von hier. Jeharas wohnt doch hier in der Nachbarschaft."

„So ist es."

Eigentlich hatte Rebekka dieses Gespräch schon vergessen. Sie hatten über diesen Tunnel nie wieder ein Wort gewechselt. Aber als Johannes ihr gestern noch zuflüsterte, sie solle an den Tunnel denken, da tauchte ihr Gespräch darüber völlig lebendig wieder auf. Jedes Detail dieses geheimen Wortwechsels ist ihr in Erinnerung.

Ihr Herz klopft stark, als sie jetzt daran denkt.

Was könnte Johannes gemeint haben? Soll ich bei Jeharas, unserem Verwandten, um Nahrungsmittel betteln gehen? Oder hatte Johannes gemeint, ich solle …

Sie wagt es nicht, diesen Gedanken zu Ende zu denken. Aber er setzt sich als eine Art Grundsubstanz in ihr fest, aus der jederzeit ein Gedanke werden kann, gleich dem Ton, aus dem jederzeit ein Gefäß geformt werden kann. Wie das Blut zu einer Entzündung, so zieht dieses Wissen um den Tunnel immer wieder zum Denken, auf dass es endlich einen kreativen Gedanken daraus zu formen den Mut habe …

Am Nachmittag lässt Rebekka ihren kleinen Simson bei der Mutter zurück und macht sich auf den Weg. Der Mutter sagt sie, sie wolle versuchen, irgendwo etwas zu essen aufzutreiben.

Sie geht auf direktem Weg zu Jeharas. Dort öffnet ihr die alte Cousine ihres Vaters mürrisch die Tür und lässt sie, nachdem sie bereits vor dem Gruß gesagt hat, es gebe nichts zu holen, herein und lange auf Jeharas warten.

Das Haus ist das letzte vor der Stadtmauer, die sich über dem hohen klüftigen Felsen erhebt.

Nach bangen Minuten hört sie einen schlurfenden Schritt näherkommen. Es ist Jeharas, ihr reicher Vetter, Anverwandter dritten Grades. Er begrüßt sie kopfnickend. Dann putzt er sich mit einem Sacktuch den Mund ab und gibt ihr ein Zeichen, ihm in ein Hinterzimmer zu folgen. Es beginnt der notwendige einleitende Dialog an, in dem man über alle möglichen fernen Verwandten spricht – wie geht es diesem, wie geht es jenem –, es folgt eine Phase, in der man von den *Wie-geht-es-Sätzen* zum *Hast-du-schon-gehört* wechselt. Schließlich nähert man sich der eigenen Familie. Entsprechend sagt Rebekka:

„Jeharas, Herr, auch mein jüngerer Bruder ist fortgegangen ..."

„Was, auch tot?"

„Nein, Herr, er hat uns verlassen und ist zu den Verteidigern gegangen."

„So ist's recht, dort hat er wenigstens etwas zu essen ... War nicht richtig von meinem störrischen Vetter, ihn zu verstecken, das hätte beiden das Leben kosten können."

Rebekka ist verblüfft, dass der Verwandte Bescheid weiß, denn solch eine Information hätte für die ganze Familie tödlich sein können.

„Wo ist er denn hin, zu Johannes von Giskala in den Tempelbezirk oder zum Simon ben Gerasa?"

„Ich weiß es nicht, Herr, er verließ schweigend das Haus ... aber heute morgen erzählten sie, die Römer seien nun auch in den Tempelbezirk eingedrungen ..."

„So ein Unsinn, den Tempel nimmt keiner, der ist auch mit dem schwersten Geschütz nicht einzunehmen ... Das einzige ist ... wenn sie da oben verhungern, aber das wird so bald nicht der Fall sein!"

Nahezu unvermittelt und mit dem Unterton von *Lassen wir den Quatsch und kommen zu Sache* fragt er Rebekka plötzlich:

„Was führt dich zu mir?"

Rebekka schaut furchtsam um sich, um ihm zu erkennen zu geben, dass sie keine Mithörer will.

„Hier hört uns niemand. Wir können wir frei reden."

Nachdem sie mitbekommen hatte, dass er um das Geheimnis ihres versteckten Bruders wusste, kommt sie gleich zur Sache. Flüsternd sagt sie:

„Mein Bruder erzählte mir einmal, Ihr hättet einen unterirdischen Gang, der aus der Stadt herausführt!"

„Welch ein Unsinn!" Er tut einen Schritt zurück und schaut sie entgeistert an. „Wie kommt er denn darauf?" Rebekka nimmt eine kleine Veränderung an ihm wahr, seine Stimme wurde um eine Nuance höher. Sie wiederholt den letzten Satz:

„Johannes hat mir gesagt, Ihr hättet einen unterirdischen Gang und ... Ihr könntet durch diesen Gang alles Mögliche beschaffen ..."

„Rebekka, mein Kind, du bist wirr im Kopf, ich bitte dich, wo soll hier ein Gang sein? Nein, da musst du etwas durcheinanderbringen ..."

Rebekka wird flau. „Ach, bitte, Herr, darf ich mich setzen?" Er holt schnell einen Stuhl herbei, verschwindet dann und erscheint kurz darauf mit einem Glas Wasser. „Hier, trink das, es ist gutes Wasser!"

Rebekka schaut traurig zu Boden. Während sie mit der einen Hand das Wasserglas hält, fasst sie mit der anderen die Stirn. „Es ist nur ... ich denke ... wegen Simson, meinem Sohn ... meine Brüste sind leer, der Knabe hat Hunger, er weint und weint, aber wir haben nichts mehr ... ich denke Herr, wenn es nur eine kleine Möglichkeit gibt, etwas zu beschaffen ... ich würde, Herr", jetzt schaut sie ihm so tief in die Augen, dass es ihm unangenehm wird, „ ... ich würde alles dafür geben ..." Als wenn ihr zu warm wäre, lockert sie den Schulterumhang und knotet die obersten beiden Schlaufen ihres Hemdes auf, legt den Kragen beiseite und schaut Jeharas an.

Jeharas ist strenger Jude und jenseits des Alters, in dem eine Verführung noch schmeichelhaft wäre, ist sie doch zu stark von der Sorge begleitet, einer jüngeren Frau diesbezüglich kein langes Vergnügen mehr bereiten zu können. Mehr aus Eigensinn denn aus Tugendhaftigkeit überhört und übersieht er das Angebot. Er lässt die Arme baumeln und sagt: „Rebekka, ich kann nichts für dich tun!"

„Herr, bitte, mein Simson hungert ... bitte, Herr", sie ergreift seine hagere Hand, die nun schlaff am Körper herunterhängt und küsst sie heiß, „ich gebe alles, was ich habe, wenn ich hier nur rauskomme ..." Sie ist selbst schockiert über das, was sie da tut.

„Rebekka, die Stadt ist eng umstellt, du kannst vielleicht heraus, aber nie mehr herein. Wenn die Soldaten dich erwischen, dann bringen sie Simson vor deinen Augen um und du musst ihnen geben, was eine Frau geben kann ... Hunderte werden über dich herfallen und am Ende töten sie auch dich!" Er fasst sie am mageren Ellenbogen und drückt ihren klapprigen Körper auf den Stuhl zurück.

„Gibt es einen Gang oder gibt es keinen?", fragt Rebekka. „Ihr seid ... er ist meine letzte Hoffnung ..."

Er atmet schwer und tief aus. Sein Körper verliert dabei alle Spannung. Für einen Augenblick hängt sein Kopf nach vorn. Der Bauch wölbt sich vor. Er hat die Gestalt eines resignierten Greises. Er fährt sich verlegen mit einer Hand über den Nacken, dann mit der anderen. Schließlich wendet er sich flüsternd an sie:

„Ja, Rebekka, in Gottes Namen, ja, es gibt einen, aber es hat keinen Sinn, ihn zu benutzen. Die Zeiten haben sich geändert ... früher, als der Ring noch nicht so eng gezogen war, da konnte man ihn gut benutzen ... aber jetzt habe ich Angst. Wenn die Römer draußen jemanden festnehmen und den Gang entdecken, dann sind sie plötzlich mitten in der Stadt. Es ist lebensgefährlich, diesen Gang heute noch zu benutzen, das kann der Anfang vom Ende sein ... Rebekka, es sind bereits weitaus mehr Leute herausgegangen als wieder zurückgekommen, ich schlafe nicht mehr gut seitdem ... beim leisesten Geräusch werde ich wach und denke, die Römer haben den Gang gefunden ... Als es zu gefährlich geworden war, ihn zu benutzen, haben wir ihn von innen verschlossen. Er ist von außen durch einen großen Haselnussstrauch gut getarnt, aber das alles nützt doch nichts gegen die Maschinen und Werkzeuge der Römer."

Er ist erschöpft. Die anfängliche Strenge ist völlig von ihm abgefallen. Jetzt, wo es heraus ist, scheint er ganz er selbst zu sein. Ängstlich bei allem Selbstbewusstsein und selbstbewusst bei aller Angst. Er fleht Rebekka mit einem tieftraurigen Blick an, ihm zu glauben und sich jeden Gedanken an eine Flucht durch diesen Tunnel möglichst rückstandslos aus dem Kopf zu schlagen. Rebekka kennt diesen Blick von ihrem Vater. Er hat etwas von dem eines geprügelten Hundes. Es erweicht ihr Herz. Aber nur für kurz. Dann schöpft sie mit der Kraft der Verzweiflung jene Hoffnung, die wie ein kleiner Funke eine erloschene Kerze entzündet.

„Könnt Ihr mich verstehen?", fragt sie ihren Vetter.

„Das könnte ich dich genauso fragen ..." Und nach einer Weile fügt er fast verzweifelt an: „Ja doch, Kind, ich verstehe dich, aber du musst auch mich verstehen, es geht mir nicht darum, aus diesem verfluchten Tunnel Geld zu machen, es geht mir auch nicht um mich oder meine Familie, es geht um Jerusalem ... schau, ich muss nicht kämpfen, weil ich verletzt bin aus anderen Kriegen, vielleicht auch, weil ich nicht mehr die Angriffslust der Jugend habe, aber durch meine Schuld soll Jerusalem nicht fallen!"

„Aber es gibt doch mehrere solcher Tunnel!", beharrt Rebekka.

„Ich kenne keinen zweiten, der von einem Privathaus ausgeht ... oh, ich Dummkopf ... hätten wir ihn doch nie gegraben ... Die anderen Tunnel sind bewacht, es stehen immer Bewaffnete davor und sie stechen jeden ab, der durch einen solchen die Stadt verlassen will. Sollten dort die Römer auftauchen, so hätten sie keine Chance, schon der erste würde niedergemacht werden, denn man kann nur einzeln durch die engen Stollen gehen … Aber hier, bei mir, da ist nichts bewacht …!"

„Lasst Ihr mich heraus – mich und meinen Sohn Simson!? Ich habe keine andere Wahl, mein Mann ist tot, ich weiß es, Simson wird verhungern, Vater ist es schon …"

„Willst du auch wieder zurückkommen?"

„Ja!"

„Das ist unmöglich Rebekka, nicht durch diesen Tunnel!"

„Gibt es einen anderen?"

„Nein!"

„Gut, dann will ich nur heraus, ich halte es hier nicht mehr aus, keine Stunde länger, dann bin ich lieber Prostituierte bei den Römern …, wenn nur mein Kind nicht hungern muss …!"

„Die zahlen aber nichts!"

„Solange sie nur Simson und mich leben lassen."

„Dich schon, Simson nicht! Die füttern da draußen doch keinen Säugling durch … Im Gegenteil, sie werden so öffentlich wie möglich zu ihm grausam sein, um wieder ein abschreckendes Beispiel zu geben … wie mit den Kreuzigungen …"

„Ich muss es riskieren, hier drinnen verhungert er auf jeden Fall, wir alle werden verhungern … habt Ihr das Schreckliche gehört … von dem Kind …?"

„Das sie wie ein junges Tier gebraten haben?"

„Furchtbar!"

„Rebekka, die Menschen reden in Zeiten wie diesen viel dummes Zeug …!"

„So etwas kann man nicht erfinden … habt Ihr übrigens auch gemerkt, dass es keine Hunde und Katzen mehr bei uns gibt, nicht einmal Ratten …?"

„Alle gegessen!"

„Jeharas, ich muss hier raus, hört Ihr, habt Erbarmen mit mir! Ich bitte Euch kniefällig: erbarmt Euch meiner und meines Kindes. Bitte … bitte … bitte." Sie wird am Ende immer leiser und schließlich bewegt sie nur noch die Lippen.

Sie schaut ihn flehend an, während er nachdenklich zu Boden blickt. Mit einer Hand dreht er kleine Löckchen in seinen Bart, der im dünnen Licht des Hinterzimmers silbrig glänzt. Dann spricht er leise, ohne dass sich an seiner Gestik etwas ändert:

„Komm' heute gegen Mitternacht, zieh' dich warm an und bring' auch eine Decke mit. Wenn es heute Nacht nicht klappt, dann musst du in dem Stollen übernachten und es morgen noch einmal probieren. Achte um Himmels willen darauf, dass Simson nicht schreit – wenn er schreit ist alles aus … Ich werde mich darum kümmern, dass jemand bis dahin die innere Verschanzung wegnimmt, damit du mit deinem Sohn hinausschlüpfen kannst."

„Wie soll ich das machen, dass er nicht schreit?"

„Weiß ich nicht, flöße ihm Wein ein oder binde ihm den Mund zu … ihr Mütter sei da erfinderisch …"

„Und was noch?"

„Geh' ganz langsam durch die Gasse, öffnet sich die Haustür nicht, so geh weiter, aber sieh nicht zu diesem Haus und bleibe auf keinen Fall stehen … Geh bis ans Ende der Gasse, oben gehst du rechts, dann die erste Querstraße wieder rechts, so kommst du wieder auf diese Hauptgasse und gehst abermals an dem Haus vorbei. Öffnet sich die Tür nicht, so ist irgendetwas schiefgegangen. Wenn es beim zweiten Mal nicht klappt, dann kehre nicht mehr um. Geh' kein drittes Mal hier am Haus vorbei, hörst du!? Ich öffne erst, wenn die Luft rein ist, geht die Tür nicht auf, so ist irgendetwas dazwischengekommen … Komme dann nie wieder hierher. Ich melde mich bei euch, wenn etwas nicht klappen sollte …"

III.

Als der Abend hereinbricht bereitet Rebekka alles für die Flucht vor. Sie legt eine Decke bereit, faltet ein dunkles Leinentuch zu einem warmen Umwurf. Dann isst sie mit den Schwestern und der Mutter ein kärgliches Abendmahl.

Die Tante ist die einzige, die redet. Sie will ganz genau wissen, woher das Abendessen stammt. Immerhin gibt es Kohl, was für diese Jahreszeit ungewöhnlich ist und sich nur darauf zurückführen lässt, dass irgendwer seit Herbst den Kohl aufbewahrt hat und diesen jetzt zu gigantischen Preisen auf den Schwarzmarkt bringt.

Eine der Schwestern hat ihn heute herbeigeschafft, aber sie verrät weder von wem, noch, was oder wie sie dafür bezahlt hat. Stattdessen steht ihr die Schamesröte im Gesicht.

Wohlwissend, dass sie entweder in Kürze tot sein würde, oder aber etwas zu essen bekäme, hält sich Rebekka bei diesem letzten Abendmahl zurück. „Was ist mit dir?", wird sie von der Mutter befragt, „du isst ja gar nichts, Rebekka, meine Liebe."

Sie wissen alle, dass der Beginn des Hungertodes jener Zustand ist, in dem man auch einen kleinen Happen nicht mehr hinunterbekommt und keinerlei Appetit mehr verspürt. Nach den Schmerzen kommt die Agonie.

„Mir ist nicht gut, danke, es geht schon!"

„Simson scheint es auch nicht gut zu gehen", wirft die Tante ein. „Er schreit ja wie am Spieß."

Offenbar hat sie das Gerücht über ein am Spieß gegrilltes Kind nicht gehört. Rebekka aber steht abrupt auf, nimmt den schreienden Simon und verlässt den Raum. Beim Hinausgehen sagt sie: „Wie geschmacklos, Tante!"

In ihrem Zimmer steckt sie ihren Finger in ein kleines Fläschchen Alkohol und lässt Simson daran lutschen. Das wiederholt sie noch ein paar Mal bis er eingeschlafen ist.

Nun heißt es zu warten, bis alle noch wachen Familienmitglieder zu Bett gegangen sind, was durch den Hunger und die gereizten Nerven bald geschieht.

Rebekka steht am Fenster und schaut durch den Schlitz zu den Sternen. Als Mitternacht näherrückt, packt sie den fest schlafenden Simson und bindet ihn sich mit dem Leinentuch vor den Bauch. Für alle Fälle nimmt sie den kleinen Rest Alkohol mit. Dann verlässt sie so leise es geht das Haus, schließt die Tür hinter sich und steht auf der nächtlichen Straße.

Die Gasse ist menschenleer. Nur von fern sind die immer gleichen Geräusche römischer Rammböcke zu hören. Man kann den feinen Staub des zermahlenen Jerusalemsteins in der Luft schmecken. Rhythmisch versetzen die zermürbenden Kriegshandlungen der Römer den ganzen Felsen, auf dem Jerusalem steht, in Schwingungen. Ohne den Hintergrund des Stimmengewirrs, wirkt die Monotonie dieser Kriegsgeräusche übermächtig. Es ist, als klopfe ein Riese mit trotziger Faust an die Tür, durch deren Spalt vorab schon die schlanke Gestalt des Todes geschlüpft ist.

Die Gasse, an der Jeharas' Haus liegt, ist menschenleer. Die todgeweihten Bewohner Jerusalems liegen abgezehrt in den Betten und wärmen sich die kalten Körper. Hinter den verbarrikadierten Türen hört man nur ein einziges Geräusch: das leise Knurren der Mägen.

Langsam geht Rebekka, wie verabredet am Haus von Jeharas vorbei und lauscht, ob die Tür sich öffne. Ihr ist, als vernehme sie ein Geräusch. Ängstlich zucken ihre Augen nach der Tür. Sie bleibt geschlossen. Sie geht ein Stück weiter und will gerade abbiegen, um das Haus in besprochener Weise durch die Parallelstraße zu umrunden, da hört sie Stimmen. Es sind noch zwei oder drei Schritte, bis zu der kleinen Abbiegung. Sie läuft unbeirrt weiter.

Kaum ist sie jedoch rechts abgebogen, da sieht sie, wie ein paar kleine Gestalten nach hier und dort fliehen und sich hinter Häuserecken und in Türvorsprüngen verstecken. Es sind Kinder, jene kleinen nächtlichen Cliquen, die auf der Suche nach Essbarem sind. Allerdings hört man in den letzten Wochen, dass diese Trupps zunehmend auch organisierte Überfälle durchführen. Die Bevölkerung geht davon aus, dass hinter all dem die Verteidiger der Stadt stehen. Sie haben in anderen Vierteln bereits Kinder bewaffnet und auf Nahrungssuche geschickt.

Rebekka klopft das Herz bis zum Hals. Ihre Hand drückt das gottlob noch schlafende Kind an ihre Brust. Jede Aufregung und Hektik kann ihn wecken, dann aber wäre die Tür des Jeharas für sie verschlossen.

Weichen Schrittes geht sie weiter und tut, als hätte sie den ersten Knirps, als sie an seinem Versteck vorbeigeht, nicht gesehen. „Halt!", ruft es hinter ihr mit hoher Knabenstimme. Dieses ist das Zeichen für die anderen. Auch sie treten aus ihren Verstecken und bilden einen Kreis um Rebekka, die unbeirrt weitergeht.

„Geht heim, ihr Buben, ich habe nichts!", sagt sie dem Größten von ihnen, der ihr etwa bis zur Schulter reicht.

„Das werden wir ja sehen", antworte dieser frech und holt hinter seinem Rücken einen Dolch hervor, den er auf Rebekka richtet.

Sie bleibt abrupt stehen.

„Was trägst du dort für ein Paket, zeig!"

Ohne ein Wort zu sagen, beugt sich Rebekka ganz langsam vor. Sie geht in die Knie und öffnet vorsichtig das Tuch, sodass das kleine dunkle Köpfchen von Simson sichtbar wird. Der Bub fuchtelt immer noch mit dem Dolch und steht gleichzeitig auf Zehenspitzen.

„Schau", sagt sie ganz leise und ruhig, „schau, wie schön er schläft" – sie streichelt ihm mit den Fingern übers flaumige Haar und gibt ihm einen sanften Kuss. Simson räkelt sich. „Weck ihn nicht auf, er hat Hunger, wie wir alle. Hast du mal gehört, wie ein Säugling schreit, wenn er Hunger hat?" – Während dieses letzten Satzes hat sie die Hand auf den Kopf des Buben gelegt und fährt ihm mit weicher Geste durchs verstrubbelte Haar. Er starrt sie mit großen Augen an. Sie spürt, wie sehr er die sanfte Geste genießt. Die Kinder stehen im engen Halbkreis mit aufgerissenen Mündern vor ihr. Von hinten drängt einer vor und will auch einen Blick auf Simson werfen, seitlich sind zwei so nahe, dass sie Rebekka unbekümmert mit ihren kleinen, schmutzigen Händen berühren. Einer steht ihr auf dem Fuß. Für einen Augenblick überkommt sie ein tiefes, warmes Verständnis für diese irregeführten Jungen. Die Stadt ist dieselbe, die Nacht ist dieselbe, die Not ist dieselbe, der Krieg ist hörbar und spürbar, auch während die kleine Gruppe hier eng beeinander steht. Und doch ist es, als hätte dieser eine Augenblick alles verändert. Dieses stille Staunen der hungrigen, schmutzigen Kinder, die sanfte Geste von Rebekka, und die Zartheit, mit der sie dem Bub über den Kopf gestreichelt hat – hat für einen Moment alles verändert. Als stünde alles still. Als täte sich ein Loch in der Zeit auf. Die Buben schauen mit großen Augen auf Simson und es ist, als berührten sie mit diesem Blick ein Stück unverdorbener Ewigkeit, die sich zeitlos hineinbricht in das Grauen dieser Zeit.

Dann ist der Zauber auch schon vorbei. Rebekka bedeckt das Köpfchen wieder mit dem Leinentuch. Es ist, als schöbe sich die dünne Membran der Zeit wieder vor die Ewigkeit. Alles ist wie immer. Rebekka setzt ihren Weg fort. Die Jungen rennen davon. Ihre Schritte vermischen sich mit dem Kriegslärm.

Als sie wieder auf das Haus des Jeharas zugeht, liegt die Straße still und leer. Wie durch ein Wunder schläft Simson an ihrer Brust. Hin und wieder zuckt er und dann fasst sie die Hand noch fester um ihn.

Die Tür öffnet sich und sie schlüpft durch den Spalt. Jeharas bedeutet ihr mit kleinen Gesten, sich still zu verhalten und ihm zu folgen.

Leise schleichen sie den Flur entlang – Simson schläft ruhig. Durch die Hintertür treten sie auf eine kleinen quadratischen Innenhof.

„Ich habe die Straße vom oberen Stockwerk aus beobachtet", flüstert er ihr zu, „was hast du nur mit der Kinderbande gemacht? Sie ergriffen die Flucht, nachdem du weitergegangen bist, als sei der Leibhaftige hinter ihnen her."

Rebekka sagt nichts.

„Komisch, nicht wahr, dass sich Nachts nur noch die Kinder auf die Straße trauen?"

„Sie sind flink", sagt Rebekka.

„Seit heute habe ich das Gefühl, als würden alle spüren, dass die Stadt gegen die Römer nicht mehr zu halten ist. Zu lange schon dauert die Belagerung. Zu sehr haben die Geschütze der Römer beängstigend tiefe Löcher in die Mauern gehauen. Wer jetzt noch in der Stadt ist, der weiß, dass er kaum noch einen Chance zum Überleben hat ..."

In diesem Moment hört der Kriegslärm auf. Sie schauen sich fragend an. „Wie still es mit einem Mal ist", sagt er, „manchmal denke ich, wie lautlos muss die Welt früher gewesen sein, als es all die Technik noch nicht gab, als überall viel weniger Menschen lebten und sie weniger Lärm machten." Sie lauschen beide in eine Stille, die sich wie ein große Verheißung über sie senkt. Simson räkelt sich und gibt einen kleinen Mucks von sich. Die Kriegsgeräusche setzen wieder ein, fast schmerzhaft.

„Habt Ihr Genaueres erfahren über das, was man seit Tagen munkelt?"

„Dass die Römer durchgebrochen seien?"

„Ja."

„Ich weiß auch nichts Genaues. Im Laufe des Tages haben sich immer wieder Gerüchte gejagt. Zunächst hatte es geheißen, die Römer seien durch die äußeren Schutzmauern an mehreren Stellen durchgebrochen. Dann hatte es wieder geheißen, dies sei nur ein Gerücht. Später dann wurde der Durchbruch doch wieder bestätigt." Er atmet schwer und macht den Eindruck, als hätte er Zeit und Raum vergessen.

„Ein weiser Rabbi war bei mir zu Besuch und sagte: *Schlimmer als die Angst, dass es passieren könnte, ist in den letzten Tagen die Gewissheit, dass es passieren wird.* Rebekka, Jerusalem ist am Ende, die Menschen sind am Ende: am Ende mit ihrer Hoffnung und am Ende mit dem Lebensmut. Ich glaube, sie sind es Leid etwas zu ersehnen, was nie und nimmer eintreffen wird: Friede."

Sie waren inzwischen ein paar Schritte in den Garten gegangen.

„So, da sind wir, hier ist der Einstieg."

Jeharas nimmt eine Grasnarbe bei Seite, unter der sich ein Griff befindet. Als er an diesem zieht, öffnet sich eine eingelassene Falltür, aus der ein kalter Luftzug spürbar wird.

„Hier hinab ..."

Er geht ein paar Stufen mit Rebekka in den dunklen Schacht, dort entzündet er eine kleine Öllampe, deren Flamme im Luftzug flattert.

„Also Folgendes: Du gehst diesen Gang entlang bis zur verschlossenen Tür am Ende, dort habe ich dir ...", er schaut zu der Hand, die das Köpfchen hält und lächelt kurz, „... dort habe ich euch heute Nachmittag ein paar Lebensmittel bereitgestellt. Der Stollen fällt am Ende stark ab und es steht dort immer Wasser, es tropft aus dem Felsen und ist gutes Trinkwasser, ein Becher steht in einem Vorsprung, in dem sich das Wasser sammelt – etwas Brot ist auch dort ... lösch die Lampe, sobald du dich orientiert hast ..."

„Komme ich am Ende nicht heraus ...?"

„Das ist zu gefährlich, wir haben die Tür verschlossen ... Vom Dachboden unseres Hauses" – er zeigt mit dem Daumen nach hinten – „kann man beobachten, was vor den Mauern vorgeht, sobald für den Ausstieg die Luft rein ist, wird jemand kommen und dir öffnen, aber wann das sein wird, ist nicht gewiss, du hörst ja, was da draußen los ist. Bist du warm angezogen?"

„Kann ich wieder hereinkommen?"

„Das geht nicht Rebekka, du kommst raus und bist draußen auf dich gestellt ... Mehr kann ich nicht tun. Gebe Jahwe, dass bessere Zeiten kommen und wir uns wiedersehen ... Lebe wohl mein Kind!"

Die beiden umarmen sich nach alter Sitte, so gut es angesichts des vor den Bauch gebundenen Kindes geht, dann geht Jeharas die Treppe hoch, Rebekka sieht seine Silhouette am Einstiegsloch, er verschließt von außen die Falltür.

Rebekka hält die Lampe hoch und steigt ein paar weitere Stufen hinab. Die Öllampe wirft einen spärlichen Schein. Dann beginnt ein lehmiger Unterboden. Rebekka kann nicht mehr aufrecht gehen. Sie beugt sich nach vorn. Der Stollen wird noch schmaler und ist stellenweise so flach, dass sie sich bücken muss. Sie hält die flackernde Lampe vor sich und kommt sehr langsam voran. Teilweise ist der schmale Weg ausgetrampelt und in den Vertiefungen hat sich Wasser angesammelt. Schon nach wenigen Schritten sind ihre Füße nass. Jetzt fällt der Gang immer steiler ab. Der felsige Untergrund ist rutschig. Einmal schürft sie sich am seitlichen Felsen den Arm auf. Im Stollen hallt jedes Geräusch gespenstisch wider. Simson wird unruhig. Sie bleibt einige Augenblicke still stehen und summt ganz leise. Simson hat bereits die Augen geöffnet. „Schlaf weiter, mein Kind, so schlaf doch ... sch-sch-sch", flüstert sie ihm zu. Simson dreht seinen Kopf auf die andere Seite und hat die Augen wieder geschlossen. Ein paar Mal zuckt er noch, dann schläft er wieder. Rebekka setzt auf dem nassen Fels vorsichtig Fuß vor Fuß. Irgendwo huschen hörbar Ratten und mit Entsetzen sieht sie, dass am Rande große Fallen aufgestellt sind. Ganz am Ende wird der Gang etwas breiter, schließlich aber endet er am Felsen. Keine Tür und kein Auslass ist zu sehen.

Rebekka wird unruhig und sucht mit hektischen Blicken die Wand ab. Schließlich erkennt sie die seitlich, am Ende eines Felsvorsprunges eingebaute kleine Tür, die ihr bis zu den Hüften reicht.

Im Schein des Lämpchens sieht sie einen dicken Querbalken, der mit einem hölzernen Schließsystem gesichert ist. Nicht weit davon in Augenhöhe ist der Becher, in den Felsenwasser tropft, das in regelmäßigen Abständen ein helles Geräusch von sich gibt. An einem dünnen Seil hängt ein Korb von der Decke. Sie fühlt unter dem hineingelegten Tuch ein paar Scheiben Brot. Sie nimmt und isst. Der Fels ist klüftig und nass. Ermattet von der Aufregung und mit weichen Knien hockt sie sich neben den Vorsprung. Sie wickelt Simson los und legt sich das Bündel auf den Schoß.

Nun beginnt das Warten.

Hier drinnen sind die Kriegsgeräusche kaum zu hören. Sie denkt daran, was vor dieser Tür ist.

Sie hat jedes Gefühl für die Zeit verloren. Als sie aus leichtem Schlaf aufschreckt, sieht sie die ersten Ratten. Sie sind ihrer Spur gefolgt und kommen näher. Alle Versuche, sie zu verjagen, lassen diese unberührt.

Plötzlich vernimmt sie ein schnappendes Geräusch und schreckt furchtbar hoch, ein grauenerregendes Quietschen dringt schmerzhaft ans Ohr, die Ratten machen kehrt und sie hört das Tippeln im Wasser, während die in die Falle geratene entsetzlich schreit. All das hat Simson geweckt, schon sind die ersten Geräusche vernehmbar, die unweigerlich in herzzerreißendes Geschrei münden würden. Rebekka taucht das Weiche einer Scheibe Brot in den mitgeführten Alkohol und füttert ihn so. Er schläft wieder ein.

Wie spät mag es sein? Wann kommen die Ratten wieder?

Sie muss nicht lange darauf warten. Schon nähern sich die ersten ihren Füßen, mit denen sie heftig nach ihnen tritt. Doch plötzlich sind sie alle wie vom Erdboden verschluckt. Wie auf ein geheimes Kommando machen sie alle kehrt und verschwinden in den Löchern und Ritzen, aus denen sie gekommen waren.

Wenig später hört Rebekka Schritte, die schnell näher kommen. Ein junger Mann taucht aus der Dunkelheit auf.

Sein Gesicht ist von der Laterne verdeckt, die er bei sich führt. Sie wirft nur einen kleinen gelblichen Schein. Als er vor ihr steht, sagt er leise: „Ich bin Levi. Du musst Rebekka sein." Sie nickt. Dann schaut er nach der Rattenfalle und sagt entschuldigend: „Die elenden Biester sind zur Zeit Gold wert, mehr noch, für zwei Ratten gibt es ein halbes Brot!"

Er löscht sein Lampe und stellt sie auf die Erde. Dann setzt er sich gegenüber von Rebekka und lehnt sich an die Wand. Rebekka sieht, dass er nicht älter als ihr Bruder Johannes sein kann. Er hat wilde schwarze Locken und schöne Hände, die er um die Knie gefaltet hat.

„Wir müssen noch ein wenig warten", draußen scheint irgendeine römische Angriffswelle zu laufen. Dort" – er weist mit dem Finger Richtung Ausgang des Tunnels – „liegen vier ganze römische Legionen, dazu noch Hilfstruppen der Könige und Bundesgenossen aus Syrien, insgesamt sollen es an die 80.000 Mann sein ... Schläft er?" Er zeigt auf Simson. Rebekka nickt und fasst den Kleinen enger. Der Junge fährt fort: „Ich habe lange gebraucht, um zu begreifen, dass dieses Jerusalem wirklich ein Bollwerk ist. Nach drei Seiten hin ist es von Natur aus durch tiefe klüftige Täler gesichert und strategisch nur von Norden her einzunehmen ..."

„Dort finden ja auch hauptsächlich die Kriegshandlungen statt", fügt Rebekka ein. Sie fühlt sich an ihren Vater und dessen abendliche Belehrungen über Politik, Militär, Jerusalem, das Judentum, die Römer usw. erinnert. Sie will den Jungen, in dessen Händen ihr Leben zur Zeit liegt, bei Laune halten.

„Das Gezerre um den Kaiserthron in Rom hat uns kostbare Zeit gegeben, diese verwundbare Stelle im Norden durch einen weiteren, dritten, Mauerzug zu sichern ... Als der neue römische Kaiser Flavius Vespasian den Befehl zur baldigen Beendigung dieses Krieges gab, hatten wir uns mit Nahrungsmitteln und Waffen in reichem Maße eingedeckt. Wir waren auf den Kampf vorbereitet ..."

„Dumm nur, dass Titus so schlau war, den Belagerungsring nach dem vergangenen Paschafest zuzuziehen, als tausende von Pilgern in die Stadt gekommen waren ..."

Der Junge achtet nicht auf diesen gescheiten Einwurf und wechselt das Thema: „Wenige Tage vor dem letzten Schabbath haben die römischen Rammböcke eine tiefe Bresche in die äußere Nordmauer getrieben. Vor ein paar Tagen sind sie auch durch den zweiten Mauerzug gedrungen, wir schlugen sie zurück, es gab viele Tote, auf beiden Seiten ..."

Rebekka zuckt zusammen, als von den vielen Toten die Rede ist. Sie denkt an ihren Bruder Johannes. Ihr Zucken hat Simson aufgeschreckt. Er jammert ein wenig. Sie wiegt mit dem Oberkörper hin und her und ist froh, dass er wieder einschläft.

„Gott sei Dank", sagt der Junge und fährt dann fort: „... seit gestern halten die Römer die nördliche Vorstadt fest in der Hand. Da ist nichts mehr zu machen. Aber wir geben nicht auf. Da können die Römer machen, was sie wollen ... Titus war so überzeugt, dass wir uns angesichts dieser Situation ergeben würden, dass er den Angriff abgebrochen hat und eine große Machtdemonstration inszenierte. Stell dir vor ... Wie war noch dein Name?"

„Rebekka."

„Also Rebekka, stell dir vor: die Römer haben ihre Paradeuniformen poliert, die Harnische angelegt und die Helme aufgesetzt. Die Kavallerie hat ihre Pferde mit den reich verzierten Satteldecken geschmückt, und unter hellen Trompetenklängen sind zehntausende Streiter am Feldherren vorbeimarschiert, haben vor unseren Augen Sold und – das vor allem! – reichlich Verpflegung erhalten. Sie wollen uns zermürben, verstehst du?"

„Ja, das empfinde ich auch so", sie hat keine Lust auf sein Imponiergehabe, aber was soll sie machen? So vergeht wenigstens die Zeit.

„Die ganze Inszenierung der Römer war vergeblich! Wir standen alle dichtgedrängt und haben von dem alten Wall auf der Nordseite des Tempels das kuriose Schauspiel verfolgt, aber niemand dachte im Traum an eine friedliche Übergabe der Stadt und Beendigung der Kampfhandlungen.. Durch einen Nachrichtentunnel haben wir erfahren, dass der Feldherr Flavius Titus angesichts dieser ungebrochenen Feindseligkeiten fassungslos gewesen sei …"

Plötzlich hält er inne und lauscht gespannt. Rebekka sieht, dass er ganz Ohr ist.

Er dreht seinen Kopf zur Tür und hebt eine Hand. Schließlich winkt er ab, entspannt sich und fährt mit seinem Bericht fort: „Dennoch hat Titus einen letzten Versuch unternommen, uns zur friedlichen Aufgabe zu bewegen …"

„Nämlich?"

„Er hat einen Gefangenen aus unseren Reihen unter die Mauern der Festung gestellt und ihn ein Klagelied anstimmen lassen. Beschwörend hallte seine Stimme hinauf zu uns. Ich kann mich nicht mehr an alles erinnern, was er sagte, ich stand weiter hinten, aber es war etwa so:

Oh! Hartherzige Männer, werft eure Waffen weg, habt Erbarmen mit eurem Land, das da droht, in den Abgrund zu sinken. Schaut euch um und betrachtet die Schönheit dessen, was ihr verraten wollt. Was für eine Stadt! Was für ein Tempel! Was für Geschenke zahlloser Nationen! Wer würde es wagen, an all das den Brand der Flammen zu legen? Ist da auch einer, der da wünschen könnte, dass all das nicht mehr wäre? Was könnte es Kostbareres zu bewahren geben! Ihr hartgesottenen Geschöpfe, gefühlloser als Steine!"

„Und?"

„Was, und? Natürlich hat uns das bewegt, aber aufzugeben kommt für uns nicht in Frage. Wir haben von oben Steine auf den Redner geworfen …"

„Na, ob das klug war?"

„Und ob das klug war. Die Römer können Jerusalem nicht einnehmen und das wissen sie genau. Seit Tagen tobt nun der Kampf, von der eroberten zweiten Mauer ausgehend und brandet Tag und Nacht gegen die Burg Antonia."

Rebekka kämpft gegen den Schlaf.

Levi lauscht wieder. Plötzlich springt er auf, zwängt sich an Rebekka vorbei und macht sich an der Tür zu schaffen. Rebekka macht ihm Platz. Augenblicke später öffnet er die Tür einen kleinen Spalt. Sie knarrt. Kühle Nachtluft zieht herein. Draußen ist es gespenstisch still. Wie vorhin bei Jeharas im Innenhof. Levi öffnet die Tür weit. Es steigt ein furchtbarer Gestank hoch.

„Die Leichen", sagt er. Er zieht Rebekka zu sich und schiebt sie in den Türrahmen. Sie hat inzwischen die bereitgelegten Nahrungsmittel in ein Tuch gewickelt und trägt sie in der einen Hand. Mit der anderen hält sie Simson.

„Geh' gleich nach links den Pfad an der Mauer entlang, dann an der schmalsten Stelle durch das Tal, die größten Truppenteile sind heute Nacht an die Nordseite verlegt worden ... Es scheint, als sammelten sich die Römer für den entscheidenden Stoß ... Gott sei mit Dir. Leb' wohl!"

Rebekka tritt nach draußen und drückt dafür den Haselstrauch mit dem ganzen Körper zur Seite. Sie wartet, dass sich die Augen an das nächtliche Licht gewöhnen. Hinter ihr fällt die Tür leise ins Schloss ...

IV.

„Seit alle Friedensverhandlungen abgebrochen sind, kommen die Ohren nicht mehr zu Ruhe. Das geht jetzt schon seit Wochen so."

„Aber immerhin die Mägen!"

„Mein Gott", Nazarius schaut kurz zu der Stadt auf, die sich an der Ostseite stark und mächtig erhebt, „was muss da drinnen los sein ... jetzt werfen sie schon tagsüber die Leichen hinunter ..."

„Die bluten gar nicht, die sind verhungert. Wenn wir erst einmal die Stadt eingenommen haben, dann müssen die das alles selbst wegräumen ... brrrrr ... die stinken bis hier."

„Was heißt *wir*?", fragt Nazarius seinen Kollegen, „wir sind doch keine richtigen Soldaten, auxiliarii, Hilfskräfte sind wir!"

„Sei doch froh, du siehst ja jeden Tag, wie viele ausrücken und wie wenige abends ins Lager zurückkommen. Wenn das hier vorbei ist, dann sind wir alle die Sieger, aber wir" – dabei zeigt er auf Nazarius und auf sich – „*wir* haben unsere Haut gerettet."

„In deren Haut möchte ich nicht stecken", er zeigt zur Stadt hinauf.

„Was hast du nur damit für Probleme, die hatten genügend Gelegenheiten, friedlich aufzugeben, aber die glauben ihr Gott Zebaoth rettet sie in letzter Sekunde ... hat allerdings bei der Festung Jotapatha auch nicht geklappt ..."

„War das ebenso so furchtbar?", fragt Nazarius seinen bereits kriegserfahrenen Kameraden.

„Weiß nicht mehr genau, ist schon lange her, vier Jahre, war oben in Galiläa ... die sind nicht verhungert, sondern die Festung wurde von uns gestürmt. Aber bis wir da waren, hatten sich drinnen alle selbst umgebracht ..."

„Jotapatha war auch nicht so befestigt wie Jerusalem, guck dir diese Mauern an, man sieht selbst von hier aus jeden Stein, das müssen Riesendinger sein."

„Irgendwie beeindruckend … diese Türme links …"
„Das ist die Burg des Herodes, eine Festung in der Festung. Man sieht gerade mal zwei Türme, die hat aber vier."
„Warst du mal auf der anderen Seite, am Kidrontal? Von da muss man den Tempel sehen …"
„Zum Aufschaufeln von diesem dämlichen Wall, der jetzt die ganze Stadt umgibt, war ich drüben eingesetzt. Zuerst konnte man gar nichts sehen, weil die Mauern zu hoch waren, je höher aber der Wall wurde, umso mehr konnte man vom Tempel sehen, der leuchtet abends, als wenn er aus purem Gold wäre …" Beinahe wäre Nazarius ins Schwärmen geraten, da sagt sein Kamerad: „Komm, es wird Zeit!"
Die beiden erheben sich, nehmen ihre Schaufeln auf die Schulter und ziehen zum Treffpunkt. Alle paar Schritte wird der Trupp größer. Sie laufen auf dem Wall, den Titus rings um Jerusalem hat anlegen lassen, um jedes Verlassen der Stadt durch unterirdische Gänge zu verhindern. Abends hat es nämlich in der Nähe der Lager von Gestalten gewimmelt, die bei Einbruch der Dunkelheit aus diesen Gängen aufgetaucht sind wie Ratten, um die Nahrungsvorräte der Römer zu stehlen.
„Dieser Wall tut seine Wirkung", hört Nazarius vorne einen laut zu seinem Nachbarn sagen, „die Wachen nehmen jeden Abend Leute fest."
„Ist weniger geworden", antwortet einer, „die sehen ja von da oben, was hier los ist. Mal schauen, wie lange die noch durchhalten, wenn die nix mehr zu knabbern haben …"
„Ich freue mich schon auf den Tag, wenn wir oben einziehen!"
„So lange hat noch keine Belagerung gedauert."
„Die sind echt zäh!"
Plötzlich bleibt der ganze Trupp stehen.
„Da, da vorne … seht euch das an … da brennt es wieder."
„Was ist denn los?"
„Feuer, da vorne …"
„Was brennt denn da?"

„Das ist einer der Wachtürme hier auf dem Wall …"

„Die graben jetzt Gänge bis hier draußen."

„Wer hat denn da Wache?"

„Die schlafen wohl!"

„Bei dem Lärm schlafen …?"

„Wir werden es ja hören … ist ja auch nicht das erste Mal, dass das passiert."

Die Hilfssoldaten werden vom Truppenführer zur Eile gemahnt. Als sie den Wall verlassen haben, stellen sie sich in Marschordnung auf und ziehen im Gleichschritt ins Lager.

Diese abendlichen Märsche sind das einzig wirklich Soldatische in Nazarius' Leben. Ansonsten hat er sich die ganzen letzten Wochen die Hände schwielig geschaufelt an dem Wall. Von dem eigentlichen Kriegsgeschehen bekommen sie in den Hilfstruppen kaum etwas mit. Außer dem, was aus den benachbarten Legionärslagern durchsickert.

Nach dem reichlichen Mahl gibt es Appell und Einteilung der Nachtarbeit. Da er die vergangenen drei Nächte verschont geblieben war, ist sein Zug heute Nacht an der Reihe.

„Die Wachen auf dem Wall brauchen Unterstützung", schnarrt der Centurio mit blecherner Stimme. Rings um die Stadt werden ab heute zwischen den dreizehn Wachtürmen noch zusätzliche Wächter aufgestellt, die Alarm geben, sobald etwas Verdächtiges vorgeht. Er liest aus einer Liste die Gruppen derer vor, die dort die erste Nachtwache halten müssen und verkündet, dass in der zweiten Nachtwache die Ablösung komme. Die Namen stünden auf der großen Tafel am Eingang des Lagers.

Nazarius gehört zur zweiten Gruppe. Er hat nun sechs Stunden Ruhe und muss zur Wachablösung um Mitternacht antreten. Seine Erschöpfung ist so groß, dass er fast im Stehen einschläft. Als er in voller Montur und nach schneller abendlicher Wäsche, bei der nur wenig Wasser verwendet wird, auf seiner Pritsche liegt, dauert es nur Sekunden bis er tief und traumlos einschläft.

Der Weckruf kommt pünktlich. Nazarius hechtet vom Lager und steht Augenblicke später im Hof neben den anderen. Es gibt noch einmal kurze Instruktionen, dann marschieren sie los. Alle dreihundert Fuß bleibt die kleine Kolonne stehen. Zwei Hilfssoldaten gehen zu dem Abschnitt auf dem Wall, dem sie zugeordnet sind. Der Trupp marschiert weiter bis alle Wachplätze neu besetzt sind.

Unterwegs kommen ihnen die abgelösten Kollegen entgegenmarschiert.

Nach einer Weile steht Nazarius frierend auf dem Wall und starrt auf die Mauer der heiligen Stadt. Das Tal ist an dieser Stelle sehr eng und mit niedrigen Büschen bewachsen. Hier kann man wenig sehen und muss umso mehr die Ohren spitzen. Diese aber werden durch die Kampfeshandlungen an der Nordseite der Stadt stark beeinträchtigt, denn das Donnern der Widder schallt weit durch die Nacht. Seit Stunden läuft er auf und ab. Auf und ab. Auf. Und. Ab. Vor der Kehrtwende verharrt er jeweils einen Augenblick und lauscht.

Ein leiser Wind weht durch das enge Tal. Die dornigen Büsche rascheln hin und wieder. Nach geraumer Zeit haben sich die Augen an die Nacht gewöhnt und Nazarius kann jetzt bestimmte Kleinigkeiten deutlich sehen. Wüstenfüchse wechseln über den Wall. Eine zeitlang verschwinden sie im Dunkel der Schlucht und tauchen wenig später unterhalb der Mauer wieder auf. Dort hört er es rascheln, aber kann sie kaum noch sehen. Er hat von dem indirekten Sehen bei Nacht gehört. Je mehr er sich auf einen ganz speziellen Punkt konzentriert, umso weniger nimmt er von diesem wahr. Erst wenn er daran absichtlich ein bisschen vorbeischaut, hat er am Rande seines Sehfeldes einen deutlichen Blick.

Mit der Zeit werden ihm die Büsche, Überwüchse, Felsen und Steinbrocken vertraut und sie ändern in der lichtarmen Nacht kaum den Schattenwurf. In regelmäßigen Abständen lässt er den Blick über das Areal schweifen.

Wieder wandert sein Blick über das Gelände. Aber alles

liegt unverändert. Nach dem mühseligen Schuften an den heißen Sonnentagen ist die kühle Nacht eine Wohltat. Nazarius genießt diesen echten militärischen Auftrag der Wachunterstützung.

Wieder schweift sein Blick.

Er wechselt ein paar Schritte nach links, um aus einer anderen Position die Beobachtung fortsetzen zu können. Das eingeprägte Bild verschiebt sich dadurch ein wenig.

Sein Blick schweift über die Mauer.

Zuerst ist er sich nicht sicher, ob es an der leicht veränderten Position liegt, aber ihm ist, als sehe er ganz drüben an der Mauer den Abriss eines Busches oder Baumes, wo vorher noch keiner war. Er will den Punkt im Blick behalten, schaut wieder im Bogen die gesamte Mauer ab und fokussiert den verdächtigen Punkt abermals. Er ist jetzt auffällig weiter rechts. Er schaut an dem Punkt vorbei. Jetzt bewegt er sich langsam. Kein Zweifel: Es ist kein Busch, dort läuft jemand. Noch aber ist es zu früh, Alarm zu schlagen. Die Soldaten gehen nie näher an die Mauer heran, denn diese ist oben von den Verteidigern mit Wachen umstellt, die sofort mit Steinen und Speeren werfen. In der Nähe der halbverwesten Leichen kann man sich dort drüben allenfalls eine Infektion holen.

Er wartet wie ein Jäger auf das Wild.

Deutlich sieht er, dass sich der jetzt nur schwach abhebende Schatten weiter von der Mauer weg in Richtung des Walls bewegt hat. Augenblicke später wird er von einem Busch verdeckt.

Um das übrige Gelände nicht zu vernachlässigen, lässt er seinen Blick immer wieder großräumig schweifen. Mal hält er einen Busch plötzlich für verdächtig, mal bewegt sich ein Baum, den er zu lange starr angesehen hat: jene üblichen Täuschungen im diffusen Licht der Nacht.

Der verdächtige Schatten ist offensichtlich im bergenden Dunkel der Schlucht verschwunden.

Diese zu durchwandern würde eine Zeit dauern. Nazarius

ist gespannt, an welcher Stelle des Walls er wieder auftauchen würde. Den Wall ungesehen zu überschreiten ist unmöglich, aber es könnte immerhin sein, dass der Verdächtige – dass es sich um einen Mann handelt, daran zweifelt er nicht einen Augenblick – im Schutz der dunklen Schlucht weiterläuft und erst zum Vorschein kommt, wenn diese breiter würde. Irgendwo in diesem Abschnitt würde es bald Alarm geben. Seine siegessichere Spannung steigt und vermehrt sich noch durch den Ehrgeiz, selber derjenige sein zu wollen, der als erster diesen Alarm auslöst.

Wieder fährt er die Mauer ab – dort kann er nichts Verdächtiges feststellen.

Das nächtliche Licht fällt gleichmäßig auf das Gelände. Lautlos wechseln die Schakale hin und her. Das Donnern der Rammböcke klingt herüber.

Der von ihm kontrollierte Abschnitt liegt ruhig da.

Er ist für einen Moment unaufmerksam gewesen und schaut deshalb noch einmal das Gelände systematisch ab.

Wenige Schritte von ihm entfernt, in einer die Schlucht zum Wall hin begrenzenden Buschgruppe raschelt es. Zunächst denkt er, es sei einer jener Raubvögel, die von den Kronen aus ihre nächtlichen Streifflüge unternehmen. Als er jedoch nach einer Weile abermals zu dem Buschwerk schaut, raschelte es dort wieder. Kein Vogel erhebt sich. Langsam und leise schreitet er auf dem Wall ein wenig näher.

Da überrieselt es ihn: Wenige Schritte vor ihm, hat sich eine kleine Gestalt von der Buschgruppe gelöst und steht nun reglos da.

„Halt! Wer da?", ruft er, aber nichts tut sich. Er geht noch ein paar Schritte auf die verdächtige Person zu, die sich vor dem Busch jetzt deutlich abhebt.

Da schlägt er Alarm.

Anstatt jedoch die Flucht zu ergreifen und erst einmal wieder in die unübersichtliche Schlucht zurückzulaufen, kommt die Person direkt auf ihn zu. Nazarius klopft das Herz bis zum Halse. Es würde eine Weile dauern, bis die Wachen kämen, so lange müsste er nun allein seinen Mann stehen.

Die Gestalt kommt immer näher. Ihm klopft das Herz. Wer hier nachts herumschleicht, der muss entschlossen sein.

Es trennen sie nur noch wenige Schritte.

Jeden Augenblick rechnet Nazarius damit, dass der andere zum Sprung ansetzen würde. Seine Muskeln spannen sich und er muss heftig den Gedanken niederringen, die Flucht zu ergreifen. Er hört, wie sein eigener Atem geht. Der Mund wird ihm trocken.

Doch merkwürdig: Die Gestalt schreitet in einer unbeschreiblichen Würde auf ihn zu. Es wirkt gespenstisch, das ja, aber nicht angsteinflößend. Sie sind einander so nahe, dass Nazarius nun einen ganz stillen Gesang hört. Plötzlich starren ihn zwei schwarze Augen an. Es ist eine Frau! Damit hat er nicht gerechnet. Alles, nur das nicht. Sie schaut ihm immer noch in die Augen und lächelt dabei. Sofort regt sich in ihm der Beschützerinstinkt, der noch dadurch verstärkt wird, dass das Bündel vor ihrer Brust keine Tauschmittel für Nahrung enthält, sondern ein kleines, schlafendes Kind, wohlig verpackt und sanft belächelt von seiner merkwürdigen Mutter.

Nazarius ist hilflos.

Sollte er sie etwa packen und halten, bis die Wachen kommen? Ein wenig ist ihm sogar peinlich, dass er wegen dieser Frau und ihres Kindes Alarm geschlagen hat.

„Versuch' nicht wegzulaufen – die Wachen müssen gleich da sein", sagt er drohend.

„Nein, mein Kleiner, keine Sorge!"

Nazarius ist die ganze Situation peinlich.

„Wieso beherrschst du meine Sprache, Römer?"

„Meine Familie stammt aus Galiläa", antwortet er artig.

„Oh, da muss es schön sein ..."

„Ich war nie dort!"

„Da ist Friede." Sie streichelt mit einer Hand das Köpfchen des Kindes.

Die Frau ist ihm unheimlich, sie hat eine Stärke und Ruhe, die ihn willenlos macht, zugleich ist die ganze Situation so absurd, dass diese Mutter, mitten in den schlimmsten Tagen des Krieges, auf ihn zugleich anziehend und doch irre wirkt.

Sie beherrscht die Situation auf eigentümliche Weise.

„Wie heißt du?", fragt sie ihn.

„Nazarius!" – Ihm wird heiß.

„Ach, ja: Nazareth, das liegt in Galiläa. Ich heiße Rebekka, und das hier …" – sie faltet das Tuch etwas auf, sodass ihr Kind bis zur Hälfte sichtbar wird, „… und das hier ist mein kleiner Simson …" Er liegt mit dem Kopf an ihrem Hals, und während er offensichtlich schläft, zucken immer wieder einzelne Finger der kleinen Fäustchen.

„Der starke Simson", antwortet Nazarius.

„Du kennst die Bibel, Römer?"

Nazarius antwortet nicht.

Von Ferne ist der Laufschritt der Wachen zu hören. Sie kommen schnell näher, sehen die beiden Gestalten auf dem Wall und umzingeln Rebekka.

„Hui, eine Frau!"

„Na, das wird was werden!"

„Frauen sind selten geworden, ich bräuchte mal wieder eine."

„Hähä."

„Schau, und ein Kind!"

„Dann können wir ja Familie spielen."

„Das Kind soll nicht lange alleine bleiben …"

„Lass dich anschauen, Weib!"

Einer schlägt ihr das über den Kopf gelegte Tuch herunter. Nazarius sieht, dass sie kein Wort von dem versteht, was die Soldaten sagen.

„Bei Jupiter, so etwas Hübsches war lange nicht mehr im Lager."

Rebekka steht reglos da, sie weicht nicht zurück, als ihr die Soldaten ins Gesicht fassen. Keine noch so kleine Mimik verrät, was sie denkt oder empfindet. Nur Simson fasst sie fester, und sie hat beide Arme schützend um ihn gelegt. Die Unruhe um ihn herum hat ihn aufgeweckt; und nachdem er einmal ängstlich zur Mutter geschaut hat, fängt er erbärmlich an zu schreien.

„Ach, der Kleine ...", sagt einer der Soldaten spöttisch. „Oder ist es gar ein Mädchen ... hm, schönes jüdisches Weib?"

Rebekka schaut ihn scheu an. Sie sagt nichts.

„Na, du brauchst nicht zu reden, wirst andere Fähigkeiten haben, die wir besser brauchen und mehr schätzen ...!"

Jetzt erst schießt es Nazarius durch den Kopf, dass Rebekka die Sprache nicht versteht. Irgendwie beruhigt ihn das.

Bevor sie abgeführt wird, wirft sie ihm einen Blick zu und sagt in ihrer Muttersprache: „Auf Wiedersehen Kleiner, Gott schütze dich."

„Dich auch", antwortet Nazarius.

„He, du kannst ihre Sprache? Na, so was, schaut euch den an!", dann wendet er sich – während die anderen Rebekka abführen – grimmig an Nazarius: „Hör' zu, glaub' ja nicht, dass das Eindruck macht, die werden alle" – er zeigt zu der Stadt hinauf – „noch unsere Sprache lernen."

Er marschiert davon.

Nazarius schaut dem abziehenden Trupp nach. Die Wachen sind alle groß gewachsen, sie gehen strammen Schrittes. Zwischen ihnen läuft Rebekka aufrecht und mit jener unnachahmlichen Würde, die er am Gang von Frauen immer bewundert hat. Sie läuft, als sei sie schon nicht mehr von dieser Welt und noch lange hört er das Schreien des Kindes.

Schon beim Morgenmahl hat sich das Ereignis herumgesprochen.

„Eine junge Frau im Lager ..."

„... da kommt Freude auf ..."

„Nazarius, stimmt es, dass sie ein Kind bei sich hat?"

Er schweigt.

„Wo ist sie denn jetzt?"

„Wahrscheinlich beim Centurio, haha ... der ist heute morgen schon so gut gelaunt ..."

„Centurio müsste man sein ..."

„Ich finde, jeder soll als erster die Frau bekommen, die er festnimmt ..."

„Und wenn's ne Alte ist?"

„Dann auch: Auf den alten Stuten lernt man reiten ..."

„Nazarius, du Glückspilz, vielleicht kannst du bei ihr landen ...?"

Nazarius schweigt.

Das stachelt seine derben Kameraden noch mehr an. Ihre Sprüche werden unerträglich. Abrupt steht Nazarius auf, lässt seine halb leer gegessenen Teller stehen und verlässt das Morgenmahl.

„He, bring' den Rest doch deiner Jüdin ... sie wird's dir danken ... hahaha."

„Komischer Kauz."

Er legt sich rücklings aufs Lager, und obwohl er müde ist, schläft er nicht gleich ein. Seine Nerven sind gereizt. Er ist voll abgrundtiefer Trauer und deshalb aggressiv.

Das Ereignis der Nacht hat ihn erschüttert. Es ist, als hätte jemand ihm den Verband von einer fast verheilten Wunde gerissen, die jetzt wieder heftig zu schmerzen beginnt.

Lucia steht vor ihm und schaut ihn traurig an.

Nazarius starrt mit leeren Augen in den Raum. Er denkt an nichts Konkretes. Es tut einfach nur weh. Ein tiefer Seelenschmerz breitet sich in ihm aus, abstrakt, nicht greifbar – und doch bei jedem Pulsschlag spürbar ...

Nazarius schreckt auf. Neben ihm steht ein Kamerad, der mit groben Tritten gegen sein Feldbett stößt und ruft: „He, aufstehen, Nazarius , es geht an die Arbeit."

Sie treten draußen zum Appell an. Die nachmittägliche Arbeit wird eingeteilt. Als sie aus dem Lager marschieren, geht ihm das übliche Treiben, der Lärm, Kommandos, Stimmen, Schreie und das ewige Hämmern der Widder, auf die Nerven. Er ist übernächtigt und überreizt. Wie von fern hört er jemanden sagen: „Wir sind bei der Festung Antonia eingebrochen. – Ding oder? – Jetzt wird es nicht mehr lange dauern, und der Spuk hier ist vorbei." Der Kamerad, der neben ihm läuft, schaut ihn an, „Nazarius?"

„Hm"

„Ist was? Du bist so komisch ..."

„Nein es ist nichts."

„Mit den Kreuzigungen haben sie auch aufgehört. – Ding oder? – Ich war gestern auf dem Wallabschnitt am Kidrontal, gegenüber vom Tempel, da stehen hunderte von Kreuzen mit halbverwesten Leichen dran ... mittags stinkt es da entsetzlich. Es wird Zeit, dass wir die Stadt einnehmen, dann können sie ihre eigenen Überläufer dort wieder abnehmen. Ja, ja – Ding oder? – Das Holz wird langsam knapp hier draußen ..."

„Halt's Maul", sagt jemand vor ihm, „halt' einfach dein Maul, Schwätzer ..."

Für einen Moment wirkt das. Doch dann fährt er fort: „Ich will wissen, woher die die Energie zu diesem langen Widerstand haben. – Ding oder? – Verbissene Juden! Auf ihren Jahwe können die lange warten, der wird nicht kommen. Dann wäre er ja längst schon erschienen, ihr komischer Gott. Da lobe ich mir doch Jupiter. Nazarius, du sagst ja gar nichts, was ist los, man hört von dir ja tolle Sachen, eine junge Frau mit Kind? Die muss jetzt herhalten und dann: ssssst ... weg damit! – Ding oder? – Wir füttern hier doch keine Säuglinge durch. Die Mutter hat ja noch was zu bieten, habe ich gehört. Die soll ihre Sache nicht schlecht machen, aber den Säugling hätte sie ruhig drüben lassen sollen ... den hätte sich da gerne jemand gebraten ..."

„Halt dein verdammtes Maul!"

Sie gehen schweigend nebeneinander her. Aber nach kurzer Weile fängt der andere wieder an:

„Bist entnervt, was? Na ja, das geht vielen so. Die Belagerung dauert ja auch schon lange. Aber bald ist es vorbei, wenn die da nicht wollen, dann geht's zur Sache. Stell dir mal vor, selbst fünfhundert Kreuze schrecken die nicht ab! – Ding oder? – Die haben die Angehörigen auf die Mauer gezerrt und das ganze Schauspiel mit ansehen lassen, jetzt sind sie noch verbissener. Vielleicht war's kein gute Idee, das mit dem Kreuzigen …"

„Halt doch endlich dein verdammtes Maul!", sagt Nazarius fast flehend. „Ich ertrage den Mist, den du redest, nicht." Das lässt seinen Nebenmann völlig unbeeindruckt. Er scheint etwas auf dem Herzen zu haben und das muss er krankhaft loswerden.

„Nein, denen ist nicht zu helfen. Jetzt ist ja bald so weit. Jeder, der noch aus den Mauern vordringt wird umgebracht, hat der Caesar angeordnet. Jetzt hilft nur noch Gewalt – Ding oder? – … "

Sie sind an ihrem Einsatzort angekommen. Den ganzen Nachmittag schuften sie mit Hilfe hunderter Gefangener, die an den Füßen gefesselt sind, an den Compeditus, an den beschädigten Schleudermaschinen.

Als sie am Abend ins Lager zurückkommen, bestätigt sich das Gerücht: Die Truppen sind in der vergangenen Nacht in die von Herodes erbaute und nach Marcus Antonius benannte Festung Antonia vorgedrungen und haben dadurch einen optimalen Ausgangspunkt für den Sturm auf den Tempel, wo die wütendste und verbissenste aller Widerstandsgruppen sich verschanzt hat.

An diesem Abend hat Nazarius frei. Aber anstatt wie üblich in das Gemeinschaftszelt zu gehen, Karten zu spielen, Wein zu trinken und den versponnenen Berichten der Kameraden zuzuhören, zieht er es vor, allein zu sein.

Mehr als vier Monate dauert schon sein Aufenthalt hier vor Jerusalem. Viel hatte er daheim von dieser Stadt gehört und sie ist tatsächlich imponierend. Jetzt aber, wo allen klar ist, dass der Tempel selbst, das Heiligtum und der Opferaltar Ziel der weiteren Angriffe ist, bekommt er Zweifel. Ohne es sich einzugestehen hatte er gehofft, dass es so weit nicht kommen würde. Jetzt steht es unabwendbar bevor.

Er läuft langsam im Innenhof des großen Lagers umher. Da es aber auch hier für seine gereizten Nerven zu laut ist, geht er Richtung Ausgang. Die dort aufgestellten Wachen sind nur aufmerksam gegenüber den Hereinkommenden.

Es genügt ein kurzer Wortwechsel und er steht auf dem Pfad, der ins angrenzende Gefangenenlager führt. Dort sind keine Zelte aufgebaut, sondern nur Planen gespannt. Die Gefangenen müssen auf der Erde schlafen. Sie haben einen schweren Arbeitstag von frühmorgens bis spät in der Nacht. Täglich ziehen mehr zur Zwangsarbeit aus als zurückkommen. Die Toten verscharrt man gleich draußen.

„Nazarius, suchst du deine Freundin, die kleine Jüdin?" Nazarius fährt zusammen. Ohne dass er es gemerkt hat, ist hinter ihm eine Wache aufgetaucht und grinst ihm frech ins Gesicht. „Die ist leider nicht hier, der Centurio hat sie sich ins Zelt bringen lassen ... Wenn die so gefügig ist, wie sie sich hat abführen lassen, dann hat er eine schöne Nacht vor sich ..."

„Und ihr Kind?"

„Dafür hat der Centurio extra eine alte Amme besorgt ... weiß der Teufel, woher die immer Frauen haben ... Unsereiner läuft hier einsam herum und muss sehen, wie er klarkommt ... wird alles besser werden", sagt er zu sich selbst, „wenn wir oben erst mal freie Hand haben ... hei, wie ich mich darauf freue ..."

Angewidert zieht Nazarius ab. Wenigstens hat er von dem Grobian erfahren, dass sie noch lebt.

Aus dem bewachten Zelt des Centurios dringen die Geräusche eines Festes. Sie feiern die Einnahme der Burg Antonia, um die seit Wochen mit starken Verlusten gekämpft wurde.

Nazarius verbirgt sich hinter einem vorgebauten Wachzelt und setzt sich in den warmen Sand. Er weiß nicht, was er hier treibt, was ihn hierher geführt hat. Er ist traurig. Seit er am Nachmittag an Lucia denken musste, hat er das innere Gleichgewicht verloren. Nachdenklich lässt er den Sand durch die Hand rinnen.

Stimmen reißen ihn in die Gegenwart zurück. Das Fest ist eher zu Ende, als erwartet. Die ersten Gäste verlassen schwankend und salutierend das Zelt, ihre draußen wartenden Begleiter gesellen sich zu ihnen und in kleinen Grüppchen ziehen sie lärmend und gestikulierend zu ihren Standorten.

Wenig später sieht er auch Rebekka. Von einem Wächter wird sie am Oberarm gehalten und vor das Festzelt gestoßen. Dort nimmt sich ein Soldat ihrer an.

„Bring' sie zurück ins Lager, die jüdische Schlampe", befiehlt die Wache dem Soldaten. Dieser packt sie und hält sie so grob, dass sie ihm wehrlos folgt.

Nazarius folgt den beiden, indem er hinter den parallel des Weges aufgeschlagenen Zelten Schutz sucht. Einmal stolpert er dabei über ein Spannseil. Das Zelt erschüttert heftig. Von drinnen sind ein paar brummende Bemerkungen zu hören. Rebekkas Begleiter hat nichts wahrgenommen.

Plötzlich aber, Nazarius ist hinter einem sehr langen Zelt gelaufen, sind die beiden verschwunden. Das Lager endet hier, und es führt nur ein kleiner Sandweg zur Gefangenenanlage hinüber. Dort aber laufen sie nicht.

Er steht still und lauscht. – Nichts!

So schleicht er mit bösem Verdacht um verschiedene Zelte. Hinter dem letzten vernimmt er merkwürdige Geräusche. Eine leise Männerstimme spricht irgendetwas. In der Deckung der Zeltwand schleicht er näher.

Dieses letzte Zelt ist ein Versorgungszelt, das bis oben vollgestellt ist mit Gerät.

In das schützende Dunkel dieses Zeltes hat der Soldat sie offenbar gezerrt. Nazarius schleicht leise näher.

„Hab' dich nicht so!", hört er plötzlich den Soldaten sagen. „Was du mit anderen kannst, kannst du mit mir auch!"

Ohne zu überlegen tritt er vor. Der Soldat nimmt ihn nicht sofort wahr.

„Was geht hier vor?"

Nazarius bemüht sich mit fester und tiefer Stimme zu sprechen. Der Soldat zuckt zusammen und zieht augenblicklich die Beinkleider hoch, dadurch muss er die schon ziemlich ihrer Kleider beraubte Rebekka loslassen, sie rückt sofort ihr Gewand zurecht, bückt sich nach einem neben ihr liegenden Tuch, das sie in weitem Bogen um die Schulter wirft.

„Nichts, du Spanner!", antwortet der ertappte Wachsoldat. „Hier ist alles in Ordnung. Verzieh dich!"

Er ist von der ganzen Szene dermaßen peinlich berührt, dass er Nazarius nicht anschaut. In dem Augenblick aber springt Rebekka auf den Peiniger zu und krallt sich mit den Fingern beider Hände in sein Gesicht.

„Verdammte Schlampe!", schreit er auf und fährt mit einer Hand unwillkürlich zu dem blutenden Striemen. Diesen Augenblick nutzt Rebekka, um davonzulaufen. Nazarius stürzt, während sich der andere fluchend und schimpfend anzieht, hinter ihr her. Kurz vor dem Lager erreicht er sie. Sie erkennt ihn in ihrem Schreck nicht sofort und erst, als er ihr auf Hebräisch sagt: „Bleib' ruhig, ich tu dir nichts!", findet sie ihre Fassung wieder.

Er führt sie so, wie zuvor der Wachhabende, denn vor dem Lager stehen Wärter, die die beiden bereits im Blick haben.

„Meldung!", sagt einer der beiden.

„Ich bringe im Auftrag des Centurios die schöne Gefangene wieder."

„So, so, er bringt sie wieder ... das will nichts Gutes heißen ... Bist wohl nicht gefügig, was?" – Dabei greift er Rebekka mit der Hand unters Kinn. Sie wehrt sich nicht. „Mein Gott ist die schön, schau sich einer mal diese Augen an ... so, so, er lässt sie wiederbringen ... normalerweise bleiben die über Nacht bei ihm ... es waren schon weniger Schöne tagelang dort ... so, so, er lässt sie wiederbringen ... nun dann ..." Er öffnet das Tor, gibt nach drinnen ein Kommando und Rebekka wird von dem Wärter entgegengenommen.

„Wo habt ihr ihr Kind?"

„So, so, das Kind ... nun denn, keine Sorge, ist da ..."

Gerade in dem Augenblick hört man unter einer der Planen des Frauenlagers, das innerhalb des ganzen Geländes von dem weitaus größeren Männerlager abgetrennt ist, einen Säugling schreien. Das Tor hat sich schon geschlossen und Rebekka ist mit dem Soldaten bereits ein paar Schritte gegangen. Als sie aber das Kind hört, reißt sie sich los und stürmt dem hilflosen Soldaten davon.

Nazarius und der äußere Wächter sehen das Ganze mit an.

„Arme Frau, ohne Kind hätte sie hier ein schönes Leben ... Der Centurio mag hier keine Kinder ... Man hätte sie gleich töten sollen ... Frauen mit Kindern sind nicht zu gebrauchen ... kann man nicht einfach zu Sklavinnen machen ... hier im Lager ... Ob die den morgigen Tag noch überlebt, ist fraglich ... so, so, der Centurio hat sie zurückgeschickt ... "

„Gute Nacht", sagt Nazarius und macht kehrt.

Als er wieder an die äußeren Zelte des Legionärslagers kommt, versperrt ihm plötzlich der eigentliche Wächter den Weg. Nazarius ist zu gedankenversunken, um auf solch einen Angriff richtig reagieren zu können. Ehe er sich versieht, hat der Angreifer ihn bereits gepackt Nazarius steht auf Zehenspitzen und schaut in das zerkratzte Gesicht.

„Halt bloß das Maul, sag' ich dir, sonst breche ich dir alle Knochen!" Der grobe Zugriff schnürt Nazarius die Kehle zu. Anstatt zu antworten, nickt er nur heftig. Der andere lässt ihn los, Nazarius stolpert ein wenig und muss husten. Dann laufen sie schweigend nebeneinander ins Lager zurück.

„Und wenn ich doch was sage?"

„Das wirst du hübsch bleiben lassen, mein Kleiner!"

„Weshalb sollte ich?"

„Du bist nur Hilfspersonal, dir glaubt man nicht!“

„Und wenn das Mädchen aussagt …?“

„Du glaubst doch nicht im Ernst, dass es hier eine Gerichtsverhandlung gibt … Wir sind im Krieg … Die Alte wird morgen mitsamt ihres Kindes verschwinden und dann ist der Fall erledigt …“

„Der Centurio hat ein Auge auf sie!“

„Meinst du, du kannst mir drohen, du kleiner Scheißer, der Centurio hat sie ins Lager zurückbeordert … die hat wohl nicht getan, was ihr das Leben hätte retten können – oder wenigstens verlängern … Die muss morgen antreten, zu seinen Füßen um Gnade flehen und dann lässt er sie hinrichten, das Miststück!“ Er fasst wieder zu den Gesichtswunden.

Ihre Wege trennen sich. Noch einmal muss sich Nazarius alle möglichen Drohungen anhören. Dann zieht er allein in sein Lager weiter.

Rechts von ihm erhebt sich die belagerte Stadt. Und bedrohlich schlagen die Widder gegen die ehrwürdigen Mauern, hinter denen die Juden Tag und Nacht sehnsüchtig der Großtaten ihres Gottes, der sie einst am Schilfmeer errettet hat, harren. Noch brennt das Feuer am Opferaltar des Tempels.

Die ganze Stadt hängt wie ein zerteiltes Opferlamm über dem Brand und die hereinbrechenden Priester eines fremden Kultes zerschneiden den Kadaver fachmännisch in die ihrem Siegesgott wohlgefälligen Opferteile, die sie mit starker Hand in die verglimmende Glut werfen.

V.

Als Nazarius ins Lager zurückkommt, ist alles in Bewegung. Sie feiern die Einnahme der Antonia, jener Zwingburg, die vor dem Aufstand ohnehin von den Römern gehalten worden war. Sie ist eine Herzkammer der heiligen Stadt, die zweite ist der Tempel.

Zunächst war es den ungeduldigen Truppen gelungen, eine Bresche zur Burg in die Mauern zu schlagen. Die fanatischen Kämpfer aber hatten diese Einbruchstelle lange noch mit Pfeilen, Speeren und Schleudersteinen verteidigen können. Nun endlich aber ist das Werk vollbracht: Die Truppen sind in die Antonia eingedrungen und können sie halten. Das muss gefeiert werden. Titus ist selber zu sehr Soldat, um nicht zu wissen, dass er seinen ausgezehrten Truppen – unter der heißen Sonne Palästinas und unter dem mühseligen Vorankommen gegen die Verteidiger der Stadt – ein Fest gestatten muss.

Nazarius ist nicht nach Feiern zu Mute, aber er kann sich des Trubels nicht entziehen. Es geht zu wie auf dem römischen Saturnalienfest. Die meisten sind betrunken, torkeln zwischen den Zelten, stolpern über Spanntaue oder über Schnapsleichen. Irgendwo übergibt sich einer. Die Latrine ist längst verstopft. Die Planen des zum Festzelt umfunktionierten Essenszeltes sind hochgeschlagen worden, kleine grölende und fuchtelnde Grüppchen sitzen dort beieinander und feieren mit roten Gesichtern lauthals einen Sieg, der ihnen persönlich völlig egal sein kann und nur den einen Vorteil mit sich bringt: diesen ganzen Wahnsinn hier sobald wie möglich hinter sich lassen und im Siegesrausch nach Rom heimkehren zu können.

Zunächst will Nazarius sich ungesehen in seinem Zelt zur Ruhe begeben, aber auch dort steht alles Kopf. Keiner denkt in dieser Nacht daran, ein Auge zuzumachen. Zu lange haben sie auf diesen Tag gewartet, der für beide Seiten der Anfang eines ohnehin unausweichlichen Endes markiert. Zu lange hatten die Mauern der Antonia den Rammstößen der Widder standgehalten, bis es den Pionieren, die tagelang unter einem Schutzdach gearbeitet hatten, gelungen war, einige der untersten großen Quader herauszubrechen.

„Nazarius. Kamerad von der Ostfront ...", brüllt von irgendwo jemand. Er schaut sich um und sucht, woher die Stimme kommt.

„Hiiii-er! Winke winke ... huhu", sein Kamerad ist total betrunken. Er setzt sich neben ihn aufs Bett, legt einen Arm um ihn und lallt los.

„Hast du schon gehört, dass die Mauer unterhalb der Antonia, also quasi mal hier, in der vergangenen Nacht plötzlich nachgab und zusammensackte ... hicks, oh Verzeihung ... genau an der Stelle, wo die Rebellen einen Stollen gegraben hatten ... also quasi mal hier ..."

Es bleibt Nazarius nichts anderes übrig, als sich auf diese Fachsimpeleien einzulassen. So sagt er etwas nachdenklich: „Militärisch betrachtet ist die Einnahme der Antonia tatsächlich eine Leistung ..."

„Klar natürlich ... denen haben wir's gezeigt ..., also quasi mal hier, ohhh" – er springt auf und schafft es gerade noch vor das Zelt, wo er in mehreren dunkelbraunen Fontänen alles auskotzt, was er in den letzten Stunden zu sich genommen haben muss.

Nazarius geht weg.

Jeder Betrunkene oder sonstwie Berauschte, dem er begegnet, erzählt irgendwelche Brocken, hier lallt einer etwas von einem mutigen Decurio, dort hört er von irgendeinem Trompeter. Dann erfährt er, dass dieser Decurio Milan hieß. Er hat den Namen noch nie gehört, aber jeder führt ihn jetzt im Munde: Vor dem Morgengrauen dieses jetzt im Festrausch zu Ende gehenden Tages sei der Decurio Milanus mit ein paar Freiwilligen aus der berittenen Elitetruppe des Titus zu der Hohlstelle an der Antonia geritten, zwei Stunden vor Sonnenaufgang seien sie geräuschlos über die Trümmer hinaufgestiegen, hätten den vordersten Posten die Kehle durchgeschnitten und den Trompeter das Signal blasen lassen.

„Ach Nazarius", erzählt ein halb betrunkener Kamerad, „du hättest das Signal hören müssen, denn du hattest doch Wache auf dem Wall in der Nacht."

„Hab' nichts gehört!"

„Da drüben warst du weit weg, aber Markus hat mir erzählt, er hätte jemanden gesprochen, der das Signal gehört hat ..."

„Interessant!"

„Die jüdischen Wachen sind aus dem Schlaf hochgeschreckt" – er rollt die Augen – „und glaubten, wir seien in großer Zahl eingebrochen. Sie schlossen von innen das Tor zwischen Antonia und dem Tempel. Diese Idioten, haben sich selbst in die Falle begeben ..." Er nimmt einen kräftigen Schluck aus der Korbflasche, die er bei sich führt. „... und dann Titus: Er hört das Signal, ruft das Heer an die Waffen und zieht selbst mit den Offizieren der Leibwache und den Soldaten zur Einbruchstelle ... Titus steigt als erster hinauf ..."

„Toll!"

„Hinter ihm und den Begleitern folgen schon die Manipel der V. Legion ... zwar ist das Tor zum Tempelhof geschlossen ... Nazarius, hörst du, das war ja der Trick vom Decurio Milanus ... Aber die Festung ist gefallen ... prost!" In dem Moment, als er zur Flasche greift, steht Nazarius auf und sucht das Weite. Es hat keinen Sinn, sich mit diesen Betrunkenen hier abzugeben, sie brauchen einen Helden und haben ihn in Milan, mitsamt einer zweifelhaften Heldentat.

Nazarius geht in sein Zelt und nimmt die Umhängetasche, die er von Rom mitgebracht hat. In ihr ist auch der Hammer. Von einem Betrunken, der selig sabbernd auf seinem Lager liegt, nimmt er den noch vollen Weinschlauch und tut ihn in seine Tasche. Dann verlässt er das Lager, das wie eine verwüstete Zechstube daliegt.

Er schlägt den Weg zum Gefangenenlager ein. In den Bereichen des Lagers wird auch gefeiert, aber es geht dort bei Weitem nicht so barbarisch zu wie bei den Hilfstruppen. Auch hier torkeln Betrunkene hin und her und man hört das derbe Grölen eines Siegesliedes, das er nicht kennt.

Erst am Ende, dort, wo er vor einigen Stunden die Vergewaltigung Rebekkas im letzten Augenblick verhindert hat, wird es ruhiger.

Die Wächter am Tor sind inzwischen abgelöst worden, wiewohl sich die Diensthabenden, was die Menge des konsumierten Weines betrifft, nicht von den anderen unterscheiden. Infolge des Alkohols sind die Wächter unaufmerksam und desinteressiert.

„Ich suche die Gefangene Rebekka mit ihrem Kind Simson", spricht Nazarius den Wächter an. Der fühlt sich in seinem Dämmerschlaf gestört und brummt nur irgendetwas Unverständliches.

„Lass mich herein, hörst du", sagt Nazarius immer noch freundlich.

Jetzt erst scheint der Wärter zu merken, dass jemand etwas von ihm will, er springt von dem Hocker, auf dem er breitbeinig gelümmelt hat, hoch und spricht mit lahmer Zunge: „Was ... was willst de-de-du ...? Eine ... Ge-gefangene be-besuchen? ... Das gibt es hier ne-ne-nicht!"

„Das gibt es hier schon", antwortet Nazarius und hält ihm den Schlauch Wein hin, den er unter dem Oberteil hervorgezogen hat.

Der bereits angetrunkene Wächter nimmt das verlockende Angebot an, greift nach dem Wein und lässt Nazarius in das Gefangenenlager treten.

Im Unterschied zu den anderen Lagerteilen, ist hier die Stimmung drückend. Natürlich hat man vernommen, welchen Grund die Römer zum Feiern haben, aber die hier eingepferchten Zwangsarbeiter haben Verwandte, Freunde und Familie in Jerusalem. Sie haben zwar selber Glück, dass sie nach Beendigung der Kreuzigungen mit dem Leben davongekommen sind, aber schließlich sind sie doch alle hier, weil sie aus irgendeinem Grunde die belagerte Stadt verlassen haben.

Die Kehrseite jener Tatsache, noch zu leben, ist mit dem Schmerz verbunden, die Zerstückelung der Stadt miterleben zu müssen.

An den gefangenen Frauen ist die grausame Kreuzigung vorbeigegangen, aber sie leiden nicht weniger unter der Knute ihrer Zwingherren. Die jüngeren müssen für die höheren Militärs her- und stillhalten.

Aus Angst und Aberglauben, ist es den Gefangenen verboten, Klagelieder oder Psalmen zu summen, denn die Römer sehen in jedem Gebet, das sich zu einem fremden Gott erhebt, das Beschwören einer feindlichen Macht. Sie bestrafen jeden Juden, der zu Jahwe sein Herz erhebt, mit dem Tode – wie einen Kollaborateur.

Es ist still im Lager. Nazarius schleicht unter den offenen Zeltdächern suchend entlang. Die Männer liegen in Reih' und Glied und schlafen fest. Sie sind an den Füßen gefesselt.

Als er an einem Zeltdach auf dem schmalen Weg vorbeigeht, nimmt er wahr, dass der ganz außen liegende Gefangene wach ist. Er hat sich gewälzt und liegt jetzt offenen Auges auf dem Rücken. Nazarius beugt sich zu ihm und fragt auf Hebräisch nach dem Frauenlager. Ohne weitere Erklärung zeigt der Gefangene in die entsprechende Richtung.

„Danke Bruder", er fasst ihn dabei kurz und fest am Arm, der Gefangene nickt und verkriecht sich wieder unter seiner Decke.

Nazarius nimmt die ihm gewiesene Richtung und findet den Lattenzaun, der die beiden Lagerbereiche voneinander trennt. Diesen läuft er entlang in der Hoffnung, einen Eingang zu finden. Aber vergeblich. Es gibt keine Verbindung zwischen den beiden Teilen des Lagers.

So bleibt ihm nichts anderes übrig, als diesen Bereich wieder zu verlassen. Am Eingang brummt ihn der Wächter an.

Er ist zu schläfrig, um sich auf Zank einzulassen. Da er in seinem Suff Nazarius vorhin durch das falsche Tor gelassen hat, muss zwangsläufig das andere zum Frauenlager führen.

„Bemüh dich nicht, Dicker", sagt Nazarius zu dem Wächter, ich finde den Weg schon."

Nach ein paar Schritten ist er am Tor, schiebt den Riegel auf die Seite und steht im Lager der gefangenen Frauen. Es ist genauso aufgebaut wie das Männerlager, aber nicht so voll besetzt. Unter den ersten Planen liegt überhaupt niemand. Dann kommen ein paar Planen, unter denen jeweils ein paar Gestalten eingekauert liegen.

Auch hier schlafen sie. Ein paar Augenblicke bleibt Nazarius stehen und lauscht, ob irgendwo eine wach ist, die er nach Rebekka fragen könnte. Da dies nicht der Fall ist, rüttelt er eine Frau wach. Sie braucht lange, bis sie aus tiefem Schlaf zu sich kommt. Ängstlich schaut sie unter ihrer dünnen Plane hervor und kann mit der ganzen Situation nichts anfangen. Erst als Nazarius sie auf hebräisch anspricht, weicht die Angst aus den Augen.

„Gibt es hier eine Frau mit einem kleinen Kind?"

„Einige!"

„Wo sind sie untergebracht?"

„Dort, in den festen Zelten! Ganz hinten!"

„Danke Schwester!"

Nazarius nimmt zum ersten Mal wahr, dass es überhaupt ein Gefangenenlager gibt. Er fühlt sich auf eine ihm bisher unbekannte Weise mit diesen gefangenen Juden verbunden. Von seiner Herkunft her gehört er zu sehr zu dem Volk, das hier bedrängt und ausgehungert wird, als dass er es hassen könnte, aber die diesem Volk zu allen Zeiten nachgesagte Leidensfähigkeit ist ihm fremd.

Er hat das geschlossene Zelt erreicht. Die Bahnen sind heruntergelassen, aber nicht miteinander verknotet, sodass ein leichter Wind sie bauscht. Vorne und hinten im Zelt brennen zwei Lampen.

Zunächst will Nazarius hier niemanden wecken und schreitet deshalb die Reihen auf der Suche nach Rebekka ab. Jede der Frauen hat bei sich ein Kind liegen. Sie haben sich so sehr unter ihren Decken verkrochen, dass er Rebekka so nicht ausfindig machen kann.

Aber diese Mütter haben einen leichten Schlaf. Kaum ist er die Reihe entlang gegangen, so werden die ersten wach und richten sich auf. Der ganze Raum wird unruhig. Einige drehen sich auf die andere Seite, andere werden kurz wach, schauen um sich und schlafen gleich darauf wieder ein. Andere haben sich auf die Ellenbögen gestützt und schauen in die Runde.

„Gibt es hier eine Rebekka?", fragt Nazarius diejenige, die jetzt zu seinen Füßen wach geworden ist.

„Da!", antwortet sie und zeigt auf die gegenüberliegende Ecke des Zeltes. Bis dort hat sich die Unruhe noch nicht fortgepflanzt, aber sowie er dorthin geht, ist es, als zöge er die Welle der Wachwerdenden mit sich, während die, an denen er anfangs vorbeigegangen war, bereits wieder schlafen.

Leise ruft er „Rebekka!" – Da sieht er, dass sie auf dem vorletzten Lager liegt. Als sie ihn erkennt, setzt sie sich auf. Simson liegt neben ihr in eine eigene kleine Decke gehüllt.

„Komm!"

„Wohin?"

„Irgendwo! Nur weg von hier."

Die neben Rebekka Liegenden sind wach geworden. Einige husten, andere wälzen sich. Von irgendwo kommt auch ein Stöhnen und von einer anderen Ecke die grobe Aufforderung, doch still zu sein.

Nazarius ist stehen geblieben und wartet, bis Rebekka sich fertig gemacht hat. Auf dem Weg hinaus wickelt sie sich Simson an den Körper.

Sie flüstern miteinander.

„Was ist los?"

„Rebekka, du bist in großer Gefahr, wenn der Centurio dich zurückschickt."

„Dieses Schwein – ich habe ihm ins Gesicht gespuckt!"

„Heute Abend ist ein Fest, weil sie in die Antonia eingedrungen sind und diese seit den Morgenstunden besetzt haben …"

„Oh, mein Gott!" Sie wirkt, als wenn irgendetwas in ihr zusammenbräche. „Dort oben kämpft mein Mann, oh,… großer Gott … und mein Bruder." Ihre Augen quellen vor Angst hervor. Nazarius fasst sie an der Schulter.

„Rebekka, ich weiß, das alles ist furchtbar, aber du kannst froh sein, dass du noch lebst, heute ist ein Fest im Lager und der Centurio hat dich wahrscheinlich geschont, um am Festtag kein Blut zu vergießen. Aber morgen bist du dran …!"

Nazarius hat diese Sätze sehr beschwörend gesprochen. Rebekka nimmt Simson und drückt ihn fest an sich.

„Was jetzt?"

„Hör zu, du musst fliehen, die Gelegenheit ist günstig, der Wächter ist völlig betrunken, im Lager geht alles drüber und drunter, je später sie merken, dass du fort bist, umso besser!"

„Ich kann nicht zurück!"

„Du musst nicht zurück, du musst fort von hier!"

„Fort, wohin?"

„Das weiß ich nicht, es gibt Dörfer hier in der Nähe, wo kein Krieg ist, hast du Verwandte dort?"

Rebekka denkt nach, dann macht sie auf dem Absatz kehrt und sagt: „Ich komme, warte hier!"

Es dauert eine ganze Weile, bis sie wieder erscheint. Simson hat sie sich wie bei ihrer Festnahme um den Bauch gewickelt, in den Händen hält sie ein Tuch, in dem Lebensmittel sind. Lautlos schleichen die drei zum Ausgang. Dort bedeutet er ihr, hinter dem Bretterzaun zu warten und geht allein zum Wächter vor. Dieser aber ist eingeschlafen und schnarcht vor sich hin. So stößt Nazarius das Gatter leise auf, winkt Rebekka und sie verlassen das Lager.

„Dort den Weg entlang, bis zum Waldesrand, am Wald nach rechts und immer auf dem Weg bleiben, so kommst du nach Emmaus, wenn du stramm läufst, so bist du morgen früh dort."

„Ich habe solche Angst alleine, geh' mit", sie sucht seine Hand und drückt diese fest.

„Ich!?"

Sie nickt.

„Ich kann hier nicht weg, Rebekka, du bist mir lieb, aber ich kann nicht weg, was ist wenn sie mich schnappen, da draußen ist alles voller Römer ...!"

Er hat mehr gesagt, als er wollte, ja, mehr als er vor sich selbst zugegeben hat, und seine Angst befördert jene Wahrheit ans Licht, die er verdrängt hat.

„Rebekka, die Chancen stehen nicht gut für euch zwei, aber wenn du hier bleibst, hast du gar keine Chance."

Sie hält immer noch seine Hand und schaut ihn mit ihren schwarzen Augen traurig an. Dann sagt sie: „Es ist nicht recht von mir, dich zu bitten, denn du hast schon so viel für mich getan. Gott schütze dich!" Sie lässt seine Hand los und läuft auf dem beschriebenen Weg ins Dunkel. Nazarius schaut ihr nach. Die kleine Gestalt verschwindet bald hinter einem Zelt. Einmal noch kann er sie auf der freien Fläche zwischen zwei Zelten sehen, dann ist sie fort.

Langsam geht er ins Lager zurück. Dort sind auch die Wachen betrunken. Das Fest hat seinen Höhepunkt deutlich überschritten. Auf den Tischen stehen zwei Betrunkene, die zum Gegröle der anderen tanzen. Einer hat sich ein Kopftuch umgebunden und kokettiert zugleich spielerisch und abstoßend mit den anderen.

Nazarius stolpert über umgekippte Hocker, stößt an einen Betrunkenen, der sich auf dem Boden wälzt und schaut befremdet auf das schauderhafte Bild. Da packt ihn einer von hinten an der Schulter, und als Nazarius sich umdreht, stolpert dieser fast.

„Na, wo warst du? Das muss doch gefeiert werden. Jetzt ist der Krieg bald aus: Die haben keine Kämpfer mehr, viele sind tot, verhungert, abgekratzt, weil sie nichts zu fressen und nichts zu saufen haben – hä – die Antonia eingenommen. Hast du gehört, wie die das da oben feiern? Nein? Die schleifen die ganze Burg weg … alles weg, Stein für Stein … Haben schon angefangen und bauen von den Steinen eine große Rampe, und in ein oder zwei Tagen ‚Te-Te-Tagen, ist der Tempelbezirk gefallen … Dann legen wir los … hicks!"

Er hat eine entsetzliche Fahne und kommt beim Reden Nazarius sabbernd und spuckend so nahe, dass er, um einen Zusammenprall der Köpfe zu vermeiden, ausweichen muss. Seine Augen sind rot unterlaufen, seine Kleider schmutzig und auf seinen Schuhen kleben die Reste von Erbrochenem.

Nazarius ekelt alles an. Ihn ekelt dieser Typ, ihn widert die geschmacklose Schadenfreude aller an, die sich hier sinnlos volllaufen lassen, während oben die Menschen Qualen leiden, ihn kotzt der geile Centurio an, der diese Feier zugelassen hat und Rebekka als Freudenmädchen zu sich hatte holen lassen …

Dann rennt er los, dass der Sand hinter ihm hochfliegt – rennt aus dem Lager, läuft eine wohlbekannte Abkürzung, erreicht keuchend die Kreuzung des Hauptweges nach Emmaus, überlegt kurz, ob Rebekka diese schon überschritten haben mag, nimmt dann zunächst den ins Gefangenenlager führenden Weg, bleibt auf diesem kurz stehen und stürmt in die Nacht. Rebekka hat offenbar schon die Kreuzung passiert. Also läuft er wieder zurück. Auf dem Hauptweg rennt er, stolpert, fängt sich wieder, keucht weiter, bekommt Seitenstiche und schließlich ist ihm, als laufe weit vorn am Horizont in Richtung des Waldes eine Gestalt. Für ein paar Atemzüge muss er verschnaufen, dann setzt er sich wieder in Bewegung. Als er schließlich nahe hinter ihr ist, hat er so heftige Seitenstiche, dass er nicht mehr weiterkann. Der Schweiß tropft ihm von der Stirn. Er steht mitten auf dem Weg, hat seine Hände in die Hüften gestemmt, den Oberkörper im rechten Winkel vorgebeugt und atmet schnell aus trockenem Mund. Da sieht er zwei kleine Füße vor sich und fühlt eine warme Hand auf dem Kopf. Er richtet sich auf. Vor ihm steht Rebekka, sie blickt ernst und dennoch scheint es, als lächele sie dankbar.

Als er wieder bei Atem ist, gehen sie auf der Straße nach Emmaus.

Das Lager liegt schon weit hinter ihnen, immer noch sind die Festgeräusche zu hören. Zwischen diese mischt sich das harte Hämmern römischer Rammböcke. Es dringt von der Burg herunter, wo alles mit Fackeln hell beleuchtet ist. „Sie schleifen die Burg und bauen aus den Steinen eine Rampe an den Tempel."

„Sollen sie. Herodes der Große ist kein guter König für uns Juden, der steht immer auf der Seite der Römer, auf der Seite der Macht und des Geldes. Wir warten auf einen anderen König, auf einen gottgläubigen und mit ihm wird Jahwe-Zebaoth seine Herrschaft aufrichten."

„Der ist schon gekommen", antwortet Nazarius, um überhaupt etwas zu sagen.

„Wer soll es denn gewesen sein? Elija – nein, das ist zu lange her, Johannes der Täufer, nein, den hat Herodes für eine Weinlaune geopfert"

„Für ein Weib!", unterbricht sie Nazarius.

„... Herodias, die sich im Auftrag ihrer Mutter den Kopf des Täufers auf einer Schale hat bringen lassen ... ein schlechter König."

„Aber ein großer Prophet!"

„Wer?", fragt Rebekka.

„Johannes."

„Und was glaubst du, wer der König der Juden ist?"

„Vielleicht Jesus von Nazareth?", antwortet Nazarius scheu.

„Den hat er ja auch verurteilt und schließlich ist er gekreuzigt worden, von einem Vasall der Römer!"

„Aber er hat etwas bewirkt, er hat viele Kranke geheilt, sogar Aussätzige, hat Blinde, Lahme und Krüppel gesund gemacht, er hat Tote auferweckt und das Brot vermehrt …"

„Glaubst du an ihn?" fragt Rebekka, der alles, was er sagt, nicht fremd vorzukommen scheint.

„Ja, und du?"

„Nein!"

„Warum nicht?"

„Er hat das Königtum nicht gebracht, hat sich als Gottes Sohn ausgegeben und ist jämmerlich am Kreuz gestorben …"

„Und auferstanden!"

„Das glaube ich nicht. Der beste seiner Jünger war Judas Iskarioth. Ihr sagt, er sei ein Verräter, aber glaub mir, der hat das anders gemeint!"

„Wie denn?"

„Der war von Anfang an dabei, hat alles, was dieser Jesus getan hat, gesehen, der hat wirklich an ihn geglaubt …"

„Weshalb hat er ihn dann verraten?"

„Der hat ihn nicht verraten! Er hat die Soldaten damals von der Antonia auf den Ölberg gelockt und hat gehofft, dass sein Jesus angesichts dieser Soldaten nun anfängt zu kämpfen … Ich finde, das war richtig von diesem Judas. Nur später, als aus der Revolte nichts wurde, da haben sie gesagt, er sei der Verräter. Dieser Petrus war doch auch nicht besser … sie erzählen, er habe schon mit seinem Schwert dreingeschlagen, hat einem der Soldaten …"

„Malchus!"

„Ja, er hat Malchus das Ohr abgehauen …"

Nazarius ist nachdenklich. Was Rebekka da sagt, klingt einleuchtend. Sie hat es ohne Hass gesagt, als sei das alles selbstverständlich. Er kann dem nichts entgegenhalten und will obendrein mit Rebekka hier in der Nacht keinen religiösen Disput anfangen. So sagt er nach einer langen Zeit des Schweigens: „Ich kannte diesen Petrus … als ich noch klein war, hat er öfter bei uns in Rom gewohnt, der hat nicht so gewirkt, als würde er die Sache als gescheitert betrachten ... Ich kannte auch Paulus, er hat Briefe in eurer, in unserer, Sprache geschrieben, vielleicht kannst du die mal lesen, wenn dieser Wahnsinn hier vorbei ist."

„Wenn dieser Krieg hier aus ist, dann wird es nichts mehr geben", antwortet Rebekka traurig, „sie zerstören die Heilige Stadt. Hörst du das Hämmern? Jetzt ist der Tempel dran. Die dort kämpfen, geben nicht auf ..."

„Chancen dazu hatten sie ja genug!"

„Das stimmt nicht, euer Feldherr will gar nicht, dass die aufgeben, denn ein richtiger Sieg bringt dem viel mehr ein."

Wieder ist Nazarius über diese nüchterne Wahrnehmung verblüfft, denn sie ist so logisch, wie das, was sie vorhin über Judas Iskariot gesagt hatte.

„Woher weißt du das alles?"

„Mein Mann, der Vater von meinem kleinen Simson hier, kämpft mit Johannes von Giskala im Tempel. Sie waren gemeinsam in der Thoraschule und Johannes war oft bei uns daheim. Sie haben immer von diesen Dingen geredet."

Sie gehen gemächlich durch die laue Nacht. Nazarius schwitzt noch heftig nach. Er schweigt.

„Mein Vater ist vor wenigen Tagen gestorben, er war Rabbiner, er war sehr streng gläubig. Mein Bruder kämpft jetzt auch unter dem Befehl von Johannes von Giskala."

„Das mit deinem Vater tut mit leid, wann ist er denn gestorben?"

„Vorgestern – er hat das alles nicht verkraftet, er war alt und wohl auch ein bisschen krank, aber diese Belagerung hat ihm den Rest gegeben, das viele Leid in den Familien, der Hunger, die Brutalität, der Bruderkrieg ..."

Der Weg steigt jetzt langsam an. Jerusalem und das Römerlager liegen schon weit hinter ihnen. Nur noch schwach dringen die Kriegsgeräusche zu ihnen. Hin und wieder bebt selbst hier draußen noch die Erde von den schwereren Geschützen. Jedes Mal zuckt Rebekka zusammen.

„Unser Vater wollte nie, dass mein Mann bei Johannes von Giskala kämpft, schließlich ist noch mein Bruder hingegangen, er hat es ihm nicht gesagt, aber Vater wusste es, er wusste es, als Johannes das Haus wortlos verließ ... Es war nicht zum Aushalten, oh, dieser Hunger ... Simson hat Tag und Nacht geschrien, da hat mein Vater gesagt, er wäre froh, dieses Kind wäre nie geboren. Von da an war auch ich sicher, dass ich gehen würde ... Wie es ihnen allen wohl jetzt geht?"

Sie erzählt ihm von ihrer Flucht durch den Tunnel und dann von früher, als die Welt noch in Ordnung war und die Römer sie mehr oder weniger noch in Ruhe gelassen hatten.

Nazarius ist bewegt von dem, was sie sagt, und von all dem Leid, das sie erlebt hat. Irgendetwas Tiefes berührt sie mit ihrer traurigen Stimme in ihm und zum ersten Mal schämt er sich, freiwillig für die römischen Streitkräfte zu arbeiten.

Sie haben den Waldesrand erreicht. Der Weg macht hier einen weiten Bogen um das, was von dem Gehölz noch übriggeblieben ist und führt durch eine flache, langgezogene Senke. Der Mond kommt spät in diesen Tagen, sein Licht wirft einen kantigen Schatten, sodass man mit bloßem Auge den Wegverlauf erkennt.

„Hier standen früher überall Bäume, als Kinder haben wir hier in den Wäldern Pilze gesammelt und gespielt, jetzt ist alles abgeholzt."

„Die Sklaven arbeiten hier den ganzen Tag, sie brauchen das Holz für die Widder, die Rammböcke und die Skorpione, die Schleudermaschinen, für die Türme und Wälle ..."

„... und für die Kreuze!"

Nazarius erwidert nichts. Er weiß, dass sie Recht hat.

Ein paar Bäume stehen noch, aber das Wäldchen ist so licht, dass man schon das Ende sehen kann. Am Rand stehen tausende von Baumstümpfen. Rebekka setzt sich auf einen solchen nahe des Weges.

„Simson wird unruhig, ich muss ihm etwas zu essen geben, es dauert nicht lange."

Der Stumpf ist groß genug für zwei und so setzt sich auch Nazarius. Erst jetzt merkt er, wie müde er ist, und er muss heftig gegen die Erschöpfung ankämpfen. Seine Beine zittern. Um noch besser entspannen zu können, legt er sich rücklings auf den Baumstumpf. Da spürt er den Hammer, den er für alle Fälle mitgenommen und hinten in den Gürtel gehängt hat.

Schmerzlich drückt er in den Rücken und erst jetzt ist er sich gewahr, in welcher Gefahr sich beide befinden. Noch gilt er nicht als fahnenflüchtig, aber wenn ihn hier ein Römer mit Rebekka fände, dann wäre das Todesurteil unausweichlich. Weil der Hammer schmerzt, richtet er sich wieder auf.

Rebekka hat Simson abgewickelt, hält ihn mit beiden Händen vor das Gesicht und liebkost ihn.

Nazarius lauscht hinein in diese Ruhe und den so trostvollen Frieden, den diese leidgeprüfte Mutter auf ihn und ihr Kind ausstrahlt. Für einen Augenblick ist es, als hielte sie die ganze Welt in ihren Händen und als würde ihre sanfte Stille alles Leid der Welt hinwegwischen. Sie rüttelt die Sehnsucht nach Frieden in ihm wach und berührt jenen versunkenen Kindheitstraum, dass alles – restlos alles! – gut werde. Ein kleiner Funke unbeschreiblichen Glückes ist aus den trockenen Zweigen seines Herzens aufgestiegen. Schon glimmt ein kleiner Stengel von ihnen.

Das Bündel mit den Nahrungsmitteln hat Rebekka neben sich auf die Erde gelegt,

„Hier", sagt sie unvermittelt, „nimm du ihn mal, ich richte das Essen." Als er nicht recht weiß, wie er Simson halten soll, legt sie ihm das Bündel in den Schoß. Dann gibt sie Simson einen Stubser auf die Nase und beugt sich zur anderen Seite, um das geschnürte Päckchen aufzuheben.

Simson hat die Augen geöffnet. Hilflos lächelt er den Kleinen an. Er lacht vergnügt zurück. Und plötzlich bewegt sich in seinem Innern etwas, das noch nie dagewesen ist. Vielleicht ist es Glück, jenes unbeschreibliche Glück, das zu groß ist, um es halten zu können und zu schön, es wieder gehen zu lassen. Es dauert nur einen Moment, weniger als einen Augenblick, aber es fasst tiefer als alles, was er bisher erfahren hat, es kommt zugleich von innen und ist doch von einer anderen Welt. Es bricht hinein in sein erschüttertes Herz, das für diesen einen Moment so rein ist, wie das des Kindes, das er auf dem Schoß hält.

Der Kleine beginnt sich zu recken und zu strampeln, sodass Nazarius seine Hände zu Hilfe nehmen muss, um ihn zu halten. Er fühlt die Wärme dieses Kindes. Mit einer Hand streichelt er ihm sanft über den mit weichem Flaum behaarten Kopf, als würde er sich bei diesem Kind bedanken für das Geschenk dieses unbeschreiblichen Gefühls, das er eben hatte.

Rebekka hat inzwischen ein paar Scheiben Brot herausgeholt. Sie reicht Nazarius etwas davon und beginnt selbst das Weiche für Simson vorzukauen.

Sie schauen beide zu der heiligen Stadt hinauf, die von hier aus in ihrer ganzen Breite vor ihnen liegt. Nie hat sie Nazarius prächtiger, ehrwürdiger und erhabener gefunden, als in dieser Nacht. „Die heilige Stadt", sage er leise. Rebekka nickt.

Simson ist eingeschlafen.

Lange sitzen sie so und keiner spricht ein Wort.

Lautlos graut der Morgen.

„Wir müssen weiter, hier finden sie uns bald!"

Rebekka ist aufgestanden und hat sich bereits Simson wieder umgeschnürt.

Wortlos nimmt Nazaris das kleiner gewordene Nahrungsbündel und als sie ein letztes Mal zu der Stadt sehen, fasst Rebekka seine Hand und drückt sie. Es ist wie der Abschied von einem Sterbenden. Ein letztes Mal hat diese Stadt ihren Jahrtausende alten Zauber enthüllt – in Kürze würde sie in Schutt und Asche fallen und würde ihre Pracht auf immer verlieren. Nur ein matter Abglanz würde bleiben und die Jahrtausende überdauern – bis auf den heutigen Tag.

„Jeruscholajim" – sagt Rebekka leise und drückt noch einmal seine Hand.

Bis zur Ebene ist es noch ein ganzes Stück und sie wollen die Strecke hinter sich bringen, bevor die morgendliche Arbeit der Römer beginnt. Angesichts der Zecherei würde vielleicht alles etwas später beginnen, aber sie müssen sich jetzt beeilen. Es ist ohnehin schon ein Wunder, dass sie bisher unbehelligt geblieben sind und vielleicht auch darauf zurückzuführen, dass angesichts des nahenden Endes der Eroberung, viele Soldaten ihren Dienst nicht mehr sehr ernst nehmen.

„Still!", sagt Rebekka plötzlich und bleibt stehen. Hinter dem Wald fällt der Weg steil ab und jenseits der Kuppe sind deutlich Stimmen zu hören. Beide schauen sich ängstlich an, und laufen dann zurück in Richtung des Waldes. Aber in der morgendlichen Stille haben sie sich durch ihr Weglaufen bereits bemerkbar gemacht.

„Halt! Stehenbleiben!", ruft es hinter ihnen. Sie rennen beide weiter. Rebekka läuft ein paar Schritte vor Nazarius und hat das Wäldchen etwas eher erreicht. Simson schreit. Als Nazarius sich umdreht, sieht er zwei römische Wachen im Laufschritt hinter ihnen hereilen. Er erreicht Rebekka und flüstert: „Versteck dich!" Die Bäume sind hier sehr dick, aber die Wachen sind ihnen auf den Fersen. Der erste hat schon den Waldrand erreicht. Die Bäume, hinter denen sich Nazarius und Rebekka versteckt haben, stehen nahe beieinander, und Nazarius kann sehen, dass die Wachen, indem sie vorsichtig hinter jeden Baum schauen, näher kommen. Rebekka lächelt ihm zu und das ist das letzte, was er noch wahrnimmt. Um die Wächter, die jeden Augenblick zuerst Rebekka entdecken würden, abzulenken, läuft Nazarius los. Aber er kann dadurch nur einen Verfolger an sich ziehen. Augenblicke später hört er Rebekka schreien, zieht blitzschnell seinen Hammer hervor, dreht sich um und haut mit unglaublicher Wucht auf seinen Verfolger ein. Dieser fällt sofort zu Boden.

Währenddessen schreit Rebekka um Hilfe. Keuchend rennt er zwischen den Stämmen herum. Er hat die Orientierung verloren. „Rebekka!!“, schreit er, aber es nützt nichts, er rennt zurück und ist schon wieder aus dem Wäldchen heraus, dreht sich um und sieht nun hinter einem dicken Stamm Rebekkas Gewand. Doch als er zur Stelle ist, hat der Soldat schon einen Kurzdolch an ihre Kehle gelegt: „Keinen Schritt näher, oder ich steche zu!“

Wie angewurzelt bleibt Nazarius stehen.

Der Soldat steht hinter Rebekka, vor deren Bauch Simson schreit und strampelt. „Binde das Kind ab!“, befiehlt er und lässt sie zu diesem Zwecke los. Sie löst das Tuch und legt Simson in den Farn. Dann jedoch springt sie plötzlich auf und kratzte dem Soldaten mit einer Hand ins Gesicht, während sie mit der anderen das Messer abwehrt. Nazarius springt hinzu. Rebekka schreit, tritt und kratzt aus Leibeskräften. Die beiden ringen so heftig miteinander, dass Nazarius für einen Augenblick nicht eingreifen kann. Zwischen ihm und den Kämpfenden liegt der schreiende Simson. Nazarius springt um den Baum herum, holt zu einem kräftigen Schlag aus. Metallen klingt der Helm und der Soldat schwankt kurz. Jetzt erst sieht Nazarius, dass er Rebekka würgt und diese mit beiden Händen versucht, den Würgegriff abzuwenden. Sie schreit nicht mehr. Abermals haut er auf den Soldaten ein. Immer wieder versucht er, seitlich die ungeschützten Teile des Kopfes zu treffen, zwei-, dreimal saust der Hammer nieder, jetzt ins ungeschützte Gesicht. Er lässt Rebekka los. Nazarius stürzt sich zu dem auf dem Boden liegenden Messer und nimmt wahr, dass an diesem Blut klebt, blitzschnell drückt er den Dolch in die Seite des Soldaten, mit dem ganzen Körper presst er die Klinge hinein, knirschend durchbricht sie das Schutzhemd und fährt weich in den Körper, dieser zuckt noch ein paar Mal, dann ist er tot.

Sofort springt Nazarius zu Rebekka. Sie liegt auf dem Bauch und er dreht sie vorsichtig um. Da sieht er, dass Blut aus ihrem Munde läuft, auch ihr Gewand ist voll Blut, das in pulsierenden Strömen ins frische Gras läuft.

„Rebekka – Rebekka!“, stößt er hervor. „Was ist …!“ Sie ist schon sehr schwach und immer noch rinnt das Blut. „Rebekka, du Liebe …“ Er hat ihren Kopf mit den Händen gefasst und liest von ihren Lippen, dass sie „Simson“ sagt. Er legt ihren Kopf behutsam ins Gras und sucht nun den Jungen. Dieser liegt strampelnd und schreiend auf der anderen Seite des Stammes. Nazarius hebt ihn auf und bringt ihn seiner Mutter, die sterbend die Arme um ihn legt und ihn ein letztes Mal küsst. Nazarius ist ihrem Gesicht ganz nahe, die Augen hat sie schon geschlossen, und während sie Simson küsst, küsst er sie auf die Stirn. Der Blutfluss aus dem Mund hat nachgelassen. Sie atmet sehr schwach.

„Nazarius, kümmere dich um ihn … meine Mutter … Aarongasse …“

Noch zwei oder dreimal atmet sie. Nazarius fühlt nach ihrem Herzen, auf dem Simson noch liegt. Es schlägt nicht mehr.

Er nimmt den Kleinen auf den Arm, setzt sich neben Rebekka und während Simson nun völlig stumm ist, weint Nazarius sich seine Verzweiflung von der Seele. Er weint und weint, kann das Unmögliche nicht fassen, schaut mit tränenverquollenen Augen immer wieder zu Rebekka. „Herr, Jesus Christus, hilf!“, fleht er ununterbrochen, „Herr, Jesus Christus, was soll ich nur tun, was soll ich nur machen?“

Simson berührt mit einer Hand patschig sein stoppeliges Kinn. Nazarius umfasst ihn mit beiden Armen und hält ihn fest, während er tröstend auf ihn einredetet. Er sucht nach dem Bündel mit den Nahrungsmitteln. Es liegt nicht weit entfernt auf der Erde. Simson legt er neben das Bündel, dann geht er noch einmal zu Rebekka, küsst sie auf der Stirn, reißt ein paar lange Farnkräuter ab und bedeckt ihr Gesicht damit. Schließlich steckt er den Hammer ein, nimmt Simson auf den Arm und geht aus dem Wald.

Willen- und ziellos begibt er sich auf die Straße und taumelt auf dieser weiter. Der glutrote Horizont kündigt den nahenden Sonnenaufgang an.

Simson ist eingeschlafen. Dabei hat er eine Hand an den Hals von Nazarius gelegt und die andere zu einem Fäustchen geballt. Auf seinen Kopf tropften hin und wieder die Tränen von Nazarius. Als ihm der Arm lahm wird, wechselt er diesen, dabei wird Simson kurz wach, schaut ihn mit seinen großen Augen an, dreht dann seinen Kopf, sucht eine gute Position und ist bald wieder eingeschlafen.

Sie gehen so eine ganze Weile und als die Sonne hochsteigt, haben sie die Senke bereits hinter sich.

Gefahr von den Römern ist hier nicht mehr zu erwarten.

Das einzige, was Nazarius Sorge macht, ist die römische Uniform. Er ist kein Soldat mehr und er will es auch nie wieder sein. Wie aber soll er seine Kleider loswerden?

Da kommt ihm der Zufall zu Hilfe.

In gebührendem Abstand zu den einzelnen, um Jerusalem gelegenen Römerlagern sind viele fliegende Händler unterwegs. Sie haben der besseren Beweglichkeit halber meist Eselskarren und handeln mit allem und jedem, woraus sich Geld machen lässt und woran im Krieg Mangel herrscht. Es sind Schlitzohren und kleine Betrüger, die erst nach den im Orient üblichen zähen Verhandlungen und dann noch zu astronomischen Summen alles verkaufen, was der Kunde wünscht. Römer und Juden machen für sie keinen Unterschied, wer – auf welchem Wege auch immer – zu ihnen kommt, der wird bedient. Sie sind die einzigen, die vom Krieg profitieren und bilden jenen abstoßenden, doch unvermeidbaren Speckgürtel am Rande jedes Krieges.

Seitdem für die Bewohner Jerusalems faktisch kein Entkommen aus der belagerten Stadt mehr möglich ist, besteht ihre Kundschaft fast ausschließlich aus Legionären.

Sowie die Sonne an diesem Morgen hochsteigt, sind sie da. Wie die Lemminge. Nazarius erkennt sie als kleine Pünktchen, die über die freie Ebene schaukeln wie Fischerboote. Es dauert nicht lange, bis auch auf seinem Weg einer daherkommt.

Schon von fern hört er das Quietschen des beladenen Karrens. Bald vernimmt er den Kutscher, der auf den Esel einredet. Kurz darauf erscheint das Gespann auf dem Weg.

Nazarius hält das Kind so auf dem Arm, dass der Fahrer es unweigerlich sehen muss, und setzt auf die sprichwörtliche Kinderfreundlichkeit der Orientalen. Der Wagen hält neben ihnen an.

„Rotwein, Weißwein, Fladenbrot, Schafs- und Ziegenkäse", schnarrt der Kutscher los und schaut dabei mehr auf Simson als auf Nazarius.

„Ihr seid ja ein merkwürdiges Pärchen: römischer Hilfsarbeiter mit Kind ... hahaha ... Wo hast du denn den gestohlen?"

Nazarius schaut ihn fragend an und obwohl der Händler durchaus passabel lateinisch spricht, antwortet er ihm in der Landessprache. Das wirkt fürs Erste, aber bringt ihn keinen Schritt bei seinem Vorhaben weiter, sich andere Kleider zu besorgen. Der Alte ist aufs Geschäft aus und für einen entsprechenden Gegenwert – sei es auch nur, um sich das Vertrauen des nächsten römischen Soldaten zu erschleichen – würde er ihn verraten.

„Herr, habt ihr zivile Kleider, ich möchte meinen Rock wechseln!"

„Hoho", lacht der Kutscher, für Fluchthilfe bin ich nicht zuständig, das mögen meine Kunden gar nicht. Kannst du zahlen?"

„Ja", antwortet Nazarius, obwohl er keinen As in der Tasche hat, „aber nicht sofort, ich zahle später!"

„Das sagen alle und kommen dann nie wieder."

Bei aller ablehnenden Haltung ist er inzwischen doch vom Kutschbock heruntergesprungen und steht nun vor Nazarius.

„Was hast du in dem Bündel dort?"

„Zu essen für den Kleinen."

„Zeig!"

Nun macht es Nazarius, wie Rebekka es mit ihm am Vorabend getan hat: Er drückt kurzerhand den wach gewordenen Simson dem Kutscher in die Hand, legt das Bündel auf das vorgewinkelte Bein und entknotet es. Das dauert eine Weile. Da hört er, wie der Kutscher mit Simson spricht. Als er aufblickt sieht er gerade, wie er an dessen Schnurrbart zieht. „Au", schreit der Händler spielerisch und weicht mit dem Kopf aus. „Da hast du ja einen ganz munteren Kleinen, wo ist denn seine Mutter?"

„Tot!"

„Verhungert?"

„Nein, römische Wachen haben sie ermordet!"

„Das ist eine furchtbare Sünde, oh Gott, in welchen Zeiten leben wir ... Was machst du mit ihm?"

„Ich bringe ihn zurück zu seiner Familie, nach Jerusalem!"

„Wenn die überhaupt noch lebt, bei dem, was man von Jerusalem so hört", jetzt stutzt er und wendet sich von Simson ab. „Nach Jerusalem? – Da gehst du aber in die falsche Richtung."

„Der Krieg wird bald aus sein, sobald es ruhiger wird da oben, gehe ich zur Familie des Kleinen."

„Wenn es da oben ruhiger wird, wird kein Stein mehr auf dem anderen liegen, die Propheten haben es vorhergesagt, jetzt vollzieht sich das Strafgericht ..."

„Hast du Kleider?" – Nazarius mag jetzt nicht an Jerusalem denken.

Der Händler geht wortlos um den Wagen herum, legt – während er Simson auf dem Arm hält – die Plane auf die Seite und holt eine Jacke hervor: „Es ist meine, für den kühlen Rückweg am Abend, nimm sie ... Du musst ein guter Mensch sein ... Woher kannst du unsere Sprache?"

„Meine Familie ist aus Galiläa!"

„Was du nicht sagst, dort lebt meine Schwester.

„Wie heißt du?"

„Nazarius!"

„Nazareth ist eine schöne Stadt."

Nazarius hat inzwischen das Oberteil gewechselt und der Kutscher sitzt wieder auf dem Bock.

„Wohin gehst du, bis es in Jerusalem vorbei ist?"

„Nach Emmaus."

„Geh' nicht dorthin! Emmaus ist keine gute Stadt. Der Krieg hat dieses Nest verdorben. Du triffst sehr viele Römer da, es ist zu nahe dran."

„Wohin denn?"

„Geh' nach Pella, dort wohnen gute Menschen, sie nennen sich Christen. Die meisten stammen aus Jerusalem, sind hier abgehauen, bevor es losging ... Sie wurden hier in Jerusalem auch sehr verfolgt ... damals, von einem Saulus ..."

Nazariaus läuft ein Schauer über den Rücken, als er den Namen hört. Er versucht sich nichts anmerken zu lassen. Der Händler fährt fort, von den Christen in Pella zu erzählen: „Die haben überall gute Kontakte ... müssen, als es hier losging mit der Belagerung, wohl auch einen entscheidenden Tipp aus den höchsten römischen Kreisen erhalten haben. Viele sind noch rechtzeitig geflüchtet, bevor hier die Not begann. Versuch's in Pella, mein Junge."

Er erklärt ihm genau den Weg. Dann gibt er ihm einen Schlauch mit frischem kühlen Wasser mit, wünscht ihm Gottes Segen und sagt: „Lebe wohl! Ich wünsche dir alles Gute ... du verdienst dir gerade den Himmel, mein Junge ..."

Er treibt sein Maultier an und während sich der Wagen stöhnend in Bewegung setzt, dreht er sich noch einmal nach Nazarius um und wiederholt die Wegbeschreibung: „Da oben in Pella ist Frieden. Nimm die Abbiegung kurz vor Emmaus nach Nordosten, dann nach Jericho und immer durch das Jordantal nach Norden. Du müsstest es in wenigen Tagen schaffen ... vielleicht nimmt dich jemand mit, dann geht's schneller ..."

Er hat sich schon ein paar Fuß von Nazarius entfernt, schnalzt mit der Zunge dem Esel zu, dreht sich dann aber noch einmal halb nach den beiden um und ruft: „Lebt wohl ihr zwei ... Gott schütze euch!“

Er schaukelt davon und verschwindet bald hinter der Wegkuppe in Richtung des Waldes, wo die habgierige Schattengestalt des Todes in den Morgenstunden eine schreckliche Ernte gesichelt hat.

VI.

Am Nachmittag erreichen sie die von dem Händler beschriebene Wegkreuzung vor Emmaus. Dort ist viel Umtrieb und Verkehr. Die ersten Händler, die am frühen Morgen nach Jerusalem aufgebrochen waren, kehren mit leeren Wagen und vollen Geldbeuteln zurück.

Nazarius trifft auch einige Fußgänger. Keiner nimmt ihn mehr als Angestellten der römischen Truppen wahr. Sie halten ihn vielmehr für einen der ihren und grüßen nach Sitte des Landes freundlich, erkundigen sich nach dem Wohlergehen des Kindes und tun so, als würden sie ihn kennen.

Nazarius reagiert darauf nur spärlich. Ihm ist nicht nach Reden zu Mute und schlimmer noch als die öden Monate im Lager, lastet auf ihm das Geschehen des frühen Morgens. Es ist ein Alptraum. So kurz erst her und doch nur als ferne Erinnerung gegenwärtig. Es liegt erst einige Stunden zurück und dennoch erscheint es ihm, als sei es nie passiert. Der einzige Beweis, dass das, was geschehen ist, tatsächlich geschah, ist der kleine Simson auf seinem Arm. Ohne ihn, würde er selbst anfangen, an seinem Verstand zu zweifeln. Wann immer das Geschehen im Morgengrauen in seinen Gedanken zu kreisen beginnt, hat es mehr die Gestalt eines bösen Traumes, als etwas, das die Realität widerspiegelt.

Je näher sie Emmaus kommen, desto mehr widert ihn das geschäftige Leben an, in dessen Strömung er wie ein entwurzelter Baum treibt. Im Gegensatz zu dem, was in Jerusalem an Schrecken vor sich geht, lebt hier eine Stadt in Saus und Braus. Krieg und Überschwang so nahe beieinander – das hat er näher nur in Rom erlebt, in jenen tollwütigen Wochen des Wechsels von Kaiser Vitellius, dem Vielfraß, zum jetzigen Kaiser Vespasian.

Bald haben er und Simson die Kreuzung hinter sich, und ohne innezuhalten folgt er dem Weg in Richtung der alten Oasenstadt Jericho.

Sie sind schon eine ganze Weile gelaufen, als er von hinten ein Gefährt kommen hört. Da es nach Jericho noch weit ist und er die Stadt vor Einbruch der Dunkelheit erreichen will, stellt er sich an den Wegesrand und wartet, bis der Wagen auf seiner Höhe ist. Es ist ein Einachser, der von einem weißen Ochsen gezogen wird. Der Kutscher hat bereits die Zügel angezogen und der Wagen hält neben ihm. Sie begrüßen einander freundlich und der Fahrer ist bereit, Nazarius mit dem Kleinen bis nach Jericho mitzunehmen.

Auf dem Kutschbock ist nicht genügend Platz für zwei, so setzt sich Nazarius hinten auf die Ladefläche des zweirädrigen Karrens und ist recht froh darüber, auf diese Weise mit dem Kutscher kein langes Gespräch führen zu müssen.

Der Weg nach Jericho ist einsam und sehr heiß. Auf dem Wagen gibt es keine Möglichkeit, sich gegen die hochstehende und sengende Sonne zu schützen. Simson ist unruhig. Zwar hat Nazarius ihn gefüttert, wie er es bei Rebekka gesehen hatte, aber der Kleine spürt, dass seine Mutter nicht mehr bei ihm ist.

Er hätte nie geglaubt, dass ein Kind so lange am Stück schreien kann, und er fragt sich bekümmert, wie es wohl weitergehen werde. Er hat von seinem letzten Sold noch ein wenig Geld übrig, aber dieses reicht wohl nicht, um in Jericho eine Herberge bezahlen zu können. Er nimmt sich vor, den Weg nach Pella gleich nach Ankunft in Jeriocho weiterzugehen. Bis dahin nutzt er die Gelegenheit, auf dem Wagen ein wenig auszuruhen. Er legt sich rücklings auf die Ladefläche und die Augen fallen ihm zu.

Als er wieder erwacht, ist es bereits früher Abend. Die ersten hohen Dattelpalmen künden die Nähe der Oase an wie die Möwen das Meer.

Da er fürchtet, der Kutscher würde von ihm ein Fahrgeld verlangen und der schon müde Ochse den Karren jetzt nur mühsam zieht, schnappt er, nachdem er sich den Schlaf aus den Augen gerieben hat, Simson sowie das Bündel mit den letzten Nahungsmitteln und springt ungesehen ab.

Ohne sich noch einmal nach dem Kutscher umzuschauen, nimmt er sofort die nach Norden führend Straße in Richtung Pella. Offenbar hat der Kutscher kein Interesse daran, sich mit ihm auseinanderzusetzen. Er schreit ihm irgendetwas hinterher, erhebt schwenkend eine Faust gen Himmel aber schaukelt dann doch des Wegs.

Ganz am Ende der Siedlung liegt ein letztes Gehöft, wohin er sich begibt, um nach etwas Essbarem zu fragen.

An der Straße spielen noch Kinder im Abendwind. Sie laufen ihm schreiend und hopsend nach, während er den kleinen Weg zu dem Haus nimmt. *Was für eine andere Welt – denkt er – nicht weit von hier wird gerade eine der ältesten, heiligsten und ehrwürdigsten Städte der Welt zerstört. Dort verhungern täglich hunderte von Menschen. Die Sonne dringt kaum durch den Staub, den die Geschütze aufwirbeln ... und hier spielen Kinder seelenruhig an der Straße und Ziegen grasen in der Abendsonne ...*

Er hat das kleine Haus erreicht und eine junge Frau erwartet ihn bereits an der Schwelle. Sie schaut ihn mehr prüfend als fragend an. Sein gebrochenes Hebräisch kommt ihr spanisch vor – iberisch –, aber als er ihr das Kind zeigt, stehen ihm alle Türen offen.

Die Frau sagt noch etwas zu den spielenden Kindern. Diese flitzen davon und spielen bald wieder dort, wo sie vorhin alles hatten stehen und liegen lassen, um dem Fremden Mann zu folgen.

Nazarius erzählt der Frau mit leichten Korrekturen, was es mit ihm und Simson auf sich hat. *Die Vergangenheit, so sagt er sich, kann man nicht korrigieren. Aber ich kann die Sicht der Dinge korrigieren. Kaum etwas ist so wandelbar wie die Vergangenheit ...*

Die ganze Geschichte bekommt eine andere Beleuchtung, sie wird etwas glatter und glaubwürdiger. Er lässt auch einiges, was die Frau verstören könnte, aus, und lässt nur sehr wenig Licht auf seinen Anteil an dem Ganzen fallen. Es ist auch wenig Zeit für ein längeres Gespräch, denn Simson schreit. Sie merkt schnell, dass Nazarius eigentlich mit einem Säugling nicht umgehen kann. Er ist schief gewickelt. Sie nimmt ihm das Bündel ab und versorgt den Kleinen rundum. Eine Großmuter kümmert sich mit darum, dass Simson neue Wäsche bekommt, Tücher werden herbeigeschafft, Windeln, eine Wasserwanne wird bereitgestellt, die Mutter ruft etwas nach draußen zu einem der Kinder, und wenig später schleppt ein Knabe polternd einen Bottich herbei, ein Fläschchen duftenden Öles verbreitet sein betörendes Odeur in der Küche. Wasser wird in den Bottich geschüttet, gleich mehrere Ellenbogen messen die günstigste Temperatur für den Kleinen. Er wird gebadet. Für ein paar Augenblicke hört man nur das stille Plätschern des Wassers, wenn mithilfe einer flachen Schale der kleine geseifte Körper abgespült wird. Als sich der Inhalt dieser Schale über seinen Kopf ergießt, denkt Nazarius an die Taufe. Er fragt sich, ob er nicht doch besser versuchen sollte, den Kleinen hier bei seinen Glaubensbrüdern zu lassen, anstatt ihn zu irgendwelchen dubiosen Christen nach Pella zu bringen. Ihm wird das alles zu viel. Von irgendwo ist inzwischen noch eine weitere Frau gekommen. Es schwärmen aus der Nachbarschaft immer mehr heran. Wie Mücken. Sie bringen zu essen mit. Sie schwatzen ununterbrochen, aber Nazarius, den sie kaum wahrnehmen, versteht ihren Dialekt nicht. Alles dreht sich um Simson. Es ist eine Art Volksfest. Sie richten ein Abendessen, wie Nazarius es lange nicht mehr gesehen hat: frisches Fladenbrot, geräucherter Ziegenkäse, Oliven, getrocknete Feigen, ein Teller mit Gegrilltem, mehrere Sorten Salzfisch, eingelegtes Gemüse, dazu Butter und verführerische Aufstriche, sowie alle möglichen Sorten von Honig und Fruchtmus.

Einige der hinzugekommenen Frauen sind alt genug, um auch noch gegenüber Nazarius mütterliche Gefühle zu haben. Eine gesellt sich zu ihm. Fragt etwas. Er antwortet. Bald stehen andere dabei. Sie verwöhnen ihn mit Aufmerksamkeit, Weiblichkeit und zu essen. Er versteht nicht alles, was sie sagen. Sie schauen an ihm herunter. Wundern sich über seine Kleidung, sie nehmen Maß, reden und reden miteinander, lachen und kichern, ein oder zwei verschwinden und kommen nach ein paar Augenblicken mit neuen Sachen wieder. Er muss diese anprobieren, wird begutachtet und kann am Ende das, was ihm passt, behalten. Simson liegt mit rosigen Wangen in einem neu gewickelten Bündel da. Nazarius will weiter. Sie merken seine Unruhe. Er erfindet noch das eine oder andere, sagt, dass die Verwandten auf das Kind warten, er müsse weiter, sie würden sich sonst Sorgen machen. Sie bedauern das, packen ihm noch reichlich zu essen in ein Tuch und lassen ihn dann, immer noch schwatzend und gestikulierend seines Weges ziehen.

Die Kinder sind inwischen von der Straße verschwunden. Irgendwo meckert eine Ziege. Ein Hund bellt. Die untergehende Sonne färbt den Abendhimmel glutrot. *Fast ein normaler Tag,* denket er.

Es wird bereits dunkel und in der Jordansenke weht der kühle Wind, der die hier schon heißen Frühsommerabende erträglich macht.

Wieder hält nach kurzem Marsch ein Fuhrwerk neben ihm, sie verhandeln kurz miteinander. Nazarius bietet aus dem reichhaltigen Nahrungsvorräten allerhand Kostbares als Gegenwert für die Mitnahme an und so fahren sie nach Pella.

Der Wagen ist zweispännig und bietet vorne genügend Platz, sodass Nazarius neben dem jungen Kutscher Platz nimmt. Er mustert ihn von der Seite und stellt fest, wie jung dieser ist, sicher nicht älter als er selbst.

Er legt sich Simson auf den Schoß. Eine zeitlang fahren sie schweigend miteinander. Doch dann kommen sie ins Gespräch.

Dabei erfährt er, dass dieser einer jener unzähligen Lieferanten für die Römer ist. Er hat einen Vertrag zu erfüllen über die Lieferung von einigen Sack Weizen wöchentlich: Gerade habe er die vereinbarte Wochenration abgeliefert und sei nun auf dem Heimweg.

Nazarius hält sich mit seiner Geschichte zurück, zumindest was seine Flucht vom Militär betrifft. Auf die Frage des Händlers, ob Simson sein Kind sei und ob er Verwandtschaft in Pella habe, antwortet er schweren Herzens mit „Nein".

Wohin er denn in Pella wolle?

„Zu den Christen!"

„Davon gibt es viele dort."

„Ich weiß."

„Bist du Christ?"

„Ja!"

Daraufhin erzählt der Händler vieles, was er über diese Sekte gehört hat, und scheint wenigstens insofern gut informiert, als er auch von dem mysteriösen Verschwinden der Christen aus Jerusalem vor Beginn der römischen Belagerung gehört hatte. Irgendwie wusste er auch um die Problematik der zu Christen gewordenen ehemaligen Juden.

„Meine Schwester ist Christin, meine Tanten sind Christen und neuerdings geht auch meine alte Mutter in Pella zu den Gebetstreffen – sie können dir sicher weiterhelfen."

Sie schaukeln friedlich durch die Nacht. Simson schläft fest. Dankbar merkt Nazarius ihm an, wie gut ihm die abendliche Kur, die die Frauen ihm haben zuteil werden lassen.

Noch vor Mitternacht erreichen sie Pella.

Der Händler bringt Nazarius kurz entschlossen bei seiner Mutter unter. Diese nimmt sich des Kindes an und legt es zu ihrer im Hause lebenden Tochter, die selber vor kurzem niedergekommen war und ein Kind zu stillen hat. Nach kurzem Befremden nimmt er die Brust und beginnt sich satt zu saugen.

Während die Frauen sich um Simson kümmern, richtet eine andere Tochter ein kleines Nachtmahl. Zu diesem stellt sie einen Krug kühlen Apfelmostes, Nazarius isst kaum etwas, aber er stürzt zwei, drei Becher von dem herrlichen Most. Er ist den Alkohol nicht mehr gewohnt. Schon nach kurzer Zeit beginnt sich die Welt um ihn herum zu drehen. Das eine oder andere wird er gefragt und kann nur noch lallend antworten. Ihm fallen die Augen zu und er schnarcht schon, bevor er auf das Lager fällt, das man ihm bereitet hat. Er fällt mehr in Ohnmacht, als dass er einschläft.

Als er erwacht, steht die Sonne schon hoch, fernes Flüstern dringt an sein Ohr. Er springt auf, rückt sein Gewand zurecht, das er gestern vor Müdigkeit und Erschöpfung nicht mehr ausgezogen hatte, und geht aus dem Zimmer. Da dieses im Oberstock liegt, muss er die Holztreppe hinabsteigen. Sie knarrt so sehr, dass jemand aus der großen unteren Stube nach ihm schaut.

„Tritt ein, Bruder, wir sind hier drinnen", sagt ihm ein freundlicher älterer Herr. Er hat einen Bart wie ein Prophet.

Die Versammelten blicken ihn neugierig und stumm an. Peinlich berührt steht er im Türrahmen und schaut in lauter fremde Gesichter.

Simson befindet sich auf dem Schoß der alten Frau, jene Mutter der Amme, die sich gestern um ihn gekümmert hatte. Sie spielt mit ihm so versunken, dass sie der Abbruch aller Gespräche und die eingetretene Stille nicht berührt. Nazarius lächelt ihm zu.

In der vorderen Stuhlreihe sitzt ein älterer Herr am Tisch, der sich erhebt und auf Nazarius zugeht: „Wir haben von dir gehört, Fremder, ich bin Chrys-ss-pis, der Vorsteher der Chris-ss-tengemeinde. Wir sind gekommen, dich zu begrüß-ss-en."

Chryspis führt ihn an den Tisch, wo für ihn zu essen gerichtet ist.

„Wir haben nicht oft Bes-ss-uch von anderen Chris-ss-ten – sei uns willkommen. Auf welchen Namen bist du getauft?"

„Nazarius."
„Du bis-ss-t Römer?"
„Ja."
Auf Nazarius wirkt die Szene eher wie ein Verhör als wie ein Begrüßungsempfang, und während er etwas von einer Art Mus mit geriebenen Gurken aus einer Tonschale isst, muss er auf alle möglichen Fragen antworten.

„Wir haben keine Geheimnis-ss-e voreinander", sagt Chryspis und geht nun munter daran, Nazarius auszuquetschen.

Zur Abordnung der Gemeinde gehören neben Chryspis und einem dürren Jüngling noch drei mollige Frauen verschiedenen Alters. Diese fünf haben die Hände in den Schoß gelegt, sie sitzen aufrecht auf ihren Stühlen und schauen die ganze Zeit still vor sich hin.

Natürlich wollen sie über die genauen Umstände seines Erscheinens in Pella in Kenntnis gesetzt werden. Da Nazarius aber das Erzählen von Natur aus nicht liegt, muss Chryspis immer wieder nachfragen.

Schließlich ist alles klar, bis auf die für Christen unverständliche Tatsache, wie ein Christ – noch dazu jemand, der Petrus und Paulus noch persönlich gekannt hat – sich freiwillig zum Dienst im römischen Militär melden kann.

Nach einer ganzen Weile ist ihr Gespräch bei dem neuralgischen Punkt angelangt, denn Nazarius ist ganz und gar nicht gewillt, diesen dunkeln Fleck seines bisherigen Lebens vor den ihm doch fremden Glaubensbrüdern auszubreiten. Was wissen diese schon von den Zuständen in Rom, all den Machtkämpfen, Strömungen und Parteiungen, von dem leidlichen Ineinander der verschiedenen Anschauungen, Religionen und dubiosen Kulte und Götzendienste, was soll er ihnen erzählen über seine verratene Liebe zu Lucia, über die Schwierigkeiten zwischen Thora- und Heidenchristen, die Spannungen zwischen Aulus und Anaklet, oder was berichten über den Brand des Jupiter-Tempels, der den Römern heiliger ist als der Tempel in Jerusalem? So ganz klar ist ihm selbst das alles nicht.

Wie sollten diese reinen Thorachristen, mit denen er hier in der Stube sitzt, sich daraus ein Bild machen? Er weiß, wie fern und fremd ihnen alles außerhalb ihrer eigenen Welt ist.

Sie haben zwar auch Auseinandersetzungen mit den Römern, aber sie haben – bisher jedenfalls – so viel kultische Freiheit, dass sie im Kampf um die richtigen Götter die Nase vorn haben. Sie brauchen ihr Christentum hier nicht zu verstecken, müssen sich nicht nachts unter Lebensgefahr zum Gebet treffen und werden – solange sie sich als integre Juden gebärden – in Frieden gelassen.

Nazarius sitzt da und beißt sich auf die Lippe. Er hat zu Ende gegessen und die Schale zur Seite geschoben. Eine Bedienstete kommt aus der Küche. Sie räumt den Tisch ab.

Würde er alles, was ihm in diesen wenigen Augenblicken durch den Kopf geht, aufschreiben, würde es wohl den Umfang des gesamten Konvoluts der paulinischen Briefe übertreffen.

Er fragt sich, ob diese Thorachristen hier in Pella nicht sogar auf perfide Weise von dem jetzigen Krieg profitieren. Ihnen kann es doch gleichgültig sein, wie dieser ausgehen würde: Würden die Juden gewinnen, so würden auch sie als Sieger gelten – würden die Römer gewinnen, so könnten sie sich von den Juden distanzieren und sich als Christen bezeichnen. Sie sind hier in Pella weit genug vom Schuss, um nicht getroffen zu werden, und nahe genug dran, um den Kriegsverlauf genauestens zu verfolgen.

Chryspis merkt, dass es Nazarius schwerfällt, über die genauen Zustände in Rom zu berichten, aber er rettet einstweilen die Situation: „… Wie dem auch sei: Solange deine Militärzeit nur zur Rettung dieses einen Knaben geführt hat, mag ja vor Gott alles recht sein," und tröstend fügt er hinzu: „Gottes Wege sind nicht unsere Wege und seine Gedanken sind nicht unsere Gedanken."

Er erzählt, wie Gott sie aus Jerusalem gerettet habe, indem sie durch einen christlichen Soldaten vor dem unmittelbar bevorstehenden Angriff der Römer auf Jerusalem gewarnt worden seien: „Es war für uns wie der Aus-ss-zug aus Ägypten – wir danken Gott jeden Tag, dass er uns aus den Parteiungen der Juden herausgeführt hat in die Freiheit, die der Prophet Chris-ss-tus denen verheißen hat, die seinem Wort folgen."

Nazarius merkt kurz auf, als Chryspis Jesus nur als einen *Propheten* bezeichnet und nicht als *Sohn Gottes*. Aber eigentlich hat er dazu keine Ansicht. Diese theologischen Feinheiten haben ihn nie wirklich interessiert. Ganz fern erinnert Chryspis ihn an Aulus und an Linus zugleich. Irgendwie scheint die Sophisterei den Christen an den Fersen zu heften ...

„Immer wieder haben es die anders-ss-gläubigen Juden, die Sadduzäer, die Pharis-ss-äer und vor allem die Zeloten auf uns Chris-ss-ten abgesehen, den Apos-ss-tel Jakobus – er war ein vorbildlicher Jude! – haben sie sogar von der Zinne des Tempels ges-ss-türzt, hinter Paulus sind sie Zeit seines Lebens her gewesen – sie haben uns teilweise stark bekämpft – aber nun sind wir ja weg ... hier in Pella ist Frieden, die Römer lassen uns weitgehend in Ruhe, weil ihr ganzer Hass sich auf die Juden in Jerus-ss-alem bezieht ..."

Nazarius fällt auf, dass er nur die s-Laute so merkwürdig ausspricht, die sich mitten im Wort befinden. Steht ein S am Anfang oder am Ende eines Wortes, dann spricht er es richtig aus.

Während Chryspis so erzählt, beginnt unvermittelt eine der Frauen still zu weinen. Das führt zu weiteren Erklärungen: Einige hätten freilich noch Verwandte in Jerusalem, auch seien sie trotz der ihnen bekannten Ansicht des Paulus zur Frage der Integration der Heiden in die Gemeinde wiederholt Stein des Anstoßes gewesen, aber die radikalen Juden hätten jetzt ja in Jerusalem mit sich selbst zu tun und an ihnen würde sich im Übrigen das gerechte Strafgericht Gottes vollziehen.

All das tröstet die Weinende nicht.

Dann geht es um Simson, ob dieser getauft sei, ob er von Christen stamme, die noch in Jerusalem verblieben seien usw.

Nazarius weiß auf all das keine Antwort. Er hat den Eindruck, dass Chryspis mehr zu sich selber redet, als zu ihm. Er stellt zwar eine Frage, aber er scheint im Innersten gar keine Frage zu haben. Es geht ihm mehr um seine eigene Sicht der Dinge, als um Antworten. Die unwirkliche Stimmung hier in der Stube erinnert Nazarius an das, was er in Rom so resigniert hinter sich gelassen hatte.

Über Simson sagt die alte Frau plötzlich: „Er ist beschnitten!"

„Deshalb kann er dennoch getauft sein, auch wir sind beschnitten, oder nicht?"

Nazarius nickt.

„Nun, wir werden Rat halten und sehen, wo wir den Kleinen lassen!"

„Ich bringe ihn zu seiner Familie!", sagt Nazarius.

„Wie? Nach Jerus-ss-alem? Im Krieg?"

„Nein, nach dem Krieg ..."

„Der kann noch lange dauern ..."

„Das sieht nicht so aus!"

„Vielleicht überlebt seine Familie das nicht!"

„Mag sein, aber ich habe seiner Mutter versprochen, ihn zur Familie zu bringen!"

„Hat er einen Vater?"

„Der ist im Krieg!"

„Wir müssen schauen, was Gott will – jedes Kind trägt eine Botschaft."

„Ich bringe ihn der Familie!", beharrt Nazarius.

„Nun warten wir mal das Ende des Krieges ab – und dann werden wir ja sehen."

Es ist deutlich zu spüren, dass Chryspis die Hartnäckigkeit des Nazarius nicht recht ist. Er scheint es nicht gewohnt zu sein, dass Andere sich den Luxus einer eigenen Meinung gönnen. *Wieder so eine Ähnlichkeit zu den Christen in Rom, denkt Nazarius, die wissen auch ständig, was für andere das Beste ist …*

Chryspis beendet das morgendliche Gespräch: „Der Kleine kann hier bleiben … du kannst einstweilen in meinem Hause wohnen."

Nazarius sticht es ins Herz, sich von Simson getrennt zu wissen. Von diesem Kind geht Trost für ihn aus; Simson ist ein Stück von Rebekka und solange er ihn auf dem Arm hat und an sich drücken kann, ist auch Rebekka ihm nahe. Aber was soll er tun?

Der Verstand sagt ihm, dass die Trennung irgendwann unausweichlich kommen muss, der Knabe braucht eine Mutter und letztlich ist ja auch noch nicht vollends klar, ob sein Vater noch lebt; zugleich aber will er den Willen von Rebekka erfüllen, er kann das Kind nicht einfach wie eine Handelsware hier lassen und in fremde Hände geben.

Diese Leute wiederum braucht er, denn ohne die Hilfe dieser merkwürdigen Juden und zugleich Christen ist er zur Zeit auch aufgeschmissen.

Er fügt sich einstweilen in sein Schicksal.

Bei Chryspis findet am Abend eine Gebetsversammlung statt, die ganz anders als in Rom verläuft. Alle Ankommenden waschen sich zunächst an bereitgestellten Krügen die Hände. Frauen und Männer sind wie in der Synagoge durch ein kleines hölzernes Gitter voneinander getrennt. Dann stimmen sie Lieder an, die er noch nie gehört hat und schließlich tragen sie auf Hebräisch lange Lesungen aus den alten Schriftrollen vor.

Viele haben lange, weiße Bärte, die im Dunkeln des Andachtsraumes silbirg schimmern. Wenn sie beten, schütteln sie dabei das Haupt und wippen mit dem Körper hin und her.

Von Gott Jahwe sprechen sie, von Elohim und Zebaoth.

Sie haben eine Vielzahl an Wörtern für Gott, die er noch nie gehört hat.

Was ihn besonders befremdet ist eine kleine Nachbildung der Menorah, des siebenarmigen Leuchters, der auf dem Tisch steht und mit brennenden Kerzen bestückt ist.

Sie lesen aus der Thora und Chryspis, der Älteste, liest eine strenge Auslegung der Schrift, in der Jesus Christus nicht vorkommt.

Anschließend wird Mahl gehalten.

Aber auch dieses unterscheidet sich vom letzten Abendmahl, wie er es aus Rom kennt. Zunächst mündet der Gottesdienst in ein sehr ritualisiertes Nachtessen. Dieses wird dann allerdings im Laufe des Abends sehr fröhlich. Frauen schenken Wein aus, sie bringen reichlich zu essen und als es spät wird, gehen die ersten heim, ohne dass die Feier, wie in Rom, mit einem gemeinsamen Gebet und Segen beendet wird.

Hier beim Mahl, spricht man von Jesus Christus, auch von Petrus und Paulus und den anderen Aposteln. Die hiesige Gemeinde hat wohl auch – wie Nazarius erfährt – Abschriften von Briefen der einzelnen Apostel, aber sie lesen diese nicht in ihren Gottesdiensten vor.

Das religiöse Zentrum ist für sie Jerusalem. Was in Rom vor sich geht, interessiert sie nur wenig. Ab und zu fragen sie Nazarius das eine oder andere, aber im Wesentlichen dreht sich ihr Interesse mehr um die politischen Gegebenheiten.

Als es später am Abend um Jerusalem geht, werden sie alle eines Sinnes.

„Jesus Christus hat den Untergang der Stadt prophezeit", sagt einer zu Nazarius und dessen Nachbar fährt fort: „… der war ein wahrhafter Prophet, dem es nicht anders als vielen Propheten vor ihm ergangen ist."

Nazarius hat keine Lust, sich wieder in ein Gespräch über den Krieg in Jerusalem verwickeln zu lassen und zum hundertsten Male zu erzählen, was dort lost ist. Sie reagieren alle verstört und betroffen, wenn von der Zerstörung des Tempels die Rede ist. Er hat den Eindruck, als würden sie ihm nicht glauben, dass dort oben bald kein Stein mehr auf dem anderen sein wird. Die Zerstörung des Tempels ist für sie schlichtweg nicht denkbar. Ihr Verstand gibt die Möglichkeit, so etwas zu denken, nicht her. Was nicht denkbar ist, das wird auch nicht sein. Die Zerstörung des Tempels in Jerusalem ist für sie, mit denen er hier in einer Runde sitzt, gleichbedeutend mit dem Ende der Welt und *das* apokalyptische Ereignis schlechthin.

„Jahwe wird auf wundersame Weise im letzten Augenblick eingreifen und das Fürchterliche verhindern", murmelt sein Nachbar still vor sich hin. Die anderen nicken betroffen.

Nazarius muss an Eubulus und Pudens denken, die dieser Gemeinde in manchem näherstehen als der aus vielen Heidenchristen bestehenden römischen Versammlung.

Für diese Leute hier in Pella ist Jerusalem der Ort des Schicksals, nicht Rom. Hier würde sich die Zukunft des Judentums und das Schicksal einzelner seiner Sekten, wie dem Christentum, entscheiden.

In den ersten Tagen verlegt sich Nazarius weitgehend aufs Essen und Schlafen. Zwischendurch hört er, dass es Simson bei der Amme gut geht. Die Leute, bei denen Nazarius wohnt, sind nett zu ihm. Aber eine feine Distanz liegt zwischen ihnen – unüberbrückbar. Er spürt, dass sie miteinander über etwas reden, das er nicht mitbekommen soll. Sie sagen ihm freundliche Dinge. Aber hinter dieser Höflichkeit verbergen sie ihm etwas. Ihm ist, als flüsterten sie einander etwas hinter vorgehaltener Hand in die Ohren, wenn er nicht hinschaut. Zudem werden ihre Gesichtszüge von Tag zu Tag finsterer. Es ist, als lege sich in dem Maße, in dem sie auf diese geheimnistuerische Weise einander etwas weitersagen, über Alle eine dunkle wollene Decke, die von Tag zu Tag schwerer wird. Sie wollen ihn nicht als Mitwisser und doch spürt er zutiefst, dass sie alle miteinander schwer an etwas tragen. Bald kann er genau sagen, wer neu in dem Bund der Eingeweihten ist, denn dessen Miene verfinstert sich so, wie die aller Anderen. Irgendetwas bedrückt sie schwer. Von Tag zu Tag schleichen sie leiser durch das Haus, beim Essen reden sie noch weniger und noch stiller miteinander als sonst. Beim Gebet wird nicht mehr gesungen. Nirgends hört man ein Lachen. Selbst die Kinder und Säuglinge sind verstummt. Es ist, als wollte jeder allein sein, als wollte niemand mit dem anderen reden und als wollten sich alle voreinander verbergen.

Dann, eines Morgens nach dem Gebet bricht der Damm.

Chryspis verkündet eine Nachricht aus eisigen Höhen. Wie Mose, als er nach durchrungener Nacht mit den zwei Tafeln der Zehn Gebote vor das Volk trat, das noch ganz außer Atem war vom pausenlosen Tanz um das goldene Kalb, und ihm dann verkündete, wie die Dinge in Zukunft zu laufen hätten – nach seines und Jahwes Dafürhalten. Chryspis braucht dafür keine Steintafeln und er braucht weniger als zehn Sätze. Aber ansonsten wirkt er genauso, wie Moses gewirkt haben musste, als er nach nächtlichem Aufenthalt auf dem windigen Gipfel des Gottesberges Horeb am nächsten Morgen völlig übernächtigt vor das Volk treten musste. Sein Bart ist zerzaust. Seine adrigen Hände zittern. Er wirkt fahrig und haltlos.

Das Wenige, das Chryspis zu sagen hat, kommt in seiner Wirkung der schnörkellosen Urteilsverkündung von der unmittelbar bevorstehenden Hinrichtung aller am Tisch sitzenden Gemeindemitglieder gleich: „Die Römer sind in den Tempel eingedrungen, dieser steht in Flammen und das Allerheiligs-ss-te ist dem Raub der Soldaten anheimgefallen.“ Er wendet sich ab und geht davon, als könne er selbst es weder hören noch glauben.

Es war wohl so, dass schon vor Tagen einzelne Händler mit der Kunde vom Schlachtfeld vor Jerusalem zurückkamen, der Tempel sei eingenommen. Am Anfang widersprachen sich die Nachrichten sehr, sodass es noch Hoffnung gab, all das seien Fehlinformationen die bald korrigiert würden. Stündlich jagten sich die Meldungen. Sie wurden immer schauerlicher. Am Ende waren sie niederschmetternd. Die, die am meisten gehofft hatten, hatten am längsten gebraucht, um sich selbst gegenüber das zuzugeben, was man in anderen Teilen des römischen Reiches schon von den Dächern pfiff: Der Feind ist in den Tempel eingedrungen!

Das ganze Dorf ist in Aufruhr. Die Menschen klagen und schreien auf den Straßen. Keiner denkt mehr daran, seiner Arbeit nachzugehen. Auf dem Marktplatz laufen sie zusammen. Fallen einander weinend in die Arme; selbst die Kinder schluchzen. Alte sitzen wie erstarrt vor den Häusern, schwingen ihre Stöcke drohend gen Himmel. Immer und immer wieder wird das Schreckliche erzählt, um hernach mit noch lauteren Wehe-Rufen beklagt zu werden. Menschen brechen auf offener Straße zusammen, erheben beide Hände zum Himmel und schreien sich die Seele aus dem Leibe.

Es ist, als sei der jüngste Tag angebrochen und als würde jeden Augenblick Gott-Zebaoth mit Donnerschall vom Himmel her kommen, um mit starker Hand sein auserwähltes Volk heimzuholen in das gelobte Land, bevor er die ganze sündige Welt einer verheerenden Feuersbrunst anheimfallen ließe.

Schon laufen einige in Festtagskleidung auf die Straße. Andere tun es ihnen gleich und stehen erwartungsvoll herum, um richtig gewandet zu sein, wenn Elohim erscheint.

Aber er erscheint nicht.

Der Aufregung folgt Totenstille.

Da der jüngste Tag offenbar vorübergeht und das Strafgericht nicht erscheint, würde Jahwe vielleicht doch seinem Volk noch beistehen in buchstäblich letzter Sekunde. Schon jagen neue Nachrichten die alten: Die Festung Massada am Toten Meer, die einst für König David und die Makkabäer zur Zuflucht in letzter Sekunde erbaut worden war, soll auch jetzt zur letzten Trutzburg gegen die Römer werden. Hunderte Widerstandskämpfer seien schon dorthin geflohen, um den Kampf fortzuführen. Aber was nützt das alles, wenn die David-Stadt genommen ist?

Über diese dringen nun immer schneller die düsteren Nachrichten nach Pella und jedes Mal geht ein Schrei des Entsetzens durch alle Häuser und Familien. Wie wenn eine unabwendbare Naturgewalt die Ernte vernichtet, oder eine Seuche die Menschen heimsucht, sind alle vom kalten Entsetzen gepackt.

Nachdem die erste Schockwelle leicht abgeklungen ist, brechen die Neugierigsten kurzerhand nach Jerusalem auf. Sie kommen stumm vor Entsetzen zurück. Man läuft ihnen entgegen, um möglichst schnell das Neue zu erfahren. Sie aber sitzen bleich auf ihren Maultieren und antworten nicht.

Nazarius sorgt sich um die Verwandten von Simson.

Dass Jerusalem fallen würde, war ihm schon vorher klar gewesen – im Gegensatz zu denen, die jetzt in Weinen und Wehklagen ausbrechen.

Hatte er schon im Soldatenlager drauf gehofft, dass die Stadt bald fallen würde, damit die Zeit der Belagerung ein Ende hätte, so hatte er schließlich angefangen Jerusalem zu verachten, als sei er persönlich schuld an Rebekkas Tod.

Seine Nerven sind am Ende.

Schon in Rom waren sie aufgerieben. Die Flucht aus dieser tollwütigen Stadt hatte ihn nach Jerusalem geführt. Aber statt besser, war es hier nur noch schlimmer geworden.

Es ist ein einziger Alptraum und dieser wird für ihn in der so jüdisch geprägten Christengemeinde Pellas nicht besser.

Ihm ist, als hätte ein seit Monaten andauernder Nieselregen den Boden, auf dem er steht, so aufgeweicht, dass er in den Schlammlawinen unterzugehen droht.

Er fühlt sich in Pella nicht wohl. Er hält hier aus, weil er keine andere Wahl hat. Anders aber als die Bewohner, kann er seinen Schmerz nicht nach außen schreien.

Wenngleich vom selben Blute, ist er schon zu sehr von diesem Volk und seiner Religiosität entfernt, um noch mitfühlen zu können. Sie alle scheinen miteinander durch ein geheimnisvolles Netzt verknüpft und teilen das Gefühl einer Zusammengehörigkeit, das er nicht kennt. Er kann ihren Schmerz nicht teilen und will fort. Endgültig.

Ihre Klagen über die zerstörte Davidstadt hat ihm das Heimweh nach Rom geweckt. Und – das vor allem! – nach Lucia. Ihre Buße müsste längst vorüber sein …

Nur ein letzter schwerer Gang steht ihm noch bevor.

Zwei Tage wartet er, ob Chryspis nun etnschieden habe, was mit Simson und ihm geschehen soll. Chryspis aber schweigt.

Dann fasst Nazarius sich ein Herz und spricht von sich aus dieses Thema an. Er spürt sofort, dass Chryspis darauf gewartet hat, wie auf einen unangenehmen Brief.

„Chryspis, jetzt ist Jerusalem gefallen und ich werde Simson zu seiner Familie bringen!"

„Wenn diese noch lebt."

„Das müssen wir ermitteln."

„In Jerusalem wimmelt es jetzt vor römischen Soldaten, sie könnten dich erkennen."

„Das ist unwahrscheinlich, ich war nur bei den Hilfstruppen."

„Dennoch bist du fahnenflüchtig."

„Die kennen doch nicht jeden einzelnen dort. Die Belagerung hatte mit achtzigtausend Mann begonnen und in der Zwischenzeit sind sehr viele gefallen, da geht man nicht jedem Hilfssoldaten nach."

„Und keiner lebt mehr, der dich erkennen und verraten könnte?"

„Chryspis, wir müssen es versuchen … Ich bin nicht als

Soldat erkennbar, spreche die Landessprache ... das wird schon gut gehen."

Chryspis dreht nachdenklich Locken in sein drahtiges Barthaar.

„Wenn du meinst. Ich habe darüber nachgedacht und glaube es ist besser, erst ohne den Kleinen nach der Familie zu schauen ..." – er hüstelt und geht langsam durch den Raum – „... wenn man jemanden ausfindig machen kann, der sich seiner annimmt, dann können sie ihn bei uns holen oder wir bringen ihn ..."

Man sieht seinen roten, eingefallenen Augen an, wie schwer auch er in den vergangenen Tagen an der Nachricht über die Zerstörung des Tempels getragen hat. Er sieht aus, als hätte er viele durchrungene Nächte hinter sich und seit Tagen nicht geschlafen. Er schaut Nazarius traurig an, fragend und ein wenig so, als hätte er bereits vergessen, worüber sie gerade sprachen und was er soeben gesagt hat.

Diese Variante hat Nazarius zwar nicht bedacht, aber trotz der damit verbundenen unangenehmen Rückkehr an diesen Ort, scheint sie ihm klug.

Am Abend hält man Rat, da Chryspis aber bereits weiß, was zu tun ist, dauert die Sitzung nicht lange. Die Anderen sind wie immer seiner Meinung. Man organisiert ein Fuhrwerk mit einem Fahrer namens Judas und verabredet sich für den nächsten Morgen.

Nazarius denkt an den kleinen Simson, mit dem ihn das Schicksal auf so brutale Weise zusammengebracht hat und den es ihm jetzt wieder entreißen will.

Am Abend geht er noch einmal zu ihm. Die Familie in der er jetzt lebt, hat Simson lieb gewonnen. Die Amme und zwischenzeitliche Adoptivmutter kümmert sich rührend um ihn, dieim Hause lebenden Familienmitglieder und deren Kinder haben ihn wie ein Geschwisterchen angenommen und auch Simson fühlt sich sichtlich wohl.

Er nimmt ihn auf den Arm, aber schon beginnt er zu

schreien und streckt sich nach seiner Pflegemutter aus, die ihn kosend an sich nimmt. Überflüssigerweise fügt sie hinzu, der Kleine ahne wohl, dass der Abschied nahe. Auch ihr falle es schwer, ihn wieder herzugeben, schließlich habe sie neun Kinder großgezogen aber Simson sei ausgesprochen lieb, anspruchslos und sehr fröhlich.

„Das mit seiner Mutter ist sehr furchtbar!" fügt sie an.

„Ja", sagt Nazarius, dem jede Erwähnung von Rebekka einen Stich gibt.

„Hör', Nazarius, wenn ihr seine Familie nicht findet, oder wenn ihr den Eindruck habt, sie wollen ihn nicht annehmen, dann behalte ich ihn gerne ... Werdet ihr das bedenken, bei eurer Mission?"

„Ja."

In diesem Angebot der Frau liegt für Nazarius viel Hoffnung. Er malt sich aus, dass Simson hierbleibt, er wüsste dann, wo er sei, und könnte ihn von Rom aus besuchen kommen, man könnte sich später schreiben, könnte ihm Sachen schicken, ja, man könnte ihn nach Rom holen ... – So viele Konjunktive.

Traurig schaut er auf den Küchenboden und sagt leise: „Das Leben kann so ungerecht sein."

„Na, nun mal Kopf hoch, Nazarius, du hast dein Leben noch vor dir", tröstet sie herzhaft, „was soll unsereiner denn sagen ... na, ich will nicht klagen ... aber du, du kannst doch aus deinem Leben noch etwas machen, Junge!"

„Wenn das so einfach wäre."

„Na, ich bitte dich, bedenke wie barmherzig Gott ist."

„Aber auch gerecht!"

„Gott bleibt sich und seiner Barmherzigkeit treu und wenn die Menschen das nicht verstehen, dann nennen sie es Gerechtigkeit. Das klingt, als würde er strafen. Nein, Nazarius, das Leben ist nur ungerecht, wenn wir es Gott entreißen und anders leben wollen, als er es möchte, aber auch dann ist er barmherzig gegenüber allen, die umkehren ... glaub' mir: Aufs Ganze gesehen macht Gott alles gut."

„Und der Tod seiner Mutter, was kann daran noch Gottes Wille sein?“

„Na, sein Wille vielleicht nicht, ER will keinem Kind die Mutter nehmen, aber er lässt es in seiner Weisheit zu und kann das Beste daraus machen. Vielleicht schenkt er mir so ein zehntes Kind und ich werde es gerne großziehen. Der Bub hat es dir doch auch angetan, das spüre ich. Vielleicht hat Gott ihn dir geschickt, damit dein Leben durch ihn anders wird. Hat er nicht jetzt schon vieles an dir verändert?“

Nazarius ist so viel Mitgefühl und menschliches Verständnis nicht gewohnt. Was die Frau sagt, ist ihm peinlich, und doch dringt es tief und wärmend in sein Herz. Diese wenigen Worte sind wie die Massage eines verhärteten Seelenmuskels, der seit Monaten einen beständigen Schmerz ausstrahlt. Fast kommen ihm die Tränen. Er schaut betreten zu Boden.

„Ja“, sagt er, mehr zu sich selbst denn als Antwort. Sie spürt, dass ihre Worte ihn berührt haben, und fügt an: „Na, siehst du! – Jetzt suche die Verwandten dieses Kindes und dann ziehe deine Schlüsse aus all dem …“

Nazarius hört sie gerne reden, sie hat so gar nichts Belehrendes oder Zwingendes, sondern einen natürlichen Glauben, um den er sie beneidet.

„Hast du noch das Tuch, in dem wir unser Essen am Tage unserer Ankunft eingewickelt hatten? Es war das Tuch seiner Mutter. Ich will es mitnehmen als Zeichen für die Familie, wenn … wir sie finden.“

Sie geht ins Nebenzimmer, zieht das Tuch aus einem Regal und drückt es Nazarius in die Hand. Dann wünscht sie ihm alles Gute und fügt am Ende den Psalmvers an: *„Er behüte dich auf all deinen Wegen!“*

Anderntags fährt er mit demselben Händler, der ihn am Ankunftstag von Jericho aus nach Pella mitgenommen hatte, in aller Frühe los.

Sie nehmen den bereits bekannten Weg durch die Jordansenke, kommen durch Jericho und streifen am Nachmittag Emmaus.

Je näher sie nach Jerusalem kommen, umso weniger sprechen sie miteinander.

Einmal nehmen sie einen jungen Burschen mit, der von der Ladefläche des Wagens her munter auf sie einplappert: Er sei in den vergangenen Tagen schon öfter in Jerusalem gewesen, das Schauspiel könne man sich ja nicht entgehen lassen, was die Römer da fertig gebracht hätten, das sei beispiellos in der Geschichte ihrer ruhmreichen Eroberungen, das römische Heer sei das beste, das die Welt je gesehen habe … Irgendwann springt er ab, grüßt die beiden Stummen und zieht seines Wegs.

Als sie noch eine ganze Strecke von Jerusalem entfernt sind, deutet sich das schreckliche Schicksal der Stadt bereits am Himmel an. Eine dunkle Wolkensäule steigt senkrecht auf und formt sich weit oben zu einem breiten Pilz. Neben diesem zentralen Wolkengebilde sind unterhalb andere graue Brandschwaden zu sehen, die sich knäulartig kräuseln.

Ahnungsschwer heben sich diese Zeichen vom blauen Himmel ab und künden weit ins Land, dass die Römer ihr Werk vollbracht haben.

Schon lange bevor sie das Wäldchen erreichen, in dem die Leichen der beiden Soldaten und Rebekkas noch liegen müssen, schnürt es Nazarius die Kehle zu. Er ist unschlüssig, ob er halten lassen soll, um noch einmal an den Ort des Geschehens zu gehen, der ihn jede Nacht im Traum verfolgt.

Gerade schaukeln sie die Senke hinauf und das Gehölz muss jeden Augenblick erscheinen. Aber selbst als sie auf der Wegkuppe sind, ist nichts zu sehen. Klopfenden Herzens erkennt Nazarius, dass die Truppen inzwischen den gesamten Bestand abgeholzt haben. Überall ragen die nackten Stümpfe heraus, wie die starren Finger einer verkohlten Leiche. Seine Spannung löst sich und trotz des traurigen Anblicks dieses vor kurzem für ihn so furchtbaren Ortes ist er froh darum, dass Rebekka hier nicht einfach den Tieren, Fliegen und Würmern ausgeliefert, sondern von den Holzarbeitern gefunden und zu den ihren gelegt worden ist.

Als sie an den Baumstümpfen des abgeholzten Waldstückes schon fast vorbei sind, packt er den an den Leib geschnürten Hammer und wirft ihn in hohem Bogen von sich. Er hört einen dumpfen Aufschlag, ein paar hochgewachsene Grashalme rascheln.

„Was war das?“, fragt der Kutscher leicht erschreckt.

„Nichts!“ antworte Nazarius, „nichts was du verstehen könntest.“

VII.

Vom hügeligen, restlos abgeholzten Umland aus sehen sie zum ersten Mal wieder Jerusalem. Sie sind durch alles, was sie bereits in Pella über die Verwüstungen und Zerstörungen gehört haben, darauf vorbereitet. Was sie jetzt aber sehen müssen, übertrifft alles, was sie sich haben vorstellen können. Bis zu diesem Augenblick war alles nur Phantasie. Die inneren Bilder entstanden nach dem je eigenen Vorstellungsvermögen. Jetzt müssen sie sich mit der Realität messen. Eben noch war vieles eingeschränkt durch die unausgesprochene Voraussetzung, dass nicht sein könne, was nicht sein dürfe. Jetzt aber erzwingt die Realität eine Preisgabe dieser Schutzmauer des Geistes.

Der Kutscher hat den Wagen an einer Stelle angehalten, an der sie das ganze Panorama Jerusalems betrachten können.

„Unfassbar, Nazarius ..., das ist unfassbar", sagt er Kutscher nach einer Weile. Er schüttelt den Kopf langsam hin und her ... hin und her ... hin und her. Dann sitzen sie stumm nebeneinander und schauen schweigend zu den rauchenden Trümmern.

Der Tempel, der bisher in der Sonne Palästinas jedem Pilger das von weitem leuchtende Wahrzeichen der Heiligen Stadt war, steht nicht mehr. Stattdessen erhebt sich schwarzer Qualm aus seinem Bezirk und verdunkelt den hellroten Abendhimmel.

Das Tier ist geschlachtet. Auf den Wegen stehen Widder und Skorpione. Die Rammböcke liegen herum und die Wachtürme ragen wie die spitzen Zähne des Leviathans in den Himmel. Sie sind teilweise umgestürzt. Nun läuft das Blut aus dem Leichnam und strömt auf die äußeren Wege der Stadt mit den zwölf Toren. Die Mauerbrecher hämmern nicht mehr, es dröhnen keine Marschkolonnen und aller Kriegslärm ist der Andacht vor der unerwarteten Größe der Jagdtrophäe gewichen.

Die Römer sind emsig dabei, die verwertbaren Eingeweide ihres Opfers herauszuziehen und als Beutegut zu sichern, während ihre Sklaven Karren voll Leichen wie das Gedärm herausnehmen. Gleichzeitig karren geschäftstüchtige Händler Lebensmittel zu der ausgehungerten Bevölkerung und frisches Wasser, wie zum Waschen der Leiche.

Die Jagd ist vorüber, aber das blutige Handwerk ist noch nicht vollbracht.

Und so, wie die Erlegung eines Tieres die Artgenossen in die Flucht schlägt, verlassen viele Bewohner nun die versinkende Davidstadt. In kleinen grauen Trupps ziehen die Flüchtlinge mit ihren Habseligkeiten über die verstopften Wege und Straßen in eine ungewisse Zukunft. Es sind halbverhungerte Pilger, die vor zwei Monaten zum Paschafest nach Jerusalem gekommen und die in die Belagerung der Stadt hineingeraten waren.

Viele von den ständigen Bewohnern Jerusalems schließen sich ihnen an. Andere wiederum sind ausgezogen, um etwas zu essen zu besorgen. Sie schleppen, was sie zu überhöhten Preisen haben kaufen können.

Der Kutscher schnalzt mit der Zunge und treibt das Maultier sanft vorwärts.

„Das übertrifft alles, was ich mir habe vorstellen können ...", sagt Nazarius hilflos. Sein Fahrer ist völlig verstummt. Immer wieder schüttelt er den Kopf. Er will etwas sagen, aber kein Laut entweicht seiner trockenen Kehle. Sie ist wie zugeschnürt.

Das Maultier zottelt gemächlich vorwärts. Mehr und mehr kommen sie auf den belebten Wegen ins Stocken. Da zieht der Kutscher die Zügel an. Der Karren bleibt stehen. Seine Händen zittern. Mit treuem Hundeblick schaut er Nazarius an und sagt: „Nazarius, ich ... ich, schaff' das nicht. Weißt du, was ich meine?"

Nazarius nickt.

„Ich kann in diese Stadt so nicht fahren ... Immer waren

wir als Pilger hier ... haben Lieder gesungen, Psalmen aufgesagt und sind zu Tausenden hinaufgezogen in die Heilige Stadt ... Hier, genau hier sind wir gelaufen. Die Wege waren schwarz vor Menschen, soweit das Auge reichte, dicht an dicht, Hunderttausende waren es manchmal ..."

Anstatt zu antworten, beginnt Nazarius ganz leise, den 1000 Jahre alten Psalm des Königs David zu flüstern:

„Ich freute mich, als man mir sagte: Zum Haus des Herrn wollen wir pilgern“, er nickt bestätigend und fährt dann fort: „Schon stehen wir in deinen Toren, Jerusalem: Jerusalem, du starke Stadt, dicht gebaut und fest gefügt. Dorthin ziehen die Stämme hinauf, die Stämme des Herrn, wie es Israel geboten ist, den Namen des Herrn zu preisen.“

Der Kutscher schaut auf seine roten Hände, die die Zügel des ruhigen Maultieres halten und fährt wie selbstverständlich fort: *„Denn dort stehen Throne bereit für das Gericht, die Throne des Hauses David. Erbittet für Jerusalem ... Frieden! Wer dich l-l-liebt, ... sei in dir ... ge-ge-geborgen ...“*

Eine Träne tropft herunter und seine Stimme zittert, als er den Psalm weiterspricht, wie er es seit frühesten Kindestagen gewohnt ist: *„Friede wohne in deinen Mauern, in deinen Häusern Geborgenheit.“*

Den Rest sprechen sie beide gemeinsam, wie Millionen von Pilger seit 500 Jahren, seit der Tempel erbaut wurde, vor ihnen:

„Wegen meiner Brüder und Freunde will ich sagen: In dir sei Friede. Wegen des Hauses des Herrn, unseres Gottes, will ich dir Glück erflehen.“

Ein Händler, der sich durch das stehende Gefährt behindert fühlt, brüllt von hinten, sie sollen endlich weiterfahren. Es gebe hier nichts herumzustehen und zu glotzen. Der Kutscher bewegt den Karren rechts an den Straßenrand, sodass der Schreihals sie überholen kann.

„Nazarius, verstehe mich bitte, ich kann nicht weiter" und verzweifelt fügt er leise an: „Wie kann jetzt der Messias kommen?"

Die Grenze seines Schmerzes ist erreicht.

„Du bist doch Christ!?" – Nazarius versucht mit dieser Frage eine Art Trost in ihm zu wecken, ihn loszureißen von der Quelle seines Leides und auf die neue Hoffnung, die er haben müsste, zu stoßen.

„Jesus Christus war doch nur ein Prophet ..."

Der Kutscher sagt dies mit einer Art Apathie, während er leer vor sich hinstarrt. Es ist zwecklos, jetzt und hier mit ihm über das neue Jerusalem und das neue Opfer, das Lamm Gottes, zu reden.

Jede Zelle seines Körpers, alle Fasern seines Leibes, jeder Muskel und jeder Blutstropfen sind in diesem Augenblick identisch mit der Qual des Volkes, dem er entstammt und dem er sich trotz seines Christentums so tief verbunden fühlt.

„Hör zu, du musst nicht mit mir gehen, ich komme alleine klar, kehre um und berichte daheim, was du gesehen hast – sobald ich die Familie gefunden habe, komme ich nach Pella. Simson ist dort in guten Händen, es kommt jetzt auf einen Tag mehr oder weniger nicht an."

Während er das sagt, ist er bereits vom Wagen gestiegen. Er fasst das Maultier am Halfter und wendet den Wagen in engem Kreis auf der belebten Straße, während der Kutscher immer noch wie leblos auf dem Bock sitzt. Nazarius fasst ihn am Arm und schüttelt ihn sanft, sodass er ihn anschaut. Aus leeren Augen bedankt er sich für das Verständnis von Nazarius. Dieser gibt dem Esel einen Klaps und langsam zieht der Karren an.

Nazarius schaut der traurigen Gestalt nach, die sich willenlos davonziehen lässt, weil Jerusalem nicht mehr ist.

Er sieht zu, dass er weiterkommt.

Alle zwölf Tore der Heiligen Stadt sind geöffnet wie ein Haus zum Lüften. Zugleich sind alle Zugänge verstopft von Karren, Trägern, Kamelen, Eseln und Ziegen, heraus- und hereindrängenden Menschen, Händlern, Lastenträgern, Soldaten und römischen Sklaven aus aller Herren Länder.

Es geht hier schon zu wie in Rom – denkt er mit einem Anflug von Heimweh.

Auf seltsame Weise befremdet es ihn, nun so einfach in die Stadt gehen zu können, die sich vier Monate lang als uneinnehmbare Trutzburg vor ihm aufgetürmt hatte, als er hier bei den römischen Hilfstruppen diente. Tag für Tag hatte er ihre Mauern und Türme gesehen, er sah ihre Verteidiger auf den Zinnen und Dächern, in seinem Abschnitt kannte er jeden der riesigen Quader, aus denen die Mauer erbaut ist, jeder so groß wie ein römisches Haus ... – und jetzt ist er vielleicht der einzige Römer, der hier nicht als Sieger hineingeht, weil das Schicksal ihm die Verantwortung für einen kleinen Menschen dieser Stadt auf die Schultern gelegt hat.

Das unzerstörte Jerusalem hatte er nur von außen gesehen, jetzt muss er bangen Herzens die Trümmer besteigen, um möglicherweise zu erfahren, dass diese auch die Verwandten von Simson begraben haben.

Er geht auf jenes schmale Stadttor zu, dass sie das Nadelöhr nennen. Es ist zu eng für die beladenen Kamele, mit denen die reichen Händler zum nahegelegenen Basar wollen. Man kann es nur passieren, wenn die kostbaren Tiere abgeladen und ohne Satteltaschen hindurch gezwängt werden. Ist das Kamel auf der anderen Seite, dann müssen die Lasten per Hand durch das Tor gezerrt und wieder aufgeschnürt werden. Aulus hat ihm einmal erzählt, Jesus Christus habe genau dieses Tor als Symbol für das Tor zum Himmel gewählt und gesagt, eher gehe ein Kamel durch das Nadelöhr, als dass ein Reicher in das Himmelreich gelange.

Römische Soldaten bewachen dieses Öhr und bekommen den stummen Hass der Bevölkerung zu spüren. Jeder blickt sie bitter an und hinter jedem dieser Blicke verbirgt sich ein Schicksal. Keiner kann in ihnen die Befreier sehen, die den Bruderkrieg mit starker Hand beendet haben. Denn schlimmer als alles, was die Römer je angerichtet haben, ist die Zerstörung des Tempels. Jeder spricht davon, jeder weint darüber und in alle persönliche Not mischt sich immer wieder dieses seltsame Klagelied: Gott habe sein Volk endgültig verlassen, er, der Treue, der es herausgeführt hat aus der Knechtschaft, der es vierzig Jahre lang durch die Wüste geleitet und sich selbst diesen Tempel gebaut hat, er, der versprochen hatte, Jerusalem wie ein Kind auf seinen Knien zu schaukeln, er hat sich zurückgezogen und würde nie mehr zu seinem auserwählten Volk zurückkehren.

Nazarius hat sich durch das Nadelöhr gezwängt und versucht zum Tempelbezirk zu gelangen. Ihm, der diese Stadt noch nie von innen gesehen hat, steht das Ausmaß der Zerstörung nicht so vor Augen, wie den Bewohnern, die er überall klagend und gestikulierend antrifft und die nach orientalischer Sitte sich nie vom Gegenstand des Schmerzes abwenden, sondern diesen im Gegenteil immer und immer wieder sich und den Nachbarn, der Familie und den Fremden vor Augen führen, bis er völlig durchdrungen, ausgekostet und zum hundertsten Male neu erlebt worden ist.

Stärker, als alle äußerlich wahrnehmbaren Spuren des Krieges, ist die innere Zerstörung dieses Volkes.

Auf halber Höhe kann er sich nicht einer alten Frau entziehen, die ihrer Wut freien Lauf lässt, ihn dabei an den Kleidern zerrt, ununterbrochen redet, wie ein Kind eine Straßenschlacht lautmalerisch und gestenreich schildert – wiewohl sie selbst nicht genau zu wissen scheint, ob die beklagte Zerstörung ihres Hauses Teil des Bruderkrieges oder des römischen Krieges war. Was den Dachstuhl betrifft, zu dem sie die Arme drohend erhebt, als säßen dort immer noch die Zerstörer auf den zerborstenen Balken, ist es ihr auch herzlich egal, welche Partei es getan hat, denn keine würde jemals für den Schaden aufkommen. Sie sei eine arme Witwe, zu nichts anderem in Jerusalem, als in Frieden zu leben, sie habe kein Geld für die Reparatur, was solle denn geschehen, wenn die herbstlichen Regenfälle beginnen würden? Sie schildert in schreiender Klage, wie das Wasser die Wände herablaufen wird, und lässt Nazarius erst ziehen, als er vollendetes Mitleid zeigt. Zuvor hatte er den Schleuderstein anschauen müssen, der das Gebälk zerschlagen hat, er musste sich anhören, wie mühsam das Geschoss herauszubefördern gewesen sei und erst, nachdem auch er dem Stein mit geballter Faust gedroht hat, wird er von ihr mit wortreichen Segenswünschen entlassen.

Immerhin hat sie ihm den Weg zur Aarongasse gezeigt.

In der Nähe des Tempelbezirks und der inzwischen zur Ruine geschleiften Antonia wimmelt es von Soldaten, die diese Herzkammer bewachen. Außer ihren eigenen Leuten und den Sklaven hat niemand Zutritt.

Schon aus Vorsicht macht Nazarius einen Bogen um sie, aber es ist unverkennbar, dass sie nicht nur das wehklagende Volk abhalten wollen, sondern zugleich den Bezirk für ihre systematische Plünderung abriegeln. Schwer bewachte Zweispänner fahren heraus, beladen mit Gold, Silber, Münzen und anderen Schätzen des Tempels. Sie haben sich nicht einmal die Mühe gemacht, diese diskret abzudecken und rumpeln mit ihnen selbstbewusst durch das stumme Spalier der Halbverhungerten.

Erst als Nazarius den Tempelbezirk umläuft, nimmt er die wahren Dimensionen dieses Bauwerkes wahr. Weiter, als es von außen zu erkennen war, dehnt er sich in die Stadt aus. In der Vorstadt, zwischen der ehemals ersten und zweiten Mauer, ist der Übergang vom Wohnviertel zum Tempelbezirk noch deutlich zu erkennen. Weit rechts erheben sich die verstümmelten Reste der vier dunklen Türme der Burg des Herodes in den Abendhimmel. Direkt an der Tempelmauer kann er nicht gehen, weil dort die Wege aufgerissen sind, Rampen sind angelegt worden und die riesigen Quadersteine der erstürmten Tempelmauer liegen am Weg. Als er weiter Richtung Süden zur Oberstadt läuft, steigt der Weg an und entsprechend niedriger wirkt die Tempelmauer, aber sie ist auch hier noch höher als die Häuser. Alle Bauten scheinen sich in Ehrfurcht vor diesem Riesenbau zu verneigen und auch der höchste First verschwindet unter den unfassbar monumentalen Befestigungen des heiligen Bauwerkes. Er muss an Rom und das Capitol denken, das hiergegen ein verschwindend kleiner Hügel ist. Er denkt an den Tempel des Jupiter Optimus Maximus. Dessen gesamte Ausdehnung ist kleiner als selbst das, was von jenem südwestlichen Befestigungsturm, an dem er jetzt vorbeiläuft, noch übrig ist. Allein dieser Stummel hat noch das Zehnfache der Säulenhöhe vom Jupitertempel. Als er beginnt, diese unglaublichen Dimensionen der Jerusalemer Tempelanlage zu erfassen, weiß er auch, dass der Brand des römischen Jupitertempels nun weit über die Maßen gerächt ist.

Mit dem hereinbrechenden Abend nehmen auch die Transport- und Aufräumarbeiten ab. Es wird stiller in dem Gewirr enger Gassen, in das er bei Erreichen der Oberstadt kommt. Die Menschen haben sich in ihre Häuser zurückgezogen, an denen häufig noch die Vernagelung der Fenster belassen worden ist. Durch die Ritzen fällt fahles Talglicht auf das alte Pflaster hier draußen. Im Gegensatz zum Tempel wirkt die Stadt arm, die Gassen sind eng, die Häuser schmal und niedrig.

Nazarius irrt in dem unübersichtlichen Gewirr fast ziellos umher. Hier ist es menschenleer. Der Aufstieg hat lange gedauert und es ist inzwischen fast dunkel. Zum ersten Mal nach den unendlichen Wochen der Belagerung ist es still. Nur die Geräusche der leisen Sezierarbeit im Tempel sind zu hören. Kaum noch sind in den verwinkelten, schmalen Gassen die eingemeißelten Straßennummern und Namen zu lesen.

Eine Aarongasse gibt es nicht.

Ihm ist, als hätte er sich gedankenversunken verlaufen, und er findet nur schwer den Weg aus diesem Labyrinth heraus.

Er läuft nun auf einer breiteren Gasse. Plötzlich steht er vor der Stadtmauer. Sie ragt hier wie ein Geländer etwa auf Kniehöhe über das Pflaster hinaus. Zum ersten Mal sieht er von oben auf das nachtblaue Umland herab, von dem aus er monatelang nur heraufgeschaut hat.

Es ist ein erhebender Anblick. Nie in seinem Leben hat er höher gestanden und noch nie weiter geschaut. Die Hügel Roms sind dagegen wie flaches Land.

Am fernen Horizont kräuseln sich noch die dunkelroten Streifen des spätsommerlichen Abendrots, während in der Stadt schon die Nacht hereingebrochen ist.

Ein frischer Wind weht.

In den Römerlagern dort unten brennen kleine Feuer. Wie der schwere Fußring eines Gefangenen, liegt der Belagerungswall da. Er hat ihn selbst mit aufgeschaufelt. *So also haben sie monatelang von hier oben auf uns dort unten herabgeblickt.* Er bekommt eine Ahnung davon, mit welchem Siegesbewusstsein sie diese Stadt verteidigt haben. Noch jetzt scheint es unvorstellbar, dass Jerusalem tatsächlich den Römern in die Hände gefallen ist.

„Überleg' es dir gut, du bist noch jung", hört er hinter sich plötzlich eine alte Stimme, die ihn aus dem Staunen reißt. Er dreht sich langsam um und sieht nicht weit entfernt eine Greisin am Stock auf sich zukommen.

„Da ist meine Tochter hinabgesprungen."

Sie steht jetzt neben ihm und schaut über die Mauer in die Ferne.

„Zwei Monate sind's ... Der Hunger kann einen Menschen wahnsinnig machen. Sie haben unser Haus geplündert, alles Essbare mitgenommen und die Männer abgeführt. Von denen ist keiner wiedergekommen ... bis jetzt ..., dann ist sie fortgegangen und nie mehr zurückgekommen." Die Alte hat den Stock an die Mauer gelehnt, kramt in der Rocktasche und holt ein kleines zerknittertes Pergamentblättchen hervor, „dann habe ich diese Notiz auf ihrem Zimmer gefunden: Sie schreibt, dass sie Jerusalem auf die letzte noch mögliche Weise verlässt. Hier über diese Mauer ist sie gesprungen. Jetzt komme ich jeden Abend, wenn die Sonne untergeht hierher …"

Sie atmet tief die frische Abendluft ein, steckt das Blättchen wieder ein, nimmt den Stock und legt beide Hände beschaulich auf ihn. „Eine schöne Stelle zum Sterben … Aber du musst nicht springen, Junge! Der Krieg ist aus. Es sind so viele junge Männer gefallen … Hier oben gibt es fast nur noch Frauen. Sie brauchen euch jetzt. Tagelang haben sie die Leichen aus dem Tempelbezirk gefahren. Der Platz war übersät mit Toten. Jetzt plündern sie die Schatzkammer, dann ziehen sie ab."

„Ich will gar nicht springen, ich schaue nur!"

„Schau nicht zu lange, man bekommt Sehnsucht nach der Unendlichkeit", sie wiegt den Kopf hin und her, „es ist gefährlich schön hier …"

„Gibt es hier eine Aarongasse? Ich möchte dort jemanden besuchen."

Die alte Frau dreht sich ganz langsam um, sie hält den Stock waagerecht und fuchtelt damit herum, während sie den Weg zu der nicht weit entfernten Gasse erklärt.

Nazarius fragt nach der Familie von Rebekka, aber die Frau weiß nichts mit dem Namen anzufangen.

„Hier wohnten viele Menschen … der Krieg hat uns einsam gemacht … Früher war das anders … aber jetzt … Alle haben sie die Türen verriegelt und die Fensterläden verschlossen … Keiner ist mehr gerne hier … sie wollen alle fort … wie meine Tochter … früher wollten alle hier wohnen, ganz nahe bei Jahwe im Tempel … aber Jerusalem ist nun nicht mehr Quelle der Freude für sein Volk … kann Gott an dem Gefallen haben, was hier vorgeht …?" Sie hat den Stock wieder auf das Pflaster gesetzt und geht so lautlos davon, wie sie gekommen war.

Während Nazarius den beschriebenen Weg geht, sieht er im Dunkel der Gassen immer wieder Menschen, schwarze, traurige Gestalten, die im Schutz der Nacht ihre schmalen Häuser verlassen und irgendwo ziellos herumschlurfen.

Auch in der Aarongasse trifft er eine solche Gestalt. Es ist ein großer Mann, der aufrecht geht und viel jünger wirkt, als er tatsächlich ist. Unter seinem buschigen, grauen Bart erklärt er mit ruhiger Stimme, es habe dort vorne im Hause eine Familie gewohnt mit vier Töchtern und einem Sohn namens Johannes, die Älteste habe ein kleines Bübchen mit dem Namen Simson gehabt, aber diese beiden seien gegen Ende des Krieges verschwunden gewesen. „Niemand weiß, wo sie abgeblieben sind. Vielleicht ist sie aus Hunger über die Mauer gesprungen. Das haben viele in diesen schrecklichen Wochen getan."

„Und der Rest der Familie?"

„Die sind mit denen aus dem Tempelbezirk geflüchtet. Hier oben war die Hölle los, als es angefangen hat zu brennen, sind sie ausgebrochen ... Es gab ein unerbittliches Gemetzel: Die Römer setzten ihnen nach, hier durch die Höfe und über die Dächer, Johannes von Giskala konnte mit einigen Getreuen fliehen, aber vor Tagen soll er sich ergeben haben. Andere sind runter nach Massada, wo einstmals König David und die Makkabäer in höchster Bedrängnis eine Zuflucht gefunden haben ... am Toten Meer, in einer Festung auf dem Berg ... vielleicht sind sie dabei ... vielleicht kommen sie wieder ... vielleicht ... es hatten am Ende viele Frauen, Kinder und Greise im Tempelbezirk Zuflucht gesucht, die haben die Römer alle hingemacht ... Tausende."

„Ist niemand mehr in dem Haus?"

„Eine alte Tante, aber die ist wirr."

„Danke!"

„Gott ist unsere Kraft und Stärke ... vielleicht ... vielleicht", er brummt noch irgendetwas Unverständliches in den ehrwürdigen Bart und zieht langsam davon.

Ebenso langsam, aber voller Erregung geht Nazarius zu dem ihm gewiesenen Haus. Die Fenster des Untergeschosses sind mit Brettern verhauen, aber durch eine Spalte in der Haustür schimmerte ein Lichtchen.

Obwohl es schon spät ist, klopft er an, aber nichts rührt sich. Wieder hallt sein Klopfen durch die schmale Gasse. Jetzt tut sich drinnen etwas.

„Wer ist denn da, um diese Zeit?"

„Ich bringe Nachricht von eurem Kind Rebekka!" flüstert Nazarius leise an die Tür.

„Rebekka? ... Rebekka?", hört er es von innen schnarren.

„Ja, und von Simson!"

Die Tür öffnet sich ohne weiteren Kommentar, als hätte er das richtige Losungswort gesprochen, und er tritt in den dunklen Flur.

„Tritt ein – wer bist du, Fremder?" Sie mustert ihn von oben bis unten. „Rebekka ist nicht mehr hier, sie hat uns verlassen ... über die Mauer ... zu ihrem Vater ... am selben Tage und Johannes ist auch fort ... alle sind sie fort ... in den Krieg ..."

„Der Krieg ist aus!"

„So? ... Nein, der Krieg ist sicher nicht aus ... die Waffen ruhen ... ach, nichts ist mehr wie es war ...", sie lässt die Arme enttäuscht am Körper herunterhängen.

„Wer bist du ...? Wo ist Simson ...? Unser kleiner Simson ..."

„Er lebt!"

„Das kann nicht sein ... Woher weißt du das?"

„Ich bin gekommen, nach seiner Familie zu schauen ..."

Nazarius ist inzwischen von der Tante ins Speisezimmer geführt worden, das nur von einer Kerze schwach erhellt ist.

„Wie ist dein Name, Fremder?"

„Nazarius."

„Gut, gut, Fremder ... Nazarius. Wo ist Rebekka? Weshalb ist sie nicht hier? Wo ist Simson?"

Gerade will Nazarius antworten, da stellt sie schon weitere Fragen: „Wie kommst du hierher? Haben die Römer dich durchgelassen? Was soll aus Jerusalem werden? Wo sind sie alle hin?"

Der Krieg hat sie zerrüttet. Sie will reden.

So bekommt er durch die Tante zu hören, wie stark die Familie unter den Straßenkämpfen der letzten Tage zu leiden hatte. Offenbar war Johannes, der Bruder Rebekkas, unter den wenigen, die aus dem Tempelbezirk hatten ausbrechen können. Sie seien durch die Stadt geirrt und schließlich hier, in dieses Viertel, geflohen.

„Hier kannten sie sich aus ... Als Kinder haben sie hier gespielt. Jeder Winkel, jede Ecke, jede Gasse ... nichts war ihnen hier fremd", wusste die Tante zu erzählen. Sie wirkt jetzt wieder etwas besser beieinander und erzählt relativ zusammenhängend, dass viele Bewohner aus Angst davor, die Römer könnten dieses Viertel in Brand stecken, geflohen seien. So auch Rebekkas Mutter mit den Töchtern.

„Plötzlich waren sie fort ... Johannes kommt hereingestürmt und schreit: ‚Sie brennen alles nieder, fort fort!' ... Dann haben sie ihre Sachen geholt und sind fort ... ich wollte mit, aber dann rannten welche auf das Dach, die Tür stand offen ... auf den Gassen überall Menschen ... als ich hinausgehe, ist Judith schon fort ... ach, junger Mann ... da war so viel los draußen, da bin ich einfach hier geblieben ... es muss doch jemand im Hause sein ..."

Plötzlich dämmert es Nazarius. Er merkt, dass die Tante sich ins Erzählen flüchtet. Für einen kurzen Augenblick sieht er die Angst in ihren Augen. Ihre ganze Seele flattert wie ein Tuch im Wind. In dieser Sekunde weiß er, weshalb sie so hektisch und wirr ist: Sie flieht vor der Nachricht, die er bringen wird. Sie will es nicht hören, was er ihr sagen könnte. Ein tiefes Erbarmen, ein fast schmerzhaftes Mitleid ergreift ihn.

„Ihr wisst nicht, wo sie sind? Johannes von Giskala hat sich doch ergeben ..."

„Nein, mein Herr, ... wie war noch dein Name? Nazarius? Richtig: Nazarius ... einige Nachbarn sind wieder zurückgekehrt, aber keiner hat etwas von Judith und den Töchtern gesehen oder gehört ... ja, sagt ... wie geht es Simson ... meinem kleinen Simson ...?"

Also doch, denkt er. Aber die Tante ist noch nicht so weit. Sie nähert sich zwar dem an, was er zu sagen hat, aber dann weicht sie doch immer wieder davor zurück. Jedes Mal, wenn er gerade etwas sagen will, fällt sie rasch wieder mit einer Frage oder einem weiteren kleinen Bericht über die Kriegsverläufe ein.

Aber irgendwann kommt der unausweichliche Moment. Sie ahnt es. Sie lässt ihren kleinen Kopf auf die Brust kippen, sie sackt ein wenig in sich zusammen und schaut ihn aus müden Augen an. Er wartet, ob sie nicht doch wieder im letzten Augenblick innerlich davonläuft. Aber sie schweigt.

„Rebekka ist tot", sagt er, „sie wurde von einem römischen Soldaten getötet." Die leidgeprüfte Tante reagiert nicht. Fast apathisch sitzt sie da und nimmt die Nachricht entgegen. Sie hatte es mehr als geahnt. Im Krieg schärft das Leid die Sinne. Sie nickt ganz langsam, wissend. Und nun erzählt Nazarius Stück für Stück, was vorgefallen ist. Er berichtet, wie er Rebekka traf, wie es ihr im Römerlager erging, wie er mit ihr und Simson flüchtete ...

Es ist Nacht geworden. Das Lämpchen flackert in der zugigen Stube. Die Tante sitzt wie versteinert da. Nach langem Schweigen sagt sie sinnierend: „Es ist aus mit Jerusalem."

Wieder begegnet Nazarius der schon in Pella erlebten Identifikation mit dieser Stadt, als sei sie ein Teil von jedem Einzelnen. Wie ein eigenständiges Lebewesen. Fernab jeder Politik steht dieser Tante der ganze Krieg nur im Schrecken der Zerstörung Jerusalems und des Tempels vor Augen. Diese ist für sie schlimmer als der Tod Rebekkas und der Verbleib Simsons, furchtbarer als der Tod ihres Bruders und folgenschwerer als der Zusammenbruch der gesamten Familie.

„Ach, jetzt brennt der Tempel ... brennt er noch? ... Oh,

was soll nun aus Jerusalem werden, du heilige Stadt … wirst deinem Gott nicht mehr opfern können, wirst keine Stiere mehr an seinen Altar bringen … Jerusalem, du meine Zierde, wie einen Strom flossen meine Wonnen zu dir … alles brennt? Wenn du deinem Gott nicht mehr opferst, dann wird Jahwe seine Hand von dir nehmen … oh, Elohim … wohin ist dein Volk gegangen, wenn es dir nicht mehr opfern kann …?"

Er weiß aus der Erfahrung mit den Klagenden in Pella, dass es zu nichts führen würde, diese Alte nun zu unterbrechen oder ihr irgendeinen Trost spenden zu wollen. Er lässt sie lamentieren. Immer wieder fordert sie ihn auf, haarklein zu berichten, was im Tempel vor sich geht, und da er es auch nicht weiß, entzündet sie selbst ihren Schmerz mittels der Phantasie immer aufs Neue.

Ihm ist klar, dass er dieser Tante Simson nicht anvertrauen kann.

„Besteht die Aussicht, dass Rebekkas Mutter und Schwestern wiederkommen?"

„Das weiß Gott allein!", murmelt die Tante.

„Gibt es denn niemanden hier oben, der etwas wissen könnte?"

„Vielleicht Jeharas, unser Vetter, der weiß immer alles und hat immer etwas zu essen."

„Es ist schon spät."

Er einigt sich mit der Tante, dass er über Nacht bleiben und anderntags Jeharas aufsuchen könne, bekommt das Bett im Nebenzimmer angeboten und einen sauberen Nachttopf darunter gestellt. Er sinkt bleiern in einen traumlosen Schlaf.

Kaum ist er am nächsten Tag wieder auf den Beinen, da beginnt die alte Tante aufs Neue: „Übrigens, der Herr, Johannes von Giskala hat sich ergeben … die Römer haben ihn eingesperrt … und auch Simon ben Giora ist gefangen genommen worden … sie haben ihn aus seinem unterirdischen Versteck gezogen … aber beide leben noch …"

„Ja, für den Triumphzug in Rom", sagt Nazarius leise. Sie kann mit diesem Hinweis gar nichts anfangen. Kichert ratlos, weil sie denkt, er habe einen Witz machen wollen, und schlurft in die Küche. Von dort kommt sie mit einem alten Fladenbrot und einem Krug dampfenden Kräutertees zurück. Sie entschuldigt sich, dass es ein so spärliches Morgenmahl sei, aber es gebe immer noch nicht viel zu essen in Jerusalem. „Unser Verwandter, dieser Jeharas, der wird nachher genügend zu essen für dich haben ... Der hatte immer zu essen ... Weiß auch nicht, wie er das gemacht hat ... während der schlimmen Monate des Krieges, wo fast alle Hunger hatten und Tausende verhungert sind ..."

Nach dem Stück Brot in der Früh und dem Tee macht er sich auf den Weg. Er lässt sich von der Tante erklären, wie er zu Jeharas kommt, bedankt sich für die herzliche Gastfreundschaft und macht sich auf den Weg.

Wenig später steht er vor dessen Tür.

Jeharas ist zunächst mürrisch und abweisend, wiewohl ihn dann doch das Schicksal von Rebekka und Simson so interessiert, dass er Nazarius eintreten lässt. Der Tod Rebekkas geht ihm nahe.

„Sie war eine sehr tapfere Frau – ich habe bewundert, wie entschlossen sie an dem Abend war, als sie uns durch den Tunnel verließ. Sie wusste genau, was sie tut."

Er kratzt sich am Kinn und schaut gedankenversunken vor sich hin, dann schüttelt er den Kopf und sagt: „Es wäre viel wahrscheinlicher gewesen, dass sie es überlebt hätte und Simson ums Leben gekommen wäre ... aber ... ich bin sicher, dass es ihr so lieber ist ... Es sind merkwürdige Wege, die Gott geht. Wo die Familie ist, Judith und die Töchter, das weiß ich nicht. Vielleicht haben sie Zuflucht im Tempel gesucht in den letzten Tagen vor Kriegsende ...

Wir haben alle nicht glauben können, dass die Römer den Tempel stürmen, das Allerheiligste betreten, ihn plündern würden … Schrecklich! Und den Tempel in Brand stecken … Viele waren auf den Tempelplatz geflüchtet, weil sie dachten, Jahwe würde noch ein Wunder vollbringen. Die Römer haben alle umgebracht … dort lagen tausende von Leichen, Greise, Frauen und Kinder … Danach haben sie niemanden hereingelassen, um nach den Angehörigen zu suchen. Mag sein, dass sie dabei sind …"

„Und Rebekkas Gatte?"

„Junger Mann: Ich. Weiß. Es. Nicht.

Ich bin zwar nicht so wirr, wie diese Tante, die dich hierhergeschickt hat, aber hier geht alles drüber und drunter. Ich hatte mich mit meiner Familie tagelang in dem Stollen versteckt, in dem Rebekka geflüchtet ist. Ich weiß nur, dass die Römer Johannes von Giskala und auch Simon ben Giora festgenommen haben und deren Anhänger … nur die, die noch bei Kräften sind … die anderen haben sie umgebracht … Ich weiß, dass sie den Tempel plündern, und weiß, dass sie unseren Kult nie mehr zulassen werden … Das Feuer am Opferaltar ist aus … Sie haben es zertreten und gelöscht … Wir können unserem Gott nicht mehr opfern … mit dem Judentum ist es aus."

„Für immer?" – Nazarius muss unweigerlich an die Judenchristen in Rom denken, an Eubulus und Pudens und so viele, die nicht nur ihre Wurzeln hier in Israel haben, sondern auch Verwandte und Freunde.

„Bist du Jude?"

„Nein, ich bin Christ!"

„Dann kannst gerade du das nicht verstehen! Für uns Juden ist die Religion mit Jerusalem und diesem Land hier eng verbunden."

Nazarius schaut ihn fragend an.

„Ohne Jerusalem und den Tempel kann das Opfer nicht mehr dargebracht werden. Das ist für euch Christen anders, eure Religion stammt zwar aus diesem Land, aber sie ist nicht an dieses Land gebunden – ihr lasst auch Heiden zu, das ist uns unverständlich ... Die Römer, diese Heiden, sind in das Allerheiligste des Tempels eingedrungen, der Tempel ist entweiht, das ist für uns ein furchtbares Unglück."

Nazarius fragt ihn, was seiner Meinung nach jetzt mit Simson geschehen solle.

„Junger Mann, wie gesagt: Ich. Weiß. Es. Ni-hichtt." Dann fügt er etwas geduldiger an: „Komm später wieder, in ein paar Tagen vielleicht, und schau, was sich getan hat ..."

„Ich muss zurück nach Rom!"

„Du bist Römer?"

„Ich bin Römer, ich bin Christ und ich bin beschnitten! Aber das hilft uns jetzt auch nicht weiter ..."

Die Ungeduld von Jeharas ist auf Nazarius übergesprungen. Auch er ist jetzt nervös und genervt. Überall wo er hinkommt, hört er immer nur das Klagelied auf die Zerstörung des Tempels und den Fall Jerusalems, das Schicksal einzelner Menschen dieses Volkes ist anscheinend nebensächlich. Wahrscheinlich hat dieser schon alte, aber noch stattliche Jeharas recht: Das ist für Außenstehende, wie ihn, nicht zu begreifen.

„Ich sehe, dass du dich sehr glaubwürdig des Kleinen annimmst, aber ich kann dir nicht weiterhelfen. Das einzige, was ich tun kann ist, falls sich jemand von der Familie bei mir meldet ... oder ich mitbekomme, ob und wo noch jemand lebt ... ihm Nachricht davon zu geben, dass Simson bei einer Familie in Pella ist ... komm mit ..."

Er geht voraus in ein kleines Schreibzimmer, das voll ist mit Büchern und allen möglichen Pergamentrollen. Er nimmt ein Täfelchen zur Hand und notiert sich die Angaben zu Simson, die er im beschriebenen Fall weitergeben würde.

„Herr, könntet Ihr auch mir einen Gefallen tun?"

„Nämlich?", Jeharas, der sich gesetzt hat, blickt fragend zu Nazarius auf.

„Könntet Ihr mir in Rom Bescheid geben, was mit Simson geschehen ist ... ich ... ich", er schaut etwas beschämt auf den Fußboden, „ich habe ihn sehr ins Herz geschlossen und wäre froh, wenn ich wüsste, wo er abgeblieben ist."

Jeharas nimmt ein zweites Täfelchen und notiert sich die Adresse von Nazarius. Er zieht die Augenbrauen hoch und stöhnt leise.

„Simson wird sich schon, wenn du wieder in Pella bist, nicht mehr an dich erinnern. So ist das Leben nun mal", fügt er anschließend hinzu. Jeharas spürt, dass er Nazarius mit dieser Aussage weh getan hat. Indem er sich wieder vom Hocker erhebt, sagt er: „Die Liebe tut immer weh, junger Mann. So, wie du dieses Kind verlierst, so hat Jahwe sein Volk verloren ... Nimm diesen Schmerz und koste ihn aus, so wirst du die Liebe finden!" Er bringt Nazarius zur Tür, bedankt sich für das, was er für das jüdische Volk getan hat, und wünscht ihm Gottes Segen.

Dann steht Nazarius auf der Gasse.

Ein leichter Sommerregen macht die Orientierung in dem Gassengewirr noch schwerer.

Die Feuchtigkeit überträgt kristallklar die Geräusche vom Tempelbezirk und dämpft zugleich alles Treiben. Wie Tränen läuft die Feuchtigkeit über seine Kleider. Leblos starren die Giebel der schmalen Häuser ins graue Nichts. Viele Giebel haben Einschusslöcher.

Als er nach einigem Hin und Her aus dem Labyrinth herausfindet und zum Tempelbezirk kommt, sieht er viele dunkle Gestalten. Sie tauchen aus dem Regen auf und sind bald wieder verschwunden. Wie die Untoten stehen viele Juden an den schwer bewachten Toren und verfolgen wortlos die Plünderungen. Sie laufen als stummer Vorwurf in kleinen Grüppchen hinter jedem schwer beladenen Wagen her, bis sich dieser Trauerzug irgendwo verliert. Nur leise mutmaßt man, welche Schätze und Kostbarkeiten jetzt gerade herausgefahren werden. Diese Form des Protestes, ja mehr noch, des auskostenden Mitleidens, macht die römischen Wachen nervös. Durch den Regen an Übersicht gehindert, sind sie verstärkt darauf bedacht, nicht den geringsten Widerstand gegen ihre systematischen Plünderungen aufkommen zu lassen.

Die Waffen schweigen, aber gerade dadurch prallt der Hass des schweigenden Volkes umso unmittelbarer gegen die Bezwinger.

„Nimm diesen Schmerz und koste ihn aus“, hatte Jeharas vorhin zu ihm gesagt: Hier steht der Schmerz des ganzen Volkes, aller Verstorbenen und aller nachfolgenden Generationen, Jahrhunderte und Jahrtausende. Hier steht er in langen Mänteln und hat schweigend die untätigen Hände in den Taschen verborgen, wo so manche sich ungesehen zur Faust gegen das Ungeheure ballt, das sich im morgendlichen Nebel vollzieht.

Die Augenzeugen dieser Tat werden das Geschehene an Kinder und Kindeskinder, von Generation zu Generation, von Jahrhundert zu Jahrhundert und von Jahrtausend zu Jahrtausend weitersagen – bis in alle Ewigkeit werden sie nicht schweigen über das, was mit Jerusalem geschehen ist. Es ist wie ein stiller Schwur, den diese Gestalten sich und ihren Nachfahren schwören.

Hier, vor dem abgesperrten Tempelplatz wird Nazarius klar, dass dieses tiefste Leid alles in sich aufgesogen hat, was bisher an Drangsal erfahren worden ist. Nichts, was in Zukunft an Schmerz in dieses Volk dringen würde, könnte dieses Leid noch übertreffen.

Bald wird das alte Jeruscholajim versunken sein, mögen die Menschen hier weiterhin leben, sie werden entseelt sein, denn das Schreckliche hat sich als dunkle Plane über sie gelegt, wie der Sündenfall einst über die ersten Menschen.

Er hat sich einige Zeit bei dem Geschehen am Tempelplatz aufgehalten und ihm ist kalt geworden. Erschüttert sucht er die Stadt auf schnellstem Wege zu verlassen.

Als er Jerusalem schon verlassen hat, spürt er plötzlich, dass er das Tuch Rebekkas noch bei sich hat. Da weder die Tante noch Jeharas im geringsten an seiner Glaubwürdigkeit zweifelten, hatte er es vergessen. Keiner der beiden würde Wert darauf legen und so behält er es als Erinnerung. Er nimmt das Tuch und riecht daran, aber der Duft Rebekkas hat sich verflüchtigt. Er ist davon abgewaschen, so wie Gott ihr Leben aus dieser Zeit gewaschen hat.

Es ist schwerer als zu Zeiten der Belagerung, eine Mitfahrgelegenheit zu bekommen. Die Menschen sind nicht zu Unrecht skeptisch und kritisch, denn in dem Maße, in dem sich die Plünderungen der Römer herumgesprochen haben, sind auch Ganoven und Vagabunden nach Jerusalem geströmt, jene parasitären Nutznießer der Not, die aus allem noch einen persönlichen Vorteil ziehen. Die Händler haben Angst um ihre Waren, ihre Einnahmen und teilweise auch um ihr Leben: Sind sie Juden, so werden sie von ihresgleichen hingemacht, sind sie keine, so werden sie deswegen überfallen, denn mit Jerusalem ist auch der Wert des Lebens dieser so mühsam Besiegten gefallen.

Er ist schon eine Strecke auf dem Weg nach Emmaus gelaufen und viele Wagen sind bereits an ihm vorbeigefahren, ohne – wie es sonst Brauch ist – freiwillig zu halten. Endlich nimmt ihn einer mit.

„Jetzt zerstören sie den Tempel", fängt er an, wie alle in diesen Wochen ein Gespräch beginnen. Dann aber nimmt seine Klage eine Wende, die Nazarius bisher so noch nicht gehört hat: „Wie söll sö nur der Messias kömmen? Alles, alles ist jetzt unrein … sö kömmt er nicht … die Heiden sind eingedrungen in Jahwes Heiligtum und öpfern ihren Göttern … überall liegen Leichen herum, wer über sie schreitet, wird unrein … der Messias wird nicht über einen Friedhöf gehen … Jahrhunderte ist alles rein gehalten wörden, damit ihm, dem Messias, kein Weg versperrt ist … jetzt ist alles vergebens … das göldene Tör …", er wendet sich zu Nazarius, „… der Messias wird durch das göldene Tör in die Heilige Stadt einziehen

… aber das göldene Tör ist unrein … die Heiden gehen hindurch … und das Waffenverböt im Tempel ist auch gebröchen … selbst dieser Jesus, der sich an kein Gesetz gehalten hat, hat es im Tempel beachtet … eine Peitsche ist keine Waffe … nicht wahr, junger Mann, das sag' ich nicht einfach sö vör mich hin … das ist die Wahrheit … alles ist jetzt unrein … dass das Öpfer nicht mehr dargebracht werden kann, das ist eine Sache, aber dass der Messias sö nicht kömmen kann, das ist eine andere … und das ist sehr schlimm …"

Nazarius findet es nach all dem, was er hier in zwei Tagen erlebt hat, verständlich, dass auch dieser Händler so denkt. Seinen Sprachfehler findet er merkwürdig, fast ein bisschen amüsant. Aber genauso schlimm findet er, dass er immer noch auf den Messias wartet. Nazarius bemüht sich jedoch nicht, diesbezüglich missionarisch einzugreifen, wiewohl er an Paulus und andere christliche Missionare denken muss, die es geschafft hätten, auch diesen Händler davon zu überzeugen, dass der Messias schon gekommen ist.

Jerusalem verschwindet hinter ihnen im Regen und er dreht sich nicht mehr um. Aber sein Fahrer ist immer noch dort. „Ich versteh' gar nicht, was in die Römer gefahren ist … sie sind döch sönst sö tölerant."

„Der neue Kaiser Vespasian braucht einen Triumphzug und muss zeigen, dass er das Militär im Griff hat … was Rom jetzt braucht, ist die Demonstration von Stärke. Wenn sich etwas anderes geboten hätte, dann hätten sie etwas anderes zerstört. Aber Jerusalem bot sich gerade an …", erklärt Nazarius.

„Aber muss man für die Demönstratiön vön militärischer Stärke den Tempel plündern?"

„Auf einen militärischen Sieg folgt in Rom ein Triumphzug und es ist üblich, die Beute mitzuführen – je mehr, umso besser! Dann jubelt das Volk. Kein Triumphzug ohne Beute."

„Hm", brummt der Kutscher nachdenklich, „dann hätten

sie doch schon viel eher und mit weit weniger Verlusten zuschlagen können. Die X. Legion liegt seit sechzig Jahren vor den Toren Jerusalems."

„Die Juden haben es den Römern nie leicht gemacht: Kaiser Claudius hat sie des Landes verwiesen, Nero wieder zugelassen, und dann kam der Bürgerkrieg in Rom, in kurzer Folge drei Kaiser, Galba, Otho, Vitellius ... Jetzt ist der vierte auf dem Thron und der will dem Volk zeigen, dass er fest zuzupacken versteht."

„Wenn es mit Jerusalem aus ist, dann ist es mit dem Judentum aus."

Da ist es wieder.

Sie drehen sich im Kreise und Nazarius hat es satt, das ewig gleiche Lamento zu hören. Er hat versucht, dem Kutscher in aller Kürze zu erklären, worum es den Römern geht, aber es will offenbar nicht in dessen Kopf. Er verlegt sich aufs Schweigen.

Ein paar Mal fängt der Fahrer noch an, aber er führt nur halblaute Selbstgespräche, die zu kommentieren Nazarius für überflüssig hält, zumal er der Ansicht ist, dieser Händler sorge sich letztlich doch mehr um sein Geschäft als um seine religiöse Zukunft und verschaffe sich deshalb über ihn einen Einblick in die politischen Gegebenheiten und Aussichten.

„Wo soll denn die Reise hingehen?"

„Zunächst nach Pella und dann nach Rom."

„Das sind ja merkwürdige Stationen."

„Ich habe in Pella noch etwas zu erledigen und dann suche ich mir eine Fahrt nach Caesarea. Dort werde ich am Hafen versuchen auf einem Schiff anzuheuern, um so rasch wie möglich nach Rom zu kommen."

„Das wird um die Jahreszeit gerade noch klappen. Da mach dir mal keine Sorgen ... Im Herbst, nach der Ernte, fahren sehr viele Schiffe in Richtung Rom. Sie bringen von überall her aus den Provinzen Getreide fürs Brot ...

Sind riesige Zweimaster … fassen 300 Tönnen und haben im Bauch nöch Platz für 200 Passagiere …

Wenn es nicht klappt, dann musst du die Reise stückeln. Da helfen dir aber die anderen Seeleute weiter. Sie nehmen dich bis in einen bestimmten Hafen, sagen wir bis nach Cörinth, mit, dann schaust du dich im Hafen um, welches Schiff weiterfährt nach Röm und wö du versuchen könntest anzuheuern. Die Seeleute kennen sich alle untereinander."

Es tut ihm gut, dass der Kutscher ihm Mut macht. Für sich selbst hatte er schon erste Zweifel, ob die Überfahrt noch vor dem Winter klappen würde. Er wusste von der Seefahrt des Paulus nach Rom, wie viel schiefgehen kann, wenn man zu spät im Herbst absegelt und er hat keine Lust, in irgendeinem gottverlassenen Hafen monatelang zu überwintern.

Im Jordantal regnet es wieder. Aus dem breite Flusslauf ziehen Nebelschwaden hoch. Die Landschaft wirkt unwirklich und fern. Wie ein Schleier, der sich auf alles legt und es mystisch verhüllt.

Bald kann man kann die Hand nicht vor den Augen sehen. Es ist spürbar Herbst geworden. Der Kutscher hat ein Plane dabei. Sie legen sie sich über die Beine. Es sind kaum Wagen unterwegs und für eine kurze Weile wirkt alles um sie herum, als hätte das ganze Land Ziel und Richtung verloren, als habe es weder Vergangenheit noch Zukunft, sondern nur noch diese graue Gegenwart.

„Sö, sö – nach Röm …", sagt der Kutscher. „Die haben dört seit ein paar Jahren einen neuen Hafen … muss gewaltig sein, der Bau …"

Nazarius zuckt ahnungslos mit den Schultern. Von dem Hafen hat er noch nichts gehört. Es fiel ihm schon in den vergangenen Monaten immer wieder auf, wie hier die einfachsten Menschen besser informiert sind, als in Rom. Sie sind am Tagesgeschehen mehr interessiert. Sie sind politischer – pölitischer, um es mit dem Zungenschlag seines kauzigen Kutschers zu sagen. Er schmunzelt in sich hinein.

Der Kutscher erzählt weiter, dass der alte Hafen, der unmittelbar an der Tibermündung erbaut worden war, *Ostia Antica*, zunehmend versande, „Kaiser Claudius ließ vier Kilömeter nördlich, an der Mündung eines Nebenarms des Tibers ein neues Hafenbecken errichten …"

Er schaut immer wieder zu Nazarius, als wolle er sich versichern, dass er ihn mit diesem Allgemeinwissen nicht langweile. Der aber hört höchst interessiert zu.

„Es gibt dört zwei Mölen, die weit ins Meer hineinreichen … Hat mir ein Seemann erzählt. In der Hafeneinfahrt gibt es eine künstlichen Insel, auf der ein Leuchtturm steht. Die können schön was, die Römer …"

„Eine künstliche Insel", wiederholt Nazarius ungläubig, „wie soll das denn gehen?"

„Für die Fundamente dieser Insel wurde ein großes Schiff versenkt, das randvöll mit riesigen Steinen beladen war … Was für eine geniale Idee. Auf sölche Ideen söllte unsereiner mal kömmen …"

Nazarisus schaut ihn erstaunt an.

„Die Schiffe ankern draußen an den Mölen … Diese söllen das Hafenbecken vor den Südwinden schützen."

„Und wie sollen die Waren bitte schön von da aus nach Röm kömmen?" Nazarius ahmt den Dialekt des Kutschers nach. Sie lachen beide.

„Die haben vöm Hafenbecken aus einen Kanal zum Tiber gebaut, sö können sie dass Getreide aus Ägypten und andere Waren leicht nach Röm transpörtieren. Und eine neue Straße haben sie auch gleich gebaut … Schön mal was vön der Via Pörtuensis gehört?"

„Via Por-tuensis."

„Sag' ich döch!"

Wieder müssen sie lachen.

Sie sind inzwischen weit in der Jordansenke vorangekommen. Der Himmel klart etwas auf. Die Erde riecht frisch. „Such dir ein Schiff dörthin und schau dir den neuen Hafen an, Kumpel."

Nazarius nickt und sagt: „Mal schauen."

„Ja, ja – mal schauen heißt: Leck mich am Arsch, öder?"

„Nein, auf keinen Fall. Ich mag dich. Ich staune, was du alles weißt, und danke dir für den guten Rat."

„Sösö." Er schmunzelt und treibt das Maultier an. Dieses aber bleibt in seinem schönen Trott.

„Ist auch egal, was du machst. Ich bleib auf jeden Fall hier. Auch wenn es mit diesem Land jetzt aus ist. Ich könnte nirgendwö anders leben – nirgendwö ..."

Und wieder wird es Nazarius überdeutlich: Religion, Volk und Land gehören hier auf eine Weise zusammen, wie es das sonst nirgends gibt. Sie bilden eine Einheit. Sie existieren unvermischt und ungetrennt miteinander.

Und selbst wenn in Jerusalem kein Stein mehr auf dem anderen bliebe und wenn sie den gesamten Tempel bis auf das Mahnmal seiner westliche Mauer schleifen würden und wenn sie Palästina zu einer römischen Provinz dritten Grades erniedrigen sollten – alles wird genau so kommen –, so würde Jahwe-Zebaoths auserwähltes Volk nur ein neues Lied der Sehnsucht anstimmen, dessen traurige Melodie so lange nicht verstummen würde, bis sie ihr Land wieder frei in Besitz nehmen könnten.

Dann würden sie daran denken, wie die Zwingherren schon einmal Lieder von ihnen forderten und die Peiniger Jubel, indem sie befahlen: „Singt uns Lieder vom Zion!" Dann würden sie sich trotzig daran erinnern, wie sie weinten, als sie an Zion dachten, und ihre Harfen an die Weiden in jenem Land hängten, weil sie nicht singen konnten die Lieder des Herrn – fern, auf fremder Erde. Dann werden sie auf den windigen Höhen der Festung Massada, wie damals im babylonischen Exil, nachts trotzig ein Sehnsuchtslied singen:

„Wenn ich dich je vergesse, Jerusalem,
dann soll mir die rechte Hand verdorren.

Die Zunge soll mir am Gaumen kleben,
wenn ich an dich nicht mehr denke,
wenn ich Jerusalem nicht zu meiner höchsten
Freude erhebe.“

VIII.

In den Anlagen des Portus Ostiensis Augusti macht Ende September des Jahres 71 ein Getreideschiff fest, das bei schönem Herbstwetter eine ruhige Überfahrt hatte. Es kommt von Korinth, wo es vor zehn Tagen ablegte und in See stach. Die günstigen Südwinde an Italiens Westküste trieben das voll beladene Boot schnell zu dem relativ neuen Hafen, der nördlich der alten Kaianlagen in Ostia angelegt worden war.

Schon Stunden vor dem Einlaufen des Schiffes standen die Passagiere an Deck. Sie ließen sich den Wind durch die Haare wehen und warteten gespannt darauf, dass die ersten Mauern der legendären Hafenanlage zu sehen sein würden. Unter diesen Wartenden ist auch eine kleine Gruppe Christen aus Korinth. Nachdem sie an Bord die zweite Hälfte das vereinbarten Reisepreises bezahlt haben, werden sie noch vor dem Beginn der Löscharbeiten über einen schwankenden Steg an Land gelassen.

Dort pulst am Nachmittag das normale Leben der Hafenstadt. Sklaven rufen sich scharfe Kommandos bei den Löscharbeiten zu. Junge Schiffsschreiner schwanken für Reparaturarbeiten auf kleinen Schaukeln an den Außenseiten der Schiffe. Bottiche werden vom Deck ins Wasser gelassen und mit vereinten Kräften wieder hochgezogen. Sklaven schrubben oben die vom Salzwasser rau gewordenen Planken. Auf langen Karren werden Segel zum Flicken geschoben und irgendwo rumpelt ein mit neuem Tauwerk beladener Karren. Aus den Reepschlägerwerkstätten mit ihren langgezogenen Bahnen, dringt das Klappern der drehbaren Geschirre, wo die vierschlägigen Hanftaue knarzend mit großen Kurbeln zu Takelageseilen zusammengedreht werden. Beladene Karren ziehen zu den Schiffen, wo neuer Proviant an Bord geschleppt wird. Wenn sie leer sind, werden sie mit Korn befüllt, das in eine nahe gelegene Lagerhalle gebracht wird.

An einer Mauer stehen ein paar bunt herausgeputzte Prostituierte und umwerben die Matrosen, die ihre gewachsten Seesäcke lässig über die Schulter geworfen haben. Der größte Teil der Heuer wird morgen früh von den Vergnügungen, die der Hafen zu bieten hat, aufgezehrt sein.

In den letzten Sommerwochen erreicht das Leben in dieser Hafenstadt Roms seinen Höhepunkt. Viele Schiffe löschen ihre Ladung, um vor Beginn der Herbststürme an jenem sagenumwobenen Felsen der sizilianischen Meerenge Messina vorbeigesegelt zu sein, von dem Skylla und Karyptis seit Menschengedenken ihre tödlichen Hände nach den Seefahrern ausstrecken. Im Winter würde es ruhig werden und manche Arbeitslose würden die umsatzarmen Wintermonate irgendwo in Rom verbringen.

Die heiße Septembersonne glüht über Menschen, Masten und Segel. Heimische Bauern bieten den Matrosen an einfachen Ständen ihre Früchte an.

Der Anlegeplatz ist voll von albernden und lachenden Paaren und Gruppen. Kisten und Säcke stehen zu ihren Füßen und selbst den Sklaven scheint an diesem Mittag die Arbeit leicht zu fallen.

Immer wieder ziehen sie über hölzerne Stege in die Boote, holen oder bringen die Waren.

Auch die Straße nach Rom ist in beide Richtungen friedlich belebt.

Volle Wagen knarren unter der übergroßen Last. Zu beiden Seiten des Weges steht der Wein in voller Traube. Die stolzen Villen der großen Landgüter blecken ihre säulenartigen Zähne und ihre roten Dächer glänzen wie neckische Mützen. Um sie herum leuchten späte Birnen und hinter ihnen glüht die untergehende Sonne über abgeernteten Felder.

Irgendwo am Rande steht die kleine Gruppe Christen, die das aus Korinth kommende Kornschiff schon weit hinter sich gelassen hat. Sie diskutieren miteinander, ob sie ein kleines Tiberschiff nach Rom nehmen sollen, oder den Fußweg. Nazarius hatte die Gruppe im Hafen von Korinth kennengelernt und sie hatten sich unterwegs angefreundet. Es war ihm ein Vergnügen zu sehen, wie anders diese Christen im Vergleich zu den Thorachristen sind, die er in Palästina angetroffen hatte. Es sind gebildete und fröhliche Menschen. Sie sind weltoffen und sprachen an Bord mit den Leuten, lachten viel und verbreiteten überall, wo sie auftauchten, gute Stimmung. Es sind hochgewachsene und selbstbewusste Griechen – jene Korinther, mit denen Paulus vor Jahren seine liebe Not hatte. Während der Überfahrt hatte er das Thema ihrer ersten Christianisierung gemieden, um die gute Laune nicht zu trüben. Ihre Bejahung all dessen, was die Schiffsreise und die kulinarische Welt an Bord zu bieten hatten, tat ihm gut. Ihre Diesseitigkeit verblüffte ihn. Sie waren so offen, so neugierig, so interessiert an allem und jedem. Sie wollten von den Matrosen wissen, wie das nun genau mit den Segeln sei, welche Segel man wie nenne, wie man vertäue und hisse. Vom Steuermann wollten sie wissen, wie man genau das Ruder zu führen habe, wie man die Strömung spüre und gegensteuere, von den Deckmatrosen wollten sie jeden Handschlag erklärt bekommen, unter Deck wollten sie von den Hilfskräften wissen, wie man die Ladung sichere, was wo gelagert werde und wie der Lösch- und Ladevorgang genau ablaufe. Vom Kapitän wollten sie wissen, aus welchem Holz der Schiffsrumpf gefertigt sei, aus welchem die Masten, wie lange diese hielten, bis sie durch neue ersetzt werden müssten, welche Krängung in der Längsachse das Schiff vertrage und welchen Tiefgang es habe. Wo sie an Bord waren, da war Leben. Da wurde gelacht, da sammelten sich die Leute um diese sympathischen Menschen.

Sie lebten ein Christentum, das ihm so noch nie begegnet war. Es hatte sich im philosophisch geschulten Umfeld Griechenlands gebildet und hatte nie die Not und Verfolgung durchlitten, die die Glaubensbrüder in anderen Ländern und Städten erdulden mussten.

Nun aber will er sich von ihnen trennen und allein nach Rom gehen. Sie versuchen zwar, ihn umzustimmen, aber es gelingt ihnen nicht. Selbst das findet Nazarius noch sympathisch. Diese Leute sind tolerant. Wenn jemand eine andere Meinung hat als sie, dann versuchen sie nicht ihn umzustimmen. Sie diskutieren mit ihm, stellen Fragen und tauschen Argumente aus – das hatte er während der Schiffsreise schon gemerkt –, aber sie bearbeiten einen Andersdenkenden nicht, sie klopfen ihn nicht gemeinsam breit oder verbeißen sich so lange in ihm, bis er ihrer Ansicht ist. Und deshalb lassen sie ihn – nicht ohne abermalige Beteuerungen, er könne gern mit ihnen nach Rom fahren – seines Weges ziehen.

Er ist nach einem Jahr wieder daheim und genießt es, sich Rom langsam zu nähern.

Wie sehr er diese Stadt vermisst hat, wird ihm erst angesichts seiner jetzigen Freude offenbar. Er läuft schneller und schneller. Ein paar Kindern, die ihm etwas nachrufen, winkt er freundlich zu. Fast hüpft er. Er überholt andere Fußgänger und Lastenträger. Es ist, als hätte er schon vor den Mauern der Stadt seinen gewohnten Schritt wieder angenommen und als würde etwas von der Hektik dieser Stadt schon jetzt auf ihn übergreifen. Er schwitzt. Irgendwo setzt er sich ins Ufergras des Tibers, dessen Lauf er nach Rom folgt. Erst als ihm kalt wird und er wahrnimmt, dass bereits der Abendwind von den Bergen herunterbläst, packt er sein kleines Bündel zusammen und zieht weiter.

Weit nach Einbruch der Dunkelheit erreicht er die Cestus-Pyramide und geht durch die servianische Mauer in die Stadt.

Wie anders ist Rom als Jerusalem. Rom ist an diesem Abend prächtig – wie immer. Die Stadt lebt in vollen Zügen. Munteres Volk tummelt sich auf den Straßen. Schenken, Gasthäuser und Garküchen haben Hochbetrieb. Überall stehen oder laufen Menschen in kleinen Gruppen. Alles wirkt freundlich, lebensfroh und gibt sich – wie immer – dem Genuss hin.

„Mann, Kumpel, was stehst du hier herum?", fragt ihn einer, der ihn angerempelt hat.

„Die Zeit des Krieges ist vorbei. Feiere mit!"

Eine Gruppe ausgelassener Jünglinge, allesamt jünger als er, ziehen und drücken ihn mit sich.

„Stell dich nicht so an …"

„Komm schon, Kumpel …"

Nazarius wehrt sich dagegen, aber er hat keine Chance. „Was ist denn los?" fragt er.

„Jerusalem wurde eingenommen, da ist ein Grund zum Feiern …"

Und ein anderer fügt hinzu: „Mit dem neuen Kaiser Vespasian hat eine gute Zeit begonnen hat – auf jeden Fall für die Römer … hohoho."

„Der Brügerkrieg ist vorüber, das feiern wir schon seit Wochen …"

„… und die Blutspuren am Kaiserthron sind reichlich mit Gold überklebt."

Sie scheinen das alles zu wissen und es sich nur deshalb zuzurufen, damit Nazarius es hört. Diesen schleppen und schieben sie weiter mit sich.

„Weißt du, Kumpel … Wie heißt du?" – Er wartet die Antwort gar nicht ab. „Weißt du, das Volk bekommt, was es sich wünscht, und ist damit auf's Höchste zufrieden …"

„Brot und Spiele. Brot und Spiele", brüllt ein anderer aus der Gruppe.

„Das Volk steht in bester Laune auf Seiten des Kaisers und wird dafür reich beschenkt."

„Brand und Bürgerkrieg haben Rom ganz schön zugesetzt, aber jetzt geht es aufwärts … Vespasian, baut die heruntergekommene Stadt wieder auf …"

„… Und der Sohn, Titus, zerstört zu gleichen Zeit Jerusalem …" bemerkt Nazarius.

Die Gruppe braucht eine Weile, um zu begreifen, was er gesagt hat. Die Stimmung könnte jeden Augenblick kippen.

Da lacht der Anführer los und ein anderer sagt:

„Mann, du bist ja ein Witzbold, du hast Recht, hihihi, so ist es. Der Sohn reißt nieder, der Vater baut auf ..."

Nazarius fällt ein Stein vom Herzen, dass es keinen Streit gibt. Und doch will er sich so schnell wie möglich aus dieser Gruppe losreißen, bevor irgendwann die ausgelassene Stimmung umschlägt. Er hat es zu oft bei seinen zechenden Kumpanen erlebt, dass auf solche Stimmungslagen die Aggression folgt und dann die Zerstörung. Er reißt sich sanft, aber nachdrücklich los, rudert mit den Armen, die sie untergehakt haben, nach vorn und nach hinten, drückt sich mit dem Körper ab und isoliert sich langsam aus der Gruppe. Er bleibt freundlich, grüßt alle, bringt noch irgendeinen Soldatenspruch, den sie ganz prima finden und über den sie sich völlig albern kaputtlachen. Dann torkeln sie feixend und grölend weiter. Er schaut ihnen ein Weile nach und schüttelt irritiert den Kopf.

Während er langsam durch die bekannten Gassen zieht, schnappt er immer wieder Sätze auf, die ein „Hoch" auf Vespasian enthalten. Endlich ein Kaiser, der etwas für das Volk tut – so, oder so ähnlich, klingt es aus allen Ecken.

Als zwei schwer Angetrunkene aus einer Garküche stolpern und ihn fast umrennen, erfährt er, dass jeder baulustige Römer für wenig Geld Häuser und Grundstücke vom Senat erwerben kann.

„Wer nicht baut, kann aus dem Stand enteignet werden ... Das sind mal Gesetze, die den kleinen Mann erfreuen ... He pass auf, renn den Typen nicht um", er zieht seinen Kameraden, der Nazarius schwer angerempelt hat, auf die Seite und entschuldigt sich gleich mehrfach.

„Schon gut", sagt Nazarius, „macht nichts, alles in Odnung."

Die beiden Zecher stützen sich schwankend aneinander. Einer hebt bedeutsam den Zeigefinger und dann reden sie beide auf Nazarius ein: „Bist hier wohl fremd, was?", fragt der eine und der andere lacht tonlos zwischen den Zähnen.

„Ganz schön was los in Rom … das Volk feiert den Kaiser. Ü-ü-brigens – hups! – hat er die Fer-fer-fertigstellung des Goldenen Hauses gestoppt … dieses Scheiß-Ding …“ Daraufhin kichern beide wie blöd und eiern weiter.

Wenig später sieht er die monumentalen Gerüste für den Neubau eines Circus, der in aller Munde ist. Als er näher kommt, hat er zunächst Schwierigkeiten, sich zu orientieren, und nur mit Mühe erkennt er die Reste jenes Platzes, auf dem er vor nun beinahe zwei Jahren verhaftet worden war: Der Koloss, jene selbstherrliche Statue des Nero, steht zwar noch, aber an seiner Seite erheben sich die ersten Stockwerke eines riesigen Theaters. Es erstreckt sich in noch nie dagewesenen Dimensionen bis weit in die ehemaligen Gärten des goldenen Hauses. Das schaut er sich jetzt genau an. Er läuft um das Theater herum und sieht, dass die Teiche trocken gelegt wurden, die für die Gärten des goldenen Hauses angelegt worden waren. Straßen wurden gebaut, die sternförmig auf das neue Theater zulaufen. Der Platz, auf dem er in Gefangenschaft geraten ist, ist in eine breite Rundstraße integriert, die das ovale Gelände weiträumig umspannt. Auch in dieser Nachtstunde arbeiten überall Sklaven an dem von tausenden von Lampen erhellten Bau.

Nicht ohne eine gewisse Befriedigung stellt Nazarius fest, wie verschwindend klein die Statue des Nero gegen dieses Theater ist. Weil aber dieser Koloss nun einmal dasteht, nennen die Römer das neben ihm entstehende Bauwerk, obwohl es erst in seinen Anfängen zu sehen ist, jetzt schon das Kolosseum.

Nazarius hält inne und muss an seine Festnahme denken. Was hat sich seit diesem Abend nicht alles ereignet? Auf welchen unberechenbaren Bahnen ist sein Leben seitdem verlaufen? Er weiß nicht, ob er es verkorkst hat, aber er weiß, dass er so, wie er heute denkt und empfindet, nicht denken und empfinden würde, wenn sein Leben nicht so verlaufen wäre, wie es verlaufen ist.

Und dann steigt in ihm heiß die Erinnerung an Lucia auf, an den ersten so unvermittelten, warmen Kuss von ihr, an die wilden Wochen anhaltender Leidenschaft, an die himmlischen Augenblicke restloser Hingabe.

Es ist, als breche eine tiefe, heiße Quelle gerade durch die Erdoberfläche. Die verkrustete Borke entlarvt sich als Trugbild einer Heilung und zerbröckelt. Dann platzt eine gewaltige Fontäne von Schmerz und Liebe hoch, sie schießt mit riesenhafter Kraft in die Höhe, sodass ihm für einen Moment die Knie weich werden und der Boden unter seinen Füßen zu schwanken scheint.

Alles ist wieder da: der Schmerz, die Liebe, der Verrat, die Enttäuschung – alles, alles ist zurück, so rau und scharf wie eine frische Wunde.

Er ist wieder in Rom.

Die Stadt nimmt ihn in ihre Fänge.

So wie jetzt hatte er seit seiner Abreise aus Rom nie mehr an Lucia gedacht. Er hatte Schmerzen, wenn er an sie dachte, das schon. Aber sie waren gedämpft von der großen räumlichen Distanz. Er hatte Sehnsucht, natürlich, aber sie war erträglich durch den Dienst in den Hilfstruppen vor Jerusalem. Er hatte Verlangen nach ihr, jeden Tag, aber die Kameradschaft in Palästina half ihm darüber hinweg. Er begehrte sie und doch verblich das Bild von ihr. Die Erinnerungen verblassten. Es blieben nur ein paar einzelne Eindrücke in seiner Seele zurück. Ihre Augenfarbe (grün, wie ein Bergsee), ihr Gang (sanft und weich), ihre Stimme (samtig und warm). Es waren Bruchstücke, die sich mehr und mehr von dem verblassenden Gesamtbild absonderten und als Fragmente wohnsitzlos in seiner Seele wanderten, ohne dass er es gemerkt hatte.

Eine schwere Ahnung legt sich dunkel auf sein Herz.

Er zieht weiter durch die Stadt. Er will heim.

All die vielen unbeschwerten Menschen stören ihn mit einem Mal. Ihre Oberflächlichkeit, ihre Gier nach Geschenken und einem nichtstuerischen Leben. Alles, was er eben noch aufmerksam hier und da ihren Gesprächen entnahm, dringt nun als dummes Geschwätz schmerzvoll an sein Ohr.

Er hat die Liebe wieder. Oder sie ihn …

Im Gerberviertel klagen ein paar Handwerker laut über die vom Kaiser unlängst eingeführte Harnsteuer, die den überwiegend aus Urin bestehenden Grundstoff für ihre Arbeit teuer macht. Nazarius hört nebenbei, dass der Kaiser über die aus dieser Harnsteuer stammenden Gelder „pecunia non olet" gesagt haben soll – Geld stinkt nicht.

Ihn drängt es heim.

Jenseits des Tibers wird es ruhiger. Nur ein paar müde Hafenarbeiter schleichen wortlos heim. Feucht und dunkel ist es hier. Von den gepriesenen Bautätigkeiten keine Spur. Während seiner Abwesenheit müssen viele Leute weggezogen sein. An einigen Häusern sieht er Schilder, die diese zum Kauf anbieten. Andere sind mit Brettern vernagelt oder stehen mit bereits abgedecktem Dach zum Abriss bereit. Er biegt in die Gasse ab und im Augenblick ist es ihm, als sei er nie fort gewesen. Er freut sich auf seine Mutter. Sie würde merken, was alles mit ihm geschehen ist. Sie soll die Erste sein, die von seinem Willen zu Umkehr und Buße erfahren würde. Sie würde sich rückhaltlos freuen und noch heute will er ihr erzählen, dass er gekommen sei, um Lucia zu heiraten.

Noch wenige Schritte ist er von seinem Haus entfernt, doch kein Licht fällt auf die Straße. Auch als er die Längsseite sehen kann, sind alle Fenster dunkel. Sie sind schwärzer als die Nacht und plötzlich sieht er, dass die unteren Fenster mit Brettern verhauen sind. Von einer unheilvollen Ahnung getrieben läuft er schneller und Augenblicke später steht er klopfenden Herzens vor der Tür.

Sie ist mit zwei schräg verkreuzten Brettern vernagelt. Seine Hand zittert, als er an der Klinke rüttelt. Er läuft um das Haus herum und sieht von der anderen Seite nach den Fenstern. Auch hier sind sie verrammelt. Panisch rennt er durch die Seitengasse, überquert den nachbarlichen Garten, springt über den Bretterzaun und landet dahinter in hohen Brennesseln und Disteln, die er mit der Sandale so gut es geht aus dem Weg tritt. Die nackten Füße schmerzen und sein Arm blutet. Er stürzt zum Hinterhaus. Auch hier ist alles tot.

Von dem Stubenfenster, durch das er so oft zur nächtlichen Mission das Haus verlassen hat, versucht er die Bretter abzureißen, aber seine Kraft reicht nicht aus. So stürmt er durch das hohe Gras in den Schuppen, sucht hektisch nach irgendeinem Gartengerät, findet eine Hacke mit abgebrochenem Stiel und läuft zurück. Er bricht die Querbretter auf, mit denen die vorgeklappten Fensterläden vernagelt sind. Die Fensterläden lassen sich nur mit Kraft zurückschlagen. Die verrosteten Angeln knarren laut.

Als er ins Haus tritt, schlägt ihm dicke, feuchte Luft entgegen. Er ruft nicht einmal nach der Mutter, sondern setzt sich mit wankenden Knien auf einen Hocker. Schwer atmet er in der Dunkelheit, aus lahmen Händen gleitet die Hacke auf den Fußboden und heiße Tränen laufen ihm übers Gesicht. Immer heftiger beginnt er zu schluchzen und schließlich entlädt sich sein Schmerz in einem Weinkrampf, wie er ihn nie hatte. Nie vor diesem Abend und nie mehr nach diesem Abend. Es ist ein Weinkrampf, wie man ihn nur ein- oder zweimal im Leben haben kann, weil die Seele mehr nicht verkraftet. Ein Weinkrampf, in dem die Welt zusammenbricht und über ihm einstürzt.

Sein ganzer Körper ist von einer nicht zu beschreibenden Seelenqual ergriffen. Der Mund verzieht sich immer wieder schmerzvoll und er schüttelt den in die Hände gestützten Kopf. Zwischendurch wischt er mit schweißnassen Händen die Tränen aus den entzündeten Augen. In Wellen dringt der Schmerz wie ein spitzes Stück Metall nach innen auf den Grund seiner Seele. Dann aber weint er wieder auf. Hier in der Dunkelheit, daheim und doch mutterseelenallein, in der muffigen Stube seiner Kindertage, erwacht unter Zuckungen und noch nie erlebten Seelenqualen ein kleiner Junge. Immer und immer wieder sichelt der Schmerz kreuz und quer Striemen in sein Herz. Vergangene Bilder erstehen aus den Abgründen. Wie ein Album blättert sich sein Leben auf und die Tränen tropfen auf die Erinnerungen. Alle Vergangenheit wird Gegenwart und durch alle Bilder schreitet geduldig, dienend und liebend seine Mutter. Wieder und wieder schluchzt und heult er auf, getroffen von dem Schmerz, diese Liebe nicht genügend erwidert zu haben. Auch Lucia tritt dazwischen. Ihr Bild stößt ihn noch qualvoller auf alles zurück, was er seiner Mutter schuldig geblieben ist. Rebekka ... Simson ... Mutter ... Lucia ... – wild wechseln die Erinnerungen und quirlen sich mit den heißen Tränen der Reue zusammen: immer und überall, in jeder Sekunde des bisherigen Lebens nichts begriffen zu haben von der Liebe. Lodernd brennt die dürre Steppe in seinem vertrockneten Innern und das Feuer nimmt alle verratene Liebe auf. Sein Herz brennt, aber es verbrennt nicht. Wie der Dornbusch. Es geschieht etwas, während er weinend ringt und ringend weint, aber das, was geschieht, ist ihm entzogen. Er bricht besinnungslos zusammen ...

Als er aus tiefem, apathischen Schlaf erwacht, graut bereits der Morgen.

Er wischt sich die Reste vertrockneter Tränen vom Gesicht, die letzten Zeugen dafür, dass er nicht geträumt hat. Heute will er ein neues Leben beginnen, dieser Entschluss steht fest – er ist ihm Halt und Trost.

Langsam ordnen sich seine Gedanken, wie wenn er aus hohem Fieber erwacht. Je klarer er jedoch zurückblickt, desto mehr steigt schon wieder der Schmerz in ihm auf. Er ist traurig, aber zugleich doch getrost, dass alles gut werde: Den kämpfenden und schreienden Schmerz der Nacht spürt er noch in den lahmen Gliedern am Morgen und doch ist ihm wohl bei dem Gedanken an seinen Neuanfang.

Alles, alles täte er, wenn er nur eine solche Stunde, in der er an seinem eigenen Abgrund stand, nicht noch einmal erleben müsste.

Er kann und will nicht mehr fliehen.

Als erstes würde er am Morgen zu Aulus gehen und mit diesem alles besprechen.

In seine Tränen mischt sich ein stiller Trost über seinen Entschluss. Mit Rebekkas Tuch wischt er sich das Gesicht ab. Noch ist es zu früh am Tage, um zu Aulus zu gehen. So macht er sich beim ersten Tageslicht daran, das Haus in Augenschein zu nehmen.

Lange muss hier kein Mensch mehr gewesen sein. An den Wänden hat sich Schimmel gebildet. Feuchter Staub liegt dicht auf dem Boden. Aus der Küche sind alle Gegenstände des täglichen Gebrauchs verschwunden. Außer dem einen wackeligen Stuhl, gibt es nirgends mehr eine Sitzgelegenheit. Sein Bett ist fort und nur an den Wänden stehen vereinzelt zerbrochene Regale, deren Bretter man offenbar für die Vernagelung von Tür und Fenstern verwendet hat. Der Schlüssel zur Tür fehlt, aber aus dem morschen Gebälk bricht das Schloss bei einem kräftigen Ruck quietschend heraus. Von innen tritt er die Bretter fort und trägt sie ins Haus, zum Entfernen der Fensterbarrikaden nimmt er die Hacke zu Hilfe. Nun fällt Licht in die Räume und er sieht das ganze Ausmaß der Verwüstung. Wahrscheinlich haben die Anwohner sich genommen, was sie brauchten, bevor irgend jemand das Haus verrammelt hat.

Als der Tag herauf zieht, macht er sich auf den Weg zu Aulus.

Sein Herz ist schwer und doch gibt ihm der feste Vorsatz, mit der Rückkehr nach Rom auch die Umkehr zu verbinden, neue Kraft.

In Rom hat sich viel getan und doch nichts verändert. Als er in der noch frischen Morgensonne des Septembers die Stufen zum Portal der Aulus'schen Villa hinaufsteigt, ist es ihm, als hätte er die Stadt nie verlassen – und doch knüpft sein jetziger Entschluss nicht einfach dort an, wo er seinerzeit aufgehört hat, sondern ist nur möglich geworden durch alles, was zwischen seinem Weggang und seiner Heimkehr geschehen ist.

Er lässt den bronzenen Klopfer auf das alte Holz fallen und braucht nicht lange zu warten, bis Anna ihm öffnet. Er hat sie bereits durch die verschlossene Tür am schlurfenden Schritt erkannt.

Anna ist keineswegs befremdet, als sie ihn sieht. Sie reagiert, als hätte sie auf ihn gewartet. Sie erkennt ihn trotz ihres Alters und seiner langen Abwesenheit sofort, lässt ihn höflich eintreten, erklärt, dass Aulus zu Besorgungen außer Haus, aber bald zurück sei. Sie bietet ihm an, auf ihn zu warten.

Im Atrium ist es zu dieser Tageszeit wärmer als draußen. Die zweiflügelige Hintertür in den Garten steht offen. Das Gekrächze von Krähen dringt hinein.

Einmal durchquert Anna die Eingangshalle und er fragt sie nach Lucia. Die alte Anna jedoch ist entweder schwerhörig geworden oder schlau, auf jeden Fall antwortet sie, als hätte er eine ganz andere Frage gestellt, und sagt: „Er wird wohl bald kommen", und während sie weiterschlurft, brummt sie etwas, das sich anhört wie „Geduld ist die Mutter aller Tugenden ..."

Wenig später geht die Tür auf und Aulus tritt mit den typischen großen Schritten herein.

Seine Toga hat einen beispielhaften Faltenwurf, der auch durch das Ablegen eines Umhanges nicht durcheinander gebracht wird.

Zum ersten Mal seit ihrem unerfreulichen Auseinandergehen stehen die beiden sich wieder gegenüber.

„Aulus ..."

„Sei mir gegrüßt, Freund!"

„Aulus ... ich ..."

„Da ist ja der verlorene Sohn, was führt dich zu mir?"

Beide sind auf ihre Art unsicher und Nazarius fühlt angesichts der makellosen Kleidung und des souveränen Auftretens seines Jugendfreundes wieder die alte gesellschaftliche Diskrepanz.

„Aulus, ich haben den Hammer weggeworfen!"

„Den Hammer? Welchen Hammer?"

„Können wir miteinander reden?"

„Der Morgen ist schön. Lass uns ein wenig im Garten verweilen."

Sie treten aus dem Haus und laufen auf den gepflegten Kieswegen schweigend nebeneinander. Nazarius ist froh, dass sie sich nicht in die Augen sehen müssen.

„Was gibt es?", fragt Aulus schließlich.

„Du erinnerst dich nicht mehr an den Hammer?"

„Was für ein Hammer?"

Kaum etwas ist Nazarius von ihrem letzten Gespräch so deutlich in Erinnerung geblieben, wie Aulus' Satz, er solle den Hammer nehmen und erst, wenn er diesen von sich geworfen habe, sei der Zeitpunkt seiner Bekehrung gekommen. Wie eine Prophetie hatte er diesen Satz im Gedächtnis behalten und als er den Hammer schließlich ins Gras vor Jerusalem geworfen hatte, war ihm, als hätte diese Prophezeiung angefangen sich zu erfüllen. „Ach, lassen wir diesen Hammer, Aulus ... ist nicht so wichtig ... Wichtiger ist, dass ich wieder da bin, ich möchte umkehren und ein neues Leben beginnen."

Aulus schweigt

„Ich bin nicht mehr bei den Soldaten ... ich habe viele Fehler gemacht ... ich bereue vieles ..."

Aulus sagt kein Wort, was Nazarius so sehr irritiert, dass er ständig weiterredet. Er verhaspelt sich, beginnt bald von diesem, bald von jenem zu erzählen, fängt Sätze an, die er nicht beendet, und setzt Dinge voraus, die Aulus nicht wissen kann.

Mehrere Male schon haben sie schon den weitläufigen

Garten umrundet. Nun stehen sie an der kleinen Steinbank, auf der er vor vielen Monaten heimlich gelegen hatte. Von allem hat er etwas erzählt, aber von Lucia sagt er kein Wort.

„Setzten wir uns einen Augenblick, Nazarius?"

Die Bank ist warm und beiden fällt die Morgensonne ins Gesicht. Wieder entsteht eine lange Pause.

„Aulus, was macht eigentlich Lucia?" – es ist heraus und der Satz verfehlt seine Wirkung nicht.

„Nazarius, willst du umkehren, oder bist du nur gekommen, um Lucia wieder nachzustellen?"

„Beides!"

„Für beides bin ich nicht zuständig."

„Wo ist sie denn?"

Aulus sinniert vor sich hin und scheint die Frage nicht gehört zu haben. Nazarius schaut ihn jetzt von der Seite an. Aulus scheint mit irgendetwas sehr beschäftigt zu sein.

„Aulus, was ist los?"

Wieder dauert es lange, bis Aulus antwortet. Er kaut auf der Unterlippe und seine Kiefernmuskeln zucken im Rhythmus des Herzschlages.

„Du tauchst in einem ungünstigen Moment auf. In der Gemeinde hat es wieder Streit gegeben ... Die Zerstörung Jerusalems hat alles durcheinandergebracht, in wenigen Tagen soll der Triumphzug sein, unsere Thorachristen sind am Boden zerstört ..."

„Eubulus und Pudens?"

„Ja und viele andere auch ... Sie haben in Jerusalem ihre Familien und Angehörigen verloren und je mehr sie jetzt von den Schandtaten der Römer dort hören, umso verbitterter werden sie ... Du hast bei der Belagerung auf Seiten der Römer gestanden ... Ich weiß nicht, ob sie dir das verzeihen werden ... vermutlich wirst du dir den Vorwurf gefallen lassen müssen, erst an der Zerstörung Jerusalems mitgewirkt zu haben und nun um Barmherzigkeit zu bitten ... für die Juden gibt es Sünden, die nicht vergeben werden können ..."

„Aber wir sind doch Christen!“

„Was in Jerusalem passiert ist, hat das Christentum verändert ...“

„Mit dem Judentum ist es aus, ich habe den zerstörten Tempel gesehen ... Du machst dir keine Vorstellung davon, was dort los ist ... Dort ist kein Stein mehr auf dem anderen ...“

Aulus will das alles nicht hören. Er wendet sich angewidert ab. Dann setzt er leise wieder an: „Vielleicht beendet die Zerstörung ja für uns Christen endgültig den leidlichen Streit zwischen Thora- und Heidenchristen ... ich hoffe –, ehrlich gesagt – dass es so kommt, denn dieser Streit behindert alles ... die Sammlung der Schriften kommt nur schleppend voran, keiner traut sich so recht, das Zepter in die Hand zunehmen, Linus vertröstet mich von Tag zu Tag und dieser Sophist Anaklet geht eigene Wege, mit mir spricht er sich nicht ab, poussiert mit Lucia und schiebt jede Besprechung hinaus ...“

Nazarius ist wie vor den Kopf gestoßen. Sein Herz fängt an zu klopfen, als er Lucias Namen vernimmt, aber zugleich gibt es ihm einen tiefen Stich, so nebenbei im Zusammenhang mit Lucia von Anaklet zu hören.

Gleichzeitig hat er den Eindruck, Aulus sei voll von Sorgen und könne sich den seinen jetzt nicht zuwenden.

Was dies betrifft, gibt er sich keiner Täuschung hin: Aulus ist sensibel und einsam, er kann sich nicht herzlich und offensichtlich über seine Rückkehr freuen, aber das vertraute Gespräch hier auf der Bank sagt mehr, als jede Wiedersehensfloskel.

„Ich hätte nichts dagegen“, redet Aulus weiter, „wenn sich durch den jüdischen Krieg unsere Probleme von selbst lösen würden. Diese ständige Disputiererei bringt uns ohnehin nicht weiter ... schließlich ist es immer noch schlimmer, Gottes Sohn zu töten, als den Tempel Gott Vaters anzuzünden ...“ Er merkt, dass seine Erregung ihn genau in die Disputiererei führt, die er eben selbst verworfen hat, und schweigt erregt vor sich hin.

„Was ist mit den Schriften?", fragt Nazarius aus Höflichkeit.

„Ja, wie ich sagte, die Sammlung ist beinahe vollständig, aber was nützen die schönsten Texte, wenn die Wirklichkeit anders aussieht? Einstweilen wollen die radikalen Thorachristen noch nichts davon wisssen, der Bibel einen anderen Teil beizufügen, der uns Christen betrifft … Aber nun, wo der Tempel zerstört ist, die Juden aus Jerusalem vertrieben werden, der Kult verboten worden ist und der Triumphzug vor der Tür steht, sieht es anders aus. Das Volk tuschelt schon, dass alle Schätze aus dem Tempel hier in Rom sind, das wird ein herber Schlag für unsere Brüder, aber … ehrlich … ich freue mich schon auf den Triumphzug, das ist auch der Triumph von uns Christen über die Juden … von denen sind viele jetzt in Rom und ich glaube, die stacheln unsere Leute auf … na, ja, das hat bald ein Ende, dann kann Anaklet sehen, wo er bleibt … kann ja seine kleine Lucia heiraten und ich werde dann alle Schriften zusammenstellen. Linus ist auch dafür, aber der ist zu schwach … er will die Sammlung *die Schriften des Neuen Bundes* nennen, Anaklet meint, wir sollten es *das Neue Testament* nennen, aber die Thorachristen haben dagegen opponiert, weil dann die jetzige Bibel das Alte Testament wäre. Mal sehen, was jetzt passiert."

Aulus hat diese Sätze völlig reglos gesprochen und dabei in die Ferne geschaut. Beinahe kommt es Nazarius vor, als hätte er seine Gegenwart vergessen, zumal er, ohne es zu merken, etwas gesagt hat, das für Nazarius sehr furchtbar ist. Ihn interessiert der dubiose Streit nicht, zwar tut es ihm Leid, dass Aulus bezüglich seines Einsatzes für die Sammlung und Ordnung der Schriften frustriert ist, aber er hat andere Sorgen.

„Aulus, was ist mit meiner Mutter?"

Aulus zuckt, als würde er erwachen, und zum ersten Mal schaut er Nazarius an diesem Morgen an.

„Sie ist tot, Nazarius."

„Wie lange schon?"

„Bald nachdem du fortgegangen warst, ist sie gestorben. Wir haben versucht dich zu finden, aber keiner wusste so genau, wo du dich herumtreibst. Du weißt ja selbst, was hier vor einem Jahr los war … Es waren die letzen Tage des Bürgerkrieges."

„Ja, es waren die Tage des Bürgerkrieges, kurz bevor Vespasian einzog … Es war eine schlimme Zeit."

„Irgendwelche Freigelassenen von Aristobulus hatten behauptet, dich getroffen zu haben, aber mehr wussten sie auch nicht … Es ging ja alles drüber und drunter, als der Tempel des Jupiter oben auf dem Capitol brannte."

Nazarius ist erschüttert, als er erkennt, dass seine Mutter starb, während er noch in Rom bei den Hilfstruppen war. Er weint. Wieder steht ihm der Abgrund, an dem er sich bewegt hat, vor Augen. Als er die Hand von Aulus auf seinen Schultern spürt, kann er sich nicht mehr zusammenreißen. Er lässt den Tränen freien Lauf. Sie schweigen.

Lange sitzen sie, bis Aulus mit ruhiger Stimme fortfährt zu berichten, wie es der Mutter immer schlechter gegangen war und sie schließlich eines Morgens tot neben ihrem Hocker in der Küche aufgefunden wurde.

Ein Mann aus der Gemeinde habe sie gefunden. Er hatte gehört, dass es ihr nicht gut gehe und dass sie allein sei. Er wollte sie zum Gebtsabend mitnehmen.

Aulus nickt vor sich hin, wie um sich selbst zu bestätigen, dass es so war.

„Wir haben sie draußen vor der Stadt beigesetzt. Wir nutzen dort seit ein paar Monaten die unterirdischen Gänge und Kammern im vulkanischen Tuff als Grabstätten … Dort in den Katakomben treffen wir uns jetzt auch manchmal zum Gebet, es ist weniger gefährlich, als diese Höhlen nahe bei der Stadt …"

„Das hab' ich gemerkt …", sagt Nazarius, „dass die Höhlen gefährlich sind …" Beide atmen mit einem kurzen Luftstoß durch die Nase aus. Ein kleines Schmunzeln. Aulus geht auf diese Anspielung aber nicht weiter ein. Stattdessen fährt er fort:

„Ich kann dir später ihr Grab zeigen ..."

„Sehr gern, ja, ihr Grab würde ich gern besuchen." Es geht für ihn etwas Trost davon aus, um ihr Grab zu wissen und auch zu wissen, dass sie von den Christen beigesetzt wurde.

„Weil die Armen aus der Nachbarschaft angefangen hatten, das Haus zu plündern, haben wir es schließlich verriegelt ... Anaklet will es verkaufen, weil die Gesetze zur Zeit sehr streng sind und wir nicht auffallen wollen ... Jedes Haus muss bewohnt sein oder restauriert werden. Der Senat duldet keine leerstehenden Häuser."

„Ich habe gesehen, dass überall gebaut wird."

„Du hast es allein Linus zu verdanken, dass es das Haus noch gibt ... Ich glaube, er hat es vergessen, denn es ist wirklich gefährlich, es leer stehen zu lassen. Offenbar hat ein Nachbar Anzeige erstattet ... ehrlich gesagt: Ich weiß es nicht, aber ...", er drückt Nazarius fest mit der Hand, die immer noch auf dessen Schulter liegt, „... aber nun bist du ja wieder da."

Eine solche Geste der Zuwendung hat Nazarius in all den Jahren bei Aulus nicht erlebt. Ihre Freundschaft hatte nie etwas Kameradschaftliches und schon gar nichts Kumpelhaftes. Er fand ihn immer distanziert und spröde und in den Dingen des menschlichen Miteinanders so trocken wie die Pergamente, mit denen er sich befasst. Und doch hat diese Zuwendung, die ihre Freundschaft mit einer kleinen Geste ausdrückt, für ihn etwas Vertrautes.

Nazarius hat Rebekkas Tuch hervorgeholt und sich damit die Tränen abgewischt.

„Aulus, ich möchte neu anfangen."

„Du weißt, was das bedeutet?"

„Ja."

„Du musst vor der ganzen Gemeinde deine Sünden und Verfehlungen öffentlich bekennen und jede Buße annehmen, die sie dir auferlegen."

„Dazu bin ich bereit!"

„Zunächst musst du dich an Linus wenden und er wird alles weitere bestimmen und festlegen …"

Da hören sie auf dem knirschenden Kies jemanden kommen. Aulus nimmt sofort die Hand von Nazarius Schulter, dieser wischt die letzte Träne ab und steckt das Tuch ein. Instinktiv rücken sie ein wenig auseinander, da steht die alte Hausangestellte Anna bereits vor der Bank.

„Herr, ihr müsst euch eilen, ich habe euch schon überall gesucht … Ihr verpasst sonst das Schiff. Der Wagen steht bereit und sie haben schon das Gepäck verstaut."

Aulus springt auf und wird hektisch. Auf dem Weg zum Haus erzählt er Nazarius, dass Vinicius auf Sizilien erkrankt sei und seine Schwester Lygia ihn gebeten habe zu kommen, er sei von Linus beauftragt, irgendein Immobiliengeschäft zu erledigen. Aulus bespricht noch rasch etwas mit Stephan, dem Freigelassenen, dann umarmt er Nazarius kurz und holzig, während Anna unentwegt zur Eile mahnt.

„Möglicherweise bin ich erst nach dem Winter zurück." Aulus fügt noch an, dass er schreiben werde, dann dreht er sich noch einmal zu Nazarius um: „Ich freue mich, dass du zurück bist – oremus pro invicem!"

Anna und Nazarius stehen an der Straße und schauen ihm zu, wie er in die Rheda steigt. Die Sklaven des Wagenhalters haben das Gepäck dort bereits verstaut. Der Wagen wird von zwei Maultieren gezogen. Zwei Sklaven helfen den beiden Maultieren, indem sie an den großen Speichen drehen, als es losgeht. Das schwere Gefährt setzt sich sehr langsam in Bewegung und rumpelt mit großem Getöse davon. Die Sklaven springen auf. Einer nimmt die Zügel. Anna und Nazarius schauen dem Wagen nach, wie er die kleine Allee bis zur Hauptstraße durchfährt.

„Tja", sagt Anna, „da fährt er hin, der gute Herr, wird Zeit, dass er ein wenig ausspannt, er hat schwere Monate hinter sich."

Sie wirft Nazarius aus den Augenwinkeln einen vorwurfsvollen Blick zu.

„Gerade heute", sagt Nazarius still zu sich selber, „wo ich mit allen guten Vorsätzen heimgekehrt bin, muss er Rom verlassen ..."

Anna aber ist schon ihm Haus verschwunden und hat hinter sich die Tür geschlossen.

Aulus war der Erste, der von seinem Entschluss und seiner inneren Bereitschaft zur Umkehr hatte erfahren sollen, stattdessen hat dieser ihn mit seinen eigenen Problemen und den Problemen in der römischen Gemeinde konfrontiert. Die Freude, die Nazarius bei Aulus erwartet hatte, blieb aus. Seinen Entschluss zur Umkehr und Buße hat Aulus formal abgehandelt und ihn an Linus verwiesen. Er fragt sich, in was für einem Zustand die Gemeinde sein muss, wenn das, was wirklich zählt, die Umkehr, so nebensächlich zu sein scheint und die drückenden Sorgen des Alltags und der Machtpolitik in den eigenen Reihen alles zu beherrschen scheinen?

Nachdenklich läuft Nazarius durch die Straßen. Obwohl ihm alles bekannt vorkommt, fühlt er sich einsam.

Für die Machtverhältnisse innerhalb der christlichen Gemeinde ist seine Bekehrung nicht wichtig. Die ganze Leidenschaft des Aulus hat sich immer nur auf die akademische Mitarbeit am Codex der Schriften bezogen. Beinahe jeder Preis war ihm dafür Recht, nun aber – das hat Aulus eben ja offen gesagt – lösen sich die Spannungen zwischen Thora- und Heidenchristen auf die denkbar unakademischste Weise: Die Zerstörung Jerusalems – mit der keiner gerechnet hat – bringt in die festgefahrene Situation eine ungeahnte Wende. Die Macht des Faktischen hat alle Theologie überholt.

Die Zusammenstellung der Schriften, die Erweiterung der Bibel um einen christlichen Teil, hat bei der Lösung der konkreten Probleme nur noch untergeordnete Bedeutung. Es ist klar, dass Aulus dies sehr treffen muss, denn er hat nicht nur seinen ganzen Ehrgeiz in diese Sammelarbeit gesteckt, sondern sie hat ihm zugleich eine bedeutende Beteiligung an der Lösung der aktuellen Probleme der christlichen Gemeinde ermöglicht. Dieser Beitrag scheint nun weitestgehend bedeutungslos geworden zu sein.

Offensichtlich hat Anaklet das Tauziehen mit Aulus gewonnen und hält nun die Fäden in der Hand.

So sehr er auch bedauert, dass Aulus gerade heute abreist, so sehr erleichtert ihn die Hoffnung, dass seine Bereitschaft zur Buße und Umkehr nicht mehr in das Tauziehen um Lucia gerät und er nicht in das Räderwerk des Streits zwischen Thora- und Heidenchristen gerät.

Er macht es sich noch einmal klar: Sie haben – an diesem Gedanken hält er fest – seinerzeit Lucia als Präzedenzfall gefordert. Ihre Bereitschaft zur Buße und Umkehr hatte den Thorachristen das Herz für die Heidenchristen öffnen sollen. Er, Nazarius, war ohnehin in diesem abgekarteten Spiel nur das Bauernopfer gewesen. Im Grunde genommen haben Anaklet und Aulus seine Abwege für ihre Ziele missbraucht, damals, als sie noch an einem Strang zogen.

Jetzt aber liegen die Dinge anders. So ist jedenfalls seine Hoffnung. Er ahnt in diesem Moment nicht, wie sehr gerade diese Hoffnung noch furchtbaren Prüfungen wird standhalten müssen.

Obwohl Aulus besorgt gewesen ist und sehr bedrückt gewirkt hat, ist Nazarius im Grunde doch froh, ihn als Kameraden und wohl auch als Freund nicht verloren zu haben. Vor allen Dingen sein letzter Satz von vorhin muss ihn Überwindung gekostet haben, denn Aulus ist nicht der Mensch, der seine Gefühle – vor allem die positiven – zu offenbaren gewohnt ist.

Lucia. Die Wunde brennt nun wieder in ihm. Aulus selbst hat mit den wenigen Nebenbemerkungen zu Lucia Salz hineingestreut. Was wird wohl mit ihr sein? Was ist mit ihr und Anaklet? Hat Anaklet ihre Buße dazu missbraucht, sich selbst als Retter zu inszenieren? Hat er sich ihr als Beschützer vor ihm, Nazarius, angeboten oder aufgedrängt? Oder gar als der bessere Liebhaber …

So viele Fragen.

Und über allen schwebt das Damoklesschwert eines einzigen, alles entscheidenden, ungelösten Problems, der Dreh- und Angelpunkt all seiner Zweifel und Hoffnungen, seiner monatelangen Zerrissenheit, seines Schwankens zwischen Trotz und Neubeginn: Was mag Lucia jetzt von ihm halten? Haben die Christen, bei denen sie ihre Buße getan hat und bei denen sie sich jetzt aufhält, es geschafft, ihn so zu dämonisieren, dass sie nichts mehr mit ihm zu tun haben will? Nie mehr? Haben sie ihr ihn ausgetrieben, wie man den Teufel aus einem Besessenen austreibt? Hat ihre Buße für ihn die Chance bewahrt, sie doch noch zu bekommen, oder hat sie sich so restlos und unumkehrbar von ihm abgewandt, dass sie bis an ihr Lebensende kein Sterbenswörtchen mehr mit ihm reden wird? Hält sie ihn für einen bösen Menschen?

Er ist gedankenversunken durch die Straßen der Innenstadt gelaufen. Jetzt erst nimmt er wahr, dass hier schon die Vorbereitungen für den Triumphzug in vollem Gange sind. Fahnenmasten sind bereits aufgestellt, an den öffentlichen Gebäuden hängen große geflochtene Kränze, die Tempel und Plätze sind herrlich geschmückt, Karren mit den Standarten und Fahnen bewegen sich Richtung Forum. Vom Tiberhafen herüber kommen immer mehr beladene Wagen und Sklavenkolonnen. Die großen Straßen sind gesäumt von Buden und Ständen, wo aufgeregte Kaufleute die Anbringung von Schildern und Schmuck dirigieren.

Rom putzt sich heraus. Kinder springen aufgeregt herum. Sie sind schon jetzt voll Aufregung über das große Ereignis, von dem sie wahrscheinlich genauso wenig verstehen werden, wie die Erwachsenen. Aber dem Volk scheint es wie immer gleichgültig, welchem Anlass ein Fest zu verdanken ist. Alle wissen nur dieses: Es wird prächtig werden, es wird Geschenke geben und das blank geputzte Rom wird wieder einmal der Welt zeigen, dass es noch Kraft und Stärke besitzt wie in den alten Zeiten …

Nazarius geht nach Hause. Im Christen- und Armenviertel jenseits des Tibers ist von dem bevorstehenden Triumphzug nichts zu spüren. Hier findet ein anderes Leben statt, hier altern die Menschen früher und sie sterben eher. Der Tiber trennt das unbeschwerliche bunte Leben der Innenstadt von dem grauen, eintönigen und überwiegend der Sorge ums tägliche Brot geprägten Leben hier. Alle Geräusche sind merkwürdig dumpf. Die Freude ist nie überschwänglich und die Trauer nie erdrückend. Hier führt man ein kurzes und arbeitsreiches Leben im Gleichmaß: die Einen mit der wissenden Gelassenheit, dass die Götter diesseits und jenseits des Flusses zwei verschiedene Arten von Menschen geschaffen haben, die Anderen mit der trostvollen Aussicht auf ein besseres Leben nach dem Tod.

Hier gibt es keine marmorgetäfelten Säulenhallen, keine goldblitzenden Triclinien, keine erzenen Statuen und keine edlen Vasen und man sitzt nicht auf elfenbeinverzierten Palisanderstühlen.

Immer stärker wird hier eine dritte Gruppe, die weiter drüben wohnt. Dort, wo der gelbbraune Fluss sich krümmt, wie eine dicke Schlange, wo die Gassen noch schmaler, die Wege noch feuchter und die Hauswände noch schimmeliger sind, wo die Nässe in den Häusern sitzt und in kalten Rinnsalen von den schiefen Wänden rinnt, dort wohnen die Juden – geachtet nur hier und da, aber niemals geliebt. In ihren düsteren Häusern lässt man sie in Ruhe.

Ohne dass er über den Beweggrund weiter nachdenkt, zieht es Nazarius dorthin, und wie damals bei den wenigen Malen, da er als Kind von Neugier gegenüber diesen Fremden getrieben, dort ängstlich entlanggestreift war, ist es auch jetzt dumpf und still. Hier pulst nie das Leben, auch nicht das spärlich muntere der Armen. Hier springen nie Kinder barfuß und fröhlich durch die Pfützen und nie stehen die niedrigen Türen offen. Schon als Kinder war ihnen dieses Viertel mystisch vorgekommen, geheimnisvoll und rätselhaft.

Als er in die bekannte Judengasse einbiegt, umfängt ihn sofort dieses Gefühl, und doch ist es anders als damals. Die ernsten Kinder, die Männer mit ihren langen, schweren Mänteln und die Frauen in ihren schwarzen Kleidern, so sehr alles auch so aussieht, wie er es seit Kindertagen in Erinnerung hat, so sehr ist es jetzt doch anders.

Die Sonne erreicht an diesem nachmittäglichen Herbsttag nur noch die Firste einzelner Dächer. Versottene Kamine glänzen weiß, wie vertrocknete Tränen in einem staubigen Gesicht.

Etwas Drückendes liegt in der Luft.

Von Ferne klingen die Vorbereitungen für den Triumphzug herüber und brechen sich hölzern an den rissigen Wänden der schmalen Häuser, die wie Särge zugenagelt sind. Für einen Augenblick fühlt er sich wie in Jerusalem an den Tagen nach dessen Fall. Es ist dieselbe drückende Stimmung, die dort in schmerzerfüllter Lautlosigkeit überall gegenwärtig war.

Als er in der Gasse weitergeht, wird er aus den Fenstern und Nischen stumm angesehen. Kinder werfen ihm ängstliche Blicke zu und verschwinden von der Straße. Man ist hier keine Fremden gewohnt und hat es am liebsten, wenn man in Ruhe gelassen wird.

Die Juden haben ihre eigenen Bräuche, ihre eigenen gesetzestreuen Küchen und Gasthäuser, eigene Feste und Feiertage und jedem klopft das Herz im ewigen Rhythmus der Sehnsucht nach Jerusalem, das man mit jahrthundertealten Liedern besingt in eigener Sprache.

Keinen Zweifel hat Nazarius, dass die furchtbare Nachricht von der Zerstörung des Tempels, der Schleifung und Plünderung Jerusalems sowie vom Schicksal von mehr als einer Million Glaubensbrüdern hier gegenwärtig ist, als sei man selbst dabei gewesen. Einen Augenblick lang empfindet er genau so, als sei er mitten in Jerusalem, und gerade deshalb fühlt er sich auf eigene Weise mit diesen Menschen, an deren erstarrten Gesichtern er langsam vorbeigeht, verbunden. Sie können von jener merkwürdigen Solidarität des Römers in ihrer Gasse nichts ahnen. Von Natur aus allem Fremden gegenüber skeptisch, vermitteln sie ihm mit ihren ablehnenden Blicken auch hier im ärmlichen Judenviertel Roms, dass sie das auserwählte Volk sind, welches zwar – wie so oft im Laufe der Geschichte – wieder einmal einen harten Schlag zu verkraften hat, aber dann doch bei aller Verfolgung und Zerstörung, Erniedrigung und Versklavung, Verspottung und Entwürdigung, dieses eine Unzerstörbare in sich trägt und von Generation zu Generation weitergibt: die Auserwählung durch Jahwe, den Schöpfer des Himmels und der Erde. Und selbst in ihrer verschlossenen Trauer wirken auch diese Juden hier, fernab vom gelobten Land, zwar zutiefst erschüttert, aber im Letzten ungebrochen.

Nazarius schämt sich gegenüber diesen Menschen des bevorstehenden Triumphzuges. Aller Triumph der Römer ist doch nichts anderes als eine billige Schadenfreude über die Zerstörung von etwas, dessen wahre Bedeutung sie nicht kennen können. Alle militärische Übermacht ist im Grunde doch wirkungslos gegenüber dem trotzigen Glauben der Unterlegenen.

Ungeachtet dieser Scham freut sich Nazarius zugleich über das ungebrochene Selbstbewusstsein, mit dem diese den Triumphzug an sich vorüberziehen lassen werden, so, wie sie ihn in dieser Gasse anschauen: Es ist derselbe Stolz, der sein Bleiben in Pella unmöglich gemacht hat, und dieselbe Scheu gegenüber dem Fremden, durch die er zutiefst empfunden hat, nicht zu ihnen zu gehören.

Und genau diese Empfindung ergreift ihn auch jetzt wieder. Sie schmerzt, denn er hat eine Frau dieses Volkes geliebt und einen seiner Söhne auf den Knien gewiegt – aufgrund der

Beschneidung gehört er, Nazarius, zu ihnen, aufgrund der Taufe nicht.

Erst hier, im Judenviertel Roms und fernab von Jerusalem, wird ihm klar, dass die Juden das gemeinsame Leid als Band brauchen, durch welches sie, die Versprengten Israels, zusammengebunden sind, wie die Christen durch die Taufe.

Vielleicht versteht er, als er an diesem Nachmittag heimgeht, auch Eubulus und Pudens und all die anderen Thorachristen der römischen Gemeinde besser, denn fester als das leise Band der Taufe schmiedet der Schmerz die zusammen, die ihn teilen.

In Jerusalem hat er gelernt, dass der Schmerz nicht die Kehrseite der Liebe ist, sondern ihre Konsequenz, aber erst hier im Judenviertel Roms, wird er sich dessen bewusst.

Unterdessen ist er von der Hauptgasse bereits abgebogen. Da kommt ihm eine kleine Gruppe jüdischer Männer entgegen. Selbstbewusst laufen sie nebeneinander und versperren so die Straße. Durch ihre langen Mäntel wirken sie, als würde sich eine schwarze Wand auf ihn zubewegen. Instinktiv macht er ihnen Platz. Sie scheinen diese Form der Ehrbezeugung durchaus gewohnt zu sein, die Tatsache aber, dass ein Fremder sie ihnen erweist, zieht ihre Blicke auf ihn. Nazarius steht an der Häuserwand und drückt sich mit einem Bein in einen niedrigen Türvorsprung. Mit einem Gemisch von distanziertem Respekt und erinnerndem Bedauern schaut er wach in ihre gefurchten Gesichter. Da trifft ihn der Blick des offensichtlich Ältesten dieser Gruppe aus schwarzen Augen und es geht ein leises Lächeln über die Lippen des Alten. Dieses Lächeln ist mehr als der herablassende Dank für geschuldeten Respekt, es ist der Augenblick einer Begegnung. Nazarius spürt, dass dieser alte Jude ihn wahrnimmt, vor allen Dingen aber, dass er ihn nicht als Fremden betrachtet. Schon hat er den Blick wieder abgewandt und schaut vor sich hin, wo kleine Pfützen in den Unebenheiten des lehmigen Weges schimmern, da blickt er Nazarius abermals an und spricht mit ehrwürdiger Stimme: „Schalom!"

Das Ganze geht zu schnell, als dass Nazarius antworten könnte. Für ein Paar Augenblicke schaut er den Gestalten nach, dann zieht er selbst seines Weges und lässt das Judenviertel endgültig hinter sich.

Er hat nicht weit zu gehen, bis er daheim ist. Innerlich aber ist es wie sein Weg von Jerusalem nach Rom.

Schon von der Wegkreuzung her sieht er einige Leute vor seinem Haus stehen. Als er näher kommt, erkennt er unter diesen Stephan, den schwarzen Freigelassenen von Aulus. Er hat offenbar Helfer bei sich, denn das eine oder andere Gesicht kommt Nazarius bekannt vor. Von einem Wagen werden verschiedene Gegenstände, vor allem Möbel, ins Haus getragen. „Aulus hat mir vor seiner Abreise diese Aufgabe zugeteilt", erklärt ihm Stephan und schaut dabei verschämt zu Boden.

„Gerade aber, als wir die Möbel ins Haus bringen wollten, kam dieser Herr hier", er deutet auf einen bei ihm stehenden Beamten, „und behauptet, das Haus sei verkauft. Ihn hätten Nachbarn zu Hilfe gerufen."

Es dauert eine ganze Weile, bis Nazarius weiß, worum es hier geht.

Der Beamte setzt ihm auseinander, dass die derzeit geltenden Gesetze dem schnellen Wiederaufbau Roms dienten, dass dieses Haus lange Zeit leergestanden und von Amts wegen an einen Bauherrn verkauft worden sei, dessen Namen er zwar nicht kenne, in Vertretung von dessen Interessen er aber jetzt hier sei. Die Anwohner hätten die Behörden informiert und dort bekannt gegeben, der Sohn der alten Besitzerin sei zurückgekommen.

„Das Haus gehört mir!", erklärt Nazarius kurz und keineswegs gewillt, diesbezüglich eine Diskussion aufkommen zu lassen, dies umso weniger, als er keinerlei Beweismittel für seinen Eigentumsanspruch in der Hand hat.

„Das Haus ist verkauft", behauptet der Beamte. Wenn Stephan nicht zwischen ihnen gestanden hätte, wären sie aneinander geraten.

„Was soll jetzt mit den Möbeln geschehen?", fragt er ruhig.

„Bringt sie ins Haus", antwortet Nazarius, während der Beamte fast gleichzeitig erklärt, die bereits im Haus befindlichen Möbel müssten wieder zurück auf den Karren.

„Wer hat denn das Haus gekauft und wer hat das Geld dafür bekommen?", will Nazarius wissen und er wird noch erregter, als der Beamte ihm erzählt, dass nach geltendem Recht jeder Hausbesitzer von Staats wegen enteignet werden könne, wenn er sein Haus nicht renoviert oder selbst bewohnt. „Der Kaiser duldet keine unbewohnten Häuser und er handelt rechtens, wenn er ein enteignetes Haus an jemanden verkauft, der es restauriert, erweitert, vermietet oder selbst bewohnt ... Ich habe die Gesetze nicht gemacht ... Jeden Tag muss ich mich damit herumplagen ... Langsam habe ich die Nase voll ... Der Senat erlässt Gesetze und wir können dann sehen, wie wir damit klarkommen ... Macht doch, was ihr wollt, Lumpenpack! Ich habe euch gesagt, wie die Rechtslage ist, verdammtes Pack, ihr Idioten ..." Er macht auf dem Absatz kehrt und geht in Richtung Innenstadt davon, allerdings nicht ohne nochmals die drohende Faust zu erheben und unter den neugierigen Blicken der Nachbarn zu schimpfen: „ ...das Ganze wird ein Nachspiel haben ... Verlasst euch drauf!"

„Was jetzt?", fragt Stephan und schaut zu Boden

Nazarius bittet darum, dass sie die Möbel ins Haus bringen: „Ich sehe nicht ein, dass ich für die Staatsschulden aufkommen soll, die können mich doch nicht einfach enteignen und mein Haus verkaufen ... Übrigens weiß ich nicht, wo ich bleiben soll, ich kenne niemanden in Rom, bei dem ich bleiben könnte ..."

Kurz wirkt Stephan, als wolle er dazu etwas sagen, aber seiner Art entsprechend bringt er kein Wort über die Lippen.

Von dem Frieden, den ihm vorhin noch der alte Jude gewünscht hat, ist nichts mehr zu spüren. Die Auseinandersetzung mit dem Beamten hat ihm einen gewaltigen Schrecken eingejagt. Zwar hofft er, das Ganze sei ein Missverständnis, aber ein tief sitzendes Misstrauen sagt ihm, dass dies nicht der Fall ist.

Eine Auseinandersetzung mit den Behörden kann er sich als Fahnenflüchtiger jetzt nicht leisten. Zwar gilt in Rom der Militärdienst als ehrenhaft und sicher wäre bei einem Soldaten eine Enteignung auch nicht möglich, aber offenbar haben die römischen Behörden ihn als Gefallenen notiert und sich daraufhin des Hauses – auf welche Weise auch immer – bemächtigt.

Wenn er jetzt in einen Rechtsstreit geraten würde, müsste er darüber Rechenschaft ablegen, weshalb er noch lebt. Eine glaubwürdige Geschichte zu erfinden wäre ihm nicht möglich oder würde nur unter solchen geistigen Verrenkungen zusammenzubasteln sein, dass sie sich besser als humoristische Rede bei den Saturnalien eignen würde denn als glaubwürdige Aussage bei den Behörden.

Er darf um Himmels willen nicht vor Gericht erscheinen, denn auf Fahnenflucht steht die Todesstrafe.

IX.

Die Stunden des Vormittags über wird im Hause die notwendige Arbeit getan: Das Morgenmahl wird gerichtet, danach kommen die Putz- und Säuberungsarbeiten in den ausgedehnten Räumlichkeiten, die viel Zeit beanspruchen, weil Linus nicht so viele Menschen beschäftigen kann, wie einst Vincinus.

Lucia nimmt sich bereitwillig der anfallenden Aufgaben an und koordiniert die Dienste der Freigelassenen.

Nach der Beendigung ihrer Buße war sie auf Betreiben von Anaklet ins Haus gekommen. Er hatte Linus plausibel machen können, es sei sinnvoller, sie nicht in ihre alte Welt zurückzulassen. Sie sei noch nicht gefestigt genug und könne in der alten Welt Gefahren ausgesetzt sein, denen zu widerstehen sie noch nicht die Kraft und die Fertigkeit entwickelt habe.

Dasselbe hatte auch Aulus Linus klarzumachen versucht. Es fügte sich für Anaklets Ansinnen günstig, dass der altgedienten Anna in dem Maße, wie sie bei Aulus wieder in Amt und Würden war, auch die Kräfte wieder zuwuchsen. Aulus hatte deshalb Lucia für den Dienst im Hause des Linus freigestellt.

Zu Beginn war sie selbst mit diesem Wechsel der Dienststelle einverstanden, markierte er doch für sie einen Neuanfang mit allerhand neuen Reizen, Beschäftigungen und Kontakten.

Nach kurzer Zeit jedoch führte ihre Anwesenheit im Hause des Linus zu eine Wendung, die nicht vorauszusehen war: Anaklet, der sie ursprünglich vor den Gefahren ihres alten Lebens bewahren wollte, entpuppte sich nun selbst als eine solche.

Er stellte ihr nach und – was das Perfide war – er tat es vermittels seiner unbestreibaren Intelligenz auf eine Weise, die Linus bis auf den heutigen Tag verborgen geblieben ist.

Wenn sie bei Tisch die Platten anreicht, versucht er ihre Finger unter dem Tablett zu berühren. Wenn sie ihm in den Mantel hilft, streift sein Arm wie unabsichtlich ihre Brust. Bei jeder Arbeit im Haushalt muss sie darauf gefasst sein, dass er unbemerkt plötzlich hinter ihr herschleicht oder wortlos für eine gewisse Zeit im Türrahmen steht und sie heimlich beobachtet. Sie tut zwar so, als merke sie diese Annäherungsversuche nicht, aber je öfter sie seinen Blicken ausweicht und seinen Berührungen aus dem Wege zu gehen trachtet, desto heftiger ruft sie in ihm jene Reaktionen hervor, die sie durch ihr abwehrendes Verhalten zu verhindern versucht. Am schlimmsten ist es, wenn Linus – was in der vergangenen Zeit häufig der Fall war – nicht im Hause weilt.

Es gab Zeiten, da war sie selbst von einem inneren Trieb ergriffen und kurz davor gewesen, diesem freien Lauf zu lassen, auch wenn sich die Befriedigung desselben nicht auf Anaklet bezogen hätte. Diese wenigen Male aber war ihre Furcht davor, er könnte zunächst einwilligen und sich später als das Opfer weiblicher Verführungskünste ausgeben, zu groß. Früher hätte sie vielleicht Carmenta, der römischen Göttin der Verzauberung, dafür gedankt, sie nicht dem sinnlichen Bann des Augenblicks und ihrem eigenen Charme ausgeliefert zu haben. Jetzt aber dankte sie Gott und Jesus Christus, seinem menschgewordenen Sohn, für die Kraft, dem Bösen so erfolgreich widerstanden zu haben.

Ein oder zwei Mal hatte sie auch überlegt, Aulus zu bitten, sie wieder in sein Haus zu nehmen, aber Anaklet hatte immer, wenn Aulus auf Besuch im Hause war, zu verhindern gewusst, dass sie mit ihm allein sprach.

Kurze Zeit nach dem Beginn der Nachstellungen waren auch ihre Gänge außer Haus plötzlich seltener geworden und schließlich entschied Anaklet, dass ein anderer Bediensteter die Boten- und Einkaufsgänge zu erledigen habe, damit Lucia stets als guter Geist – wie er sich ausgedrückte – im Hause gegenwärtig sein könne. Wann immer sie das Anwesen verließ, setzte Anaklet ihr – unter Anführung bestimmter Notwendigkeiten für ihre Anwesenheit im Hause – eine Frist der Rückkehr, die sie genau einzuhalten hatte. Lucia ist sich inzwischen sicher, dass er diese nur deshalb so kurz bemisst, damit sie nicht zu Aulus gehen oder sonstwo einen Ausweg aus dieser für sie immer unangenehmer werdenden Situation suchen kann.

In letzter Zeit befürchtete sie immer stärker, Anaklet würde sie einfach heiraten wollen, denn sie weiß, dass sie – nach ihrer Buße – gegen solch ein Ansinnen keine glaubhaften Möglichkeiten des Widerstandes hätte.

Sie bereut bis heute ihre Umkehr nicht, aber sie hat auch nicht den Eindruck, diese habe sie nun in eine große Freiheit geführt. Ganz im Gegenteil: Oft kommt es ihr vor, ihr öffentliches Bekenntnis und die bei den Christen streng eingehaltene Einmaligkeit dieser Form der Umkehr, sei ein Druckmittel, mit dem Anaklet sie an sich zu binden versucht. Die ihr von den Vorstehern der Gemeinde versprochene Freiheit in Christus ist für sie bisher ausgeblieben.

In den vergangenen Tagen ist die Angst vor Anaklet und seinen möglichen Heiratsabsichten wieder besonders stark geworden, denn sie hat bei einem Gespräch zwischen Anaklet und Linus mitbekommen, Nazarius sei wieder in der Stadt.

Sie war gerade dabei, die Tafel abzuräumen, und war bereits mit beladenen Händen bis zur Türschwelle gegangen, als Linus zu Anaklet sagte: „Übrigens, ist mir zu Ohren gekommen, dass Nazarius wieder in Rom ist. Er soll gestern Abend von Ostia her zu Fuß und allein gekommen sein."

Augenblicklich schlug ihr Herz höher. Sie wandte sich instinktiv um. Sie begegnete dem wachen Spürblick des Anaklet. Dann fiel ihr klirrend ein Vorlagelöffel vom Tablett auf den Boden.

Bei ihrem öffentlichen Bekenntnis hatte jeder in der Gemeinde von ihrem verwerflichen und amoralischen Verhältnis zu Nazarius gehört. Es war eine Auflage bei der Wiederaufnahme in die Gemeinde, dieses Verhältnis ihrerseits für beendet zu erklären. Sie hatte den festen Vorsatz bekunden müssen, auch in Zukunft keinen Kontakt mehr zu Nazarius zu haben, es sei denn, er bekehre sich ebenfalls und bitte um Wiederaufnahme in die christliche Gemeinschaft.

Sie hatte diese Auflage angenommen. Was wäre ihr auch anders übrig geblieben?

Seit sie seinen Namen gehört hat, seit sie weiß, dass er wieder in Rom ist, ist alles anders. Es gibt keine Sekunde mehr, in der sie nicht an ihn denkt. Bei jedem Pulsschlag und jedem Atemzug sind ihre Gedanken bei ihm, Nazarius.

Seit vorgestern quält sie zudem etwas anderes: Nachdem sie mit hochrotem Kopf den heruntergefallenen Löffel aufgehoben hatte, hat sie zwar eiligst – die Blicke von Anaklet im Rücken – das Triclinium verlassen, draußen jedoch war sie in ihren alten Fehler verfallen, an der Tür zu lauschen. Zunächst haben Anaklet und Linus noch eine ganze Weile geschwiegen, dann aber hatte Anaklet leise gesagt: „Wo will er denn bleiben, sein Haus ist bereits von den Behörden verkauft worden."

„Ich denke, er ist mit Aulus gut befreundet", antwortete Linus, „er kann doch bei ihm wohnen."

„Der ist seit vorgestern verreist ..."; hörte sie Anaklet noch sagen. Dann sprach er so leise weiter, dass sie es nicht mehr verstehen konnte. Sicher aber ist sie sich, dass Anaklet die Gegenwart von Nazarius nicht angenehm sein kann. Auch kennt sie ihn gut genug, um befürchten zu müssen, dass er ein Zusammentreffen zwischen ihr und Nazarius auf jede erdenkliche Weise zu verhindern versuchen würde.

Es ist gegen Mittag.

Anaklet sitzt seit den frühen Morgenstunden im Studierzimmer und hat sich entgegen seiner sonstigen Gewohnheit am gesamten Vormittag noch nicht blicken lassen.

Linus ist außer Haus und geht Aufgaben in der Stadt nach, hat aber bereits vor dem Verlassen des Hauses gesagt, er wäre zum Mittagsmahl zurück.

Lucia geht gerade einer Arbeit in der Küche nach, als sie aus ihren Gedanken hochschreckt: Wieder einmal steht Anaklet schweigend im Türrahmen und beobachtet sie. Diese Lautlosigkeit, mit der er sich zu nähern versteht, hat etwas Gespenstisches. Sie schaut ihn kurz an und lächelt verlegen. Dann geht sie ihrer Tätigkeit nach, als würde er dort nicht stehen und sie beobachten und als hätte sie sich nicht erschrocken. Sie wünscht nichts sehnlicher, als dass er sie in Ruhe lasse.

„Lucia, ich vermute, dass Nazarius auf kurz oder lang hier auftauchen wird." Sie dreht ihm gerade den Rücken zu, weil sie ein paar Töpfe in einem Regel verstaut. „ Ehrlich gesagt wundere ich mich, dass er nicht schon hier ist. Du solltest auf allerhand gefasst sein, wenn er kommt."

Sie ist schockiert. Bisher war Nazarius im Hause des Linus kein Thema gewesen. Er wurde totgeschwiegen, eine Persona non grata. Sie empfindet diese direkte Nennung seines Namens als den Bruch des Tabus, dass über Nazarius nicht geredet wird. Dass nun gerade Anaklet ihr gegenüber über Nazarius redet, hat für sie etwas Unstatthaftes, so, als dürfe nun gerade er diesen Namen nicht in den Mund nehmen. Sie vor Nazarius zu warnen, hat er kein Recht.

Sie erhebt sich aus der Hocke, wendet sich Anaklet zu und fragt: „Warum?" Sie ist erstaunt, dass Anaklet diese Rückfrage nicht für unverfroren hält, sondern darauf antwortet:

„Er soll in Palästina ein Kind gehabt haben, das er vor seiner Abreise bei Christen in Pella gelassen hat, wo die Mutter des Kindes ist, das weiß man nicht. Er soll behauptet haben, sie sei im jüdischen Krieg gefallen ... Nun, wir werden ja sehen. Ich möchte dich bitten, falls er kommt, mich sofort darüber in Kenntnis zu setzen."

Ohne ihre Reaktion abzuwarten, geht er in den Garten,

wo er täglich vor dem Mittagsmahl unter den Peristylen zu wandeln sich zur Gewohnheit gemacht hatte.

Bei der Gelegenheit sucht er heute jene Handwerker auf, die seit ein paar Tagen am Haupthaus tätig sind, um einzelne Restaurationsschritte mit ihnen zu besprechen.

Lucia ist aufgewühlt. Seit Monaten lebt sie hier wie in einem Etui. Alles in diesem Hause ist gedämpft, still und gemessen. Auch die Sprache. Vieles wird nie beim Namen genannt, sondern nur durch indirekte Anspielungen erwähnt und manches wird sprachlich rückstandslos aus diesem Hause durch Nichterwähnung verbannt. Anaklet hatte soeben völlig unvermittelt alle diese Gesetze gebrochen. Und nun bringt sie das Wenige, das er gesagt hat, an den Rand der Fassungslosigkeit. Sie ist aufgelöst und bereitet in sinnloser Fiebrigkeit die Platten für das Mittagsmahl vor, dessen Fertigstellung die Köche soeben gemeldet haben. Ihre Nerven beben, als hätte sie soeben ihr eigenes Todesurteil vernommen. Sie läuft rastlos hin und her. Sie schwitzt, ihr Herz rast. Einzelne Wörter aus diesen diffamierenden Sätzen von Anaklet kreisen wie die Rauschstoffe eines betäubenden Pilzes in ihrem Blut. Sie kann sie nicht fangen, nicht einordnen, nicht sortieren. Ihr ist schwindelig.

Plötzlich klopft es vernehmlich an der Seitentür. Lucia wischt ihre Hände an der Schürze ab und stürzt durch das Atrium. Auf dem Weg zur Tür streicht sie sich schnell die Haare, aus dem verschwitzten Gesicht. Sie öffnet. Ihre Blicke treffen sich. Ihr stockt das Blut. Er lächelt wie einer, der nach entbehrungsreicher Reise ans Ziel gekommen ist und sagt leise: „Lucia". Da hört sie hinter sich eilige Schritte. Sie schaut sich um, aber kann im großen Atrium nichts erkennen. Als sie sich aber wieder Nazarius zuwendet, ist es hinter ihr still. Sie spürt Anaklets Blicke im Rücken. Sie fragt Nazarius möglichst kühl, was ihn herführe. Dabei versucht sie ihn anzusehen, kann aber dem stechenden Blick seiner Augen nicht standhalten, sodass sie zu Boden schaut.

„Ich würde gerne mit Linus sprechen."

„Der Herr ist nicht im Hause."

„Kann ich auf ihn warten?"

„Nein!" – Lucia schaut wieder unruhig ins Atrium und hofft, Anaklet würde kommen, sodass sie Nazarius nicht wegschicken müsste. Dieser aber rührt sich nicht in seinem Versteck hinter irgendeiner Säule.

„Wann kommt er wieder?"

„Ich weiß es nicht! Du kannst es am Abend noch einmal probieren."

Nazarius nickt irritiert und schaut sie fragend an. Wieder blickt sie zu Boden und erwidert auch ein kleines Augenzwinkern nicht. Nazarius verneigt sich höflich, sagt: „Danke, ich werde es versuchen." Ohne Lucia noch einmal anzuschauen, geht er davon. Lucia hört seine Schritte im Kies knirschen, dann schließt sie die Tür. Als sie sich umwendet erschrickt sie heftig: Anaklet hat sich lautlos genähert. Höflich überprüft er, ob die Tür tatsächlich geschlossen ist und berührt dabei mit der Schulter ihren Oberarm, den sie reflexartig zurückzieht. Wortlos geht er in Richtung seines Studienzimmers. Im Atrium sagt er zu ihr: „Linus hat zur Zeit viel um die Ohren, wir sollten möglichst alle anfallende Mehrarbeit von ihm fernhalten. Ich denke, es wäre gut, ihm gar nichts von diesem Trunkenbold zu erzählen."

Lucia gibt nicht zu erkennen, wie sehr sie dieser Satz im Innersten trifft, und zieht sich in die hinten gelegene Küche zurück.

Dort muss sie sich zunächst setzen. Sie zittert am ganzen Leibe und die Knie sind ihr weich geworden.

Bei allem Zorn auf Anaklet überwiegt doch die Freude über Nazarius. Diese ist erwacht, wie ein Kind aus sanftem Schlaf, das nun schreiend darauf wartet, aus der Enge der eben noch selbstvergessen als wohlig empfundenen Wiege gehoben zu werden.

Jetzt gesteht sie sich ein, wie sehr sie sich in all den Monaten nach ihm gesehnt hat. Ihr wurde ein Geheimnis über sich selbst enthüllt. Wie wenn sie an ein Ziel gekommen wäre, das sich durch seine Erreichung erst als Ziel offenbart. Sie ist an einen Punkt gelangt, der sich im Moment der Ankunft als das Ende einer langen der Reise erweist.

Er ist gekommen! Seine Blicke haben mehr gesagt, als sie erwartet hatte.

Der Nachmittag fliegt vorüber.

Linus kommt und als sie ihn einlässt, hat sie wieder das Gespür von Anaklets Blicken im Rücken. Sie sagt keinen Ton von Nazarius. Als Linus durch das Haus in den Vorgarten geht, um von dort aus den Fortgang der Fassadenarbeiten zu betrachten, kommt Anaklet eilends dazu und folgt ihm wie ein Schatten. Kaum sind die beiden wieder im Hause und Linus in seinem Arbeitszimmer verschwunden, da beauftragt Anaklet sie mit Aufräumarbeiten in den Gartenhäusern, die vor Einbruch des Winters für die Lagerung der Sommerpflanzen hergerichtet werden müssen.

Da sie sich mehr und mehr über Anaklets Machenschaften im Klaren ist, überrascht sie auch diese Einmischung in den ihm ansonsten gleichgültigen Aufgabenplan für die Angestellten kaum noch. Bei ihren Arbeiten in den Gewächshäusern lässt sie die Türen offen stehen und bemüht sich, bei ihrer Arbeit möglichst keine lauten Geräusche zu verursachen, um zu hören, wann Nazarius am Abend wiederkommen würde.

Aber er kommt nicht.

Stunde um Stunde wird sie unruhiger. Zunächst macht sie sich Vorwürfe, dass es ihr nicht gelungen war, ihm auf irgendeine Weise vermittelt zu haben, wie sehr sie sich über sein Kommen gefreut hat. Schließlich wird sie immer unsicherer, ob er deshalb nicht komme, weil er ihr Verhalten als klare Abweisung empfunden haben muss, und am Ende gelangt sie zu der Ansicht, dass sie – koste es, was es wolle – mit ihm allein sprechen muss. Je später es wird, umso fester steht ihr Entschluss, dass sie noch heute zu ihm gehen würde.

Da Anaklet auch für einen Ersatz in der Küche gesorgt hat, arbeitet sie bis zum Einbruch der Dunkelheit im Gewächshaus. Sie ist froh, dort ihre Ruhe zu haben und ihren Plan ungestört durchdenken zu können.

Was sie furchtbar beunruhigt, ist die warnende Aussage von Anaklet, Nazarius habe in Jerusalem ein Kind gehabt. Soviel direkte Information ist sie aus Anaklets Mund nicht gewohnt. Er will Nazarius von ihr fernhalten und dafür scheint ihm jedes Mittel recht zu sein. Die in ihren Augen mangelnde Glaubwürdigkeit Anaklets bewirkt deshalb das Gegenteil von dem, was Anaklet bezweckt: Ihr ist nichts wichtiger, als mit Nazarius zu sprechen.

Bei einbrechender Dunkelheit räumt sie das Gewächshaus auf und geht ungesehen auf ihr Zimmer. Dort wartet sie lange und richtet sich nach dem äußeren Geräuschpegel, der in diesen Tagen der Vorbereitung auf den Triumphzug nachts genau so hoch ist wie tagsüber. Andererseits werden sich die Gefahren eines nächtlichen Gangs in die Christensiedlung jenseits des Tibers, wegen der vielen Menschen auf den Straßen, in Grenzen halten.

Das ungesehene Verlassen des Haupthauses, in dem sie eine kleine Dachkammer bewohnt, ist schwieriger, als wenn sie in den ausgedehnten Sklavenbauten ein Zimmer gehabt hätte. Diese aber hat Linus aus finanziellen Gründen stillgelegt und – bis auf einen Korridor, in dem Freigelassene wohnen – verriegelt.

Nachdem sie völlig angekleidet unter der Bettdecke lange genug gewartet hat, steht sie leise auf, wirft sich eine Stola um, nimmt die Sandalen in die Hand und öffnet leise die Tür. Sie lauscht. Im Haus ist es vollkommen still. Barfuß schleicht sie die Steintreppe hinunter, auch im Atrium wartet sie wieder lange. Um sicher zu sein, dass sie nicht beobachtet wird, schaut sie in den möglichen Verstecken, hinter Säulen und in

Nischen nach. Falls es so sein soll, will sie lieber bei dieser vorbereitenden Tätigkeit ertappt werden, als auf frischer Tat.

Sie schleicht durch das weite Triclinium und über einen verbindenden Säulengang ins Bad. Dieses hat eine Tür zum Garten, die nie verriegelt ist. Im Garten schleicht sie an der rasenbewachsenen Schmalseite des Haupthauses entlang, wirft einen flüchtigen Blick zum cubiculum von Anklet, dessen dunkle Fenster in die Nacht starren. Jetzt erst zieht sie die Sandalen an. Noch wenige Schritte trennen sie von der Hinterpforte des Anwesens, da stößt sie hart mit dem Fuß an einen Gegenstand, der gleich darauf lärmend auf die Steinplatten fällt. Der Fuß schmerzt und im fahlen Licht sieht sie einen Holzeimer, den offenbar die Bauleute dort vergessen haben.

Sie springt zurück und drückt sich an die Hauswand. Sie ist immer noch nicht weit von den Schlafzimmern entfernt. Dort rührt sich nichts. Wenig später verlässt sie durch den Hintereingang den Garten und zieht das Tor leise zu. Ein letzter Blick zu den Kammern von Linus und Anaklet versichert ihr, dass dort alles im Schlaf liegt.

Der Weg zum Hause der Miriam ist ihr bekannt. Sie nimmt sicherheitshalber die tatsächlich stark belebten und beleuchteten Hauptstraßen, gelangt ungesehen mit Händlern und Handwerkern durch das nur lässig bewachte Stadttor und versucht so lange es geht in der Nähe von Menschen zu laufen.

Erst als sie in einige Nebengassen abbiegen muss, ist sie allein. Das Christenviertel ist wie immer um diese Zeit wie ausgestorben. Einige Male war sie hier mit Nazarius langgeschlichen, wenn sie bei ihm übernachtete.

Das Erste, was sie wahrnimmt, ist das schwach beleuchtet Fenster der Stube. Die schmale Seite des Hauses hat hier einen Grünstreifen, der zur Straße hin allerdings mit einem Bretterverschlag abgezäunt ist. Sie rüttelt vorsichtig an jedem der vier oder fünf Bretter, aber diese sind fest. So geht sie zur Haustür und klopft leise, dabei zwängt sie sich eng in den Türvorsprung, denn sie weiß, dass es hier einige Nachbarn gibt, die stets alles mitbekommen, und schließlich hat sie bei Linus von dem dubiosen Verkauf des Hauses gehört, der anscheinend aufgrund von Anzeigen aus der Nachbarschaft erzwungen worden war.

Sie muss ein zweites Mal klopfen und schaut sich währenddessen ängstlich zu den Nachbarhäusern um.

Der Flur ist dunkel, aber sie ist Nazarius so nahe, dass sie in dem Augenblick, als die Tür aufgeht, schon seinen vertrauten Geruch wahrnimmt. Sie hört das leise „Lucia", welches ihr schon am Vormittag so vertraut vorgekommen war, dann stürzen sie einander in die Arme. Er muss sie halten, so weich sind ihre Knie. Als er sie fest an sich zieht, stolpern sie unbeholfen, und beide würden der Länge nach hinfallen, wenn Nazarius sich nicht an der Wand des Hausflures abstützen würde. Als sie sich gefangen haben, ist der erste heftige Ansturm bereits vorüber und sie schmiegt sich weich an ihn. Ihre Arme hat sie angewinkelt und die Hände ruhen, zu kleinen Fäusten geballt, unter seinem Kinn. Ihr Kopf liegt mit dem Gesicht nach außen an seiner Brust. Er hat seine Arme um sie geschlungen und lässt die Hände sanft auf ihrem Rücken ruhen.

Lange stehen sie so.

Es ist einer jener seligen Momente, in der schon *ein* Wort alles zerstören kann, ja selbst eine ruckartige Bewegung oder ein zu heftiges Atmen könnten die unvergleichliche Zartheit des Augenblicks unwiderbringlich auflösen. Ihr Atem geht gleichmäßig und keiner von beiden bewegt sich. Da überläuft sie eine Gänsehaut, ruckartig drückt sie sich an ihn, noch fester umschließen sie seine Hände, doch mit vorsichtigem Druck der angewinkelten Unterarme löst sie die Umarmung. Er nimmt sie bei der Hand und führt sie schweigend in die kärglich mit Aulus' Möbeln eingerichtete Wohnstube.

„Nimm Platz", sagt er ganz leise und bietet ihr einen von

zwei hölzernen Armstühlen an, während er sich den anderen näher heranholt und sich so setzt, dass er eine Hand auf ihr Knie legen kann. Wieder durchfährt sie es.

Auf einem runden Tisch steht ein angeschlagenes Öllämpchen und wirf einen unregelmäßigen, gelblichen Schein in das schmale Zimmer. Als sie jetzt in sein Gesicht sieht, erkennt sie, dass er unmittelbar vor ihrem Kommen geweint haben muss. Sie nimmt beide Hände und wischt ihm die Reste der Tränen ab, dann umfängt sie sein Gesicht. Jetzt erst sehen sie sich in die Augen. Sie lächelt still. Er legt seinen Kopf seitlich auf ihre Knie. Keiner traut sich, etwas zu sagen. Sie spüren, dass ihnen jetzt gerade einer dieser seltenen Momente geschenkt wird, in denen sich ihnen der Himmel öffnet und in denen sich aus einer fernen Welt ein Lichtteilchen der ewigen Freude in ihre Herzen bricht. Die Liebenden berühren die Ewigkeit. Für diese eine Sekunde haben sie teil an der Freude der Engel. Es ist nur ein Augenblick, man kann ihn zeitlich nicht messen, denn es ist ein Moment der Ewigkeit in dieser Zeit. Nur dieser Moment fängt ein, was das Herz ansonsten nicht zu halten vermag.

Als er leise anfängt zu weinen, ist dieser Moment schon vorbei. Mit ihrer Stola wischt sie hin und wieder sein Gesicht trocken, während sie ihm mit der anderen Hand melancholisch durch die Locken des Hinterkopfes fährt.

Seine Tränen drücken weder Schmerz noch Liebe, noch irgend ein anderes Gefühl aus, sondern die Unfähigkeit, den Einbruch der Ewigkeit in diese Zeit zu verkraften. Es sind Tränen der Überwältigung, die auch sie nun weint.

Wieder verstreicht eine Zeit lang Ewigkeit, bis Nazarius sich erhebt und sie zart miteinander zu sprechen beginnen. Mit jedem Wort mehr zerstäubt ihre Seligkeit und bildet die sandige Straße der Zeit, auf der sie langsam und unsicher vorwärtsgehen.

So vieles haben sie zu reden.

Einmal erzählt er von Jerusalem, dann sie wieder von ihrer

Zeit der Buße, sie sprechen über ihre gemeinsame Zeit, dann setzt er wieder irgendwo bei seiner Abwesenheit an, dann wieder erzählt sie von Linus, von Aulus und von Anaklet, wie er ihr nachstellt, wie er sie von ihm heute fernzuhalten versucht hat. Ganz frei erzählt er von Rebekka – wiewohl es ihr einen Stich gibt –, er erzählt von dem kleinen Simson, vom Hunger in der Stadt, von der Zerstörung des Tempels und von den leidenden Juden, erzählt von der Pracht Jeruscholajims und von der Plünderung der Stadt des Friedens.

„Nazarius ich habe so auf dich gewartet ...", wiederholt sie zwischendurch und auch er versichert ihr seine Liebe. Sie muss gehen. Jedes Staubkörnchen in diesem Raum ist noch erfüllt von einem großen inneren Frieden, jenem Frieden, den nur die Gewissheit gibt, geliebt zu werden. In diesem Wissen schauen sie nun – immer noch auf ihren Stühlen sitzend – in die Zukunft. Er bekennt ihr seinen Entschluss zur Umkehr und Buße und zur Bitte um Wiederaufnahme in die christliche Gemeinde. Dann träumen sie von einem Leben zu zweit und von vielen kleinen Simsons, die sie gemeinsam haben würden ...

Aber jäh wird dieser Traum zerrissen von seiner plötzlichen Erkenntnis, dass er dieses Haus nicht mehr hat. Er erklärt ihr, so gut er es selber verstanden hat, wie die Enteignung vor sich gegangen sein muss. Aber in diesem Augenblick ist sie sicher, dass nicht irgend ein Nachbar das unbedeutende Haus im Christenviertel bei der Behörde als unbewohnt gemeldet hat, sondern Anaklet. Alle dessen Machenschaften erscheinen ihr jetzt in klarem Lichte, denn die missliche Situation, in der Nazarius sich befindet, entspricht in allem der undurchsichtigen Intellienz des Anaklet, die sie in den vergangenen Monaten leidlich kennengelernt hat. Das Ganze trägt sein Handschrift: Er hat nach dem Tod von Miriam Nazarius enteignen lassen, um ihr eine gemeinsame Zukunft mit ihm unmöglich zu machen, er hat Aulus unter fadenscheinigen Vorwänden nach Sizilien geschickt, um Nazarius seines Beistandes zu berauben, und er hat versucht, mit dem süßen Gift der Eifersucht ein neuerliches Zusammenfinden von ihr und Nazarius zu verhindern.

Nazarius hat kein Geld, denn den ihm bei der Behörde gutgeschriebenen Sold kann er nicht abholen, weil er als Gefallener des jüdischen Krieges gilt. Aulus ist nicht da, um ihm Geld für den Rückkauf zu geben. Solange die Türen der Christen für ihn verschlossen bleiben, hat er keinen – selbst wenn er Geld hätte –, der statt seiner einen Rückkauf des Hauses versuchen könnte. In Erinnerung dessen, was Aulus vor seiner Abreise über Anaklet gesagt hat, hat auch Nazarius keinen Zweifel mehr, dass dieser sich in geschicktester Weise gleich dreifach abgesichert hat und es für ihn nur noch ein kleiner Schritt ist, bis er Lucia ungestört heiraten könnte.

Es gibt nur einen Weg, dieses noch zu verhindern. Bevor sie Nazarius verlassen muss, um vor Anbruch des Morgens daheim zu sein, verabreden sie, in aller Offenheit mit Linus zu reden. Lucia meint, Nazarius solle am Mittag zu Linus kommen und ihn mit allem Nachdruck um ein Gespräch bitten, vielleicht könne er das Unabwendbare verhindern.

Als Lucia nach einer sanften Umarmung das Haus verlässt, ist ihr Herz schwer. Sie hatte gehofft, nach ihrer Buße in eine neue Freiheit zu finden, aber jetzt scheint alles unsicher und sorgenvoller denn je. Sie hat so redlich gekämpft, sie hat auf das Gute gesetzt und ihr Leben tatsächlich verändert. Aber jetzt steht ihr wieder das Ringen um die Wahrheit bevor. Auch die lange Trennung von Nazarius, während er seine Buße auf sich nehmen würde, erfüllt sie mit Sorge und sie kann nicht frohen Herzens in eine doch so ungewisse Zukunft schauen.

Es ist bereits früher Morgen und den ganzen Weg über steht ihr nun die unbemerkte Rückkehr ins Haus bevor.

Sie beeilt sich und ignoriert unterwegs einige Spötteleien der bereits in die Innenstadt ziehenden Händler, über ihren schnellen Schritt.

Sie muss ein paar randvoll beladene Ochsenkarren überholen, die Baumaterial in die Innenstadt transportieren. Dazwischen fahren schon die ersten Fleischhändler, die in der Kühle des Morgens Hühner und Rinderhälften in die Garküchen bringen. Sie vertritt sich den Fuß an einer ballgroßen Gemüsezwiebel, die einem Händler vom Wagen gerollt sein muss. Die Wirte einzelner Kneipen sind am Lüften und Ausräumen des Inventars. In diesen Tagen wird wieder viel gefeiert und gesoffen. Einer flucht barbarisch, sodass man schon vom Zuhören rote Ohren bekommen müsste, weil ein zerfleddertes Kohlblatt unter seinen Sandalen klebt und sich nicht abschütteln lässt. Es wurde – man riecht es überall – auch in der vergangenen Nacht wieder in die Ecken gepinkelt und in die Gassen gekotzt. Zweiachsige Fäkalientransporter schwappen ihr stinkend entgegen.

Es ist hoch an der Zeit, dass sie heimkommt.

Sie nimmt denselben Weg durch das Seitentor, den sie heute Nacht beim Verlassen des Hauses genommen hatte. Im Morgengrauen sieht sie den Eimer, gegen den sie vor Stunden geräuschvoll getreten war. In dem Moment, in dem sie ihn sieht, schmerzt ihr kleiner Zeh wieder … Vorsichtig schließt sie hinter sich die Pforte und schleicht leisen Fußes an die Schmalseite des Hauses. Währenddessen wirft sie einen ängstlichen Blick zum cubiculum von Anaklet.

Sie erstarrt.

Bei Anaklets Gemächern stehen bereits die Läden offen. Einen Augenblick zögert sie, aber sie hat keine andere Wahl, als ihren Weg ins Haus fortzusetzen.

Noch tröstet sie die Vorstellung, er habe vielleicht in der Nacht ein wenig lüften wollen und sei danach wieder eingeschlafen, ohne sie zu schließen. Aber ihr Herz klopft bis zum Hals. Wieder schleicht sie an der Schmalseite des Hauses entlang und durch die Gartentür der Bäder. Um einer möglichen Entdeckung seitens des so sinnlos ihr nachstellenden Anaklets aus dem Weg zu gehen, macht sie sich gleich im

Verbindungsgang zum Haupthaus an den dort stehenden Blumenkübeln zu schaffen. Freilich ist die überaus frühe Morgenstunde verräterisch, aber so lange er nicht gesehen hat, wie sie ins Haus geschlichen ist, gäbe es immer noch eine Ausrede. Hektisch entleert sie drei große mit Weinreben bestückte Amphoren und legt die Zweige jeweils davor. Dann geht sie in aller gespielten Ruhe in die Wirtschaftsräume, um dort ein Messer für das notwendige Kürzen der Zweige zu holen.

Noch gibt es keine Spur von Anaklet, aber sie ist nicht nur nervös darauf gefasst, ihm jeden Augenblick zu begegnen, sondern spürt förmlich seine unangenehme Gegenwart hier irgendwo in den ausgedehnten Hallen.

Er muss an ihren Schritten ihr Kommen wahrgenommen haben und tritt unvermittelt hinter einer Säule hervor. Ihr schauspielerisches Talent ist nicht stark entwickelt und die innere Aufregung verhindert restlos eine gespielte Verblüffung. Instinktiv schaut sie beschämt zu Boden.

„Lucia", fragt er streng, „wo kommst du her?"

„Ich richte die Blumen in der Halle."

„Das sehe ich und das war nicht meine Frage!"

„Doch, Herr, gerade will ich ein Messer holen, um die Zweige zu kürzen, da tratet ihr hinter der Säule hervor!"

„Ich habe dich ja nicht gefragt, was du gerade tust, sondern wo du herkommst!! Um diese Zeit werden bei uns im Hause keine Blumen gerichtet!"

„Ich kann nicht schlafen."

Er tritt einen Schritt auf sie zu und packt sie grob am Arm, wogegen sie sich erfolglos wehrt.

„Na, na, so störrisch heute … du siehst übernächtigt aus … hast wohl in der Tat wenig geschlafen."

„Lass mich los!"

„Ich werde dir sagen, wo du warst: Du bist bei Nazarius gewesen, du!"

Er zerrt sie ins Balnearium, von wo sie eben gekommen ist, und schon auf diese wenigen Metern sieht sie das Entsetzliche: In der Aufregung hatte sie vergessen die Schuhe auszuziehen und nun ist auf dem blank geputzten Marmorboden jeder Fußabtritt zu sehen. Eindeutig kommt die Spur von der Gartentür. Aber noch will sie nicht aufgeben.

„Schau es dir an, du bist durch diese Tür hereingekommen und hast es nicht einmal für nötig befunden, die Schuhe abzuputzen." Er schubst sie nervös vorwärts, bis sie an der hinteren Tür sind.

„Herr ... ich ... mir ist nicht gut, ich wollte etwas frische Luft holen ...", stammelt sie.

„Zum Luftholen braucht man nicht in den Garten zu gehen, du öffnest auch sonst zum Lüften nur die Tür und bleibst im Haus ... Übrigens hat der Garten Wege und auf denen bekommt man keine dreckigen Schuhe, da muss man schon auf den feuchten Wiesen jenseits des Weges laufen."

Sein Scharfblick hat sich mit der Eifersucht gepaart. Es gibt keine Ausrede mehr. Plötzlich entwindet sie sich seinem Zugriff und stürmt davon. Sie stolpert über die bereitgelegten Rebzweige und fällt hin. Er stürzt hinzu, sie aber hat sich bereits erhoben, schaut ihn böse an und rennt weiter, stürzt die Treppe hinauf, reißt die Tür ihres Gemaches auf und verriegelt sie danach fest. Jetzt erst nimmt sie wahr, dass sie bei dem Sturz einen Schuh verloren hat. Ihre Stirn brennt und als sie dorthin fasst, hat sie Blut an den Fingern.

Außer Atem wirft sie sich rücklings auf das Bett und starrt mit angstvoll aufgerissenen Augen an die Decke. Offenbar ist Anaklet ihr nicht gefolgt, denn das erwartete Rütteln an der Tür bleibt aus.

Erst spät beginnt sie an diesem Morgen ihren Dienst.

Anaklet und Linus stehen beide im Triclinium, aber sie scheinen sich um ihren verspäteten Dienstantritt nicht zu kümmern. Als sie hastig fürs Morgenmahl aufgetragen hat und gerade den von der Morgensonne erfüllten Raum verlassen will, ruft Linus sie zurück.

„Lucia, ich muss heute für ein paar Tage das Haus verlassen und reise zu den Mitbrüdern nach Perge. Du arbeitest jetzt seit einem Jahr bei mir und ich bin mit diesem Dienst sehr zufrieden. Anaklet hat," dabei nickt er seinem jungen Assistenten freundlich zu, „nun, er hat um deine Hand angehalten. In ein paar Wochen bin ich wieder daheim, dann können wir die Einzelheiten der Hochzeit besprechen."

Es ist auch unter Christen nicht üblich, die Frau nach ihrer Ansicht zu fragen, und offensichtlich hat Anaklet die Situation gegenüber Linus so dargestellt, dass dieser von vornherein keinen Zweifel an ihrer Einwilligung haben konnte. Deshalb ist Linus auch überrascht, dass Lucia angesichts seiner Worte völlig fassungslos vor ihm steht. Sie ist kreidebleich und zittert. Für einen Moment verliert sie die Fassung. Instinktiv schüttelt sie den Kopf.

„Was ist, freust du dich nicht? – Gott hat doch Mann und Frau geschaffen, dass sie sich mehren, sein Wille liegt der Schöpfung zu Grunde."

„D... d... doch", stammelt Lucia, aber sie findet bei allem, was ihr durch den Kopf rast, keinen klaren Gedanken, sie fühlt nur, dass sich alles in ihr gegen dieses Ansinnen des Anaklet aufbäumt.

Der aber sitzt ruhig da und sagt kein Wort. Fluchtartig verlässt Lucia das Triclinium. Sie hat verstanden: Anaklet hat ihren nächtlichen Ausflug zu Nazarius als Beweismittel gegen sie in der Hand. Hätte sie opponiert, so hätte er sie denunziert und dann wäre sie auf immer aus der christlichen Gemeinde, die nur einmal eine Buße und Umkehr kennt, ausgeschlossen.

Sie sitzt tief in der Falle: Wenn sie flüchtet, würde sie mit dem enteigneten Nazarius auf der Straße stehen, und sie hätten dann keine andere Wahl, als sich bedingungslos zu versklaven. Die einzige Hoffnung, die noch geblieben ist, ist ein offenes Gespräch mit Linus, dieser aber steht kurz vor seiner Abreise. Nazarius würde erst gegen Mittag kommen, wenn Linus schon längst über alle Berge wäre.

Von den Wirtschaftsräumen her hört sie, wie die beiden miteinander redend ins Studienzimmer gehen.

Anaklet würde nun so fest an Linus' Seite kleben, dass ein Gespräch zwischen ihr und Linus nicht zustande kommen könnte. Da treibt sie der Mut der Verzweifelten an. Mit rasendem Puls geht sie zu dem Zimmer, in dem die beiden eben verschwunden sind, und klopft an die schwere Tür. Diese wird von Anaklet aufgerissen.

„Was gibt es, du siehst, dass wir ungestört bleiben wollen!"

„Ich möchte gerne mit dem Herrn Linus sprechen!"

„Der hat jetzt keine Zeit!" – er schließt die Tür ohne weiteren Kommentar.

Lucia steht draußen und bebt.

Sei läuft aufgewühlt in die Wirtschaftsräume und geht mechanisch ihrer morgendlichen Arbeit nach. Ohne zu wissen, was jetzt geschehen soll, hält sie sich die ganze Zeit über im Haupthaus auf und hofft auf eine letzte Gelegenheit, Linus vor seiner Abreise noch sprechen zu können.

Bald hält ein Gespann vor der Tür und ein Freigelassener klopft, um die Reisekisten von Linus zu verladen. Anaklet folgt Linus auf Schritt und Tritt.

Schließlich – sie stehen schon im Atrium – sprechen beide noch über irgendetwas, das in der christlichen Gemeinde vorgefallen ist und das von Anaklet rasch geregelt werden soll. Auch als Lucia Linus seinen Umhang reicht, spricht er dabei weiter mit Anaklet. An der Tür verabschieden sich die beiden voneinander mit brüderlichem Kusse und Anaklet schließt hinter Linus das Portal.

Angewurzelt steht Lucia da. Als sie nun aber ihre letzte Hoffnung schwinden sieht, stürmt sie plötzlich los, sie zwängt sich an ihm vorbei und spürt, dass er sie festhalten will, sie hüpft zur Seite und entgeht seinem Zugriff, reißt die Tür auf, springt die Stufen hinunter und rennt zu Linus, der gerade dabei ist, den Wagen zu besteigen.

„Herr ... Herr..!“, ruft sie. „So warte er doch ... Herr, Herr ...!“, sie steht keuchend und mit Tränen in den Augen vor Linus, der sich ihr verwundert zuwendet.

„Herr, ich muss mit Euch reden ... bitte ... ich weiß, dass es ungebührlich ist, das zu fordern, aber um der Liebe Christ willen, bitte ich Euch: Hört mir zu, bitte ... es geht um Leben und Tod ... Herr ... bitte, ... reist nicht ab ... noch nicht ... bitte ... nicht heute, wenn Ihr heute abreist, passiert etwas Furchtbares, bitte ... bitte ...“, sie ist vor ihm unter den verwunderten Blicken des Kutschers auf die Knie gefallen und küsst sein Hand.

„Steh auf, meine Tochter ... hm“, antwortet Linus ruhig und fragt den Kutscher, wie viel Zeit sie noch haben.

„Keine, Herr, im Gegenteil, wir müssen eilen, wenn wir das Schiff noch erreichen wollen!“

„Fahre zum Hafen und sieh nach, ob in den kommenden Tagen noch ein Schiff fährt, unser Herr Jesus sendet mir in dieser Frau eine Botschaft, ich kann jetzt nicht fahren ... hm“

Der Kutscher schnalzt mit der Zunge und die zwei Maultiere setzen sich in Bewegung. Knarrend zieht der Wagen davon. Währenddessen hält Linus Lucia die Hand hin und hilft ihr auf die Beine. Da aber steht schon Anaklet bei ihnen.

„Halt!“, ruft er dem Kutscher zu und beschwört Linus, doch wegen dieses Weibes nicht die so wichtige Fahrt hinauszuzögern, was sie dem Herrn zu sagen hätte, das könne sie auch ihm sagen.

„Nein! Nein!“, fleht Lucia Linus an.

Anaklet beschwört Linus weiter: Die Zeit sei günstig die Gemeinden zu einen, gerade jetzt, wo das Judentum faktisch keine Rolle mehr spiele, in Rom liege nun die Verantwortung für alle Christen und nicht mehr in Jerusalem. Die Gemeinden könnten nun den überall schwelenden Streit zwischen Thora- und Heidenchristen beilegen, da ja das Judentum am Ende und der Tempel zerstört sei. Schon beginnen seine Worte zu wirken. Linus überlegt kurz. Er schaut vor sich auf den

Boden und beißt nervös auf den Lippen herum. Dann sieht er in das tränenüberströmte Gesicht von Lucia, sieht ihren flehenden Blick und die roten Augen. Ohne ein Wort zu sagen, winkt er dem Kutscher, er solle fahren.

Die drei betreten schweigend das Haus.

„Komm, Tochter!", sagt Linus, nachdem Lucia ihm den Umhang abgenommen und er sich das Leibgewand zurechtgerückt hat. Während er zum Sprechzimmer geht, zitiert er leise, aber doch so, dass der mit aufgerissenen Augen noch im Atrium stehende Anaklet es hören muss, einen Vers aus dem Bußpsalm: „Ein zerschlagenes und zerquältes Herz wird Gott nicht verschmähen ... hm!"

Als Lucia und Linus allein im Zimmer sind, entsteht eine lange Stille. Linus hat sich gesetzt und auch – was er noch nie getan hat – Lucia einen Platz angeboten. Beide sind verwirrt und Linus sinniert halblaut über die merkwürdigen Wege, die Gott mit den Seinen geht.

Dann beginnen sie miteinander zu sprechen.

Aller aufgestauter Groll gegen Anaklet quillt aus Lucia hervor. Immer wieder muss sie der zuhörende Linus unterbrechen, er fragt nach, wiederholt, was sie gesagt hat, lässt sie dasselbe nochmals erzählen, weicht hier und da ab, um eine Wissenslücke zu schließen. Dann lässt er sie weiterreden, dabei schaut er sie mal streng und mal gütig an. Dann runzelt er abwesenden Blickes die Stirn. Hin und wieder fragt er sie nach ihrer Ansicht und Meinung. Wie ein Spinnennetz knüpfen sich die Gedanken und Zusammenhänge, Querverbindungen entstehen, ein neuer Faden wird von hier nach da gezogen, immer dichter wird das Geflecht und läuft schließlich auf den einen unausweichlichen Punkt hinaus: Anaklet. Immer deutlicher entwickelt sich das Bild seiner Machenschaften, die verborgenen Machtkämpfe und Schiebereien, die geschickten Planungen und hintergründigen Organisationen. Mehr noch als für Lucia selbst, werden für Linus Zusammenhänge und Hintergründe sichtbar, die ihm bisher verborgen geblieben waren, die dem aber, was sie von sich gibt, zu größerer Glaubhaftigkeit verhelfen, als sie erwartet hatte.

Linus erweist sich nicht nur als guter Zuhörer, sondern auch als klarer Analytiker, eine Fähigkeit, die Lucia vollends abgeht. So hilft er ihr im Verlaufe des Gespräches, den Faden nicht zu verlieren.

Linus ordnet das, was sie sagt, und obwohl sie ganz und gar nicht weiß, worauf er hinauswill, merkt sie doch, dass durch seinen Scharfsinn das verknotete und verworrene Knäuel ihrer Gedanken zu einem klaren Geflecht wird.

Am Ende fasst er zusammen: „Wir müssen also unterscheiden: Da ist einmal die Konkurrenz wischen Aulus und Anaklet ... hm, was die wissenschaftliche Mitarbeit betrifft. Dann ist da die Tatsache, dass er hinter dir her ist, und schließlich das einfache Faktum, dass du seine Gefühle nicht zu erwidern vermagst ... hm? Und ... das alles ist verknüpft mit Nazarius ... hm."

Erleichtert bejaht Lucia und schaut für einen Moment glücklich auf diesen weisen alten Mann, der jetzt mit trüben Augen vor sich hin schaut. Sein Gleichmaß zwischen Güte und Scharfsinn gibt ihr jetzt den Mut zur vollen Wahrheit.

So erzählt sie im Detail, was in der vergangenen Nacht vorgefallen war, wie sie zu Nazarius geschlichen ist, um endlich mit ihm reden zu können, wie Anaklet ihr bei ihrer Rückkehr auflauerte, sie berichtet von Nazarius' Not und dem ihm genommenen Haus und vor allen Dingen davon, dass Nazarius am Mittag kommen wolle, um mit ihm, Linus den Rückweg in die christliche Gemeinschaft zu besprechen.

Dieses Bekenntnis fällt ihr nicht leicht. Zwischendurch muss sie gegen die Tränen kämpfen. Sie spielt nervös mit den Fingern. Wenn sie in diesen Pausen Linus anschaut, blickt er sie gütig an. Sie hüstelt nervös, bevor sie Halbsätze wiederholt, die sie verschluckt hatte. Als alles gesagt ist, fängt sie an zu weinen.

Was sie gesagt hat, hat sie angestrengt und aufgewühlt.

Aber nun, wo es heraus ist, fühlt sie sich erleichtert. Seit ihrer Buße und Umkehr weiß sie, dass man die Wahrheit nicht nur kennen, sondern auch lieben muss. Aber sie hatte bisher kaum erfahren, dass nur die ganze Wahrheit frei macht, während die halbe Wahrheit die ganze Wahrheit erstickt.

Es dauert lange, bis Linus seine zugleich nachdenkliche und zuhörende Haltung aufgibt. Er setzt sich in seinem Sessel zurecht.

„Lucia, es ist gut. Ich denke, dass ich mehr nicht zu wissen brauche. Es gibt Dinge, die verlieren ihren Glanz, wenn man darüber spricht! Du brauchst mir dein Herz, was die Liebe zu Nazarius betrifft, nicht auszuschütten. Unser Herr Jesus hat mit jedem Menschen ein Geheimnis. Bewahre dieses. Ich weiß, dass du die Wahrheit gesagt hast, mehr muss ich nicht wissen ... hm."

Er lächelt sie gütig an und fährt fort: „Das Gute ist nie kompliziert, nur das Böse geht verworrene Wege ... hm. Alles Große ist einfach!"

Wieder schaut er versonnen auf einen Punkt im Raum, wie er es in den vergangenen Stunden immer wieder getan hatte.

Er sitzt nun wieder gebückt im Sessel. Sein weißes Gewand leuchtet im Licht des Vormittags und sein gegerbtes Gesicht hat etwas Ehrwürdiges.

In diesem Augenblick findet Lucia diesen unscheinbaren alten Mann, den sie so lange unterschätzt hat, schön.

„Versteht mich recht, Herr, ich wollte nicht sündigen heute Nacht. Es war nicht richtig, das Haus zu verlassen, es ist gegen die Regeln, die ich nach der Buße halten muss ... Ich hatte kein gutes Gewissen dabei, aber es musste sein ... Herr ... um der Liebe willen ..."

Linus schweigt lange.

Dann sagt er leise und immer noch mit starrem Blick auf den imaginären Punkt im Raum: „Nur die Liebe, die in der Wahrheit bleibt, kann von Gott sein. Der Schmerz der Liebe ist immer die Reue über ihre Unvollkommenheit. Was tut mehr weh, als zu erkennen, dass die Liebe gegenüber dem Geliebten immer zu gering ist? Alle Reue endet, alle Buße endet, der Schmerz der Liebe aber bleibt. Nur der Liebe offenbart sich der Schmerz jener Unvollkommenheit irdischer Verbannung ... hm."

Lucia versteht diese philosophischen Sätze nicht, aber sie spürt, dass sie etwas auszudrücken versuchen von dem Geheimnisvollen, das sie und Nazarius heute Nacht empfunden haben. Sie fühlt, dass sie die unausgesprochene Aussage enthalten, Linus halte sie nicht für schuldig. Sie schaut ihn fragend an.

„Lucia, man muss Gott mehr gehorchen als den Menschen ... hm!"

In diesem Moment klopft es an die Tür und Linus lässt eintreten.

Ein Angestellter berichtet, der Kutscher habe die Nachricht gebracht, dass der gnädige Herr am späten Nachmittag ein Schiff nehmen könne, er habe mit jemandem, der bereits für dieses gebucht gewesen sei, die Plätze getauscht und hoffe, dass dieses im Sinne des gnädigen Herrn sei.

Linus scheint völlig vergessen zu haben, dass er abreisen wollte. Er schüttelt den Kopf und ruckelt mit den schmächtigen Schultern, als wolle er sich selbst wachrütteln. Dann bedeutet er dem Diener, er könne gehen.

Wieder an Lucia gewandt fragt er:„Du sagst, er will heute noch kommen?"

„Wer?"

„Nazarius ... hm!"

„Ja, Herr, gegen Mittag will er kommen und mit Euch sprechen, so ist es abgemacht."

„Gut, wenn es ihm wichtig ist, wird er bald hier sein, wenn nicht, reise ich am Nachmittag ab. Gehe du einstweilen deiner Arbeit im Hause nach ... hm!"

Er lächelt sie an und spricht ihr Mut zu: „Paulus schreibt in seinem große Brief an unsere Gemeinde in Rom: *Wir wis-*

sen, dass Gott bei denen, die ihn lieben, alles zum Guten führt – glaube daran und habe Vertrauen, Tochter … hm!“

Er geleitet sie durch das große Zimmer zur Tür. Unterwegs muss ihm noch irgendetwas durch den Kopf gegangen sein. Für einen Augenblick schaut er wie ein frecher Junge, unvermittelt schnell springt er zur Tür, reißt diese auf, macht einen für sein Alter ungeheuer jugendlichen Satz auf den Flur. Da hören sie beide, wie sich die flüchtenden Schritte des Lauschenden entfernen.

X.

Etwas Größeres und Schöneres als den Triumphzug nach dem Sieg in Palästina hat Rom sei Jahrzehnten nicht gesehen – so wenigstens wurde es vom Kaiser Vespasian angekündigt. Die laufenden Vorbereitungen zeigen, dass er Wort hält. Das war ja nicht bei vielen Kaisern in den vergangenen Jahren der Fall.

Es wird getuschelt, der Kaiser selbst wolle den Triumphzug nicht einfach an sich vorbeiziehen lassen, sondern zusammen mit seinem Sohn Titus daran teilnehmen. Das leidgeprüfte Volk weiß, dass ein solches Einvernehmen zwischen Vater und Sohn in der römischen Kaisergeschichte selten gut ausging. Kaum einer, der bei Titus nicht auch an Brutus denkt, den Sohn Caesars, der damals in den Iden des März den Mordkomplott gegen seinen Vater angeführt hatte.

Das skeptische Volk legt deshalb auch den Finger zielsicher in den wunden Punkt dieser ansonsten makellosen Beziehung zwischen Vater und Sohn: die sagenumwoben schöne Berenike, ihres Zeichens Schwester König Herodes Agrippas des Zweiten.

In Rom geht das Gerede über Titus' Verhältnis mit Berenike um. Das Volk tuschelt, Berenike habe auch mit Kaiser Vitellius herzhaft hungrige Liebesnächste verbracht, bevor sie die Freundin seines Sohnes, des siegreichen Feldherrn des jüdischen Krieges, geworden sei. Ohnehin habe sie aus ihrer außergewöhnlichen Schönheit mit Hilfe weiblicher Raffinesse das Beste zu machen verstanden, habe sie doch vorher schon den sizilianischen Magnaten Poleman gehabt und sei diesem davongelaufen, um nach etlichen amourösen Abenteuern schließlich an der Seite ihres Bruder, Herodes Agrippas des Zweiten zu landen, wo sie wie eine Königin gelebt habe. All dies sei, so wissen es die Wahrsager und Zeichendeuter mit willfähriger Unterstützung durch das gerüchtelüsterne Volk zu verbreiten, ein schlechtes Omen.

Selbst die an solchem Gerede generell wenig interessierten Christen spitzen in diesem Fall die Ohren. Denn Berenike war es, der Paulus seinerzeit vorgeführt wurde, als sie zusammen mit ihrem Bruder, König Herodes dem Zweiten, ihre Aufwartung beim Statthalter Festus in Caesarea machte, wo Paulus vor seiner Überführung nach Rom in Haft saß. In Gestalt von Berenike kommt für die Christen das Gespenst der Verfolgungen wieder nach Rom. Berenike ist ihnen suspekt. Allein die Nennung ihres Namens verbreitet Unbehagen unter ihnen und noch viel mehr das offene Geheimnis ihres korinthischen Liebeslebens und ihres liebestollen Sinnenlebens.

Das überhitzte Klima vor dem Triumphzug begünstigte schon vor Wochen das Wachstum derartigen Geredes.

Dies umso mehr, als Titus es keinesfalls eilig zu haben schien, in Rom den Applaus für die Niederschlagung des jüdischen Aufstandes, die Zerstörung Jerusalems und die Plünderung des Tempels entgegenzunehmen. Er besuchte zunächst noch als Triumphator die Könige im Osten, um ihnen seinen Dank für ihre Unterstützung im Kriege zu zollen. Als besonderes Gastgeschenk hatte er für jeden seiner Waffenbrüder tausende jüdischer Sklaven dabei.

Nazarius kommt der bevorstehende Triumphzug gelegen. Er bindet jene Kräfte, die ihm sein Haus streitig machen. Vor großen Ereignissen, wie dem Triumphzug, sind nämlich alle Mitarbeiter der Behörden für die öffentliche Ordnung eingespannt und müssen die normale Arbeit ruhen lassen. Es würde Wochen dauern, bis sich in irgendeiner Behörde jemand wieder um sein Haus kümmern könnte.

Als Nazarius an diesem Morgen das Haus verlässt, stößt er überall auf die vorbereitenden Arbeiten. Zwar wird der Triumphzug erst in wenigen Tagen sein, aber viele Hauptstraßen sind schon abgesperrt, weil Tribünen gebaut und Zuschauerränge erstellt werden. Immer wieder muss Nazarius von der direkten Route zu Linus abweichen und Umwege in Kauf nehmen.

Da noch mehr Menschen als sonst unterwegs sind und sie alle in die engen Seitengassen umgeleitet werden, quellen diese förmlich über. Zeitweilig gibt es überhaupt kein Durchkommen mehr. Dann stauen sich die Menschen auf, stehen dich an dicht und keiner weiß recht, was los ist. Irgendwann setzt sich der Strom wieder schiebend und drückend in Bewegung und zieht wie ein dicker Wurm durch das Gedärm der Innenstadt.

So geht es den ganzen Vormittag.

Er sollte längst bei Linus sein und steckt stattdessen irgendwo im verstopften Rom. Er wird unruhig und versucht schneller voranzukommen, was ihm allerdings außer heftigen Rippenstößen, dummen Kommentaren und bösen Blicken nichts einbringt.

Ungeduldig lässt er sich von der Menge schieben. Teilweise weiß er nicht einmal mehr, wo er sich genau befindet. Auch die Umstehenden haben die Orientierung verloren.

Mittag ist längst vorüber.

Seit Stunden quälte er sich nun durch das Zentrum Roms. Es ist heiß an diesem Tag. Die Luft ist unerträglich. Um ihn herum steigt die Aggressivität an und auch er versucht mit immer stärkerem Einsatz der Ellenbogen voranzukommen.

Als ihm das nicht gelingt, überwindet er an einem Platz, den er weit hätte umlaufen müssen, die Sperren und rennt quer hinüber auf die andere Seite.

Augenblicke später hat er die Ordnungskräfte auf dem Halse. Diese setzen ihm schreiend und drohend nach. Sie wecken die Aufmerksamkeit der Ordner auf der anderen Seite des Platzes. Nazarius schlägt geschickt einen Haken und rennt nach schneller Wende auf die Bretterbarriere zu. Schon hat er ein Bein über die oberste Latte gesetzt, da bekommt das auch dort dicht gedrängte Volk die Aktion mit und solidarisiert sich mit den hinter Nazarius herstürmenden Ordnungshütern. Er spürt, wie ihm jemand ans Bein fasst und ihn auf den Platz zurückstoßen will. Dadurch kann er das zweite Bein nicht nachziehen und Augenblicke später wird er an diesem von den Ordnern gezerrt, während der Pöbel von der anderen Seite mit Händen an seinen Oberkörper drückt. Da er bereits auf dem trennenden Holzpfosten sitzt, beginnt er wild um sich zu treten, wodurch auf der Seite jenseits der Absperrung die Menschen Abstand nehmen, denn so gerne sie auch einem Kampf zugesehen hätten, so ungerne wollen sie sich doch selbst in diesen ziehen lassen.

Den beiden Ordnern, die unentwegt auf ihn einschimpfen, trommelt er mit beiden Fäusten auf den ungeschützten Kopf. Einer von beiden fällt zu Boden, schon hat er das zweite Bein auf der rettenden Seite, da trifft ihn unerwartet ein stechender Blick: „Nazarius, du lebst!?" Und als er bereits jenseits der Absperrung auf das Pflaster gesprungen ist, hört er hinter sich die drohende Stimme: „Wir kriegen dich, du Feigling ... Fahnenflüchtiger!"

Er schlägt sich nun rücksichtslos und ungeachtet der Schläge und Tritte durch die Menge, wo er zunächst einmal vor den Ordnungskräften sicher ist.

Tatsächlich erweist sich der fatale Wechsel über den Platz – wenigstens was sein Fortkommen zu Linus betrifft – als günstig. Diesseits sind die Straßen nicht so verstopft und je weiter er sich aus dem Zentrum entfernt, umso ruhiger wird es. Zwar strömen ihm immer wieder kleinere Trupps von Bauleuten und Helfern entgegen, diesen aber kann er hier erfolgreich ausweichen.

Es ist lange nach Mittag, als er bei Linus heftig an die Seitentür klopft. Er ist außer Atem. Die an der Fassade beschäftigten Arbeiter haben ihm, als er den Gartenweg herangestürmt kam, irgendetwas zugerufen, er aber achtete nicht auf sie. Mit heftigen Seitenstechen steht er da, als ein ihm fremder Angestellter mit verdutztem Gesicht die Tür öffnet.

„Ist Linus daheim?" keucht er.

Da reißt jemand von hinten die Tür vollends auf und Anaklet starrt ihn an. Nazarius schießt der misslungene Überfall auf Anaklet durch den Kopf, als er von diesem den geheimen Aufenthaltsort von Lucia erfahren wollte und Anaklet ihn kaltschnäuzig anlog. Diesem muss ähnliches in diesem Moment durch den Kopf schießen.

„Linus ist nicht im Hause!" Etwas von der lügnerischen Kälte, die beim Überfall auf Anaklet in dessen Stimme lag, schwingt auch in der jetzigen Lüge mit. Es riecht nach Schwefel. Nazarius spürt, dass irgendetwas hier nicht stimmt. Ein zweites Mal will er sich von diesem Dilettanten nicht abschmieren lassen. Nazarius beugt den Kopf vor wie ein Stier, tritt mit einem Satz vor, rammt Anaklet beiseite, stolpert, weil dieser ihm im Vorbeidrängeln heftig mit der schweren Tür gegen die Hüfte schlägt, ins Atrium und schreit aus voller Kehle: „Li-nus, helft mir!!!" – Dabei bricht er bereits mit schmerzender Hüfte zusammen, krümmt sich auf dem Fußboden und stößt noch ein paar Schmerzenslaute aus. Ihm wird schwarz vor Augen.

Als er langsam zu sich kommt, hat er einen kalten Lappen auf der Stirn. Der Raum, in dem er liegt, ist hell. Von draußen sind Stimmen zu hören und je mehr sich die Sinne sortieren, umso deutlicher hört er Arbeiter, die sich nebenher über das einzige Thema, das in diesen Tag Rom bewegt, unterhalten: den Triumphzug des Titus.

Zwischen ihren Gesprächen hört er die Geräusche von Kellen und Spachteln, sowie das hölzerne Aufsetzten von Eimern und Töpfen. In diesem Augenblick weiß er, dass er noch im Hause des Linus ist. Er denkt an die unterirdische Höhle dieses merkwürdigen Kultes, in der er vor so langer Zeit gefangengehalten wurde und von der aus alles seinen Lauf genommen hatte. Genauso liegt er jetzt da. Er hört von fern Geräusche. Vieles kann er nicht einordnen. Er hat wahnsinnige Schmerzen, nur dieses Mal nicht am Hinterkopf, sondern an der Hüfte. Nur langsam erwacht er, wie aus einem bösen Traum. Je wacher er wird, umso stärker wird sein Fluchtreflex.

Er will sich aufrichten, aber die Hüfte schmerzt stark. Er hört die Arbeiter jetzt deutlich:

„Gut, dass Linus sein Haus restauriert, sonst hätte Vespasian ihn enteignet."

Ein paar Männer lachen.

„Der ist bauwütig."

„Soll er doch, schön, dass mal ein Kaiser etwas für das Volk tut ... Nichtsnutze hatten wir ja in der letzten Zeit genug unter den Kaisern."

„Ich habe auch schon geschaut, ob irgendwo ein Haus herumsteht, an dem nichts passiert, drüben auf der anderen Seite des Tibers gib es genug davon, da wohnt keiner mehr, die zerfallen langsam und andere wohnen in Dreckslöchern."

„Hat jemand von euch mal den Tempel des Friedens gesehen, den Vespasian auf dem Forum gebaut hat?"

„Den haben Sklaven gebaut."

„Mein ich ja!"

„Sieht gut aus!"

„Am Amphitheater ist eine riesige Baustelle ..."

„Das Kolosseum ..."

Wieder lachen alle herzhaft.

„Ich weiß gar nicht, was der damit will, die Gladiatorenkämpfe sind doch eingestellt."

„Aber Tierhetzen gibt es noch."

„Ich bin froh, dass die Menschenschlächterei aufhört!"

Er hört den Widerhall von Schritten, die schnell näher kommen.

Jemand tritt an ihn heran: Linus.

„Nun, wie geht es unserem Patienten ... hm?", fragt er mit ruhiger Stimme.

„Wo bin ich?"

Linus ist inzwischen an die Holzbare getreten und hat Nazarius das Tuch von der Stirn genommen. „Im ehemaligen Unctuarium des Vinicius, wir haben dich hier hingelegt, weil es kühl ist und der Duft der wohlriechenden und belebenden Öle schon lange in den Wänden herumsitzt." – Er ist allerdings der einzige, der über seinen Witz schmunzeln muss, der auf dem Widerspruch zwischen den belebenden Ölen einerseits und der Länge ihres Verharrens in den Wänden andererseits beruht.

Nazarius versucht sich aufzurichten, aber mit schmerzverzerrtem Gesicht sackt er zurück auf die Liege.

„Schmerzt es noch?"

„Es geht."

Linus reicht ihm die Hand und Nazarius zieht sich an dieser mühsam hoch.

„Im Refektorium ist für dich eine Stärkung gerichtet ... hm." Nazarius stützt sich auf die Schultern des Linus und humpelt an seiner Seite durch das stillgelegte Balnearium.

Im Speisezimmer legt sich Nazarius zu Tisch. Linus hatte ihm gesagt, er würde, sobald er sich gestärkt hätte, nach ihm schicken. Er bekommt beim besten Willen keinen Bissen herunter. Dazu ist er nicht nur zu aufgeregt, sondern viel zu unsicher. Was ist geschehen, als er kurz ohnmächtig geworden war? Was mag Anaklet Durchtriebenes getan und ersonnen haben? Wo ist Lucia? Welche Rolle spielt Linus?

Ihm steht das Gespräch mit Linus bevor, aber er kann sich nicht darauf vorbereiten. Sein Kopf brummt. Die Hüfte schmerzt heftig und zu gerne hätte er gewusst, mit welchen Vorinformationen Linus sein Auftauchen interpretiert.

Nach einer Weile kommt eine Angestellte und holt ihn zum Gespräch mit Linus.

Mühsam richtet er sich auf, zieht seine alten Sandalen an und humpelt, von der Freigelassenen begleitet, ins Sprechzimmer. Er klopft an die ihm gewiesene Tür, die Linus mit sanftem Blick öffnet.

„Tritt ein … geht es? Du hast dir ja eine ziemliche Verletzung zugezogen … hm.“ – Mit diesen und ähnlichen Sätzen überspielt Linus die für beide zunächst peinliche Situation. Er bietet Nazarius einen Sessel an und hilft ihm, sich zu setzen.

„Draußen ist ja wirklich die Hölle los … hm.“

„Es war kaum möglich, zu euch durchzukommen … entschuldigt die Verspätung.“

„Dieser Triumphzug ist eine Schande, es ist doch nicht mehr als eine kindische Schadenfreude, die sie hier zelebrieren … hm. Uns Christen ist nicht wohl dabei, ich habe allen verboten, an dem Spektakel teilzunehmen … hm. Wir dürfen den Triumph der Römer über die Juden nicht feiern, sie sind unsere Brüder im Glauben. Kennst du übrigens diesen Titus?“

„Nicht besser als ihr.“

„Die Berenike, diese Ehebrecherin an seiner Seite … er soll ihr ja sehr hörig sein. Wusstest du, dass sie Paulus kannte? ‚Kannte‘ ist vielleicht zu viel gesagt, aber dass sie ihn einmal getroffen hat und ihm begegnet ist … hm?“

Nazarius ist verblüfft über die Kenntnis des Linus, aber dass Berenike, von der er schon viel gehört hat, Paulus persönlich gekannt haben soll, das ist ihm neu.

„Lukas war vor ein paar Monaten hier und hat mir eine Abschrift gegeben über das Leben Jesu, das er aufgeschrieben hat, und auch Pergamente von einem umfangreichen Werk über die Apostel … hm. Er hat das ja mit Paulus zusammen geschrieben … nun, da kommt etwas drin vor, das mir Kummer macht … hm. Die Berenike war doch mit Herodes Agrippa dem Zweiten, ihrem Bruder zusammen“, er seufzt kurz um auszudrücken, dass er durchaus um diese gerüchteumrankte Beziehung und das entsprechende Gerede weiß, „einst hatte dieser Herodes in Caesarea ein Gastmahl gegeben, bei dem lauter hohe Herren dabeiwaren, der römische Statthalter Festus zum Beispiel auch … hm. Während des Festes sind sie ins Gespräch über Paulus gekommen, der zwei Stockwerke unter dem Festsaal im Kerker saß. Irgendwer, ich glaube Herodes war es selbst, kam dann auf die Idee, ihn doch hochzuholen und eine Rede halten zu lassen ... hm, du kanntest ja Paulus, er ließ sich die Gelegenheit nicht nehmen und war in Ketten vor die Versammlung getreten ... Das muss man sich mal vorstellen: der ärmliche Paulus in seinem alten Mantel, inmitten dieser seidenrauschenden und perlenfunkelnden Gesellschaft, Herodes in seiner glänzend weißen, gold- und silberdurchwirkten Toga und inmitten der Damen die glänzende Berenike, die Jüdin ..."

Linus hat sich vorgebeugt und gießt Wasser in zwei bereitstehende Tonbecher, nimmt den seinen zur Hand und trinkt ihn mit einem Zug leer.

Nazarius ist froh, dass sie erst einmal über etwas anderes sprechen. Seit langer Zeit hört er wieder einmal etwas über Paulus und bekommt einen Einblick in die Situation der Christen, von denen er so lange abgeschnitten war und deren Türen für ihn verschlossen sind.

„Wie Lukas schreibt, soll Festus, der Statthalter, die Sitzung, mit einer einleitenden Rede über den Zweck der Veranstaltung eröffnet haben ... hm. Sie wollten dem Kaiser in Rom ein sachliches Gutachten über den Fall erstellen ... Er erteilte Paulus das Wort ... ich finde, Lukas hat das sehr gut aufgeschrieben ... hm. Du solltest es mal lesen."

„Ich kann nicht lesen."

Linus übergeht diese Peinlichkeit und erklärt Nazarius, dass Aulus, dem er den Text unbedingt noch geben wolle, es ihm einmal vorlesen könne. Dann setzt er seine Erzählung fort: „Paulus sprach damals über die Auferstehung der Toten und am Ende fand ein peinliches Zwiegespräch zwischen ihm und Agrippa statt. Der hat sich zwar nach Art des geschickten Weltmannes mit einem Scherzwort aus der Verlegenheit gezogen, aber wie Lukas berichtet, blieb doch Paulus der Sieger ... hm."

„Was hat er denn gesagt?"

„Nun, am Ende der Rede soll Agrippa gesagt haben: *‚Paulus, du glaubst wohl, in so kurzer Zeit, im Handumdrehen einen Christen aus mir zu machen?'* Und Paulus hat offenbar vor der schmunzelnden Runde geantwortet: *‚Wie wünschte ich zu Gott, ihr möchtet alle, nicht bloß ihr, o, König, über kurz oder lang das werden, was ich bin',* dann soll er klirrend die geketteten Hände erhoben haben, *‚ausgenommen diese Ketten!'* Sofort danach wurde er wieder in sein Verlies gebracht. Agrippa und Berenike erhoben sich daraufhin zum Zeichen, dass die Sitzung beendet sei ... hm."

Es entsteht eine Pause, dann fährt er fort: „Berenike hat das erlebt. Sie kennt die Christen. Jetzt kommt diese Unselige mit Titus nach Rom ... hm. Vielleicht sinnt sie auf Rache für ihren von Paulus damals so blamierten Bruder ... gebe Gott, dass es nicht so werde. Die Verfolgungen unter Nero waren grausam. Zudem ist sie Jüdin und wenn sie auch keinen starken Glauben hat, so ist die Zerstörung Jerusalems für sie auf jeden Fall ein Frevel ... hm. Vielleicht schieben sie das wieder uns in die Schuhe, wie damals den Brand Roms."

Nazarius hat, bei aller Erleichterung, dass Linus nicht direkt zur Sache kommt, nach diesem Monolog das Gefühl, als würde er Linus nur zusätzlich mit etwas belasten. Kaum aber denkt er diesen Gedanken, da wendet sich Linus mit einer Frage an ihn: „Also, Nazarius, was gibt es?"

Nazarius versucht verzweifelt und erfolglos seine Gedanken zu ordnen. Er stottert etwas. Verlagert vor Schmerz in der Hüfte sein Gewicht im Sessel. Fängt einen Satz an, den er nicht vollendet. Er stottert und schaut hilflos zu Linus. Dieser ergreift schließlich selbst das Wort: „Ich habe heute morgen mit Lucia gesprochen. Sie möchte deine Umkehr und Buße abwarten ... hm."

„Danke!" entfährt es Nazarius zunächst erleichtert. Dann toben die Gedanken in seinem Kopf los. Fragen über Fragen quellen hervor. Blitzartig. Schnell. Unvorbereitet. Er erkennt die fatale Parallele seiner jetzigen Situation zu der von Lucia vor ihrer Buße. Ist es schon wieder so, dass andere wissen, was für Lucia und ihn das Beste sei? Eine kalte Aggressivität steigt in ihm hoch.

Linus deutet an, dass er nicht zu Ende gesprochen hat: „ … aber einige Schwierigkeiten sind noch aus dem Weg zu räumen. Da ist vor allen Dingen die missliche Situation um dein Haus … hm, aber vielleicht stellen wir dieses Thema zurück. Am wichtigsten ist mir zunächst die Frage nach deiner Wiederaufnahme in die Gemeinde … hm."

Nazarius drückt sich in Erwartung dessen, was da Kommen wird, in den ungemütlichen Sessel. Seine Hüfte schmerzt sehr. Er ist gespannt wie ein Stadionläufer unmittelbar vor der Start. Und – das vor allem – er ist auf alles gefasst.

Linus bittet ihn, er möge nun einmal ganz von vorne alles erzählen. Möglichst der Reihe nach. So recht gelingt es ihm jedoch nicht. Er gerät oft ins Stocken. Fragt Linus mit Blicken, ob dieser das oder jenes nun überhaupt hören wolle. Er nickt ihm aufmunternd zu. Also fährt Nazarius fort. Linus muss ihn immer wieder bremsen, will Details wissen und sich über bestimmte Einzelheiten abermals einen Überblick verschaffen. Zwischendurch ordnet er mehrmals, was er bisher verstanden hat. Er fragt zurück, ob es so und so und doch anders gewesen sei. Er muss Nazarius auf die Sprünge helfen und an einigen Stellen rätseln sie beide, in welche zeitliche Reihenfolge das Erzählte zum bisher Gesagten zu bringen ist.

Zwangsläufig kommen sie zunächst auf das Geschehen in der Höhle zu sprechen, wovon Linus damals über Aulus Wind bekommen hatte, als dieser Nazarius suchte. Linus scheint jetzt alles besser zu verstehen und – was Nazarius merkwürdig findet – ihm geht es für sein Verständnis der Dinge offenbar mehr um Aulus als um ihn. Von der Befreiung durch Lucia aus der Gefangenschaft beim Kult ist die Rede, davon, wie er in der Nacht seiner Befreiung durch puren Zufall zu den Soldaten und mit ihnen ins Gefängnis gekommen ist.

Sie sprechen lange über das Menetekel. Linus will wissen, wer dieses ausgesprochen hat („die Alte"), welchen Charakter es hatte („irgendwie komisch"), wie es auf ihn gewirkt hat („weiß nicht"), ob seitdem etwas anders geworden sei in seinem Leben („eigentlich alles"). Linus nickt wach und wissend. Er blickt, als würde er sich den Kopf über ein römisches Knobelspiel zerbrechen und als würde er verschiedene Lösungswege geistig zusammensetzen, ausprobieren, wieder verwerfen.

Dann legt er genauen Wert auf die Frage nach dem Geld, das Nazarius in der Höhle gefunden hatte.

„Das habe ich völlig vergessen", sagt Nazarius so spontan und überzeugend, dass an seiner Aussage kein Zweifel bleibt. Linus will wissen, wie der Beutel ausgesehen hat, wie groß er war und wie viel Geld in ihm war. Nazarius kann darauf nur ungenau antworten: Er habe den Beutel nur kurz im Fackelschein gesehen und danach nie wieder. Es seien wohl verschieden große Münzen drin gewesen. Alles sei so schnell gegangen. Er habe keinen Gedanken mehr an das Geld verschwendet.

Schließlich kommen sie auf sein Verhältnis zu Lucia zu sprechen. Nazarius merkt, wie geschickt Linus bisher in dem Gespräch vorgegangen ist. Er hat dadurch, dass er den Fokus auf andere Themen gelenkt hatte, die ganze Anspannung von Nazarius wieder gelöst. Kaum aber fällt der Name „Lucia", da ist sie wieder da: dieselbe Nervosität, dieselbe Aggression, dieselbe Lauerstellung und Sprungbereitschaft.

„Dein Verhältnis zu Lucia hat sich entwickelt, nachdem die Alte in der Höhle den Spruch ...", er räuspert sich und verzieht das Gesicht, wie wenn er sich vor etwas ekelt, „... das Menetekel, über dich gesprochen hat ... hm?"

„Ja."

„Aber du hast sie schon vorher geliebt, als du sie bei Aulus gesehen hattest ... hm?"

„Ja."

„Hast du sie schon vorher, vor dem Menetekel, richtig geliebt, oder warst du nur fasziniert von ihr?"

„Herr, ich habe sie sehr gemocht, damals schon, als sie noch bei Aulus war. Manchmal bin ich nur zu Aulus gegangen, um sie zu sehen ..."

Linus schmunzelt und winkt besänftigend ab.

Und dann erzählt Nazarius, wie sehr er sie geliebt hat, wie tief sie vom ersten Augenblick an in seinem Herzen war, dass er so etwas noch nie vorher und nie mehr nachher erlebt habe, dass sie etwas in ihm geweckt habe, was er gar nicht kannte, wie sehr er sie vermisst habe, als sie ihm behufs ihrer Buße genommen war ... Er erzählt von dem Überfall auf Anaklet und dass dieser ihm offenbar hinsichtlich des Aufenthaltsortes von Lucia eiskalt angelogen habe. Er berichtet, wie er täglich zum Haus des Aristobulus gegangen ist und zu den Fenstern hinaufgeschaut hat, berichtet von seiner Eifersucht auf andere Soldaten, kurz: Er versucht, das ganze innere Elend, in dem er sich in der Zeit vor seinem Weggang aus Rom befunden hat, Linus irgendwie vor Augen zu führen.

Auch von Jerusalem muss er viel erzählen. Linus will ganz genau wissen, was er dort für einer Tätigkeit nachgegangen sei, was für Aufgaben er hatte, ob sich diese im Laufe der Zeit verändert hätten.

Sie haben inzwischen den Wasserkrug geleert. In einer Gesprächspause steht Linus auf, stellt den Krug draußen auf ein Regal und läutet. Wenig später kommt zu Nazarius' Überraschung Lucia und bringt den neu gefüllten Krug herein, macht einen artigen Knicks vor Linus und verlässt in der ihr eigenen Schönheit des weichen Schrittes das Zimmer.

Linus und Nazarius sind jetzt bei seinem Weggang von der Armee angelangt.

Linus will genau wissen, was mit Rebekka war. Vor allen Dingen auch, ob es einen anderen Weg der Befreiung gegeben hätte, als den, die beiden Soldaten zu töten.

Er ruft Nazarius in Erinnerung, dass das Tötungsverbot bei den Juden bereits in den Zehn Geboten verankert sei und für die Christen noch einmal in verschärfter Form gelte. Andererseits gibt er zu bedenken, dass es auch so etwas wie Notwehr und Nothilfe gebe. „Ich denke, Nazarius, dass es sich bei dem Kampf in dem Wäldchen vor Jerusalem um Notwehr handelte. Wenn ich die Situation der römischen Christengemeinde richtig beurteile, dann dürfte sich dafür kaum jemand wirklich interessieren. Ehebruch und eine amoralische Lebensweise werden insgesamt für schlimmer erachtet als die Tötung eines Menschen ... hm." Er schaut Nazarius mehr fragend als belehrend an und nickt schwer mit dem Kopf. „Überdies", fährt Linus fort, „sind in unserer römischen Gemeinde sehr viele Thorachristen in führender Posititon tätig. Sie werden es dir wahrscheinlich nicht übel nehmen, dass du zwei römische Soldaten erschlagen hast ... hm, diebezüglich sind sie Pragmatiker. Wo waren wir stehengeblieben ...? Ach ja, der Hammer ... Kannst du mir darüber noch Genaueres sagen ... hm?"

Nazarius erzählt die ganze Geschichte mit dem Hammer: dass Aulus ihn in der Höhle gefunden habe, dass er ihm diesen bei dem unbefriedigenden Gespräch über Lucia zurückgegeben habe, und dass er ihn schließlich in Palästina fortgeworfen habe zum Zeichen für seine Bereitschaft zum Neubeginn.

„Ich wusste in diesem Augenblick, als ich ihn fortwarf, dass Aulus Recht hatte und ich erst umkehren würde, wenn ich den Hammer weggeschmissen hätte ... Es war, als hätte sich eine Prophetie erfüllt."

Schließlich berichtet er, dass die Christen in Pella Simson behalten hätten. Dass er selbst aber dort nicht bleiben wollte, weil er doch immer noch Lucia liebe, dass er auch in Judäa an nichts anderes als an Lucia gedacht habe, dass die Christen von Pella ihm dann einen Platz auf einem ägyptischen Kornschiff besorgt hätten und er so wieder nach Rom gekommen sei.

Je mehr er in die jüngste Vergangenheit kommt, umso unsicherer wird er, ob er von Lucias nächtlichem Besuch erzählen soll. Linus nimmt ihm das Problem ab und sagt, was ab seiner Rückkehr geschehen sei, das wisse er von Lucia. Linus gibt frei zu erkennen, dass er über Lucias nächtlichem Besuch bei ihm Bescheid weiß.

Nur eines will er jetzt noch genau wissen: „Was war mit Anaklet, als du heute Nachmittag zu mir wolltest … hm?"

So bleibt Nazarius nicht anderes übrig, als auch dieses unangenehme Ereignis im Detail zu berichten.

Linus schweigt …

Und schweigt …

Und schweigt.

Linus sitzt reglos in seinem Sessel. Er wirkt wie eingefroren. Nur an den Schläfen sieht man das rhythmische Hervortreten des Kaumuskels.

Nach einer halben Ewigkeit sagt er ruhig: „Es sind eigentlich drei miteinander verwobene Probleme: erstens das Menetekel, zweitens das Problem deiner Enteignung und drittens deine Bekehrung und Wiedereingliederung in die Gemeinde … hm."

„Und was ist mit meiner Liebe zu Lucia?"

„Die umspannt alles. Sie ist nicht das Problem, obwohl sie mit jedem dieser Themenbereiche zusammenhängt. Ich sehe den entscheidenden Einschnitt bei dem Menetekel, durch das all die Abwege begonnen haben … hm."

„Aulus hat mir erklärt, in welchem Zusammenhang es in der Bibel steht, aber ich habe das nicht so ernst genommen, weil ich ja nicht ums Leben gekommen bin."

„Vielleicht ist es der Tod des übernatürlichen Lebens, den du gestorben bist."

Nazarius runzelt fragend die Stirn.

„Vielleicht", wiederholt Linus erklärend, „ist das Leben der Gnade in dir erloschen … hm?"

Nazarius bleibt sehr gefasst und antwortet zu Linus' großer Überraschung: „Ich glaube, solange ich Lucia liebe und die Wahrheit tue, bin ich auf dem Wege Gottes … Hat Jesus nicht die Liebe als das höchste Gebot verkündet?"

„Nazarius, wie dem auch sei, ich halte solch einen Fluch für sehr entscheidend, er ist gewissermaßen die Bindung an das Böse, also das Gegenteil von einem Segen. Solch einen Fluch muss man lösen, ansonsten verstrickt man sich immer mehr in den Seilen und Fangnetzen Satans … hm."

Über dieses Thema sprechen sie nun ausführlicher. Linus will genau wissen, ob Nazarius nach dem Fluch noch gebetet habe, ob er am Opfermahl teilgenommen oder wenigstens bewusst den Segen am Ende einer der großen Gebetsversammlungen erhalten habe. Schließlich aber gibt er mildernd zu bedenken, dass auch ein Fluch bewusst angenommen werden müsse und er, Nazarius, dies ja nicht getan hätte: „Eigentlich ist es gut, wenn wir dem Bösen keine Aufmerksamkeit schenken, noch besser aber ist eine klare Absage … hm."

Zuletzt ist er sich sicher, dass Gott Nazarius trotz allem geführt habe, weil er weiterhin an die Liebe geglaubt habe. „Vielleicht hat dich auch Lucias Liebe geführt, mag sein, dass sie dir durch ihre Buße und Umkehr zum Guten verholfen hat und dir – um es einmal so zu sagen – vorausgegangen ist … Es gibt so viele Geheimnisse auf dieser Welt und Gott lässt uns nicht hinter alle schauen … hm!"

Im Zusammenhang mit seiner Bitte um Wiederaufnahme in die christliche Gemeinde würde ohnehin eine Absage an das Böse erfolgen und alle möglichen Flüche würden gelöst werden.

„Dann wäre da noch das Problem mit dem Haus. Ich sehe ein, dass du selbst es nicht zurückkaufen kannst, um bei den Behörden nicht aufzufallen – so gesehen kommt dir übrigens die Zeit der Buße gelegen, denn die bei uns vorgeschriebene Einsamkeit entzieht dich den Behörden … hm."

Nazarius erzählt kurz, dass ihn heute morgen jemand aus

der judäischen Zeit erkannt hat und er damit rechnen müsse, dass sie ihn suchen.

„Dann eilt es in der Tat … hm", fügt Linus hinzu und erhebt sich aus seinem Sessel.

Am Kopfende des länglichen Raumes befindet sich ein großer Schrank, an dem er sich lange zu schaffen macht. Nazarius sitzt rücklings zum Schrank und hört, wie Linus dort einiges auf die Seite schafft und umräumt. Schubladen werden aufgemacht und irgendetwas mit hölzernem Klang auf den Boden stellt, er durchsucht hörbar eine Kiste und spricht dabei leise vor sich hin. Dann tritt er wieder an den zwischen Nazarius und ihm stehenden Tisch, stellt die Wasserbecher und den Krug zur Seite und legt klirrend einen Beutel mit Münzen hin. Er setzt sich wieder: „Kommt dir der Beutel bekannt vor … hm?"

Nazarius Herz klopft heftig. Er erkennt den Beutel nicht.

„Es ist das Geld, das du in der Höhle gefunden hast – ich weiß nicht mehr genau, wie viel Geld drin ist, aber es müsste mehr sein, als der jetzige Besitzer deines Hauses erwarten dürfte …hm."

Nazarius ist sprachlos. Ungläubig blickt er Linus an, der die Verwirrung offenbar nachvollziehen kann.

„Ich möchte dir aus Gründen der Diskretion nicht erzählen, woher ich es habe … vielleicht …" – er lächelt – „… nein, sicher wirst du eines Tages erfahren, wie der Beutel zu mir gekommen ist … hm."

Die Sicherheit, mit der Linus behauptet, genau dieser Beutel beinhalte das Geld, das er zusammen mit den Schriften im Versteck in der verlassenen Höhle gefunden hat, ist Nazarius rätselhaft. Er hat niemandem – nicht einmal Aulus – von dem Fund des Geldes erzählt. Was vorhin, als er Linus gegenüber von dem Beutel berichtete, in ihm angeklungen war, das bricht jetzt innerlich heftig hervor: die Reue über den Augenblick der Versuchung, als er das Geld in den Händen gehalten hatte. Nie mehr hat er seitdem darüber nachgedacht, aber angesichts des Beutels hier in diesem Raum, zwischen ihm und Linus, durchzuckt ihn in aller Kürze derselbe Gedanke wie damals.

„Linus", beginnt er langsam, „ich muss dazu noch etwas sagen ..."

Linus sitzt wieder versunken im Sessel und hört zu.

„Als ich damals das Geld gefunden habe, da hatte ich für einen Augenblick den Gedanken, es zu stehlen ... es ... ist nicht dazu gekommen, weil ich selbst überfallen wurde, aber ich weiß nicht, was ich getan hätte, wenn alles gutgegangen wäre ..."

„Die Versuchung ist keine Sünde, mein Sohn ... hm."

„Aber ich hatte ihr bereits nachgegeben."

„Die Möglichkeit Böses zu tun steht uns oft genau so vor Augen, wie die Möglichkeit zum Guten ... Das Böse kommt immer mit einer Glücksverheißung, die sich allerdings später nicht erfüllt ... Du wärst nicht glücklich geworden, wenn du es damals genommen hättest ... hm. So kann sich selbst der brutale Überfall auf dich im Nachhinein noch als Gottes gnadenhaftes Eingreifen offenbaren ... vielleicht hat ER damals schon gewusst, dass ER dir das Geld eines Tagen geben wird ... nimm es als Symbol für SEINE Barmherzigkeit ... hm."

„Ich. Kann. Das. Geld. Nicht. Annehmen!"

„Es ist ein Teil deiner Buße, es anzunehmen ... ich kann mir vorstellen, wie du dich fühlst. Der Reueschmerz ist furchtbar und süß zugleich ... Der größte Schmerz besteht immer darin, gerade durch die Liebe beschenkt zu werden, die man verraten hat ... in anderen Ländern haut man Dieben die Hände ab, das tut sicher sehr weh ... aber der reinigende Schmerz der Reue ist noch größer ...hm."

Nazarius nickt beschämt.

„Nazarius, Gott rettet im Durchgang, nicht durch Abschreckung. Die Israeliten mussten durch das Rote Meer hindurchziehen und darauf vertrauen, dass die Wassermassen nicht über sie herspülen. Es wäre für Gott auch möglich gewesen, das Volk gleich auf die andere Seite zu setzen, aber sie mussten hindurch – so wie du durch alles hindurch musstest, um jetzt hier zu sitzen."

Er beugt sich aus dem Sessel vor, nimmt mit den Fingerspitzen den Beutel und stellt ihn zu Nazarius.

Dann besprechen sie kurz, wie sie den Rückkauf des Hauses vornehmen könnten, ohne dass Nazarius gegenüber den Behörden in Erscheinung treten müsste. Die mögliche Verwicklung Anaklets in die ganze Geschichte, versucht Linus allerdings diskret zu umgehen.

Schließlich bietet Linus ihm an, einen vertrauenswürdigen Mann aus der Gemeinde einzuschalten, der sowohl zu den Behörden ein gutes Verhältnis hat, als auch ohne Zögern bereit wäre, sich für diesen Dienst einspannen zu lassen.

„Wir müssen schnell handeln, vielleicht sind uns die Turbulenzen um den traurigen Triumphzug hilfreich, denn die Behörden sind jetzt anderweitig beschäftigt ... hm."

Nazarius macht sich zwar Sorgen, ob der Rückkauf tatsächlich so einfach gehen würde, wie Linus sich das vorstellt, aber dieser hat nicht den geringsten Zweifel daran, sodass Nazarius sich nicht traut, dazu noch etwas zu sagen.

Als sie schließlich auf den dritten Punkt, die Bekehrung, zu sprechen kommen, wird Linus wieder sehr ernst. Ihm geht es vor allen Dingen darum, bei der öffentlichen Buße nicht neuen Schaden anzurichten. Besonders, was das Verhältnis zwischen Aulus und Anaklet betrifft, will er keinesfalls, dass dieser Streit in die Öffentlichkeit dringt, denn Gott habe es in seiner Weisheit gefügt, dass der Streit zwischen Thora- und Heidenchristen durch das faktische Ende des Judentum von einer Seite beigelegt sei, die zwar für einige aus der Gemeinde – er spielt auf Eubulus und Pudens an – sehr schmerzhaft sei, im Großen und Ganzen aber die festgefahrene Situation von einem Tag auf den anderen verändert habe.

Nazarius, der es nicht gewohnt ist, so lange und mit so geordneten Gedanken mit jemandem zu reden, ist von dem

Gespräch schon ziemlich erschöpft. Zwar schmerzt seine Hüfte nicht mehr stark, aber seine Konzentration ist dahin. So sitzt er mehr bewundernd als zuhörend da, während Linus mehr oder weniger im Selbstgespräch davon redet, dass jetzt das Christentum aus dem Schatten des Judentum hervortrete und dass dies eine entscheidende Stunde sei. Er benutzt das Bild vom Saatkorn, das sich in zwei Richtungen entwickele: „Nach unten bildet es Wurzeln, nach oben keimt es. Bis jetzt war der Keimling des Christentums noch unter der Erde, jetzt aber ist er durchgebrochen und tritt ans Licht ... hm."

Bei aller schmerzlichen Berührtheit von dem kläglichen Ende des Judentums, oder des „Opfer-Judentums" – wie er es nennt –, kann er doch nicht umhin, den damit für das Christentum verbundenen Vorteil zu sehen.

„Nazarius, mit Blick auf die Möglichkeiten, die sich uns dadurch – und gerade jetzt! – eröffnen, möchte ich den Streit nicht dadurch verlängern, dass Aulus und Anaklet sich öffentlich über die Ordnung der Schriften zanken. Das Judentum wird fortbestehen, nur sein Zentrum ist zerstört: Sie können ihrem Gott nicht mehr opfern! Aber sie haben noch die Schrift, die Thora, ihre Synagogen – und daran werden sie festhalten ... Ich will keinen Streit mehr, aber ich fürchte, wir bekommen ihn, wenn es um die Ordnung der Schriften geht, sobald wir diesbezüglich eine Diskussion aufkeimen lassen ... hm."

Nazarius ist an all dem nicht sonderlich interessiert. Ihm geht es vielmehr darum, wie es nun mit der konkreten Aufnahme in die Gemeinde weitergehen würde.

Linus hat bereits vor einiger Zeit das Nachtmahl auftragen lassen und ihn gebeten, dieses mit den Hausbewohnern zusammen einzunehmen. Auch Linus selbst will nun zum Ende kommen.

Nazarius ist froh um diese deutliche Trennung seiner Umkehr von dem Streit zwischen Judenchristen und Heidenchristen, beziehungsweise von dem zwischen Aulus und

Anaklet. Ein wenig sieht er darin auch die indirekte Bestätigung seiner Sicht der Dinge, was Lucia betrifft.

Als sie zum Nachtmahl ins Triclinium schreiten, muss Linus ihn wegen seiner scherzenden Hüfte stützen. Nazarius zieht ihm an der Schulter. Linus bleibt stehen und schaut ihn fragend an, Nazarius stammelt etwas unverständliches. „Ist noch etwas?", fragt Linus leise, denn im Triclinium sind schon Leute.

Nazarius zittert am ganzen Leib. Dann fasst er sich ein Herz: „Ich möchte Lucia heiraten."

„Darüber müssen wir noch reden … hm.", antwortet Linus kurz und blickt dabei gleich zweimal schnell zum Triclinium als warnendes Zeichen, dass sie gehört werden könnten. Dann humpeln sie weiter.

Anaklet steht am Fenster und wendet sich nicht um, als die beiden den Raum betreten. Wie nebenbei bemerkt Linus zu Nazarius: „Wir müssen mal schauen, was uns der Triumphzug bringt: eine jüdische Kurtisane, mag sie auch noch so schön sein, zusammen mit dem Zerstörer Jerusalems … vielleicht begreifen dann auch die Letzten, dass das Judentum am Ende ist und die Zeit des Christentums begonnen hat …"

XI.

Da Linus es für unklug gehalten hat, eine Versammlung aller Christen, wie sie für das Bekenntnis von Nazarius notwendig ist, noch vor dem Triumphzug einzuberufen, hat er die Gebetsnacht auf einen Tag nach diesem Ereignis festgelegt.

Seine geplante Reise hat er dafür um vier Tage verschieben müssen. Länger aber will er angesichts der drohenden Herbststürme auf dem Mittelmeer keinesfalls warten. Darüber hinaus ist sein Besuch in den östlichen Gemeinden, die von der vollständigen Besetzung des Heiligen Landes und der Zerstörung des Tempels überaus erschüttert sind, dringend notwendig. Linus ahnt die einmalige Gelegenheit für das Christentum, aus dem Schatten des nun stark in Bedrängnis geratenen Judentums herauszutreten. Er will alles in seiner Macht stehende tun, um zu verhindern, dass der Niedergang des Judentums auch das Christentums in den Strudel des Abgrunds reißt.

Er weiß, dass seine Mission nicht leicht wird. Um die Christen vor jedem Vorwurf der Mitarbeit am Niedergang des Judentums zu bewahren, hat er allen Mitgliedern der römischen Gemeinde verboten, an der Sieges-Schaden-Freude der Römer teilzunehmen. Niemand darf zum Triumphzug und niemand zu irgendeinem der Feste, die überall stattfanden.

Da Nazarius trotz ärztlicher Behandlung die Hüfte immer noch stark schmerzt, fällt es ihm nicht schwer, sich an diese Vorschrift zu halten.

Ihn drängt es aus anderen Gründen als Linus, das Gebetstreffen hinter sich zu bringen und nun endlich in einen neuen Lebensabschnitt zu treten. Die leidliche Tatsache, dass jemand aus seiner judäischen Zeit ihn erkannt hat, macht ihm zusätzlich Sorge, wiewohl ihm in diesem Zusammenhang die mit seiner Buße einhergehende Zeit der Einsamkeit als nicht so furchtbar erscheint. Es wird – so tröstet er sich – ratsam sein, eine Zeit lang von der Bildfläche zu verschwinden.

Das Haus gehört inzwischen jemandem aus der christlichen Gemeinde.

Diesbezüglich hatte Linus schnell gehandelt. Über irgendwelche Beziehungen – möglicherweise auch über Anaklet, dem Drahtzieher des Ganzen – war bald derjenige ausgemacht worden, dessen Baubereitschaft Nazarius um den Besitz des Hauses gebracht hatte. Schon am Tag nach dem letzten Gespräch mit Linus war abends ein ihm vom Sehen her Bekannter aufgetaucht und hat ihm eine Abschrift der Kaufurkunde gezeigt.

Die Sache hat nur einen Haken: Die Gesetze sind in der Tat streng und so schnell auch ein Baulustiger in den Besitz einer Ruine oder eines Grundstückes gelangen kann, so sehr wird seitens der Behörden aber auch darauf geachtet, dass tatsächlich etwas an dem Bau passiert. Es muss also wenigstens nach außen hin der Anschein erweckt werden, dass etwas restauriert wird, und das Haus darf darüber hinaus nicht unbewohnt bleiben.

Um diese Dinge zu besprechen, hat Linus ihn für heute Mittag noch einmal zu sich bestellt. Drei Tage ist sein letztes Treffen mit ihm her. Seit dem hat er kaum geschlafen. Seine Liebe zu Lucia brennt in ihm. Er hat sich mit Arbeit abzulenken versucht. Hat Gerüststangen für das Haus besorgt, hat ein paar Bretter und Taue organisiert, hat sich darum gekümmert, dass bald Farbe für einen Anstrich da sein wird – und doch gibt es keine einzige Sekunde, keinen Pulsschlag seines Herzens und keinen Lidschlag seiner Augen, der nicht begleitet ist von der Unsicherheit, was denn nun sei und wie es mit ihm und ihr weitergehen könne. Seit dem nächtlichen Besuch bei ihm hat Lucia sich nicht mehr blicken lassen. Ein einziges Mal her er sie gesehen, als sie ins Sprechzimmer zu ihm und Linus getreten war. Da hatte sie ihn gar nicht richtig angeschaut. Er ist seit diesem Augenblick voller Unruhe und Ängste. Er hält es kaum noch aus und sieht zu, dass er heute so rasch wie möglich zu Linus kommt. Er will diesen Punkt nun endlich klären. Für ihn ist er der wichtigste in dem ganzen Klärungsprozess vor seiner Buße und Umkehr.

Der Triumphzug ist vorüber, aber auf dem Weg zu Linus stößt Nazarius überall auf dessen Spuren.

Bis in den frühen Morgen hinein haben die Menschen gefeiert und der Lärm war bis hinüber ins Christenviertel zu hören, was in Nazarius weniger die Neugier weckte, als vielmehr das Mitgefühl mit den Juden Roms, an denen das ganze Geschehen nicht ungesehen oder ungehört hat vorbeigehen können.

Auf den Straßen sieht es heute schlimmer aus als nach jedem anderen Straßenfest. Aktueller als aus der römischen Stadtzeitung erfährt er von den immer noch benebelt Herumstehenden und den schon wieder Geschäftstüchtigen, was gestern hier los war. Als er über den Gemüsemarkt kommt, der an den noch bestehenden Absperrungen provisorisch aufgebaut ist, schnappt er den Namen Simon ben Gioras auf. Er bleibt interessiert stehen und erfährt, dass Simon zusammen mit 700 Männern als Gefangener mitgeführt und auf dem Forum zu Tode gegeißelt worden sei, dort drüben, wo nach römischem Gesetz die verurteilten Verbrecher hingerichtet werden. Eine Marktfrau, die bereits geschickt ihre Bude aufgestellt hat, erzählt, wie das ganze Volk in Jubel ausgebrochen war, nachdem ein Bote dem Kaiser den Tod dieses feindlichen Heerführers gemeldet hatte, der während der Geißelung zusammen mit seinem Sohn Titus im wiedererichteten Jupitertempel geopfert habe.

„Simon ben Gioras war kein Heerführer", beginnt sofort eine Diskussion.

„Sondern?", fragt die Frau rechthaberisch zurück. „Er war der Führer der Aufständischen ... besser gesagt: der Führer einer Gruppe von Aufständischen."

„Und der andere, du Naseweis?", kontert die Gemüseverkäuferin mit krächzender Stimme. „Weshalb haben sie den anderen nicht hingerichtet?"

Der junge Mann schaut beschämt drein. Einer kommt ihm zu Hilfe: „Der andere war Johannes von Giskala, der war bereits im Kerker gestorben!"

„So?!", antwortet die Marktfrau und macht sich daran, Äpfel in das von einer Sklavin aufgehaltene Einkaufsnetz zu legen.

Nazarius zieht weiter.

An vielen Stellen sind noch die Zuschauerabsperrungen vom gestrigen Tage. Sklaven sind mit dem Aufräumen beschäftigt und haben andere Sperren bereits entfernt. Große Ochsenkarren und Wagen stehen bereit, auf denen die Latten und Hölzer gestapelt werden, während andere Sklaven sorgsam die Straße kehren.

Als Nazarius den Garten bei Linus betritt, stellt er fest, dass die Arbeiter sich bereits wieder an die Restaurations- und Umbauarbeiten gemacht haben. Angesichts des Schicksals, das ihm bezüglich seines eigenen Hauses widerfahren ist, erkennt er wieder einmal die weitsichtige Geschicklichkeit des Linus.

Kaum hat er den großen Türklopfer betätigt, öffnet ihm ein Freigelassener. Natürlich gilt sein erster Gedanke Lucia, aber genauso wenig, wie sie vorgestern beim Abendessen teilgenommen hat, zeigt sie sich jetzt.

Nach ein paar Augenblicken des Wartens erscheint Linus und führt ihn ins Sprechzimmer.

„Ich möchte", so beginnt er, nachdem sie sich gesetzt haben, „bevor die Gebetsversammlung heute Abend stattfindet, alles regeln, was noch zu regeln ist, morgen reise ich definitiv ab und ich will, dass du deine Buße so unbelastet wie nur möglich beginnst und während der Zeit nicht neuer Streit beginnt ... hm. Die Sache mit dem Haus ist geregelt?"

„Ja."

„Gut, dann wäre nur die Frage, wie wir es beleben, damit es nicht noch einmal enteignet wird ... hm." Er tut sehr nachdenklich, aber dieser Augenblick der Stille ist für Nazarius voller Spannung im Hinblick auf die Lösung, die Linus für das Problem gefunden hat. Dann sagt er vorsichtiger: „Ich habe beschlossen, dass Anaklet dort wohnen und die notwendigen Baumaßnahmen in die Wege leiten soll … hm."

Nazarius bleibt das Herz stehen. Anaklet, sein Widersacher, der Lucia nachstellt und ihm die Hüfte zerschmettert hat, der ja selbst die Enteignung des Hauses – Linus hat dazu nichts gesagt, aber Nazarius ist sich dessen sicher – hat vornehmen lassen. Unmöglich! Alles in ihm sträubt sich gegen diesen Gedanken und er findet nicht so schnell eine Antwort.

Nach einer Pause beginnt Linus wieder: „Nazarius, ich weiß, was du fühlst, nimm es als deinen Teil er Buße … hm!"

Dieser Trost aber macht das Ganze nur noch schlimmer, denn augenblicklich fühlt er sich von Linus nur missverstanden. Er ist enttäuscht, dass auf das erste so positive Gespräch mit Linus nun solch ein Hammer auf ihn niedersaust, und fühlt sich wie ein römisches Zugpferd behandelt, das man mit Zuckerbrot und Peitsche dazu bringt, dem Willen des Herrn Folge zu leisten.

Er hat geahnt, dass es ihn hart treffen würde, aber solch eine Entscheidung des doch sonst so weitsichtigen und klugen Linus, kann er nicht nachvollziehen.

„Es wird übrigens auch seine Buße sein …", beginnt Linus wieder vorsichtig.

Nazarius muss befremdet dreingeschaut haben, denn Linus erklärt ihm, dass er nicht der einzige sei, der heute Abend ein öffentliches Schuldbekenntnis ablegen werde. Er zweifelt instinktiv daran, dass Anaklet es ehrlich meint. Vielmehr ahnt er wieder einen jener geschickten Züge dieses Machtbesessenen und für einen Moment tut Linus ihm Leid, der offenbar wieder einmal auf Anaklets Machenschaften hereingefallen ist.

Linus allerdings redet liebevoll auf ihn ein: dass Versöhnung die erste Christenpflicht sei und Jesus von Nazareth gelehrt habe, man müsse auch seinem Feind vergeben. Obwohl der Name Anaklet nicht fällt, ist Nazarius sich sicher, dass nur von diesem die Rede sein kann.

Alles in ihm rebelliert bei dem Gedanken, gerade Anaklet würde in seinem Hause wohnen. Jedes gute Wort von Linus prallt an ihm ab.

Doch dieser scheint sich bezüglich seiner getroffenen Entscheidung auf keine Diskussion einlassen zu wollen. Als er merkt, wie sehr Nazarius mit sich ringt, beginnt er hilflos die peinliche Situation dadurch zu überbrücken, dass er weiterredet und zu den praktischen Fragen kommt: Der Rückkauf sei nicht so teuer gewesen, das Geld würde auch für den Umbau des Hauses reichen, es entstünden immer mehr Hausgemeinden und das Haus der Miriam sei dafür sehr geeignet, was später – er meinte wohl die Zeit nach der Buße – komme, das wisse man nicht, aber bisher habe Gott alles gefügt und geführt.

Nazarius kämpft zugleich gegen die Tränen der Enttäuschung und seine bösen Gedanken an, aber es gelingt ihm nicht.

Er ist schockiert.

Und was das Schlimmste ist: Nun sträubt sich alles in ihm gegen den Neuanfang, dem er mit so viel Hoffnung entgegengeblickt hatte.

Er hat das Gebetstreffen hinter sich bringen wollen und sich für die Zeit nach der Buße ein Leben mit Lucia in Ruhe und Zufriedenheit vorgestellt. Diese Vision aber verliert ihren Zauber angesichts der Vorstellung, Anaklet würde wie ein Gockel in seinem Hause herumstolzieren und nach seinem Gutdünken Umbaumaßnahmen anordnen, unter denen er möglicherweise ein Leben lang zu leiden hätte.

Aber Linus bleibt hart: „Nazarius, ich bin dir sehr weit entgegengekommen, nun musst du einen Schritt tun … hm. Du hast das Haus wiederbekommen – mit jenem“, er seufzt leicht, „… Geld aus der Höhle und Anaklet, der hinter der Enteignung steckt, muss nun für eine gewisse Zeit dort leben … hm. Jeder hat eben sein Päckchen zu tragen.“

Es ist heraus. Fast freut sich Nazarius, dass Linus zugibt, wie sehr Anaklet hinter dem Ganzen steckt. Er ist stolz auf seinen Spürsinn, aber zugleich zieht sich alles in ihm zusammen.

Linus aber ist mit seinen salomonischen Sprüchen noch nicht am Ende: „Er hat dir weh getan, ich sehe, dass du immer noch hinkst."

„Der Arzt hat gesagt, dass wahrscheinlich eine leichte Gehbehinderung bleiben wird!"

„Oh, das tut mir leid … Weißt du, woran ich angesichts der Probleme mit der Hüfte gerade denken muss … hm?" Er schaut Nazarius prüfend an.

Nazarius überrascht die Frage. Er stutzt ein wenig, denkt nach und antwortet dann unsicher: „Ich weiß nicht … aber … vielleicht, an Jakob?"

„Sehr gut, mein Sohn. Genau das habe ich gedacht. Irgendwie ist auch deine Situation dieselbe wie die des Jakob damals … hm. Er hatte lange im Exil in Mesopotamien gelebt und machte sich auf, um in das Land seiner Väter zurückzukehren. Da steht ihm plötzlich seine Schuld vor Augen, ihm wird klar, dass er immer noch mit seinem Bruder Esau unversöhnt ist … hm."

Nazarius kennt die Geschichte nur zu gut. Er weiß, dass Linus den Fluss Jabbok, über den Jakob zieht, als Grenzfluss zwischen dessen Vergangenheit und dessen Zukunft interpretiert. Aber er traut sich nicht, Linus zu unterbrechen. Dieser fährt fort: „Nachdem Jakob durch die Furt des Jabbok gezogen ist, der die Grenze zwischen Jakobs Vergangenheit und dessen Zukunft markiert – erscheint ihm ein Mann, ein Engel, und Jakob ringt und kämpft mit ihm bis das Morgenrot aufzieht … hm."

Nazarius nickt.

Da fragt ihn Linus: „Und was sagt Jakob zum Engel, als das Morgenrot aufsteigt und der Engel gehen will … hm?"

„Er sagt: *Ich lasse dich nicht, es sei denn du segnest mich!*"

„Ganz richtig, mein Sohn. Und so geschieht es: Der Mann, der ja wohl ein Engel war, segnet Jakob, indem er ihn schwer an der Hüfte verletzt. Jakob hinkt von dem Tag an. Das soll heißen, dass er ein Gezeichneter Gottes ist ... hm. Eine erstaunliche Parallele zu deinem Leben, oder?"

„Schon, ... ja ... zweifellos", stammelt Nazarius.

„Jakob wird gesegnet, aber er wird hinkend seinem Bruder Esau gegenübertreten, also wehrlos ... hm. Dann aber wird Gott seine Kraft gerade in dem Schwachen erweisen ... hm."

„Der Kampf fand aber im Morgengrauen statt und mir hat Anaklet die Hüfte am hellen Mittag verletzt ..."

„Das Morgenrot ist bei Jakobs Kampf mit dem Engel ein Symbol für das neu anbrechende Leben der Versöhnung ... hm."

„Aber Anaklet ist weder ein Engel, noch habe ich ihn gebeten, mich zu segnen ...", wirft Nazarius etwas entnervt ein.

Linus muss schmunzeln. Da hast du völlig Recht, mein Sohn. Wir wollen es nicht übertreiben mit den Parallelen zur Jakobsgeschichte ... hm. Aber ein bisschen was ist schon dran ... Auf jeden Fall versöhnen sich Jakob und Esau, was du vielleicht als Vorbild für deine Versöhnung mit Anaklet betrachten solltest ... Und die Morgenröte in der Geschichte ist doch auch ein schönes Bild für deinen Neubeginn ... hm?"

Nazarius nickt geistesabwesend. Linus merkt, dass ihn diese theologische Deutung seiner schmerzenden Hüfte nicht sonderlich interessiert. Linus setzt sich zurecht.

„Also, was haben wir noch zu besprechen? ... Richtig, Lucia."

Endlich – denkt Nazarius und ist froh, dass Linus zu dem Punkt des Ganzen kommt, der ihm am wichtigsten ist.

„Also", setzt Linus wieder an, „sehe ich das richtig: Nach deiner Buße und der Wiederaufnahme in die Gemeinde willst du Lucia heiraten ... hm?"

Nazarius ist schockiert, wie direkt Linus nun auf Lucia zu sprechen kommt. Er hatte bisher den Eindruck, dass er zwar mit Linus gut und ehrlich reden kann, dass dieser aber das Thema Lucia meidet. Fast so, als hätten sie bisher nur um den heißen Brei herumgeredet. Für ihn, Nazarius, war alles, worüber sie bisher sprachen, nicht wirklich wichtig. Ihm geht es bei der ganzen Sache, auch bei dem Schritt zu seiner öffentlichen Buße und bei der langwierigen Umkehr, um Lucia, um ihre gemeinsame Liebe und Zukunft.

„Ja, wir möchten dann heiraten." Nazarius' Stimme zittert vor Aufregung. Er spürt, dass Linus das merkt.

„Siehst du, mein Sohn: Deine bleibende Wunde wird die Hüfte sein, Anaklets aber, dass nicht er Lucia hat, sondern du – antworte selbst: Welches Leiden ist das Leichtere ... hm?"

Nazarius schaut zu Boden. Mit Herzklopfen hatte er während des gesamten Gesprächs darauf gewartet, dass die Sprache endlich auf Lucia käme. Aber wo Linus jetzt so unverblümt darauf kommt, wirkt es technisch und formal. Gleichzeitig fällt ihm ein Stein vom Herzen, denn aus Linus' Aussage lässt sich schließen, dass er für sie beide, ihn und Lucia, durchaus eine gemeinsame Zukunft in einer Ehe sieht.

„Du selbst wirst übrigens während der dir von der Gemeinde auferlegten Zeit der Buße bei mir wohnen."

„Und Lucia?", wagt Nazarius mit zitternder Stimme zu fragen.

„Nun, gut, dass du sie erwähnst. Ich möchte, dass wir zu dritt noch etwas besprechen ... hm." Linus steht auf, bedeutet aber Nazarius sitzen zu bleiben. Er geht zur Tür und läutete dreimal. Die Zeit, bis Lucia erscheint, nutzt Linus um über den Triumphzug zu sprechen.

„Hast du etwas von der Schadenfreude der Römer mitbekommen ... hm?"

„Wenig."

„Ich wundere mich, weshalb sich Vespasian dafür nicht zu schade ist. Er ist nämlich ansonsten ein tadelloser Kaiser. Einiges, was er bis jetzt beschlossen hat, kommt uns Christen sehr entgegen, ich meine die Stärkung der Moral. Jede Frau, die sich mit einem Sklaven einlässt, wird – so hat der Senat beschlossen – selber Sklavin des Herrn, dem ihr unfreier Geliebter gehört. Damit ist der himmelschreienden Unmoral ein Riegel vorgeschoben."

Das findet Nazarius zwar in Erinnerung seiner eigenen Monate in „Unmoral" nicht ganz so gravierend, aber er wartet dermaßen angespannt auf Lucias Erscheinen, dass er Linus nur mit halbem Ohr zuhört.

„Vespasian soll ein gutes Herz haben ... hm; es hat bisher kaum Todesurteile gegeben ... am Blutvergießen hat er einfach keine Freude, die Gladiatorenkämpfe sind abgeschafft ... einstweilen ... Er scheint auch keinen Kammerdiener zu haben und sich selbst die Stiefel auszuziehen ... Wie kann er sich nur für einen solchen Triumphzug hergeben? Der Erfolg war ihm doch sicher ... gegen dieses Volk, ach, was sage ich: gegen diese paar Aufständischen. Hm. Weißt du, Nazarius, was ich glaube?"

„Nein."

„Ich glaube, dass die Zerstörung Jerusalems und auch der Triumphzug hier in Rom einfach eine Demonstration gegen die Juden im Allgemeinen sind ... die Römer haben die Juden nie gemocht ... hm."

„Und umgekehrt auch nicht!"

Linus schreckt durch diesen unvermittelten Einwurf aus seinem politischen Selbstgespräch auf. Nazarius ist erleichtert, als es sanft an die Tür klopft. Linus allerdings lässt Lucia zwar eintreten, aber dennoch setzt er einstweilen seine Gedanken fort. Jetzt aber ist Nazarius froh darum, denn dadurch wird diesem ersten Wiedersehen mit Lucia jede Peinlichkeit genommen. Während sie am Tisch zwischen den beiden Sitzenden steht, lächelt sie Nazarius einmal kurz zu.

„Nachdem sie ihren berühmten Gefangenen zu Tode gegeißelt haben, haben sie alle im Tempel des Jupiter Optimus Maximus geopfert ... hm. Es ist eine Schande, als Wiedergutmachung für diesen läppischen Brand des Jupitertempels den Jerusalemer Tempel zu zerstören ... seine Eingeweide haben sie hier durch die Straßen geschleppt: den siebenarmigen Leuchter, die Menorah, und die Gesetzestexte, die Thora, und den Tisch der Schaubrote und die silbernen Posaunen … damit auch jeder sieht, dass sie tatsächlich in den Tempel eingedrungen sind … abyssus abyssum invocat … hm" – Linus merkt, dass Nazarius und Lucia derzeit andere Probleme haben, und lässt den Gedanken fahren.

„Lucia, meine Tochter, setz' dich."

Lucia nimmt auf einem lederbespannten Armsessel Platz und legt die Hände in den Schoß. Das Haar hat sie hochgesteckt und durch ihre aufrechte Haltung sieht Nazarius ihren langen Hals, den er schöner findet als je zuvor. Seine Liebe zu ihr ist immer gegenwärtig, aber in ihrer Nähe wächst auch sein Begehren. Er schaut sie nicht weiter an.

Dann teilt Linus mit, was er beschlossen hat. Er erzählt zunächst, dass Anaklet im Hause des Nazarius wohnen und die Restauration vorantreiben soll, was Lucia reglos zur Kenntnis nimmt. Er erklärt, dass Nazarius hier in seinem Hause und unter seiner Anleitung die Zeit der Buße verbringen werde und schließlich fragt er Lucia, ob sie damit einverstanden sei, wieder zu Aulus zurückzukehren.

Nazarius ist überrascht, dass Linus über ihn und Anaklet verfügt, der Freigelassenen Lucia aber eine Frage stellt und sie mitbestimmen lässt.

Nach kurzem Zögern antwortet sie ganz leise „Ja", während sie unentwegt auf die in den Schoß gelegten Hände schaut.

Linus scheint zufrieden.

„Gut", sagt er, „wir wissen zwar nicht, welche Länge der Buße die Vorsteher heute Abend verhängen werden, aber die Formalitäten sind dann klar. Nun geht es mir noch um euch … hm."

Nazarius und Lucia schauen sich schüchtern an. Gerne hätte er ihre Hand genommen, oder nur die seine auf ihre Hände gelegt, aber für diese Art von Zärtlichkeiten ist überall mehr Raum als im Sprechzimmer von Linus.

„Nach Nazarius' voller Integration in die Gemeinde wollt ihr heiraten – nicht wahr?" Er schaut beide prüfend an.

Sie nicken.

„Ich bin darüber sehr froh. Ihr wisst beide, wie wichtig uns Christen die Ehe ist. Sie ist ein Abbild der Liebe Gottes zum Menschen. Die Ehe ist uns heilig … hm."

Nazarius und Lucia schauen sich kurz an und lächeln sich zu. Linus fährt fort:

„Gerade in diesen Zeiten, in denen die Ehe zwischen Mann und Frau nichts mehr zu gelten scheint, ist es umso wichtiger, dass wir als Christen die besondere Stellung und Würde der Ehe betonen. Wenn zum Beispiel der Sohn des neuen Kaisers hier mit einer Mätresse beim Triumphzug auftaucht, die ihren Mann verlassen und seitdem mit vielen Männern geschlafen und ihnen den Kopf verdreht hat, dann zeigt es uns, wohin es mit der Ehe gekommen ist. Überall lassen sich die Menschen scheiden, gehen ihren Vergnügungen nach, Unzucht, Ehebruch, Liebe zwischen Gleichgeschlechtlichen – es ist eine Katastrophe, wohin die Welt gekommen ist … hm. Und der Triumphzug hat es in aller Deutlichkeit gezeigt … hm."

Nazarius und Lucia hören ihm kaum zu. In ihnen bewegen sich andere Gedanken. Die der Freude und einer unbeschreiblichen Erleichterung. Lieber als alles andere, wären sie jetzt allein und könnten sich eng umschlungen gegenseitig ihre Liebe bestätigen. Linus aber ist im Element.

„ … Gerade in diesen Zeiten, in denen die Ehe nichts gilt, ist es umso wichtiger, dass wir ein Gegengewicht setzen und unseren eigenen Leuten demonstrieren, wie wichtig und heilig uns die Ehe ist. Offen gestanden bin ich außerordentlich dankbar, dass bei der Gebetsversammlung alle Mitglieder der römischen Gemeinde sehen, wie zwei junge Leute sich auf den Weg machen, die Ehe miteinander einzugehen und zu leben wie Christus es gewollt hat … hm."

Er schaut die beiden verwundert an und erkennt in dem

Augenblick, dass sie zur Zeit andere Sorgen haben als er. Kurz schießt es Nazarius durch den Kopf, dass Lucia schon wieder von den Gemeindevorstehern benutzt wird, um für irgendetwas als Beispiel zu gelten, das denen wichtig ist. Aber weit reicht dieser Gedanke nicht. In ihn mischt sich die Freude, dass er nun auf der Seite von Lucia steht und dass ihre gemeinsame Liebe von den Vorstehern der Gemeinde – sofern er Linus richtig verstanden hat – gebilligt wird. Mehr noch: Er erkennt, wie sehr sie gerade an diesem Tag nach dem furchtbaren Triumphzug jemanden wie ihn und Lucia brauchen, um zu zeigen, wie sehr sie sich von der römischen Welt und ihrer laxen Moral abheben. Sie müssen zeigen, dass sie den Wert der Ehe in einem anderen Koordinatensystem positionieren als die Römer. Sie brauchen ihn und Lucia, um zu zeigen, dass sie auf andere Werte setzen – heute mehr denn je. Es ist nicht nur reiner und guter Wille, der ihnen die Genehmigung der Gemeinde zur Ehe einbringt, sondern auch die Notwendigkeit, heute Abend ein Zeugnis von ihrer Sicht der Ehe zu geben, das allen Christen in Rom zugleich Mahnung und Vorbild sein soll.

Er merkt, dass Linus nervös wird. Hatte er bisher ruhig dagesessen und seine Analysen vorgetragen, so hüstelt er nun wieder öfter und setzt sich unruhig im Sessel hin und her. In der merkwürdigen Stille, die entstanden ist, hört man ihn schwer atmen. Nach dieser Pause fährt er fort: „Nun gibt es noch einen Punkt (hüstel, hüstel), der möglicherweise heute Abend zur Sprache kommen wird, den wir aber gemeinsam (hüstel, hüstel) vorher besprechen sollten … hm."

Lucia fängt an, mit den Fingern zu spielen. Es ist, als würde sich Linus' Nervosität auf sie übertragen. Linus schaut sie kurz an. Nazarius sitzt aufrecht und angespannt da. Auch er atmet aufgeregt.

Linus schaut ihm in die Augen: „Nazarius. Was. War. In. Jerusalem?"

Mit vielem hat Nazarius eben noch gerechnet, aber was

Linus zum jetzigen Zusammenhang mit dieser Frage bezwecken will, ist ihm nicht klar.

„Warum?"

„Nun, es wird viel geredet ... hm. Ich möchte einfach ausschließen, dass euch beide noch etwas belastet, das die Reinigungsphase der Buße trüben könnte ... hm."

Lucia sinkt mehr und mehr in sich zusammen. Sie blickt nun nahezu senkrecht auf ihre nervösen Hände.

„Da war nichts", antwortet Nazarius, dem das Ganze peinlich wird.

„Das Kind ist nicht von dir ... hm?"

„Nein!"

„Nazarius, ich weiß, dass dieser Punkt für dich" – er schaut kurz zu Lucia und verbesserte sich: „... für euch vielleicht peinlich ist, aber neben der Frage, wie weit deine Verpflichtungen gegenüber diesem Kind gehen, scheint es mir auch wichtig, dass du für dich selbst alles loslässt, was dich an dein früheres Leben bindet ... hm. Also: Das Kind ist nicht von dir, das heißt, wir haben diesbezüglich seitens seiner jetzigen Pflegefamilie nichts zu erwarten, keine Forderungen, keine Verleumdungen ... nichts?" Wieder schaut er Nazarius prüfend an.

„Nichts", antwortet dieser mit gutem Gewissen.

„Und seitens seiner Mutter?"

„Die ist tot."

„Das meine ich nicht, ich meine, was bindet dich möglicherweise noch an diese Frau ... wie war noch ihr Name?"

„Rebekka." – Nazarius überlegt, worauf Linus hinauswill. Er hat sich gegenüber Rebekka nichts zu Schulden kommen lassen und die Befragung ist durch die Gegenwart von Lucia besonders peinlich, zumal er mit ihr ja bereits über alles bei ihrem nächtlichen Besuch besprochen hat.

Diese sitzt in sich gesunken und nervös zwischen ihm und Linus.

Zu seinem Erstaunen antwortet sie leise, ohne den Kopf

zu heben: „Das hat Anaklet behauptet … mir gegenüber … er hat behauptet, das Kind sei von Nazarius."

Linus nickt verständnisvoll. Über die Runde legt sich für einen Augenblick ein drückendes Schweigen. Es scheint, als sei Linus die Erwähnung Anaklets in diesem Zusammenhang unangenehm.

Von Nazarius hingegen fällt eine drückende Last ab. Er merkt sofort, wie weitreichend diese Aussage von Lucia ist. Einen Augenblick scheint es, als wolle Linus sich zunächst weiter mit ihm unterhalten, dann aber sagt er an Lucia gewandt: „Woher mag Anaklet eine solche Behauptung nehmen … hm?"

Lucia zuckt mit den Schultern.

„Nun, gut … das wird sich klären lassen … und es ist nicht das Geringste an diesem Vorwurf … hm?", fragt er jetzt noch einmal Nazarius.

„Nein," antwortet dieser, „nicht das Geringste."

Die Antwort stimmt nicht, denn obwohl er ein reines Gewissen hat, ist da noch etwas, das ihn mit Rebekka verbindet: In Erinnerung an sie hat er seit dem Tage seines Weggangs aus Pella das Tuch bei sich. Selbst Lucia hat er dies bei aller ehrlichen Offenheit nicht gesagt. Aber er hat es ihr nicht bewusst verschwiegen, sondern es in ihrer Gegenwart schlichtweg vergessen. Dieses Tuch, die letzte bleibende Erinnerung an Rebekka, brennt jetzt in seiner Tasche.

„Dann war dein Verhalten gegenüber dieser Frau die reine, christliche Nächstenliebe … hm?"

Nazarius schreckt aus seinen Gedanken auf und bemerkt, dass Linus ihn wieder prüfend ansieht.

Er hat die Frage wie aus der Ferne gehört, aber als sie jetzt wach in ihn dringt, wehrt sich alles in ihm gegen die Bezeichnung „reine christliche Nächstenliebe." Er ist es nicht gewohnt, seine Gefühle in rein und unrein, oder in christlich und nichtchristlich zu differenzieren.

Linus blickt ihn an und wartet auf eine Antwort.

„Ja!“, antwortet Nazarius. Er scheut sich, jetzt über das Tuch zu sprechen. Es ist bis zur Gebetsversammlung, die um Mitternacht einberufen ist, noch genügend Zeit, sich von dem Tuch zu trennen.

Linus scheint mit dem Ergebnis der Befragung zufrieden.

„Gut,“ fügt er an, „wenn es sicher so ist, wie du sagst, dann kann das einen mildernden Einfluss auf deine Buße haben. Legen wir alles in Gottes Hände – ich bete dafür, dass heute Abend alles gut geht … hm.“

Er erhebt sich aus seinem Sessel und da es nichts mehr zu besprechen gibt, erinnert er Nazarius noch einmal an den Ort und den Zeitpunkt des abendlichen Treffens. Dann begleitet er ihn zur Tür.

Er geht sehr langsam, was Nazarius wegen der schmerzenden Hüfte nur recht ist.

Zum ersten Mal spürt er, dass Linus alt geworden ist und Jahr um Jahr schwerer an seiner Last trägt. Sieben Jahre ist es her, dass er nach dem Tod von Petrus die Verantwortung für die Gesamtgemeinde auf sich hat nehmen müssen, aber in diesen Jahren ist er mehr gealtert, als in allen Jahren zuvor.

Ein seltsames Paar hinkt und schlurft hier langsam durch das Atrium. Jeder ist auf seine Art belastet. Beide sind sie geprägt von jenen eigentümlichen Wegen, welche Gott mit denen geht, die ihn lieben. Was wäre wohl geworden, wenn er diesem Mann nie begegnet wäre, oder ein anderer an seiner Stelle wäre? Er mag nicht daran denken.

Inzwischen hat Linus mit ihm zusammen durch die Seitentür den Garten betreten. Als sie langsam an der Schmalseite des Hauses vorbeigehen, beginnt Linus: „Ich werde morgen in die östlichen Gemeinden fahren und die Brüder dort im Glauben bestärken, denn die Gunst der Stunde soll für uns Christen nicht ungenutzt bleiben … hm. Die Einheit ist das Allerwichtigste, aber sie kommt nur zustande, wenn wir untereinander Frieden haben … hm.“

Er ist im Schatten des Hauses stehen geblieben, denn an manchen Tagen ist auch die Oktobersonne noch heiß.

„Was ich über Anaklet habe erfahren müssen, hat mich sehr betrübt ... hm. Ich hatte ihm vertraut und gehofft, er könne durch die Aufgabe, die Schriften des Paulus zu ordnen und zu redigieren, einen wesentlichen Beitrag zur Einheit und dem so notwendigen Frieden leisten ... Jetzt ist alles anders, als wir es vor wenigen Monaten noch gedacht hatten ... hm. Es ist eine historische Stunde für die Christen: Wenn jetzt die Gemeinden zusammenstehen, dann kann das Christentum seinen Siegeszug beginnen ... hm."

Linus hat sich inzwischen wieder in Bewegung gesetzt. Ein kühler Wind kommt auf und die beiden treten ein paar Schritte aus dem nun doch unangenehmen Schatten in die Nachmittagssonne.

„Ich habe deshalb beschlossen", setzt Linus fort, „dass wir keine weitere Sophisterei mit den Schriften betreiben ... Ich haben den Streit autoritär beendet ... hm. Glaub' mir Nazarius, es ist mir schwer gefallen, aber ich hatte keine andere Wahl, wir können uns mit diesen akademischen Fragen nicht noch länger herumschlagen ... Ich habe nun zum ersten Mal, seit Petrus tot ist, ein Machtwort gesprochen: Nach keinem anderen Prinzip sollen die Schriften geordnet werden, als dem Umfange nach! Und so soll es bleiben bis ans Ende der Zeit. Diesen Beschluss werde ich allen Gemeinden, die ich besuche, mitteilen ... hm."

Sie sind inzwischen ein paar Schritte gegangen und stehen nun in der wärmenden Sonne. Nazarius ist über das Vertrauen, das Linus ihm schenkt, erfreut. Da ihm alles Akademische ohnehin fremd ist, findet er auch die Entscheidung hinsichtlich der Pergamente sinnvoll. Man hat ja gesehen, wohin die wissenschaftlichen Studien führen können. Einer muss sagen, wo es lang geht und wenn Linus dies jetzt tut, so ist seines Erachtens dagegen nichts einzuwenden. Die Tatsache, dass Anaklet dadurch seines Lebensinhaltes beraubt wird, bekümmert ihn nicht sehr und scheint ihm eine durchaus angemessene Strafe zu sein.

Linus zieht ihn am Ärmel: „Komm, ich möchte dir noch etwas zeigen … hm."

Sie verlassen den Weg und gehen am Haus entlang zum zentralen Haupteingang, wo die Renovierungsarbeiten abgeschlossen sind. Unter der Tür bleibt Linus stehen und deutet nach oben. „Ich habe dort ein neues Wappen anbringen lassen."

Tatsächlich sieht Nazarius ein großes verziertes Oval über dem Portal. Der obere Teil des Wappens neigt sich ein wenig nach vorne, sodass man den Spruch gut lesen kann.

„Patet Porta – magis cor", ist dort in schwarzen Buchstaben auf gelbem Grund zu lesen.

„Tja", sagt Linus nachdenklich und reibt sich das Kinn, *„Die Tür steht offen, mehr noch das Herz"*, er wendet sich langsam wieder dem Gartenweg zu. Nazarius läuft stumm neben ihm. Um sich ein wenig abzustützen hat Linus ihn am Oberarm gefasst. Sie stützen sich nun aneinander.

„Nazarius, die offenen Türen nützen nichts, solange das Herz verschlossen bleibt … hm."

Nachdem sie sich voneinander verabschiedet haben, geht Linus langsam zum Seiteneingang und Nazarius schaut ihm nach. Kurz vor der Tür wendet sich Linus zu ihm um: „Nazarius, wir werden vor Türen stehen, die sich von innen öffnen … hm!", dann verschwindet er im Haus und Nazarius ist es, als wiederhole er halblaut vor sich hin: „Patet porta – magis cor."

Tiefer als Linus es wissen kann, rührt der Wappenspruch ihn an und gedankenvoll macht er sich auf den Heimweg.

Auf der Tiberbrücke bleibt er stehen, lehnt sich über das Geländer und schaut versunken in die gleichgültige Flut des Stromes.

Was wissen Eubulus und Pudens und Linus und Anaklet und Aulus und all die anderen schon von der wirklichen Liebe? Was hat all der Zank um Thorachristen und Heidenchristen, um Götzenopferfleisch, Reinigungsgebote und Riten, um die Ordnung der Schriften und die Einheit der Liturgie für einen Sinn, wenn er nicht der Liebe gilt?

Und in diesem Augenblick ist er sich sicher, dass sein ganzes weiteres Leben mit Lucia nur dem dienen würde: sie immer mehr zu lieben und sein Herz ihrer Liebe immer weiter zu öffnen. Für Lucia – und nur für sie! – wäre es möglich und dafür zu leben würde sich lohnen.

Mechanisch greift er nach Rebekkas Tuch. Er hält es mit beiden Händen zwischen Daumen und Zeigefinger, einen Moment flatterte es im Wind, dann sieht er es wie einen kranken Vogel herabschweben. Unter der Brücke bläht es sich noch einmal auf und tanzt für Augenblicke schwerelos vor der Tiefe, als sähe es das Schicksal nicht. Kurz flattert es im Wind. Dann nimmt der schnelle Fluss es auf und zieht es mit sich.

Er schaut traurig in die Fluten, die es verschlungen haben. Einmal – nun schon weit entfernt – ist es ihm, als schlüge ein Zipfel des Tuches in einer Stromschnelle hoch, so, als wolle es sich selbst seines Schicksals entreißen. Der Strom nimmt es mit sich und bald ist es nicht mehr zu sehen …

XII.

Einige Monate später läuft er wieder über diese Brücke nach Hause.

Es ist sein erster, lang ersehnter Heimweg am Tage nach der Beendigung seiner Bußzeit. Er hat mehrere Wochen und Monate der Buße und der Besinnung hinter sich. Am Morgen hat Linus ihn gesegnet und mit allen guten Wünschen entlassen.

So sehr er auch auf diesen Tag gewartet hat, so war es ihm am Ende beinahe schwergefallen, von Linus fortzugehen.

Er hatte eine gute Zeit bei ihm verbracht und war nach anfänglichen Schwierigkeiten, die Linus für völlig normal hielt, innerlich sehr ruhig geworden. Von den alltäglichen Sorgen war er weitestgehend befreit. Er hatte viel Zeit für sich. Er hat sogar etwas Schreiben und Lesen gelernt und hatte täglich die gemeinsamen Mahlzeiten bei Linus. An diesen nahmen auch alle anderen Hausgäste teil. Oft fühlte er sich geehrt, dabei zu sein.

Wenn Linus im Hause war und das Wetter es erlaubte, gingen sie nach dem Mittagsmahl im Garen auf und ab.

Zu seiner Entspannung trug die für ihn in jeder Hinsicht erfreuliche Tatsache bei, dass Anaklet von der Bildfläche verschwunden war.

Bereits zu der Gebetsversammlung, bei der auch Anaklet sein öffentliches Bekenntnis hatte ablegen wollen, war er nicht aufgetaucht.

Das hatte die Versammlung zunächst irritiert. Immer neue Lieder waren angestimmt und immer neue Texte waren vorgetragen worden. Anaklet kam nicht und schließlich hatte man die Versammlung ohne ihn abgehalten.

Später wich dann auch die Furcht von ihm, Anaklet könne irgendwann vor der Tür stehen, oder würde sich auf sonst eine Weise wieder bemerkbar machen.

Linus musste deshalb seine ursprüngliche Planung, Anaklet im Haus von Nazarius leben und dieses zur Buße auf Vordermann bringen zu lassen, umstellen. Zu dem Verschwinden von Anaklet kam dann im Spätherbst noch ein Brief von Aulus, er plane auch noch den Winter bei seiner Stiefschwester Lygia auf Sizilien zu verbringen. Damit war Linus' Entscheidung endgültig klar: Lucia sollte anstelle von Anaklet ins Haus von Nazarius ziehen, da sie ja bei Aulus im Haushalt, wegen dessen verlängerter Abwesenheit, nicht gebraucht wurde. Für die notwendigen Umbauarbeiten und Restaurationen im Innenbereich wurden ihr mehrere Helfer aus der Gemeinde an die Seite gestellt.

Auch Nazarius' Hüfte hat die Ruhe in den letzte Monaten und die geringe Bewegung eher gut getan. Von der Verletzung ist – entgegen der Prognose des Quacksalbers, den er aufgesucht hatte – nichts übriggeblieben. Er kann wieder laufen wie früher.

Sein heutiger Heimweg nach der Buße ist verbunden mit der sehnsüchtigen Freude auf Lucia, die ihn daheim erwartet, wo der Umbau des Hauses mit tatkräftiger Unterstützung der Christen weit vorangeschritten sein muss. Er hat sie seit vielen Wochen nicht gesehen. Aber Linus hat mit ihm immer wieder über Lucia gesprochen. Er hat ihm vieles erklärt über die Liebe und die Ehe und den Auftrag Gottes, an seiner Schöpfung mitzuwirken und Nachkommen zu zeugen. Romantischer als bei derartigen Gesprächen hat er Linus nie erlebt. Wenn er über die Liebe sprach, dann veränderte sich sein Tonfall, seine Mimik, sein ganzer Habitus. Er wirkte milder, glanzvoller und auf eine eigentümliche Art von innen her strahlend.

Einmal hatte er zu ihm gesagt: „Nazarius, du gehörst doch zu den reichsten Menschen dieser Welt. Du hast jemanden, der dich sehr liebt und den du sehr liebst, glaub' mir – solch eine Liebe kannte kein römischer Kaiser. Wenn wir Christen so lieben, wie Jesus es uns vorgelebt hat, dann können wir die Grundfesten dieser Erde sprengen … hm."

Linus konnte wunderbar über die Liebe reden, aber er suchte dieses Thema nicht. Im Gegenteil. Nazarius hatte den Eindruck, er würde es eher von sich aus meiden, darüber zu sprechen. Aber er, Nazarius, suchte nach der Überwindung der anfänglichen Hemmnisse immer mehr das Thema auf diesen Punkt zu bringen: die Liebe. Linus schien dies durchaus wahrzunehmen. Er ging darauf bereitwillig ein. Woche für Woche lernte Nazarius mehr über die Leibe, über ihre verändernde Kraft, ihren Zauber und ihre innere Wahrheit. Was Linus ihm erklärte, war ihm fremd und neu. Oft saß er mit offenem Mund da und lauschte dem weisen Mann. Jedes Mal nach derartigen Gesprächen war seine Sehnsucht zu Lucia ins Unermessliche gestiegen.

Er begriff sie immer mehr als das große Geschenk seines Lebens.

Als er nun über die alte Tiberbrücke geht, verweilt er für ein paar Augenblicke an der Stelle, von der aus vor Monaten das Tuch Rebekkas von den Wellen aufgenommen und davongetragen worden war. Wie lange das alles her ist. Wie weit weg.

In Erinnerung an alles Vergangene schaut er auf das jetzt winterlich klare Wasser.

Er betrachtet das Spiel der Wellen am Rande, sieht die kleinen Strudel dort, wo zur Mitte des Flusses die Strömung stärker wird, und verfolgt einen Ast, der hin und wieder lebendig auftanzt, bis er schließlich in der Ferne verschwindet.

Er denkt an gar nichts.

In den vergangenen Wochen hat er viel mit Linus gesprochen. Sie haben über Grundsätzliches nachgedacht und viel über mögliche Gesetze des Lebens philosophiert.

Heute aber genießt er es, seinen in der vergangenen Zeit so häufig bis an die Grenzen geforderten Geist ruhen zu lassen und sich der Vorfreude auf Lucia hinzugeben.

So steht er auf der Tiberbrücke in restloser Hingabe an diesen Augenblick.

„Ein schönes Grab hat sich der Kaiser ausgesucht", krächzt plötzlich hinter ihm eine Stimme.

Nazarius schreckt zusammen.

Einer der Brückenbewohner war neben ihn getreten. Es ist ein kleiner alter Mann, der sich auf zwei hölzerne Krücken stützt und ihm mit offenem Mund tonlos entgegenlacht. Ein paar gelbliche Zahnstummel werden sichtbar.

Nazarius zieht die Stirn kraus und schaut ihn befremdet an. Der Pons lässt seinem merkwürdigen Satz eine Erklärung folgen: „Jeder in Rom denkt daran, wenn er den Fluss überquert, dass der Kaiser nach seinem Tode hier hinabgeworfen werden will."

Nazarius versteht immer noch nicht, was er sagen will. Erst nach vielem Hin und Her wird ihm klar, dass das Ganze auf einem merkwürdigen Witz des Kaisers beruht, den er auf dem kürzlich abgehaltenen Saturnalienfest – von dem er wegen der Buße nicht viel mitbekommen hat – gemacht haben soll.

Auf diesem Saturnalienfest Ende Dezember des Jahres 70 hatte man mimisch die Beisetzung des Kaisers gespielt, woraufhin dieser gefragt hatte, wie teuer eine solche Beerdigung sei. „Eine Million Sesterzen", war die Antwort. Woraufhin Vespasian eben jenen Spruch brachte, auf den der Pons eben anspielte: *„Gebt mir Hunderttausend und werft mich in den Tiber."*

Der Pons lacht wieder tonlos auf, pult mit der Zunge ein paar Speisereste aus den Zahnstummeln, dann humpelt er, immer noch lachend und halblaut vor sich her redend, davon.

Es stimmt, was dieser Landstreicher von sich gegeben hat. Obwohl Linus in seinen Gesprächen mit Nazarius der Tagespolitik nicht viel Zeit und Raum widmete, so haben sie doch immer wieder auch darüber gesprochen, wie gut sich Vespasian als neuer Herrscher macht.

Das Volk liebt ihn, wofür die Begegnung mit dem Pons eben der beste Beweis war.

Und in der Tat war mit Vespasians Thronbesteigung der Bürgerkrieg zu Ende. Bald nach dem Triumphzug waren die gewaltigen Erschütterungen überwunden, die noch im Vier-Kaiser-Jahr das gesamte römische Imperium überschattet hatten. Vesapasian hatte seine Regierungsvollmacht durch den Senat bestätigen lassen. Das war ein wichtiger Schritt weg von der Willkürherrschaft, die die Regierungszeit seiner drei Vorgänger verfinstert hatte.

Durch die Eroberung Jerusalems war der Brand des römischen Tempels *Jupiter Optimus Maximus* hinreichend gesühnt und für die Skeptiker ging Vespasian auf Nummer sicher und baute zusammen mit seinem Sohn Titus einen weiteren Jupitertempel auf dem Forum. Von den Göttern sollte also erst einmal keine Unbill mehr ausgehen. Die waren ruhiggestellt.

Noch wechselhafter als die Laune der Götter ist die des Volkes. Um dieses nun ebenfalls zu beruhigen wird gerade ein neues Amphitheater errichtet. Allerdings wird dessen Fertigstellung angesichts seiner Größe noch einige Jahre in Anspruch nehmen. Egal. Hauptsache ist, dass all das vom Volk mit Wohlwollen aufgenommen wird. Und das wird es. Nazarius war während seiner Zeit im Hause des Linus immer auf dem Laufenden. Jetzt sieht er es mit eigenen Augen: Es bewegt sich etwas in Rom.

Als der Alte davonhumpelt, fällt Nazarius wieder ein, wie gut Linus über alles bei Hofe jederzeit unterrichtet war. Er hatte von den neuen Gesetzen zur Straffung der Disziplin beim Militär gewusst, bevor diese den Senat passierten. Immer wieder hatte er Nazarius mit Details aus dem Kaiserpalast verblüfft, wie zum Beispiel mit der Nachricht, der Kaiser bevorzuge kalte Bäder, wodurch er sich ein Darmleiden zugezogen habe.

Es war offensichtlich, dass Linus diese Detailkenntnisse nur von Christen aus den höchsten Kreisen und der nächsten Umgebung des Kaisers haben konnte. Woher sonst hatte er wissen können, dass Vespasian besonders bei Tisch immer guter Laune sei, oder dass man auch in seiner Gegenwart Witze über ihn machen dürfe?

Am Beginn seiner Bußzeit hatten solche Erzählungen von Linus Nazarius' Neugier geweckt, und er hatte herauszubekommen versucht, woher dieser derartige Details kannte. In diesem Punkte aber hatte sich Linus als äußerst verschwiegen erwiesen, wie er ohnehin stets bemüht war, derartige Berichte nicht in Klatscherei ausarten zu lassen, sondern sie nur nebenbei zum Besten gab.

Nazarius machte sich selbst einen Reim darauf und kam zu der Erkenntnis, dass wohl nach dem Ende Jerusalems immer mehr Christen an einflussreiche Positionen kamen, die vorher von Juden besetzt gewesen waren. Zweifellos gab es in den hohen Kreisen Roms immer mehr Christen.

Dessen war sich Nazarius schon allein deshalb sicher, weil es sie sogar unter Nero gegeben hatte. Neu war für ihn lediglich die Tatsache, wie frei und ungeschminkt sie ihre Informationen weitergeben konnten.

Er sprach lange mit Linus darüber, wie sich die Eroberung Jerusalems auf die Situation der Christen in Rom und im gesamten römischen Reich auswirke.

Dieser legte ihm mehrfach breit dar, wie die Juden unter Nero wieder nach Rom zurückgekehrt waren. Sie hätten sich sicher gefühlt und bald auch angefangen die Christen zu bedrängen. So hätten sie sie beispielsweise vor den Stadtpräfekten immer wieder denunziert und aller möglichen Verbrechen beschuldigt.

„Sie nutzten wohl aus, dass sich der Wind unter Nero gedreht hatte und den Christen ins Gesicht, ihnen aber, den Juden, in den Rücken blies … hm“, hatte Linus einmal gesagt, aber dann gleich entschuldigend angefügt: „Wer kann es ihnen verdenken? Sie waren so oft verfolgt und des Landes verwiesen worden, sie standen im Laufe ihrer Geschichte immer und immer wieder unter Druck – da kann es sich schon in dieser Weise auswirken, wenn der Druck einmal für kurze Zeit nachlässt ... hm."

Während er dem humpelnden Pons nachsieht, erinnert sich Nazarius, dass Linus nach dieser kurzen Erklärung nachdenklich den Kopf hin- und herwog. Ein- oder zweimal machte er den Versuch, noch etwas zu sagen. Dann winkte er ab und aß still weiter. Erst am Ende es Mahls griff er das Thema noch einmal auf:

„Derartige Denunziationen, die bei Nero noch offene Ohren gefunden hatten, sind nun vorbei ... hm. Es ist ein Jammer: Geht es den Christen schlecht, dann profitieren die Juden davon, geht es den Juden schlecht, dann profitieren die Christen davon. Es ist, als hätten wir nichts miteinander zu tun. Dabei ist doch Abraham für beide der Vater des Glaubens ... hm." Wieder dachte er für einige Augenblicke nach und fügte dann noch an: „Jetzt ziehen sich die Juden immer mehr in ihre selbstgewählte Isolation zurück. Sie haben durch das unbarmherzige Durchgreifen der Römer in Palästina die Hoffnung aufgegeben, dass Jahwe noch kommen und seine Herrschaft aufrichten werde ... hm."

Deutlicher denn je weiß Nazarius heute, dass die gelassene Atmosphäre seiner Bußzeit wohl auch damit zusammenhing, dass die Christen derzeit weder verfolgt noch denunziert werden. Ihre Lehre kann sich von Tag zu Tag mehr verbreiten und festigen.

In der Gemeinde war infolge dieser Veränderungen Ruhe eingekehrt, was sich sehr positiv auf Linus' Stimmung auswirkte.

Sie können sich fürs Erste unbehelligt zum Gebet treffen. Dabei kommt dem Christentum die Tatsache zugute, dass sowohl Petrus als auch Paulus ihre Gräber in Rom haben. Paulus dort, wo er enthauptet worden war, Petrus draußen beim vatikanischen Hügel, auf einem Gräberfeld nördlich des Circus, den Kaiser Caligula am südlichen Abhang des vatikanischen Hügels, außerhalb der damaligen Stadtmauer, hatte erbauen lassen und in dem Petrus unter Kaiser Nero den Märtyrertod erlitten hatte. Die Glaubensbrüder hatten ihn dort beigesetzt. Sie treffen sich immer häufiger am Grabe des Petrus zum Gebet.

Einmal war er vor Wochen mit Linus sogar tagsüber zu dem vatikanischen Hügel gelaufen und sie haben dort gemeinsam am Petrusgrab gebetet.

Im Zusammenhang mit dieser Verehrung des Petrus hält sich in der römischen Christenheit hartnäckig die Legende, dass seinerzeit Petrus vor den Verfolgungen unter Nero hatte fliehen wollen. Als er bereits vor den Toren der ewigen Stadt angekommen war, sei ihm Jesus Christus erschienen. Petrus habe ihn gefragt: „Quo vadis, domine?“ – Wohin gehst du, Herr? Er gehe, so die Antwort des Heilands, da Petrus nun fliehe, selber in die Stadt, um sich ein zweites Mal kreuzigen zu lassen. Daraufhin sei Petrus reumütig umgekehrt und habe willig das Martyrium auf sich genommen.

Heute, am ersten Tage nach seiner Buße, kehrt auch er zurück an den Ort, von dem er vor vielen Jahren geflohen war. Lange hatte er sich selbst diese Flucht nicht verzeihen können. Bis eines Tage Linus zu ihm gesagt hatte: „Nazarius, unsere Fluchtwege sind Gottes Heilswege. Soll es uns denn besser gehen, als den Aposteln … hm?“

Er kehrt zurück an den Ausgangspunkt seiner Flucht. Beschämt und befreit zugleich erkennt er, dass es schon damals zu spät war, vor Gott davonzulaufen.

Er kehrt zurück zu Lucia, um die Liebe mit ihr zu wagen.

Inzwischen ist er im Christenviertel angelangt, das wie immer ruhig liegt und in dieser winterlichen Vormittagsstunde nur von dem durchziehenden Handelsverkehr belebt wird.

Irgendwo schaukeln ein paar Wagen in Richtung der Siedlungen vor der Stadt. Einzelne Träger laufen mit Bündeln und Bahren und zwischen ihnen springen muntere Kinder, die von den Vorübergehenden hin und wieder mit neckischen Spielchen beschäftigt werden wollen.

Ein Gruppe Arbeiter zieht vom Tiberhafen nach Hause, wo sie den Kindern von allen Köstlichkeiten berichten werden, die sie in der Frühschicht von den flachen Kähnen zum Forum Boarium geschleppt haben.

Er biegt in die Nebengasse, an der sein Haus liegt, ein und heftet seinen Blick schon von weitem darauf.

Jetzt aber kann er seine Füße nicht mehr halten.

Immer schneller geht sein Schritt. Nun, Augenblicke vor dem lang ersehnten Wiedersehen, schlägt sein Herz vor Aufregung bis zum Halse. Schließlich rennt er los und hell schlagen die ledernen Sohlen auf des trockene Pflaster.

Vor dem Hause angekommen sieht er, dass die Eingangstür weit geöffnet ist, und er weiß, dass er erwartet wird.

Einen Augenblick noch verharrt er auf der Schwelle, noch einmal nimmt er die ganze Sehnsucht in sich auf. Er hört Lucia im Flur kommen.

Dann tritt er über die Schwelle in sein Haus, wie in ein neues Leben …

***

Historische Einordnung – Welche Folgen hatte die Zerstörung Jerusalems?

Irgendwann im September des Jahres 70 erlosch das Feuer auf dem Opferaltar im Jerusalemer Tempel. Hagere Priester warfen letzte Opferstücke halb verhungerter Stiere, einjähriger Lämmer und kaum flugfähiger Tauben ins Feuer. Sie verschmorten in der Restglut zu Gott-Jahwes Wohlgefallen. Ein paar letzte dünne Rauchfäden kräuselten zur verräucherten Decke hoch. Dann war es vorbei.

Mit der Zerstörung des Tempels in Jerusalem war dem Judentum sein kultischer Mittelpunkt genommen. Gott-Jahwe konnte das Opfer nicht mehr dargebracht werden. Nie mehr wurde ihm seitdem geopfert – bis auf den heutigen Tag.

Steine vom Tempel, die die Römer haben liegenlassen (heute: archäologischer Park in Jerusalem). Die ernormen Ausmaße der Steine, aus denen der Tempel erbaut worden ist, sind nur im Verhältnis zum Menschen zu ermessen.

Die Römer haben den Tempel vollkommen zerstört und ein Ruinenfeld hinterlassen. Man kann einige der großem Quader, die sie haben liegenlassen, bis heute besichtigen. Die heutige „Klagemauer" gehörte nicht zum Tempel, sondern war ein kleiner Teil der enormen Stützwälle, die der von Rom eingesetzte König Herodes Agrippa der Zweite (Regierungszeit: 50–70 n. Chr.; Urenkel von Herodes dem Großen) Anfang des ersten Jahrhunderts errichten ließ. Die heutige Klagemauer misst nur ein Drittel ihrer ursprünglichen Höhe. Die Römer trugen nur ein Drittel ab und ein Drittel befindet sich unter der Erde.

Die Zerstörung des Tempels hat die gesamte religiöse Ausrichtung des Judentums verändert. Knapp ein Drittel der Gebote der Thora beziehen sich auf einen intakten Tempelkult. Sie können bis heute nicht mehr beachtet werden.

Bis heute sieht man die Umrisse des römischen Militärlagers vor Massada.

Der Verlust des Tempels stärkte die Bindung der Juden an die Thora. Infolgedessen gewann das rabbinische Judentum erheblich an Bedeutung. Die erste jüdische Gelehrtenschule entstand noch in dem Jahr, in dem der Tempel zerstört wurde. Die Synagoge wurde zum neuen Zentrum des jüdischen Lebens.

Auch politisch war es nach der Eroberung Jerusalems mit dem Judentum vorbei. Es gab keinen ernstzunehmenden Widerstand mehr gegen die verhassten Römer in Palästina. Ein paar Scharmützel gab es schon noch. Sie waren kaum der Rede wert. Bis auf eines. Das aber brachte die Römer nahe an den Abgrund der Verzweiflung: Massada. Bis heute sind die Spuren des vierjährigen Ringens im Wüstensand rund um das Massiv von Massada zu sehen. Man macht sich davon keinen Begriff, wenn man es nicht mit eigenen Augen gesehen hat.

Die Rampe, die die Römer am Felsmassiv von Massada aufgeschichtet haben, um auf die Festung zu gelangen.

Seit fast zweitausend Jahren sind die Kampfspuren eingebrannt in die heiße Erde, wie versteinert. Deutlich sieht man die Umrisse eines enormen Römerlagers. Man ahnt die Reste der Wachtürme, die die Römer auf jenem Wall haben errichten lassen, welchen vorher die Sklaven aufschütteten, um die Sicht auf das Massiv zu verbessern.

Die riesige Rampe, die die Römer aus dem Wüstensand hatten erbauen lassen, ist bis heute zu sehen. Man steht sprachlos davor und fragt sich, wie es sein kann, dass knapp 1000 Israeliten vier Jahre lang einem Weltreich die Stirn bieten konnten. Von nichts anderem beflügelt als der trotzigen Hoffnung, dass Jahwe-Gott im letzen, im allerletzen Augenblick kommen werde, um sein Volk zu retten, wie er damals David zu Hilfe kam bei dessen Kampf gegen Goliath. Aber er kam nicht.

Massada fiel.

Das war 74 n. Chr. Weitere, immer kleinere Aufstände folgten. Der letzte 135 n. Chr. Dann war auch das vorbei. Es war endgültig Schluss mit Palästina. Bis 1948.

Die Römer stuften das Land zu einer Provinz dritten Grades zurück. Es bekam damit dieselbe Bedeutung wie etwa die syrische Wüste. Die römische Provinz Judäa war kein zusammenhängendes jüdisches Siedlungsgebiet mehr. Unzählige Juden emigrierten aus Palästina und Jerusalem. Sie verstreuten sich im Mittelmeerraum oder zogen in Gebiete, wo für sie günstigere Bedingungen als im Römischen Reich herrschten (z.B. in das persische Reich). Damit begann die Geschichte des Diaspora-Judentums.

Im jüdischen Krieg (66–74) verloren fast eine Million Juden das Leben. Nach der Eroberung Jerusalems wurden 100.000 Juden versklavt und vom Oberbefehlshabers Titus an seine Verbündeten „verschenkt".

Als Belohnung für ihren Dienst wurde den römischen Soldaten eine große Plünderung Jerusalems zugestanden. Durch den darauf folgenden, massenhaften Verkauf der Kriegsbeute fiel der Goldpreis in der römischen Provinz Syrien um 50 Prozent.

Nach dem Tod Vespasians (im Jahre 79) wurde sein Sohn Titus (bis zu seinem Tod 81) römischer Kaiser. Ihm folgte sein Bruder Domitian (81–96) auf den Thron. Zum ewigen Gedenken an die militärische Großtat seines Bruders in Palästina ließ Domitian einen eintorigen Triumphbogen auf dem höchsten Punkt der Straße, die vom Forum zum Kolosseum führt, errichten. Er ist der älteste erhaltene Triumphbogen der Stadt.

Bis heute sieht man in den inneren Reliefs den Triumphzug durch Rom. Man sieht, wie die Soldaten die Schätze des Tempels durch Rom bugsieren und wie sie sich mit dem großen, vergoldeten siebenarmigen Leuchter abschleppen, der

Die Innenseite des Titusbogens zeigt den Triumphzug durch Rom mit den Gegenständen aus dem geplünderten Jerusalemer Tempel.

seit Urzeiten im Tempel in Jerusalem gestanden hatte und den das Volk während der vierzigjährigen Wanderung durch die Wüste – auf dem Weg von der ägyptischen Gefangenschaft ins gelobte Land – in einem eigenen Zelt mit sich geführt hatte.

Bei der Staatsgründung Israels im Jahre 1948 wurde die Menorah in das Staatswappen Israels aufgenommen.

Den frühen Christen kam das Ende des jüdischen Krieges zugute. Sie traten 70 aus dem Schatten des Judentums heraus. Plötzlich waren sie da. Mit dem Ende des kultisch-religiösen Judentums hatte sich der Streit „Thorachristen vs. Heidenchristen" erledigt. Es war für die Christen von einem Tag auf den anderen nicht mehr wichtig, ihr Verhältnis zum Judentum zu bestimmen. Das Judentum gab es kaum noch. Es hatte nahezu restlos an Bedeutung verloren.

Jetzt kamen die Heidenchristen dem Christentum gelegen. Sie waren plötzlich der Garant dafür, dass das Christentum nicht als eine innerjüdische Sekte oder Reformbewegung wahrgenommen wurde, sondern als eine eigene Religion. Nach der Zerstörung Jerusalems und der Plünderung des Tempels wurde faktisch nicht mehr zwischen Thorachristen und Heidenchristen unterschieden.

Nicht die Juden und nicht die Christen hatten diesen Streit für sich entschieden, der die gesamten Jahrzehnte seit dem Tod und der Auferstehung Christi beherrscht hatte: Es waren die Römer, die ihn beendet hatten. Das Christentum war *der* große Gewinner des jüdischen Krieges. Oder sagen wir besser: Nutznießer.

Rom wurde mehr und mehr das Zentrum der Christenheit. Jerusalem war es nie gewesen. Antiochia eine Zeit lang, solange Paulus dort war. Dann war es Rom.

Der Beginn der flavischen Herrschaft gab dem Christentum einen Aufschwung, von dem es unter den Verfolgungen des letzten julischen Herrschers, Nero, nicht zu träumen gewagt hätte.

Im Schatten des neuen Herrscherhauses der Flavier blühte das Christentums auf – zum ersten Mal in seiner noch kurzen Geschichte.

Mit Domitians Tod war die Dynastie der Flavier zu Ende.

Es begann die Zeit der Adoptivkaiser. Der erste unter ihnen war Trajan (98–117). Auch er verfolgte – wie seine Vorgänger – die Christen nicht systematisch, d. h. nicht von Staats wegen.

Hin und wieder gab es Verleumdungen und Anzeigen gegen Christen. Wenn man ihnen schaden wollte, dann denunzierte man sie als Juden. Das hatte meist Erfolg.

Die alten Römer hatten zu den Christen ein ambivalentes Verhältnis. Sie waren ihnen nicht unsympathisch, aber ungeheuer doch. Ihre Religion war ihnen fremd und natürlich erkannten sie die Nähe des Christentums zum Judentum. Die Christen mussten klug und vorsichtig sein. Und das waren sie. Sie waren geschmeidig und anpassungsfähig an die herrschenden Gegebenheiten. Es kam ihnen zugute – und es kommt ihnen bis heute zugute.

Was den Römern an den Christen Furcht einflößte, war deren Glaube an die Auferstehung der Toten und das Leben nach dem Tod in einer jenseitigen Welt. Von dort aus konnten die Verstorbenen Einfluss nehmen auf das, was in dieser Welt geschah. Sie waren nach dem Tod nicht mehr gebunden an Raum und Zeit und Körperlichkeit.

Das brachte den Christen den Ruf ein, bei ihnen seien die Toten gefährlicher als die Lebenden. Auch das gilt bis heute.

Das Julisch-Claudische Herrscherhaus
(30 v. Chr. – 68 n. Chr.)

Augustus (Oktavian)	30 v. Chr. – 14. n. Chr.
Tiberius	14 – 37
Gaius Caligula	37 – 41
Claudius	42 – 54
Nero	54 – Juni 68

(Zeitspanne des hier vorliegenden Romans ist dick gedruckt:)

Die Bürgerkriegskaiser
Von Juni 68 bis Juli 69 dauerte das „Vier-Kaiser-Jahr“:

Galba	Juni 68 **– 15. Januar 69**
Otho	**(am 2.Januar bereits zum Kaiser ausgerufen) 15. Januar 69 – Anfang April 69**
Vitellius	**April 69 – Juli 69 (Kämpfe bis 20. Dezember 69)**

Das flavische Herrscherhaus

Vespasian	**Juli 69 (Dezember 69: Ende des Bürgerkrieges)** – 79
Titus	79 – 81
Domitian	81 – 96

Index

A

abyssus abyssum invocat; „Ein Abgrund ruft den anderen hervor“ Ps 42,8 (Vulgata); Bedeutung: Ein Irrtum zieht einen anderen nach sich

ad acta; wörtl.: „zu den Akten“, ablegen, beiseite legen

Agapefeier; gemeinsames Beisammensein nach dem Gottesdienst

anathema sit; wörtl.: „der sei ausgeschlossen“, Redewendung am Ende von Dogmen in der kath. Kirche: wer das und das nicht glaubt, der sei ausgeschlossen

Antonia; Burg; die Marcus Antonius in Jerusalem hat erbauen lassen

Apostelkonzil; fand in den 40er Jahren in Jerusalem statt und war eine Zusammenkunft der Apostel der Jerusalemer Urgemeinde mit Paulus von Tarsus und seinen Begleitern. Dort wurde die zentrale Entscheidung über die sogenannte Heidenmission getroffen. Es wurde verbindlich anerkannt, dass Heiden sich nicht erst beschneiden lassen müssen, um Christen werden zu können.

arbiter elegantium; Richter in Fragen des guten Geschmacks

As; römische Kupfermünze im Wert von einem römischen Pfund

Atrium; zentraler Raum im römischen Haus

Auxiliartruppen; Hilfstruppen, Söldner

B

Balnearium; Bad im römischen Haus

Basilica Aemilia; Basilika auf dem Forum Romanum

Bedriacum; Ort in Oberitalien zwischen Cremona und Mantua gelegen

Burg Antonia; s. Antonia

C

Caesar; Julius Caesar und Allgemeinbegriff für „Kaiser" (= Caesar)

Caesarea; römische Stadt in Israel

Caligula; römischer Kaiser 37–41

Capitol; einer der sieben Hügel Roms, an das Forum Roman angrenzend, auf ihm standen die wichtigsten Tempel des antiken Roms

Carmenta; römische Göttin der Verzauberung

Centurio; Führer einer Hundertschaft im römischen Militär

Cestius-Pyramide; Grabmal des röm. Prätors Gaius Cestius Epulo (12 v. Chr.), liegt ursprünglich vor der Stadt nahe der Porta Ostiensis, der heutigen Porta San Paolo, ist seit 227 n. Chr. in die Stadtbefestigung Aurelians einbezogen

ceter et mordio; wörtl.: „Mord und Totschlag"

Chaldäer; antikes Volk in Südmesopotamien, das für seinen ausgeprägten Dämonenglauben bekannt war

cohortes urbanae; städtische Polizei Roms

cohortes vigilium; Feuerwehren im römischen Reich

collaboratio in materiale; Mitarbeit der Sache nach (im Unterschied zum Inhalt)

Colonia Agrippinensis; heutiges Köln

Compeditus; einer, der mit Fußfesseln arbeiten muss, meist Kriegsgefangene

corpus delicti; Beweisstück

Cottoboden; mit gebrannten Kacheln gefließter Boden

cubiculum; Schlafzimmer im römischen Haus

Curia; offizieller römischer Regierungssaal, Sitz des Senates

D

Dalmatien; römische Provinz an der Ostküste der Adria

Damoklesschwert; Bildwort dafür, dass über jemandem Gefahr schwebt; geht zurück auf die antike Sage von Damokles, einem Bediensteten am Hofe des Königs von

Syrakus: Der König bot Damokles an, er solle sich auf den Thron setzen. Zuvor hängte er ein Schwert an einem Pferdehaar über dem Thron auf, zur Verdeutlichung, dass überall Gefahr lauert

Decurio; Führer einer Zehntschaft im römischen Militär

Diadochenkämpfe; Nachfolgekämpfe; geht zurück auf die Heerführer, die unmittelbar nach dem Tod Alexanders des Gr. (323 v. Chr.) um dessen Nachfolge kämpften

Diakon; wörtl: Dineser, Helfer; schon in der Antike bekannte Bezeichnug für einen Amtsträger in der Kirche

Domus Aurea; das goldene Haus Neros

E

Eli, eli lama asabtani (aramäisch)

Eli, eli lama sabachtani (hebräisch); übersetzt: „Mein Gott, mein Gott, warum hast du mich verlassen?" (Mk 15,34), Worte Jesu am Kreuz, Zitat aus Psalm 22

eo ipso; von selbst

Epheserbrief; Brief, den der Hl. Paulus an die Gemeinde in Ephesus geschrieben hat, Teil des Neuen Testaments

Ephesus; Stadt in Kleinasien, heutige Türkei, Westküste Anatoliens

F

Fischsymbol; Erkennungszeichen der frühen Christen

Flavius Sabinus; Bruder von Vespasian

Forum Boarium; Handelsplatz in der Nähe der Tiberinsel, vor allem der Rindermarkt

G

Galatien; Landschaft in Kleinasien, heutiges Anatolien, Türkei

Gemonischen Treppe; Freitreppe neben dem Tempel der Concordia (erb. 367 v. Chr.), vor deren unteres Ende mit einem Haken die Leichen der im Staatsgefängnis Erdrosselten geschleift und abschreckend zur Schau gestellt wurden

Gessius Florus; letzter der sieben Prokuratoren in Judäa, seine Amtszeit endete mit dem Beginn des jüdischen Aufstandes bzw. des jüdischen Krieges im Jahre 64 n. Chr.

H

Haruspex; antiker Wahrsager

Hinnom-Tal; Region im biblischen Judäa

Hispania Tarraconsensis; röm. Provinz im heutigen Spanien

I

Iconium; Stadt in Lykaonien, in der Mitte Kleinasiens

in den Iden des März; lateinisch: Idus Martii = Mitte März; es handelt sich um eine Metapher für bevorstehendes Unheil, die auf die Ermordung Gaius Iulius Caesars am 15. März des Jahres 44 vor Christus Bezug nimmt

Intimus; enger Freund, Vertrauter

Isis; ägyptische Göttin der Geburt und der Magie, aber auch Totengöttin

J

Jona; biblische Figur, die vom Walfisch verschlungen und drei Tage später wieder ausgespuckt wurde

Jotapatha-Festung; fest ummauerte und als Festung ausgebaute Stadt in Galiläa

Judäa; antikes Königreich, mit einem römischen Vasallenkönig (die meisten hießen Herodes) in Israel

K

Katechumenenöl; bis heute in der katholischen Kirche bei der Taufe verwendetes Öl, ursprünglich zur Salbung der Taufbewerber (= Katechumenen)

Kohorte; Truppeneinheit des römischen Heeres

Kollaborateur; jemand, der mit dem Gegner zusammenarbeitet

Koloss; überlebensgroße Büste des Kaisers Nero, stand neben dem flavischen Amphitheater, das deshalb Kolosseum heißt;

Kolosseum; von Flavius Vespasian erbautes Amphitheater in Rom

Konvolut; Bündel von Schriftstücken

Korybanten; extatische Tänzer, Besessene

L

lacus curtius; antikes Monument auf dem Forum Romanum

lacus fundani; große Wasserstelle in Rom, antikes Löschwasserreservoir

Limes; römische Grenzanlage in Germanien

Lusitanien; römische Provinz, heutiges Portugal

Lystra; Stadt in Kleinasien; heutige Türkei, Anatolien, Südküste

M

mamertinisches Gefängnis (Mamertinum); Kerker am Ende des Forum

Menorah; siebenarmiger Leuchter im Jerusalemer Tempel

mores; wörtl.: „Anstand, Sitte, Zucht"

N

Nero; römischer Kaiser 54–68 n. Chr., machte die Christen für den Brand Roms verantwortlich, wodurch eine große Christenverfolgung einsetzte

O

Obergermanien; römische Provinz in Germanien
oremus pro invicem; wörtl.: beten wir füreinander
orthodox; rechtgläubig
Osiris; wörtl.: „Sitz des Auges", ägyptischer Gott des Jenseits
o tempora, o mores; wörtl: „O (was für) Zeiten, o (was für) Sitten!", lat. Ausspruch, der den Verfall der Sitten beklagt; stammt ursprünglich von Cicero

P

Palästina; röm. Klientelkönigtum, bestand von 63 v. Chr. bis 634 n. Chr.
Patet Porta; wörtl.: „die Tür steht offen"
pecunia non olet; wörtl.: „Geld stinkt nicht"
Pedisequi; Fußtruppen
Peristyl; in der antiken Architektur ein rechteckiger Hof, der von einem Säulengang umgeben ist, später auch eine große Gartenanlage (Gartenperistyl)
persona non grata; unwürdige Person, jemand, der in Ungnade gefallen ist, nicht glaubhaft
Pons; wörtl.: Brücke, meinte in Rom auch die Wohnsitzlosen, die unter Brücken schliefen
Poppäa Sabina; (30–65) war in zweiter Ehe mit General Otho verheiratet (später: Kaiser Otho) und in dritter Ehe mit Kaiser Nero; Nero schickte Otho, nachdem er sich dessen Frau Poppäa Sabina schnappte als General nach Lusitanien (Portugal)
Portus Ostiensis Augusti; antike Hafenanlage vor Ostia

Prätorianer; Gardetruppe des römischen Kaisers
Proselyt; ein zur jüdischen Religion übergetretener ehemaliger Heide
punische Kriege; Serie von drei römischen Kriegen gegen die Seemacht Karthago, die die Römer gewannen

Q

Quadriga; wörtl.: „Viergespann", zweirädriger Streitwagen, der von vier nebeneinander gespannten Pferden gezogen wurde
Quästor; römischer Finanzbeamter

R

Refektorium; Speisesaal
Rheda; römischer Reisewagen, es gab ihn als Ein- und als Zweiachser
Römerbrief; Brief des Apostels Paulus an die Gemeinde in Rom, Teil des Neuen Testaments
Rostra; Rednertribüne am Ende des Forum Romanum

S

sancta simplicitas; wörtl.: „Heilige Einfalt!"
Saturnalien; Festtage zu Ehren des Gottes Saturn
Saturnalienfest; römisches Fest zu Ehren des Gottes Saturn
Saturntempel; Tempel des Gottes Saturn auf dem Forum Romanum, heute stehen davon noch die beeindruckenden Reste von acht Säulen, der Tempel liegt direkt hinter der Rostra
scire potentia est; wörtl.: „Wissen ist Macht"
Scirocco; Wind aus südlicher Richtung, weht auf der Vorderseite von wandernden Tiefdruckgebieten (besonders im Sommer und Herbst)

Seleukos, Seleukiden; Herrscher im Reich der Seleukiden, das Seleukidenreich wurde 63 v. Chr. als römische Provinz Syria eingerichtet

Seneca; (1–65) römischer Philosoph, Erzieher Kaiser Neros, musste auf Befehl Neros den Schierlingsbecher trinken

Spintria; Strichjunge

T

Taverne; Gastwirtschaft, Schenke

Tempel des Friedens; von Vespasian nach der Eroberung Jerusalems auf dem Forum erbaut

Thermen; öffentliche römische Bäder an warmen Quellen

Triclinium; dreiteiliges Sofa, nach dem der Speisesaal im römischen Haus benannt wurde

Turmbau zu Babel; biblische Erzählung (Gen 11,1-9); Gott bringt den geplanten Bau eines Turmes bis in den Himmel dadurch zum Stillstand, dass er eine Sprachverwirrung hervorruft, babylonisches Sprachenwirrwarr

U

Unctuarium; Salb- und Massageraum im römischen Bad

V

via sacra; wörtl.: „heilige Straße", war der Hauptweg des Forum Romanum

Vinicius; Figur im Roman *Quo Vadis*, General, der aus dem Krieg nach Rom heimkehrt und sich in die christliche Sklavin Lygia verliebt

W

Witwe von Sarepta; Figur im Alten Testament, der Prophet Elia wird von Gott nach Sarepta geschickt (phönizische Metropole Sidon?), wo er eine Witwe und ihren Sohn durch das Wunder eines nicht versiegenden Mehlkrugs und einer nicht versiegenden Ölflasche vor dem Hungertod rettet (1Kön 17,8–16)

Ebenfalls im St. Benno Verlag erschienen:

672 Seiten, 12,5 x 19,5 cm, gebunden
ISBN 978-3-7462-4835-6

Mit seinem großen Paulus-Roman bewegt und inspiriert Pater Zoche die Leser. Er erzählt die Lebensgeschichte des Paulus so spannend und detailreich wie kein Zweiter. Dabei hält er sich genau an die biblischen Quellen, erweckt die antike Welt, durch die Paulus reiste, authentisch und bildhaft zum Leben.